JN310153

日本の文学碑

1 近現代の作家たち

宮澤康造
本城　靖　監修

日外アソシエーツ

Literary Monuments of Japan

1
Japanese writers in modern age

Supervised by
Miyazawa Kōzō & Honjō Yasushi

Nichigai Associates, Inc.
Printed in Japan

●編集担当● 原沢 竜太
装 丁：赤田 麻衣子

刊行にあたって

わが国における文学にかかわる碑の建立は近世（江戸時代）初期に始まる。碑（石文）は中国古代に発祥し、近世になって日本に移入・定着するようになった。初め辞世の歌や句が墓碑に併刻される形であったが、やがて独自の句碑・歌碑等となった。

現在、短歌・俳句・俳文・狂歌・川柳・漢詩・漢文・詩・文章（詞）・歌謡・童謡・童話等各種のジャンルの碑となっている。これら文学にかかわる碑を総称して文学碑の名が生まれたのは、文学散歩の語と共に戦後間もない頃であった。また当初自然石への刻字が主流であった時代から、さまざまの造形美がほどこされ、像を併置したり、絵や写真・音譜が添えられたり、またボタンを押せば音楽メロディーが流れる装置が付設されるまでになった。現代は言わば総合芸術的な趣を加えるものが多くなった。各地の刊行案内所には、名勝・旧蹟だけではなく文学碑の写真がカラー・解説付で収められ紹介される冊子が多く用意されるようになっている。

また個人で多くの文学碑をもつ作家も多く、わかり易く興味ある句が人気を呼ぶ俳人種田山頭火は、三十年前五十基ほどの句碑であったが、今では七百基を超すまでになった。そして百基以上の文学碑をもつ作家二十名を初め多くの作家・知名人、さらには一般人や児童・生徒の文学碑まであって数え切れ

ない現状である。

文学碑の多くは、碑主となる文学者への敬慕・信頼から生まれた記念碑であり文芸への道しるべ、平和の象徴とも言うべきものであろう。全国各地に文学の小径（こみち）・句碑の森（里）・歌の散歩道・句碑公園・句碑の山道・文学の森等の呼称で一個所に百基・二百基を越える碑群・碑林の誕生が続き、また寺院の境内、学校の構内、高速道路のサービス・エリアや、住宅団地などにも文学碑群に類するものが多くなっている。このことは世界でも類を見ない日本独自の文化現象として注目される。

平成十年（一九九八）に『全国文学碑総覧』が刊行されてから十年の歳月が過ぎた。この間に平成の市町村大合併があり、加えて不況の中にも静かなブームとして文学碑の建立は続き、二万基に近い新しい文学碑が誕生した。そして、碑の所在地の訂正・新碑の増補の必要から五千基を精選、平成十八年（二〇〇六）『新訂増補　全国文学碑総覧』の刊行となった。戦後十五年（昭二十一～昭三十五）の間の文学碑の建立が五百基余であったことを思うと、まさしく隔世の感である。

このたび新訂増補版を土台として、一般に親しめる手軽な普及版を計画、『日本の文学碑』と題して、1、2各編四百ページで刊行することとなった。旅の伴侶、文芸の道しるべとして愛読されることを願うものである。

二〇〇八年　九月　　宮澤康造・本城靖

目次

凡例

一　本書の概要

本書は日本全国にある文学碑のうち、近現代の作家九七名の文学碑四六六九基を、碑主名から引くことができるようにしたものである。各碑主には経歴を付記、一部に参考図書情報を付した。また、作家ではないが文学碑的に重要と思われる人物（昭和天皇・明治天皇）も収録している。

データは小社『新訂増補　全国文学碑総覧』（二〇〇六・一二刊　宮澤康造・本城靖　共編）を基にした。

二　記載事項

〈経歴〉見出し人名・人名よみ・職業・生没年月日・出生地・出身地・経歴

〈碑〉碑文・住所・碑種・建立年月・注記

〈参考文献〉書名・著編者名・出版者・出版年月

三　文学碑について

（一）二〇〇六年三月現在建立されている文学碑を収録した。

（二）一つの碑に二つ以上の作品が併刻されている場合は、人名見出しの下にその碑主の作品のみ収録した。

（三）碑の種類は刻まれた内容から、歌碑・句碑・詩碑・漢詩碑・詞碑（文章碑）・川柳碑・童謡碑・童話碑・民謡碑・歌謡碑・音楽碑（曲碑）などに分かれるが、俚謡・小唄などは歌謡碑の中に入れた。

（四）碑文は碑面の文字を忠実に表記することに心掛けたが、変体仮名は読み易いように現代風に書き改めたところ

がある。紙面の都合上、短歌は二行にして下の句は一字下げて収め、長歌・詩・文章等は行頭を揃え、俳句は一行に記した。長文のものは一部を掲げ以下略して（略）とした。◯印を付したものは碑主の自筆によるものである。

（五）建立年月については、実際の建碑、除幕日、碑陰などにより記述に異同があり、除幕日のわかるものはそれに従い、他は碑陰などの記述を主とした。無記入の箇所は、未確認または不詳のところである。

四　参考文献

参考文献はその作家の文学碑関連の書籍を収録した。リーフレットやパンフレット、私家版等は省いた。

五　排　列

（一）見出し人名は、姓・名それぞれの読みの五十音順に排列した。

（二）見出し人名の下に、その作家の文学碑を地域順に排列した。市郡単位に北から南へ、同一地域においてはおおむね東から西へとなっている。中には碑巡りの道順で若干は異なるところがある。

六　「県別索引」（巻末）について

（一）収録文学碑を、地域別に排列した。都道府県名を大見出しとし、市区郡名を中見出しとした。

（二）同一の市区郡内は、本文と同様、おおむね東から西へと並べた。

（三）市区郡名の下に、町村以下の住所・碑主・碑種・碑文のはじまり五文字・掲載頁を示した。

會津八一（あいず・やいち）

歌人・美術史家・書家

（明治一四年八月一日～昭和三一年一一月二一日）

出身地　新潟県新潟市古町通

号は秋艸道人。中学時代から作歌、作句をし、大学では英文学を学ぶ。明治39年新潟県の有恒学舎英語教員となり、43年早稲田中学に移り、大正14年早稲田高等学院教授に就任。15年から早大講師を兼ね、昭和6～20年教授。傍ら大正13年歌集「南京新唱」を刊行、以後「鹿鳴集」「山光集」「寒燈集」などを刊行し、昭和25年「会津八一全歌集」で読売文学賞を受賞。また、美術史でも学位論文となった「法隆寺、法起寺、法輪寺建立年代の研究」を8年に刊行、東洋美術史、奈良美術史の研究で活躍した。書家としてもすぐれ、書跡集に「渾斎近墨」「遊神帖」などがある。早大退任後は夕刊ニイガタ社長などもつとめ、新潟市名誉市民に推され、文化人として幅広く活躍。大和や新潟に歌碑も多い。

* * *

なづみきて野辺よりやまにいるみちの
　みみにさやけき水のおとかな
栃木県那須塩原市塩原妙雲寺
歌碑　昭和六〇年秋

かまづかのしたてるまどにひぢつきて
　よをあざけらむとごころもなし
萬里江南雪　一花天下春
栃木県日光市吉沢高橋平三郎氏邸
歌碑　二首刻

○むさしののくさにとはしるむらさめの
　いやしくしくにくるるあきかな
東京都練馬区関町東一丁目法融寺庭
歌碑　昭和三五年一一月

むかしびとこゑもほがらにたくうちて
　とかししおもわみえきたるかも
東京都新宿区西早稲田一丁目早稲田大学演劇博物館前
歌碑　平成一〇年一〇月

ひそみきてたがうつかねぞさよふけて
　ほとけもゆめにいりたまふころ
新潟県胎内市西条太総寺
歌碑

ふるさとのこのますずしもいにしへの
　おほきひしりのからうたのこと
新潟県胎内市西条丹呉氏邸（聴泉堂跡）
歌碑

○みちのへのをくさのつゆにたちぬれて
　わかおほきみをまちたてまつる

○くにみすとめくりいましてしなさかる
　こしのあらぬにたたすけふかも

○いねかるとたなかにたてるをとめらか
　うちふるそてもみそなはしけむ
新潟県新発田市天王市島氏邸
歌碑　昭和四五年三月　三首刻

○ふるさとのはまのしろすなわかきひを
　ともにふみけむともをしそおもふ
新潟県新潟市中央区古町通五番町誕生の地
歌碑　昭和六一年一〇月

○ふるさとのふるえのやなきはかくれに
　ゆふへのふねのものかしくころ
新潟県新潟市中央区西堀通三番町瑞光寺
歌碑　平成一年六月

○かすみたつはまのまさこをふみさくみ
　かゆきかくゆきおもひそわかする

歌碑　昭和三〇年一一月
新潟県新潟市中央区南浜通北方文化博物館新潟分館

おりたてはなつなほあさきしほかせの
すそふきかへすふるさとのはま
歌碑　昭和五六年四月
新潟県新潟市中央区西船見町浜浦會津八一記念館

みゆきつむまつのはやしをつたひきて
まどにさやけきやまからのこゑ
歌碑　平成一年一〇月
新潟県新潟市中央区西船見町西海岸公園

○ふなひとははやこきいてよふきあれし
よひのなごりのなほたかくしも
歌碑　昭和四七年一〇月
新潟県新潟市中央区関屋下川原町新潟高校前庭

○よをこめてあかくみはなちおほかはの
このてるつきにふなですらしも
歌碑　昭和六〇年五月　欄干刻
新潟県新潟市中央区関新二丁目千歳大橋

○みやこへをのかれきたれはねもころに
しほうちよするふるさとのはま
歌碑　昭和二五年八月
新潟県新潟市中央区女池県立図書館前

○春のくさ暮れてあきのかせにおとろき
秋のかせやみてまた春のくさにもなれり
（「平家物語」より）
文学碑　昭和五六年五月　逆櫓の碑刻　會津八一書
新潟県新潟市中央区京王三丁目浅川晟一氏邸

あめはれしきりのしたばにぬれそぼつ
あしたのかどのつきみさうかな
新潟県新潟市西区浦山浦山公園

歌碑　平成八年三月

秋艸堂学規
ふかくこの生を愛すべし
かえりみて己を知るべし…（略）
文学碑
新潟県見附市新潟天徳寺

○おほてらのまろきはしらのつきかけを
つちにふみつつものをこそおもへ
歌碑　昭和五九年一一月
新潟県長岡市千代栄町西楽寺

○かぎりなきみそらのはてをゆくゝもの
いかにかなしきこゝろなるらむ
歌碑　昭和四五年七月
長野県上高井郡高山村山田温泉風景館

研精覃思
詞碑　昭和五一年一〇月　「書経」の序から
長野県東筑摩郡朝日村古見中央公民館前

まとひくきはまのやとりのまくらへに
ひねもすなきしねこのこのこゑ
歌碑　昭和六二年二月
愛知県知多郡南知多町篠島浦磯北山公園

ここにしてきみがゑがけるみやうわつの
ほのほのすみのいまだかわかず
歌碑　昭和六三年一一月　三首刻
京都府京都市右京区嵯峨二尊院門前長神町二尊院附堂前

○ひそみきてたがうつかねぞさよふけて
ほとけもゆめにいりたまふころ
歌碑　昭和六二年五月
大阪府吹田市津雲台一丁目千里南公園

○うまやどのみこのみことはいつのよの
いかなるひとかあふがさらめや
大阪府大阪市天王寺区四天王寺一丁目四天王寺（聖霊院）
歌碑　昭和五八年九月

○かまつかのしたてるまどにひぢつきて
よをあざけらむとごころもなし
兵庫県洲本市宇原第二文学の森
歌碑

○かすかのにおしてるつきのほがらかに
あきのゆふへとなりにけるかも
奈良県奈良市春日野町春日大社萬葉植物園
歌碑　昭和一八年秋

○おほらかにもろてのゆびをひらかせて
おほきほとけはあまたらしたり
奈良県奈良市雑司町東大寺南大門観学院前
歌碑　昭和二五年一〇月

わぎもこがきぬかけやなぎみまく
ほりいけをめぐりぬかささしながら
奈良県奈良市猿沢池前
歌碑　平成一〇年七月

○かすかの、よをさむみかもさをしかの
まちのちまたをなきわたりゆく
奈良県奈良市登大路町日吉館庭
歌碑　昭和四九年四月

○かすかの、よをさむみかもさをしかの
まちのちまたをなきわたりゆく
奈良県奈良市登大路町日吉館中庭
歌碑　平成三年一月

はるきぬといまかもろびとゆきかへり
ほとけのにはにはなさらしも
奈良県奈良市登大路町興福寺
歌碑　平成一九年四月

○しくれのあめいたくなふりそこんたうの
はしらのまそほかへになかれむ
奈良県奈良市法華寺北町海龍王寺
歌碑　昭和四五年

○ふちはらのおほききさきをうつしみに
あひみることくあかきくちひる
奈良県奈良市法華寺町法華寺東門
歌碑　昭和四〇年一一月

○ならさかのいしのほとけのおとかひに
こさめなかるるはるはきにけり
奈良県奈良市般若寺町般若寺
歌碑　昭和四五年

○ちかつきてあふきみれともみほとけの
みそなはすともあらぬさひしさ
奈良県奈良市高畑町新薬師寺本堂西土塀
歌碑　昭和一七年四月

おほてらのまろきはしらのつきかけを
つちにふみつつものをこそおもへ
奈良県奈良市五条町唐招提寺金堂前
歌碑　昭和二五年秋

○あきしののみてらをいててかへりみる
いこまかたけにひはおちむとす
奈良県奈良市秋篠町秋篠寺
歌碑　昭和四五年

すゐえんのあまつをとめがころもでの
ひまにもすめるあきのそらかな
奈良県奈良市西ノ京町薬師寺
歌碑　平成一一年九月

○くわんのんのしろきひたひにやうらくの
かけうこかしてかせわたるみゆ
奈良県生駒郡斑鳩町三井法輪寺
歌碑　昭和三五年一一月

○あめつちにわれひとりゐてたつことき
このさひしさをきみはほほゑむ
奈良県生駒郡斑鳩町法隆寺天満畑原與司明氏邸
歌碑　昭和五四年五月

法隆寺五重塔を仰ぎ見て
ちとせあまりみたびめぐれるももとせを
ひとひのごとくたてるこのたふ
奈良県生駒郡斑鳩町法隆寺南二丁目上宮遺跡公園
歌碑　平成四年一一月

あまつかぜふきのすさみにふたかみの
をさへみねさへかつらぎのくも
奈良県香芝市藤山一丁目ふたかみ文化センター
歌碑　平成四年四月

おほてらのまろきはしらのつきかげを
つちにふみつつものをこそおもへ
岡山県岡山市法界院一丁目法界院
歌碑　昭和六三年四月

くわんおんのしろきひたひにやうらくの
かげうごかしてかぜわたるみゆ
岡山県岡山市法界院一丁目法界院
歌碑　昭和六三年四月

わたつみのそこゆくうをのひれにさへ
ひびけこのかねのりのみために
岡山県岡山市法界院一丁目法界院
歌碑　昭和六三年四月

わたつみのそこゆくうをのひれにさへ
ひびけこのかねのりのみために
香川県高松市牟礼町八栗寺
梵鐘　昭和五九年　梵鐘刻

かすかのにおしてるつきのほからかに
あきのゆふへとなりにけるかも
福岡県福岡市城南区片江町東油山文学碑公園
歌碑

さるのこのつぶらまなこにさすすみの
ふであやまちそはしのともがら
熊本県玉名郡玉東町木葉木葉猿窯元
歌碑　平成八年一〇月

《参考文献》

◎『会津八一の歌碑』
早稲田大学文学碑と拓本の会編　二玄社　1968
◎『秋艸道人会津八一の歌碑（増訂版）』
早稲田大学文学碑と拓本の会編　1981・11
◎『会津八一の歌　新装普及版』
山崎馨著　和泉書院（大阪）　1993・7
◎『会津八一のいしぶみ』
会津八一記念館監修　新潟日報事業社　2000・11

阿久悠（あく・ゆう）

作詞家・小説家

（昭和一二年二月七日〜平成一九年八月一日）

出身地　兵庫県五色町（淡路島）

本名は深田公之。昭和34年広告代理店・宣弘社に入社し、40年に退職するまで、CM制作、番組企画に携わる。この間、〝悪友〟をもじった〝阿久悠〟の筆名で放送作家としても活動。退職後、放送作家として独立。その傍ら作詞も手掛け、45年森山加代子が歌った「白い蝶のサンバ」が初のヒットチャー

ト1位となり、46年尾崎紀世彦「また逢う日まで」で日本レコード大賞を初受賞した。鋭い時代感覚と、既成の歌謡曲への反発を胸底に秘め、志の高い歌詞で時代を彩った昭和を代表する作詞家であり、レコードの総売上枚数は歴代1位の六千八百万枚(2位とは約二千万枚の差)、ヒットチャート1位を獲得したシングルは22曲にのぼる。平成9年長年の作詞活動に対して菊池寛賞を贈られ、11年には紫綬褒章を受章した。

＊　＊　＊

上野発の夜行列車
おりた時から
青森駅は雪の中…(略)

青森県東津軽郡外ヶ浜町竜飛津軽半島最北地
歌謡碑　平成八年七月

「津軽海峡冬景色」
上野発の
夜行列車
降りた時から
青森駅は
雪の中
北へ帰る
人の群れは…(略)

青森県青森市青森港(旧青函連絡船乗場)
歌謡碑　平成七年七月　三木たかし・作曲　石川さゆり・唄

「せんせい」
雅美の愛唱歌
淡い初恋消えた日は
雨がしとしと降っていた
傘にかくれて桟橋で…(略)

千葉県松戸市八柱霊園四区関根家墓所
歌謡碑　昭和四八年五月　譜面刻　遠藤実・作曲　森昌子・唄

「舟唄」
お酒はぬるめの
カンがいい
肴はあぶった
いかでいい
女は無口なひとがいい…(略)

静岡県焼津市八楠八代茶屋
歌謡碑　鈴木淳・作曲　八代亜紀・唄

○甲子園には石ころがない…(略)
(「85甲子園の詩」より)

滋賀県湖南市三雲県立甲西高校校庭
詩碑　昭和六〇年八月

芥川龍之介（あくたがわ・りゅうのすけ）

小説家・俳人

(明治二五年三月一日～昭和二年七月二四日)

出身地　東京市京橋区入船町(東京都中央区)

母発狂のため母方の伯父の養子となる。府立三中、一高を経て、東京帝国大学に入学。夏目漱石門下となり、大正3年第3・4次「新思潮」を菊池寛らと刊行。5年海軍機関学校の英語教官となって鎌倉に移り、新婚生活を送る。8年大阪毎日新聞社の社員となり創作に専念する。この間、「鼻」「芋粥」で注目され、作家としての地位を確立。大正期の作品に今昔物語集などから取材した「羅生門」「藪の中」「地獄変」、童話「蜘蛛の糸」「杜子春」など。また7年頃から俳句を高浜虚子に学び、「ホトトギス」に作品発表。ほかに特定の知友あての書簡に自作の詩を記し、3冊の詩作ノートを残す。14年頃から体調が崩れ、「河童」や警句集「侏儒の言葉」などを発表するが、昭和2年に自殺、その死は知識人に強い衝撃を与えた。

＊　＊　＊

僕は、まだこの海岸で、本を読んだり原稿を書いたりして、暮らしてゐます。
…(略)

（「文ちゃん」より）
千葉県千葉市緑区野呂町野呂PA文学の森（千葉東金道路）
文学碑　平成三年一一月　ステンレス製

僕は、この海岸で本を読んだり原稿を書いたりして暮らしてゐます。…（略）
（「恋文」全文刻）
千葉県長生郡一宮町ホテル一宮旅館前
文学碑　平成三年五月　陶板

もし自分に「東京」のにほひを問ふ人があるならば自分は大川の水のにほひと答へる…（略）
（「大川の水」より）
東京都墨田区江東橋一都立両国高校正門脇
文学碑　昭和五八年四月　吉田精一書

「杜子春」の一節
東京都墨田区両国四丁目両国小学校北西角地
文学碑　平成二年一〇月

「蜜柑」の一節より
神奈川県横須賀市杏倉町吉倉公園
文学碑　昭和六一年一一月

更けまさる火かげやこよひ雛の顔
長野県駒ヶ根市中沢原下島家墓所
句碑　下島行枝弔の句

「本是山中人」
山口県岩国市美和町生見水精山真教寺
文学碑　昭和六三年四月　龍之介父子の碑刻

誰かこの中原悌二郎のブロンズの「若者」に惚れるものはいないか？　この「若者」は未だに生きているぞ
（「カフカス人」より）
山口県宇部市市役所前真締川畔
文学碑　昭和四〇年五月　「若きカフカス像」台座刻

更けまさる火かげやこよひ雛の顔
福岡県福岡市城南区片江町東油山文学碑公園
句碑

《参考文献》
◎『芥川竜之介―生誕百年、そして今（毎日グラフ別冊）』
毎日新聞社　1992・5
◎『芥川竜之介の文学碑』
中田雅敏著　武蔵野書房（国分寺）　1993・10

有島武郎（ありしま・たけお）

小説家
（明治一一年三月四日～大正一二年六月九日）
出身地　東京府第四大区三小区小石川水道町（東京都文京区）

学習院卒業後、札幌農学校に進む。この頃、キリスト教を知る。農学校卒業後の明治36年アメリカに3年間留学。帰国後、東北帝大農科大学予科教授に就任。一方、43年に創刊された「白樺」同人に加わり「かんかん虫」「或る女のグリンプス」などを発表。大正4年「宣言」を発表、自己の本能の要求に生きようとする人間と環境を描き、以後も「惜みなく愛は奪ふ」「カインの末裔」「クララの出家」「小さき者へ」「生れ出づる悩み」などを発表し、8年近代リアリズムの代表作とされる「或る女」を完成させた。11年「宣言一つ」を発表し、自己の立場を表明、また財産放棄や生活改革を考え、狩太農場を解放した。同年個人雑誌「泉」を創刊するが、12年婦人記者・波多野秋子と心中死した。

＊　＊　＊

小さき者よ
不幸なそして同時に幸福なお前たちの父と母との…（略）
北海道札幌市中央区大通公園西九丁目
文学碑　昭和三七年九月

物すさまじい朝焼けだ。過まって海に落ち込んだ悪魔が、…（略）

（「生れ出づる悩み」の一節）
北海道岩内郡岩内町雷電カスベの岬
文学碑　昭和三七年九月

農場解放記念碑
北海道虻田郡ニセコ町有島羊蹄山ろく旧有島農場
記念碑　大正一二年八月

有島武郎終焉之地
チルダへの友情の手紙（英文）
長野県北佐久郡軽井沢町旧軽井沢三笠浄月庵跡
詞碑　昭和二八年

浜坂の遠き砂丘の中にして
侘びしき我れを見出でつるかな
兵庫県豊岡市城崎町城崎温泉ゆとうや邸
歌碑　昭和五七年六月

濱阪の遠き砂丘の中にして
侘しき我れを見出でつるかな
兵庫県豊岡市城崎町城崎温泉薬師堂前
歌碑

浜坂の遠き砂丘の中にして
さびしき我を見出でけるかも
鳥取県鳥取市浜坂砂丘旧砲台一里松先
歌碑　昭和三四年四月

浜坂の遠き砂丘の中にして
侘びしき我を見出つるかな
鳥取県鳥取市浜坂砂丘の一角
歌碑　平成三年六月　二首刻

石川啄木（いしかわ・たくぼく）

歌人・詩人・小説家
（明治一九年二月二〇日～明治四五年四月一三日）
出生地　岩手県南岩手郡日戸村（盛岡市）
出身地　岩手県北岩手郡渋民村（盛岡市）

本名は一（はじめ）。別号に白蘋（はくひん）。盛岡中在学時から新詩社の社友となり詩作に専念、明治35年上京し、与謝野鉄幹の知遇を得る。38年詩集「あこがれ」を出版、明星派の詩人として知られる。同年結婚、故郷での代用教員生活を経て40年から函館、札幌、小樽、釧路など北海道を転々とする。41年再び上京後、「赤痢」「足跡」など小説を書き続けるが、生活は苦しく、そうした中から短歌が生まれる。42年東京朝日新聞の校正係となり、のち朝日歌壇の選者。43年「一握の砂」の三行分かち書き、新鮮・大胆な表現によって〝生活派〟の歌人として広く知られる。晩年幸徳秋水、クロポトキンらの社会主義思想に接近、その姿勢は45年の「悲しき玩具」などに表現される。他に詩集「呼子と口笛」、小説「雲は天才である」、評論「時代閉塞の現状」などがある。

＊　＊　＊

空知川雪に埋れて鳥もみえず
岸邊の林に人ひとりゐき
北海道砂川市空知太五五一滝川公園
歌碑　昭和二五年六月

石狩の美国と停車場の柵に
乾してありし赤き布片かな
北海道美唄市東一条南三丁目JR美唄駅東口
歌碑　平成一五年七月

石狩の空知郡の牧場の
お嫁さんより送り来しバタかな
北海道岩見沢市北村豊里
歌碑　平成一一年一〇月

しんとして幅廣き街の秋の夜の
玉蜀黍の焼くるにほひよ

北海道札幌市中央区大通公園西三丁目北西側
歌碑　昭和五六年九月

○石狩の都の外の君が家
　林檎の花の散りてやあらむ
　北海道札幌市豊平区平岸二条一六丁目天神山西向
　歌碑　昭和四一年一〇月

かなしきは小樽の町よ歌ふこと
　なき人人の声の荒さよ
　北海道小樽市相生三―一水天宮
　歌碑　昭和五五年一〇月

こころよく我にはたらく仕事あれ
　それを仕遂げて死なむと思ふ
　北海道小樽市花園五丁目花園公園
　歌碑　昭和二六年一一月

神無月にびいろ雲の下ひくく
　白額浮ぶ後志の山
　北海道余市郡余市町入舟町モイレ城山余市水産博物館前
　歌碑　昭和六〇年一一月

浪淘沙ながくも聲をふるはせて
　うたふがごとき旅なりしかな
　北海道釧路市幸町九番地の一福祉会館前
　歌碑　昭和五八年八月

一輪の赤き薔薇の花を見て
　火の息すなる唇をこそ思へ
　北海道釧路市弥生町二丁目一一本行寺山門脇
　歌碑　昭和五八年八月

葡萄色の古き手帳にのこりたる
　かの會合の時と處かな
　北海道釧路市浦見八丁目二番地先
　歌碑　平成二年一一月

よりそひて深夜の雪の中に立つ
　女の右手のあたたかさかな
　北海道釧路市浦見八丁目二番地先旧眞砂湯前
　歌碑　平成三年一一月

火をしたふ蟲のごとくにともしびの
　明るき家にかよひ慣れにき
　北海道釧路市浦見八丁目横沢鉄蔵氏邸横（料亭しゃも寅跡）
　歌碑　昭和五八年八月

波もなき二月の湾に白塗の
　外国船が低く浮かべり
　北海道釧路市浦見八丁目舟見坂
　歌碑　平成四年一一月

北の海鯨追う子等大いなる
　流氷来るを見ては喜ぶ
　北海道釧路市南大通二丁目菓子舗サカエヤ前
　歌碑　平成六年一月

小奴といひし女のやはらかき
　耳朶なども忘れがたかり
あはれかの國のはてにて酒のみき
　かなしみの滓を啜るごとくに
　北海道釧路市南大通三丁目二―一一朝日生命釧路支店前（旧近江屋旅館跡）
　歌碑　昭和四一年一二月　他一首刻

わが室に女泣きしを小説のなかの
　事かとおもひ出づる日
　北海道釧路市南大通四丁目アポロン石油スタンド前
　歌碑　平成六年一月

西の空雲間を染めて赤々と
　氷れる海に日は落ちにけり
　北海道釧路市南大通七丁目二番ハツ浪前
　歌碑　平成四年一二月

三味線の弦のきれしを火事のごと
騒ぐ子ありき大雪の夜に
北海道釧路市南大通八丁目二番武宮小路入口
歌碑　平成五年三月

あはれかの国のはてにて酒のみき
かなしみの滓を啜るごとくに
北海道釧路市南大通八丁目佐野碑園前
歌碑　昭和五八年八月

山に居て海の彼方の潮騒を
聞くともなく君を思ひぬ
北海道釧路市南大通八丁目二番休坂入口
歌碑　平成六年一月

こほりたるインクの罎を火に翳し
涙ながれぬともしびの下
北海道釧路市大町五丁目シーサイドホテル前
歌碑　昭和五八年八月

さいはての駅に下り立ち雪あかり
さびしき町にあゆみ入りにき
北海道釧路市大町二—一—一二港文館前
歌碑　昭和四七年一〇月

十年まえに作りしといふ漢詩を
酔へば唱へき旅に老いし友
北海道釧路市大町二丁目北海シェル石油横（釧路新聞社跡）
歌碑　昭和五八年八月

しらしらと氷かがやき千鳥なく
釧路の海の冬の月かな
北海道釧路市米町一丁目二番米町公園
歌碑　昭和九年一二月　碑陰に説明刻

出しぬけの女の笑ひ身に沁みき
厨に酒の凍る眞夜中
北海道釧路市米町一丁目一番本行寺前歩道
歌碑　平成三年一二月

春の雨夜の窓ぬらしそぼふれば
君が来るらむ鳥屋に鳩なく
北海道釧路市米町二丁目厳島神社
歌碑　平成三年一二月

顔とこゑそれのみ昔に変らざる
友にも会ひき國の果てに
北海道釧路市米町三丁目定光字前歩道
歌碑　平成四年一〇月

酒のめば悲しみ一時に湧き来るを
寝て夢みぬをうれしとはせし
北海道釧路市米町三丁目一番岬湯前
歌碑　平成二年一一月

さらさらと氷の屑が波に鳴る
磯の月夜のゆきかへりかな
北海道釧路市米町四丁目八番くしろバス停
歌碑　平成二年一一月

花の下たもとほる子は行きずりの
袖の香りに物言はせけり
北海道釧路市米町四—一先米町プラザ駐車場前
歌碑　平成二年一一月

神のごと遠く姿をあらはせる
阿寒の山の雪のあけぼの
北海道釧路市阿寒町字シアンヌ七—六二阿寒湖畔
歌碑　昭和二六年九月　金田一京助書

潮かをる北の浜辺の砂山の
かの浜薔薇よ今年も咲けるや
北海道函館市日乃出町二五大森浜啄木小公園
歌碑　昭和三三年一〇月

こころざし得ぬ人々のあつまりて
　酒のむ場所が我が家なりしかな
　北海道函館市青柳町一
　歌碑　昭和六一年二月

○函館の青柳町こそかなしけれ
　友の恋歌矢車の花
　北海道函館市青柳町一七函館公園内
　歌碑　昭和二八年四月

○東海の小島の磯の白砂に
　われ泣きぬれて蟹とたはむる
　北海道函館市住吉町立待岬共同墓地
　歌碑　大正五年八月

大海にむかいて一人七八日
　泣きなむとすと家を出てにき
　青森県下北郡大間町大間崎
　歌碑　平成一〇年七月　英訳歌付

東海の小島の磯の白砂に
　われ泣きぬれて蟹とたはむる
　青森県下北郡大間町大間崎
　歌碑　平成一〇年七月　英訳歌付

大といふ字を百あまり砂に書き
　死ぬことをやめて帰り来れり
　青森県下北郡大間町大間崎
　歌碑　平成一〇年七月　英訳歌付

○潮かをる北の浜辺の砂山の
　かの浜茄子よ今年も咲けるや
　青森県上北郡野辺地町寺の沢愛宕公園
　歌碑　昭和三七年五月

船に酔ひてやさしくなれるいもうとの
　眼見ゆ津軽の海を思へば
　青森県青森市合浦二丁目合浦公園
　歌碑　昭和三一年五月

夕雲に丹摺はあせぬ湖ちかき
　草舎くさはら人しづかなり
　青森県十和田市奥瀬休屋十和田湖公園「十和田荘」入口
　歌碑　昭和四八年八月

ふるさとの山に向ひて言ふことなし
　ふるさとの山はありがたきかな
　岩手県岩手郡滝沢村滝沢啄木荘前
　歌碑　昭和四二年五月

ふるさとの山に向ひて言ふことなし
　ふるさとの山はありがたきかな
　岩手県岩手郡滝沢村岩姫神社
　歌碑

何をかもおもひて寝るや白雲と
　葛葉の山の星降る宵は
　岩手県岩手郡葛巻町新町亀鼻山麓秋葉神社
　歌碑　昭和三一年六月　高野桃村の歌併刻

病のごと思郷のこころ湧く日なり
　目にあをぞらの煙かなしも
　岩手県岩手郡雫石町三六地割柿木三六一一雫石高校庭
　歌碑　昭和四七年七月

岩手山秋はふもとの三方の
　野に満つる蟲を何と聴くらむ
　岩手県岩手郡雫石町峯山御神坂登山口
　歌碑　昭和四六年八月

たはむれに母を背負ひてそのあまり
　軽きに泣きて三歩あゆまず
　岩手県八幡平市平館JR平館駅前
　歌碑　昭和三二年一二月

わが父は六十にして家をいで
　師僧のもとに聴問ぞする
　岩手県八幡平市平館大泉院
　歌碑　昭和四〇年一一月

ふるさとの手の御廊に踏みにける
　小櫛の蝶を夢に見しかな
　岩手県八幡平市平館大泉院
　歌碑　昭和四〇年一一月

かの家のかの窓にこそ春の夜を
　秀子とともに蛙聴きけれ
　岩手県八幡平市平館新山地内（下宿跡地）
　歌碑　昭和三九年一二月

○かにかくに渋民村は恋しかり
　おもひでの山おもひでの川
　岩手県八幡平市大更佐倉清水南部富士カントリークラブ
　歌碑　昭和五一年二月

ふるさとの山に向ひて言ふことなし
　ふるさとの山はありがたきかな
　岩手県八幡平市堀切西根第一中学校庭
　歌碑　昭和五五年三月

故里のやまにむかひていふことなし
　ふるさとの山はありかたきかな
　岩手県下閉伊郡岩泉町西上町見返り広場
　歌碑　昭和五五年一〇月

　　啄木寄港の地
明治四十一年四月六日
起きて見れば雨が波のしぶきと共に甲板を洗うて居る。…（略）
　　（「啄木日記」より）
　岩手県宮古市鍬ヶ崎宮古漁協ビル前庭
　文学碑　昭和五四年四月

君が墓あるこの寺に
時告げ法の声をつげ
君に胸なる笑みつけて
わかきいのちに鐘を撞く…（略）
　　（「凌霄花」より）
　岩手県盛岡市玉山区渋民ニ宝徳寺
　詩碑　昭和三七年一〇月　銅板刻

ふるさとの寺の畔のひばの木の
　いただきに来て啼きし閑古鳥！
　岩手県盛岡市玉山区渋民ニ宝徳寺
　歌碑　昭和三六年四月

やはらかに柳あをめる北上の
　岸邊目に見ゆ泣けとごとくに
　岩手県盛岡市玉山区渋民鶴塚啄木公園
　歌碑　大正一一年四月

今日もまた胸に痛みあり死ぬならば
　ふるさとに行きて死なむと思ふ
　岩手県盛岡市玉山区渋民石川啄木記念館前庭
　歌碑　昭和五八年四月　石川啄木慰霊塔碑陰刻

その昔小学校の柾屋根に
　我が投げし鞠いかにかなりけむ
　岩手県盛岡市玉山区渋民渋民小学校庭
　歌碑　昭和五八年三月

春まだ浅く月若き
生命の森の夜の香に
あくがれ出でて我が魂の
夢むともなく夢むれば…（略）
　岩手県盛岡市玉山区渋民渋民小学校庭
　校歌碑　昭和五八年九月

かにかくに澁民村は戀しかり

おもひでの山おもひでの川
岩手県盛岡市玉山区渋民愛宕旧斉藤家
歌碑　昭和二九年五月

○神無月岩手の山の初雪の
眉にせまりし朝を思ひぬ
岩手県盛岡市玉山区渋民愛宕啄木ドライブイン前庭
歌碑　昭和五三年四月

やはらかに柳あをめる北上の
岸辺目に見ゆ泣けどごとくに
岩手県盛岡市玉山区渋民鵜飼橋
歌碑

やはらかに柳あをめる北上の
岸辺目に見ゆ泣けと如くに
岩手県盛岡市玉山区好摩駅内一番ホーム改札口近く
歌碑　昭和二九年七月

霧ふかき好摩の原の停車場の
朝の虫こそすずろなりけり
岩手県盛岡市玉山区好摩稲荷山公園
歌碑　昭和三五年六月　三浦光子書

かにかくに澁民村は戀しかり
おもいでの山おもいでの川
岩手県盛岡市玉山区下田陣馬啄木ヶ丘団地
歌碑　昭和三八年五月　胸像台座刻

ふるさとの山に向ひて言ふことなし
ふるさとの山はありがたきかな
岩手県盛岡市玉山区下田生出旅館「おいで荘」入口
歌碑　昭和四二年九月　台座刻

石川啄木生誕之地
岩手県盛岡市玉山区日戸古屋常光寺
記念碑　昭和三〇年一〇月　金田一京助書

ふるさとの山に向ひて言ふことなし
ふるさとの山はありがたきかな
岩手県盛岡市盛岡駅前通一－三五旧盛岡鉄道管理局盛岡工場内
歌碑　昭和二九年四月　金田一京助書

ふるさとの山に向ひて言ふことなし
ふるさとの山はありがたきかな
岩手県盛岡市盛岡駅前ロータリー庭園
歌碑　昭和三七年一一月

不来方のお城の草に寝ころびて
空に吸はれし十五の心
岩手県盛岡市内丸岩手公園二の丸
歌碑　昭和三〇年一〇月　銅板刻　金田一京助書

ふるさとの山に向ひて言ふことなし
ふるさとの山はありがたきかな
岩手県盛岡市高松一－九－四五盛岡市立図書館
歌碑　昭和三七年一一月

○病のごと思郷のこころ湧く日なり
目にあをぞらの煙かなしも
岩手県盛岡市天神町天満宮
歌碑　昭和八年七月

夏木立の社の石馬も
汗する日なり君はゆめみむ
岩手県盛岡市天神町天満宮
歌碑　昭和八年七月　伯犬台座銅板刻

松の風夜昼ひびきぬ人訪はぬ
山の祠の石馬の耳に
岩手県盛岡市天神町天満宮
歌碑　昭和八年七月　伯犬台座銅板刻

○汽車の窓はるかに北の故郷の
山見えくれば襟を正すも

岩手県盛岡市新庄町岩山公園啄木望郷の丘
歌碑　昭和五七年一一月　銅板二首刻

茨島の松の並木の街道を
　われと行きし少女才をたのみき
（「一握の砂」より）

岩手県盛岡市厨川一丁目緑地帯
歌碑　昭和六一年一二月

その昔小学校の柾屋根に
　我が投げし鞠いかにかなりけん
岩手県盛岡市馬場町一番一号下橋中学校前庭
歌碑　昭和五二年一〇月　金田一京助書　銅板刻

中津川や月に河鹿の啼く夜なり
　涼風追ひぬ夢見る人と
岩手県盛岡市馬場町中津川左岸
歌碑　平成五年一二月　二首刻

岩手山秋はふもとの三方の野に
　満つる蟲を何と聴くらむ
岩手県盛岡市加賀野一丁目富士見橋
歌碑　昭和五六年四月　親柱刻

故郷の山に向ひて言ふことなし
　ふるさとの山はありがたきかな
岩手県盛岡市加賀野一―六―六オームラ洋裁専門校
歌碑　昭和四五年五月

己が名をほのかに呼びて涙せし
　十四の春にかへる術なし
岩手県盛岡市前九年三―八―二〇岩手橋高校裏庭
歌碑　昭和五八年六月

もりをかの中学校のぱるこんの
　手すりにもいちど我を倚らしめ
岩手県盛岡市中央通一―二―三岩手銀行本店横
歌碑　昭和五八年一一月　金田一京助書

○新しき明日の来るを信ずといふ
　自分の言葉に嘘はなけれど――
岩手県盛岡市大通二―七―二八丸藤菓子店前
歌碑　昭和五二年六月　啄木像台座銅板刻

やわらかに柳青める北上の
　岸辺目に見ゆ泣けと如くに
岩手県盛岡市梨木町二―一伊藤氏邸
歌碑　昭和三八年四月　六首刻

愁ひ来て丘にのぼれば名も知らぬ
　鳥啄めり赤き茨の実
岩手県大船渡市盛町柿の木沢天神山公園
歌碑　昭和四一年一一月　金田一京助書

丸森茶屋
啄木曽遊之地
岩手県大船渡市大船渡町丸森二九―一大船渡グランドホテル前
記念碑　昭和四一年一一月

いのちなき砂のかなしさよさらさらと
　握れば指のあひだより落つ
岩手県陸前高田市高田町古川地内高田松原
歌碑　昭和四一年七月　金田一京助書

命なき砂のかなしさよさらさらと
　にぎればゆびの間よりおつ
岩手県陸前高田市高田町西和野氷上神社
歌碑　昭和三二年七月　高田松原より移転

港町とろろとなきて輪を描く
　鳶を壓せる潮曇りかな
宮城県石巻市荻浜羽媛神社
歌碑　昭和五一年四月

砕けてはまたかへしくる大波の
　ゆくらゆくらに胸おどる洋
宮城県石巻市日和が丘二丁目日和山公園
歌碑　昭和六三年

朝の湯の湯槽のふちにうなじ載せ
　ゆるく息する物思ひかな
宮城県黒川郡大和町吉田字台ヶ森
歌碑　昭和五二年七月

あらそひていたく憎みて別れたる
　友をなつかしく思ふ日も来ぬ
福島県大沼郡会津美里町雀林法用寺
歌碑　昭和六〇年一〇月　二首刻

○敵として憎みし友とやや長く
　手をば握りきわかれといふに

何事も思ふことなくいそがしく
　暮らせし一日を忘れじと思ふ
茨城県日立市大みか町JR大甕駅構内
歌碑　昭和五七年

ふるさとの訛なつかし停車場の
　人ごみの中にそを聴きにゆく
東京都台東区上野七―一―一上野駅大連絡橋広場
歌碑　昭和六〇年三月

ふるさとの訛なつかし停車場の
　人ごみの中にそを聴きにゆく
東京都台東区上野六上野駅南口前ガード横商店街
歌碑　金田一春彦書

浅草の夜のにぎはひにまぎれ入り
　まぎれ出で來しさびしき心
東京都台東区西浅草一丁目等光寺
歌碑　昭和三〇年

東海の小島の磯の白砂に
　われ泣きぬれて蟹とたはむる
東京都文京区本郷六丁目大栄館
歌碑　昭和三〇年

二晩おきに夜の一時頃に切通の
　坂道を上りしも勤めなればかな
東京都文京区湯島三―三〇―一
歌碑　昭和五五年三月

京橋の瀧山町の新聞社
　灯ともし頃のいそがしさかな
東京都中央区銀座六―六朝日ビル前歩道脇
歌碑　昭和四八年四月　碑陰に京橋瀧山町由来記

我にはいつにても
起つことを得る
準備あり
（啄木「墓碑銘」より）
山梨県甲府市相生三丁目光沢寺
詩碑　昭和四七年九月

かにかくに渋民村は恋しかり
　おもひでの山おもひでの川
福岡県福岡市城南区片江町東油山文学碑公園
歌碑

東海の小島の磯の白砂に
　われ泣きぬれて蟹とたはむる
福岡県福岡市城南区片江町東油山文学碑公園
歌碑

新しき明日の來るを信ずといふ
　自分の言葉に嘘はなけれど――
沖縄県那覇市西二―五真教寺
歌碑　昭和五二年一〇月

《参考文献》
◎『石川啄木（カラーブックス－名作の旅7）』
大竹新助著　保育社（大阪）　1975
◎『石川啄木と仙台－石巻・荻浜』
相沢源七編　宝文堂出版販売　1976
◎『石川啄木の文学碑』
早稲田大学文学碑と拓本の会編　瑠璃書房（神戸）　1977・11
◎『石川啄木―その釧路時代』
鳥居省三著　釧路新書　1981
◎『啄木ふるさと散歩』
松本政治著　盛岡啄木会（盛岡）　1982・6
◎『啄木文学碑のすべて』
白ゆり学習社出版部編（盛岡）　1986・2
◎『文学探訪　石川啄木記念館』改訂版
佐藤正美ほか著・石川啄木記念館監修　蒼丘書林（小平）　1986・7
◎『啄木と函館』
阿部たつを著・桜井健治編　幻洋社（函館）　1988・6
◎『啄木と古里－啄木再発見の文学ガイド』
及川和哉著　八重岳書房　1995・2
◎『人間啄木　復刻版』
伊東圭一郎著・松本政治編著　岩手日報社（盛岡）　1996・7

泉鏡花（いずみ・きょうか）

小説家

（明治六年一一月四日～昭和一四年九月七日）

出身地　石川県石川郡金沢町（金沢市下新町）

本名は泉鏡太郎。9歳で母を失う。尾崎紅葉の影響を受け、明治23年上京し、24年紅葉門下生となる。26年「冠弥左衛門」を発表。28年世俗の道徳を批判した「夜行巡査」「外科室」を「文芸倶楽部」に発表し、観念小説作家として認められる。以後29年の「照葉狂言」や、遊廓に取材した「辰巳茶談」他、幽玄怪奇の世界をテーマにした「高野聖」（33年）などを著す。32年芸者桃太郎と結婚後は、芸妓を主人公にした「湯島詣」（32年）、自身の結婚経緯を綴った「婦系図」、「歌行燈」「白鷺」などを発表。硯友社系の作家として、唯美的、ロマンティックな作品は耽美派の先駆となった。大正期に入ってからは「日本橋」や戯曲「天守物語」などを、昭和に入ってからも「薄紅梅」などを発表し、明治・大正・昭和の3代にわたって活躍した。一方、俳句にも親しみ紅葉の紫吟社連衆の一人であった。

＊　＊　＊

○普門品ひねもす雨の桜かな

東京都台東区谷中霊園
句碑　昭和二二年　池田蕉園墓碑刻

筆塚

東京都文京区湯島三丁目湯島天神
塚　昭和一七年九月

秋の雲尾上のすゝき見ゆるなり

神奈川県逗子市小坪四大崎公園
句碑　平成三年四月

○普門品ひねもす雨の桜かな

神奈川県逗子市久木町岩殿寺
句碑　昭和三七年一〇月

滝の白糸

富山県高岡市片原中島町稲荷神社
記念碑　昭和三一年五月

荒海ながら、日和の穏やかさに、…（中略）
町は薄霧を透して青白い。…（略）
（「縷紅新草」より）

石川県金沢市東山三丁目馬場小学校
詞碑　昭和四五年一一月　三人刻　川端康成書

○はゝこひし夕山櫻峯の松

石川県金沢市卯辰山帰厚坂

句碑　昭和二二年七月　碑陰に略伝刻

鏡花先生出生之地

石川県金沢市尾張町二丁目「森八」内

記念碑　昭和二二年七月

うつくしや鶯あけの明星に

石川県金沢市尾張町二丁目久保市乙剣宮

句碑　昭和三九年九月　記念碑刻

瀧の白糸碑

石川県金沢市浅川町浅野川梅の橋

記念碑　昭和二二年

伊藤左千夫（いとう・さちお）

歌人・小説家

（元治元年八月一八日～大正二年七月三〇日）

出身地　上総国武射郡殿台村（千葉県山武市）

本名は伊藤幸次郎。明治法律学校に入学するが、病気のため中途退学し、農事を手伝い、また牛乳搾取業を営むかたわら、明治33年より子規に師事する。36年「馬酔木」を創刊し、根岸派の代表歌人として多くの短歌、歌論を発表。「馬酔木」廃刊の41年には「アララギ」を創刊し、後進の育成に努め、島木赤彦、中村憲吉、斎藤茂吉らを育てた。明治歌壇に新風をふきこんだ一方で、子規から学んだ写生文で名作「野菊の墓」や「隣の嫁」などの小説も発表した。「左千夫歌集」「左千夫歌論集」などがある。

＊　＊　＊

○わがやどの軒の高葦霜かれて
　くもりにたてり葉の音もせず

山形県上山市北町弁天みゆき公園

歌碑　昭和五七年五月

久々に家帰り見て故さとの

今見る目には岡も河もよし

千葉県山武市ＪＲ成東駅ホーム

歌碑　昭和五八年一一月

○天地の四方の寄合を垣にせる
　九十九里の濱に玉拾ひ居り

千葉県山武市大須賀海岸

歌碑　昭和三八年二月

石塚の岩辺の桜ひた枝に
　苔むすなべに振りさびにけり

千葉県山武市石塚山浪切不動長勝寺

歌碑　昭和三八年六月

故郷の吾家の森は楠若葉
　楠の若葉に我を待てりけり

千葉県山武市成東中学校

歌碑　昭和五二年三月

九十九里の波の遠音や降り立てば
　寒き庭にも梅咲きにけり

千葉県山武市殿台伊藤左千夫記念公園

歌碑　平成三年三月

遥かに聞ゆる九十九里の波の音、夜から昼から間断なく、どう〳〵どう〳〵と、…（略）

（「春の潮」より）

九十九里の波の音は、今日は南の方向に聞える。千里も五百里も鳴りかさなる、…（略）

（「分家」より）

千葉県山武市殿台伊藤左千夫記念公園

文学碑　平成三年三月　二詞刻

牛飼が歌よむ時に世の中の
あらたしき歌おほひに起る

千葉県山武市殿台伊藤左千夫記念公園
歌碑　平成三年三月　伊藤左千夫を歌う九首刻

屋敷の西側に一丈五、六尺も廻るやうな椎が四本重なり合って立って居る。…（略）
（「野菊の墓」より）

千葉県山武市殿台伊藤左千夫記念公園
文学碑　平成三年三月

秋草のいづれはあれど露霜に
痩せし野菊の花をあはれむ
（「野菊の歌」五首）

おり立ちて今朝の寒さを驚きぬ
露しとしとと柿の落葉深く
（「ほろびの光」五首）

千葉県山武市殿台伊藤左千夫記念公園
歌碑

○牛飼がうたよむ時に世の中の
あらたしき歌おほひに起る
千葉県山武市殿台左千夫生家前
歌碑　昭和三八年二月

砂原と空と寄合ふ九十九里の
磯行く人等蟻の如しも
千葉県山武市蓮沼小川荘
歌碑　昭和五八年一〇月

○牛飼がうたよむ時に世の中の
あらたしき歌おほひに起る
千葉県山武市日向小学校
歌碑　昭和三七年七月

九十九里の波の遠鳴り日の光り
青葉の村を一人来にけり
千葉県富里市富里町富里中学校

歌碑　昭和三六年一二月

僕の家といふは、矢切の渡しを東へ渡り、小高い岡の上でやはり矢切村と云っている所。…（略）
（「野菊の墓」より）

千葉県松戸市下矢切西蓮寺
文学碑　昭和四〇年五月

砂原と空と寄合ふ九十九里の
磯行く人等蟻の如しも
千葉県千葉市中央区市場町一―一県文化会館
歌碑　昭和四八年一〇月

砂原と海と寄合ふ九十九里の
磯行く人等蟻の如しも
九十九里の磯のたひらは天地の
四方の寄合に雲たむろせり
ひさかたの天の八隅に雲しづみ
吾が居る磯に舟かへり来る
千葉県千葉市緑区野呂町野呂ＰＡ文学の森（千葉東金道路）
歌碑　平成三年一一月　三首刻ステンレス製

花あやめしらしら見ゆる田の上を
一つの螢のとびわたるかも
東京都葛飾区四つ木四つ木中学校（吉野園跡碑刻）
歌碑　昭和三八年一月

よき日には庭にゆさぶり雨の日は
家とよもして兒等が遊ぶも
東京都墨田区錦糸町駅前左千夫旧居跡
歌碑　昭和五八年一〇月　土屋文明書

牛飼が歌よむ時に世の中の
あらたしき歌おほひに起る
東京都江東区亀戸三丁目普門院善応寺
歌碑　昭和五九年七月

竪川の野菊の宿は初芽すぎ
　二の芽摘むべく群れ生ひにけり
東京都江東区亀戸五の橋脇
歌碑　平成四年三月

竪川に牛飼ふ家や楓萌え
　木蓮花咲き児牛遊べり
東京都江東区大島三丁目都立城東高校
歌碑　昭和五四年一一月　土屋文明書

朝起きてまだ飯前のしばらくを
　小庭に出でて春の土踏む
東京都江東区大島六丁目住宅中央公園時計柱前
歌碑　昭和五五年七月　終焉の地の歌土屋文明書

天人の笛吹川に名も立てる
　岸の栗原色づきにけり
笛吹の川のかけ橋鍛冶や橋
　栗の黄葉の秋は見るべし
笛吹の岸の木原の栗黄葉
　時雨に過ぎて心ともしも
山梨県甲州市塩山藤木放光寺
歌碑　昭和六二年一一月　三首刻

秋風の浅間のやどり朝露に
　天の門ひらく乗鞍の山
長野県松本市浅間温泉桜ヶ丘
歌碑　昭和一五年五月

虫まれに月も曇れるほのやみの
　野路をたどる吾が影もあやに
長野県塩尻市広丘原新田広丘郵便局前
歌碑　昭和六二年五月　前文略他二首刻

○信濃には八十の群山ありと云へど
　女の神山の蓼科われは
長野県北佐久郡立科町女神湖畔
歌碑　昭和四五年六月

○信濃には八十の群山ありといへど
　女の神山の蓼科われは
○我が庵をいづくにせんと思ひつつ
　見つつもとほる天の花原
長野県茅野市北山蓼科高原親湯温泉裏の丘
歌碑　昭和一四年一〇月　二首刻

蓼科也御湯わきたきつ湯の川に
　打て流まめか水ぬるみ
　生せる勢りかも
（篠原千洲君之宿尓て）
長野県茅野市北山湯川篠原氏邸
歌碑　平成一年七月　二首刻

夕日さし虹も立ちぬと舟出せば
　また時雨くる諏訪の湖
長野県諏訪郡下諏訪町高木津島神社
歌碑　平成四年一二月

寂志左乃極尓堪弖天地丹
　寄寸留命乎都久都九止思布
（寂しさの極に堪て天地に
　寄する命をつくづくと思ふ）
長野県諏訪郡富士見町富士見公園
歌碑　大正一一年五月　島木赤彦書

信濃には八十の群山ありと云へと
　女の神山の蓼科われは
福岡県福岡市城南区片江町東油山文学碑公園
歌碑

《参考文献》
◎『左千夫の文学と文学碑　―左千夫の旅とその碑』

永塚功著　成東町（千葉県）　1986・3
◎『伊藤左千夫の歌碑・文学碑』
成東町（千葉県）　1992・9

井上靖（いのうえ・やすし）

小説家
（明治四〇年五月六日〜平成三年一月二九日）
出生地　北海道上川郡旭川町（旭川市）
出身地　静岡県田方郡上狩野村湯ケ島（伊豆市）

中学生の時はじめて詩に関心を持ち、高校時代「日本海詩人」の懸賞小説に詩を発表、大学時代「焔」の同人となる。のち「サンデー毎日」の懸賞小説に「初恋物語」などが入選し、昭和11年大阪毎日新聞社に入社。同年「流転」で千葉亀雄賞を受賞。「サンデー毎日」編集部を経て、学芸部記者をつとめる。戦後の21〜23年の間は、詩作に力を注ぎ、後の小説のモティーフ、主人公の原型となる作品を多く書く。24年以降再び小説を書き始め、同年「闘牛」で芥川賞を受賞。26年毎日新聞社を退職し、以後作家として幅広く活躍。他の代表作に「氷壁」「蒼き狼」「天平の甍」「孔子」、詩集に「北国」「地中海」「運河」などがある。

＊　＊　＊

私は十七歳の、この町で生まれ、いま、百歳の、この町を歩く。すべては大きく変ったが、ただ一つ、…（略）
北海道旭川市西条緑橋通り八丁目旭川信用金庫前
文学碑　平成二年九月

○暫くすると、再び海峡の闇の中に、アカエリヒレアシシギの集団は、その啼き声と一緒に吸い込まれ始めた…（略）
（「アカエリヒレアシシギ」より）
青森県下北郡風間浦村下風呂海峡いさりび公園
詩碑　平成一年九月

古里の山河美し
古里のこころ美し
秋田県雄勝郡羽後町西馬音内小学校
詩碑　昭和五〇年

風が海から吹きつけているのでひどく寒かった　丘陵には松が多く　松の幹の海と反対側の面にだけ雪が白くくっついている…（略）
（「氷壁」より）
山形県酒田市南新町一丁目日和山公園入口
文学碑　昭和六〇年四月

宝暦の頃、国事に勤むる男女この寺へ逃れしが捕吏の襲うところとなりて、…（略）
東京都葛飾区奥戸八丁目宝蔵院
文学碑　昭和三八年一一月

「世界の屋根」パミールの中心都邑である喀什の一夜、そこに仰ぐ北辰（北極星）は美しい。
東京都港区高輪三−一三−一新高輪プリンスホテル国際館パミール内
文学碑　平成二年九月

○菊
東京都港区浜松町二−四−一世界貿易センタービル定礎
記念碑　昭和四四年一一月　定礎刻

悲しい海、悲しい空、今日も真青く澄んでいます。あなた方の悲しい死によって
…（略）
東京都小笠原村硫黄島字南一番
文学碑　昭和五八年九月

北斗蘭干
神奈川県足柄下郡箱根西坂茨ヶ平
詞碑　昭和六〇年

○日本海美し
内灘の砂丘美し
波の音聞きて

生きる人の心美し
石川県河北郡内灘町宮坂運動公園
詩碑　昭和五〇年三月

ある壮大なものが傾いていた、と海を歌った詩人があった。その言い方を借りれば、波打際はある壮大なるもの重い裳だ。…(略)
（詩集「海」より）

石川県河北郡内灘町宮坂運動公園
詩碑　昭和五〇年三月　副碑刻

○高等学校の学生の頃、日本海の砂丘の上で、ひとりマントに身に包み、仰向けに横たわって、…(略)
（散文詩「流星」より）

石川県金沢市広坂通金沢中央公園
詩碑　昭和六一年一〇月　碑陰に山本健吉の一文刻

○潮が満ちて来るようなそんな充たし方で、私は私の人生を何ものかで充たしたい。

長野県千曲市上山田温泉中央公園
詩碑　平成五年七月

仙禄湖畔
長野県佐久市岩村田西本町
詞碑　昭和四九年五月　佐藤春夫碑刻

井上靖先生の風林火山に著されており。
長野県岡谷市湊四－一五－一二竜光山小坂観音院
墓碑　昭和三八年一一月　由布姫墓碑刻

○フンザ、ギルギットと並ぶ…(略)
（「飛騨高山讃」より）

岐阜県高山市上岡本町飛騨の里文学散歩道
文学碑　平成二年五月

人間が造った、古い歴史と文化の町を自然が造った、大山脈、小山脈が取り巻いている。…(略)
（「飛騨高山讃」より）

岐阜県高山市西之一色町飛騨民俗村文学散歩道
文学碑　平成二年五月

美しく尊く親しいもの。私たちの祖先の相談相手であった野の佛たち。

静岡県伊豆の国市中長源寺
詩碑

元日の教室で、先生は黒板に“新しい年”と書いた。…(略)
（「新しい年」より）

静岡県伊豆市昭和の森会館
詩碑　昭和五五年七月

地球上で一番清らかな広場。
北に向って整列すると、…(略)

静岡県伊豆市湯ヶ島小学校
詩碑　昭和五六年三月

その頃、といっても大正四、五年のことで、いまから四十歳前のことだが、夕方になると…(略)
（「しろばんば」より）

静岡県伊豆市湯ヶ島旧井上靖氏邸跡
文学碑　平成七年一月

瑰魄飛びてここ美しき故里へ帰る
静岡県伊豆市熊野山共同墓地
詞碑　昭和三九年三月

なぜかその中年男は村人の顰蹙をかい、彼に集まる不評判は、…(略)
（詩集「北国」より）

静岡県伊豆市滑沢渓谷
詩碑　昭和五七年三月

山河美しければこころうつくし
静岡県伊豆市修善寺工業高校

詩碑　昭和四〇年一一月

三島町へ行くと
道の両側に店舗が立ちならび、
町の中央に映画の常設館があって、…(略)
（「少年」より）

静岡県三島市大宮町三島大社近く桜川柳の道
文学碑　平成六年三月

○思うどち
遊び惚けぬ
そのかみの
香貫　我入道
みなとまち
夏は　夏草
冬は　冬涛

静岡県駿東郡長泉町駿河平井上文学館
文学碑　昭和四八年一一月

千個の海のかけらが
千本の松の間に
挟まっていた…(略)

静岡県沼津市千本郷林千本浜公園
文学碑　平成四年三月再建

若し原子力より大きい力を持つものがあるとすれば、それは愛だ。愛の力以外にはない。

静岡県沼津市JR沼津駅前
文学碑　昭和三三年八月

思うどち、遊びほうけぬ、そのかみの、香貫、我入道、港町、夏は夏草、冬は冬濤

静岡県沼津市御幸町市民文化センター
文学碑　昭和六三年七月

「ふるさと」という言葉は好きだ。
古里、故郷、そして、故国、郷関…(略)

静岡県沼津市御幸町市民文化センター
文学碑　昭和六三年七月　副碑

潮満ちて来るようなそんな満たし方で人は己が生涯を何ものかで満たすべきだ。

静岡県沼津市岡の宮沼津東高校
詞碑　平成一年四月

思うどち遊び惚けぬそのかみの香貫、我入道・みなとまち、夏は夏草、冬は冬涛。
ここちよき夜のしめりより靄ふかき
灯ともし頃の町をゆきけり
私は沼津中学時代、三学年に進級した大正十三年（一九二四年）四月から…(略)

静岡県沼津市下河原町妙覚寺
文学碑　平成三年四月

潮が満ちて来るや
うなそんな満たし
方が人は己が生涯
を何ものかで満た
すべきだ。

冬はましろく
夏は青き
富士の高嶺を
まなかいに…(略)

静岡県富士市比原吉原工業高校
詞碑　校歌　平成一一年四月

もし少年が身を投ずるにふさわしい集団があるとすれば…(略)

静岡県静岡市葵区紺屋町六―七静岡西武百貨店前
文学碑　昭和四五年

中国人留学生教育に生涯を捧げた人

静岡県掛川市松本亀次郎誕生の地
顕彰碑　昭和六〇年三月　松本亀次郎顕彰碑刻

○北斗と織姫の間に横たわっている星座は、…（略）
（「天竜川・讃」の一節）
静岡県浜松市天竜区佐久間町中部天竜川河畔
文学碑　昭和六三年一〇月

○新装なった白子港は…（略）
（「大黒屋光太夫・讃」より）
三重県鈴鹿市白子本町白子新港公園
文学碑　平成四年四月

有名な渡岸寺の十一面観音像を初めとして、沢山の衆生済渡の仏さまたちが、…（略）
（「聖韻」より）
滋賀県伊香郡高月町町立図書館前
文学碑　平成五年四月　井上ふみの碑もあり

慈眼
秋風
湖北の寺
滋賀県伊香郡高月町渡岸寺
詞碑　昭和五七年九月

「天平の甍」より
奈良県奈良市五条町唐招提寺鑑真御廟前
文学碑　平成八年五月

いわれみち
磐余道
奈良県桜井市山田山田寺入口三差路
詞碑　昭和四七年　道標刻

○ここ中国山脈の綾線
天体の植民地
風雨順時
玉殼豊穣
夜毎の星闌干たり
四季を問わず
凛々たる香気渡る
あぁここ中国山脈の綾線
天体の植民地
鳥取県日野郡日南町神福太田峠
文学碑　昭和五三年八月

ふるさとという言葉は好きだ。…（略）
（「ふるさと」より）
鳥取県日野郡日南町神福井上靖文学記念館文学碑公園
文学碑　平成四年五月　井上ふみ書

學舎百年
鳥取県日野郡日南町福栄小学校
記念碑　昭和五〇年

鑑真和上は、日本を目指す苦難にみちた放浪五年の旅の途上、失明されている。…（略）
（「若葉して」より）
佐賀県佐賀市嘉瀬町県立森林公園
文学碑　平成二年一一月

《参考文献》
◎『井上靖（カラーブックス–名作の旅4）』
巌谷大四著　保育社（大阪）　1972

太田水穂（おおた・みずほ）

歌人・国文学者
（明治九年一二月九日～昭和三〇年一月一日）
出身地　長野県東筑摩郡原新田村（塩尻市）

本名は貞一。別号にみづほのや。師範学校時代から詩歌を作り、卒業後は長野県内の高小、高女などに勤め、明治41年上京し、日本歯科医学校(現・日本歯科大学)倫理科教授に就任。35年処女歌集「つゆ艸」を刊行、38年には島木赤彦との合著「山上湖上」を刊行して注目され、以後歌人、評論家として活躍する一方、小説、随筆も記した。大正4年「潮音」を主宰して創刊。以後、歌論、古典研究にも多くの業績をのこした。他の歌集として「雲鳥」「冬菜」「鷺・鵜」「螺鈿(らでん)」「流鶯」「老蘇の森」などがあり、評論・研究の分野でも「万葉百首選評釈」「日本和歌史論」などのほか、芭蕉研究でも多くの著書がある。

＊　＊　＊

つつめどもつつみもあへぬしら珠か
　霞のおくの大蓮華岳
　北海道旭川市末広七条二丁目波多野氏邸
　歌碑　昭和五六年六月

○根をたえで世々に咲きつぐこの花の
　光りあまねき普陀落の庭
　栃木県芳賀郡益子町西明寺
　歌碑　昭和八年二月

○何ごとを待つべきならし何ごとも
　かつがつおもふ程は遂げしに
　神奈川県鎌倉市山ノ内東慶寺墓地
　歌碑　昭和四四年一〇月

此のゆふべ外山をこゆる秋かぜに
　椎もくぬぎも音たてにけり
　長野県上高井郡高山村山田温泉
　歌碑　昭和四四年

大原の広野の上に山四体
　菩さつ尊くあらわれましぬ
　長野県上水内郡飯綱町大原
　歌碑

わが道を聴かむと来にし天が下の
　四方のうた人に命なげうつ
　長野県松本市今井正覚院
　歌碑　昭和二七年九月

○命ひとつ露にまみれて野をぞゆく
　はてなきものを追ふごとくにも
　長野県塩尻市広丘原新田広丘小学校校庭
　歌碑　昭和二三年六月

たゝかひは何處にありし山川や
　かく静けくて雲を遊ばす
　長野県塩尻市広丘原新田太田卯策氏邸
　歌碑

高はらの古りに志駅に晴る、日の
　明るさ入れて郭公の鳴く
　長野県塩尻市広丘野村広丘駅ホーム内
　歌碑　昭和五六年一二月

繪にもかき哥にもよみてこの國の
　民のこころの志るしなる松
　長野県塩尻市大門手塚実壱氏邸
　歌碑　平成一年一一月

霜に晴れてつばらにみゆる山並の
　はるけきかたに雪をもとむる
　長野県上田市塩田生島足島神社
　歌碑　昭和三二年

○此夕べ外山をこゆる秋風は
　椎もくぬぎも音たてにけり
　長野県小諸市懐古園内藤村記念館前
　歌碑　昭和二五年三月　一師二友の歌碑

花ぐもりいさゝか風のある日なり
　ひる野火もゆる高遠の山

長野県伊那市高遠町東高遠郷土館庭
歌碑

山蒼く暮れて夜霧に灯をともす
　木曽福島は谷底の町
長野県木曽郡木曽町木曽福島駅前広場
歌碑　昭和五二年一一月　太田青丘書

○山蒼く暮れて夜霧に灯をともす
　木曽福島は谷底の町
長野県木曽郡木曽町木曽福島関所跡
歌碑　昭和四二年一一月

山あれば谷あり谷の清き瀬に
　青き鮎子をさ走らす国
長野県下伊那郡高森町山麓道路
歌碑　昭和五三年九月

生いしげるみてらの松に残りけり
　うらのやしまの山おろしの風
和歌山県和歌山市片岡町向陽山芦辺寺松生院
歌碑　大正五年三月

命ひとつ露にまみれて野をそゆく
　はてなきものを追ふことくにも
福岡県福岡市城南区片江町東油山文学碑公園
歌碑

大町桂月（おおまち・けいげつ）

詩人・随筆家・評論家
（明治二年一月二四日～大正一四年六月一〇日）
出身地　土佐国高知北門筋（高知県高知市永国寺町）

本名は芳衛（よしえ）。一高在学時代、巌谷小波らを知り、落合直文、塩井雨江らと交わる。明治28年創刊の「帝国文学」に評論、美文、新体詩などを発表し、29年「美文韻文　花紅葉」を雨江、羽衣と共に著し注目をあびる。32年島根県の中学に赴任したが、33年博文館によばれて上京。文芸時評、評論、紀行文を執筆、硬派の評論家として高山樗牛と並び称された。この間の評論・随筆集に「文学小観」「日本文明史」などがある。43年～大正7年冨山房の雑誌「学生」を主宰、青少年の修養に尽力した。また生来の旅好きで、各地の山水探勝を重ねて多くの紀行文を発表し、紀行文の第一人者とされた。とりわけ蔦温泉を愛し、本籍を移して蔦で病没した。

＊　＊　＊

奇花異草接天空
馬跡輪痕川字通…（略）
北海道紋別郡湧別町登栄床三重浜竜宮台
漢詩碑　昭和四六年

あなたふと平和の山に湧き出でて
　人の命をすくふ真清水
北海道紋別郡遠軽町北海道家庭学校
歌碑　昭和一二年

人若し余に北海道の山水を問はば、第一に大雪山を挙ぐべし。次に層雲峡を挙ぐべし。大雪山は頂上広くしてお花畑の多き点に於て、…（略）
北海道上川郡上川町層雲峡温泉層雲峡園地
文学碑　昭和四六年秋現在地移転

○密林缺處矮松連
風骨稜々翠色鮮
憐殺托根無寸土
但汝場裡遂百年
北海道川上郡弟子屈町川湯温泉川湯神社
漢詩碑　昭和一六年

網を干す棒や烏鷗の物語り

北海道野付郡別海町尾岱沼
句碑　昭和四三年七月

神のわざ鬼の手づくり仏宇陀
人の世ならぬ処なりけり
青森県下北郡佐井村仏ヶ浦仏ヶ浦
歌碑　昭和三二年七月

空と海の間に長き蝦夷が島
消えてかはりぬ漁火の影
青森県下北郡大間町西吹付山
歌碑　平成四年九月

東西の浪闘ひて霰かな
青森県東津軽郡外ヶ浜町竜飛竜飛岬
句碑　平成九年七月

龍飛岬
概して我国の太平洋に面する海岸は砂浜の連続なるが、…（略）
（「陸奥の海岸線」より）
青森県東津軽郡外ヶ浜町竜飛竜飛岬
文学碑　平成九年七月

たてがみを海吹く風に靡かせて
馬ひとつ立つ岩菊の原
青森県東津軽郡平内町夏泊半島大島
歌碑　昭和三七年七月

白鳥の羽音と共に千代までも
御稜威絶えせぬいかずちの宮
青森県東津軽郡平内町夏泊半島城所海岸雷電宮
歌碑　昭和五一年一〇月

山の中三十三湖紅葉かな
青森県西津軽郡深浦町十二湖鶏頭場池畔
句碑　昭和五三年一〇月

嫦娥くらの景は六万石にあり
入江のふち磁石のふち
青森県青森市南荒川山城ヶ倉大橋
詞碑　平成八年一〇月

一椀の芋を分かちて君と吾
うき世の外の月を見るかな
青森県黒石市板留温泉入口
歌碑　昭和一三年八月

世の人の命をからむ蔦の山
湯のわく処水清きところ
青森県十和田市蔦温泉
歌碑　昭和四九年六月

○十年あまり五とせ前に見しわらや
今こそ玉のうてなりけれ
青森県十和田市蔦温泉
歌碑　平成七年九月

極楽へこゆる峠のひとやすみ
蔦のいで湯の身をばきよめて
青森県十和田市蔦国有林内
歌碑　平成九年六月

住まば日本遊ばば十和田
歩きや奥入瀬三里半
青森県十和田市焼山奥入瀬渓流観光センター前
歌碑　平成三年四月

薄着して山に入れば残雪ふきの薹
宮城県大崎市鳴子温泉鬼首字下蟹沢一六高橋氏邸
句碑　昭和六〇年一〇月

散りはてて枯木ばかりと思いしを
日入りてみゆる谷のもみぢ葉
福島県いわき市竜場の滝

歌碑　昭和九年一一月

○久慈の奥男體山を仰ぎ見て
　書を学ばむと思ひける哉
　茨城県久慈郡大子町古分屋敷弘法堂
　歌碑　昭和五六年一月

御空より巖を傳ひて飛落ちて
すべりて散りて四度の大瀧
茨城県久慈郡大子町袋田袋田の瀧観瀑台
歌碑　平成二年　四首壁面刻

名にし負ふ箒川原にゆあみして
心のちりもはらはれにけり
栃木県那須塩原市塩原もみじの湯
歌碑　昭和五九年秋

名にし負ふ箒川原にゆあみして
心のちりもはらはれにけり
栃木県那須塩原市塩原八汐橋畔
歌碑

やせ馬の荷をおろしたる清水かな
栃木県那須塩原市ヘルシー七滝
句碑　昭和六〇年夏

あがつまのたにかくれしひとつすぎ
くもゐにみゆるときはきにけり
群馬県吾妻郡中之条町伊勢町小学校庭
歌碑　昭和九年　井上重徳歌碑陰刻　万葉仮名

松風や汗はきゆれど涙かな
新潟県佐渡市金井町文学公園（黒木御所跡）
句碑

○鶯や十戸の村乃能楽堂
新潟県佐渡市羽茂町本郷諏訪神社

句碑　昭和四五年四月

夜もすから高根のうへに焚火して
寝なからに見る十五夜の月

七月に来て七合の室七丈
主人七兵衛年も七十
山梨県北杜市白州町白須甲斐駒ヶ岳登山口竹宇駒ヶ岳神社
歌碑　昭和六三年一一月　二首刻

麓から頂きまでも富士の嶺を
背負ひて登る八ヶ岳かな
山梨県北杜市大泉町天女山中腹
歌碑

○酒のみて高根の上に吐く息は
散りて下界の雨となるらん
山梨県南巨摩郡早川町南アルプス農鳥岳山頂
歌碑　昭和三二年七月

布団からあたまだけ出す初日かな
静岡県浜松市北区三ヶ日町都森旅館「琴水」
句碑　昭和四三年

目に近く弥山を見つつ峯々を
終日こゆる奥かけの道
奈良県吉野郡天川村洞川弥山頂上
歌碑

大町桂月先生観望の地
鳥取県鳥取市佐治町尾際猿渡里
記念碑　昭和四四年五月

雲州の梅に別かるる寒さかな
島根県出雲市今市町出雲高校
句碑

草はみな刈りつくされし土手の上に

ひとむら残る女郎花かな
島根県出雲市多岐町小田
歌碑

雲をつくたてよりわけの杉村の
大杉見れば神代しおもほゆ
高知県長岡郡大豊町八坂神社
歌碑　昭和六年七月　「大杉碑」刻

古をかがみに今も後の世も
土佐に優れし人の出でなむ
高知県高知市高見野中兼山墓地
歌碑　大正一〇年

みよや見よみな月のみのかつら濱
海のおもよりいづる月かげ
高知県高知市桂浜旧水族館跡
歌碑　昭和三年秋　「桂月先生記念碑」刻

大空に瀧を仰ぎて晝寝哉
高知県須崎市上分住吉神社
句碑　昭和三二年一〇月

矛ヶ峯雨より上の岩に臥て
雲にほのめく日を仰ぐ哉

笠ばかり萱の上ゆく山路かな
高知県高岡郡佐川町斗賀野虚空蔵山
歌碑　句碑　昭和五三年四月　二首刻

羊腸路入鳥聲間
車上身閑心不閑
欲訪勤王豪傑跡
白雲埋盡幾重山
高知県高岡郡津野町布施ヶ坂
漢詩碑　昭和三六年五月

岡倉天心（おかくら・てんしん）

美術行政家・美術教育家・美術史家・思想家
（文久二年一二月二六日～大正二年九月二日）
出身地　武蔵国横浜本町（神奈川県横浜市）

本名は覚三（かくぞう）。東大在学中フェノロサを知り影響を受けた。明治13年文部省に入り、17年図画教育調査会委員となり古美術の保護、美術教育調査に当たった。22年東京美術学校（現・東京芸術大学）創立に尽力、監事となり、23年校長に就任、日本美術史講義を担当した。また帝国博物館理事・美術部長、臨時全国宝物取調掛を兼任。この間、22年に美術誌「国華」を創刊した。24年日本青年絵画協会、29年日本絵画協会などを組織。31年反岡倉派の策謀で天心排斥の美術学校騒動が起こり、天心は辞職したが、橋本雅邦ら15人が連判辞職、門下の横山大観、菱田春草らを率い日本美術院を創立した。その後、日本美術院は経営難に陥り同年、天心のアトリエがある茨城県五浦に移転した。主著に「日本の覚醒」「茶の本」がある。

＊　＊　＊

亞細亞ハ
一な里
茨城県北茨城市大津町五浦天心旧居前
詞碑　昭和一七年　横山大観書

蝉雨緑霑松一村
鷗雨白掠水乾坤…（略）
茨城県北茨城市大津町五浦五浦観光ホテル玄関前
漢詩碑　昭和四八年四月

谷中うぐひす初音の血に染む紅梅花
堂々男子は死んでもよい
奇骨侠骨開落栄枯は何のその
堂々男子は死んでもよい
茨城県北茨城市大津町五浦五浦観光ホテル

歌謡碑　昭和四八年四月　日本美術院の歌横山大観書

遠慮めさるな浮世の影を
花と夢みし人もある

茨城県北茨城市大津町五浦五浦観光ホテル
歌謡碑　昭和四八年　横山大観書

岡倉天心生誕之地

神奈川県横浜市中区本町開港記念会館
記念碑　昭和三三年五月　横書

○亜細亜ハ一ナリ

新潟県妙高市赤倉天心堂前
詞碑　昭和三四年八月

小川未明（おがわ・みめい）

小説家・児童文学作家

（明治一五年四月七日～昭和三六年五月一一日）

出身地　新潟県中頸城郡高田町（上越市）

本名は健作。明治38年「霰に霙」を発表して注目をあび、40年処女短編集「愁人」を刊行。さらに新浪漫主義の作家として「薔薇と巫女」「魯鈍な猫」などを発表。この間、早稲田文学社に入り、児童文学雑誌「少年文庫」を編集、43年には処女童話集「赤い船」を刊行した。大正に入ってからは社会主義に近づき短編集「路上の一人」「小作人の死」などを発表するが、昭和に入ってからは小説を断念して童話執筆に専念する。大正時代の童話に「牛女」「赤い蝋燭と人魚」「野薔薇」などの名作があり、昭和期には8年の長編童話「雪原の少年」をはじめ多くの童話集を出した。また「赤い雲」「赤い鳥」「海と太陽」などの童謡作品も発表し、詩集に「あの山越えて」がある。戦後の21年児童文学協会初代会長に就任。26年童話全集で日本芸術院賞を受賞し、28年には日本芸術院会員、また文化功労者に推された。

＊　＊　＊

○いかなる烈風も
若木を折る力なし
伸びれ子供等よ

岩手県奥州市江刺区米里町旧米里中学校
詩碑　昭和二九年九月

○詩筆百篇憂国情

東京都小平市美園町小平霊園
漢詩碑　昭和三六年七月　小川家墓所

○夏が来るたび
雲に風に
少年の日を思い出す
妙高山いまも
若きたましいを呼び…（略）

新潟県上越市中郷区二本木中郷小学校前夕日が丘
詩碑　昭和二八年一一月

人魚は南の方の海にばかり棲んでいるのではありません。…（略）

（「赤い蝋燭と人魚」より）

新潟県上越市本城町高田公園
文学碑

ここは都から遠い国境であります。そこには両方の国から、ただ一人ずつの兵隊が…（略）

（「野ばらの碑」より）

新潟県上越市北城町一大手町小学校
文学碑

○雪やみて木は黙し
鳥飛んで海とおく鳴れり

新潟県上越市大豆一丁目春日小学校
詩碑　昭和三一年九月

○雲の如く高く
くものごとくかがやき

雲のごとくとらわれず
新潟県上越市大豆一丁目春日山神社
詩碑　昭和三一年六月

故山長へに父母を埋めて
我が詩魂日本海の波とならん
新潟県上越市大豆一丁目春日山神社
詩碑

小川未明生誕の地
新潟県上越市幸町
記念碑

雲のごとく高く　雲のごとく輝き
雲のごとくとらわれず
静岡県富士市森下南中学校入口
詞碑　昭和三九年

荻原井泉水（おぎわら・せいせんすい）

俳人

（明治一七年六月一六日～昭和五一年五月二〇日）

出身地　東京府芝区神明町（東京都港区）

本名は幾太郎、のちに藤吉。中学時代から句作をはじめ、明治39年頃から河東碧梧桐の新傾向運動に参加する。43年「ゲエテ言行録」を翻訳刊行。44年碧梧桐と「層雲」を創刊し、大正2年に碧梧桐らと別れ、主宰するようになった。以後、自由律俳句の中心作家として活躍。自然―自己―自由の三位一体の東洋風哲学を自由律の基盤とし、句集「湧き出るもの」「流転しつつ」「海潮音」「原泉」「長流」「大江」「四海」の他、「俳句提唱」「新俳句研究」「奥の細道評論」など数多くの俳論や紀行感想集を刊行した。昭和30年昭和女子大学教授に就任。40年日本芸術院会員。

＊　＊　＊

秋高し二天の恩をおるう時
秋田県秋田市太平山谷横道一四野田牧場
句碑　昭和四四年

田うえの足洗う水も田に行く水
秋田県横手市雄物川町深井八幡神社
句碑　昭和二九年

○雪の日はもろともに雪の降る中
○月の夜はとこしへに月の照る中
群馬県伊勢崎市曲輪同聚院
句碑　昭和二九年一〇月

手を合わせたまふ仏へ手を合はす
神奈川県川崎市麻生区柿生善正寺
句碑　昭和四八年一一月

おもいではいなげみやげの枝柿の甘かりしこと
神奈川県川崎市麻生区王禅寺王禅寺境内
句碑

月のたま川を分れし水のたま川へ行く
神奈川県川崎市高津区千年千年郵便局前
句碑　昭和五〇年

おもいではいなげみやげの枝柿の甘かりしこと
神奈川県川崎市中原区下小田中七六〇内藤氏邸
句碑　昭和五〇年一月

○拾ふて拾ふて地蔵様の落葉
神奈川県横浜市保土ケ谷区境木町良応院境木地蔵灯籠竿石
句碑

○海は満潮か月は千畳光を敷く
神奈川県平塚市万田湘南平レストハウス前
句碑　昭和四〇年秋

○瀧は玉だれ天女しらぶる琴を聞く
神奈川県足柄下郡箱根町湯本天成園
句碑　昭和五〇年一月

○佐渡はおけさで酔うて八日の月をおとした
新潟県佐渡市原黒椎崎公園
句碑　昭和四六年

其人そこにいるようなその句が月の句
新潟県長岡市悠久山悠久山公園
句碑

○泉あり青空は手にしていたゞく
新潟県柏崎市上輪海側の小丘
句碑

○松が松へ山が山へ月はすむばかり
新潟県妙高市小出雲経塚山公園
句碑　昭和五年

よの中の望は西有明の月花雪にかぶる念佛
新潟県上越市大貫金谷山医王寺墓地
句碑

○愈々ふる雪雪つもる
富山県滑川市田中町慈眼寺
句碑　昭和五六年四月

○漕ぎいで、海黒し蛙まだ聞こゆ
富山県滑川市吾妻町滑川市立図書館
句碑　昭和五八年一〇月

○滝を落し全山木の葉をおとしおわり
富山県中新川郡立山町立山下小平滝見台
句碑　昭和三九年春

○今年雪荒の春になる空の松に鳶
富山県富山市梅沢町三丁目真興寺
句碑　昭和五五年一二月　二句刻

天命地令人従身土不二土はくろし生出てあおし光なり
山梨県甲府市幸町古守病院庭
句碑　昭和四八年七月

雪はやみし石段の山門の欅の空
長野県飯山市奈良沢称念寺門前
句碑　平成五年四月

○人生の有明つばくらの山のごとき父なりき
長野県北安曇郡池田町会染中島遊園地内
句碑　昭和四五年九月

燕岳とつばめ飛ぶ安曇野はひこつ
長野県北安曇郡池田町俳句坂
句碑　昭和五八年三月

○しなのは山と月と父のふる里
長野県松本市浅間温泉鷹の湯前
句碑　昭和五〇年一〇月

明治百年百竹の主こゝにあり
長野県松本市丸の内池上喜作氏邸
句碑　昭和四三年一〇月

柳かれぐ巾上の流ありやなし
長野県松本市中上田川橋畔
句碑　昭和四五年三月　住山久二句碑の碑陰に刻

○星それぐの秋の座にあり戦終り
長野県松本市三才山一ノ瀬横山英一氏邸
句碑　昭和五一年七月

おわかれのにじととうげのおじなりし
長野県塩尻市大門五番町手塚誠之氏邸
句碑　昭和四五年

巌を越して流るる風呂の烟を立てる
長野県上田市腰越腰越橋畔
句碑　平成八年五月

○今は雲を噴く火の山の若葉なり
長野県小諸市菱平菱野温泉裏山観音堂東広場
句碑　昭和四三年秋

○慈愛は父母の心なり
慈悲は太陽の姿なり
長野県北佐久郡軽井沢町追分軽井沢西部小学校正門脇
詞碑　平成四年一〇月

○右に左に田へ行く水の音たて、行く
長野県佐久市甲（上原）五郎兵衛記念館脇
句碑　昭和四八年七月

○水哉水哉
長野県佐久市甲（上原）伊藤一明氏邸
詞碑　昭和四八年七月　師弟句碑（併刻）

○水行可行處（水は行くべき処に行く）
長野県佐久市春日潜り篠源水
詞碑

○空を歩むろうくと月ひとり
長野県佐久市岩村田鼻顔稲荷神社
句碑　昭和三〇年五月

花を花に来て花の中に坐
長野県伊那市高遠町高遠公園二の丸
句碑　昭和三五年四月

山や川や石なめらかに魚かおる
岐阜県各務原市川島町民会館
句碑

山や川や石なめらかに魚かおる
岐阜県揖斐郡揖斐川町房島県道沿い
句碑　昭和四三年

裏はまつ山の夏の雨はれてゆく雲
静岡県伊東市物見丘二仏現寺
句碑　昭和一一年一〇月　二句刻

藤の長房や天龍は長き流れなり
静岡県磐田市池田行興寺
句碑　昭和三五年五月

水は動きて動かざる滝の一すじや
静岡県浜松市天竜区青谷不動の滝句碑園
句碑　昭和四一年夏

豊年の存分供出した跡のしらぎく
愛知県刈谷市野田町馬池二一―一稲垣道場
句碑　昭和五二年五月

○夏雲白し山中廣し市をなす
京都府綾部市味方町紫水ヶ丘公園
句碑　昭和二五年九月

○石のしたしさよしぐれけり

○大正は遠し天の川又遠し
京都府京都市東山区本町一五丁目東福寺天得院
句碑　昭和一四年一一月　両面刻

○南無観世音ふじはようらく空にちる
京都府京都市東山区泉涌寺山内町善能寺
句碑　昭和四七年七月

春の日しばる樟むらの光したたり
大阪府茨木市奈良町一一―三西村氏邸
句碑　昭和四五年五月

いわおにじを吐く（井泉水）

大阪府大阪市住吉区杉本二-二〇光明寺
句碑　平成八年五月再建

月は珠雲の白龍之をとる
兵庫県三田市南ヶ丘一丁目三田学園
句碑　昭和四四年九月

○子どもにじをかく　子どもにじのはしをわたり
兵庫県高砂市松陽四丁目播州山頭火句碑の園
詞碑　平成一四年四月

○梵音海潮音海は紺青鐘の鳴る
和歌山県有田市宮原町円満寺
句碑　昭和三一年秋

空を歩むろうろうと月ひとり
鳥取県東伯郡北栄町道の駅「大栄」
句碑　平成一〇年一一月

後や先や上り来て皆夕空
鳥取県東伯郡北栄町西園田中氏邸
句碑　平成七年

○湯は流れ釣人もいて水流れ
鳥取県東伯郡三朝町三朝温泉木屋旅館前
句碑　昭和四七年六月

霧に花売の行く川の水はれてゆく
岡山県津山市山下千代稲荷神社
句碑　昭和五三年

○はるさめの石のしつくする
山口県防府市本橋町二護国寺
句碑　昭和五八年一二月　三句刻

○月は有明のありやなしかっぱの宿をでる
山口県下関市長府中土居本町近木圭之介氏邸
句碑　昭和五一年一〇月

ほとけをしんずむきのほのあおきしんじつ
香川県小豆郡土庄町渕崎本覚寺
句碑　昭和三七年四月

水や花やさきあふれみちたたへ
空を歩む朗々と月ひとり
地は青しはや清風の草の丈
火よあした雪ふりさかりもえさかる
香川県小豆郡土庄町渕崎本覚寺
梵鐘　昭和二五年春　梵鐘に四句刻

爲ることはこれ松の葉を掃く
香川県小豆郡土庄町放哉記念館
句碑　平成一〇年四月

爲ることはこれ松の葉を掃く
香川県さぬき市長尾西宗林寺
句碑　平成八年一一月

○くすの木千年さらに今年の若葉なり
福岡県太宰府市宰府四丁目太宰府天満宮本殿裏
句碑　昭和四二年五月

コスモス寒く阿蘇は暮れずある空
熊本県阿蘇市小里ともした旅館
句碑　昭和五八年一〇月

尾崎紅葉（おざき・こうよう）

小説家
（慶応三年一二月一六日～明治三六年一〇月三〇日）
出身地　江戸芝中門前町（東京都港区）

本名は徳太郎。幼い頃に母を失い、母方の祖父母の下で育つ。明治16年東大予備門に入学。18年に山田美妙、石橋思案らと近代初の小説結社・硯友社

を結成。機関誌で我が国の純文学雑誌・同人雑誌の嚆矢である「我楽多文庫」を創刊。22年小説「二人比丘尼色懺悔」で文壇にデビューした。同年帝大在学中のまま読売新聞社に入り、23年大学を中退。若年にして早くも文壇の雄として仰がれ、多くの若き作家たちがその門を叩いた。その後、心理的写実主義や言文一致の文体を追及し、29年写実主義の最高作となった「多情多恨」において〝である調〟の文体を完成させた。30年からは代表作となる「金色夜叉」を「読売新聞」に連載したが、36年に未完のまま、35歳で世を去った。小説のほかに随筆、批評、紀行文などにも優れた才をみせ、特に俳句には熱心で十千万堂と号した。

＊　＊　＊

本堂や昼寝無用の張紙す
栃木県那須塩原市塩原妙雲寺
句碑

俥を駆りて白羽坂を踰えてより、回顧橋に三十尺の飛瀑を踏みて…（略）
（「金色夜叉」の一節）
栃木県那須塩原市がま石園地
文学碑　昭和五四年一月

野呂松がのそりと出たり夏の月
新潟県佐渡市真野町十王堂
句碑　昭和五年夏

松風をいただく汗の額かな
新潟県佐渡市真野町文学散歩道
句碑

○あゆ津九や矢を射る水のすきまより
新潟県佐渡市羽茂町飯岡渡津神社
句碑　昭和四三年

汗なんどふいてもらうてわかれけり
新潟県佐渡市羽茂町村山路傍
句碑　昭和四三年八月

○月すずし橋かけたやと歌ひつつ
新潟県佐渡市小木町金比羅宮
句碑　昭和一二年春

涼風のわが眉太し佐渡ヶ島
新潟県妙高市赤倉香嶽楼
句碑　昭和七年一二月

紅葉山人筆塚
静岡県熱海市春日町しほみや旅館庭
塚　昭和七年一二月

○暗しとは柳にうき名あさみどり
静岡県熱海市田原本町志ほみや旅館前庭
句碑　昭和二九年一月

○いかさまに霞むやと岡に陟りけり
静岡県伊豆市梅林
句碑　昭和一六年

尾崎放哉（おざき・ほうさい）

俳人
（明治一八年一月二〇日〜大正一五年四月七日）
出身地　鳥取県邑美郡吉方町（鳥取市立川町）

本名は秀雄。中学時代から句作をはじめ、東大在学中は「ホトトギス」などに句作を発表。明治44年東洋生命保険東京本社に勤務し、後大阪支店次長、東京本社契約課長などを務める。大正5年荻原井泉水主宰の「層雲」に自由律俳句を投稿しはじめる。9年東洋生命を退社し、11年京城付の朝鮮火災海上保険に支配人として勤務するが、12年退職、満州各地を流浪する。帰国後、妻と別れ世俗を捨て、京都市の一燈園で下座奉仕の生活に入る。13年知恩院の寺男となるが酒の失敗で追われ、兵庫県の須磨寺大師堂の堂守となる。13年知恩院後福井県小浜町や京都の寺の寺男となり、14年8月小豆島の西光寺奥ノ院南

郷庵の庵主となるが、間もなく病気を悪化させて死去。酒と放浪の俳人であった。死後句集「大空」が井泉水編で刊行された。

＊　＊　＊

落葉たく煙の中の顔である
愛知県刈谷市野田町馬池二一－一稲垣道場
句碑　平成一年四月

咳をしても一人（放哉）
愛知県刈谷市野田町馬池二一－一稲垣道場
句碑　平成一年一月　四句刻

こんなよい月を一人で見てねる（放哉）
大阪府大阪市住吉区杉本二－二〇光明寺
句碑　平成八年五月再建

こんなよい月をひとりで見て寝る
兵庫県神戸市須磨区須磨寺町四須磨寺大師堂
句碑　昭和三四年四月　荻原井泉水書

せきをしてもひとり
鳥取県鳥取市立川町一丁目生誕地
句碑　平成四年七月　荻原井泉水書

春の山のうしろからけむりが出だした
鳥取県鳥取市栗谷興禅寺
句碑　昭和五年四月

秋空の墓をさがしてあるく
鳥取県鳥取市安長東円寺
句碑　平成二年一〇月　三句刻

入れものがない両手でうける
鳥取県鳥取市安長東円寺
句碑　平成二年一〇月

眼の前魚がとんで見せる島の夕陽に来ている
香川県小豆郡土庄町土庄港緑地公園
句碑　平成五年四月

障子あけて置く海も暮れ切る
香川県小豆郡土庄町放哉記念館
句碑　平成六年四月

翌は元日が来る佛とわたくし
香川県小豆郡土庄町放哉記念館
句碑　平成一〇年四月

いれものがない両手でうける
香川県小豆郡土庄町天神甲八三三南郷庵
句碑　昭和二年九月

咳をしても一人
香川県小豆郡小豆島町西光寺
句碑　平成一六年四月

お寺の秋は大松のふたまた
香川県さぬき市長尾西宗林寺
句碑　平成三年四月

翌は元日がくる佛とわたくし
香川県さぬき市長尾西宗林寺
句碑　平成八年一一月

梶井基次郎（かじい・もとじろう）

小説家
（明治三四年二月一七日～昭和七年三月二四日）
出身地　大阪府大阪市西区土佐堀

三高在学中から小説を書き始め、東大在学中の大正14年中谷孝雄・外村繁らと同人誌「青空」を創刊し、「檸檬（レモン）」を発表。同年「城のある町にて」「Kの昇天」などを発表。15年に肺結核のため伊豆・湯ケ島温泉に滞在

し、川端康成、広津和郎を知る。昭和2年肺を病む者の自意識を描いた「冬の日」、3年「冬の蠅」「蒼穹」「桜の樹の下には」を発表。同年帰郷し療養生活の傍ら「資本論」に没頭。5年から再び執筆、性の感覚をテーマに「愛撫」「闇の絵巻」「交尾」などを発表。6年「檸檬」を刊行、翌7年小林秀雄に評価されてようやく文壇の人となったが、程なく逝去した。

＊　＊　＊

山の便りお知らせいたします
桜は八重がまだ咲き残ってゐます…（略）

静岡県伊豆市湯川屋旅館前
文学碑　昭和四六年一一月　川端康成宛手紙より

今空は悲しいまで晴れてゐた
そしてその下に町は…（略）

（「城のある町にて」より）

三重県松阪市殿町松阪公園
詞碑　昭和四九年春

そこは山の中の寒村で村は百姓と木椎で養蚕などもしていた。…（略）

（「城のある町にて」より）

三重県北牟婁郡紀北町立上里小学校庭
詞碑　昭和五三年五月

びいどろと云ふ色硝子で鯛や花を打出してあるおはじきが好きになったし…（略）

（「檸檬」より）

大阪府大阪市西区靱本町一丁目靱公園
文学碑　昭和五六年五月

○五月六日
庭にはイチハツが盛りを過ぎ
平戸がさきはじめ
薔薇は日光の下にその新しい芽をうな垂れている。…（略）

（「禁烟日記」より）

兵庫県伊丹市千僧三丁目西善寺公園入口
文学碑　昭和五九年

金子みすゞ（かねこ・みすず）

童謡詩人

（明治三六年四月一一日～昭和五年三月一〇日）

出身地　山口県大津郡仙崎村（長門市）

本名はテル。高等女学校を出て下関市の上山文英堂書店で働きながら童謡をつくる。「童話」や「赤い鳥」に投稿し、一部で才能を認められた。大正15年発行の童謡詩人会編の童謡集には北原白秋、野口雨情らと並んで作品が一点収められたが、生前は広く世に知られることはなかった。23歳で結婚し、一女をもうけるが、離婚後の昭和5年に自ら命を絶った。6年間に五百余編の童謡を書き、代表作に「大漁」「わたしと小鳥とすずと」「繭と墓」「夢売り」など。57年矢崎節夫の尽力で「金子みすゞ全集」（全4巻）が刊行され、一躍脚光を浴びた。平成8年度の小学校の国語や道徳の教科書にも登場した。

＊　＊　＊

「波の橋立」より

山口県長門市仙崎青海島
詩碑

「王子山」より

山口県長門市仙崎青海島
詩碑

「大漁」より

山口県長門市仙崎青海島シーサイドスクエア
詩碑

こころ
お母さまは
大人で大きいけれど

お母さまの
おこころはちひさい…（略）
山口県長門市仙崎遍照寺
詩碑　平成一五年二月

「お日さん雨さん」より
山口県長門市仙崎みすず公園
詩碑

「わたしと小鳥とすずと」より
山口県長門市仙崎みすず公園
詩碑

「丘の上で」より
山口県長門市仙崎みすず公園
詩碑

「あとおし」より
山口県長門市仙崎みすず公園
詩碑

「弁天島」より
山口県長門市仙崎弁天島
詩碑

「波の子守唄」
ねんねよ
ねんね
ざんぶりこ
ざんぶり
ざんぶりこ
ねんねしな…（略）
山口県長門市仙崎仙崎小学校
子守歌碑　西村直記・作曲

「積った雪」より
山口県長門市仙崎大津高校前
詩碑

「空と鯉」より
山口県長門市仙崎大津高等女学院跡
詩碑

誰にも言わずに
おきましょう
朝のお庭のすみっこで
花がほろりと泣いたこと…（略）
（「露」より）
山口県長門市東深川赤崎山公園
詩碑　昭和五九年三月

公園になるので植えられた
桜はみんな枯れたけど
伐られた雑木の切株にゃ
みんな芽が出た芽が伸びた…（略）
（「王子山」より）
山口県長門市大泊王子山公園
詩碑　昭和六二年三月

川端康成（かわばた・やすなり）

小説家
（明治三二年六月一一日〜昭和四七年四月一六日）
出生地　大阪府大阪市北区此花町
出身地　大阪府三島郡豊川村（茨木市）

2歳で父、3歳で母をともに結核で亡くし、姉、祖父母もあいついで失い、15歳で孤児となる。旧制茨木中2年の時に作家を志し、一高時代の大正8年「ちよ」を発表。東大在学中の10年今東光らと第6次「新思潮」を創刊、2号に発表した「招魂祭一景」で文壇に登場。13年横光利一らと「文芸時代」を創刊、〝掌の小説〟といわれる短編や評論を発表し、〝新感覚派〟の作家と

して注目された。15年代表作「伊豆の踊子」を発表。同年第一創作集「感情装飾」を刊行。以後「禽獣」や「雪国」などを発表。18年「故園」「夕日」で菊池寛賞を受賞。戦中から戦後にかけて、鎌倉在住の作家達と鎌倉文庫をおこす。戦後は、26年「千羽鶴」で日本芸術院賞を、29年「山の音」で野間文芸賞を受賞した。28年芸術院会員、36年文化勲章受章、43年には日本人として初めてのノーベル文学賞を受賞。47年4月逗子マリーナの仕事部屋でガス自殺をした。

＊　＊　＊

田舎教師巡礼記念
埼玉県羽生市建福寺境内
句碑　昭和五二年七月

○国境の長いトンネルを抜けると雪国であった夜の底が白くなった
（「雪国」より）
新潟県南魚沼郡湯沢町雪国公園
詞碑　昭和四〇年一二月

戸隠には古都のやうに美しい子供がゐる
その典雅清麗の面差の子は禮儀正しく
山は嚴しく水清く…（略）
長野県長野市戸隠宝光社分校校庭
詞碑　昭和四八年一一月　牧歌碑

雪国
国境の長いとんねるを
抜けると雪国であった。
夜の底が白くなった。
信号所に汽車が止まった。
向側の座席から娘が立って
来て、…（略）
長野県下伊那郡阿智村伍和大鹿百花園
文学碑

美意延年
岐阜県関市春日町春日神社
詞碑

道がつづら折りになっていよいよ
天城峠に近づいたと思ふ頃
雨脚が杉の密林を白く染めながら
すさまじい早さで麓から
私を追って來た
静岡県伊豆市水生地
文学碑　昭和五六年五月

伊豆の踊子
湯ヶ野までは河津川の渓谷に沿うて三里餘りの下りだった。…（略）
静岡県伊豆市湯ヶ野福田氏邸隣
文学碑　昭和四〇年一一月

○湯が野までは河津川の渓谷に沿うて三里餘りの下りだった。…（略）
（「伊豆の踊り子」より）
静岡県賀茂郡河津町湯ヶ野福田屋旅館脇
文学碑　昭和四〇年一一月

○横光利一文学碑副碑撰文
三重県伊賀市柘植町柘植公民館横
詞碑　昭和三四年九月

若き横光利一君ここに想ひここに歌ひき
三重県伊賀市上野丸之内上野城公園
詞碑　昭和五一年

杉山の木末が雨にざわめき稲妻のたびにそのほかおは地上までひらめき…（略）
（「古都抄」より）
京都府京都市北区小野郷小野下ノ町北山グリーンガーデン
文学碑　昭和四七年一一月

私の村は現在茨木市にはいってゐる。京都と大阪との中間の山裾の農村…（略）

大阪府茨木市上中条二―一二市立川端康成記念館前
文学碑　昭和六〇年三月

以文会友
大阪府茨木市新庄町茨木高校
詞碑　昭和四五年

反橋は上るよりもおりる方がこはいものです。私は母に抱かれておりました。
（「反橋」より）

大阪府大阪市住吉区住吉二―九住吉大社
文学碑　昭和五六年五月

○雪月花時最思友
「続、千羽鶴」の一節
大分県玖珠郡九重町田野飯田高原大将軍
文学碑　昭和四九年七月　両面刻

○たまゆら
宮崎県宮崎市橘通東一丁目橘公園
詞碑　昭和六二年一一月

河東碧梧桐（かわひがし・へきごとう）

俳人
（明治六年二月二六日～昭和一二年二月一日）
出身地　愛媛県松山市

本名は秉五郎（へいごろう）。中学時代から正岡子規に師事。二高中退後上京し、子規の俳句革新運動に加わり、「日本」「新声」などの俳句欄選者となる。明治30年に創刊された「ホトトギス」に俳句、俳論、写生文を発表。36年頃から新傾向俳句へ進み始め、高浜虚子と対立、袂を分つ。39年全国旅行を開始、新傾向俳句運動を興す。大正4年「海紅」を創刊、自由律の方向をたどる。8年大正日日新聞社会部長となり、9年から11年にかけて西欧各国を旅行。帰国後の12年「碧」、14年「三昧」を創刊した。昭和8年俳壇を引退。俳句は定型時代、新傾向時代、自由律時代にわけられ、句集に「新俳句」「春夏秋冬」「続春夏秋冬」「碧梧桐句集」がある。「俳句評釈」「新傾向句の研究」などの評論、「三千里」などの紀行文集、「蕪村」などの蕪村研究、「子規の回想」などの子規研究や随筆集など、著書は数多い。

＊　＊　＊

一色に菊白しきるまじと思ふ
秋田県雄勝郡羽後町西馬音内川原田対川荘
句碑　明治四〇年

漁家三四菊うえて松の中にあり
福島県相馬市松川浦夕顔観音
句碑　「松川浦十二景」碑陰に三句刻

出水跡も岩立ちて紅葉遅うしぬ
福島県耶麻郡西会津町下野尻銚子の口
句碑　昭和二八年

○阪を下りて左右に藪あり栗おつる
栃木県さくら市弥五郎坂
句碑　大正一五年一〇月

山茶花や供御とゝのへし民あはれ
新潟県佐渡市真野町文学散歩道
句碑

○温泉を湯を溢れな手を肩を曲りな脚を
富山県黒部市宇奈月町温泉〝延対寺荘〟内男湯
句碑

○西駒は斑雪てし尾を肌ぬぐ雪を
長野県伊那市高遠町高遠城山公園
句碑　昭和六年　広瀬奇壁の句併刻

○今年植し若木の桜一葉を残す
長野県伊那市高遠町樹林寺

歌碑　平成三年一一月

○闇中に山ぞ聳つ鵜川哉
岐阜県岐阜市湊町ポケットパーク
句碑　昭和一三年

○庵に在りて風瓢々の夏衣
岐阜県養老郡養老町養老公園
句碑　昭和五五年七月

○明るくて桃の花に菜種さしそうる
岐阜県養老郡養老町養老公園
句碑　昭和五五年七月

鵜の音雛とも巣立つがもろ音
愛知県知多郡美浜町上野間鵜の池畔
句碑　昭和二四年五月

○小春雲線と飛ぶ松沈むかと
京都府与謝郡与謝野町弓木大内峠一字観公園妙見堂横
句碑　大正三年春

○春かけて旅すればしら紙の残りなくもう
兵庫県洲本市宇原第二文学の森
句碑

○袖ふれておのれを菊を客の顧み
兵庫県洲本市宇原第二文学の森
句碑

酔うてもたれて正月の屏風
広島県尾道市因島公園文学の遊歩道
句碑　昭和五六年四月

○汐のよい船脚を瀬のかもめつれ
広島県尾道市瀬戸田町向上寺
句碑

瘞紅の碑あるあり四山眠れるに
広島県尾道市東土堂町千光寺文学のこみち
句碑　昭和四〇年

○水鳥群る、石山の大津の烟
山口県防府市本橋町二護国寺
句碑　昭和五八年一二月　三句刻

散る頃の桜隣のも吹きさそひ来る
香川県さぬき市宇佐八幡宮
句碑　昭和五〇年九月

名残の土筆摘む松三本のよりて立つ影
香川県さぬき市長尾西宗林寺
句碑　平成四年五月

さくら活けた花屑の中から一枝拾ふ
香川県さぬき市長尾西宗林寺
句碑　平成六年六月

芦の風ざわついて残る蚊の出る
香川県さぬき市長尾西宗林寺
句碑　平成一一年一〇月

我ら聖地の巡礼の瓜店にての言葉
香川県さぬき市多和竹屋敷
句碑　平成七年一二月

一艘は出た亀島めぐる櫓声を遠に
香川県三豊市仁尾町仁尾浜
句碑

○釣舟見れば鱚のつりたく波足洗ふ
愛媛県四国中央市川之江町城山公園
句碑　昭和六二年六月

○子を歩せて下枝々のさくら咲く方へゆく
愛媛県四国中央市川之江町亀島川之江八幡神社

句碑　昭和五四年一二月

きみを待したよ櫻散る中を歩く
愛媛県新居浜市角野新田町別子ライン生子橋東道脇
句碑　昭和三六年七月

砂白ろに庭燎焚くらむ楠の冬
愛媛県今治市大三島町宮浦伊予銀行横
句碑　昭和五八年一月

温泉めぐりして戻りし部屋に桃の活けてある
愛媛県松山市道後町二丁目（俳句の道）県民文化会館東通り
句碑　昭和六三年四月

銀杏寺をたよるやお船納涼の日
愛媛県松山市神田町定秀寺
句碑

○さくら活けた花屑の中から一枝拾ふ
愛媛県松山市二番町四丁目市役所前堀端
句碑　昭和二八年八月　移建

山川艸木悉有佛性
愛媛県松山市東方町大蓮寺
句碑　昭和五三年九月

炉の火箸手にとれば火をよせてのみ
愛媛県松山市福音寺町福岡氏邸
句碑

一軒家も過ぎおちばする風のままにゆく
愛媛県上浮穴郡久万高原町直瀬国民宿舎「古岩屋荘」北
句碑　昭和五五年一一月

霧は尾根を西下りつ峰々の日落ちんとす
愛媛県上浮穴郡久万高原町土小屋
句碑

艸をぬく根の白さにふかさに堪へぬ
高知県高知市春野町弘岡下北山若尾家墓所
句碑　大正六年　墓碑刻

○山をやく相談の酒になる哉
大分県竹田市直入町長湯塩手酒舗前
句碑　平成一二年一一月　自筆

○鮎の初漁の日橋のそこらまで出ぬ
鹿児島県出水市米町広瀬橋河畔
句碑　昭和三七年六月

《参考文献》

◎『伊予路の河東碧梧桐―文学遺跡散歩』
鶴村松一著　松山郷土史文学研究会（松山）　1978・4

菊池寛　（きくち・かん）

小説家・劇作家

（明治二一年一二月二六日〜昭和二三年三月六日）

出身地　香川県高松市七番丁

本名は寛（ひろし）。高松中学校を首席で卒業後、推薦で東京高等師範学校（現・筑波大学）に入学するも、間もなく除籍。明治43年、一高に入り、芥川龍之介らを知るが、大正2年友人の窃盗の罪を着て退学。同年京都帝国大学英文科選科に進む。昭和3年芥川らの勧めで第三次「新思潮」に参加。5年第四次「新思潮」の発足に際しては創刊号から「暴徒の子」「父帰る」といった作品を寄稿したが、認められるには至らず、やがて同誌の編集や「文芸東西往来」といった随筆で才能を発揮した。6年頃から本格的に創作を開始し、5年大学を卒業して時事新報社社会部に入社。「無名作家の日記」「恩讐の彼方に」などを発表して、作家としての地位を確立した。また戯曲作家としても「藤十郎の恋」や「父帰る」などが当たり、高い評価を受けた。12年文芸春秋社を創立して「文芸春秋」を創刊、当時のジャーナリズムに多大な衝

撃と影響を与えた。また、芥川賞、直木賞、菊池寛賞を設け、新人発掘に功績を残した。しかし戦後は公職追放を受け、失意のうちに死去した。

＊　＊　＊

歌碑
千葉県南房総市岩井駅前

○遠あさの海きよらかに子等あまた
　群れあそびゐる岩井よろしも

句碑　平成四年一二月
香川県さぬき市長尾西宗林寺

行く年や悲しき事の又一つ

詞碑　昭和二八年一〇月
香川県高松市番町（第一法規前）生家跡

不實心不成事不虚心不知事

文学碑　昭和五九年一〇月
香川県高松市番町（市役所前）中央公園南西

おたあさん今日浄願寺の椋の木で百舌が啼いとりましたよ、もう秋ぢやや。
（「父帰る」より）

北原白秋（きたはら・はくしゅう）

詩人・歌人・童謡作家

（明治一八年一月二五日～昭和一七年一一月二日）

出身地　福岡県山門郡沖端村大字沖端石場（柳川市）

本名は隆吉（りゅうきち）。中学時代から「文庫」などに短歌を投書し、早大中退後の明治39年新詩社に入る。41年新詩社を退会、パンの会を興し、耽美主義運動を推進。「明星」「スバル」などに作品を発表し、42年第1詩集「邪宗門」を、44年抒情小曲集「思ひ出」を、大正2年第1歌集「桐の花」と詩集「東京景物詩」を刊行、以後詩歌各分野で幅広く活躍し、詩歌壇の重鎮となる。大正7年に創刊された「赤い鳥」では童謡面を担当し、千編に及ぶ童謡を発表すると同時に、創作童謡に新紀元を画した。また明治43年「屋上庭園」を創刊、以後も文学史上の重要な雑誌を多く立ち上げた。詩、短歌、童謡、小説、評論、随筆、紀行など各分野で活躍し、生涯の著書は約二百冊にのぼる。16年芸術院会員となったが、翌17年約5年にわたる闘病生活で死去した。

＊　＊　＊

歌碑　昭和四八年八月
北海道深川市一已町丸山公園

一已の屯田兵の村ならし
やゝに夕づくこの眺望を

歌碑　昭和三八年四月　六首刻
岩手県盛岡市梨木町二―一伊藤氏邸

うゐまぜてしをりよろしき秋草の
はなのさかりを見てあそぶなり

須賀川の牡丹の木のめでたきを
爐にくべよちふ雪ふる夜半に

牡丹の季節が過ぎて月余になったみちのくは白河の関にちかく須賀川の牡丹は木の古いので知られてゐるが…（略）

爐にくべて上無きものは木にして
牡丹ぞといふにすべなほほゐむ

文学碑　昭和四三年五月　木俣修書五首刻（他三首略）
福島県須賀川市牡丹園

渓の湯に裸の男女がつかっていて
　一面にさす青い葉漏れ日

歌碑　昭和六一年四月
栃木県那須塩原市塩原鈴木物産店

こごしかる湯桧曽の村や片溪と
日ざしたのめて冬はありつつ

群馬県利根郡みなかみ町湯桧曽公園

歌碑　昭和五七年一二月

「鵞ぺん」より（略）
群馬県前橋市千代田町広瀬川小公園
詩碑　前橋文学館前に数基の文学碑あり

○華やかにさびしき秋や千町田の
ほなみがすゑを群雀立つ
群馬県安中市磯部町赤城神社裏温泉公園
歌碑　昭和四七年一一月

○うすひねの南おもてとなりにけり
くだりつゝ思ふ春のふかきを
群馬県安中市松井田町横川東軽井沢ステーションドライブイン庭
歌碑　昭和四二年五月

「この道」
この道は
いつか来た道
ああそうだよ
アカシヤの…（略）
埼玉県久喜市青葉一―一久喜青葉団地二―五
唱歌碑　昭和四九年夏　山田耕筰・作曲

かはずの啼くはころころ
田螺の啼くはころろよ
ころころころろころころころ
萌え来よ春の下ん田
（長詩「水村の春―十六島」より）
千葉県香取市扇島市水生植物園
詩碑　平成二年一一月

蛍飛ぶ真間の小川の夕闇に
蝦すくふ子か水音立つるは
千葉県市川市真間四丁目四亀井院
歌碑　平成二年一〇月

華やかにさびしき秋や千町田の
ほなみがすゑを群雀立つ
千葉県市川市国府台三里見公園
歌碑　昭和四五年四月

○いつしかに夏のあはれとなりにけり
乾草小屋の桃いろの月
東京都江戸川区北小岩八―一三―一九八幡神社
歌碑　昭和三七年四月

ぼろ市に冬はまづしき道のしも
桜小学に通ふ子らはも
東京都世田谷区世田谷一―一三―三世田谷信用金庫本店前
歌碑　昭和四六年一〇月

○行く水の目にとどまらぬ青みなわ
せきれいの尾は触れにたりけり
東京都武蔵野市吉祥寺南町三―二七―四渓流唱秘苑
歌碑　昭和三六年一一月

西多摩の山の酒屋の鉾杉は
三もと五もと青き鉾杉
東京都青梅市沢井下分多摩川原
歌碑　昭和四二年九月

「からたちの花」
からたちのはな
がさいたよ
しろい
しろいはな
がさいたよ
東京都あきる野市菅生七一六西多摩霊園事務所前
唱歌碑　昭和四一年四月　常夜灯四面　譜面刻　山田耕筰・作曲

我が精進こもる高尾は夏雲の
下谷うづみ波となづさふ

東京都八王子市高尾山薬王院参道通称別れ道
歌碑　昭和三七年一一月

○多摩の登戸六郎兵衛さま
藤は六尺藤は六尺いまさかり
（「多摩川音頭」より）
神奈川県川崎市多摩区登戸丸山教本部苑内
歌謡碑　昭和四三年一一月

柿生ふる柿生の里名のみかは
禅寺丸柿山柿の赤きを見れば…（略）
神奈川県川崎市麻生区王禅寺王禅寺境内
詩碑　昭和四二年一二月

○さびしさに秋成がふみよみさして
庭にいでたり白菊のはな
神奈川県三浦市三崎町見挑寺
歌碑　昭和一六年一一月

○雨はふるふる城ヶ島の磯に
利久ねずみの雨がふる
（「城ヶ島の雨」）
神奈川県三浦市三崎町城ヶ島遊ヶ崎の磯
詩碑　昭和二四年

白鷺の白鷺の飛べば夕日の高麗寺
月になるやら風ぢややら
神奈川県平塚市追分九—二平塚若済病院
歌碑　昭和三四年四月

○赤い鳥小鳥なぜなぜ赤い
赤い実をたべた…（略）
神奈川県小田原市幸町城址公園郷土資料館内
童謡碑　昭和三二年

○赤い鳥小鳥なぜなぜ赤い
赤い実をたべた…（略）

神奈川県小田原市十字町伝肇寺
童謡碑　昭和三二年五月

「赤い鳥小鳥」
神奈川県小田原市城山四みみづく幼稚園
童謡碑　昭和三二年五月

「赤い鳥小鳥」
赤い鳥小鳥
なぜなぜ赤い
赤い実をたべた…（略）
神奈川県小田原市南町二丁目白秋童謡館
童謡碑　昭和三二年五月

うみはあらうみむこうはさどよ
すずめなけなけもうひはくれた…（略）
（「すなやま」より）
新潟県新潟市中央区西船見町護国神社
童謡碑　昭和三六年六月

「ペチカ」
雪の降る夜は
たのしいペチカ
ペチカ燃えろよ
お話しましょ
むかしむかしよ
燃えろよペチカ
新潟県長岡市学校町シンボルロード
童謡碑　山田耕筰・作曲

「赤い鳥小鳥」
赤い鳥小鳥
なぜなぜ赤い
赤い実を
食べた
新潟県長岡市学校町シンボルロード

童謡碑

韮崎の白きペンキの駅標に
薄日のしみて光るさみしさ

山梨県韮崎市JR韮崎駅前
歌碑　昭和四四年一一月

起きぬけに新湯にしたり恙なし
両手張りのべ息深うをり

長野県上田市別所温泉薬師堂歌碑公園
歌碑

○観音のこの大前に奉る
繪馬は信濃の春風の駒

長野県上田市別所温泉北向観音
歌碑　昭和三七年一一月

○世の中よあはれなりけり
常なけとうれしかりけり
山川にやまかはの音
から松に落葉松のかせ
（詩「落葉松」より）

長野県北佐久郡軽井沢町星野温泉入口道路脇
詩碑　昭和四四年六月

仰げよ建御名方
童よわがますらを
神にささげ誠を
八ヶ岳雲居にたなびき
窓に澄む雲の蓼科
米澤米澤わが村弥栄
（村歌・以下略）

長野県茅野市米沢北大塩米沢支所前
歌碑　平成三年六月

伊那は夕焼高遠は小焼
明日は日和か繭売ろか

長野県伊那市高遠町高遠駅前
民謡碑　昭和六三年一一月

雪祭に寄せて
雪祭は睦月の神事
その雪は田の面の鎮め
雪こそは豊の年の
穂に穂積む稔のしるし…（略）
反歌（略）

長野県下伊那郡阿南町新野伊豆神社参道
歌碑　昭和六三年秋

梅雨はれて吉原鐘に人のほる

岐阜県高山市丹生川町浄願寺
句碑　昭和五三年

○薄のにしろくかぼそく立つ煙
あはれなれども消すよしもなし

岐阜県恵那市大井町恵那峡さざなみ公園
歌碑　昭和三三年四月

○ほういくく
霜がこいぞつぐみよ

岐阜県恵那市長島町永田長田神社跡
詩碑　昭和四六年三月

細葉樫あきさめふれりうち見やる
石燈籠の青ごけの色

岐阜県美濃加茂市太田本町二丁目祐泉寺
歌碑　昭和三六年一一月　新碑あり

篝火の朱にはゆる君こそは鵜匠なれ
濡れしづく腰蓑の風折烏帽子古風にて
すばやくも手にさばく桧の縄の
はらはらに

時の間よゆく水のかぎりなき灯に
　にほへば
香魚を追ふ鵜の数の
　つぎつぎと目にうつりて
ほうほうと呼ぶこゑの誰ならず
　夜を惜むなり
　岐阜県岐阜市湊町長良橋南詰
　詩碑　昭和四六年

○紫蘭さいていささか紅き石のくま
　目に見えて寿々し夏去りにけり
　岐阜県養老郡養老町養老公園
　歌碑　昭和五五年七月

○伊東湯どころ
ひがしの海にヨサホイ
朝はゆららと
潮にゆららと…（略）
（「伊東音頭」より）
　静岡県伊東市渚町松川河口観光会館別館前
　民謡碑　昭和四四年八月　碑陰に「賢治郎宛」手紙文刻

うすうすに身のほそりつつ落つる影
　浄蓮の瀧もみ冬さびたる
（「渓流唱」より）
　静岡県伊豆市浄蓮の滝駐車場（公衆電話小舎壁）
　歌碑　壁面に三首刻

砂丘壁に来ゐる鶺鴒昼久し
　影移る見れば歩みつつあり
　静岡県下田市白浜白波海岸
　歌碑　昭和四九年三月

○唄はちゃっきりぶし、
　男は次郎長、
　花はたちばな、…（略）
（「ちゃっきりぶし」より）
　静岡県静岡市清水区日本平山頂パークセンター屋上
　民謡碑　昭和四二年九月

狐十七、ヨウ
千年の寺にぽんく
こよひ願あけもちの月
（「狐音頭」より）
　静岡県静岡市清水区上原千手千手寺
　民謡碑　昭和三五年八月

とほつあふみ浜名の郡日はぬくし
　坊瀬越え来てここは白須賀
おなじ冬おなじ蔀の日のあたり
　白須賀はよし古りし白須賀
　静岡県島田市河原一丁目大井川河川敷
　歌碑　平成五年　二首刻

館山寺松山穏し湖を来て
　ここは小春の入江さざなみ
　静岡県浜松市西区館山寺町館山寺海水浴場
　歌碑　昭和五七年一二月

水の音たゞにひとつぞきこえける
　そのほかはなにも申すことなし
　静岡県湖西市鷲巣本興寺
　歌碑　昭和五三年一〇月

七月七日浅宵川端千枝女史告別式の夕、通知入手遅れ不参…（略）
（「川端千枝追悼歌」より）
　兵庫県洲本市宇原第二文学の森
　歌碑

円けくて肉色の月おぼろなり
　白南風あけの芽蜩のこゑ
　兵庫県洲本市宇原第二文学の森

歌碑

○水楢の柔き嫩葉はみ眼にして
花よりもなほや白う匂はむ
奈良県奈良市五条町唐招提寺
歌碑　昭和五五年

○春雨のけなるきふりや屋根坐して
雫垂りなす宇陀の鞘橋
奈良県吉野郡吉野町色生善行寺前（色生橋近）
歌碑　昭和四九年一一月

守れ権現夜明よ霧よ
山はいのちのみそぎ場所
香川県仲多度郡琴平町金刀比羅宮奥社
歌碑

雨がふります雨がふる
遊びにゆきたし傘はなし…（略）
（「雨」より）
高知県安芸市八流八流公園
童謡碑

○山へ山へと
八幡はのぼる
はがねつむように
家がたつ
（「八幡小唄」より）
福岡県北九州市八幡東区中央三丁目高炉台公園
歌謡碑　昭和三六年一一月

たかる人波さすがよ八幡
山は帆ばしら海は北
舟も入海洞の海
こゝの御空で立つ煙ぢゃえ
えゝま立つ煙ぢゃえ
（「鉄の都」より）
福岡県北九州市八幡東区尾倉皿倉山山頂東展望台横
詩碑　昭和四九年一〇月

さひしさに秋成か書読みさして
庭に出てたり白菊の花
福岡県福岡市城南区片江町東油山文学碑公園
歌碑

雨はふるふる城ヶ嶋の磯に
利休ねずみの雨がふる
福岡県福岡市城南区片江町東油山文学碑公園
歌碑

帰去来
山門は我が産土、
雲騰る南風のまほら、
飛ばまし、今一度。
筑紫よ、…（略）
福岡県柳川市矢留本町矢留小学校裏（白秋詩碑苑）
詩碑　昭和二三年一一月

紫にほふ雲仙の
山を南の雲に見て
幸あり、我等、我が眸
空あり矢留、我が母校
空あり矢留、我が母校
福岡県柳川市矢留本町矢留小学校入口
校歌碑　昭和三九年一月

水郷柳河こそは、我が生れの里である。
この水の柳河こそは、我が詩歌の母體である。…（略）
（「水の構圖」より）
福岡県柳川市矢留本町白秋詩碑苑入口
文学碑　平成一〇年七月

見ずならむ一度見むと産土の
宮の春日を恋ふらく我は
福岡県柳川市矢留本町矢留大神宮
歌碑　昭和六〇年一月

ついかがむ乙女の女童影揺れて
まだ寝起きらし朝の汲水場に
福岡県柳川市新町石橋軍治氏邸（堀割）
歌碑　昭和六〇年一月　水中歌碑

真勝寺けふの彼岸の夕たけて
種市了へぬ春の種市
福岡県柳川市新町真勝寺
歌碑　昭和六〇年一月

水のべは柳しだるる橋いくつ
舟くぐらせて涼しもよ子ら
福岡県柳川市坂本町弥兵衛門橋畔
歌碑　昭和六〇年一月

水の街棹さし来れば夕雲や
鳰の浮巣のささ啼きの声
福岡県柳川市袋町遊歩道
歌碑　昭和六〇年一月

色にして老木の柳うちしだる
我が柳河の水の豊けさ
福岡県柳川市隅町鋤崎土居
歌碑　昭和六〇年一月

我つひに還り來にけり倉下や
揺るる水照の影はありつつ
福岡県柳川市新外町「殿の倉」倉下
歌碑　昭和五一年五月

待ちぼうけ、待ちぼうけ。
ある日、せっせと、野良かせぎ、
そこへ兎が飛んで出て、
ころり、ころげた
木のねっこ。
福岡県柳川市新外町遊歩道
童謡碑　平成七年五月

町祠石の恵美須の鯛の朱の
早や褪せはてて夏西日なり
福岡県柳川市稲荷町水天宮通り
歌碑　昭和六〇年一月

潮の瀬の落差はげしき干潟には
櫓も梶も絶えて船の西日に
福岡県柳川市稲荷町二丁堰側
歌碑　昭和六〇年一月

「からたちの花」
からたちの花が咲いたよ
白い白い花が咲いたよ…（略）
福岡県柳川市三橋町下百西鉄柳川駅横
唱歌碑　昭和五五年一〇月　山田耕筰・作曲

太鼓橋欄干橋をわたるとき
幼子我は足あげ勢ひし
福岡県柳川市三橋町高畑三柱神社参道入口
歌碑　昭和六〇年一月

立秋
柳河のたつたひとつの公園に
秋が来た
古い懐月楼の三階へ
きりきりと繰り上ぐる氷水の硝子杯
薄茶に雪にしらたま
紅い雪洞も消えさうに
福岡県柳川市三橋町高畑松月川下り乗船場入口
詩碑　昭和四七年八月

三柱宮水照繁なる石段に
　斑瑙の小蟹ささと音あり
　　福岡県柳川市三橋町高畑三柱神社
　　歌碑　昭和六〇年一月

殿の紋祇園守を水草の
　何の花かとわれら夢みき
　　福岡県柳川市三橋町高畑三柱神社
　　歌碑　昭和六〇年一月

三柱宮水照繁なる石段に
　瑪瑠の小蟹ささと音あり
　　福岡県柳川市三橋町高畑三柱神社
　　歌碑　昭和六〇年一月

殿の紋祇園守を水草の
　何の花かとわれら夢みき
　　福岡県柳川市三橋町高畑三柱神社
　　歌碑　昭和六〇年一月

太鼓橋欄干橋をわたるとき
　幼子我は足あげ勢ひし
　　福岡県柳川市三橋町高畑立花通欄干橋
　　歌碑　昭和六〇年一月

柳河のたったひとつの公園に
秋が来た
古い懐月楼の三階へ
きりきりと繰り上ぐる…（略）
（「立秋」より）
　　福岡県柳川市三橋町高畑高畑公園入口（欄干橋横）
　　詩碑　昭和四一年九月　改刻再建

水郷柳川こそは
我が生れの里である
この水の柳川こそは
我が詩歌の母体である…（略）
　　福岡県柳川市三橋町藤吉立花通り三柱神社入口
　　詩碑　昭和四一年一一月

水郷柳川こそは
我が生れの里である
この水の柳川こそは
我が詩歌の母体である
この水の構図
この地相にして
はじめて我が体は生じ
我が風は成った
　　福岡県柳川市三橋町立花通り高畑公園南入口（かささぎ苑）
　　詞碑　昭和四一年一一月

○ち、こひしは、こいしてふ子のきじは
　赤とあをもて染められにけり
　　福岡県みやま市瀬高町本吉清水寺本坊前庭
　　歌碑　昭和三三年三月

山門はもうまし耶馬台、いにしへの
卑弥乎が国水清く野の広らを
稲豊に酒を醸して、…（略）
雲騰り潮明るき海のきは
うまし耶馬台ぞ我が母国（反歌）
（「山門の歌」より）
　　福岡県みやま市瀬高町本吉清水寺茶店「竹屋」西側
　　文学碑　昭和六〇年一月

色ふかくつつじしづもる山の原
夏向ふ風の光りつつ来る
　　長崎県雲仙市小浜町雲仙宮崎旅館庭
　　歌碑　昭和五二年九月

俊寛の遺跡なりといふ
夏早き伊王島

家つづき石畳道…（略）
反歌
いにしへの流され人もかくありて
すえいきどほり海を睨みき
（「伊王島」より）
長崎県長崎市伊王島町伊王島武庫山長福寺跡
詩碑　昭和二五年一二月　俊寛墓碑刻

春霞関の外目は玉蘭の
花盛りかも母の玉名は
熊本県玉名郡南関町関外目石井了介氏邸
歌碑　昭和三七年一一月

てうち索麺戸ごとかけ並め日ざかりや
関のおもてはしづけかりにし
熊本県玉名郡南関町関町中央公民館前
歌碑　昭和三七年一一月

翠したたる大津山
空に充ち満つ日の光
産れの土に芽生えして…（略）
熊本県玉名郡南関町南関第一小学校
校歌碑　昭和五七年三月

大津山こゝの御宮の見わたしを
族がものと我等すずしむ
熊本県玉名郡南関町関東大津山阿蘇神社
歌碑　昭和五五年一〇月

○日ひけるは
あなわが少女
天草の蜜の少女よ
汝が髪は鳥のごとく
汝が唇は木の実の紅に
没薬の汁滴らす
（「ただ秘めよ」より）
熊本県天草市船の尾町天草殉教公園（キリシタン館前）
詩碑　昭和四二年四月

○山かげのここのみ寺のかえるては
ただ青々し松にまじりて
大分県大分市木の上少林寺
歌碑　昭和四三年一一月

○草深野こゝにあふげば国の秀や
久住はたかし雲をうみつゝ
大分県竹田市久住町赤川雨ふり峠
歌碑　昭和四一年八月

○ひく水に麻のをひてゝ月まつは
清き河原の天地根元づくりの家
宮崎県西臼杵郡高千穂町三田井高千穂峡（五ヶ瀬川峡谷）
歌碑　昭和二四年一一月

天なるやくしふる峰
高千穂の御田井の郷
真名井湧く老木が…（略）
宮崎県西臼杵郡高千穂町御塩井
詩碑

《参考文献》

◎『白秋のうた（現代教養文庫）』
北原白秋著・木俣修編著　社会思想社　1966
◎『北原白秋文学碑（緑の笛豆本）』
中山治雄著　緑の笛豆本の会（弘前）　1981・9
◎『白秋片影』
北原東代著　春秋社　1995・2

北村透谷　（きたむら・とうこく）

詩人・評論家・平和主義運動者

（明治元年一一月一六日～明治二七年五月一六日）

出身地　相模国小田原唐人町（神奈川県小田原市）

本名は門太郎（もんたろう）。別号に桃紅、蝉羽など。明治14年一家で上京、16年東京専門学校に入り、政治科で学び、民権運動に参加する。22年「楚囚之詩」を刊行するが、自信をなくし破棄する。24年「蓬莱曲」を刊行する。25年「平和」を創刊し「厭世詩家と女性」を発表して注目される。26年には「内部生命論」を「文学界」に発表。「文学界」は透谷や藤村を中心に、浪漫主義文芸思潮を形成した。27年「エマルソン」を刊行。明治27年、芝公園で自殺。

＊　＊　＊

島崎藤村　北村透谷
幼き日こゝに学ぶ

東京都中央区銀座五丁目泰明小学校前
記念碑　昭和三〇年七月

幻境
秋山国三郎・北村透谷親交の地

東京都八王子市上川町東部会館前
記念碑　昭和五二年五月　秋山国三郎翁顕彰碑

造化は人間を支配す
然れども人間も亦
造化を支配す

（「内部生命論」の一節）

東京都八王子市谷野町西谷野公園
詞碑　昭和二九年

「北村透谷に捧ぐ」

神奈川県小田原市幸町城址公園
詞碑　昭和四年　島崎藤村書

けさ立ちそめし秋風に
「自然」のいろはかはりけり
高梢に蝉の声細く
茂草に虫の歌悲し

（「眠れる蝶」から）

山梨県南巨摩郡南部町町立南郷中学校
詩碑

国木田独歩（くにきだ・どっぽ）

小説家・詩人

（明治四年七月一五日～明治四一年六月二三日）

出生地　千葉県銚子

出身地　山口県

本名は哲夫。小学校・中学は山口県で学ぶ。明治20年上京し、民友社系の青年協会に入会する。24年植村正久により受洗。評論、随筆を「文壇」「青年文学」「国民新聞」などに寄稿する。26年大分県佐伯の鶴谷学園教師となったが、27年上京し、民友社に入社、日清戦争の海軍従軍記者として活躍する。その後「国民之友」を編集。以後、報知新聞社、民声新報社、敬業社、近事画報社に勤務。30年合著「抒情詩」を刊行。34年最初の小説集「武蔵野」を刊行し、以後「独歩集」「運命」「濤声」を刊行。39年独歩社を創設したが40年に破産した。代表作としては単行本の他「源叔父」「牛肉と馬鈴薯」「酒中日記」「運命論者」などがあり、死後に手記「欺かざるの記」が刊行された。

＊　＊　＊

「独歩曽遊地」碑

北海道赤平市茂尻元町空知川河畔
文学碑　昭和三一年九月　碑陰・砂川独歩碑と同文

山林に自由存す
われこの句を吟じて
血のわくを覚ゆ…（略）

北海道歌志内市歌志内公園
詩碑　昭和三二年九月

○余は今も尚ほ空知川の沿岸を思ふと、
…（略）

北海道砂川市滝川公園
文学碑　昭和二五年九月　「空知川の岸辺」碑陰刻

挙げて永却の海に落ちゆく
世々代々の人生の流の一支流が
僕の前に横たわっているのである

茨城県ひたちなか市殿山町牛久保海岸通り
詞碑　昭和五五年三月　台座に「独歩こゝに療養す」と刻（横書き）

那須停車場より車にて塩原に向ひぬ。塩原は古町会津屋なり。…（略）

（「欺かざるの記」より）

栃木県那須塩原市塩原ホテルニューあいず
文学碑

なつかしきわが故郷は何處ぞや
彼處にわれは山林の児なりき

（「山林に自由存す」より）

千葉県銚子市海鹿島町海鹿島海岸
詩碑　昭和二七年七月

今より三年前の夏のことであった。自分は或友と市中の寓居を出で、三崎町の停車場から境まで乗り、…（略）

東京都武蔵野市境四桜橋畔
文学碑　昭和三一年一〇月

山林に自由存す

東京都武蔵野市中町一三鷹駅北口脇
詩碑　昭和二六年　武者小路実篤書

「国木田独歩にさゝぐ」

神奈川県川崎市高津区溝ノ口亀屋会館
記念碑　昭和九年六月　島崎藤村書

逗子の砂やま草かれて
夕日さびしく残るなり
沖の片帆の影ながく

小坪の浦はほどちかし

（「たき火」より）

神奈川県逗子市桜山九浄水管理センター
文学碑　平成四年一二月　活字体

永却の海に落ちてゆく
世世代代の人の流れが、
僕の前に横はって居る。

（小説「渚」の一節）

神奈川県茅ヶ崎市東海岸市営球場裏土手
詞碑　昭和三五年六月　「独歩追憶碑」

湯ヶ原の溪谷に向った時は
さながら雲深く分け入る思があった

神奈川県足柄下郡湯河原町万葉公園（熊野神社）
詞碑　昭和一一年夏

岩國の時代を回顧すれば恍として
更らに夢の心地す

（「欺かざるの記」より）

山口県岩国市横山吉香公園
文学碑　昭和四八年九月

山林に自由存す

山口県柳井市姫田市山医院
詩碑　昭和四五年五月

独歩之碑

山口県柳井市姫田市山医院裏山旧居跡
詞碑　昭和四五年五月

書を讀むは多きを貪るにあらず
唯章句熟讀を要す
静思すること久しければ義理自然に貫通す

（「讀書の戒」より）

山口県柳井市金屋町市立図書館入口

文学碑　昭和五〇年一一月移転

「置土産」の碑
山口県柳井市宮本東藤坂屋前
詞碑　昭和四三年

国木田独歩曽遊の地
山口県柳井市後地光台寺
記念碑　昭和二六年三月

なつかしきわか故郷は何處そや彼處にわれは山林の児なりき…（略）
山口県熊毛郡田布施町別府別府海岸
詞碑　昭和二六年一一月

独歩仮寓吉見家跡
山口県熊毛郡田布施町麻郷高塔
記念碑

歸去來の田布路木峠
山口県熊毛郡平生町布呂木路傍
記念碑　昭和二六年一一月

山林に自由存す
山口県山口市亀山町亀山公園
詩碑　昭和二八年春　柳田国男書

国木田独歩文学碑
熊本県阿蘇市一の宮町宮地阿蘇山酔峡登山口
詞碑　昭和五六年一月

独歩碑
大分県佐伯市城山佐伯城
詞碑　昭和三一年六月再建

小説「春の鳥」より
大分県佐伯市城山城山山頂
文学碑　昭和五六年一一月

佐伯の春先づ城山に来り
夏先づ城山に来り
秋又た早く城山に来り
冬はうど寒き風の音を
先づ城山の林にきく也…（略）
（豊後国佐伯〝城山〟より）
大分県佐伯市城山三の丸公園
文学碑　昭和五〇年三月

櫻花はすでに散り居たりたゞ
落花粉々の景を賞するを
得たりしのみ吾等それ
のみにても満足したり…（略）
（「欺かざるの記」より）
大分県佐伯市青山黒沢東光庵
文学碑　昭和五六年四月

《参考文献》
◎『国木田独歩の文学碑』
早稲田大学文学碑と拓本の会編　瑠璃書房　1981・11

窪田空穂（くぼた・うつぼ）

歌人・国文学者
（明治一〇年六月八日～昭和四二年四月一二日）
出身地　長野県東筑摩郡和田村町区（松本市）

本名は通治（つうじ）。東京専門学校を約1年で中退し、大阪の米穀仲買い商に勤務したが、明治30年生家に戻り、小学校の代用教員となる。このころ、同じ学校の太田水穂を知り、「文庫」に短歌を投じ、与謝野鉄幹に認められ新詩社社友となる。33年東京専門学校に復学し、文学活動を本格的に始める。36年「電報新聞」和歌欄選者となり、37年東京専門学校卒業と同時に社会部記者となる。この年受洗し、38年処女詩歌集「まひる野」を刊行。39年独歩社に入社。44年短編集「炉辺」を刊行。同年女子美術学校講師に就任。大正3年

文芸雑誌「国民文学」を創刊。9年早大文学部講師、15年教授となり、昭和23年の定年退職まで務めた。この間、国文学者として研究を進める一方、作歌活動も盛んにし、多くの歌集を刊行した。

＊　＊　＊

下野の高原山に月澄めり
　ゆくりなくしも心かなしき
栃木県日光市川治宿屋伝七敷地内
歌碑　平成六年一〇月

五月なほふかきみ雪の男体の
　山にとけては湖となる
栃木県日光市二荒山神社中宮祠
歌碑　昭和三一年一一月

○くだら仏師いまだ来ぬ日をあづまなる
　総に住みけるこの埴師はよ
千葉県山武郡芝山町芝山観音教寺はには博物館二号館
歌碑　昭和三四年一月

稲田みな乾割れしさまを目に見てと
　翁いひ出づ五十とせの前
千葉県山武郡大網白里町土枝氏屋敷跡
歌碑　平成三年一一月　窪田章一郎書

日あたりの若葉ほぐるる椙山に
　あな珍らしやちごちごの花
神奈川県秦野市震生湖公園
歌碑　平成七年四月　窪田章一郎書

○寒つばき濃べに丶咲ける小き花
　冬木の庭の瞳のごとき
新潟県佐渡市鷲崎鷲山荘文学碑林
歌碑

峡川の笛吹川を越えくれば
　この高はらは皆葡萄なり
山梨県甲州市勝沼町下岩崎宮光園
歌碑　昭和三〇年一〇月　他四首刻

韮崎の土手の桔梗を祈る人の
　抱へあますもむらさきの花
山梨県韮崎市JR韮崎駅前公園
歌碑　昭和五八年一一月

兄川に並ふ弟川ほそぼそと
　青山峡を流れてくたる
山梨県山梨市南塔の山差出の磯
歌碑　昭和二九年一〇月

池田びと愛で見はやさむ我手もて
　みどりとなせるときは木の山
長野県北安曇郡池田町袖沢大峯山入口
歌碑　昭和二四年一一月　植林記念碑刻

鉦ならし信濃の國をゆきゆかば
　ありしながらの母見るらむか
長野県松本市蟻ヶ崎城山公園
歌碑　昭和二九年五月

うたた寝の親の枕べ踏むごとく
　踏みてわが行くふる里の路を
長野県松本市和田和田小学校跡（歌碑公園）
歌碑　昭和五六年一一月

筑摩平野の中央の
山はるかなるわが郷土
和田堰の水ゆたかにて
秋のみのりの稲おもく…（略）
（「和田小学校校歌」）
長野県松本市和田和田小学校跡
校歌碑　昭和四八年三月

○この家と共に古りつつ高野槇
　二百年の深みどりかも
長野県松本市和田生家前
歌碑　昭和五六年一一月

○湧きいづる泉の水の盛りあがり
　くずるとすれやなほ盛りあがる
長野県松本市鳥立小学校
歌碑　昭和六二年一一月

鉦鳴らし信濃の国を行き行かば
　ありしながらの母見るらむか
長野県松本市芳川小屋小屋公民館玄関前
歌碑　昭和四八年三月

秋空の日に照るみどりにほひ出て
　見まはす四方にあふれなむとす
長野県塩尻市広丘原新田広丘小学校校庭（歌碑公園）
歌碑　昭和六二年七月

老松にそへる小まつの深翠
　山よりの風清き音立つ
長野県塩尻市片丘村上与八郎氏邸
歌碑　昭和三七年四月

老いの眼に観る日のありぬ別所なる
　唐風八角三重の塔
長野県上田市別所安楽寺
歌碑　昭和三九年八月

高き理想をもてよとて…（略）
長野県佐久市臼田臼田高等学校中庭
校歌碑　昭和六一年一〇月　北島茂書

山峡はここに極まる兜山
　三峰川をまへに城は立ちけむ
長野県伊那市高遠町白山橋欄干
歌碑　平成六年三月

高遠の町のゆかしも逢はまほしと
　思へる友の多くすめるに
長野県伊那市高遠町中町信用金庫前
歌碑　平成三年六月　窪田章一郎書

最明寺うらにしてささやけき
　五輪の塔を苔に見出でぬ
静岡県伊豆の国市最明寺
歌碑　昭和五三年一月

心燃ゆるものありて踏む夕波の
　寄り来て白き柿崎の浜
静岡県下田市柿崎弁天島前
歌碑　昭和四七年一〇月

水底にしづく圓葉の青き藻を
　差し射る光のさやかに照らす
（歌集「卓上の灯」より）
静岡県三島市大宮町三島水辺公園
歌碑　平成六年三月

揖斐木曽川に抱かれて
歴史も古し桑名の地
伊勢大橋の鉄の弧に
いま近代を誇る都市
ここにわれらをはぐくめる
母校よ桑名高等学校
三重県桑名市東方桑名高校入口
校歌碑　昭和三八年三月　第三節まで刻

もろもろの心一つに集まりて
　焔となれる羽曳野の丘
大阪府富田林市喜志町ＰＬ病院前
歌碑　昭和四六年四月　他六首刻

水きよき田部の夜のやみ照らしては
あをく飛ぶらむ螢おもほゆ
山口県下関市菊川町菊川旧町役場北側
歌碑　昭和三三年五月

○自立するものはたのしと剣が峰
呼びかくる聲を心もて聴く
徳島県徳島市山城西二丁目徳島文理大学
校歌碑

法聲聞計諸人止朝鳴之
夕撞鐘乃許恵乃止杼呂爾
徳島県美馬市寺町願勝寺
梵鐘　昭和二六年四月　二首刻留治の長歌と空穂の反歌を梵鐘刻

《参考文献》
◎『空穂の歌碑　改訂版』
窪田空穂記念館（松本）　2004・3

久保田万太郎（くぼた・まんたろう）

小説家・劇作家・演出家・俳人
（明治二二年一一月七日～昭和三八年五月六日）
出身地　東京市浅草区田原町（東京都台東区）

明治44年小説「朝顔」、戯曲「遊戯」が「三田文学」に発表され、また「太陽」に応募した戯曲「Ｐｒｏｌｏｇｕｅ」が当選し作家として出発。45年「浅草」を刊行、以後小説、戯曲、俳句の面で幅広く活躍。「三の酉」で32年に読売文学賞を受賞した。昭和12年には文学座を結成、死ぬまで幹事をつとめた。俳句の面でも、暮雨、傘雨などと号し、2年「道芝」を刊行、また戦後は雑誌「春燈」を主宰した。17年菊池寛賞を受賞、22年芸術院会員となり、32年には文化勲章を受章、またＮＨＫ放送文化賞を受賞したほか、日本演劇協会会長に就任するなど、生涯にわたって幅広く活躍した。

＊　　＊　　＊

露しげしおさなきもののあけくれに
秋田県雄勝郡羽後町西馬音内小学校
句碑　昭和三五年

雁の秋あきたなまりのなつかしき
秋田県湯沢市表町二丁目日善寺
句碑　昭和六年

温泉の町の磧に尽くる夜寒かな
群馬県安中市磯部町赤城神社文学の散歩道
句碑

この里におぼろふたたび濃きならむ
東京都台東区千東四―三三―一料亭「松葉屋」庭内
句碑

○竹馬やいろはにほへとちりぐに
東京都台東区浅草二丁目浅草神社
句碑　昭和四〇年一一月

○またの名のたぬきづか春深きかな
東京都台東区浅草二丁目浅草寺伝法院鎮護堂
句碑　昭和三八年　幇間塚碑面

浅草の茶の木はたけの雪解かな
東京都台東区浅草二丁目浅草寺奥山
句碑　昭和三九年　三句併刻

ふるさとの月のつゆけき仰ぎけり
東京都台東区雷門一―一五―一〇永谷マンション角
句碑　昭和五二年八月　生誕の地

神輿まつまのどぜう汁すすりけり
東京都台東区駒形一―七―一二「駒形どぜう」前
句碑

東京に江戸のまことのしぐれかな
東京都中央区日本橋一丁目日本橋畔

記念碑　昭和二九年三月　魚河岸の碑刻　豊道慶中書

○しぐる、や大講堂の赤れんが
東京都港区三田二丁目慶応義塾大図書館脇
句碑　昭和四八年五月

○いつぬれし松の根方ぞ春しぐれ
神奈川県鎌倉市二階堂瑞泉寺
句碑　昭和五四年五月

打ち返す浪のうつ、や春のくれ
長野県駒ヶ根市中沢原下島家墓所
句碑　下島行枝弔の句

○かはをそに火をぬすまれてあけやすき
三重県桑名市船馬町船津屋前
句碑　昭和三一年六月

焦土かく風たちまちにかをりたる
広島県広島市西区三滝町三滝山三滝寺多宝塔前
句碑　昭和三三年五月

小泉八雲（こいずみ・やくも）

作家・文芸評論家・英語教師

（一八五〇年六月二七日～一九〇四年九月二六日）

出身地　ギリシャ・リュカディア島（レフカス島）

本名はラフカディオ・ハーン。英国陸軍軍医の父親とシチリア島生まれの母親との間に生まれ、幼い頃父親の生家・アイルランドのダブリンに移った。明治23年ハーパー社の通信員として来日、日本滞在を決意し、B・H・チェンバレンの紹介で島根県立松江中学校の英語教師となる。翌年小泉セツ（節子）と結婚、熊本の第五高等学校に移る。27年神戸に転じ「神戸クロニクル」論説記者。29年日本に帰化し、小泉八雲と改名。同年上京、東京帝国大学英文学講師を勤める。37年早稲田大学に移るがまもなく急逝。古い日本の風俗人情を愛し、「知られぬ日本の面影」「心」「怪談」などの作品を通して日本を世界に紹介した。また民間の迷信を熱心に収集、「雪おんな」「耳なし芳一」「ろくろ首」などの怪談を発表した。

＊　＊　＊

筆開皇国華
文尽人情美
東京都台東区上野公園元上野図書館前
詞碑　昭和一〇年

小泉八雲舊居跡
明治三十五年三月ヨリ
三十七年九月マデ
東京都新宿区西大久保二―二六五陸口氏邸前
記念碑

小泉八雲舊居跡
明治二十九年九月ヨリ
四十五年三月マデ
東京都新宿区市谷富久町二一聖女学園
記念碑

焼津というこの古い漁師町は、日がカッとさすと妙に中間色の面白味が出て来る町だ。…（略）
（「焼津にて」より）
静岡県焼津市ＪＲ焼津駅前
文学碑　昭和四二年八月

小泉八雲記念碑
兵庫県神戸市中央区下山手六丁目県中央労働センター前
記念碑　平成六年六月

私も方々へ巡礼の旅をしなければならない…（略）
（「神々の首都・松江」より）
島根県松江市千鳥町千鳥南公園
文学碑　昭和四二年九月　日英文刻

日本の将来は剛毅朴訥をたつとび熊本魂にかかっている
熊本県熊本市黒髪二丁目熊本大学武夫原の松林
詩碑　昭和三九年二月

小杉放庵　（こすぎ・ほうあん）

画家・歌人・随筆家

（明治一四年一二月三〇日～昭和三九年四月一六日）

出身地　栃木県日光町（日光市）

本名は国太郎。二荒山神社宮司の六男として生まれ、16歳の時、洋画家五百城文哉の内弟子となる。明治33年吉田博に感化され上京、小山正太郎の不同舎に入る。未醒と号し、35年太平洋画会会員、40年「方寸」同人。41年文展初入選。のち受賞を重ねる。大正2～3年渡欧。3年日本美術院を再興、洋画部同人となるが、9年院展を脱退、11年春陽会を結成し、以後、日本画の制作が中心となる。この間、大正6年から放菴、昭和4年から放庵を名乗る。10年帝国美術院会員（のち日本芸術院会員）。20年戦災のため新潟県赤倉に移住。作品に「水郷」「豆の秋」「湧水」など、著書に「放庵画論」「東洋画総論」など。また歌人、随筆家としても知られ、歌集に「山居」「石」「炉」「放庵歌集」、反戦詩画集「陣中詩篇」、随筆に「帰去来」「故郷」など多くの著作がある。装丁家としても知られた。

＊　＊　＊

みずうみの夕べの水の落つるなり
　家七つある潟しりのむら
秋田県仙北市西木町西明寺字潟尻
歌碑　昭和九年

大威徳の山にひとすぢよこたはる
あさ雲のありかくだてを去る
秋田県仙北市角館町岩瀬字中菅沢JR角館駅構内
歌碑　平成一〇年一一月　新碑　（旧碑は平福記念館へ）

またも来む鳥なき青葉若葉して

山の粧ほひ成らば告げこせ
栃木県日光市川治温泉ホテル
歌碑

わらびとるやおさなかりけるあの頃の
父を思ひつつ母をおもひつつ
栃木県日光市所野小杉氏邸
漢詩・歌碑　昭和五五年秋　漢詩「思郷」より

○百穴に百の仏の住みたまふ
　長岡の村かすみたりけり
栃木県宇都宮市長岡町長岡百穴
歌碑　昭和五三年一二月

○この国によき日照る日をみちはたの
　石になりても待たむぞおのれ
群馬県甘楽郡下仁田町下小坂藤村詩塚
歌碑　昭和二七年

祭り曳山業平小町
城ケ山ではオワラ花ざかり
富山県富山市八尾町上新町越中八尾郵便局前
民謡碑　昭和六三年三月

八尾日和に白帆が見ゆる
白帆かくれてオワラ松の風
富山県富山市八尾町東町商工会前
民謡碑　昭和六二年七月

酔ふた身ぶりは踊に見せぬ
　酒も八尾のオワラ玉旭
富山県富山市八尾町東町玉旭酒造
歌碑　おわら踊りの絵　林秋路書・画

ぽんと出た別荘山から出た出た月が
おわら踊りにオワラ浮かれ出た
富山県富山市八尾町福島福島の湯前

民謡碑　昭和六二年八月

富山あたりかあの燈火は
飛んでゆきたやオワラ灯とり虫

富山県富山市八尾町福島前山八尾園前
民謡碑　昭和六二年八月

○岩のうへに高あぐらしてまねきなば
よりても来べき秋の雲かな

長野県大町市平蔦温泉仙人岩
歌碑　昭和一五年秋

○わが立つは天のさ霧の中ならず…（略）

長野県大町市新鹿沢
歌碑

岩のまに古きほとけのすみたまふ
千光寺山かすみたりけり

広島県尾道市東土堂町千光寺文学のこみち
歌碑　昭和四〇年

西條八十（さいじょう・やそ）

詩人・作詞家・フランス文学者

（明治二五年一月一五日～昭和四五年八月一二日）

出身地　東京市牛込区払方町（東京都新宿区）

早大在学中から「早稲田文学」などに作品を発表、「未来」同人となる。大正7年鈴木三重吉の「赤い鳥」創刊に参加、童謡「かなりあ」を発表。以後、北原白秋、野口雨情とならぶ大正期の代表的童謡詩人として、多くの童謡を発表した。8年第一詩集「砂金」を刊行、9年訳詩集「白孔雀」を刊行。10年早大英文科講師となり、13年ソルボンヌ大学に留学、帰国後早大仏文科助教授、昭和6年教授に就任。また、流行歌から軍歌まで幅広い分野で作詞家としても活躍し、「東京行進曲」（昭4年）、「東京音頭」「サーカスの唄」（昭8年）などがヒットした。戦後は早大を辞し、ランボーの研究に打ち込んだ。

＊　＊　＊

○眠れる君に捧ぐべき
矢車草の花もなく
ひとり佇む五月寒
立待岬の波静か
おもひでの砂ただひかる

北海道函館市日乃出町大森浜啄木小公園
詩碑　昭和三四年一〇月

友よきかずや靖国の
杜のおくより響く声
おれの使命は果したぞ
あとは君等にたのんだぞ

青森県弘前市岩木町高昭神社
歌謡碑　昭和四七年八月

○五十路の夏にわけのぼる
羽黒の峰の梅雨雲や
またみんことのありやなしと
ふり返りゆく山つゝじ

山形県鶴岡市羽黒町手向羽黒山参道
詩碑　昭和五四年一一月

をとこ伊与作維新の花よ
京の夜桜血で染める

（下館音頭）

茨城県筑西市大町児童公園
歌謡碑　昭和五五年七月

「若鷲の歌」
わかいちしおの
よかれんの
七つのボタンは
さくらにいかり
きょうも…（略）

茨城県土浦市荒川沖旧霞ヶ浦航空隊跡
軍歌碑　譜面刻　古関裕而・作曲　霧島昇・唄

「肩たたき」
茨城県龍ヶ崎市久保台四
童謡碑　中山晋平・作曲

○あいに来たのを叱ってかへす
後すがたのいじらしさ…（略）
群馬県利根郡みなかみ町小日向みなかみの森
歌謡碑

「青い山脈」
若くあかるい唄声に
なだれは消える花もさく
青い山脈雪割ざくら
空の果
けふもわれらの夢を呼ぶ
群馬県多野郡吉井町牛伏山
歌謡碑　昭和四五年一〇月　譜面刻　服部良一・作曲　藤山一郎・唄

○うたをわすれた
かなりやは
ざうげのふねに
ぎんのかい…（略）
東京都台東区上野公園不忍池畔
童謡碑　昭和三五年四月

高き理想に輝く眸
若き力にはりきるからだ
はつらつと我等あり
ふかく学び強く鍛う…（略）
東京都板橋区板橋四丁目板橋第五中学校庭
校歌碑　昭和三七年三月

「銀座の柳」
植えてうれしい銀座の柳
江戸の名残りのうすみどり
吹けよ春風紅日傘
けふもくるくる人通り
東京都中央区銀座数寄屋橋横
歌謡碑　昭和二九年四月　譜面刻　中山晋平・作曲

「越後獅子の唄」
笛にうかれて
逆立ちすれば
山が見えます
ふるさとの…（略）
新潟県新潟市南区月潟角兵衛地蔵尊そばの堤防
歌謡碑　平成一五年六月　万城目正作曲　美空ひばり唄

「青い山脈」
楽譜ハ短調六小節
新潟県魚沼市堀之内下倉
歌謡碑　昭和五五年三月　服部良一・作曲　藤山一郎・唄

風がささやく国吉の
小学生よ誇りあれ
われらこそ伸びて…（略）
富山県高岡市国吉国吉小学校前庭奉安殿跡
校歌碑

赤松の山のふもとに
わが恩師ねむりたまへり
涙もていだかまほしや
君生める黒きこの土
長野県塩尻市長畝吉江家墓地
詩碑　昭和四七年秋

脚はもげても野露は干ても
啼けよ信濃のきりぐす
姿老けても心は老けぬ

わしも信濃のきりぎりす
長野県上田市別所温泉柏屋別荘庭
歌謡碑　二節刻

○君は人間の生活よりも自然を愛しその中に解け込むことを愛する
（「三石君に」）
長野県佐久市臼田城山稲荷山公園山上
詞碑　昭和四六年一一月　寿像碑二氏の碑並立

伊豆の熱海か
伊豆の熱海か
熱海の伊豆か
オーサヨイトサノセ…（略）
（「熱海節」より）
静岡県熱海市梅園町熱海梅園
民謡碑　昭和三六年一月

「唐人お吉の唄」
駕籠で行くのはお吉ぢゃないか
下田港の春の雨
泣けば椿の花が散る
静岡県下田市間戸ヶ浜
歌謡碑　昭和三五年三月　佐々紅華・作曲　藤本二三吉・唄

行こか柿崎戻ろか下田
ここが思案のまどが浜
（「下田節」より）
静岡県下田市間戸ヶ浜間戸ヶ浜
民謡碑　昭和三五年

「のこり花火」より
静岡県沼津市千本港口公園
顕彰碑

都のざわめき遠く離れて
徳川園のみどりの草蔭…（略）
愛知県名古屋市東区徳川町徳川園
詩碑

青い山脈
京都府京都市右京区太秦東蜂ヶ岡町太秦映画村「映画の泉」前
歌謡碑　服部良一・作曲　藤山一郎・唄

「青い山脈」
若くあかるい
歌声に
雪崩は消える
花も咲く
青い山脈
雪割桜
空のはて
今日もわれらの夢を呼ぶ。（略）
大阪府大阪市中央区上本町西五丁目東平小学校跡地
歌謡碑　平成一六年一〇月　服部良一作曲　譜面刻

「鞠と殿さま」
てんてん手鞠は殿さまに
だかれてはるばる旅をして
紀州はよい国日のひかり…（略）
和歌山県和歌山市一番丁三和歌山城天守閣下
童謡碑　昭和三八年秋　中山晋平・作曲

「まりと殿さま」
和歌山県西牟婁郡すさみ町江住日本童謡園
童謡碑　中山晋平・作曲

うたをわすれたかなりやは
さうげのふねにぎんのかい
つきよのうみにうかべれば
わすれたうたをおもいだす
和歌山県東牟婁郡那智勝浦町勝浦ホテル浦島内小公園
童謡碑　昭和三九年

三次良いとこ眺めてみよし住んで住みよし人心…(略)
(「三次小唄」より)
広島県三次市三次町尾関山公園(江の川河畔)
民謡碑　昭和一一年一一月　六節刻

オリーヴの花をそよがせて渡る島風浴びて。きらめき…(略)
香川県小豆郡土庄町銚子渓
詞碑　昭和四四年三月

人の世のながき旅路に摘みし花贈られしはな
かずかずの情の花のかをりをばここにとどめぬ
あはれ
わがおもひでの花のかをり
とこしなへにこの世をば清めよ
愛媛県新居浜市船木町池田船木神社
民謡碑　昭和三九年秋　両面刻文塚刻

春寒き夜の三日月は落せし櫛に似たりけり…(略)
(「三日月」より)
高知県安芸市矢の丸一丁目土居橋親柱
童謡碑　昭和五八年九月

斎藤茂吉（さいとう・もきち）

歌人・精神科医
(明治一五年五月一四日～昭和二八年二月二五日)
出身地　山形県南村山郡金瓶村(上山市金瓶)

中学時代から作歌を志し、東大医科入学後、伊藤左千夫を訪ね、本格的に歌を始める。医科大学卒業後は副手として精神病学を専攻し、大正6年長崎医専教授となり、11～13年ドイツに留学。昭和2年養父の青山脳病院院長として継ぎ、20年まで務めた。一方、明治41年創刊の「アララギ」に参加し、活発な作歌、評論活動を始め、大正2年「赤光」を、5年には「短歌私鈔」を、8年には歌論集「童馬漫語」などを刊行。以後幅広く活躍し、昭和9年から15年にかけて「柿本人麿」(全5巻)を刊行し、15年に帝国学士院賞を受賞。25年刊行の「ともしび」は第1回読売文学賞を受賞し、26年文化勲章を受章した。

＊　＊　＊

青々とおどろくばかり太き蕗が
澤をうづめて生ひしげりたる
北海道中川郡中川町見晴公園
歌碑　昭和五三年一〇月

さよなかと夜は過ぎつつ志文内の
山のうへ照らす月のかげの清けさ
北海道中川郡中川町共和元診療所前
歌碑　昭和五三年一〇月

白浪のとどろく磯にひとりして
メノコ居たるを見おろして過ぐ
北海道虻田郡豊浦町文学碑公園(礼文華美の岬)
歌碑　昭和六二年七月

現身に沁むしづけさや旅ながら
十和田の湖にわれは来にけり
青森県十和田市花鳥溪谷バラ園文学散歩道
歌碑　平成五年

ぽっかりと朝日子あかく東海の
水に生まれてゐたりけるかも
岩手県盛岡市梨木町二―一伊藤氏邸
歌碑　昭和三八年四月　六首刻

日は晴れて落葉のうへを照らしたる
光寂けし北国にして
岩手県北上市大通二丁目青柳児童公園
歌碑

元禄の芭蕉おきなもここ越えて
旅のおもひをとことはにせり

宮城県大崎市鳴子温泉字尿前
歌碑　昭和五九年一一月

おのずから硫黄の香するこの里に
　一夜のねむり覚めておもへる
宮城県大崎市鳴子温泉鳴子ホテル
歌碑　昭和六二年九月

みづうみの岸にせまりて硫黄ふく
けむりの立つは一ところならず
宮城県大崎市鳴子温泉潟沼べり
歌碑　平成六年三月

わたつみに北上川の入るさまに
ゆたけきを見わが飽かなくに
宮城県石巻市日和が丘二丁目日和山公園
歌碑　昭和六三年

わがこころ和ぎつつゐたり川の瀬の
音たえまなき君が家居に
宮城県仙台市青葉区川内青葉山仙台城二の丸跡
歌碑　平成二年四月

みちのくの瀬見のいでゆのあさあけに
熊茸といふきのこ売りけり
山形県最上郡最上町瀬見湯前神社
歌碑　昭和六三年五月

もみぢ葉のすがれに向ふ頃ほひに
さばね越えむとおもふ楽しさ
山形県最上郡舟形町猿羽根峠
歌碑　昭和三一年五月

肘折のいでゆ浴みむと秋彼岸の
はざま路とほくのぼる楽しさ
山形県最上郡大蔵村肘折温泉地蔵倉参道入口
歌碑　昭和四八年一一月

封建の代の奴踊がをどり居る
進み居る尾花沢往還のうへ
山形県尾花沢市尾花沢諏訪神社
歌碑　平成一年一一月

○蝉のこゑひゝかふころに文珠谷
吾もわたりて古へおもほゆ
山形県尾花沢市銀山新畑銀山温泉
歌碑　昭和五五年八月

○最上川の上空にしてのこれるは
まだうつくしき虹の断片
山形県北村山郡大石田町今宿虹ヶ丘
歌碑　昭和三一年二月

○螢火を一つ見いでて目守りしが
いざ帰りなむ老の臥処に
山形県北村山郡大石田町大石田乙町立歴史民俗資料館
歌碑　昭和五三年五月

○最上川逆白波のたつまでに
ふゝくゆふべとなりにけるかも
山形県北村山郡大石田町大石田丙乗船寺
歌碑　昭和四八年四月

茂吉墓建立由来の碑（碑文略）
山形県北村山郡大石田町大石田丙乗船寺
記念碑　昭和四七年八月

○高原の沼におりたつ鸛ひとつ
山のかげより白雲わきて
山形県北村山郡大石田町田沢田沢沼
歌碑　昭和五七年五月

○おほきなる流となればためらはず
酒田のうみにそそがむとする
山形県酒田市南新町一丁目日和山公園

歌碑　昭和三七年一〇月

○ゆたかなる最上川口ふりさけて
光が丘にたてるけふかも
山形県酒田市南新町一丁目日和山公園
歌碑　昭和六〇年

○魚くひて安らかなりし朝めざめ
藤井康夫の庭に下りたつ
山形県酒田市浜田藤井氏邸
歌碑　昭和五三年五月

○もえぎ空はつかに見ゆるひるつかた
鳥海山は裾より晴れぬ
山形県鶴岡市堅苔沢堅苔沢自治会公民館
歌碑　平成一一年一二月　館開設十周年記念

○いつしかも月の光はさし居りて
この谷まよりたつ雲もなし
山形県鶴岡市湯殿山本宮
歌碑　昭和四三年一〇月

○わが父も母もいまさぬ頃よりぞ
湯殿の山に湯はわき給ふ
山形県鶴岡市湯殿山本宮
歌碑　昭和五七年一〇月

最上川ながるるくににすぐれ人
あまた居れどもこの君われは
山形県村山市楯岡本覚寺
歌碑　昭和六一年一一月　三首刻

○最上川流るゝくにゝすくれ人
あまた居れともこの君われは
山形県村山市楯岡町楯岡小学校
歌碑　昭和三二年一一月

○かなしきいろの紅や春ふけて
白頭翁さける野べをきにけり
山形県西村山郡西川町大井沢清水原
歌碑　昭和五四年一〇月

オホキミノタメミクニノタメニササゲタル
キミノイノチハトハニカガヤク
山形県西村山郡大江町左沢称念寺
歌碑　昭和五八年五月　弔電の碑

○最上川流れさやけみ時の間も
滞ること無かりけるかも
山形県東村山郡山辺町諏訪原
歌碑　昭和四五年一一月

○意乃豆加良善乎積太留代々遠経而
白玉之波奈仁賓布加如之
（おのづから善を積たる代々を経て
白玉のはなにほふがごとし）
山形県山形市七日町円満寺
歌碑　昭和五二年一二月

ふた国の生のたづきのあひかよふ
この峠路を愛しむわれは
山形県山形市笹谷峠
歌碑　昭和六二年一〇月

○あかねさす日のまともなる高岡に
心たけく子らは学ばむ
山形県山形市上野南坂蔵王第二小学校
歌碑　昭和三八年一一月

○陸奥の蔵王山並にゐる雲の
ひねもす動き春たつらしも
山形県山形市蔵王観松平
歌碑　昭和四三年一一月

陸奥をふたわけざまに聳えたまふ
蔵王の山の雲の中にたつ
山形県山形市蔵王山熊野岳山頂
歌碑　昭和九年八月

○秋日和十日つゞきてけふ一日
時雨は降りぬ街はぬれつゝ
山形県山形市蔵王飯田水上九〇一佐藤七太郎氏邸
歌碑　昭和五一年三月

○ひむがしに直にい向ふ岡に上り
蔵王の山を見守りて下る
山形県山形市蔵王温泉蔵王ガーデン
歌碑　昭和四四年一〇月

萬國の人來り見よ雲はるる
蔵王の山のその全けきを
とどろける火はをさまりてみちのくの
蔵王の山はさやに聳ゆる
山形県山形市蔵王温泉上ノ台ダリア園
歌碑　昭和四六年一二月　二首刻

もろともに教の親のみいのちの
さきくいませと建つる石ぶみ
山形県山形市蔵王半郷中山氏邸
歌碑　昭和五年四月

山のへに匂へる葛の花房は
藤浪よりも哀なりけり
山形県山形市大手町一―六三山形美術館前庭
歌碑　昭和六一年一〇月

○足乳根の母に連れられ川越えし
田こえしこともありにけむもの
山形県上山市元城内三―七月岡公園
歌碑　昭和三六年一一月

○蔵王よりおほになたれし高原も
青みわたりて春ゆかむとす
山形県上山市元城内三―七月岡公園
歌碑　昭和四七年六月

蔵王山その全けきを大君は
明治十四年あふぎたまひき
山形県上山市北町弁天みゆき公園
歌碑　昭和三七年七月　明治天皇行在所碑刻

○あしびきのやまこがらしのゆく寒さ
鴉のこゑはいよゝ遠しも
山形県上山市北町弁天みゆき公園
歌碑　昭和五七年五月

○ゆふされば大根の葉にふるしぐれ
いたく寂しく降りにけるかも
山形県上山市北町弁天一四二一斎藤茂吉記念館
歌碑　昭和四九年一一月

○のど赤き玄鳥ふたつ屋梁にゐて
足乳根の母は死にたまふなり
山形県上山市金瓶北町宝泉寺
歌碑　昭和四八年五月

○灰のなかにはゝをひろへり朝日子の
のぼるがなかにはゝをひろへり
山形県上山市金瓶火葬場跡
歌碑　昭和五七年五月

○大きみもほめたまひたる伯父の君は
いのちながくてくにの寶ぞ
山形県上山市金瓶金沢治右衛氏邸
歌碑　昭和四七年一〇月

すでにして蔵王の山の真白きを
心足らひにふりさけむとす

山形県上山市金瓶神明神社
歌碑　平成一六年五月

○ゆき降りし山のはだへは夕ぐれの
光となりてむらさきに見ゆ
山形県上山市十日町亀屋旅館
歌碑　昭和四七年八月

上ノ山に籠居したりし澤庵を
大切にせる人しおもほゆ
山形県上山市松山春雨庵
歌碑　昭和三九年一〇月

桜桃の花しらじらと咲き群るる
川べをゆけば母をしぞおもふ
山形県上山市皆沢フルーツライン
歌碑　昭和五六年九月

ひむがしの蔵王の山は見つれども
きのふもけふも雲さだめなき
山形県上山市経塚山
歌碑　昭和五一年一一月

平ぐらの高牧に来てあかときの
水飲み居れば雲はしづみぬ
山形県上山市永野蔵王坊平
歌碑　昭和四九年四月

○松風のつたふる音を聞きしかど
その源はいづこなるべき
山形県上山市白禿山
歌碑　昭和五一年三月

○をとめ等が脣をもてつゝましく
押しつゝ食はむ葡萄ぞこれは
山形県南陽市赤湯烏上坂
歌碑　昭和五四年三月

まどかにも照りくるものか歩みとゞめて
吾の見てゐる冬のよの月
福島県福島市信夫山信夫山頂上
歌碑　昭和六二年五月

○五日ふりし雨はるゝらし山腹の
吾妻のさぎり天のぼりみゆ
福島県福島市土湯温泉町土湯峠桶沼展望台
歌碑　昭和二七年六月

みちのくの勿来へ入らむ山かひに
梅干ふゝむあれとあかつま
福島県いわき市勿来町関田長沢勿来関跡
歌碑　昭和四二年一〇月

冬の日のひくくなりたる光沁む
砂丘に幾つか小さき谿あり
茨城県神栖市砂山若松緑地内
歌碑　平成三年四月

とうとうと喇叭を吹けば塩はらの
深染の山に馬車入りにけり
栃木県那須塩原市塩原妙雲寺文学の森
歌碑　昭和五九年春

しほ原の湯の出でどころとめ来れば
もみぢの赤き処なりけり
栃木県那須塩原市塩原源三窟下
歌碑

いづこにも湯が噴きいでて流れゐる
谷間を行けば身はあたたかし
群馬県吾妻郡草津町草津西の河原公園
歌碑

○二つ居りて啼くこゑ聞けば相呼ばふ
鳥がね悲し山の月夜に

埼玉県秩父市三峰三峰神社
歌碑　昭和四六年一〇月

無一塵の翁を訪へば君の身に
熱出でぬちふ胸にしむかも
千葉県山武市殿台伊藤左千夫記念公園
歌碑　平成三年三月

春の雲かたよりゆきし昼つかた
とほき真菰に雁しづまりぬ
千葉県我孫子市手賀沼遊歩道
歌碑　平成六年三月

ひく山は重なりあひておのずから
小さき港と成りゐたりける
千葉県勝浦市勝浦灯台展望台下
歌碑

○浅草の三筋町なるおもひでも
うたかたの如や過ぎゆく光の如や
東京都台東区三筋二－一六－四三筋老人福祉会館
歌碑　昭和五〇年

あかくと一本の道通りたり
霊剋るわが命なりけり
東京都港区南青山四－一七－四三青山脳病院跡
歌碑　昭和五二年

うつゝなる狂者の慈母の額より
ひかり放たむこと尊さ
東京都世田谷区上北沢都立松沢病院
歌碑

にひみどりそよがむ春のめぐり来ば
いやさらにして永久に偲ばむ
東京都府中市多磨町多磨霊園
歌碑

うつそ身の苦しみ歎く心さへ
はや淡々し山のみ寺に
東京都八王子市鑓水一三五六大法寺
歌碑　昭和二八年四月

○おのづから寂しくもあるかゆふくれて
雲は大きく谿に沈みぬ
神奈川県足柄下郡箱根町強羅公園
歌碑　昭和三〇年五月

高山に対ふ宮居のあとどころ
かなしみふかき春ゆかむとす
新潟県佐渡市金井町文学公園（黒木御所跡）
歌碑

○みほとけの大きなげきのきはまりを
とはにつたへてひゞきわたらむ
新潟県長岡市渡里町西福寺
歌碑　昭和四六年　二首刻

湯田中の川原に立てば北がわは
はつかに白し妙高の山
長野県下高井郡山ノ内町穂波温泉栄橋のたもと
歌碑　昭和五九年三月

諏訪のうみに遠白く立つ流波
つばらつばらに見んと思へや
長野県諏訪郡下諏訪町高木津島神社
歌碑

○高原尓足乎留而目守良無加
飛騨乃左加比乃雲比曽武山
（高原に足を留めてまもらむか
飛騨のさかいの雲ひそむ山）
長野県諏訪郡富士見町富士見公園
歌碑　昭和四〇年一〇月

八千ぐさの朝なゆふなに咲きにほふ
ふじみが原に我はきにけり
長野県諏訪郡富士見町富士見公園下白林荘前庭
歌碑　昭和三九年

麓にはあららぎといふ村ありて
吾にかなしき名をぞとどむる
長野県木曽郡南木曽町広瀬大平街道木曽見茶屋前
歌碑

雲さむき天の涯にはつかなる
もえぎ空ありその中の山
長野県飯田市大平大平宿
歌碑　昭和六一年一〇月

おのづからなりのまにまにとゞろきて
くしき山みずやうまし山がわ
長野県飯田市下瀬大泉寺
歌碑　昭和五四年

向うより瀬の白波の激ち来る
天竜川におり立ちにけり
長野県下伊那郡高森町市田明神橋際天竜川小公園
歌碑　昭和五四年一一月

谷汲はしずかなる寺くれなゐの
うめ干ほしぬ日のくるゝまで
岐阜県揖斐郡揖斐川町谷汲穂積華厳寺
歌碑　昭和四五年四月

ゆふやみの空をとほりていづべなる
水にかもゆくひとつ蛍は
岐阜県揖斐郡揖斐川町城台山公園〝文学の里〟
歌碑　平成三年五月

引馬野阿礼の埼
愛知県豊橋市御津町御馬西引馬神社

記念碑　昭和四二年一〇月

夕やみに風たちぬればほのぐと
つゝじの花は散りにけるかも
愛知県岡崎市中町北野東甲山中学校
歌碑　昭和五八年八月

松風のおと聴く時はいにしえの
聖のごとく我は寂しむ
滋賀県米原市番場蓮華寺
歌碑　昭和四六年九月

いにしへも今のうつつも悲しくて
沙羅雙樹の花散りにけるかも
兵庫県神崎郡福崎町高岡応聖寺
歌碑

○猪名川の香はしき魚を前に置き
食ふも食はぬも君がまにく
兵庫県伊丹市森本一丁目神崎小学校入口
歌碑　昭和六一年三月

○あさ明けて鏡にうつるくれなゐの
山茶花のはなみらくしたのし
兵庫県洲本市宇原第二文学の森
歌碑

○あさ明けて鏡にうつるくれなゐの
山茶花のはなみらくしたのし
兵庫県洲本市宇原第三文学の森
歌碑

滝のべの龍泉寺にて夏ふけし
白さるすべり見つつ旅人
奈良県吉野郡川上村大滝龍泉寺門前
歌碑　平成二年五月

いにしへのすめらみかども中辺路を
越えたまひたりのこる真清水
和歌山県田辺市中辺路町近露アイリスパーク
歌碑　昭和四八年一一月

ふる国の磯のいで湯にたづさはり
夏の日の海に落ちゆくを見つ
和歌山県西牟婁郡白浜町湯崎牟婁の湯前
歌碑　昭和六年四月

まさびしきものとぞ思ふたたなづく
青山のまの川原を見れば
和歌山県新宮市熊野川町熊野古道
歌碑　昭和五九年三月

紀伊のくに大雲取の峰ごえに
一足ごとにわが汗はおつ
和歌山県新宮市熊野川町熊野古道
歌碑　昭和五九年三月

○したしきはうす紅の合歓の花
むらがり匂ふ旅のやどりに
鳥取県東伯郡三朝町三朝温泉お薬師横
歌碑　昭和五六年三月

三瓶山の野にこもりたるこの沼を
一たび見つつ二たびを見る
島根県大田市三瓶町志学三瓶筒島保険保養センター
歌碑　平成三年八月

年まねくわれの恋ひにし鴨山を
いめかとぞおもふあひ対ひつる
島根県邑智郡邑智町湯抱斎藤茂吉鴨山記念館
歌碑　平成六年一一月

○人麿がつひのいのちを終はりたる
鴨山をしも此處と定めむ
島根県邑智郡美郷町湯抱温泉鴨山公園
歌碑　昭和二八年四月

いさぎよく霜ふるらむか鴨山の
すでに紅葉せるその色みれば
島根県邑智郡美郷町湯抱温泉県道沿い
歌碑　平成五年一一月　歌集「つきかげ―銀杏の実」より

つきつめておもへば歌は寂びしかり
鴨山にふるつゆじものごと
島根県邑智郡美郷町湯抱温泉県道沿い
歌碑　平成五年一一月　歌集「つきかげ―山口茂吉君へ」より

鴨山をふたゝび見つゝわがこゝろ
もゆるがごとし人にいはなくに
島根県邑智郡美郷町湯抱温泉日の出旅館庭
歌碑　平成五年一一月　歌集「寒雲―鴨山」より

夢のごとき「鴨山」戀ひてわれは来ぬ
誰も見知らぬその「鴨山」を
島根県邑智郡美郷町湯抱斎藤茂吉鴨山記念館
歌碑　平成三年五月

二つ居りて啼くこゑ聞けば相呼ばふ
鳥がね悲し山の月夜に
岡山県久米郡久米南町里方笛吹川歌碑公園
歌碑　平成一三年一一月

祐徳院稲荷にも吾等詣でたり
遠く旅来しことを語りて
広島県広島市佐伯区祐徳神社外苑東山公園中腹
歌碑

雨雲のみだれ移るを車房より
わが見つつ居り関門の海
山口県下関市細江町二―二―八下関警察署前
歌碑　平成八年四月

あかあかと一本の道通りたり
霊きわるわが命なりけり
愛媛県松山市道後湯月町宝厳寺
歌碑　平成三年三月

おのつから寂しくもあるかゆふぐれて
雲は大きく谿に沈みぬ
福岡県福岡市城南区片江町東油山文学碑公園
歌碑

松浦河月明かくして人の世の
かなしみさへも隠さふべしや
佐賀県唐津市東城内舞鶴公園
歌碑　昭和五一年一一月

肥前なる唐津の浜にやどりして
唖のごとくに明け暮れむとす
佐賀県唐津市東城内四―三木材旅館庭
歌碑　昭和五四年二月

○うつせみの病やしなふ寂しさは
川上川のみなもとどころ
佐賀県佐賀市富士町古湯古津川畔
歌碑　昭和三七年九月

○祐徳院稲荷にも吾等まうでたり
遠く旅来しことを語りて
佐賀県鹿島市古枝町下古枝祐徳稲荷神社外苑
歌碑　昭和三二年四月

わが病やうやく癒えぬと思ふまで
嬉野の山秋ふけむとす
佐賀県嬉野市嬉野町下宿丙轟の滝公園
歌碑　昭和六一年一二月

すきとほるいで湯の中にこもごもの
思ひまつはり限りもなしも
佐賀県嬉野市嬉野町下宿丙国立嬉野病院
歌碑

旅にして彼杵神社の境内に
遊楽相撲見れば楽しも
長崎県東彼杵郡東彼杵町蔵本郷彼杵神社
歌碑　昭和五八年四月

ここに來て落日を見るを常とせり
海の落日も忘れざるべし
長崎県雲仙市小浜町南本町夕日の広場
歌碑　昭和五二年一〇月

幾重なる山のはざまに滝のあり
切支丹宗の歴史を持ちて
長崎県島原市上の町八九七宮崎酒店
歌碑

温泉の別所の奥は遠く来て
西洋人もまじりて住めり
長崎県島原市中町七七六原田染物店
歌碑

○あさ明けて船よりなれる太笛の
こだまは長し並みよろふ山
長崎県長崎市桜町桜町公園
歌碑　昭和三一年一〇月　昭和五一年三月新碑建立

長崎の昼しづかなる唐寺や
思ひいづれば白きさるすべりの花
長崎県長崎市寺町興福寺
歌碑　昭和三六年夏

山脈が波動をなせる美しさ
ただに白しと歌ひけるかも
長崎県長崎市戸石町大久保家墓所
歌碑

近よりて笑ひせしむることなかれ
白梅の園にをとめひとり立つ
大分県日田市大山町中央梅林公園
歌碑　昭和六一年三月

○山脈が波動をなせる美しさ
たゞに白しと歌ひけるかも
大分県佐伯市大手三―三―三八上尾皮フ科医院
歌碑　昭和三三年二月

いさゝかの風にもいまは荒れやすき
園の千草にこゝろしたしむ
大分県佐伯市大手三―三―三八上尾皮フ科医院
歌碑

○大きなるこのしづけさや高千穂の
峯のすべたるあまつゆふぐれ
鹿児島県霧島市霧島田口霧島神社入口
歌碑　昭和四一年一二月

霧島の山のいで湯にあたたまり
一夜を寝たり明日さへも寝む
鹿児島県霧島市牧園町高千穂霧島高原保養センター裏
歌碑　昭和五〇年二月

ひむがしの空にあきらけき高千穂の
峰に直向ふみささぎぞこれ
鹿児島県霧島市溝辺町麓上床公園
歌碑　昭和六二年一〇月

この町のとみに栄ゆる有様を
まのあたり見て杜へ急ぐ
鹿児島県薩摩川内市若松町川内市民会館入口
歌碑　平成四年三月　風景画入

神つ代の笠狭の碕にわが足を
ひとたびとどめ心和ぎなむ
鹿児島県南さつま市笠沙町野間岬笠沙御前
歌碑　平成二年

開聞は圓かなる山とわたつみの
中より直に天に聳えけれ
鹿児島県指宿市開聞十町枚聞神社
歌碑　昭和六三年一一月

たわやめの納めまつりし玉手筥
そのただ香にしわが觸るるごと
鹿児島県指宿市開聞十町枚聞神社
歌碑　昭和六三年七月

なぎさにも湧きいづる湯の音すれど
潮満ちきたりかくろひゆくも
鹿児島県指宿市湯の浜摺が浜砂むし会館裏防波堤壁面
歌碑

《参考文献》

◎『茂吉のうた（現代教養文庫）』
斎藤茂吉著・横田正知編著　社会思想社　1966
◎『斎藤茂吉―人と文学』
藤岡武雄著　桜楓社　1976
◎『茂吉と上山―斎藤茂吉の生いたちとふるさと　補訂版』
鈴木啓蔵著　茂吉と上山刊行会（上山）　1981・4
◎『斎藤茂吉の歌碑』
早稲田大学文学碑と拓本の会編　瑠璃書房　1983・11

坂口安吾　（さかぐち・あんご）

小説家・評論家
（明治三九年一〇月二〇日～昭和三〇年二月一七日）
出身地　新潟県新津町大安寺（新津市）

本名は炳五（へいご）。少年時代から自由奔放で、新潟中学に進学したが2年で落第、翌年上京して豊山中学に転入。荏原尋常小学校分教場（現・代沢小学校）で代用教員を務めた後、15年東洋大学に入学、アテネ・フランセにも通う。昭和6年短編「風博士」「黒谷村」を発表し、ファルス（笑劇）の精神を唱えて文壇にデビュー。牧野信一主宰の「文科」に参加。13年半生の集大成ともいうべき長編「吹雪物語」を刊行。15年「現代文学」に参加し、17年ブルーノ・タウトの日本の伝統文化礼賛に反発し「日本文化私観」を発表。21年、『生きよ、堕ちよ』と主張した「堕落論」と小説「白痴」「外套と青空」を書き、敗戦後の精神的虚脱状態にあった青年達に熱狂的に迎えられた。以後、無頼派作家、新戯作派と呼ばれ流行作家となる。24年芥川賞選考委員に推される。晩年はヒロポン、アドルムなどを常用して健康を害したといわれる。

＊＊＊

○ふるさとは
語ることなし

新潟県新潟市中央区西船見町護国神社
詞碑　昭和三二年六月

夏が来てあのうらうらと浮く綿のような雲を見ると山岳へ浸らずにはいられない

新潟県十日町市松之山小学校
詞碑　昭和六二年一〇月

山鳩は土の底より鳴くごとく
亡き母父の聲かとぞきく

新潟県十日町市大棟山博物館前
歌碑

序
肝臓先生友の会
会長九十二翁山田義郎
相共に伊東に…（略）
（「肝臓先生」より）

静岡県伊東市中央町天城診療所
詩碑　昭和五〇年五月

佐佐木信綱（ささき・のぶつな）

歌人・歌学者
（明治五年六月三日〜昭和三八年一二月二日）
出身地　安濃津県鈴鹿郡石薬師村（三重県鈴鹿市薬師町）

明治16年11歳で「文章作例集」を刊行。23年18歳から父・弘綱と共著で「日本歌学全書」（全12巻）の刊行に従事。24年弘綱没後、竹柏会を主宰し、31年「心の花」を創刊、和歌革新運動をおこす。36年第1歌集「思草」を刊行、以後、歌人、万葉学者、国文学者として幅広く活躍。昭和12年第1回の文化勲章を受章。

歌人としては歌集「思草」「新月」「常盤木」「天地人」「山と水と」などを刊行、万葉学者としては「新訓万葉集」「評釈万葉集」などのほか「校本万葉集」（全25巻）を武田祐吉らと完成させた。歌学史研究としても「歌学論叢」「日本歌学史」などを刊行。また唱歌「夏は来ぬ」の作詞も担当した。昭和45年亀山市へ移築されていた生家が元の鈴鹿市石薬師町に再移築され、佐佐木信綱記念館が開館、61年資料館も併設される。

＊＊＊

我が上を白雲はしる広々し
十勝国原みつつ立てれば

北海道上川郡新得町狩勝峠頂上
歌碑　昭和四三年一月

○ありし世にわが背守りましきみづからの
よになき今も吾せまもる刀自

山形県南陽市宮内町琴平神社
歌碑

○山のうへに朝の光のてりみちて
金色の水かがよひにほふ

山形県南陽市宮内町双松公園
歌碑　昭和三六年三月

○國のため玉とくだけしますらをを
　とはに守りませ長谷のみ佛
歌碑　昭和二六年一〇月　須藤永次・るい歌併刻
山形県南陽市宮内町長谷寺

○とこしへに國のあるじのこゝろうけて
　ゆたけし清し山は水は樹々は
歌碑　昭和二四年五月
山形県南陽市宮内町菖蒲沢須藤永次氏邸

　高城のやたかき功いて仰がるや
　そとせをつみしよき教草
歌碑　昭和二八年一〇月
福島県東白川郡塙町高城小学校

○新墾の道をひらきし功とはに
　麻師宇の郷の名はとこしへに
歌碑　昭和三年四月
埼玉県比企郡小川町八幡が岡

○入間川高麗川越えて都より
　来し甲斐ありき梅園の里
歌碑　昭和三九年
埼玉県入間郡越生町津久根新井清次郎氏邸

○入間川高麗川越えて都より
　来し甲斐ありき梅園の里
歌碑　昭和三九年　二首刻
埼玉県入間郡越生町越生梅林内

○万葉の繁木がもとにふぐし持ち
　よき菜つましみわぎはもとには
歌碑　昭和二五年一〇月　「木村正辞博士生誕地」碑刻
千葉県成田市幸町成田小学校庭

○紫のふりし光にたぐつべし
　君ここに住みてそめし筆のあや

○そのかみの美登利信如らも此園に
　来遊ぶらんか月白き夜を
歌碑　一葉女史たけくらべ記念碑刻
東京都台東区竜泉三―一八―四一葉公園

　くれ竹の世の長人となるまでは
　日々につめかし此をしへくさ
歌碑　昭和三七年八月
東京都文京区大塚五丁目護国寺墓地斎藤家墓側

○天地日月のむた大き洋の
　大きいさをは輝きとほる
歌碑　昭和一四年五月
東京都府中市多磨町多磨霊園

　山の上の古塔仰ぎゆく池そひ道
　風やはらかに海よりいたる
歌碑　昭和三四年一一月　原三渓園副碑刻
神奈川県横浜市中区本牧三之谷三渓園

　雲に問へば雲はもだせり風にとへば
　かぜながれ去るいかにせましや
歌碑　昭和五七年四月　二首刻
神奈川県鎌倉市山ノ内東慶寺墓地

○日ぐらしに見れどもあかずここにして
　富士は望むへし春の日秋の日
歌碑　昭和一四年一一月
神奈川県鎌倉市鎌倉山住吉（バス停近く）

○世の平和ねがひつゝあらむふるさとに
　やすらに眠るなき霊は今
歌碑　昭和三〇年
神奈川県平塚市南金目観音堂

○こゝろ今もいこひいまさむ波のおと
　松風きこゆこの海そひに

神奈川県中郡大磯町大磯鴫立沢鴫立庵
歌碑　昭和三七年一一月

真鶴の林しづかに海の色の
さやけき見つ、わが心清し
神奈川県足柄下郡真鶴町真鶴岬
歌碑

卯の花のにおう垣根に
ほととぎすはやも来鳴きて…(略)
(「夏は来ぬ」より)
新潟県上越市大潟区大潟中学校
唱歌碑　小山作之助楽譜共刻

○立山の遠いただきの雪ひかり
千鳥舞ひまふ奈呉の古江に
富山県射水市中新湊放生津小学校跡
歌碑　昭和三八年夏

○うた人の国守り巡り見し日にも
山きよらかに海しづかなりけむ
石川県七尾市和倉町和倉温泉弁天崎公園
歌碑　昭和三〇年九月

○国の司家持の大人たまかけり
遊び見まさむこれの那古の江
○いにしえの人をこふらく鳥のあとの
乱れ書をもわすれてぞかきし
石川県金沢市小立野三―一八石川太刀雄丸氏邸
歌碑　昭和一四年七月　二首刻

幼くして父に伴われ越前、加賀に遊び、武生の郷を通った時のこと、父は…(略)
(ことほぎの詞)
福井県越前市府中一丁目紫式部公園
詞碑　昭和三三年一一月

門を入ればたなの藤なみゆらゆらと
湯の香こもれる風になびかふ
長野県千曲市戸倉温泉
歌碑

千くまあがた川上郷は川原も
山たかはらも月見ぐさの国
長野県南佐久郡川上村御所平ＪＲ信濃川上駅前
歌碑　平成一年一月

すすみゆく御代のしるしとうもれても
荘白川の名をとこしへに
岐阜県高山市荘川町御衣ダム中野展望台
歌碑　昭和三六年春　高崎達之助書

○願はくはわれ春風に身をなして
憂ある人の門を訪はゞや
静岡県熱海市西山町凌寒荘
歌碑　昭和三九年一二月

○来の宮は樹齢二千年の樟のもとに
御國のさかえ祈りまつらく
静岡県熱海市西山町来宮神社
歌碑

海青く松の樹の間の園ひろみ
町人の心ゆたかに清らに
静岡県熱海市下多賀月見ヶ岡公園
歌碑　狩野川台風慰霊碑刻

これの世はげにも夢のごとし然れども
うつつにも君が残ししあとは
静岡県富士市本市場法源寺
歌碑　昭和五三年一〇月

富士の雪にとしの初日はかがよへり
我らもうけむこの年に幸あれ

静岡県富士市大野新田元吉原小学校
歌碑　昭和四一年三月

いく年月雛具つくると心尽し
力尽しし君ぞたたえむ
静岡県静岡市清水区上原狐ヶ崎ヤングランド
歌碑　昭和三五年

本山の山をさやけく水を清み
このよきこの芽生れたるらし
この本の誇のよき茶いでたりと
ほほゑみまさむ聖一国師も
静岡県静岡市葵区栃沢米沢氏邸前
歌碑　二首刻

登呂をとめ阿倍をのこらが歌垣の
歌聲にまじる遠つ潮さゐ
静岡県静岡市駿河区登呂台町登呂公園
歌碑　昭和三九年六月

天の宮神のみ前をかしこみと
千歳さもらふなぎの大樹は
静岡県周智郡森町天の宮神社
歌碑　昭和三〇年四月

遠つあふみ引佐細江の秋風に
月影寒くあしの花ちる
静岡県浜松市北区細江町都田川左岸
歌碑　昭和五三年

歌人の國の司のみたまこもり
千歳さかゆるこれの竹島
愛知県蒲郡市竹島町八百富神社
歌碑　昭和三一年一〇月

春こゝに生まる朝の日をうけて
山河草木のみな光りあり

愛知県豊田市朝日ヶ丘朝日丘中学校
歌碑　昭和五〇年三月　盛忠の歌併刻

○時じくのかぐのこのみのかぐはしき
たかき名仰がむ八千とせの後も
○くちせぬ名を国つ学の道の上に
残せる大人はこの里ぞ生みし
三重県三重郡朝日町役場入口
歌碑　昭和二七年九月　橘守部生誕地碑刻

○をふけのやここにおいたちし立華の
たかきかほり天の下にとはに
三重県三重郡朝日町小向小向神社
歌碑　昭和一七年四月

○橘のここにいくしく玉くしげ
再び三たびとひにしこの里
三重県三重郡朝日町小向小向神社
歌碑　昭和二九年

白雲は空にうかべり谷川の
石みな石のおのづからなる
三重県三重郡菰野町湯の山温泉いざない橋付近
歌碑　昭和三七年一一月

夏知らぬ尾高高原ゆきゆくと
ほほすき風に朝明川しろし
三重県三重郡菰野町尾高尾高観音入口
歌碑　昭和四〇年一一月　川田順書

○春ここに生るる朝の日をうけて
山河草木みな光あり
三重県四日市市小杉町光念寺
歌碑　昭和三九年五月

「夏は来ぬ」
三重県鈴鹿市石薬師町浄福寺墓地佐々木家墓所

唱歌碑

○これのふぐらよき文庫たれ故郷の
　さと人のために若人のために
三重県鈴鹿市石薬師町石薬師小学校
歌碑　昭和四〇年一一月

目とづればここに家ありき奥の間の
　机のもとに常より父
三重県鈴鹿市石薬師町生家前
歌碑　平成一四年一一月　佐佐木幸綱書

傾けてバイクを駆れる群が行く
　鈴鹿の山は父祖のふるさと
三重県鈴鹿市石薬師町石薬師文庫前
歌碑　平成一六年一一月

○卯の花の匂うが垣根にほととぎす
　はやも来鳴きてしのびねもらす
　夏は来ぬ
三重県鈴鹿市石薬師町佐佐木信綱記念館内
唱歌碑　昭和六三年　壁面刻

○月ごとの朔日の朝父と共に
　まうでまつりし産土のもり
○名におへる森の大木のかけふみて
　あふぎまつらふ神の恵を
三重県鈴鹿市石薬師町大木神社
歌碑　昭和五七年　二首刻

○ますらをの其名止むる蒲桜
　更にかをらむ八千年の春に
三重県鈴鹿市上野町石薬師寺前蒲桜脇
歌碑　昭和五一年

卯の花の匂うが垣根にほととぎす…（略）
三重県鈴鹿市飯野寺家町市立図書館北側公園

唱歌碑　平成九年

松千もと立てりをれとも大君の
　きぬかさのまつの見の貴しも
三重県鈴鹿市寺家鼓ヶ浦海岸
歌碑　大正一三年

○人の世によき事なしてふるさとで
　心やすらにゆくらむ君は
三重県松阪市中町法久寺墓地
墓碑　昭和二八年一月　丹羽五郎墓台石刻

丘の上風見うごかず鏡なす
　入江の朝を蝶ひとつ舞ふ
三重県志摩市阿児町賢島志摩観光ホテル横小公園
歌碑　昭和六二年六月

よろずはの春秋かけてたまごもる
　筆のあとわにあらんとおもへど
京都府京都市右京区嵯峨二尊院門前長神町二尊院附堂前
歌碑　昭和六三年一一月　三首刻

朝永正三博士を讃える歌
わが道に一世さゝげつき人を
　よく養ひつ大御国ため
京都府京都市伏見区深草宝塔寺町宝塔寺墓地（朝永家墓所）
歌碑

和泉のや伏屋大人のあるところ
　契沖阿闍梨のいほりせし
池田川流れさやけみ風きよみ
　国つ学の書よましけむ
大阪府和泉市万町石尾中学校前
歌碑　昭和三六年一一月　国学発祥之地碑刻

うの花のにおうかきねに

ほととぎす早もきなきて
しのひねもらす夏はきぬ
（「夏は来ぬ」より）
兵庫県明石市大久保町八木西八木公園
唱歌碑

うの花のにおうかきねに
ほととぎす早もきなきて
しのひねもらす夏はきぬ
（「夏は来ぬ」より）
兵庫県明石市松ノ内一－二宮西公園
唱歌碑

梅渓ば人すなほなり。道の辺に杖あまた置き春蘭置き、わさび苗置き代書ける札すき…（略）
奈良県奈良市月ヶ瀬石打共同墓地入口
文学碑　平成六年二月

○瀬音高く湲風高く吹きふけば
　ちりちる梅の千もと八千もと
奈良県奈良市月ヶ瀬月瀬観光会館前西へ道端
歌碑

○ゆく秋のやまとの国の薬師寺の
　塔のうへなる一ひらの雲
奈良県奈良市西ノ京町薬師寺
歌碑　昭和二八年

○久方の天の香具山神代より
　きよく尊き天のかぐ山
○かく山の浄きはに土よき年の
　御祭の具の料の埴土
奈良県橿原市南浦町天香久山西麓中腹
歌碑　二首刻

ふる雪のいや重け吉事こゝにして
　うたひあげ、むことほぎの歌
鳥取県鳥取市国府町庁跡
歌碑　昭和三四年一二月

防人ら名をなつかしみ船ゆ見けむ
　遠つ家島は夏霞せり
岡山県瀬戸内市牛窓町前島フェリー発着所前
歌碑　昭和五五年一月

「水師営の会見」
山口県下関市長府宮の内町乃木神社
童謡碑　昭和六一年四月

別子のや雪のいたゝきほがらく
　初春の日の輝けり見ゆ
愛媛県新居浜市別子山筏津筏津山荘
歌碑　昭和五三年

別子のや雪のいただきほがらほがら
　初春の日のかがやけり見ゆ
宗像の夜の森の続く新居浜の
　町のともし火海の燈火
愛媛県新居浜市八雲町宗像神社
歌碑　昭和三八年八月　二首刻

萬葉の道の一道生のきわみ
　ふみもて行かむ心つつしみ
愛媛県新居浜市八雲町宗像神社
歌碑　昭和六〇年一〇月

南の海この里にして満葉の
　道の八十隈ひらきましつる
畏きや明治の帝きこしめてて
　櫻木にしも匂はしましき
百年の今日をしのびて五百年の
　千年の後の人も仰かむ

高知県高知市福井町鹿持雅澄氏邸跡
歌碑　昭和三三年九月　三首刻

逝く秋のやまとの国の薬師寺の
塔のうへなる一ひらの雲

福岡県福岡市城南区片江町東油山文学碑公園
歌碑

湯ふねのゆほのあたたかみ朝の群
そがふるさとを忘れたるらし

大分県別府市鉄輪鬼山地獄内
歌碑　昭和三八年六月

サトウ・ハチロー（さとう・はちろー）

詩人・作詞家・児童文学作家
（明治三六年五月二三日～昭和四八年一一月一三日）
出身地　東京市牛込区（東京都新宿区）

本名は佐藤八郎。小説家・佐藤紅緑の長男。早稲田をはじめ8つの中学を転々、自由奔放な生活を送りながら詩を作り、大正8年西條八十に師事。15年処女詩集「爪色の雨」で詩人としての地位を確立。同時にユーモア作家、軽演劇作者、童謡・歌謡曲の作詩家としても活躍。昭和32年野上彰らと「木曜会」を主宰して童謡復興運動に尽くし、日本童謡協会会長、日本作詞家協会会長、日本音楽著作権協会会長を務めた。また、NHKラジオ番組「話の泉」のレギュラーとしても知られた。主な作品に詩集「僕等の詩集」「おかあさん」、ユーモア小説「ジロリンタン物語」、童謡集「叱られ坊主」「木のぼり小僧」、歌謡曲「麗人の唄」「二人は若い」「リンゴの唄」「長崎の鐘」など。

＊　＊　＊

猿がいる
猿が待ってる
猿がいそいそしている
猿がわくわくしている
猿が目を輝かせている…（略）
（「猿は友だち」より）

青森県むつ市脇野沢九艘泊猿の住む海辺公園
詩碑　平成六年五月

「リンゴの唄」
赤いリンゴに口びるよせて
だまってみている青い空
リンゴはなんにも言わないけれど
リンゴの気もちはよくわかる
リンゴ可愛いやかわいやリンゴ

秋田県横手市増田町真人公園
歌謡碑　平成一年一〇月　万城目正・作曲　並木路子・唄

「うれしいひなまつり」
あかりをつけましょ
ぼんぼりに
お花をあげましょ桃の花…（略）

群馬県藤岡市JR藤岡駅前
童謡碑　昭和五三年三月

ふたりでみるとすべてのものは美しくみえる

東京都豊島区南池袋四丁目雑司ヶ谷霊園一－一五－二五－二五
詞碑　昭和四九年一一月　墓碑刻

此の世の中で
唯ひとつのもの
そは母の子守歌

東京都文京区弥生二－一六駐車場リヒテン入口
詞碑　平成九年四月　旧居跡の碑

郷土の生んだ偉大な学者
世界ではじめて
人工ガンをつくりあげた人
山極勝三郎博士…（略）
（「三中生徒のために」）

長野県上田市上田三中前庭
詩碑　昭和四四年三月

わが家がある幸せよ
青空を
わが家で眺める
幸せよ
窓から見えてる
木立から
小島の声さえ
ながれてる…（略）

愛知県半田市雁宿町一濃尾産業知多半田支店前
詩碑　平成一二年五月

細い細い足
チュクンとしたちいさいくちばし
朝風に先る羽…（略）
（「心から小鳥を愛する歌」より）

大阪府東大阪市東鴻池町鴻池東小学校
詩碑　昭和五〇年二月

あかりをつけましょぼんぼりに
おはなをあげましょもものはな…（略）
（「うれしいひなまつり」より）

兵庫県明石市日富美町一番町公園
童謡碑

誰かさんが誰かさんが
誰かさんがみつけた…（略）
（「ちいさい秋みつけた」より）

兵庫県たつの市龍野町龍野公園白鷺山
童謡碑

○球を握る
球を投げる
球をみつめる
球を打つ…（略）
（「そこに少年の日がある」より）

徳島県阿南市加茂谷町加茂谷中学校
詩碑　昭和四二年五月

このくりかえしこそ大切なんだ――。

愛媛県四国中央市新宮町金藤銅山川ほとり
詩碑　昭和五六年五月

佐藤春夫（さとう・はるお）

詩人・小説家・評論家

（明治二五年四月九日～昭和三九年五月六日）

出身地　和歌山県東牟婁郡新宮町（新宮市船町）

中学時代から「明星」「趣味」などに歌を投稿。中学卒業後、上京して生田長江に師事し、東京新詩社に入る。大正2年慶応義塾を中退、この頃油絵に親しみ、二科会展で入選した。6年「西班牙犬の家」「病める薔薇」を発表し、作家として出発。「田園の憂鬱」「お絹とその兄弟」「都会の憂鬱」などを発表する一方で、10年には「殉情詩集」を刊行、15年には評論随筆集「退屈読本」を刊行した。昭和11年文化学院文学部長に就任。14年「戦線詩集」を刊行。17年「芬夷行」で菊池寛賞を受賞。23年芸術院会員となり、27年「佐藤春夫全詩集」で、29年「晶子曼陀羅」でそれぞれ読売文学賞を受賞し、35年には文化勲章を受けた。一方、5年8月当時谷崎潤一郎の妻だった千代と結婚、いわゆる〝夫人譲渡事件〟として世間をにぎわせた。また内弟子三千人といわれる文壇の重鎮的存在でもあった。

＊　＊　＊

蝶伏の沼うららかに
咲くやはまなすえぞきすげ
にほふ岸べ…（略）

北海道中川郡豊頃町長節湖畔原生花園
詩碑　昭和四一年七月

おちたぎり急ぎ流るる
なかなかに見つつ悲しき
行きゆきて野川と濁る
汝が末をわれし知れれば

青森県十和田市奥入瀬渓流銚子大滝岩壁
詩碑　昭和二八年一〇月

○たに川の瀬に鳴る水や明け易き

群馬県利根郡みなかみ町小日向みなかみの森
句碑

○ここに来て
をみなにならひ
名も知らぬ艸花をつむ
みづからの影踏むわれは
仰がねば
燈台の高きを知らず
波のうねく…（略）

（「犬吠岬旅情のうた」より）

千葉県銚子市犬吠埼犬吠崎マリンパーク上
詩碑　昭和三二年七月　昭和四三年改刻

○あゝ佳き人がおも影は
しのばざらめや不忍の
池のほとりに香を焚き
かたみのあふぎ納めつゝ

東京都台東区上野公園不忍池弁天島
詩碑　昭和二四年二月　花柳寿美扇塚刻

○千代田区歌より

東京都千代田区一番町四
歌謡碑　昭和三五年三月

○さまよひ来れば秋草の
ひとつ残りて咲きにけり
おもかげ見えてなつかしく
手折ればくるし花散りぬ

東京都港区三田二丁目慶応義塾大図書館脇
詩碑　昭和四九年五月

田園の憂鬱由縁の地

神奈川県横浜市青葉区鉄町仮寓跡
記念碑　昭和五七年七月

をかに来てほがらかに啼くやうぐひすありし日の谷間の雪にまじへたる氷る涙は知る人ぞ知る

山梨県南巨摩郡増穂町青柳萬屋醸造店
詩碑　昭和三五年一〇月　二首刻

水内の郡水内村
犀川ぞひの山かひに
琅玕の鶴くびながし
みずひろぐと波さゞら…（略）

（「琅鶴湖にて」より）

長野県上水内郡信州新町琅鶴湖畔
詩碑　昭和四三年一〇月　有島生馬書

若人の理想は高し槍穂高
雲に塵無く六つの花
天の香を吐く…（略）

（「梓川高等学校校歌」）

長野県東筑摩郡波田町梓川高校前庭
校歌碑　昭和四七年三月

○げに仙禄のめでたさは
朝浅間の水かゞみ
夕風にほふさゞなみに
彩雲泛ぶ五千坪

（「湖畔口吟」より）

長野県佐久市岩村田仙禄湖畔
詩碑　昭和三五年一一月

仙禄湖命名由来（略）
長野県佐久市岩村田仙禄湖畔
記念碑　昭和三五年一一月　副碑

○国のさかりに人となり
くにおとろえて老となる
佐久の郡の漂泊を
わくらはにとふ人あらば
雲うるはしと答ふ（べ）し
長野県佐久市岩村田仙禄湖畔
詩碑　昭和五一年秋　四人の詩歌合同碑

天ぎらし降り来る雪の
音もなく小夜ふけゆけば
息白くこほる枕にかよふなり
瀬々のせせらぎ
（『佐久の草笛』の「聴雪」より）
長野県佐久市横根秋元節雄氏邸
文学碑　昭和三五年一一月

詩人春夫賞心地
長野県佐久市横根湯川岩上
記念碑　昭和三三年五月　有島生馬書

○八岳のやますそりんだうの
色あざやかに咲くあたり
千曲の川の上流の
水濁りなく行くところ
長野県南佐久郡小海町小海高等学校
校歌碑　昭和五五年一〇月

源とほくたづね来て
千曲の川の上つ瀬に
深山少女の眉目すずし…（略）
（「深山少女を歌へる」より）
長野県南佐久郡川上村秋山諏訪神社参道

詩碑　平成二年三月

和歌の浦といえば自然と連想されるのは遠州のいなさ細江である。
静岡県浜松市北区細江町町立図書館文学広場
詞碑

○海柘榴市の野路に飛び交ふ蟲や何
奈良県桜井市三輪恵比須神社
句碑　昭和六三年一一月

○大和にはみささき多し草もみぢ
奈良県桜井市桜井等弥神社
句碑　昭和四七年一一月

○聞道天ノ寵スル者ハ
頓ニ夭折ストカ
和歌山県海南市鳥居小中市営墓地
詞碑　昭和四二年　田嶋裕之君墓刻

秋晴れよ丹鶴城址に見せむ
和歌山県新宮市速玉大社鳥居側
句碑　昭和六二年五月

○塵まみれなる街路樹に
哀れなる五月来にけり
石だたみ都大路を歩みつつ
恋しきや何ぞわが古郷…（略）
（「望郷五月歌」より）
和歌山県新宮市新宮熊野速玉大社
詩碑　昭和三四年七月　「閑談平日」所収

○よく笑へどち向いても春の山
わが名を授けたまひし日の
家大人の吟なり
和歌山県新宮市船町市道
記念碑　昭和四七年一〇月　佐藤春夫誕生の地　明治二十五年四月九日早朝
春夫ここに生る

佐藤春夫筆塚
和歌山県新宮市下本町新宮市民会館前
塚　昭和四一年六月

佐藤春夫先生は、明治二十五年四月船町に生れ　同二十九年冬新宮大火に遇ひ跡方も無い　翌年春父豊太郎翁此処に病院を新築家族と移住す…(略)
和歌山県新宮市下本町近大分校跡
記念碑　昭和五三年一二月　春夫先生成育の家の跡

若林欽堂墓碑詩
自題肖影…(略)
和歌山県新宮市南谷墓地
漢詩碑　昭和四二年秋　墓碑刻

○蝉なくか宮司身まかり給ひぬと
和歌山県新宮市南谷墓地
句碑　昭和三九年九月

○なかなかに名告ざるこそ床しけれ
ゆかし潟ともよばゝ呼ばまし
和歌山県東牟婁郡那智勝浦町湯川温泉ゆかし潟畔
歌碑　昭和四五年春

○あはれ
秋かぜよ
情あらば傳へてよ
―男ありて
夕餉にひとり
さんまをくらひて
思ひにふける　と…(略)
(「秋刀魚の歌」より)
和歌山県東牟婁郡紀伊勝浦駅前
詩碑　昭和三四年七月　「我が一九二二年」所収

○トンネルを出でて躑躅のさかりなり
徳島県三好市池田町中西池田町基幹集落センター
句碑　昭和五七年一一月

《参考文献》
◎『佐藤春夫の詩碑』
早稲田大学文学碑と拓本の会編　1970

志賀直哉（しが・なおや）

小説家
(明治一六年二月二〇日～昭和四六年一〇月二一日)
出生地　宮城県牡鹿郡石巻町(石巻市)
出身地　東京市麹町区内幸町(東京都千代田区)

明治18年上京し、22年学習院初等科入学。33～40年内村鑑三の教えを聞く。中等科在学中に武者小路実篤や木下利玄を知り、文学を志す。36年高等科、39年東大英文科に入学。41年処女作「或る朝」を執筆、武者行路らと回覧雑誌「望野」を始める。43年有島武郎らと「白樺」を創刊し、「網走まで」を発表。職業・結婚をめぐって実業家の父と対立、大学を中退する。45年発表した「大津順吉」が文壇出世作。大正元年家を出て、以降尾道・大森山王・松江・京都・我孫子などを転々とする。3年勘解由小路(かでのこうじ)家の康(さだ)と結婚。6年8月父親と和解。「范の犯罪」「城の崎にて」「和解」「小僧の神様」などの他、唯一の長編「暗夜行路」を大正10年～昭和12年に発表。絶対的な自我肯定の世界を非私小説として描き〝小説の神様〟と呼ばれた。戦後は「灰色の月」や「触まれた友情」などを発表したが、作品数は少ない。24年文化勲章を受章。

＊　＊　＊

舟に乗った。蕨取りの焚火はもう消えかゝって居た。舟は小鳥島を廻って…(略)
(「焚火」より)
群馬県勢多郡富士見村赤城山大沼湖畔小鳥が島
文学碑　昭和四五年一一月

…怪我をした。其後養生に、一人で但馬の城崎温泉へ出掛けた。…（略）

（「城の崎にて」の一節より）

兵庫県豊岡市城崎町城崎温泉ロープウェイ城崎駅

文学碑

○妙

鳥取県鳥取市国府町岡益長通寺

文学碑　昭和三四年秋　「直哉文学碑」碑表・側面刻

船は島と島との間を縫って進んだ。島々の傾斜地に作られた麦畑が一ト畑毎に…（略）

（「暗夜行路」より）

広島県尾道市因島公園文学の遊歩道

文学碑　昭和五六年四月

六時になると上の千光寺で刻の鐘をつく。ごーんとなると直ぐゴーンと反響が一つ、又一つ、又一つそれが遠くから帰ってくる。…（略）

（「暗夜行路」より）

広島県尾道市東土堂町千光寺文学のこみち

文学碑　昭和三五年　小林和作書

司馬遼太郎（しば・りょうたろう）

小説家

（大正一二年八月七日～平成八年二月一二日）

出身地　大阪府大阪市南区西神田町（浪速区塩草）

本名は福田定一。昭和16年大阪外国語学校蒙古語部に入学、18年学徒出陣し幹部候補生として入営、戦車中隊の小隊長として栃木県佐野で敗戦を迎える。戦後、新日本新聞社を経て、23年産経新聞社に入社。在社中から歴史小説に手を染め、31年初めて書いた小説「ペルシャの幻術師」で第8回講談倶楽部賞を受賞。34年忍者小説「梟の城」で第42回直木賞を受賞した。36年退社して作家業に専念。「竜馬がゆく」や「燃えよ剣」、「坂の上の雲」等の本格的歴史小説の分野において、国民的な人気作家として活躍した。62年に完結した「韃靼疾風録」以後は小説から遠ざかり、歴史紀行「街道をゆく」、文明批評「この国のかたち」などに精力を傾けた。

＊　＊　＊

小説「胡蝶の夢」の冒頭文の一節

新潟県佐渡市真野町文学散歩道

詞碑

この湧水というのが
なんともいえずおかしみがある。
むかし富士が噴火してせりあがって…（略）

（「裾野の水・三島一泊二日の記」より）

静岡県三島市大宮町三島大社近く桜川柳の道

文学碑　平成一二年二月

○幾億の蛩音が坂に積もり吐く息が谷を埋めるわが箱根にこそ

静岡県三島市山中城坮崎出丸下

詞碑

21世紀に生きる君たちへ
君たちはいつの時代でも…ほしいものである。

大阪府東大阪市中小阪中小阪公園

文学碑　平成一三年一〇月　金属板刻

○ふりむけば又咲いている花三千仏三千

大阪府東大阪市下小阪三司馬記念館内

句碑　平成一八年三月移設

大阪城公園駅
おごそかなことに、地名もまたうごく。…決してない。

大阪府大阪市中央区JR大阪城公園駅改札口上壁

文学碑　昭和五九年三月　陶板貼付

○湯治場であった。桂小五郎、蛤御門の変ののち遁れてここに潜み、当館にて主人母娘の世話を受けたという。
兵庫県豊岡市城崎町湯島桂小五郎潜伏の地
文学碑

「竜馬がゆく」の取材に寄せて（略）
兵庫県豊岡市城崎町城崎温泉つたや
文学碑

「浜田城」と題する一文を刻む
島根県浜田市殿町城山公園
文学碑　平成一年九月

一眼あり、海上王国。
広島県尾道市因島公園文学の遊歩道
詞碑　昭和五六年四月

島木赤彦　（しまき・あかひこ）

歌人・教育家

（明治九年一二月一七日〜大正一五年三月二七日）

出身地　長野県諏訪郡上諏訪村（諏訪市）

本名は久保田俊彦。別号に伏龍、山百合など。長野師範学校卒業後、県内各地の小学校教員をしながら作歌をし、明治38年太田みづほのや（水穂）との合著詩歌集「山上湖上」を刊行。41年「阿羅々木」（のちの「アララギ」）が創刊され、左千夫門下の斎藤茂吉、中村憲吉らと作家活動に参加し、大正2年中村憲吉との合著「馬鈴薯の花」を刊行。その後、島木赤彦の筆名を使う。3年上京し、淑徳高女の講師をしながら「アララギ」の編集を担当。4年「切火」を刊行。アララギの中心歌人となり、写実的歌風を確立。9年「氷魚」を、13年「太虚集」を刊行し、死後の15年「柿蔭集」が刊行された。

＊　＊　＊

○わが庭の柿の葉硬くなりにけり
土用の風の吹く音聞けば
山形県上山市北町弁天みゆき公園
歌碑　昭和五七年五月

夕毎に海の南の雲を染めて
茜根にほへり風寒みつつ
茨城県日立市東成沢町一―六〇五番地先鮎川河口
歌碑　昭和五九年三月

立川の茅場の庵は青田風
時じくに吹く椎の若葉に
千葉県山武市殿台伊藤左千夫記念公園
歌碑　平成三年三月

若葉する驛のまへの谿深し
雪のこれる山々に向ふ
山梨県北杜市小淵沢町ＪＲ小淵沢駅
歌碑　平成一年一一月

○石の上にさくらの落葉推し
正受老人ねむりて在す
長野県飯山市飯山上倉正受庵
歌碑　昭和四〇年

「飯山町」
長野県飯山市愛宕町展示試作館奥信濃
童謡碑　平成五年三月

雪残る遠山白し湯の庭の
桑の高木に實の熟るゝ頃
長野県下高井郡野沢温泉村桐屋旅館
歌碑　昭和五五年

此町の家ひくゝして道廣し
雪の山々あらはにし見ゆ
長野県北安曇郡池田町八幡神社
歌碑　昭和二八年四月

櫟原畫あつくして葉ごもれる
山蠶の蠶未だ幼し
長野県大町市常盤西山城址
歌碑　昭和四八年九月

いさゝかの水にうつろふ夕映に
菜洗ふ手もと明るみにけり
長野県塩尻市広丘原新田広丘小学校校庭
歌碑　昭和二六年五月　署名柿の村人

赤松の森のうへなる雲の峰に
ひゞきて鳴けり蝉のもろ聲
長野県塩尻市広丘野村広丘中学校横
歌碑　昭和六〇年

田をへだて雪にこもれるむらのこゑ
斯あたたかくひとはものをいふ
長野県塩尻市広丘野村長野自動車添西
歌碑　昭和六三年一一月

君が住む高出の里は秋はやく
草の花咲き水湧くところ
長野県塩尻市高出分教場跡
歌碑　平成二年四月　青柳競併刻

○七月に入りて雪ある遠き山
山門外に出立見れば
長野県東御市田中法善寺境内
歌碑　昭和三一年

夕焼空焦げきはまれる下にして
氷らんとする湖の静けさ
長野県諏訪市湖岸通り五丁目第一湖畔公園
歌碑　昭和五三年一二月

○山を下った良寛様は
村の子どもと毬ついてゐたが

山に帰った良寛さまは
寺に一人で寂しかろ
長野県諏訪市元町児童遊園地（赤彦遊園地）
童謡碑　昭和三一年九月

みつ湖の氷はとけてなほ寒し
三日月の影波にうつろふ
長野県諏訪市岡村二地蔵寺上塚本園
歌碑　昭和六一年

諏訪の殿様牡丹餅好きで
宵に九つ朝七つ
二つのこして袋に入れて
馬に乗るとてぼたんと落とし…（略）
長野県諏訪市小和田（旧河川敷）文学の道公園
歌謡碑　平成一年一一月

なつかしき湯川の里に一夜ねて
盆のうた聞かぬ盆の夜さ悲し
君と二人物かたり居れは窓先の
くは畠ゆすり秋の風吹く
長野県茅野市北山湯川篠原氏邸
歌碑　平成一年七月　二首刻

赤彦生誕之碑
長野県茅野市豊平下古田公民館
記念碑　昭和三七年一〇月

おく山能谷まの栂の木かくり尓
水沫とはして行く水の音
長野県茅野市豊平下古田芳野市八ヶ岳総合博物館庭
歌碑　平成六年三月

寂しめる下心さへおのつから
むなしくなりて明し暮しつ
長野県茅野市玉川神の原玉川小学校前

歌碑　昭和二九年一〇月

ひとつ蝉鳴きやみて遠き蝉聞ゆ
山門そとの赤松はやし
長野県茅野市上原頼岳寺
歌碑　昭和五〇年一一月

高槻の木末にありて頬白の
さへづる春となりにけるかも
長野県諏訪郡下諏訪町高木津島神社
歌碑　昭和二九年五月　石投場に建立　昭和五六年四月移建

○湖の氷はとけてなおさむし
三日月の影波にうつろふ
長野県諏訪郡下諏訪町柿蔭山房
歌碑　昭和六一年三月

萩倉の丘の上なる双松
いく代までにかの年の経ぬらむ
長野県諏訪郡下諏訪町萩倉木落し松横
歌碑　昭和六三年一一月

信濃路はいつ春にならむ夕づく日
入りてしまらく黄なる空のいろ
長野県諏訪郡下諏訪町町立博物館
歌碑　昭和六〇年

電燈に照らされてゐる朝顔の
紺いろの花暁近づけり
長野県諏訪郡下諏訪町諏訪湖時の科学館儀象堂前
歌碑　平成九年三月

はる雨の雲のあひたより現る、
山の頂は雪真白なり
長野県諏訪郡下諏訪町水月園第一配水地上
歌碑　昭和五九年一〇月

水海之氷者等計而尚寒志
三日月乃影波爾映呂布
（みずうみの氷は解けてなほ寒し
三日月の影波にうつろふ）
長野県諏訪郡富士見町富士見公園
歌碑　昭和一二年一〇月　斎藤茂吉書

山深くわけ入るままに谷川の
水きはまりて家一つあり
長野県木曽郡大桑村阿寺渓谷
歌碑　昭和五八年

伊豆の湯に男女ら共に浴めり
山深く来て疑ふものなし
静岡県伊豆市船原温泉
歌碑

道のへのヤシヤの莟は青黝し
指につまれて我は見にけり
人の足すべる山路にねもごろに
柴木竝ぶる伊豆の國人
静岡県伊豆市上船原旅館もち岩
歌碑　平成四年九月

土肥の海漕出で、見れば白雪を
天に懸けたり不二の高根は
静岡県伊豆市土肥松原公園
歌碑　昭和一一年

《参考文献》

◎**『島木赤彦』**
神戸利郎著・赤彦記念誌編集委員会編　下諏訪町教育委員会（長野県）
1993・6

島崎藤村（しまざき・とうそん）

小説家・詩人

（明治五年二月一七日～昭和一八年八月二二日）

出生地　筑摩県(岐阜県)第八大区五小区馬籠村(中津川市)

出身地　東京都

本名は春樹。別号に無名氏、島の春など。馬籠宿の庄屋の家系に生れ、9歳で上京。明治学院卒業後、教員として明治25年明治女学校、29年東北学院、32年小諸義塾に勤める。その間、26年に北村透谷らと「文学界」を創刊。また30年に「若菜集」を刊行し、以後「一葉舟」「夏草」「落梅集」の詩集を刊行する一方、小説、散文も発表し、39年「破戒」を刊行。自然主義文学の代表的作家として、「春」「家」などを発表。大正2年渡仏し、帰国後に「新生」を、また「海へ」「エトランゼエ」などの紀行、感想文を発表した。昭和4年から10年にかけては、大作「夜明け前」を発表。10年日本ペンクラブ初代会長。11年ヨーロッパに再遊、15年帝国芸術院会員となる。詩、小説、紀行文、感想と作品は数多く、他に「眼鏡」などの童話集もある。

＊　＊　＊

地を相すること十数万坪、南は葛登支岬に続きて…(略)

北海道北斗市当別茂辺地

文学碑　大正一〇年五月

○心のやとのみやき野よ乱れて熱きわが身には日かけもうすく草枯れて荒れたる野こそうれしけれ…(略)

（「若菜集」より）

宮城県仙台市青葉区川内青葉山仙台城天守台跡

詩碑　昭和一一年一一月　八木山桜が岡内建立のものを昭和四二年四月現在地に移す

○過し世をしづかにおもへ
百年もきのふの如し

群馬県甘楽郡下仁田町小坂

詩碑　昭和六年三月

島崎藤村旧居跡

東京都新宿区歌舞伎町二-四-一一「ノア新宿」ビル前

記念碑　昭和三六年五月

島崎藤村　北村透谷
幼き日こゝに学ぶ

東京都中央区銀座五丁目泰明小学校前

記念碑　昭和三〇年七月

海水館
島崎藤村「春」執筆の処

東京都中央区佃三-一一

記念碑　昭和四一年

○人の世の若き生命のあさぼらけ
學院の鐘は響きてわれひとの
胸うつところ
白金の丘に根深く記念樹の立てるを見よや…(略)

東京都港区白金台一丁目明治学院大学

校歌碑　昭和一二年一一月

藤村は七十一才の生涯のうち文学者として最も充実した四十七才から六十五才(大正七年～昭和十一年)までの十八年間この地…(略)

東京都港区麻布台三-四-一七メゾン飯倉

記念碑　昭和四八年四月　島崎藤村旧居跡

昨日またかくてありけり
今日もまたかくてありなむ
この命なにをあくせく
明日をのみ思ひわづらふ

東京都目黒区駒場三-一一

詩碑

○誰か舊き生涯に安んぜむとするものぞ、おのがじゝ新しきを開かむとおもへるぞ若き人々のつとめなる
生命は力なり、力は聲なり、聲は言葉なり、あたらしき言葉はすなはち新しき生涯なり

（『藤村詩集』序の一節）
神奈川県川崎市麻生区柿生草木寺
文学碑　昭和三六年七月　変体仮名交り

蓮華寺では下宿を兼ねた。瀬川丑松が急に轉宿を思ひ立つて、借りることにした部屋といふのは、其藏裏つゞきにある二階の角のところ…（略）

（「破戒」第壹章冒頭の一節）
長野県飯山市南町真宗寺
文学碑　昭和四〇年九月

○驄て發車を報せる鈴の音が鳴つた。乗客はいづれも埒の中へと急いだ。盛な黒烟を揚げて直江津の方角から上って来た列車は豊野停車場の前で停った。…（略）

（「破戒」の一節）
長野県長野市豊野町JR豊野駅二番ホーム
文学碑　昭和六三年九月

血につながるふるさと
心につながるふるさと
言葉につながるふるさと

（「藤村の言葉」より）
長野県塩尻市大門手塚実壱氏邸
詞碑　平成二年一一月

○多くの樹木の中にありて先づそのみどりを頼まれ、生きとし生けるものの通ふ大自然の生命を呼吸し、…（略）

（「羽衣觧」の一節）
長野県東御市弥津丸山晩霞氏邸
文学碑　昭和一一年

まだあげそめし前髪の
りんごのもとに見えしとき
前にさしたる花ぐしの
花ある君と思いけり

（「初恋」より）
長野県小諸市松井松井農園
詩碑　昭和四三年

○きのふまたかくてありけり
今日もまたかくてありなむ
このいのち何をあくせく
明日をのみ思ひわづらふ…（略）
長野県小諸市新町丙宮坂恕一氏邸
詩碑　昭和三九年四月　陰木内敬篤書

○「千曲川旅情のうた」その一、全章
長野県小諸市JR小諸駅一番ホーム
詩碑　昭和五三年　懐古園の詩碑の模作

遠き別れに耐えかねて
この高楼に登るかな
悲しむなかれわが友よ
旅の衣をと、のえよ…（略）

（「惜別の歌」より）
長野県小諸市古城二丁目小諸義塾記念館脇
詩碑　平成八年五月　藤江英輔書（作曲者）

○小諸なる古城のほとり
雲白く遊子悲しむ
みどりなすはこべはもえず
わかくさもしくによし無し…（略）

（「千曲川旅情のうた」より）
長野県小諸市懐古園内展望台への道
詩碑　昭和二年七月

藤村舊栖之地
長野県小諸市大手二丁目
詞碑　昭和二八年四月　有島生馬書

日向吉次郎翁記念碑（略）
長野県小諸市荒町光岳寺

記念碑　大正一一年六月　岡川梅城書

○きのふまたかくてありけり
今日もまたかくてありなむ
このいのちなにをあくせく
明日をのみ思ひわづらふ…（略）
（「千曲川旅情のうた」その二、全章）
長野県佐久市臼田城山稲荷山公園山頂
詩碑　昭和五二年一二月

○木曽路はすべて山の中である。あるところは岨づたひに行く崖の道であり、あるところは…（略）
長野県木曽郡木曽町教育会館庭
詞碑　昭和三一年一一月　『夜明け前』序の章冒頭の一節

初恋
まだ上げ初めし前髪の
林檎のもとに見えしとき
前にさしたる花櫛の
花ある君と思ひけり…（略）
長野県下伊那郡阿智村伍和大鹿百花園
詩碑

血につながるふるさと
心につながるふるさと
言葉につながるふるさと
岐阜県中津川市馬籠藤村記念堂
詞碑

「太陽の言葉」
岐阜県中津川市馬籠藤村記念堂
詞碑

「初こひのうた」（略）
岐阜県中津川市馬籠藤村記念館
詩碑　平成六年一二月

きみがはかばにきゞくあり
きみがはかばにさかきあり
くさはにつゆはしげくして
おもからずやはその志るし
いつかねむりをさめいでて
いつかへりこんわがは、よ
（「母を葬るのうた」）
岐阜県中津川市馬籠永昌寺墓地
詩碑　昭和四六年秋

水車塚
山家にありて水にうもれたる
蜂谷の家族四人の記念に
岐阜県中津川市山口峠
文学碑　昭和八年

「桃」の一節を刻
岐阜県中津川市落合大久手モモ園
文学碑　平成二年四月

茅野といふ山村の入口で吾輩は三人ばかりの荒くれた女に逢った。…（略）
（「伊豆の旅」より）
静岡県伊豆市茅野踊り子遊歩道沿い
文学碑　昭和五九年三月

「椰子の実」全節
愛知県田原市伊良湖町伊良湖岬日出園地
詩碑　昭和三六年九月

柳田国男と椰子の実（並び下に）
藤村の詩「椰子の実」を刻む
愛知県田原市伊良湖町伊良湖岬恋路ヶ浜
詩碑　平成四年

湖にうかぶ詩神よ心あらば

落ちゆく鐘のこなたに聴けや
千年の冬の夜ごとに石山の
寺よりひびく讀經のこえ
（石山寺にハムレットを納むる）

滋賀県大津市石山寺一丁目石山寺仁王門前庭
詩碑　昭和四七年一〇月

—大坂より城崎へ
朝曇りのした空もまだすゞしいうに大阪の宿を發ったのは七月八日であった。
（「山陰土産」より）

兵庫県豊岡市城崎町湯島ＪＲ駅前
文学碑　昭和五六年一一月

過し世をしつかにおもへ
百年もきのふの如し

福岡県福岡市城南区片江町東油山文学碑公園
詩碑

《参考文献》
◎『島崎藤村の文学碑』
早稲田大学文学碑と拓本の会編　二玄社　1974

釋迢空（しゃく・ちょうくう）

国文学者・民俗学者・歌人・詩人

（明治二〇年二月一一日～昭和二八年九月三日）

出身地　大阪府西成郡木津村（大阪市浪速区鷗町）

本名は折口信夫（おりくち・しのぶ）。明治43年大阪府立今宮中学の教員となり、後に、大正8年国学院大学講師、11年教授、12年慶応義塾大学講師兼任、昭和3年教授となり、多くの門弟を育成した。この間、大正2年柳田国男主宰の雑誌「郷土研究」に「三郷巷談」を発表。以来、柳田国男の薫陶を受け、7年民俗学雑誌「土俗と伝説」を編集発行し、国文学研究への民俗学導入という独自の学を形成。他にも雑誌「日本民俗」「民間伝承」を創刊し、大日本芸能学会会長として「芸能」の監修をつとめた。歌人・詩人としても活躍し、6年「アララギ」同人、13年「日光」同人。14年第一歌集「海やまのあひだ」を、昭和5年「春のことぶれ」を刊行。以降くがたち社、くぐひ社、高日社、鳥船社で指導にあたる。14年小説「死者の書」を発表。戦後も詩集「古代感愛集」「近代悲傷集」「現代襤褸集」などを刊行し、22年「古代感愛集」で日本芸術院賞を受賞。31年には日本芸術院恩賜賞を受賞した。

＊　＊　＊

山のかみも夜はの神楽にこぞるらし
まひ屋の外の闇のあやしさ

岩手県花巻市大迫町大償大償神社
歌碑　昭和六二年六月

喜びは渦汐なして
うつそみの心ゆすりぬ…
風の音の遠野物語
（「古代感愛集」遠野物語より）

岩手県遠野市東館町三-九市立博物館
詩碑　昭和五五年

海のおもいよく青しこのゆふべ
田しろあぢしまかさなりて見ゆ

宮城県石巻市日和が丘二丁目日和山公園
歌碑　平成一年三月

ゆふべかかぐ思索の燈

宮城県塩竈市泉ヶ岡一〇-一塩釜高校
校歌碑　昭和五六年三月　塩釜高校校歌の一節

船川のちまたの桜かゞやかに
さくときとほくとつぎゆかむとす

秋田県男鹿市船川港船川字鳥屋場大龍寺
歌碑　昭和六二年

とりのみの山のふもとに居りとおもふ

心しづけし獅子笛きけば
秋田県由利本荘市矢島町城内字花立地内花立牧場
歌碑　昭和四〇年

○やま縣の赤湯のやどのをさなごの
おもかげたち来ぶだうをはめば
山形県南陽市鳥上坂ぶどうの碑広場
歌碑　昭和五四年三月

○くずのはなふみしだかれて色あたらし
この山道をゆきし人あり
埼玉県比企郡吉見町松崎松本氏邸
歌碑　昭和一四年五月

○やまかげに獅子ぶえおこるし、笛は
高麗のむかしを思へとぞひゞく
埼玉県日高市新堀八三三高麗神社境内
歌碑　昭和五〇年一〇月

人おほくかへらざりけり海やまに
みちてかそけし声もかそけし
東京都渋谷区東四—一〇—二〇国学院大学
歌碑

車やる田無のむら
青がすみ道にたちつゝ
風ふけば山になびけり…（略）
（門弟子高崎正秀抄「現代襤褸集」田無の道）
東京都西東京市南町五—六田無中央図書館
詩碑　昭和五〇年

硫氣噴く島たゝかひに果てにし人を
かへせとぞ我はよばむとす大海にむきて
東京都小笠原村硫黄島鎮魂の丘
歌碑　昭和五九年九月　草野心平書

赤松のむら立つみちにさすゆふ日
見つゝあゆめり真野の山道
青々と黒木の御所の草がくれ
ゆふだちすぐる音のしづけさ
新潟県佐渡市鷲崎鴬山荘文学碑林
歌碑

青々と黒木の御所の草かくれ
ゆふだちすぐるおとのしづけさ
新潟県佐渡市金井町文学公園（黒木御所跡）
歌碑

あか松のむらたつ道にたゝずみて
かなしみ深きやまをあふげり
新潟県佐渡市真野町文学散歩道
歌碑

ふたたびとはずやあらむやしき林の
ほりゐの水をくちふくみつゝ
石川県七尾市佐々波町ト部桑原氏邸庭
歌碑　旧碑

ふたたびとはずやあらむやしき林の
ほりゐの水をくちふくみつゝ
石川県七尾市佐々波町ト部桑原氏邸庭
歌碑　新碑

○けたのむらわかば黒ずむときに来て
とほうなばらのおとをきき居り
石川県羽咋市寺家町ト—七一—一気多神社
歌碑　昭和二八年九月

○くわっこうのなく村すぎて山の池
石川県羽咋市寺家町ト—七一—一気多神社の藤の池畔
句碑　昭和三八年四月

わがために墓もつくらじ然れども
亡き後なればすべもなしひとのまにまに

歌碑
石川県羽咋市寺家町ト―七一―一気多神社一ノ宮墓所

はくひの海うなさかはる、このゆふべ
妣が國見ゆ見にいでよこら
歌碑
石川県羽咋市寺家町チ―二七藤井氏邸庭

もつとも苦しきた、かひに最くるしみ死にたる
むかしの陸軍中尉折口春洋ならびにその父信夫の墓
詩碑
石川県羽咋市寺家町ヲ―一―七藤井氏墓地

とりがなくはかはら道をこえ来り
ぽんばなのうへのしづかなる露
歌碑
長野県長野市戸隠上祖山今井武氏墓地

ものぐさ太郎このよひはやくねぶるらし
あべみの太郎こほりそめつゝ
歌碑　平成一年五月
長野県安曇野市穂高穂高神社

○かむりきのやまのこだまは日々とよむ
をみのさと人すこしいこわめ
歌碑
長野県東筑摩郡麻績村麻明治麻績小学校

○つゝましくわれは遊ばむこだまする
朝日のむらは青やまのあひだ
歌碑　昭和五八年七月
長野県東筑摩郡朝日村古見朝日村公民館

をとめごの心さびしも清き瀬に
身はながれつゝひとこひにけむ
歌碑　昭和五〇年七月
長野県松本市安曇島々二俣谷登山道横

志なのなるすが野あらぬはいづ方ぞ
よべどこたふるとりのねもなし
歌碑
長野県松本市笹賀三四七五菅野中学校

いにしへに物草太郎ありし後
ものぐさひとの一人もなし
歌碑
長野県松本市新村南新新村児童センター近く物草太郎像横

○さはがにをもて遊ぶ子にぜにくれて
あかきたなそこをわれは見にけり
歌碑　昭和五〇年三月
長野県松本市大字原一〇八五―二女鳥羽中学校前庭

○まれ〳〵はここにつどひていにしへの
あたらし人のごとくはらばへ
歌碑　昭和五〇年
長野県松本市開智二丁目東筑摩教育会館玄関前

○うつくしきふたむらかけてたつにじと
とはにさかえよ清きがくかう
歌碑　昭和五二年三月
長野県松本市芳川村井町筑摩野中学校玄関前

○しづかなるひるなりければおりたちて
田川の水のうづまくを見つ
歌碑　昭和四九年五月
長野県松本市渚一丁目田川小学校

○いにしへのつかまの出て湯ひなさびて
麦ふにまじるれんげうの花
歌碑　昭和五〇年七月
長野県松本市里山辺四五―七すぎもと旅館

朝日よし。桔梗ヶ原
日本の懐と

とりよろふ青垣や。
よき光り山に満ち、
野に溢れ、里に照る。
あめとよみ来るものの音
あたらしき知識のひびき…（略）
（塩尻高等学校校歌）

長野県塩尻市広丘高出塩尻高等学校
校歌碑　昭和三七年四月　平井康三郎・作曲

○ならびなきやま川のすがた見めぐりて
こゝに生ひたつわかき人をおもふ

長野県塩尻市宗賀塩尻西部中学校校庭
歌碑　昭和五四年三月

○ひらいでの村をめぐりてほりあけし
むかしのいへのあとゞころ見つ

長野県塩尻市宗賀平出遺跡考古博物館庭
歌碑　昭和三七年一一月

寺やまのはやしのおくのかそけさよ
わがつくいきのきこえけるかも

長野県塩尻市洗馬元町長興寺
歌碑　昭和五七年五月

としふかきやまのかそけさひとありて
まれにものいふこゑきこえつゝ

霜とけのやゝにかたまりはるふかし
八重やまさくらちる学校のには

長野県上伊那郡辰野町川島川島小学校
歌碑　二首刻

○とほき世ゆやまにつたへし神いかり
このこゑをわれきくことなかりき

長野県下伊那郡阿南町新野伊豆神社
歌碑　昭和三二年　雪祭の碑

○雪まつりおほきにおこるこのをぢの
まひてつかへし五十とせがほどに

長野県下伊那郡阿南町新野諏訪神社参道
歌碑

○やけはらのまちのもなかを行く水の
せゝらぎすみてあきちかづけり

岐阜県郡上市八幡町桜町吉田川沿郡上八幡城登り口
歌碑　昭和五八年九月

○ぐじやうのやまかぜなりすぐるかそけさや
またはかへらぬ人をおもふに

岐阜県郡上市高鷲町切立山川清至氏裏山
歌碑　昭和三三年　両面二首刻

気多川のさやけきみればをち方の
かじかの声はしづけかりけり

静岡県浜松市天竜区春野町気多民俗資料館前
歌碑　昭和五七年八月

気多川のさやけきみればをち方の
かじかの声はしづけかりけり

静岡県浜松市天竜区春野町気田気多中学校
歌碑　昭和五七年

高く來て音なき霧のうごき見つ
木むらにひゞくわれのしはぶき

静岡県浜松市天竜区春野町竜頭山天竜林道戒光院跡
歌碑　竜頭山由来碑刻

山のうへにかそけく人は住みにけり
道くだり來る心はなごめり
（歌集「海やまのあひだ」より）

静岡県浜松市天竜区春野町京丸天竜林道
歌碑　藤原氏牡丹谷由来碑刻

青々と山のこずえのまだ昏れず

遠きこだまは岩たたくらし
静岡県浜松市天竜区水窪町山住峠山住神社脇
歌碑　昭和四四年三月

ほがらなるこころの人にあひにけり
うやうやしさの息をつきたり
静岡県浜松市天竜区水窪町地頭水窪中学校
歌碑　昭和四九年四月

燈ともさぬ村を行きたり山かげの
道のあかりは月あるらしも
静岡県浜松市天竜区水窪町奥領家西浦観音堂
歌碑　昭和五三年一月

やまふかくわれは来にけり山深き
木々のこずゑのおとやみにけり
愛知県北設楽郡豊根村下里川わらび平豊根村役場文化広場
歌碑　平成六年一〇月

おにのこのむれつゝあそぶおときこゆ
とよねのやまのしらゆきのうへ
愛知県北設楽郡豊根村坂宇場八幡神社
歌碑　平成一年一〇月

くずはなはちりやまずけりこゝすべて
いふすきのむらを望まむとすも
愛知県刈谷市野田町大脇東刈谷小学校東側
歌碑　昭和四三年一二月　三首刻

おじやぐじの森のこのはゝひろふとも
あどけきものをめぐしとおもへ
愛知県名古屋市中村区烏森町七丁目二七八坪井氏邸
歌碑

おじやぐじの森のこのはゝひろふとも
あどけきものをめぐしとおもへ
愛知県名古屋市中村区烏森町七丁目禅養寺
歌碑　平成九年八月

現し世の数の苦しみたたかいに
ますものあらめや
あはれ其も夢と過ぎつつかそけくも
なりにしかな
今し君やすらぎたまふとこしへの
ゆたのいこひに
愛知県名古屋市中区三の丸一県護国神社
歌碑　昭和四六年八月　「心の塔」に刻

○山めぐり二日人見ずあるくまの
蟻の穴にも見入りつゝなく
○波ゆたにあそべり牟婁の磯に来て
たゆたふ命しばしやすらふ
○北牟婁の奥の小村にわく水の
かなしき記憶来る午後かな
三重県北牟婁郡紀北町中里郷土資料館前庭
歌碑　平成二年九月　三首刻

春はやきこぶしのうれひさきみちて
ただにひと木はすべなきものを
大阪府大阪市浪速区敷津西一丁目敷津松の宮（大国神社）
歌碑　昭和五三年一一月

ほい駕籠を待ちこぞり居る人なかに
おのづからわれも待ちごゝろなる…（略）
（「折口信夫全集」より）
大阪府大阪市浪速区敷津西一丁目鷗町公園
文学碑　昭和五八年二月

折口信夫生誕の地
大阪府大阪市浪速区敷津西一丁目鷗町公園
記念碑

遠やまひこ（略）

大阪府大阪市阿倍野区三明町二―四天王寺高校
文学碑

小橋過ぎ鶴橋生野来る道は
古道と思ふ見覚えのなき
（大阪詠物集のうち「舎利寺」）
大阪府大阪市生野区勝山南三丁目御勝山南公園
歌碑　昭和五七年一二月

○この冬も老いかゞまりてならの京
たきぎの能を思ひつゝ居む
奈良県奈良市春日野町春日大社萬葉植物園
歌碑　昭和三一年四月

○ねりくやうすぎてしづまる寺のには
はたとせまへをかくしつゝゐし
奈良県葛城市当麻当麻寺中之坊庭園
歌碑　昭和四六年春

○牡丹のつぼみいろたち来たる染井寺
にはもそとも、たゞみどりなる
奈良県葛城市染野石光寺
歌碑　昭和四七年四月

○やすらなるいきをつきたりおほ倭
山青がきに風わたる見ゆ
奈良県桜井市三輪大神神社
歌碑　昭和四八年七月

神寶とぼしくいますことのたふとさ
古き社のしづまれる山
奈良県桜井市多武峰談山神社
歌碑

○しづかなるひとひなりけりあくひつゝ
たいへのやまに人居るらむか
奈良県桜井市高家栢木喜一氏邸
歌碑　昭和五三年

○うねびやまかしの尾の上に居るとりの
鳴きすむきけばとほ代なるらし
奈良県橿原市久米町橿原神宮森林遊苑
歌碑　昭和二九年九月

○ほすゝきに夕ぐれもひくき明日香のや
わがふる里はひをともしけり
奈良県高市郡明日香村飛鳥飛鳥坐神社
歌碑　昭和三二年一一月

○吉野山さくらさく日にまふで来て
かなしむ心人しらめやも
奈良県吉野郡吉野町吉野山勝手神社
歌碑　昭和四九年九月

雪布理弖昏流光乃遠白尓
小竹祝之墓杼巨呂見由
和歌山県御坊市薗御坊市立体育館
歌碑　昭和四六年一〇月

○邇万の海いそにむかひてひろき道
をとめ一人をおひこしにけり
島根県大田市仁摩町仁万仁摩公民館前
歌碑　昭和五〇年一一月　「石見の道」の一首を刻む

小松島の停車場降りてひたぐもる
この夕昏も見覚のある
徳島県小松島市小松島町四丁目JR南小松島駅前
歌碑　昭和五三年八月

旅を来て心つつまし秋の雛
買へと乞ふ子の顔を見にけり
愛媛県東温市下林三奈良神社
歌碑　昭和六二年一二月

○いののかみこの川ぐまによりたまひし
　日をかたらへばひとのひさしさ
　高知県吾川郡いの町椙本神社
　歌碑　昭和五七年九月

いのの神この川ぐまによりたまひし
　日をかたらへば人のひさしさ
　高知県吾川郡いの町天神町仁淀川堤防（さくら堤）
　歌碑　平成六年一一月

多賀の宮みこしすぎゆくおひかぜに
　われはかしこまる神わたりたまふ
つくしの日わかをとりをみにゆかむ
　ことをおもへり三とせの後も
　福岡県直方市直方七〇一多賀神社
　歌碑　昭和四九年一〇月　両面刻

この冬も老いかがまりて奈良の京
　たきぎの能を思ひつゝ居む
　福岡県福岡市城南区片江町東油山文学碑公園
　歌碑

葛の花ふみしだかれて色あたらし
　この山道をゆきし人あり
　長崎県壱岐市郷ノ浦町片原触岳の辻山頂
　歌碑　新碑

葛の花ふみしだかれて色あたらし
　この山道をゆきし人あり
　長崎県壱岐市郷ノ浦町片原触岳の辻展望台下林の中
　歌碑　昭和五七年一一月　旧碑

よきひとはいのちみじかくすぎしかど
　そのよきことを人につたへむ
　大分県竹田市向町鐙坂墓地
　歌碑　昭和一二年七月　大津秀夫墓碑刻

○なはのえにはらめきすぐるゆふだちは
　さびしき船をまねくぬらしぬ
　沖縄県那覇市波之波上宮
　歌碑　昭和五八年九月

《参考文献》

◎『釈迢空・折口信夫の文学碑』
　早稲田大学文学碑と拓本の会編　瑠璃書房　1984・11
◎『釋迢空折口信夫筆墨と文学碑拓本』
　杉本瑞井、長高登共編著　椙本神社（高知県伊野町）　2003・5

昭和天皇　（しょうわてんのう）

天皇

（明治三四年四月二九日～昭和六四年一月七日）

出身地　東京・青山東宮御所

皇太子明宮嘉仁親王（のち大正天皇）のに第一皇男子として生まれ、祖父の明治天皇より迪宮裕仁と命名された。明治41年学習院初等科に入り、院長・乃木希典の薫陶を受ける。大正5年立太子の礼を行って皇太子となり、10年3月日本の皇太子として初めて欧州歴訪の旅に出、帰国後の10月大正天皇の病により摂政に就任。13年に結婚。15年12月25日、父の崩御により25歳で皇位（124代）を継承、元号も昭和と改まった。

昭和12年からの日中戦争には拡大方針に必ずしも賛成ではなかったが内閣の決定を追認してゆき、日米開戦もそれを防ぐ決定的な役割を果たせず、16年の太平洋戦争開戦に至った。20年8月広島・長崎への原爆投下、ソ連の参戦を経て終戦の意志を表明、詔勅をラジオ放送に吹き込んで戦争の終結を国民に伝えた。戦後は各地を巡幸して祖国復興に働く国民を激励つづけた。63年病に倒れ、64年1月7日早朝、87歳で崩御。昭和天皇の諡号を贈られ武蔵野陵に葬られた。

＊　＊　＊

樺太に命をすこしたをやめの

心を思へばむねせまりくる
北海道稚内市稚内公園
歌碑　昭和四四年八月　二首刻

みずうみのおもにうつりてをぐさはむ
牛のすがたのうごくともなし
北海道斜里郡小清水町浜小清水原生花園
歌碑　昭和三〇年六月　入江相政書

そびえたつ大雪山の谷かげに
雪はのこれり秋たついまも
北海道上川郡上川町大雪山国立公園層雲峡
歌碑　昭和四四年七月　入江相政書

あめつちの神にそいのるあさなきの
海のことくに波たゝぬ世を
北海道旭川市北海道護国神社
歌碑　昭和四六年九月　入江相政書

ふる雪にこころきよめて安らけき
世をこそいのれ神のひろまえ
北海道旭川市北海道護国神社
歌碑　昭和六二年一一月

冬枯のさびしき庭の松ひと木
色かへぬをぞかがみとはせむ
北海道富良野市富良野神社
歌碑　昭和六〇年一一月

氷る廣野すべる子どものとばしたる
風船はゆくそらのはるかに
北海道札幌市南区真駒内屋外競技場
歌碑　昭和四八年一二月　入江相政書

ひとびととあかえぞ松のなへうゑて
みどりのもりになれといのりつ
北海道苫小牧市支笏湖畔植樹祭跡地

歌碑　昭和三七年五月　入江相政書

そのしらせ悲しく開きてわざはひを
ふせぐその道疾くとこそ祈れ
北海道松前郡福島町トンネルメモリアルパーク
歌碑　昭和六三年

みちのくの国の守りになれよとぞ
松植ゑてけるもろびとともに
青森県東津軽郡平内町夜越山公園
歌碑

あかねさすゆふぐれ空にそびえたり
紫にほふ津軽の富士
青森県弘前市馬喰町藤田記念公園
歌碑　平成一年一一月

弘前の秋はゆたけしりんごの実
小山田の園をあかくいろどる
青森県弘前市大仏公園
歌碑

岩手なるあがたの民の憩場の
森となれしけふ植ゑし苗
岩手県八幡平市東八幡平県民の森
歌碑　昭和五〇年春

ひとびとは秋のもなかにきそふなり
北上川のながるるあがた
岩手県盛岡市下厨川県営運動公園
歌碑　昭和四七年一〇月　二首刻

みちのくの昔の力しのびつつ
まばゆきまでの金色堂に佇つ
岩手県西磐井郡平泉町衣関中尊寺金色堂脇
歌碑　昭和四七年一〇月

わが庭の宮居に祭る神々に
世の平らぎをいのる朝々
宮城県石巻市住吉町一丁目住吉公園
歌碑

春の夜の月の光にみわたせば
浦の島々波にかげさす
宮城県宮城郡松島町五六観瀾亭
歌碑　昭和三一年九月　入江相政書

さしのぼる朝日の光へだてなく
世を照らさむそわかねかひなる
宮城県塩竈市一森山塩竈神社
歌碑　昭和六一年四月

日影うけてたち可がよひぬ春の雪
きえし山邊よ植ゑたる松は
宮城県黒川郡大衡村大衡平林昭和万葉の森
歌碑　昭和五〇年四月　入江相政書

城あとの森のこかげにひめしやがは
うす紫にいま咲きさかる
宮城県仙台市青葉区川内青葉山仙台城跡県護国神社
歌碑

国もると身をきづつけしひとびとの
うへをしおもふあさにゆふべに
宮城県白石市益岡神明社
歌碑　昭和五二年三月

したくさのしげれる森に年へたる
直きすがたの秋田杉を見つ
秋田県秋田市仁別自然休養林森林博物館脇
歌碑　昭和四四年一一月　入江相政書

ふりつもるみ雪にたへていろかへぬ
松ぞ雄々しき人もかくあれ
秋田県秋田市神社庁前庭
歌碑　昭和六二年三月

みづうみのながめえならずときく大森に
杉をうゑむとおもひしものを
秋田県仙北市田沢湖田沢湖畔県民の森
歌碑　昭和四三年初秋

広き野を流れゆけども最上川
海に入るまでにごらざりけり
山形県新庄市本合海新庄温泉金龍山山頂
歌碑　昭和五五年四月

廣き野をなかれゆけども最上川
うみにいるまで濁らざりけり
山形県北村山郡大石田町四日町西光寺
歌碑　大正一五年一一月　入江相政書

廣き野を流れゆけども最上川
うみにいるまで濁らざりけり
山形県酒田市南新町一丁目日和山公園文学の散歩道
歌碑　昭和三年一一月　入江相政書

雨けふる緑の山は静かにて
庭のやまかとおもひけるかな
山形県鶴岡市温海温泉熊野神社
歌碑　昭和三七年一二月

國守ると身をきずつけし人々の
上をし思ふ朝に夕に
山形県寒河江市八幡町寒河江八幡宮
歌碑　昭和五五年四月

ありし日の母のたび路をしのぶかな
ゆふべさびしき上の山にて
山形県上山市上山温泉村尾旅館庭
歌碑　昭和三五年四月　西川義方書

ひと、、としらはた松を植ゑてあれば
　大森山にあめはふりきぬ
山形県上山市棚木大森山大森植樹祭会場跡
歌碑　昭和四九年一一月　入江相政書

秋ふかき山のふもとをながれゆく
　阿武隈川のしづかなるかな
福島県福島市県知事公舘前
歌碑

身はいかになるともいくさとどめけり
　ただたふれゆく民をおもひて
国がらをただ守らんといばら道
　すすみゆくともいくさとめけり
福島県福島市光農場
歌碑　二首刻

松苗を天鏡台にうゑをへて
　いなはしろ湖をなつかしみ見つ
福島県耶麻郡猪苗代町天鏡台
歌碑　昭和四五年春　入江相政書

雨はれし水苔原にかれのこる
　ほろむいいちご見たるよろこび
福島県会津若松市赤井谷地北浅野原の丘
歌碑　昭和三七年一一月　入江相政書

いたつきもみせぬ少女らの精こむる
　こまかき仕事つくづくと見つ
福島県会津若松市山見通富士通会津工場
歌碑　昭和四八年一一月　入江相政書

春ふかみゆふべの庭の牡丹花は
　くれなゐふかくさきいでにけり
福島県須賀川市牡丹園
歌碑　昭和五〇年四月　入江相政書

あつさつよき磐城の里の炭山に
　はたらく人ををしとぞ見し
福島県いわき市湯本町向田いわき化石館前
歌碑

暑さつよき磐城の里の炭山に
　はたらく人をを、しとぞ見し
福島県いわき市昭和の杜六坑園
歌碑　昭和三九年四月

人びととけふ苗木うゑぬ茨城の
　自然観察の森とはやなれ
茨城県久慈郡大子町高柴簿久保植樹会場跡
歌碑

新しき研究所にてなしとげよ
　世のわざはひをすくはむ業を
茨城県那珂郡東海村日本原子力研究所
歌碑　昭和四九年一〇月　入江相政書

たのもしくよはあけそめぬ水戸の町
　うつつちのおともたかくきこえて
茨城県水戸市三の丸水戸駅北口ロータリー
歌碑　昭和二三年一一月　徳川圀順書

空晴れてふりさけみれば那須岳は
　さやけくそびゆ高原のうえ
栃木県那須郡那須町湯本那須温泉神社
歌碑　平成四年

とちの木の生ふる野山に若人は
　あがたのほまれをになひてきそふ
栃木県矢板市片岡
歌碑

栃と杉の苗植ゑをへて山鳥を
　はなちたりけり矢板の岡に

栃木県矢板市県民の森
歌碑

ざえもなき嫗のゐがくすゐものを
人のめづるもおもしろきかな
栃木県芳賀郡益子町窯業指導所
歌碑　昭和二四年四月　関屋貞三郎書

伊香保山森の岩間に茂りたる
しらねわらびのみどり目にしむ
群馬県渋川市県立伊香保森林公園
歌碑

薄青く赤城そびえて前橋の
広場に人々よろこびつどふ
群馬県前橋市敷島町県営陸上競技場西側
歌碑　昭和五九年八月

そびえたる三つの遠山みえにけり
かみつけの秋の野は晴れわたる
群馬県前橋市荒口町前橋総合運動公園中央広場
歌碑　昭和五九年八月

もえいづる春のわかくさよろこびの
いろをたたへて子らのつむみゆ
群馬県高崎市山名町～寺尾町石碑の道
歌碑

としあまたへにけるけふものこされし
うからおもへはむねせまりくる
群馬県高崎市乗付町護国神社
歌碑　昭和四〇年八月

みそとせをへにける今ものこされし
うからの幸をただいのるなり
群馬県高崎市乗付町護国神社
歌碑　昭和五三年一〇月

国のため命ささげし人々の
ことを思へば胸せまりくる
群馬県藤岡市美久里地区
歌碑

足袋はきて葉山の磯を調べたる
むかしおもへばなつか志くして
埼玉県行田市行田商工センター前
歌碑　昭和五九年一一月　入江相政書

人々とうゑし苗木よ年とともに
国のさちともなりてさかえよ
埼玉県大里郡寄居町金尾山中腹
歌碑　昭和三七年

身はいかになるともいくさとどめけり
ただたふれゆく民をおもひて
埼玉県川口市青木町氷川神社
歌碑

朝もやはうすうす立ちて山々の
ながめつきせぬ宿の初冬
埼玉県秩父市熊木町羊山公園
歌碑　昭和三三年一一月　諸井貫一書　二首刻

おとうとをしのぶゆかりのやかたにて
秋ふかき日に柔道を見る

山裾の田中のみちのきふね菊
夕くれなゐににほへるを見つ
埼玉県秩父市市役所庭
歌碑　昭和四二年秋　入江相政書　二首刻

あめつちの神にぞいのる朝なぎの
海のごとくに波たたぬ世を
千葉県旭市飯岡玉崎神社
歌碑

いそとせもへにけるものかこのうへも
さちうすき人をたすけよといのる
千葉県千葉市中央区千葉港四社会福祉センター
歌碑　昭和四三年三月

よべよりの雨はいつしかふりやみて
ひとびとはつどふ千葉の広場に
千葉県千葉市稲毛区県立総合運動場
歌碑　昭和四九年一〇月

うつくしくもりをたもちてわざはひの
たみにおよぶをさけよとぞ思ふ
千葉県富津市県立富津公園
歌碑　昭和三〇年四月

ひさしくもみざりしすまひひと〳〵と
手をたゝきつゝ見るがたのしさ
東京都墨田区横網一丁目国技館
歌碑　昭和三一年九月　宇佐美毅書

身はいかになるともいくさとどめけり
ただたふれゆく民をおもひて
東京都江東区富岡一丁目富岡八幡
歌碑　昭和六一年一〇月　鈴木一書

いそとせもへにけるものかこのうへも
さちうすきひとをたすけよといのる
東京都文京区春日一丁目東京都戦没者霊園
歌碑　昭和四二年一一月　民生委員・児童委員顕彰碑刻　入江相政書

みそとせをへにける今日ものこされし
うからの幸をたゝいのるなり
東京都文京区春日一丁目東京都戦没者霊園休憩所庭園
歌碑　昭和五二年一一月　入江相政書

くにのためいのちさゝけしひと〳〵の
ことをおもへはむねせまりくる
東京都千代田区三番町戦没者墓苑
歌碑　昭和三五年三月　勢津子妃書

新しき館を見つつ警察の
世をまもるためのいたつきを思ふ
東京都千代田区霞が関二丁目警視庁玄関前
歌碑

さしのぼる朝日の光へだてなく
世を照らさむぞわがねがひなる
東京都青梅市沢井多摩渓谷遊歩道
歌碑

オランダの旅思ひつゝマナティの
およぐすがたをまたこゝに見ぬ
神奈川県川崎市多摩区菅仙谷四よみうりランド水族館
歌碑　昭和五〇年三月　入江相政書

松の火をかさしてはしるおい人の
をゝしきすがた見まもりにけり
神奈川県横浜市神奈川区三ツ沢公園
歌碑　昭和三一年五月　二首併刻　秩父宮妃書

身はいかになるともいくさとゞめけり
たゞたふれゆく民をおもひて
神奈川県藤沢市高倉諏訪ノ上諏訪神社
歌碑　昭和四五年八月

ほととぎすゆうべききつつこの島に
いにしへおもへば胸せまりくる
新潟県佐渡市真野町文学散歩道
歌碑

黒川の胎内平にうゑし杉
やがては山をみどりにそめむ
新潟県胎内市胎内平植樹祭会場跡
歌碑

身はいかになるともいくさとどめけり
ただたふれゆく民をおもひて
新潟県新発田市諏訪町諏訪神社
歌碑

新潟の旅の空よりかへりきて
日数も経ぬに大き地震いたる
新潟県新潟市中央区一番堀通町県民会館庭
歌碑　昭和六二年五月

我がにはの宮居にまつる神々に
世のたひらきを祈る朝々
新潟県西蒲原郡弥彦村弥彦神社
歌碑

あめつちの神にぞいのる朝なぎの
海のごとくに波たたぬ世を
新潟県三条市笹神村内水原町飛地
歌碑

靄もなく高くそひゆる火打山
雪のこれるを山越しに見つ
新潟県妙高市笹ヶ峰
歌碑

紅に染め始めたる山あひを
流るる水の清くもあるかな
富山県黒部市宇奈月町温泉宇奈月公園
歌碑　昭和三八年

だくみらもいとなむ人もたすけあひて
さかゆくすがたのもしとみる
富山県黒部市生地ＹＫＫ黒部工場
歌碑　昭和五九年五月

たくみらもいとなむ人もたすけあいて
さかゆく姿たのもしと見る
富山県黒部市生地神明町ＹＫＫ牧野工場前
歌碑　昭和三一年六月

立山の空にそびゆるををしさに
ならへとぞ思ふ御代のすがたも
富山県中新川郡立山町立山三の越
歌碑　昭和二年五月

立山の空にそびゆる雄々しさに
ならへとぞ思ふ御代の姿も
富山県富山市小見小見小学校グランド
歌碑　昭和五八年一二月

わが国のたちなほり来し年々に
あけぼのすぎの木はのびにけり
富山県富山市寺家公園
歌碑　平成四年七月

立山の空にそびゆるをゝしさに
ならへとぞおもふ美よのすがたも
富山県富山市呉羽山山頂
歌碑　昭和三三年七月

みほとけにつかふる尼のはぐゝみに
たのしく遊ぶ子らの花ぞの
富山県富山市中布目ルンビニ園東端
歌碑　昭和三四年一〇月

たてやまのそらにそびゆるおをしさに
ならへとぞおもふみよのすがたも
富山県射水市中新湊放生津保育所前
歌碑　昭和三四年四月

天地の神にぞいのる朝なぎの
海のごとくに波たたぬ世を
富山県氷見市中央町日宮神社
歌碑　昭和六〇年四月

秋ふかき夜の海ばらにいさり火の
ひかりのあまたつらなれるみゆ
富山県氷見市朝日山朝日山公園
歌碑　昭和三四年一〇月

ふるあめもいとわできそふ北国の
少女らのすがた若くすがしも
富山県小矢部市城山町城山公園
歌碑　昭和六二年一一月

頼成もみどりの岡になれかしと
杉うゑにけりひと〱とともに
富山県砺波市頼成山
歌碑　昭和四四年一一月

はてもなき砺波のひろの杉むらに
とりかこまるる家々の見ゆ
富山県南砺市縄ヶ池への途中
歌碑　昭和四六年五月

水きよき池のほとりにわが夢の
かなひたるかも水芭蕉咲く
富山県南砺市縄ヶ池ほとり
歌碑　昭和四六年春

かつきしてあわひとりけり沖つへの
舳倉島よりきたるあまらは
石川県輪島市鴨ヶ浦鴨ヶ浦海岸
歌碑　昭和三四年七月

波たたぬ七尾の浦のゆふぐれに
大き能登島よこたはる見ゆ
石川県七尾市和倉町和倉温泉加賀屋旅館入口
歌碑　昭和三四年一〇月

月かげはひろくさやけし雲はれし
秋の今宵のうなばらの上に
石川県七尾市和倉町和倉温泉
歌碑

なみた丶ぬな丶をのうらのゆふぐれに
おほきのとしまよこたはるみゆ
石川県七尾市府中町小公園
歌碑　昭和三四年六月

斧入らぬみやしろの森めづらかに
からたちばなの生ふるを見たり
石川県羽咋市寺家町ト-七一-一気多神社
歌碑　昭和五九年七月

津幡なる縣の森を人びとの
いこひになれと苗うゑにけり
石川県河北郡津幡町加茂加茂植樹祭会場
歌碑　昭和五八年一二月

地震にゆられ火に焼かれても越の民
よく堪へてここに立直りたり
福井県福井市田原一丁目フェニックスプラザ前
歌碑　昭和六〇年九月

国もると身をきずけしひとぐの
うへをしおもふあさにゆふべに
山梨県甲府市岩窪町県護国神社
歌碑　昭和五六年四月　傷痍軍人之碑刻

晴れわたる秋の広場に人びとの
よろこびみつる甲斐路国体
山梨県甲府市小瀬スポーツ公園やまなみ広場
歌碑　昭和六二年一一月

秋ふけて緑すくなき森の中
ゆもとまゆみはあかくみのれり
長野県長野市戸隠戸隠森林植物園
歌碑　昭和五三年一〇月

浅間おろし強きふもとにかへりきて
いそしむ田人たふとくもあるか
長野県北佐久郡軽井沢町追分大日向公会堂入口
歌碑　昭和三〇年一〇月　林虎雄書

浅間おろし強きふもとにかへりきて
いそしむ田人たふとくもあるか
長野県北佐久郡軽井沢町追分大日向の開拓地
歌碑　昭和四二年一〇月　竹内鳳聲書

さしのぼる朝日の光へだてなく
世を照らさむぞわがねがひなる
長野県佐久市中込駅前佐久イン清水屋前
歌碑　平成二年一一月

八子が峰にはかに雹のふるなかを
もろ人なへをうゑをはりたり
長野県茅野市北山柏原上白樺湖八子ヶ峰
歌碑　昭和四〇年五月

次の世を背負うべきにぞ逞しく
正しく伸びよ里に移りて
長野県下伊那郡阿智村駒場長岳寺
歌碑

○にごりたる益田川みてこの夏の
嵐のさまもおもい知らるゝ
岐阜県下呂市森雨情公園
歌碑　昭和六一年一二月

晴るる日のつづく美濃路に若人は
力のかぎりきそひけるかな
岐阜県郡上市八幡町城山公園
歌碑

わが国のたちなほり来し年々に
あけぼのすぎの木はのびにけり
岐阜県可児市瀬田可児公園
歌碑　昭和六二年七月

晴るる日のつづく美濃路に若人は
力のかぎりきそひけるかな
岐阜県関市旭ヶ丘二一一一旭ヶ丘小学校
歌碑

晴るる日のつづく美濃路に若人は
力のかぎりきそひけるかな
岐阜県関市関市民会館
歌碑

はるる日のつつく美濃路に若人は
ちからのかぎりきそひけるかな
岐阜県岐阜市長良福光メモリアルセンター入口（県営グランド）
歌碑　昭和四〇年

ひとびとなへ木をうゑておもふかな
もりをそだつるそのいたつきを
岐阜県揖斐郡揖斐川町谷汲名札
歌碑　昭和三三年一一月

高どのうへよりみればうつくしく
朝日にはゆる沖のはつしま
静岡県熱海市伊豆山神社
歌碑　昭和六一年九月

たらちねの母の好みしつはぶきは
この海のへに花咲きにほふ
静岡県賀茂郡西伊豆町堂ヶ島天窓洞脇
歌碑　昭和三〇年一月

岡こえて利島かすかにみゆるかな
波風もなき朝のうなばら
静岡県下田市須崎半島東側（爪木崎）
歌碑　昭和五一年五月　二首刻

国守ると身をきずつけし人びとの
うへをしおもふあさにゆうべに
静岡県三島市三原ヶ谷城山(旧陸軍墓地)
歌碑　昭和五五年一〇月

国のため命ささげし人々の
ことを思へば胸せまりくる
静岡県富士宮市上出若獅子神社
歌碑

ふじのみね雲間にみえて富士川の
橋わたる今の時の間惜しも
静岡県庵原郡富士川町歌碑公園
歌碑　昭和六一年一二月

たふれたる人のいしぶみ見てぞ思ふ
たぐひまれなるそのいたつきを
静岡県浜松市天竜区佐久間町佐久間発電所ダム
歌碑　昭和四二年一〇月　甘露寺受長書

ひき潮の三河の海にあさりとる
あまの小舟の見ゆる朝かな
愛知県蒲郡市形原町八ヶ峰形原神社
歌碑

はつ夏の猿投のさとに苗うゑて
あかた人らのさちをいのれり
愛知県豊田市猿投山昭和の森植樹祭会場
歌碑　昭和五五年三月

世にいだすと那須のくさ木のふみあみて
紙のたふときこともしりにき
愛知県春日井市王子町王子製紙春日井工場
歌碑　昭和三九年六月　入江相政書

天地の神にぞ祈る朝凪の
海のごとくに波たたぬ世を
愛知県名古屋市熱田区新宮坂町熱田神宮
歌碑　昭和五二年

名古屋の街さきにみしより美しく
たちなほれるがうれしかりけり
愛知県名古屋市中区三の丸一県護国神社
歌碑　昭和六二年一〇月

人びととうゑたる苗のそだつとき
菰野のさとに緑満つらむ
三重県三重郡菰野町湯の山温泉グランドホテル向陽ロビー
歌碑　昭和五五年

人びととうゑたる苗のそだつとき
菰野のさとに緑満つらむ
三重県三重郡菰野町植物祭会場
歌碑　昭和五六年三月　入江相政書

人びととうゑたる苗のそだつとき
菰野のさとに緑満つらむ
三重県三重郡菰野町社会福祉センター
歌碑

秋ふかき三重の県に人ひとは
さはやかにしもあひきそひけり
三重県伊勢市宇治浦田町県営総合競技場入口
歌碑　昭和五〇年九月　「若い力像」の台座刻

をちかたは朝霧こめて秋ふかき
野山のはてに鳥羽の海見ゆ
三重県伊勢市朝熊町朝熊山山頂レストラン裏庭
歌碑　昭和五一年一〇月

いろづきしさるとりいばらそよごの実
目に美しきこの賢島
三重県志摩市阿児町賢島志摩観光ホテル庭
歌碑　昭和二六年秋

谷かげにのこるもみぢ葉うつくしも
紅鱒をどる醒井のさと
滋賀県米原市醒井
歌碑

をさなき日あつめしからになつかしも
信楽焼の狸を見れば
滋賀県甲賀市信楽町
歌碑

ともしびの静かにもゆる神嘉殿
琴はじきうたふ声ひゝく響く
滋賀県草津市宮町立木神社
歌碑　平成二年一一月

めづらしくはれわたりたる朝なぎの
うらわにうかぶ天の橋立
京都府宮津市文殊天橋立廻旋橋傍
歌碑　昭和二六年一一月

文殊なる宿の窓よりうつくしと
しばし見わたす天の橋立
京都府宮津市文殊玄妙庵
歌碑　吉井勇書

遠つおやのしろしめしたる大和路の
歴史をしのびけふも旅ゆく
京都府京都市左京区岡崎西天王町平安神宮
歌碑　昭和六二年一一月

鴨川のほとりにいでてながめやる
荒神椿はなつかしきかも
京都府京都市上京区河原町通荒神口上ル久邇宮跡
歌碑　昭和五七年六月

いくさのあといたましかりし町々も
わが訪ふことに立ちなほりゆく
大阪府大阪市住吉区住吉二―九住吉大社
歌碑　昭和六一年一一月

大阪のまちもみどりになれかしと
くすの若木をけふうゑにけり
大阪府堺市堺区大仙中町大仙公園
歌碑　昭和六一年一〇月

みなとまつりひかりかがやく夜の舟に
こたへてわれもともし火をふる
兵庫県神戸市中央区メリケン波止場
歌碑　昭和三二年一〇月

淡路なるうみへの宿ゆ朝雲の
たなひく空をとほく見さけつ
兵庫県洲本市三熊山天守閣登山口
歌碑　昭和二七年春

遠つおやのしろしめしたる大和路の
歴史をしのびけふも旅ゆく
奈良県桜井市三輪大神神社拝殿前
歌碑　昭和六一年四月

史に見るおくつきどころを拝みつゝ
大杉樹並む山のぼりゆく
和歌山県伊都郡高野町高野山灯篭堂前
歌碑　昭和五三年一一月　入江相政書

雨にけふる神島を見て紀伊の国の
生みし南方熊楠を思ふ
和歌山県西牟婁郡白浜町番所山
歌碑　昭和三九年五月　野村吉三郎書

紀の国のしほのみさきにたちよりて
沖にたなびく雲をみるかな
和歌山県東牟婁郡串本町潮岬
歌碑　昭和一一年一一月

そのかみに熊野灘よりあふぎ見し
　那智の大滝今日近く見つ
和歌山県東牟婁郡那智勝浦町那智滝参道
歌碑　昭和四一年　入江相政書

かすみたつ春能ひと日をのほりきて
　杉うゑ爾希里那智の高原に
和歌山県東牟婁郡那智勝浦町那智高原
歌碑　昭和五三年三月　入江相政書

雨ふらぬ布勢の広場の開会式
　つどへる人はよろこびにみつ
鳥取県鳥取市布勢県立布勢総合運動公園広場
歌碑　昭和六一年一〇月

しづかなる日本海をながめつつ
　大山のみねに松うゑにけり
鳥取県西伯郡大山町大山山麓上槇原
歌碑

あまたなるいか釣り舟の漁火は
　夜のうなばらにかがやきて見ゆ
鳥取県米子市皆生皆生温泉海岸
歌碑　平成一年三月

夕風の吹きすさむなべに白波の
　たつみづうみをふりさけてみつ
島根県松江市宍道湖畔
歌碑

老人をわかき田子らのたすけあひて
　いそしむすがたたふとしとみし
島根県簸川郡斐川町伊波野
歌碑

をちこちの民のまゐきてうれしくぞ
　宮居のうちにけふもまたあふ
島根県簸川郡斐川町伊波野
歌碑

秋の果の碕の浜のみやしろに
　をろかみ祈る世のたひらきを
島根県出雲市大社町日御崎日御碕神社
歌碑　昭和六二年一〇月

春たけて空はれわたる三瓶山
　もろびとと共に松うゑにけり
島根県大田市三瓶町小屋原
歌碑

身はいかになるともいくさとどめけり
　ただたふれゆく民をおもひて
歌碑

遠つおやのしろしめたる大
　歴史をしのび今日も旅ゆく
岡山県津山市高尾日本植生株式会社庭
歌碑　昭和六〇年一一月　御在位六十年奉祝二首刻

見わたせば今を盛りに桃さきて
　紅にほふ春の山畑
岡山県赤磐市山陽町
歌碑　昭和三二年二月

天地の神にぞ祈る朝なぎの
　海の如くに波立たぬ世を
岡山県瀬戸内市牛窓町前島モラロジー研究所社会教育センター前庭
歌碑　新田興書

はるふかみあめふりやまぬ金山の
　みねに赤松の苗うゑにけり
岡山県岡山市金山植樹祭会場跡
歌碑　昭和四二年一一月　入江相政書

きしちかく烏城そびえて旭川
　ながれゆるかに春たけむとす

岡山県岡山市後楽園外苑旭川沿い
歌碑　昭和四三年四月

海原をせきし堤にたちて見れば
しほならぬうみにかはりつつあり
岡山県岡山市児島湾締切堤塘
歌碑　昭和三七年三月　甘露寺受長書

ああ広島平和の鐘も鳴りはじめ
たちなほる見えてうれしかりけり
広島県広島市南区比治山芸術公園
歌碑

身はいかになるともいくさとどめけり
ただたふれゆく民をおもひて
山口県周南市徳山大学
歌碑

戦ひのわざはひうけし国民を
おもふこころにいでたちてきぬ
山口県周南市毛利体育館前
歌碑

ふりつもるみゆきにたへていろかへぬ
松そ雄々しき人もかくあれ
山口県山口市亀山町亀山公園
歌碑　昭和六二年四月

秋ふかき海をへだてゝユリヤ貝の
すめる見島をはるか見さくる
山口県萩市椿東字奈古屋笠山
歌碑　昭和三九年一〇月

そのむかしアダムスの来て貝とりし
見島をのぞむ沖べはるかに
波たゝぬ日本海にうかびたる
数の島影は見れどあかぬかも

山口県萩市椿東字奈古屋笠山
歌碑　昭和五七年一〇月　二首刻

あめつちの神にぞいのる朝なぎの
海のごとくに波たたぬ世を
山口県宇部市琴崎八幡宮
歌碑

洞穴もあかるくなれりこゝに住む
生物いかになりゆくらむか
山口県美祢市秋芳町秋吉台国民宿舎「若竹荘」前
歌碑　昭和三九年四月

あめつちの神にぞいのる朝なぎの
海のごとくに波たたぬ世を
山口県下関市中之町亀山八幡宮
歌碑

人の才を集めて成りし水底の
道にこの世はいやさかゆかむ
山口県下関市みもすそ川公園
歌碑　昭和五九年三月　碑陰文中刻

よろこひのいろもあふれて堀の辺に
にきはしく踊る阿波の人ひと
徳島県徳島市徳島町城之内徳島城博物館庭
歌碑　昭和六一年一一月

いそとせもへにけるものかこのうへも
さちうすき人をたすけよといのる
香川県さぬき市長尾町女体山
歌碑　昭和四三年五月

あなかなし病忘れて旗をふる
人のこころのいかにと思へば
香川県高松市庵治町国立大島青松園
歌碑

船ばたに立ちて島をば見つつおもふ
　病やしなふ人のいかにと
香川県高松市庵治町国立大島青松園
歌碑

戦のあとしるく見えしを今来れど
　いとををしくもたちなほりたり
香川県高松市峰山町峰山公園
歌碑　昭和六二年春

いそとせもへにけるものかこのうへも
　幸うすき人をたすけよといのる
香川県高松市仏生山町仏生山公園
歌碑　昭和四二年一一月

この岡につどふ子ら見てイギリスの
　旅よりかへりし若き日を思ふ
香川県高松市生島町王色台
歌碑　昭和四三年四月

年あまたへにけるけふものこされし
　うからおもへばむねせまりくる
香川県高松市高松町JR屋島駅北
歌碑　昭和三七年九月

あかつきにこまをとゝめて見渡せは
　讃岐のふじに雲ぞかかれる
香川県善通寺市与北町御野立公園
歌碑　大正一二年三月

年あまたへにけるけふものこされし
　うからおもへはむねせまりくる
香川県三豊市山本町神田
歌碑　昭和五二年

いそと勢もへ尓希るも能かこのうへも
　さちう春き人越堂寸けよといのる

愛媛県松山市北条北条市役所
歌碑

静かなる潮の干潟の砂ほりて
　もとめえしかなおほみとりゆむし
愛媛県松山市辰巳町石雲寺観月庵
歌碑　昭和二五年三月

久谷村を緑にそむる時をしも
　たのしみにして杉うゑにけり
愛媛県松山市東方町久谷支所
歌碑

久谷村を緑にそむる時越しも
　たの志みにして杉うゑ尓希里
愛媛県松山市久谷町大久保国道三三号わき
歌碑

久谷村を緑にそむる時をしも
　たのしみにして杉うゑにけり
愛媛県松山市久谷町坂本小学校
歌碑

久谷村を緑にそむる時をしも
　たのしみにして杉うゑにけり
愛媛県松山市久谷町大久保路傍
歌碑　昭和四一年一一月

しほの引くいは間藻の中石の下
　海牛をとる夏の日盛
愛媛県松山市山西町新田高校
歌碑　昭和二七年六月

しづかなる汐の干潟の砂ほりて
　もとめえしかなおほみどりゆむし
愛媛県松山市興居島鷲ヶ巣
歌碑　昭和三一年三月

室戸なるひとよのやどのたましだを
うつくしと見つゝはまくに
高知県室戸市室戸岬町山田氏邸
歌碑　昭和三六年三月

甫喜ヶ峰みどり茂里てわざはいを
ふせく守りになれとぞ思う
高知県香美市土佐山田町甫喜ヶ峰
歌碑　昭和五四年五月

さまゝの草木をみつゝあゆみきて
牧野の銅像の前に立ちたり
高知県高知市五台山牧野植物園
歌碑　昭和五四年五月

保育園のわらはべあまた楽しげに
遊ぶを見れば心うれしも
高知県高知市鷹匠町高知街保育園
歌碑　昭和二八年一〇月

あめつちの神にぞいのる朝なぎの
海のごとくに波たたぬ世を
福岡県糟屋郡宇美町宇美八幡宮
歌碑

よるべなき幼子どももうれしげに
あそぶ声きこゆ松の木のまに
福岡県福岡市東区和白青松園
歌碑　昭和二六年一一月

さ夜ふけてまちの灯火みわたせは
色とりとりの光はなてり
福岡県福岡市城南区片江町東油山文学碑公園
歌碑　昭和三五年九月

はるかなる壹岐は霞みて見えねども
渚美しくこの松浦潟

佐賀県唐津市鏡山鏡山山頂
歌碑　昭和三八年四月

みほとけのをしへまもりてすくすくと
おひそだつべき子らにさちあれ
佐賀県三養基郡基山町宮浦因通寺（洗心寮）
歌碑　昭和三〇年一〇月

国守ると身をきずつけし人びとの
うへをしおもふ朝に夕に
佐賀県佐賀市伊勢屋町護国神社
歌碑

あさはれの楠の木の間をうちつれて
二羽のかささぎとびすぎにけり
佐賀県佐賀市西濠端ホテルニューオータニ佐賀前
歌碑　昭和五六年九月

面白し沖べはるかに汐ひきて
鶏も蟹も見ゆる有明の海
佐賀県佐賀市川副町威徳寺東与賀町有明海岸
歌碑

晴れわたる嬉野の岡に人々と
苗うえをへて種まきにけり
佐賀県嬉野市嬉野町総合運動公園
歌碑

ゆく秋の平戸の島にわたりきて
若人たちの角力見にけり
長崎県平戸市岩の上町亀岡国際会館前
歌碑

潮の瀬の速き伊の浦あたらしく
かかれる橋をけふぞ渡れる
長崎県西海市西海町県立公園西海橋特別地区
歌碑　昭和四二年一二月

長崎のあがたの山と海の辺に
わかうどきそふ秋ふかみつつ
長崎県諫早市宇都町県立総合運動公園
歌碑　昭和四六年三月

高原にみやま霧島美しく
群がり咲きて小鳥とぶなり
長崎県雲仙市小浜町雲仙野岳展望台
歌碑　昭和二九年三月

わが庭の宮居に祭る神々に
世の平らぎをいのる朝々
長崎県長崎市渕神社
歌碑　昭和五〇年二月

わが庭のひとつばたごを見つつ思ふ
海のかなたの対馬の春を
長崎県対馬市上対馬町国民宿舎
歌碑　昭和五八年一一月

久しくも五島を視むと思ひゐしが
つひにけふわたる波光る灘を
長崎県五島市福江国際会館前
歌碑

阿蘇山のこの高原に人びとと
苗うゑをへてともに種まく
熊本県阿蘇市阿蘇国立公園阿蘇みんなの森
歌碑

はなしのぶの歌しみじみ聞きて生徒らの
心は花の如くあれと祈る
熊本県熊本市小島町尚絅高校
歌碑

なつかしき雲仙岳と天草の
島はるかなり朝晴れに見つ
熊本県天草市諏訪町本渡諏訪神社
歌碑　昭和六一年四月

美しく森を守らばこの国の
まがもさけえむ代々をかさねて
大分県別府市志高志高湖畔
歌碑

あめつちの神にぞいのる朝なぎの
海のごとくに波たたぬ世を
大分県別府市朝見八幡朝見神社
歌碑

年あまたへにけるけふものこされし
うから思へばむねせまりくる
大分県大分市萩原護国神社
歌碑　昭和三八年一二月

飫肥杉を夷守台にうゑをへて
夷守台をふりさけ見にけり
宮崎県小林市大字細野霧島山麓夷守台
歌碑　昭和四九年三月

来て見ればホテルの前をゆるやかに
大淀川は流れゆくなり
宮崎県宮崎市橘通東一丁目橘公園（大淀川河畔）
歌碑　昭和六一年一一月

蘚むせる岩の谷間に生ひしげる
あまたのしだは見つゝたのしも
宮崎県宮崎市加江田渓谷入口
歌碑　昭和五五年三月

都井岬の丘のかなたへ蘇鉄見ゆ
ここは自生地の北限にして
宮崎県串間市都井岬国民宿舎前
歌碑　昭和五五年一一月

霧島のふもとに笛をうえにけり
この丘とひし昔しのびて
鹿児島県霧島市牧園町高千穂自然教育の森中央広場
歌碑　昭和五九年一〇月

遠つおやのしろしめしたる大和路の
歴史をしのびけふも旅ゆく
鹿児島県指宿市山川森と海の里
歌碑

国のため命ささげし人々の
ことを思へば胸せまりくる
鹿児島県大島郡喜界町保食神社
歌碑

薬にて重き病も軽くなりし
人びとにあひてうれしかりけり
鹿児島県奄美市国立奄美和光園
歌碑

《参考文献》

◎『歌人・今上天皇　増補改訂』
夜久正雄著　日本教文社　1976

杉田久女（すぎた・ひさじょ）

俳人

（明治二三年五月三〇日～昭和二一年一月二一日）

出身地　鹿児島県鹿児島市

本名は久子。明治43年北九州・小倉中学の美術教師だった杉田宇内と結婚、二女をもうける。大正5年から俳句を始め、「ホトトギス」「曲水」に投句。高浜虚子に師事。家庭問題や病で一時休むが、昭和6年日本新名勝俳句懸賞募集で「谺して山ほととぎすほしいまま」により金賞受賞。7年俳誌「花衣」を主宰、「ホトトギス」同人。豊かな才能によって数々のすぐれた作品を示したが、その強い個性と、異常なほどの俳句への執着によって常軌を逸した行動があり、11年に日野草城らと同人を除名された。以後、次第に精神の安定を失い21年死去。没後の27年「杉田久女句集」（角川書店）が出版された。

＊　＊　＊

あぢさいに秋冷いたる信濃かな
長野県松本市蟻ヶ崎城山公園
句碑　昭和五八年八月

潅沐の浄法身を拝しける
愛知県豊田市松名町
句碑　昭和五九年一一月

谺して山時鳥ほしいまゝ
福岡県北九州市小倉北区中井浜四櫓山荘跡
句碑　平成一五年一〇月

○三山の高嶺づたひや紅葉狩
福岡県北九州市小倉北区妙見町円通寺
句碑　昭和五四年一一月

無憂華の樹かげはいづこ佛生會
福岡県北九州市小倉北区妙見町円通寺
句碑　平成一年二月

花衣ぬぐや纏はるひもいろいろ
福岡県北九州市小倉北区堺町一―七堺町公園
句碑　昭和五九年一一月

○谺して山ほと、ぎすほしいまゝ
福岡県田川郡添田町英彦山英彦山神社奉幣殿下
句碑　昭和四〇年四月

橡の実のつぶて颪や豊前坊
福岡県田川郡添田町英彦山豊前坊高住神社
句碑　昭和四四年九月

梅林のそぞろ歩きや筧きく
探梅や暮れて嶮しき香春嶽
福岡県田川郡香春町香春神宮院
句碑　平成九年四月　二句刻

相馬御風（そうま・ぎょふう）

詩人・歌人・評論家
（明治一六年七月一〇日～昭和二五年五月八日）
出身地　新潟県西頸城郡糸魚川町（糸魚川市）

本名は昌治（しょうじ）。中学時代から本格的に短歌を学び佐佐木信綱の竹柏会に入会。明治34年中学卒業と同時に新詩社に入るが、36年に脱退し岩野泡鳴らと「白百合」を創刊。38年第一歌集「睡蓮」を刊行。早大卒業後は「早稲田文学」の編集に従事。40年三木露風らと早稲田詩社を設立し口語詩運動をはじめ、41年「御風詩集」を刊行。以後、自然主義文学の詩人、評論家として活躍。評論家としての処女作は明治40年発表の「自然主義論に因みて」。44年早稲田大学講師となり欧州近代文芸思潮を講義。大正元年第一評論集「黎明期の文学」を刊行。5年「還元録」を刊行して批評の第一線から引退し、糸魚川に隠棲、トルストイや良寛の研究に没頭した。早大校歌、童謡「春よ来い」の作詞者でもある。

＊＊＊

ますらをや命おもはず皇国の
北の門辺の穢れはらひし
山形県村山市楯岡本覚寺
歌碑　昭和六一年一一月　三首刻

○なりなりておのれきよかるたか山の
こほりにうつるそらの色かも
群馬県安中市松井田町峠水源地
歌碑　昭和二三年一〇月　変体仮名交り

日の美子がお手植松も秋雨に
濡れてさびしくたてりけるかも
新潟県佐渡市金井町文学公園（黒木御所跡）
歌碑

佐渡が島真野の入江は秋をふかみ
波の穂白く日に光りつつ
新潟県佐渡市真野町真野公園
歌碑

うつしみは花とちりつゆときゆるとも
たまは生きなむあめつちとともに
新潟県岩船郡関川村湯沢観音山公園
歌碑

○竹のほの静けきゆれをねながらに
ながめつゝゐるけさのやすけさ
新潟県阿賀野市出湯石水亭
歌碑　昭和八年六月

○まつのこゑみづのひゞきもみほとけの
のりのみこゑときくがたふとさ
新潟県阿賀野市出湯華報寺
歌碑　昭和四三年九月

○ひややけききりにぬれつつ穂すすきの
さやくさかみちにゆれもぬれたり
新潟県阿賀野市五頭山烏帽子岩
歌碑　大正一四年九月

ただならぬ世にもありともなみなみに
常の心はたもちてわか那
新潟県阿賀野市やまびこ通り
歌碑

○あつさゆみはるのちまたにこともらと
まりつくほふしいまあらなくに
新潟県新潟市中央区女池県立図書館

歌碑　昭和一五年一一月

○よはあけぬさめよおきよとつくかねの
ひゞきと、もにちりしはなはや
新潟県長岡市渡里町西福寺
歌碑　昭和二九年五月

朝の光に咲き匂ふ悠久山の春の花
新潟県長岡市旧大手高校
句碑

「春よ来い」
春よ来い
早く来い
あるき始めた
みいちゃんが
赤いはなおの…（略）
新潟県長岡市学校町シンボルロード
童謡碑　弘田龍太郎・作曲

○も、とせのむかしはむかしいまのよに
まさばいかににとおもほゆるかも
新潟県三島郡出雲崎町尼瀬光照寺
歌碑　大正一一年　「良寛禅師剃髪之寺」陰刻

○にひゆきを手つかみにしてほほばしり
かの日はるかなり老いて思うも
新潟県上越市本城町大手町図書館跡
歌碑　昭和二五年

妙高南葉米山の勇姿千古に動きなく
日本海は縹渺と金波銀波のはて見えず
…（略）
新潟県上越市古城公園農商学校跡
詩碑

かりそめの遠出なれども夕されば
旅の心になりにけるかも
新潟県糸魚川市糸魚川駅前
歌碑　昭和二七年八月

○たけのこの如くすなおにのびのびと
育たぬものか人間の子も
新潟県糸魚川市糸魚川中学校
歌碑　昭和四二年夏

○掬めば手に光ぞみつるあかつきの
空をうつせる御手洗の水
新潟県糸魚川市天津（一の宮）神社
歌碑　昭和四八年四月

○大空を静かにしろき雲はゆく
しづかにわれも生くへくありけり
新潟県糸魚川市美山公園
歌碑　昭和二五年一一月

いつしかに山茶花さきておりにけり
支那なる友へたよりか、まし
新潟県糸魚川市田屋熊野神社
歌碑

「春よ来い」
新潟県糸魚川市一の宮地球博物館ホッサマグナミュージアム駐車場前
童謡碑　弘田龍太郎・作曲

○かくり岩によせてくだける沖つ波の
ほのかに白き星あかりかも
新潟県糸魚川市親不知平和像
歌碑　昭和四四年　台座刻

立山の空に聳ゆる
雄々しさにならへとの
仰せかしこみひたすらに
心も身をも鍛えなむ

我等は魚実の健児
（「魚津実業学校校歌」より）
富山県魚津市大町大町小学校西
校歌碑　昭和五一年五月

あしたに仰ぐ立山の
雄姿に夜の夢さまし
夕べにのぞむ神通の…（略）
（旧制富山薬学専門校校歌）
富山県富山市奥田寿町公園遊園地
校歌碑　昭和五七年五月

○怒涛逆まくあら海も
のり切り渡る船はあり
雲にそびゆる立山も
のぼりきはむる道はあり…（略）
富山県射水市海老江海老江保育所庭
校歌碑　昭和四七年一〇月

○大ぞらを静にしろき雲はゆく
しづかにわれも生くべくありけり
富山県南砺市本江西部重盛氏邸
歌碑　昭和五五年八月

ゆくみずのすゑとほとほしみすゞかる
しなのたかはらあきふかみかも
長野県長野市展望道路歌が丘
歌碑　昭和一三年再建　初建銅板亡失

美しく豊かにりんご実りたる
しなのの秋の山のにひ雪
長野県長野市西長野往生寺参道入口西
歌碑

○来去白雲心
長野県東筑摩郡筑北村東条花顔寺
詞碑　昭和三一年五月

森かげは草の葉だにもうごかぬに
しづかにきけば松風のある
長野県東筑摩郡筑北村東条花顔寺境内
歌碑　昭和三九年一〇月　相馬御風分骨墓碑陰刻

たへまなく鳴くは鶯高遠の
やどやのあさのねざめすがしも
長野県伊那市高遠町西高遠鉾持神社参道
歌碑

志那のなる伊那の高原春ゆくと
山吹はさけり一重山布起
長野県駒ヶ根市菅の台光前寺
歌碑　昭和三九年

大御寶すめらみつちを耕すと
きほふすがたぞ神ながらなる
愛知県刈谷市野田町馬池二一－一稲垣道場
歌碑　平成一年一月

かみにねがーいをララ
兵庫県洲本市宇原第二文学の森
歌謡碑　譜面刻　中山晋平・作曲　松井須磨子・唄

「春よ来い」より
高知県安芸市岩崎弥太郎氏邸
童謡碑

高野辰之（たかの・たつゆき）

国文学者・演劇学者・作詞家
（明治九年四月一三日～昭和二二年一月二五日）
出身地　長野県下水内郡永田村（中野市）

長野師範教師を2年で辞し上京。26歳で文部省国語教科書編纂委員となり、33歳より41歳まで文部省小学唱歌教科書編纂委員を務めた。また、明治43年東京音楽学校教授、大正15年東京帝大文学部講師、昭和2年大正大学教授などを兼任。日本の歌謡及び演劇史の研究、民俗芸能の研究に専念し、大正15年「日本歌謡史」「日本演劇之研究」を刊行した。

他の著書に「浄瑠璃史」「歌舞音曲考説」「江戸文学史」「日本演劇史」(全3巻)などがあり、「近松全集」「元禄歌舞伎傑作集」「日本歌謡集成」(全12巻)などの編纂も手がけた。また、「春が来た」「春の小川」「故郷(ふるさと)」「朧月夜」などの文部省唱歌の作詞家としても知られ、校歌の作詞も全国百校以上に及ぶといわれる。別号は高野斑山。

＊　＊　＊

「ふるさと」
高野辰之・作詞　岡野貞一・作曲

「春がきた」
高野辰之・作詞　岡野貞一・作曲
唱歌碑　平成二年五月　唱歌四基刻
福島県双葉郡楢葉町天神山スポーツ公園内サイクルロード脇

「ふるさと」
唱歌碑　昭和四九年夏　岡野貞一・作曲
埼玉県久喜市青葉一―一久喜青葉団地一―一八

「春の小川」
唱歌碑　岡野貞一・作曲
千葉県流山市駒木諏訪神社

春の小川はさらさら流る
岸のすみれやれんげの花に
にほひめでたく色うつくしく
咲けよ咲けよとささやく如く
童謡碑　昭和五三年一二月
東京都渋谷区代々木五丁目代々木公園前線路脇

「ふるさと」
唱歌碑　昭和五七年一一月　岡野貞一・作曲
長野県飯山市飯山八坊塚斑尾高原ホテル

○人形を迎えし歌
海のあちらの友だちの
まことの心のこもる
かはいいかはいい人形さん
あなたをみんなで迎えます
波をはるばる渡りきて
ここ迄おいでの人形さん
さびしいやうには致しません
お国のつもりでゐらっしゃい
顔も心もおんなじに
やさしいあなたを誰がまあ
ほんとの妹と弟と
おもはぬものがありませう
歌謡碑
長野県下高井郡野沢温泉村豊郷おぼろ月夜の館

「おぼろ月夜」
菜の花畠に入日薄れ
見わたす山の端
霞ふかし…(略)
唱歌碑　昭和五九年六月　岡野貞一・作曲
長野県下高井郡野沢温泉村豊御麻釜クワハウスのざわ横

「紅葉」
唱歌碑　平成五年　岡野貞一・作曲
長野県中野市豊田永江高野辰之記念館

「故郷」
兎追ひしかの山
小鮒釣りしかの川
夢は今もめぐりて
忘れがたき故郷…(略)
長野県中野市豊田永江高野辰之記念館

唱歌碑　昭和四九年一一月　岡野貞一・作曲

「春の小川」
長野県中野市豊田永江ふるさと遊歩道
唱歌碑　平成五年

「もみじ」
秋の夕日に
照る山紅葉
濃いも薄いも
数ある中…（略）
長野県長野市篠ノ井岡田恐竜公園〝童謡の森〟
唱歌碑　平成六年　下部に楽譜刻　岡野貞一・作曲

「紅葉」
長野県上田市別所温泉大湯薬師歌碑公園
唱歌碑　平成一年四月　岡野貞一・作曲

南佐久農蚕学校校歌および
臼田高等女学校校歌（略）
長野県佐久市臼田臼田高等学校中庭
校歌碑　昭和六一年一〇月　北島茂書

「ふるさと」
岐阜県瑞浪市陶町水上大橋（メロディ橋）
唱歌碑　楽譜刻　岡野貞一・作曲

「ふるさと」
うさぎおいしあのやま
こぶなつりしかのかわ
ゆめはいまもめぐりて…（略）
愛知県豊田市花園町逢妻音橋欄干
唱歌碑　譜面刻　岡野貞一・作曲

「もみじ」
あきの夕日に
てる山もみじ
こいもうすいも
かずある中に
まつをいろどる…（略）
兵庫県明石市魚住町西岡美里公園
唱歌碑

「おぼろ月夜」
なのはなばたけに
いりひうすれ
鳥取県鳥取市西町醇風小学校
唱歌碑　岡野貞一・作曲

「紅葉」
あきのゆうひに
てるやまもみじ
鳥取県鳥取市片原五鹿野町公園
唱歌碑　譜面刻　岡野貞一・作曲

「紅葉」
鳥取県日野郡江府町御机大平原
唱歌碑　平成八年一一月

高浜虚子（たかはま・きょし）

俳人・小説家

（明治七年二月二二日～昭和三四年四月八日）

出身地　愛媛県松山市長町新丁

本名は清（きよし）。中学時代から回覧雑誌を出し、碧梧桐を知り、やがて子規を知り、俳句を学ぶ。明治30年松山で「ホトトギス」が創刊され、31年東京へ移ると共に編集に従事。31年から32年にかけて写生文のはじめとされる「浅草寺のくさぐさ」を発表。41年国民新聞社に入社し「国民文学欄」を編集。43年「ホトトギス」の編集に専念するため国民新聞社を退職。以後、俳句、小説と幅広く活躍。俳句は碧梧桐の新傾向に反対し、定型と季語を伝統

として尊重した。昭和2年花鳥諷詠を提唱、多くの俳人を育てた。29年文化勲章を受章。

＊　＊　＊

一片の落花見送る静かな
北海道岩見沢市四条東二丁目阿弥陀寺
句碑

○囀や絶えず二三羽こぼれとび
北海道登別市登別温泉笹ヶ岳タッタラ湖への途中
句碑　昭和一八年六月

○よくぞ来し今青嵐につつまれて
北海道登別市カルルス温泉国民宿舎裏千歳川河畔
句碑　昭和二四年一〇月

○沢水の川となりゆく蕗の中
北海道川上郡弟子屈町桜ヶ丘クニオカ工業桜ヶ丘クラブ
句碑　昭和三〇年八月

灯台は低く霧笛は峙てり
北海道釧路市米町米町公園
句碑

駒ヶ岳聳えてここに沼の春
北海道亀田郡七飯町大沼婦人会館中庭
句碑　昭和五五年六月　師弟句碑

冬海や一隻難航す
北海道白老郡白老町真證寺
句碑　平成一七年一二年　虚子一族四人句刻

主客閑話ででむし竹を上る也
青森県青森市栄町成田山青森別院（青森寺）
句碑　村上邸より移設　五人の句併刻

手古奈母於萩に新茶添えたばす
青森県南津軽郡大鰐町茶臼山公園俳句の小径
句碑　昭和五一年

代馬は大きく津軽富士小さし
青森県平川市尾上町猿賀石林猿賀神社鏡ヶ池畔
句碑　昭和三七年九月

みねかけて谷かけて咲く花りんご
青森県十和田市花鳥渓谷バラ園文学散歩道
句碑　平成五年

○秋天や羽山の端山雲少し
岩手県花巻市湯本花巻温泉佳松園脇
句碑　昭和九年四月

○春山もこめていでゆの国造り
岩手県花巻市湯本花巻温泉堂ヶ沢山中腹（松雲閣裏山）
句碑　昭和九年四月

夏陰のこの道を斯く行きたらん
岩手県和賀郡西和賀町湯本温泉吉野館裏池畔
句碑　昭和二五年七月　二句刻

○盆の月吾子の面影ありにけり
岩手県奥州市水沢区姉体町龍徳寺
句碑　昭和九年七月

○草臥れて即ち憩ふ松落葉
岩手県陸前高田市高田町古川地内高田松原海岸
句碑　昭和二一年夏

遠山に日の当りたる枯野哉
宮城県登米市登米町草飼山いこいの広場
句碑

夕立の虹見下ろして欄に倚る
宮城県柴田郡川崎町青根温泉湯元不忘閣前
句碑　昭和四七年五月

羽と陸と併せて蔵王夏の山
宮城県白石市益岡町一丁目益岡公園（白石城址）
句碑　平成三年九月

睡蓮も河骨も花過ぎたるか
秋田県能代市柳町八幡神社
句碑　昭和五二年

夏山の襟を正して最上川
山形県北村山郡大石田町四日町西光寺鐘楼堂前
句碑

俳諧を守りの神の涼しさよ
山形県鶴岡市羽黒町羽黒山頂出羽三山神社（羽黒山神社手洗場脇）
句碑　昭和五六年八月　親子三代句碑

天童ので湯や蟇鳴く夜もすがら
山形県天童市鎌田一丁目温泉神社
句碑

○銀杏の根床几斜めに茶屋涼し
山形県山形市山寺川原立石寺根本中堂前
句碑　昭和一六年七月　親子句碑

○雪の暮花の朝の観世音
山形県南陽市宮内町長谷観音仁王門横
句碑　昭和二八年五月

三世の仏皆座にあらば寒からず
福島県須賀川市諏訪町長松院鐘楼下
句碑　昭和三三年五月　観音像碑陰刻　同句鏡あり

里人の松立てくれぬ仮住居
福島県須賀川市諏訪町神炊館神社
句碑　昭和三五年七月

浪間より秋立つ舟の戻りけり
茨城県東茨城郡大洗町磯浜磯前神社
句碑　昭和六一年一一月　虚子三代句碑

休らへば合歓の花散る木陰かな
茨城県龍ケ崎市北竜台一号線歳時記の道
句碑

榛名湖のふちのあやめに床几かな
群馬県高崎市榛名町榛名湖畔
句碑　虚子三代句碑

○金屏に描かん心山聳え
群馬県高崎市成田町成田山光徳寺
句碑　昭和三四年一二月

安んじて迷子居にある炬燵かな
埼玉県加須市不動岡岡古井一〇六岡安氏邸庭（旧岡安迷子氏邸）
句碑

遠山に陽の当りたる枯野かな
埼玉県深谷市下手計妙光寺松村家墓地
句碑　昭和四九年夏　山口平八書

○裸子の頭剃りをり水ほとり
埼玉県熊谷市上之龍淵寺庭
句碑　昭和四八年

○寒けれどあの一むれも梅見客
埼玉県越谷市北越谷四浄光寺境内
句碑　昭和五〇年三月　旧碑

○寒けれどあの一むれも梅見客
埼玉県越谷市北越谷四浄光寺本堂脇
句碑　平成九年四月　新碑

巡礼や草加あたりを帰る鴈
埼玉県草加市神明二丁目札場河岸公園（綾瀬川河畔）
句碑

○山寺は新義真言ほととぎす
埼玉県日高市新堀聖天院勝楽寺山門前
句碑　昭和五三年秋

○こゝに我句を留むべき月の石
埼玉県秩父郡長瀞町養浩亭前
句碑　昭和二八年秋

○これよりは尚奥秩父鮎の川
埼玉県秩父郡長瀞町長生館庭
句碑　昭和三〇年六月

○薬師あり汲めども尽きぬ泉あり
埼玉県秩父郡長瀞町長瀞総合博物館入口
句碑　昭和三〇年九月

○犬吠の今宵の朧待つとせん
千葉県銚子市犬吠埼犬吠崎マリンパーク前
句碑　昭和二七年

水温む利根の堤や吹くは北
千葉県印旛郡栄町安食長門橋川畔
句碑

○凄かりし月の団蔵七代目
千葉県成田市成田一成田山公園
句碑　昭和一八年一〇月　市川団十郎台座刻

明易や花鳥諷詠南無阿弥陀
千葉県君津市鹿野山神野寺歯塚
句碑

雀らも人を怖れぬ国の春
千葉県君津市鹿野山神野寺宿坊中庭
句碑

山寺にわれ老僧かほととぎす
千葉県君津市鹿野山神野寺宿坊裏庭
句碑

○紅白の椿を植ゑて句碑を立て
東京都渋谷区代々木冨ヶ谷一丁目料亭「初波奈」中庭
句碑　昭和二九年

○蔓もどき情はもつれやすき哉
東京都千代田区九段北三丁目三輪田学園庭
句碑　昭和三四年

山荘や南に夏の海少し
東京都千代田区二番町一ー七千代田マンション内庭
句碑

○盂蘭盆会遠きゆかりと伏し拝む
東京都目黒区下目黒三丁目五百羅漢寺
句碑　昭和二九年九月

座について供養の鐘を見上げけり
東京都品川区南品川品川寺鐘楼入口
句碑

○秋風や欅のかげに五六人
東京都府中市宮町三ー一大国魂神社欅並木堀田商店前
句碑　昭和五三年

遠山に日の當りたる枯野哉
東京都調布市深大寺元町五ー一五ー一深大寺
句碑　平成一五年五月

山国の蝶を荒しと思はずや
神奈川県川崎市麻生区高石一ー三一ー一高石神社
句碑

○金色の涼しき法の光かな
神奈川県川崎市川崎区大師町平間寺金乗院（川崎大師）
句碑　昭和三四年五月　再建

鴨の嘴よりたらくと春の泥
神奈川県横浜市中区本牧三之谷三溪園池畔
句碑

茂り中日限り地蔵の旗つづく
神奈川県横浜市戸塚区戸塚町親縁寺日隈地蔵前
句碑　昭和五〇年八月

○花の旅いつもの如く連れ立ちて
神奈川県鎌倉市二階堂瑞泉寺
句碑　昭和二七年三月　武原家墓碑陰刻（大佛次郎撰）

鎌倉を驚かしたる余寒あり
神奈川県鎌倉市二階堂鎌倉虚子立子記念館庭
句碑　二句刻　親子句碑

白牡丹といふといへども紅ほのか
神奈川県鎌倉市二階堂鎌倉虚子立子記念館庭
句碑　平成一四年一〇月　柳沢仙渡子句刻

○永き日のわれらが為めの観世音
神奈川県鎌倉市長谷長谷寺観音前
句碑　昭和二七年　観音像台座刻

秋天の下に浪あり墳墓あり
神奈川県鎌倉市長谷一丁目鎌倉文学館外灯
句碑

○波音の由比ヶ浜より初電車
神奈川県鎌倉市由比ガ浜三丁目虚子旧居
句碑　昭和五七年四月

○霧いかに深くとも嵐強くとも
神奈川県横須賀市鴨居観音崎灯台
句碑　昭和四四年五月

○宗賀神社曽我村役場梅の中
神奈川県小田原市曽我谷津城前寺
句碑

○或時は江口の月のさしわたり
新潟県佐渡市吾潟丙九八七本間氏邸能舞台前
句碑　昭和二八年八月

陵守に従ひ行けば夏の露
新潟県佐渡市鷲崎鷲山荘文学碑林
句碑

この庭の遅日の石のいつまでも
新潟県佐渡市真野町椿尾安藤氏邸
句碑　昭和五〇年六月

山藤のかかりて悲し御陵道
新潟県佐渡市真野町文学散歩道
句碑

白鳥の来る沼の町そこの人
新潟県阿賀野市外城町先瓢湖畔
句碑　昭和四〇年一〇月　小河原句碑陰刻

畑打って俳諧国を拓くべし
新潟県阿賀野市やまびこ通り出湯口
句碑　昭和六〇年一一月　佐藤念腹句碑刻

早苗取り今わが方に笠丸し
新潟県新潟市中央区一番堀通町白山神社の後方
句碑　昭和五四年九月　三句刻（師弟句碑）

○千二百七十歩なり露の橋
新潟県新潟市中央区礎町オークラホテル新潟前
句碑　昭和五四年四月

○三羽居し春の鴉の一羽居ず
新潟県新潟市中央区西堀通三番町瑞光寺
句碑　昭和五三年八月

口開けて腹の底まで初笑
新潟県新潟市中央区姥ヶ山六―六―二浅井氏邸
句碑

○椎落葉掃き悠久の人住めり
新潟県新潟市南区味方笹川氏邸中庭
句碑　昭和五一年六月

夏爐の火燃えて居らねば淋しくて
新潟県新潟市江南区船戸山円満寺
句碑　師弟句碑

○我心或る時軽し芥子の花
新潟県長岡市渡里町西福寺
句碑　昭和四六年　二首刻

○栞して山家集あり西行忌
新潟県長岡市渡里町西福寺裏庭
句碑　昭和二二年

遠山に日の当りたる枯野哉
新潟県長岡市来迎寺安浄寺（梵鐘）
句碑

○野菊にも配流のあと丶偲ばるる
新潟県上越市国府一光源寺
句碑　昭和三一年六月

立山と蜃気楼あり魚津よし
富山県魚津市釈迦堂魚津埋没林博物館入口
句碑

○提灯に落花の風の見ゆる哉
富山県富山市八尾町東葛城城ヶ山公園山上（中部北陸自然歩道脇）
句碑　大正一二年九月

○蜻蛉のさらさら流れとどまらず
富山県南砺市福光荒町栖霞園
句碑　昭和二九年六月

○立山の柿山の味鮴の味
富山県南砺市遊部日乃出屋製菓産業本店前
句碑　昭和四二年

○立山の其連峰の雪解水
富山県南砺市福野新町西源寺
句碑　昭和六〇年五月

○この庭や樫の落葉のとこしなへ
富山県南砺市福野御蔵町篠塚しげる氏邸
句碑　昭和三二年九月

○能登言葉親しまれつ丶花の旅
石川県輪島市鳳至永福寺
句碑　昭和二九年七月

能登言葉親しまれつ丶花の旅
石川県輪島市輪島一本松公園
句碑

ここに来て今宵蛙の声に寝ん
石川県七尾市中島町中島七―九二大森積翠氏邸庭
句碑　昭和三九年一二月

○家持の妻恋舟か春の海
石川県七尾市和倉町和倉温泉弁天崎公園
句碑　昭和二四年八月

○東西南北星の流る丶夜なりけり
石川県河北郡内灘町鶴ヶ丘内灘中学校
句碑　昭和三七年三月

○北国の時雨日和やそれが好き
石川県金沢市中川除町犀川緑地公園
句碑　昭和四六年一〇月　二句刻（親子句碑）

秋晴や盲ひたれども明らかに
石川県白山市北安田町明達寺
句碑　昭和二九年

○秋水の音高まりて人を想ふ
石川県加賀市山中温泉菊の湯前
句碑　昭和二八年一〇月

○野菊むら東尋坊に咲きなだれ
福井県坂井市三国町越前海岸東尋坊遊歩道
句碑　昭和二五年

迎へ傘三国時雨に逢ひにけり
福井県坂井市三国町滝谷滝谷寺
句碑　昭和六二年一一月　三句刻

虚子独り銀河と共に西へ行く
福井県福井市大味町法雲寺
句碑　昭和六三年五月　二句刻

雪深く佛も耐へて在しけり
福井県吉田郡永平寺町永平寺総門右河畔
句碑　昭和五五年一一月　三句刻

松原の続くかぎりの秋の晴
福井県敦賀市松島町松原公園
句碑　昭和五五年一〇月再建

○選集を選みしよりの山の秋
山梨県南都留郡山中湖村山中山虚子翁山廬前（老柳山荘）
句碑　昭和一九年八月

選集を選みしよりの山の秋
山梨県南都留郡山中湖村平野文学の森散策路脇
句碑

○天高しこゝの句会に来し我に
山梨県富士吉田市下吉田月江寺
句碑　昭和四五年四月

○羽を伏せ蜻蛉杭に無き如く
山梨県富士吉田市下吉田月江寺墓地
句碑　昭和二七年六月

君の為かゞやく盆の月夜哉
山梨県富士吉田市下吉田如来寺墓地
句碑　昭和一五年一〇月

この宿の九十の翁天高し
山梨県富士吉田市大明見二八二柏木白雨氏邸
句碑　昭和二三年一一月

御佛の左右の弟子かも墓拝む
山梨県富士吉田市大明見二八二柏木氏邸裏山
句碑

裸子をひっさげあるくゆの廊下
山梨県南巨摩郡身延町下部温泉湯元ホテル入口
句碑　昭和二二年夏

この行や花千本を腹中に
山梨県南巨摩郡身延町上ノ平下部温泉下部ホテル庭
句碑　昭和三四年秋

○蛇の来て涼める沢と聞くはあれ
山梨県南巨摩郡身延町上ノ平堤俳一佳山荘
句碑　昭和四一年四月

相対す吉野桜の幹太く
山梨県南巨摩郡身延町身延山久遠寺武井坊
句碑　昭和五五年一〇月

今朝は早薪割る音や月の宿
長野県千曲市八幡姨捨山姨捨公園入口（小野氏邸脇）
句碑

○更級や姨捨山の月ぞこれ
長野県千曲市八幡姨捨山長楽寺
句碑　昭和五七年一〇月

春雨やすこし燃えたる手提灯
長野県千曲市上山田千曲川萬葉公園
句碑

冬山路俄かにぬくきところあり
長野県千曲市戸倉町磯辺一〇一二－五和田氏邸前庭
句碑

山国の蝶を荒しと思はずや
長野県千曲市戸倉町戸倉上山田中学校
句碑

春雷や傘を借りたる野路の家
長野県埴科郡坂城町しなの鉄道坂城駅前
句碑　平成三年三月

○大粒の雨となりけりほととぎす
長野県北安曇郡池田町会染袖沢
句碑　昭和二五年

大粒の雨となりけりほと、ぎす
長野県北安曇郡池田町広津大峯山入口
句碑　昭和二四年一〇月

○更級や姨捨山の月ぞこれ
長野県東筑摩郡筑北村坂井冠着山頂冠着神社
句碑　昭和三一年秋

依田川の薫風ここに宮柱
長野県上田市上丸子依田川河畔「風の道」
句碑

○山國の蝶を荒しと思はずや
長野県小諸市高峰林道チェリーパークライン
句碑　昭和六一年秋

○遠山に日の当りたる枯野かな
長野県小諸市高峰林道チェリーパークライン
句碑　昭和六一年秋

○連峰の高嶺をこ、に夏の雲
長野県小諸市高峰林道チェリーパークライン
句碑　昭和六一年秋

○人々に更に紫苑に名残りあり
長野県小諸市与良町五丁目野岸虚子庵庭
句碑　平成一年一〇月

柴を負ひそれにしめじの籠をさげ
長野県小諸市与良町虚子記念館入口
句碑

○秋晴れの浅間仰ぎて主客あり
長野県小諸市与良町五丁目野岸幼稚園入口
句碑　昭和三一年六月

風花に山家住ひも早三年
長野県小諸市与良町五丁目小山肇氏邸前
句碑　平成六年五月

○盆供養彼岸詣を怠らず
長野県小諸市中野岸町小山家墓地
句碑　昭和三二年九月　小山墓碑陰刻

○木と人と心通ひて剪定す
長野県小諸市中野岸町五丁目小山家墓地
句碑　昭和四九年三月　小山栄一墓碑陰刻

親子相語れば浅間秋の晴
長野県小諸市中野岸町小山武一墓所
句碑

○立科に春の雲今うごきをり
長野県小諸市八幡町八幡神社
句碑　昭和三〇年一一月

○紅梅や旅人我になつかしき
長野県小諸市懐古園内旧馬場
句碑　平成一年三月

○大空に伸び傾きし冬木哉
長野県佐久市鍛治屋三浦家墓地
句碑　昭和二二年一一月　墓碑刻

○冬晴や八ヶ岳を見浅間を見
長野県佐久市臼田城山稲荷山公園下
句碑　昭和三一年一一月

○俳諧の炉火絶やさず守るべし
長野県佐久市湯原沖浦勤氏邸
句碑　昭和五九年

○みづうみに突出て豊の稲田哉
長野県岡谷市塩嶺県鳥獣保護普及センター
句碑　昭和四二年八月

○山々のをとこぶり見よ甲斐の秋
○やまの日は暑しといへど秋の風
○はゝをよぶ娘や高原の秋すみて
長野県茅野市北山蓼科高原観光ホテル入口（小斉の湯下道端）
句碑　昭和一五年九月　三句刻

主人自ら小鳥焼きくれて山河あり
岐阜県中津川市駒場桃山長多喜庭
句碑　昭和三八年九月

松の幹をとりかこみ雑木紅葉かな
岐阜県中津川市湯の島山荘前道路脇
句碑

山河ここに集まり来たり下り簗
岐阜県揖斐郡揖斐川町城台山公園〝文学の里〟
句碑　平成三年五月

ほととぎす伊豆の伊東のいでゆこれ
静岡県伊東市岡区広野よねわか荘庭
句碑　昭和二六年八月

人生とは何か
私は唯月日の運行
花の開落
鳥の去来…（略）
静岡県伊東市先原大室山西麓桜の里
文学碑　平成二年六月

新酒売る酒屋の女房名はお春
静岡県伊豆市修善寺裏山墓地
墓碑

蓮の葉の玉と消えたる涙かな
静岡県伊豆市新井屋の夭折した子の墓碑刻
墓碑

北に富士南に我家梅の花
静岡県伊豆市梅林新井屋茶室（双皓山荘庭）
句碑　昭和一六年三月

宿貸さぬ蚕の村や行きすぎし
静岡県伊豆市梅林
句碑

金屏に押しつけて生けし桜かな
静岡県伊豆市梅林
句碑

花見にと馬に鞍置く心あり
静岡県富士宮市原白糸の滝レストハウス前

句碑　昭和三七年一一月

とある停車場富士の裾野で竹の秋
ぬま久保で降りる子連れの花の姥
静岡県庵原郡富士川町沼久保JR沼久保駅端踏切脇
句碑　昭和四四年四月　二句刻

春風や闘志抱きて丘に立つ
静岡県牧之原市静波培本塾会館裏山
句碑

永き日のわれらが為めの観世音
静岡県浜松市天竜区青谷不動の滝句碑園
句碑　昭和四六年五月

芽生えたりさし木接木を待たずとも
愛知県蒲郡市三谷町五舗岡田耿陽氏邸
句碑　昭和三五年四月　二句刻

映りたるつゝじに緋鯉現れし
愛知県岡崎市中町北野東甲山中学校
句碑　昭和五八年八月

春風や闘志抱きて丘に立つ
愛知県岡崎市中町北野東甲山中学校
句碑　昭和五八年八月

忠を日に孝を月にも喩へたり
月も日も捧げまつりし思ひかな
愛知県名古屋市天白区八事裏山八事霊園中野家墓地
墓碑　昭和一九年一月　中野龍雄之墓に刻　二基

○老一日落花をあだに踏むまじく
三重県桑名市東方立坂町佐藤信義氏邸
句碑　昭和三〇年

○山寺に線香もゆる春日かな
三重県鈴鹿市三日市二丁目寿福院
句碑　昭和五四年　他に一句刻

○掛稲の伊賀の盆地を一目の居
三重県伊賀市上野丸之内菊山氏邸庭（一目の居）
句碑　昭和三六年五月

とこしへに芭蕉のかげにうまいせん
三重県伊賀市上野寺町万福寺墓地
墓碑　木津蕉蔭墓碑刻

爽やかに俳句に遊びおはすらん
三重県伊賀市上野寺町妙昌寺菊山家墓碑刻
墓碑

湖も此の辺にして鳥渡る
滋賀県大津市本堅田一丁目浮御堂湖中
句碑　昭和二七年七月

湖も此の辺にして鳥渡る
滋賀県大津市本堅田一丁目中井余花朗氏邸
句碑　昭和二七年七月

○このあたり真野の入江や藻刈舟
滋賀県大津市本堅田二丁目（真野町）真野浜
句碑　昭和二九年七月

清浄な月を見にけり峰の寺
滋賀県大津市坂本比叡山横川虚子塔入口
句碑　昭和五四年一〇月

真清水の走井餅を二つ食べ
滋賀県大津市大谷町月心寺
句碑　昭和三二年

ひんがしに日の沈みをる花野かな
京都府与謝郡与謝野町金屋リフレかやの里
句碑

○凡そ天下に去来ほどの小さき墓に詣りけり
京都府京都市右京区嵯峨小倉山落柿舎
句碑　昭和三四年二月

凡そ天下に去来ほどの小さき墓に詣りけり
京都府京都市右京区嵯峨小倉山落柿舎裏弘源寺墓地
句碑

散紅葉こゝも掃きゐる二尊院
京都府京都市右京区嵯峨二尊院門前長神町二尊院参道脇
句碑　昭和二三年一一月

○ひらひらとつくもをぬひて落花かな
京都府京都市東山区塩小路通大和大和東入東瓦町智積院中庭
句碑　昭和四八年二月

○東山西山こめて花の京
京都府京都市東山区新橋通大和大路東入三丁目林田町知恩院宝物収蔵庫前
句碑　昭和三二年五月

○念仏の法のあやめのかへり花
京都府京都市左京区鹿ヶ谷御所段町法然院書院南
句碑　昭和三一年

日の伸びしそれにつけても涙かな
京都府京都市左京区鹿ヶ谷御所段町法然院村田家墓地
句碑　昭和三五年一月　村田房女墓碑刻

柿落葉踏みてたづねぬ円通寺
京都府京都市左京区岩倉幡枝町円通寺山門脇
句碑　昭和三一年一〇月

○自らの老好もしや菊に立つ
京都府京都市上京区烏丸一条下ル西側金剛能楽堂内庭（旧中田邸）
句碑　昭和二八年一一月

○禅寺の苔を啄む小鳥哉
京都府京都市西京区松尾神ヶ谷町西芳寺（苔寺）

句碑　昭和三〇年五月

○庫の戸を開き涼しき客設け
京都府京都市山科区御陵大谷町ライオンズマンション山科御陵前みささぎ公園
句碑

おもひくに坐りこそすれ萩の縁
我のみの菊日和とはゆめ思はじ
大阪府豊中市南桜塚一―一一―七東光院門前（萩の寺）
句碑　平成一四年九月

二三子や時雨るゝ心親しめり
大阪府大阪市阿倍野区北畠一丁目今井氏邸
句碑

くまもなき月の江口のシテぞこれ（虚子）
大阪府大阪市東淀川区南江口三―一三寂光寺（江口の君堂）
梵鐘　梵鐘に七句刻

大汐干句会の船を五六艘
大阪府泉北郡忠岡中忠岡神社
句碑　昭和四六年春　二句刻

廃川に何釣る人ぞ秋の風
兵庫県豊岡市立野町但馬農協会館前中央公園
句碑　昭和四四年一一月

春愁に常にありたる人逝きぬ
兵庫県丹波市春日町国領墓地
墓碑　「玉嶋謙郎」の墓碑左右面刻

こゝに名酒あり名づけて小鼓といふ
兵庫県丹波市市島町中竹田西山謙三氏邸前
句碑

○山あひの霧の小村に人となり
兵庫県丹波市市島町中竹田西山謙三氏邸

句碑　昭和五一年

○丹波路も草紅葉して時雨して
兵庫県丹波市市島町中竹田石像寺
句碑　昭和四七年　三句刻

○目の下に竹田村あり茸山
兵庫県丹波市市島町中竹田石像寺裏山
句碑　昭和五六年

○この池の生々流轉蝌蚪の紐
兵庫県西脇市坂本西林寺
句碑　昭和三四年一一月　親子句碑

○秋風の伊丹古町今通る
兵庫県伊丹市宮の前一丁目路傍
句碑

咲き満ちてこぼるる花もなかりけり
兵庫県芦屋市芦屋川河畔月若公園
句碑　ホトトギス三代句碑

月を思ひ人を思ひて須磨にあり
兵庫県神戸市須磨区一の谷町須磨浦公園
句碑　昭和二八年四月　二句刻

○春草にぬぎし草履の重なりぬ
兵庫県洲本市宇原第二文学の森
句碑

○渚なる轍のあとや冬の浜
兵庫県洲本市宇原第二文学の森
句碑

○白牡丹といふといへども紅ほのか
兵庫県南あわじ市松帆西路国清禅寺
句碑　平成二年一二月　三句刻

○秋雨や俥なければ歩くまで
奈良県大和郡山市永慶寺五永慶寺
句碑　昭和二七年一一月

○三世の仏皆座にあらば寒からず
奈良県宇陀市大宇陀区春日慶恩寺
句碑

○花の寺末寺一念三千寺
奈良県桜井市初瀬長谷寺入口
句碑　昭和五八年一一月

○琴瑟の仏法僧も相和して
和歌山県伊都郡高野町高野山普賢院奥庭
句碑　昭和三二年八月

○炎天の空美しや高野山
和歌山県伊都郡高野町高野山奥の院御廟橋手前
句碑　昭和二六年六月

○妻長女三女それぞれ啼く千鳥
和歌山県日高郡美浜町三尾日の御崎灯台前
句碑　昭和二六年一〇月

○鶯や御幸の輿もゆるめけん
和歌山県田辺市中辺路町野中継桜王子址
句碑　昭和一一年四月

○峰の湯に今日はあるなり花盛り
和歌山県田辺市本宮町湯の峰温泉湯峯王子権現
句碑　昭和五五年一一月

○白浜の牡丹ざくらに名残りあり
和歌山県西牟婁郡白浜町白浜温泉網不知公園
句碑　昭和一一年四月

○温泉のとはにあふれて春尽きず
和歌山県西牟婁郡白浜町湯崎温泉湯崎海岸

句碑　昭和二六年

○灯台を花の梢に見上げたり
和歌山県東牟婁郡串本町潮岬潮御崎神社
句碑　昭和八年四月

○神にませばまこと美はし那智の滝
和歌山県東牟婁郡那智勝浦町那智滝参道
句碑　昭和一九年四月

○椰子一樹花をよそなる宿の前
和歌山県東牟婁郡那智勝浦町湯川温泉わかし潟
句碑　昭和五三年八月

○秋風や浜阪砂丘少し行く
鳥取県鳥取市浜坂浜坂砂丘入口パレス前
句碑　昭和三九年一〇月

さきゆうーこえていづちゆきけんいづち
鳥取県鳥取市浜坂沙漠開発研究所隣
句碑

○秋風の急に寒しや分の茶屋
鳥取県西伯郡大山町大山寺参道山楽荘前
句碑　昭和四〇年一〇月

○くはれもす八雲旧居の秋の蚊に
島根県松江市北堀町小泉八雲旧居内
句碑

○遠山に日の當りたる枯野哉
岡山県岡山市一宮吉備津彦神社
句碑　昭和三一年

春潮や倭冠の子孫汝と我
広島県尾道市向島町高見山瀬戸のうたみち
句碑　昭和五四年三月

春潮や倭寇の子孫汝と我
広島県尾道市因島公園
句碑　昭和五二年一一月　称功の碑

百船に灯る春のみなと哉
広島県広島市中区小町七—二四本照寺
句碑

七盛の墓包み降る椎の露
山口県下関市阿弥陀寺町赤間神宮七盛塚
句碑　昭和三〇年一〇月

天高し雲行く方へ吾も行く
香川県小豆郡小豆島町苗羽芦ノ浦丘上
句碑

○琴瑟に仏法僧も相和して
香川県さぬき市長尾西宗林寺
句碑　平成六年一月

たまくの紅葉祭に逢ひけるも
香川県高松市国分寺町福家甲九七—五合田氏邸
句碑

稲むしろあり飯の山あり昔今
香川県丸亀市一番丁丸亀城内見辺坂
句碑　昭和二五年

咲き満ちてこぼるる花も無かりけり
香川県善通寺市善通寺御影堂前
句碑

たまたまの紅葉祭に逢ひけるも
香川県仲多度郡国分寺町福屋甲合田氏邸
句碑　昭和二二年

春潮や海老はね上る岩の上
香川県観音寺市古川町一ノ谷小学校

句碑　平成四年一〇月

○肌寒も残る暑さも身一つ
愛媛県四国中央市金田町半田飼谷甲大光寺深川家墓地
句碑　昭和三八年秋

○風鈴の一つ鳴りたる涼しさよ
愛媛県四国中央市川滝町下山常福寺(椿堂)
句碑

笹啼が初音になりし頃のこと
愛媛県新居浜市松原町九－四八合田正仁氏邸
句碑

○惟る御生涯や萩の露
愛媛県西条市飯岡町飯岡上組秋都庵
句碑　昭和三〇年四月

西方の浄土は銀河落るところ
愛媛県西条市洲之内神戸明運庵墓地
墓碑　菅厳山墓碑二句刻

○戻り来て瀬戸の夏海絵の如し
愛媛県今治市小浦町二－五糸山公園
句碑　昭和四七年二月移転　「渡仏日記」より刻

○春潮や和寇の子孫汝と我
愛媛県今治市波止浜三丁目波止浜公園観潮楼
句碑　昭和二五年五月

さしくれし春雨傘を受取りし
愛媛県今治市伯方町木浦甲阿部里雪氏邸
句碑　昭和三六年一〇月

○この松の下にたゝずめば露のわれ

○道のべに阿波の遍路の墓あはれ
愛媛県松山市柳原西の下大師堂前(河野橋畔)

句碑　昭和三年一〇月　二句刻

ここに又住まばやと思ふ春の暮
愛媛県松山市柳原西の下大師堂前
句碑　昭和六二年三月　虚子胸像台座刻

○ふるさとのこの松伐るな竹伐るな
愛媛県松山市東野四丁目農協学園西側神社(お茶屋跡)
句碑　昭和三三年五月

笹啼が初音になりし頃のこと
愛媛県松山市末広町正宗寺
句碑　昭和二四年一〇月　柳原極堂書

○しろ山の鶯来啼く士族町
愛媛県松山市祝谷東町松山神社石段脇
句碑　昭和四二年秋

○遠山に日の当りたる枯野かな
愛媛県松山市丸之内長者平(松山城ロープウェイ終点)東雲神社
句碑　昭和四八年一一月

盛りなる花曼陀羅の躑躅かな
愛媛県松山市久万ノ台成願寺
句碑

遠山に日の當りたる枯野かな
愛媛県松山市一番町明楽寺
句碑

○春風や闘志いだきて丘に立つ
愛媛県松山市二番町四丁目番町小学校
句碑　昭和五三年三月

遠山に日の当りたる枯埜哉
愛媛県松山市坪南二丁目池内氏邸
句碑　昭和六二年七月

富士詣一度せしといふことの安堵かな
愛媛県松山市元町秋田友一氏邸
句碑　昭和五二年三月　三句刻

ふるさとに防風摘みにと来しわれぞ
愛媛県松山市鴨の池甲五〇―三垣生星光氏邸
句碑

○春水や矗々として菖蒲の芽
愛媛県東温市見奈良松山刑務所
句碑　昭和四八年移建

○義農名は作兵衛と申し国の秋
愛媛県伊予郡松前町筒井義農神社
句碑　昭和三一年四月

敵ながら雄々しき紙鳶の上りけり
愛媛県喜多郡内子町五十崎町古田凧博物館前
句碑　平成二年九月

東風の船博士をのせて高浜へ
愛媛県北宇和郡鬼北町成川渓谷休養センター
句碑　酒井黙禅句碑副碑刻

○龍巻に添うて虹立つ室戸岬
高知県室戸市室戸岬町高岡神明窟東方
句碑　昭和二六年八月

春潮の騒ぎて網を曳くところ
高知県安芸郡芸西村和食琴ヶ浜サイクリングロード琴ヶ浜休憩所
句碑　平成二年三月

○土佐日記懐にあり散る櫻
高知県南国市比江国司館跡（紀貫之邸跡）
句碑　昭和一九年四月

○海底に珊瑚花咲く鯊を釣る
高知県高知市桂浜浦戸桂浜荘下（旧ホテル桂松閣前）
句碑　昭和三一年六月

○桐一葉日あたりながら落ちにけり
高知県高知市春野町弘岡下北山忠霊塔横
句碑　昭和二八年一二月

露時雨日々ぬらす土の下
高知県高知市春野町弘岡下北山若尾家墓所
墓碑　大正六年　墓碑刻

○紙を漉く女もかざす珊瑚哉
高知県吾川郡いの町椙本神社
句碑　昭和二八年一〇月

○夏潮の今退く平家亡ぶ時も
福岡県北九州市門司区門司和布刈神社
句碑　昭和三一年六月

風師山梅ありといふ登らばや
福岡県北九州市門司区元清滝風師山登山道
句碑

露の幹静に蝉のあるき居り
福岡県京都郡苅田町堤老鶯山荘（友田氏邸）
句碑　昭和五九年

○新涼の仏に灯し奉る
福岡県飯塚市幸袋七九―一北代氏邸
句碑　昭和三三年四月　二句刻

○春深く稿を起さん・心あり
福岡県飯塚市宮町納祖八幡宮
句碑　昭和三三年九月

○網の目に消ゆる思ひの白魚哉
福岡県福岡市西区愛宕三丁目とり市玄関前
句碑　昭和三五年三月

○天の川の下に天智天皇と臣虚子と
福岡県太宰府市観世音寺二丁目太宰府政庁前交差点南西
句碑　昭和二八年一一月

虚子帯塚
福岡県太宰府市観世音寺四―三―一仏心寺
塚　昭和二九年一〇月

帯塚は刻山裾に明け易き
福岡県太宰府市観世音寺四―三―一仏心寺
句碑　昭和三六年三月

○更衣したる筑紫の旅の宿
福岡県筑紫野市湯町玉泉館前
句碑　昭和三五年五月

○濃紅葉に涙せき来る如何にせん
福岡県朝倉市秋月野鳥秋月城跡公園
句碑　昭和三三年四月

○春山の最も高きところ古所
福岡県朝倉市秋月西念寺
句碑　昭和四四年九月

○風薫るあまぎいちびと集ひ来て
福岡県朝倉市菩提寺甘木公園
句碑　昭和三三年五月

○初時雨ありたるとかや庭の面
福岡県朝倉市甘木一〇七上野寿三氏邸
句碑　昭和三一年一一月

はなやぎて月の面にかゝる雲
福岡県朝倉市山見山の口七〇五秋月竹地蔵尊
句碑

○螢飛筑後河畔のよき宿に
福岡県朝倉市杷木久喜宮原鶴温泉小野屋
句碑　昭和四三年六月

○汝もこの神の氏子や小春凪
福岡県久留米市瀬の下町水天宮参道
句碑　昭和三五年秋

○粧へる筑紫野を見に杖曳かん
福岡県うきは市吉井町若宮若宮八幡宮
句碑　昭和四九年八月

○広ごれる春曙の水輪哉
福岡県柳川市新町大水門畔
句碑　昭和三〇年八月

うき草の茎の長さや山の池
佐賀県唐津市鏡山鏡山山頂（駐車場脇）
句碑　昭和五四年

○蚊の居らぬ有田と聞けば旅楽し
佐賀県西松浦郡有田町曲川甲一七八八歴史と文化の森公園駐車場脇
句碑　昭和四六年

○ゴルフ場に下り立てばつつじ叢高く
長崎県雲仙市小浜町池の原雲仙矢岳ゴルフ場入口駐車場
句碑　昭和三四年五月

○山さけてくだけ飛び散り島若葉
長崎県島原市弁天町二丁目霊丘公園東
句碑　昭和三一年四月

○年を経て広がるのみの夏木かな
長崎県長崎市上西山町諏訪神社（斎館前）
句碑　平成四年七月

○俳諧の月の奉行や今も尚
長崎県長崎市寺町興福寺
句碑　昭和三四年七月　二句刻

芒塚程遠からじ守るべし
長崎県長崎市松原町迎仙閣（旧井上氏邸）
句碑

火の国の火の山裾の山並の
幾尾根越えて小国やはある
熊本県阿蘇郡小国町宮原笹原芳介氏邸
歌碑　昭和五三年秋

ちりもみじ暫くしては散紅葉
熊本県阿蘇郡小国町小国両神社
句碑

○秋晴れの大観峰に今来り
熊本県阿蘇市大観峯波多辺高原（駐車場入口）
句碑　昭和三四年

○一滴の男の涙大桜
熊本県玉名市繁根木大麻文化会館
句碑　昭和二九年四月

○縦横に水のながれや芭蕉林
熊本県熊本市出水二丁目井関農機江津荘（江津湖畔）
句碑　昭和二九年六月

○時雨傘やみたれば主受取りぬ
熊本県熊本市島崎五丁目釣耕園
句碑　昭和五一年

満ちてかけかけては満つる阿蘇の月
熊本県熊本市手取本町熊本信用金庫内（理事長室）
句碑

手のひらにうけてやわらか草の餅
熊本県熊本市八幡町共同墓地（宮崎家墓所）
句碑　昭和三五年　墓碑刻

○牡丹観音参るえにしのなき旅に
熊本県八代市鏡町宝出赤星公園（赤星水竹居旧居）
句碑　昭和五三年

○天地の間にほろとしぐれかな
熊本県八代市古麓町春光寺
句碑　昭和三一年

雲仙も卯月曇りの海の面
熊本県上天草市大矢野町上川端保氏邸
句碑

○古里の山国川に鮎釣ると
大分県中津市西蛎瀬四二二遠入氏邸
句碑　昭和二八年

耶馬の秋その他多くを残したる
大分県中津市本耶馬渓町青弘法寺参道脇（遠入家墓所）
句碑　墓碑刻

○海中に真清水わきて魚育つ
大分県速見郡日出町城下海岸
句碑　昭和二七年三月

○大夕立来るらし由布のかき曇り
大分県別府市東山城島高原後楽園遊園地バス停近く
句碑　昭和二七年一一月　三句刻

○自ら早紅葉したる池畔かな
大分県別府市野田血の池地獄
句碑　昭和三七年三月

人顔はいまだ定かに夕紅葉
大分県大分市田ノ浦神崎高崎山万寿寺別院参道
句碑　昭和三七年

○熔岩に秋風の吹きわたりけり
鹿児島県鹿児島市桜島横山町月読神社裏
句碑　昭和三二年一一月

《参考文献》
◎『虚子翁句碑』
本山桂川著　新樹社　1956
◎『虚子の名句（現代教養文庫）』
清崎敏郎編著　社会思想社　1967
◎『伊予路の高浜虚子―文学遺跡散歩』
鶴村松一著　松山郷土史文学研究会（松山）　1978・6

高村光太郎（たかむら・こうたろう）

彫刻家・詩人

（明治一六年三月一三日～昭和三一年四月二日）

出身地　東京府下谷区西町（東京都台東区）

本名は光太郎（みつたろう）。砕雨とも号す。彫刻家・高村光雲の長男として東京に生まれる。明治39年米英仏に留学してロダンに傾倒、42年帰国後〝パンの会〟の中心メンバーとして近代彫刻を制作。45年ヒュウザン会（のちフュウザン会と改称）結成。一方「スバル」同人となって詩作を始め、大正3年格調高い口語自由詩の詩集「道程」を刊行。同年画家・長沼智恵子と結婚。4年から彫刻に専念。昭和12年頃から戦争詩を多く書き、詩集「大いなる日に」「記録」を刊行。16年妻・智恵子（13年死別）との愛の生活をうたった詩集「智恵子抄」を発表。17年日本文学報国会詩部会会長となる。戦後は戦争協力の責任を感じ、岩手県太田村にこもり農耕自炊生活をした。22年芸術院会員に推されたが辞退。彫刻の代表作に「手」「鯰」、十和田湖畔の「裸婦像」など。

＊　＊　＊

○雪白くつめり
雪林間の路をうづめて平らかなり。
ふめば膝を没して更にふかく…（略）
（『典型』の「雪白く積めり」より）

岩手県花巻市太田山口はんの木林（山荘脇）
詩碑　昭和三三年四月　銅板刻

開拓の精神を失ふ時
人類は生きる
精神の熱土に活を与へるもの
開拓の外にない
（「開拓に寄」の一節より）

岩手県花巻市太田開拓地
詩碑　昭和五一年一〇月

綸言一たび出で一億號泣す
昭和二十年八月十五日正午
われ岩手花巻町の鎮守…（略）
（「一億の号泣」より）

岩手県花巻市城内鳥谷ヶ崎神社
詩碑　昭和三六年九月

利口でやさしい眼と
なつこい舌と
かたい爪と…（略）
（「牛の詩」より）

岩手県花巻市石神町雪印乳業花巻工場庭
詩碑　昭和四三年四月

先日はみごとな椎茸をたくさんいただいて感謝いたしました。…（略）
おたより感謝、小生元気でいますが、神経痛はまだ残っています。…（略）

岩手県花巻市矢沢高木東山農場
文学碑　昭和三五年七月　書簡二通刻

○花巻の松庵寺にて母にあふ
はははりんごをたべたまひけり

岩手県花巻市双葉町松庵寺
歌碑　昭和五〇年五月

奥州花巻といふひなびた町の
浄土宗の古刹松庵寺で
秋の村雨ふりしきるあなたの命日に…（略）

岩手県花巻市双葉町松庵寺
詩碑
（「松庵寺」より）

岩手の人沈深牛の如し
両角の間に天球をいただいて立つ
かの古代エジプトの石牛に似たり…（略）
（「岩手の人」より）
岩手県花巻市本館県立花巻北高校庭
詩碑　昭和五二年春

歳月人を洗ひ
人ほろびざるは大なるかな
人事茫々
ただ遠く後人に…（略）
岩手県花巻市湯本花巻温泉紅葉館側
詩碑　昭和二五年九月

詩「ブランデンブルク」より
岩手県北上市二子町二子公園展望台下
詩碑

○観自在こそ
たふとけれ
まなこひらきて
けふみれば
此世のつねの
すがたして
わが身はなれず
そひたまふ
岩手県北上市和賀町後藤野平和観音堂
詩碑　昭和二六年一一月

黒潮は親潮をうつ親潮は
さ霧をたてゝ船にせまれり
宮城県気仙沼市唐桑町崎浜御崎
歌碑　平成五年

海にして太古の民のおどろきを
われふたゝびすおほ空のもと
宮城県牡鹿郡女川町海岸緑地公園
歌碑　平成三年八月

「霧の中の決意」（略）
宮城県牡鹿郡女川町海岸緑地公園
文学碑　平成三年八月

「よしきり鮫」（略）
宮城県牡鹿郡女川町海岸緑地公園
文学碑　平成三年八月

「開拓の詩」より
福島県南相馬市小高区摩辰
詩碑　昭和三〇年

○阿多多羅山の山の上に
毎日出てゐる青い空が
智恵子のほんとの空だといふ
（「あどけない話」より）
福島県二本松市霞ヶ城霞ヶ城公園
詩碑　昭和三五年五月

○あれが阿多羅山
あの光るのが阿武隈川
ここはあなたの生れたふるさと…（略）
（「樹下の二人」より）
福島県二本松市安達町油井鞍石山山頂
詩碑

○人っ子ひとり居ない九十九里の砂濱の
砂にすわって智恵子は遊ぶ。
無数の友だちが智恵子の名をよぶ。
ちい、ちい、ちい、ちい、ちいー、ちいー…（略）

（「千鳥と遊ぶ智恵子」より）
千葉県山武郡九十九里町真亀海岸
詩碑　昭和三七年七月

○三里塚の春は大きいよ
見果てのつかない御料牧場にうつすり
もうあさ緑の絨たんを敷きつめてしまひ
雨ならけむるし露ならひかるし…（略）
（「春駒」より）
千葉県成田市本三里塚三里塚記念公園
詩碑　昭和五二年六月

うつくしきものみつ
山梨県南巨摩郡増穂町上高下高台
詞碑　昭和六二年一一月

「道程」抄
ああ人類の道程は遠い
そしてその大道はない…（略）
長野県北佐久郡御代田町雪窓御代田中学校
詩碑　昭和四八年三月

僕の前に道はない
僕の後ろに道はできる
愛知県岡崎市中町北野東甲山中学校
詩碑　昭和五八年八月

われらのすべてに溢れこぼるるものあれ
われらつねにみちよ
（「智恵子抄」の一節より）
兵庫県神戸市中央区楠町四神戸文化ホール庭園
詩碑

《参考文献》

◎『光太郎のうた（現代教養文庫）』
高村光太郎著・伊藤信吉編　社会思想社　1962

◎『宮沢賢治・高村光太郎の碑』
早稲田大学文学碑と拓本の会編　二玄社　1969

竹久夢二（たけひさ・ゆめじ）

画家・詩人

（明治一七年九月一六日～昭和九年九月一日）

出身地　岡山県邑久郡本庄村（瀬戸内市）

本名は茂次郎（もじろう）。一時文学の道を目ざすが絵画に転じ、藤島武二の作品にあこがれ号を夢二とする。平民新聞の諷刺画で知られ、24歳のとき結婚した最初の妻・他万喜（たまき）らをモデルに眼の大きな女性を描き、夢二の美人画として一世を風靡した。昭和6～8年欧米に旅行。代表作に「切支丹破天連渡来之図」、詩画集に「夢二画集」「どんたく」、詩歌集に「歌時計」「夢のふるさと」などがある。没後もファン層は厚く、ドラマや映画にしばしば取り上げられている。平成6年には油彩画が、9年には日本画一点が、11年には商業デザイン四百五十点が新たに発見された。

＊　＊　＊

浅虫の海の渚にしらじらと
茶碗のかけらひかる初秋
いにしへの津軽少女のまなざしに
あをみる人のこころかなしも
（「五月の旅」より）
青森県青森市浅虫温泉海岸線
詩碑　昭和四七年五月

○おばこ心持山王の山よ
外に木はない松ばかり
山形県酒田市南新町一丁目日和山公園
歌謡碑　昭和六〇年

鳥渡るひがしの宿の車井戸
福島県田村郡船引町町立図書館前

句碑

晴れて会津の磐梯山も
けさはうれしい薄化粧
（「陸奥の旅にて」より）

福島県喜多方市笹屋旅館庭
詩碑　昭和六三年

「宵待草」
福島県会津若松市東山町湯本新瀧橋畔
唱歌碑　多忠亮・作曲

「宵待草」
まてど暮せど来ぬひとを
宵待草のやるせなさ
こよひは月も出ぬさうな
福島県会津若松市神指町東山温泉空中ケーブル第一発着所
唱歌碑　多忠亮・作曲

○つまつまとぱんに鰯をそへてくふ
伯林の冬にあがなじみけり
茨城県神栖市波崎新漁港公園内
歌碑　平成四年三月

○さだめなく鳥やゆくらむ青山の
青のさびしさかぎりなければ
群馬県高崎市榛名町榛名湖畔
歌碑　昭和一〇年九月

「宵待草」
まてど暮らせど
来ぬ人を
宵待草の
やるせなさ
今宵は月も
出ぬさうな

千葉県銚子市海鹿島町五二三七海鹿島海岸潮光庵下
唱歌碑　昭和四五年　多忠亮・作曲

「宵待草」
待てど暮らせどこぬ人を
宵待草のやるせなさ
今宵は月も出ぬそうな
千葉県山武郡九十九里町小関納屋海岸作田川河口
唱歌碑　昭和五九年一月　多忠亮・作曲

まてどくらせどこぬひとを
宵待草のやるせなさ
こよひは月もでぬさうな
（「宵待草」より）
千葉県千葉市緑区野呂町野呂PA文学の森（千葉東金道路）
歌謡碑　平成三年一一月　ステンレス製

湯湧なる山ふところの小春日に
眼閉じ死なむときみのいふなり
石川県金沢市湯湧町湯湧温泉薬師堂
歌碑　昭和五六年一〇月

「宵待草」
長野県下伊那郡阿智村伍和大鹿
唱歌碑　多忠亮・作曲

宵待草
まてど暮らせど来ぬひとを
宵待草のやるせなさ
こよひは月も出ぬ
そうな
長野県下伊那郡阿智村伍和大鹿百花園
詩碑

富士川やたが吹きすさぶ笛の音ぞ
れいろうとして身は秋にいる

静岡県富士市岩本岩本山公園
歌碑　昭和六二年三月

富士川の水際に立てば名無し草
うす紫にこぼるるものを
静岡県静岡市清水区蒲原字地震山下斎場
歌碑

富士川やたが吹きすさぶ笛の音ぞ
れいろうとして身は秋に入る
静岡県静岡市清水区蒲原字地震山下斎場
歌碑

○まてど暮せど来ぬひとを
宵待草のやるせなさ、
こよひは月も出ぬさうな
静岡県静岡市清水区蒲原字地震山下斎場
詩碑

待てど暮らせど来ぬ人を
宵まち草のやる瀬なさ
今よひは月も出ぬさうな
岡山県瀬戸内市邑久町佐井田道傍妙見宮鳥居下
詩碑　昭和三七年九月　有本芳水書

○泣く時はよき母ありき遊ぶ時は
よき姉ありき七つのころよ
岡山県瀬戸内市邑久町生家夢二郷土美術館入口
歌碑　昭和五三年八月

待てど暮らせど来ぬ人を
宵まち草のやる瀬なさ
今よひは月も出ぬさうな
岡山県瀬戸内市邑久町本荘本庄地区公民館
唱歌碑　昭和三〇年　多忠亮・作曲

「宵待草」
岡山県瀬戸内市邑久町山田庄ＪＲ邑久駅前
唱歌碑　昭和六二年　多忠亮・作曲

「宵待草」
岡山県瀬戸内市邑久町尾張敷島堂
唱歌碑　多忠亮・作曲

○まてど暮せど来ぬひとを
宵待草のやるせなさ
こよひは月も出ぬさうな
岡山県岡山市後楽園前旭川べり
詩碑　昭和四一年一〇月

まてど暮らせど
来ぬ人を
宵待草の
やるせなさ
こよひは月も…（略）
岡山県岡山市古京町後楽園バス停前
唱歌碑　昭和四一年一〇月　多忠亮・作曲

○青麦の青きをわけてはるゝと
逢ひに来し子とおもへば哀しも
岡山県岡山市郷土美術館前
歌碑

宵待草のやるせなさ…（略）
福岡県北九州市八幡東区諏訪一丁目宮川公園
詩碑　昭和五三年一一月

「宵待草」
福岡県北九州市八幡東区諏訪町諏訪一丁目公園
唱歌碑　昭和五三年一一月　多忠亮・作曲

太宰治（だざい・おさむ）

小説家
（明治四二年六月一九日～昭和二三年六月一三日）
出身地　青森県北津軽郡金木村大字金木字朝日山（五所川原市）

本名は津島修治。津軽有数の大地主の家に生まれ、父は貴院議員、兄は衆院議員を務めた。青森中時代から作家を志望し、弘前高を経て、東大入学後、井伏鱒二に師事する。東京帝国大学在学中は共産主義運動に関係したが脱退、自殺未遂事件をおこした。昭和8年第一作「思ひ出」に続いて「魚服記」を発表、その後「猿面冠者」「ロマネスク」「道化の華」などを発表。10年佐藤春夫らの日本浪曼派に参加。同年都新聞の入社試験に落ちて自殺を図る。また「逆行」が第1回の芥川賞次席になり、作家としての地位をかためる。11年作品集「晩年」を刊行するが、同年芥川賞の選に洩れ再び自殺未遂。14年結婚、以後「富嶽百景」「走れメロス」「新ハムレット」などを発表し、15年には「女生徒」で透谷文学賞を受賞。戦後、22年に代表作となった長編小説「斜陽」や「人間失格」「ヴィヨンの妻」などを相次いで発表したが、23年6月遺稿「グッド・バイ」を残して山崎富栄と共に玉川上水で入水自殺を遂げた。

＊　＊　＊

ここは、本州の袋小路だ。讀者も銘肌せよ。諸君が北に向って歩いてゐる時、その路をどこまでも…（略）
（「津軽」より）

青森県東津軽郡外ヶ浜町竜飛竜飛岬
文学碑　昭和五〇年一〇月

かれは
人を喜ばせるのが
何よりも
好きであった！
（「正義と微笑」より）

青森県東津軽郡外ヶ浜町小国小国山観瀾山
文学碑　昭和三一年八月　佐藤春夫書

たけはそれきり何も言はず、きちんと正坐してそのモンペの丸い膝にちゃんと両手を置き、…（略）
（「津軽」より）

青森県北津軽郡中泊町砂山小泊小学校グランド高台
文学碑　平成一年一〇月　小説津軽の像刻

…木造から、五能線に依って約三十分くらゐで鳴澤鰺ヶ澤を過ぎ、その邊で津軽平野もおしまひになって、それぞれ列車は…（略）
（小説「津軽」より）

青森県西津軽郡深浦町千畳敷駅前海岸
文学碑　平成五年七月

撰ばれてあることの
恍惚と不安と
二つわれにあり
J'ai l'extase et j'ai la terreur d'etre choisi
Verlaine "Sagesse"
（ヴェルレーヌ詩集「智慧」巻二の四の
その八の節より）

青森県五所川原市金木町芦野芦野公園（芦野湖登仙岬）
詩碑　昭和四〇年五月　阿部合成書　碑陰仏文詩刻

○微笑誠心
青森県五所川原市金木町金木小学校庭
詞碑　昭和五〇年九月

○金木は、私の生れた町である。津軽平野のほぼ中央に位し、人口五、六千の、これといふ特徴もないが、どこやら都會ふうにちょっと氣取った町である。
（「津軽」より）

青森県五所川原市金木町菅原モニュメント
文学碑　平成七年六月

すなおで
かみさまのような
いいこ
（「人間失格」からのことば）

青森県青森市茶屋町合浦合浦小学校
詞碑

斜陽は赤い光を、樹々の葉に投じ、葉も枝も燃えるばかりに輝いてゐる。日没までには、まだ間がある。…(略)
（「走れメロス」より）
青森県青森市松原一丁目市民中央センター前
文学碑　昭和五五年一一月　友情の碑刻

さらば読者よ
命あらばまた他日
元気で行こう
絶望するな
では、失敬。
青森県青森市栄町一丁目旧東北線跡地文芸のこみち
詞碑　平成七年七月

富士には月見草がよく似合ふ
山形県長井市成田墓地伊藤誠之墓所
詞碑　昭和四九年九月

たのむ、もう一晩この家に寝かせてくれ…(略)
（「十五年間」より）
千葉県船橋市本町市民文化ホール前
文学碑　昭和五八年一一月

「走れメロス」
妹の婚礼を終えたメロスは
刑場めざして走った
遅れれば身がわりに
親友が殺される
日は既に西に傾いた
千葉県船橋市本町四九重橋欄干
詩碑　昭和六三年九月

太宰治旧居跡
千葉県船橋市宮本一-一二-九古沢宏氏邸入口
詞碑　昭和六一年六月

太宰治は昭和十四年一月から八ヶ月間ここ御崎町五十六番地で新婚時代を過ごした…(略)
山梨県甲府市朝日五-八-一一竹居茂樹医院横
記念碑　平成一年六月　太宰治僑居跡碑刻

富士には月見草がよく似合ふ
山梨県大月市御坂峠天下茶屋近く
詞碑　昭和二八年一〇月

町中を水量たっぷりの澄んだ小川がそれこそ蜘蛛の巣のやうに…(略)
（「老ハイデルベルヒ」より）
静岡県三島市大宮町三島大社近く桜川柳の道
文学碑　平成六年三月

海は、かうして
お座敷に坐って
ゐると、ちやうど
私のお乳のさきに
水平線が
さわるくらゐの
高さに見えた。
静岡県沼津市三津町安田屋
文学碑　平成一三年六月

富士には月見草がよく似合ふ
福岡県福岡市城南区片江町東油山文学碑公園
詞碑

《参考文献》

◎『太宰治の文学碑』
早稲田大学文学碑と拓本の会編　1980・11
◎『志功・太宰・寺山と歩く　ふるさと青森』
青森市文化団体協議会編　北の街社（青森）　1996・7

谷崎潤一郎（たにざき・じゅんいちろう）

小説家

（明治一九年七月二四日～昭和四〇年七月三〇日）

出身地　東京市日本橋区蠣殻町（東京都中央区）

幼少時代から和漢の古典に親しみ、一高在学中「校友会雑誌」に「狆の葬式」などを発表。東大在学中の明治43年、第2次「新思潮」を創刊し、創刊号に「誕生」を発表、さらに「刺青」などを発表。後「スバル」同人となる。44年「秘密」を発表、永井荷風に激賞され、新進作家としてデビューする。ロマン派的な立場から唯美的、退廃的な作品を多く発表。戦前の代表作に「異端者の悲しみ」「痴人の愛」「卍」「春琴抄」「陰翳礼讃」などがある。10年から「源氏物語」の口語訳を始め、16年に完結、以後も「新訳」「新々訳」と〝谷崎源氏〟に力を注いだ。戦争中は「細雪」を執筆、軍部の圧力で完成しなかったが、戦後の23年に完結。戦後も「少将滋幹の母」「瘋癲老人日記」などを発表し、旺盛な作家活動を示した。

＊＊＊

七絃の滝のしらべを友として
八十路の媼こゑもさやけし

栃木県那須塩原市塩原妙雲寺
歌碑　昭和五九年春　他一首刻

七絃の滝のしらべを友として
八十路の媼こゑもさやけし

栃木県那須塩原市塩原ホテルニュー塩原
歌碑

故谷崎潤一郎生誕の地

東京都中央区日本橋芳町一―四ツカゴシビル前
記念碑　昭和五〇年七月　松子未亡人筆

○愛染韻

富山県南砺市福光栄町棟方志功記念館前
詞碑　昭和二六年一一月

○寂

京都府京都市左京区鹿ヶ谷御所段町法然院墓地
詞碑　墓碑銘

○わたしの乗った船が洲へ漕ぎ寄せたとき男山はあたかもその繪にあるやうに…（略）

（「蘆刈抄」より）

京都府八幡市石清水八幡宮北側男山展望台
文学碑

紅殻塗りの框を見せた二重の上で算盤を枕に炬燵に足を入れながら…（略）

（「蓼喰ふ蟲」より）

大阪府大阪市中央区日本橋一丁目国立文楽劇場前西
文学碑　昭和五九年三月

「春琴抄」より

大阪府大阪市中央区道修町二―一少彦名神社
文学碑　平成一二年一〇月

「細雪」と一節を刻む

兵庫県芦屋市東芦屋町芦屋川河畔
詞碑　昭和六一年四月　碑表松子夫人書　碑陰足立巻一書

○「細雪」とのみ刻む

兵庫県神戸市東灘区住吉本町一丁目甲南学園南小学校
詞碑　昭和六一年一一月

○故里の花にこころを残しつゝ、
たつやかすみの菟原住吉

兵庫県神戸市東灘区住吉駅西阿弥陀寺
歌碑　昭和六〇年四月

ちょうど本山第二小学校の建物の水に漬っているが、眞北に見え…
（略）
（「細雪」より）

兵庫県神戸市東灘区本山第二小学校
文学碑　昭和六〇年七月

わが宿の梅のさかりをよそにして
訪ねてぞこし月瀬の里

奈良県奈良市月ヶ瀬桃香野駐車場
歌碑　碑陰に文あり

秋は来ぬうしろの山の葛の葉の
うらさびしくもなりにける哉

奈良県宇陀市大宇陀区拾生黒川重太郎氏邸
歌碑　昭和五八年五月

○ゆふさればくぬぎばやしに風たちて
国栖のやまさと秋は来ぬらし

奈良県吉野郡吉野町窪垣内国栖小学校前白孤園
歌碑　昭和四一年六月

さつま潟とまりの濱の乙女子は嫁ぎてもゆくか伊豆の猛男に
（「台所太平記」より）

鹿児島県南さつま市坊津町泊丸玉神社
文学碑　昭和四三年四月

種田山頭火（たねだ・さんとうか）

俳人

（明治一五年一二月三日～昭和一五年一〇月一一日）

出身地　山口県佐波郡西佐波令村（防府市八王子）

本名は正一。早大中退後、帰郷して父の経営する酒造業を営む。大正2年荻原井泉水に師事し、「層雲」に初出句、5年選者に加わる。同年種田家が破産し、流転生活が始まる。この間母や弟の自殺、離婚、父の死、神経衰弱などの不運に見舞われ、13年禅門に入り、14年熊本県の報恩寺で出家得度し、耕畝と改名。15年行乞流転の旅に出、句作を進め、昭和6年個人誌「三八九」を刊行。7年経本造りの「鉢の子」を刊行、以後全7冊の経本版句集を刊行。7年より山口県小郡村其中庵、山口市湯田風来居、松山市一草庵と転々し、その間全国各地を行脚し、句と酒と旅に生きた。句集に「草木塔」「山行水行」「柿の葉」「孤寒」「鴉」、日記紀行集に「愚を守る」「あの山越えて」など。

＊　＊　＊

ほつかり覚めて雪

北海道中川郡美深町班渓パンケ生活改善センター
句碑　平成二年五月　他二句刻

ふまれてたんぽぽひらいてたんぽぽ

北海道中川郡美深町班渓五二九遠藤康弘氏邸
句碑　平成七年一月　他四句刻

いちめんの雪にして大鳥居立つ

北海道上川郡当麻町当麻神社
句碑　平成二年一〇月　他二句刻

生死の中の雪降りしきる

北海道上川郡和寒町三笠三笠山自然公園
句碑　平成二年一〇月　雪十句刻

雪雪雪の一人

北海道上川郡鷹栖町丸山句碑の森
句碑　平成二年一〇月

春風の水音の何を織るのか
雪ふれば雪を観てゐる私です

北海道旭川市神居忠和三七優佳良織工芸館
句碑　平成二年一〇月

湯あがりのつつじまっかに咲いて
あてもない袂草こんなにたまり
（「旅日記」の一節）

宮城県大崎市鳴子温泉字尿前鳴子公園日本こけし会館
句碑　平成一年　二句刻

水底の雲もみちのくの空のさみだれ
あふたりわかれたりさみだるる
（「旅日記」の一節）
宮城県石巻市日和が丘二丁目日和山公園
句碑　平成一年六月　二句刻

逢へばしみじみ黙っていてもかっこうよ
（抱壺居にて）
抱壺逝けるかよ水仙のしぼるるごとく
（抱壺の訃に接して）
宮城県仙台市青葉区上杉四−四−五〇光禅寺
句碑　平成一年六月　「旅日記」の一節より

みちのくにきてみちのくの土のあたたかく
水音とほくちかくおのれをあゆます
とほく白波の見えて松のまがりやう
宮城県岩沼市下野郷浜沼田健一氏邸
句碑　平成一年一〇月

○分け入っても分け入っても青い山
山形県尾花沢市尾花沢四二〇六−二石沢芳雄氏邸
句碑　昭和五三年一〇月

月が酒がからだいっぱいのよろこび
山形県鶴岡市大山二−二−五先駐車場（大山橋北詰）
句碑　平成一〇年

みちのくはガザ咲いて秋兎死うたふ
朝蝉夕蝉なぜあなたはこない
山形県鶴岡市湯田川乙一三ホテルみやご
句碑　平成一年六月　旅日記の一節より刻

秋兎死うたてガザ咲いておくのほそみち

みちのくにきてみちのくの土あたたかく
山形県東田川郡庄内町余目字土堤下三八−一センチュリープラザ「和心」駐車場
句碑　平成一年一〇月　二句刻

春風の鉢の子一つ
福島県須賀川市勢至堂花畑鉢の子窯伊藤氏邸
句碑

もめやうたへや湯けむり湯けむり
群馬県吾妻郡草津町草津道の駅草津運動茶屋公園
句碑　平成一四年一〇月

ほっと月がある東京に来てゐる
東京都荒川区西日暮里三−一−三本行寺
句碑　昭和六一年一一月

砂丘にうづくまりけふも佐渡は見えない
これがハマナスといふ花の一つをあら波
こころむなしくあらなみのよせてはかへす
新潟県村上市岩船寺山諸上寺公園
句碑　平成一年六月　三句刻　「旅日記」の一節

水音がねむらせないおもひでがそれからそれへ
新潟県村上市大町ポケットパーク
句碑　平成五年

窓あけて窗いっぱいの春
ひとりひっそり竹の子竹になる
お日さまのぞくとすやすや寝顔
新潟県新発田市飯島甲石井正一氏邸
句碑　平成二年六月　三句刻

水は瀧となって落ちる荒浪
青葉分け行く良寛さまも行かしたろ
新潟県燕市国上本覚院

句碑　平成二年六月　二句刻

○草は咲くかまゝのてふてふ
新潟県見附市島切窪町姉崎養漁池畔
句碑

○図書館はいつもひっそりと松の秀
新潟県長岡市殿町追廻橋畔柿川緑道公園
句碑　平成三年八月

あらなみをまへになじんでゐた佛
おもひつめたる心の文字は空に書く
新潟県三島郡出雲崎町米田良寛記念館夕日の丘
句碑　平成一年六月　二句刻　「旅日記」より

けふから田植をはじめる朝月
青田いちめんの日輪かがやく
炎天の稗をぬく
稲の葉ずれも瑞穂の国の水の音
みんなではたらく刈田ひろびろ
飯のうまさもひとりかみしめて
最後の一粒をいただく
いただいて足りて一人の箸をおく
富山県南砺市上川崎サカタニ農産
句碑　平成二年三月　八句刻

青田の中の蓮の花ひらいた
しぐるゝ土をうちおこしては播く
お日さまのぞくとすやすや寝顔
富山県南砺市上川崎五五酒谷実氏邸
句碑　平成一年八月　三句刻

水音のたえずして御佛とあり
てふてふひらひらいらかをこえた

生死の中を雪降りしきる
福井県吉田郡永平寺町永平寺
句碑　平成二年七月　三句刻

行き暮れてなんとここらの水のうまさは
山梨県北杜市高根町清里風の丘公園
句碑　平成三年三月

分け入っても分け入っても青い山
山梨県西八代郡市川三郷町碑林公園
句碑　平成六年八月　碑林公園にはその他多数あり

ここに住みたい水をのむ
山梨県南巨摩郡身延町久成句碑の里
句碑　平成七年一〇月

○霧の底にて啼くは筒鳥
長野県上高井郡高山村山田山田温泉薬師堂
句碑　平成一一年一〇月

つかれもなやみもあつい湯にずんぶり
長野県上高井郡高山村山田山田温泉大湯前
句碑　平成一二年一〇月

○ぐるりとまはつてきてこぼれ菜の花

○若葉かぶさる折からの蛙なく
長野県上水内郡信濃町柏原小丸山公園
句碑　平成八年五月

○ここにおちつき草萌ゆる
長野県上水内郡信濃町柏原黒姫和漢薬研究所前
句碑　平成八年五月

○八重ざくらうつくしく南無観世音菩薩像

○すぐそこでしたしや信濃路のかつころ
長野県長野市元善町善光寺東公園
句碑　平成八年五月

○春の鳥とんできてとんでいつた
○山ふところ咲いてゐる花は白くて
○青く明るく信濃の国はなつかしきかな
長野県千曲市森二一五四杏の里版画館前
句碑　平成八年五月
○風かをるしなののくにの水のよろしさ
長野県佐久市安原紅雲台団地一四九〇関口父草氏邸
句碑　昭和六一年五月
○うれしいこともかなしいことも草しげる
長野県岡谷市湊四―一〇―二六花岡茂雄氏邸
句碑　昭和五九年一〇月
太鼓たたいてさくらちるばかり
長野県伊那市高遠町勝間西和手勝間薬師堂
句碑　平成四年九月
あの水この水の天龍となる水音
長野県伊那市通り町伊那橋畔
句碑　平成一二年七月
お墓したしくお酒をそそぐ
長野県伊那市美篶末広七一二〇―一
句碑　平成一〇年六月　四句刻
あの水この水の天龍となる水音
寝ころべば信濃の空のいかいかな
長野県伊那市西箕輪与地六五六三こやぶ竹聲庵
句碑　平成一〇年六月
たまたま詣でて木曽は花まつり
長野県木曽郡木曽町向城興禅寺本堂前
句碑　平成一〇年八月
さくらちりをへたるところ旭将軍の墓
長野県木曽郡木曽町向城木曽義仲墓所前
句碑　平成一〇年一〇月
おべんたうを食べて洗うて寝覚の床で
長野県木曽郡上松町上松寝覚の床臨川寺
句碑　平成一年一一月
かけはしふめば旅のこころのゆるるとも
長野県木曽郡上松町桟国道十九号線沿い
句碑　平成一年一一月
山しづかなれば笠ぬいでゆく
長野県飯田市上飯田今宮公園
句碑　昭和五八年一一月　大山澄太書
日暮れて耕す人の影濃し
長野県飯田市千栄旧千栄郵便局庭
句碑　平成一年一一月
○飲みたい水が音たてゝゐた
長野県下伊那郡清内路村下清内路馬茶屋清水
句碑　平成一年五月
○山しつかなれは笠をぬく
長野県下伊那郡清内路村下清内路一番清水
句碑　平成一年五月
山なみ遠く信濃の国の山羊がなく
長野県下伊那郡清内路村下清内路国道脇（句碑公園）
句碑　平成四年四月
山ふかくして白い花
長野県下伊那郡清内路村平瀬桜井伴氏邸
句碑　平成四年四月
○山ふかく蕗のとうなら咲いてゐる
長野県下伊那郡清内路村上清内路茶屋「七々平」横
句碑　昭和五九年九月

おだやかに水音も暮れてヨサコイヨサコイ
死ぬるばかりの水は白う流れる
なんとかたいつぼみでさくら音頭で
句碑　平成五年秋
長野県下伊那郡清内路村上清内路長田屋商店前

○其中雪ふる一人として火をたく
朝ぐもりの撫でては壷を味ふ
壷のひかりのすこし寒い日
句碑　平成一年一〇月
岐阜県可児市久々利柿下入会安藤日出武工房

はるぐとき て伊豆の山なみ夕焼くる
句碑　平成一年六月　大山澄太書
静岡県熱海市下多賀（熱海支所前）小山臨海公園

伊豆はあたたかく野宿によろしい波音も
句碑
静岡県下田市一丁目二二―七いず松蔭

伊豆はあたたかく野宿によろしい波音も
句碑　昭和五七年三月　大山澄太書
静岡県下田市四丁目泰平寺

つつましくも山畑三椏咲きそろひ
句碑　平成一一年一〇月
静岡県静岡市葵区郷島五〇六秘在寺薬師庵

水音のたえずして御仏とあり
句碑　平成一五年一一月
静岡県静岡市葵区郷島五〇六秘在寺

茶どころの茶の木畑の春雨
句碑　平成四年一二月
静岡県榛原郡川根本町上長尾智満寺

いつ戻って来たか寝てゐる猫よ
句碑　平成四年一二月
静岡県榛原郡川根本町上長尾智満寺

幾山河あてなくあるいて藤の花ざかり
句碑　平成一五年四月
静岡県浜松市中区広沢二丁目西来院

水があふるる山のをとめのうつくしさ
句碑　平成六年一月
静岡県浜松市天竜区佐久間町大井西渡西渡バス停前

春の海のどからともなく漕いでくる
句碑　平成一年六月
静岡県浜松市北区舞阪町弁天島海浜公園

水のまんなかの道がまっすぐ
句碑　平成一年六月
静岡県浜名郡新居町ＪＲ新居駅横西公園

春雨の石佛みんな濡れたまふ
水音の千年万季ながるる
句碑　昭和六三年一〇月
愛知県新城市門谷森脇鳳来寺山自然公園博物館前参道

ここからのお山のさくらまんかい
句碑　平成七年三月
愛知県新城市門谷（旧参道分れ道）

山の青さ大いなる御佛おはす
句碑　平成七年三月
愛知県新城市門谷鳳来寺ポケットパーク

種田山頭火日記
……昭和十四年二月廿日の一節
文学碑　平成七年四月
愛知県新城市門谷鳳来寺ポケットパーク

たたずめば山気しんしんせまる
愛知県新城市門谷上浦硯清林堂横
句碑　平成七年三月

あの雲がおとした雨にぬれてゐる
波音の墓のひそかにも
愛知県田原市福江町原の島潮音寺
句碑　平成一年四月

風をあるいて来てふたたび逢えた
まったく雲がないピントをあはせる
はるばるたづね来て岩鼻一人
○分けいつても分けいつても青い山
愛知県田原市伊川津町郷中鈴木折嶺氏邸
句碑　平成一年一〇月　四句刻

春雨しとど私も參ります
どしゃぶりの電車満員まっしぐら
愛知県豊川市豊川町豊川稲荷妙厳寺
句碑　昭和六三年一〇月　二句刻

水があふれて水が音をたててしづか
石段のぼりつくしてほっと水をいただく
水が龍となる頂ちかくも
愛知県岡崎市下青野町東新居七一都築末二氏邸
句碑　平成一年一一月　三句刻

松はみな枝たれて南無観世音　山頭火
空へ若竹能なやみなし　山頭火
愛知県岡崎市中之郷町大聖寺
句碑　昭和八年一〇月

つつましくも山三椏咲きそろひ
山のしづけさは白い花
愛知県豊田市西萩平町三七山内一生氏邸
句碑　平成二年四月　二句刻

たんぽぽひらく立つことにする
春まだ寒いたんぽぽたんぽぽ
杉葉そよぐのも春はまだ寒い風
愛知県豊田市住吉町丸山二二岩月寿氏邸
句碑　平成一年一〇月　三句刻

この旅死の旅であらうほほけたんぽぽ
松はみな枝垂れて南無観世音
愛知県豊田市広川町性源寺
句碑　昭和六三年一〇月　二句刻

緋桃白桃お嫁さんに逢ふ
さくらがちれば酒がこぼれます
愛知県豊田市水源町水源公園
句碑　昭和六一年一二月　二句刻

島嶋人が乗り人が下り春らんまん
波の上をゆきちがふ挨拶投げかはしつゝ
愛知県幡豆郡一色町佐久島大島佐久島東観光センター前
句碑　昭和六三年七月　二句刻

いちめんの菜の花ざかりをゆく
山羊鳴いて山羊をひっぱってくる女
愛知県西尾市横手町北屋敷四四—三(株)フクチ前
句碑　昭和六三年七月　二句刻

水音の千年万年ながるる
愛知県碧南市山神町八杉浦一丸氏邸
句碑　平成五年

へうへうとして水を味ふ
愛知県碧南市西山町六—八八岡島良平氏邸
句碑　平成一年八月　手水鉢

空へ若竹のなやみなし
愛知県碧南市西山町六―八八岡島良平氏邸
句碑　平成一年一〇月

飲む食べるしゃべるふざける
それだけが人生かこだはるなかれ
自分を信ずる道を行く外ない
愛知県碧南市西山町六―八八岡島良平氏邸
句碑

蒲団ふうわりふる郷の夢
久しぶり逢った秋のふぐと汁
好きな僕チャンそのまま寝ちまった
愛知県安城市緑町雙樹寺
句碑　平成二年四月　三句刻

さくらが咲いて旅びとである
愛知県安城市福釜町条山三島氏邸
句碑

ぽっとり椿だった
愛知県安城市錦町兵頭氏邸
句碑

むかし男ありけりといふ松が青く
はこべ花さく旅のある日のすなほにも
枯草にかすかな風がある旅で
愛知県知立市八橋町高道在原寺
句碑　昭和六三年一〇月　三句刻

波の音の菜の花の花ざかり
逢うて菜の花わかれて菜の花
いちめんの菜の花の花ざかりをゆく
愛知県刈谷市司町市原神社
句碑　平成七年四月　三句刻

吹きつめて行きどころがない風
これがおわかれのたんぽぽひらいて
愛知県刈谷市小垣江町上広五一阿久根良氏邸
句碑　平成二年一〇月　二句刻

生死の中の雪ふりしきる
松はみな枝垂れて南無観世音
水音のたえずして御佛とあり
春風の扉ひらけば南無阿弥陀佛
八重桜うつくしく南無観世音菩薩像
なむからたんのう御仏の餅をいただく
風の中聲はりあげて南無観世音菩薩
山へ空へ摩訶般若波羅密多心経
お寺の鐘もよう出来た稲の穂
道しるべ立たせたまふ南無地蔵尊
愛知県刈谷市小垣江町北竜龍江寺
句碑　平成二年一〇月　十句刻

卵を産んだと鳴る鶏の聲が秋空
日だまりの牛の乳房
ほがらかにして親豚仔豚
ほんに秋日和のつるんでゐる豚
草が青うてどこかの豚が出て遊ぶ
愛知県刈谷市小垣江町北竜龍江寺
句碑　平成五年四月　家畜供養塔五句刻

旅も一人の春風に吹きまくられ
旅もいつしかおたまじゃくしが泳いでゐる
麦に穂が出るふるさとへいそぐ
愛知県刈谷市野田町大脇稲垣光子氏邸
句碑　平成一年一〇月　三句刻

北朗作るところの壷があって花が咲いて
北朗作のさかづきに酒かなみなみ
茶碗は北朗徳利も酒盃も酔ふ
愛知県刈谷市野田町東屋敷七六稲垣恒夫氏邸
句碑　平成一年八月　三句刻

逢うて菜の花わかれて菜の花ざかり
うらうらやうやうたづねあてた
愛知県刈谷市野田町東屋敷七六稲垣恒夫氏邸
句碑　平成一年一月　二句刻

さてどちらへ行かう風がふく
愛知県刈谷市野田町馬池二一一稲垣道場
句碑　平成二年四月　古道標刻

○東漂西泊
花開草枯
自性本然
歩々佛土
愛知県刈谷市野田町馬池二一一稲垣道場
漢詩碑　平成一年一月

北朗作るところの壷の水仙みんなひらいた（山頭火）
愛知県刈谷市野田町馬池二一一稲垣道場
句碑　平成一年一月　四句刻

いちぢく若葉となりふたたび逢へたよろこび（山頭火）
家内むつまじくばらの蕾に傘さしかけてある（山頭火）
愛知県刈谷市野田町馬池二一一稲垣道場
句碑　平成一年一月　三句刻

ほんによか昭和八年七月九日
愛知県刈谷市野田町馬池二一一稲垣道場
句碑　平成一年七月

ほんによか昭和八年七月九日

愛知県刈谷市野田町馬池二一一稲垣道場
句碑　平成七年七月　緑平併刻

○シダ活けて五十二の春を迎へた
○蕗のうまさもふるさとの春ふかうなり
愛知県刈谷市野田町馬池二一一稲垣道場
句碑　平成一年一月　二句刻

青麦ひろくひらける心
花ぐもりの無電塔はがっちりとして
愛知県刈谷市野田町馬池二一一稲垣道場
句碑　昭和五六年一〇月　二句刻

山ふかく蕗のとう咲いてゐる
愛知県高浜市稗田町六一二一〇丹鏡窯
句碑

とめられて泊って海の音
大きいのが小さいのが招き猫が春の夜
愛知県知多郡美浜町河和北屋敷堀田屋旅館前
句碑　昭和六三年一〇月

伊勢は志摩はかすんで遠く近く白波
啼いて鴉の飛んで鴉のかへるところがない
春の山からころころ石ころ
愛知県知多郡美浜町小野浦福島旧知多半島ユースホテル
句碑　平成一年六月　三句刻

そこら人聲して明けてくる春の波
いちぢく若葉となりふたたび逢へたよろこび
愛知県知多郡美浜町豊丘中平井美浜ナチュラル村「海の見える丘」
句碑　平成八年六月　二句刻

○捨てられた梅も咲いてゐた
愛知県知多郡美浜町北方打越梅林
句碑　平成八年六月

さくらちりかゝる旅となったよ
役場のさくらのいそがしくもちるか
空へ若竹のなやみなし
とめられて泊って海の音
春の山からころころ石ころ
愛知県知多郡美浜町総合公園グラウンド
句碑　平成一一年一〇月　正面、右側面、左側面、裏面

波音の松風と水のうまさは
枕ならべて二人きりの波音
ひとり兎を飼うてひっそり
愛知県知多郡美浜町旧半月庵前
句碑　三句刻

ふるさとはみかんの花のにほふとき
水にうつりて散ってゐるのは山ざくら
芽ぶいて山はあふれてさざなみ
愛知県知多郡美浜町上野間越智斎藤宏一氏邸
句碑　平成一年一〇月　三句刻

波音の松風となる水のうまさは
枕ならべて二人きりの波音
ひとり兎を飼ってひっそり
愛知県知多郡南知多町内海山尾熊野神社遊園
句碑　昭和六三年一〇月　三句刻

春風の聲張りあげて何でも十銭
歩きつづけて荒波に足を洗はせてまた
花ぐもりの病人嶋から載せて来た
出船入船春はたけなわ
島へ花ぐもりの嫁の道具積んで漕ぐ
島島人が下り春らんまん

やっと一人となり私が旅人らしく
波の上をゆきちがふ挨拶投げかはしつゝ
愛知県知多郡南知多町篠島浦磯一―一パークゴルフ前
句碑　平成五年一二月　篠島八句刻

春風の聲張りあげて何でも十銭
愛知県知多郡南知多町篠島神戸梅の屋売店前
句碑　平成五年一二月

○分け入っても分け入っても青い山
三重県鈴鹿市神戸二丁目龍光寺
句碑　平成二年一二月

○分け入っても分け入っても青い山
○鐵鉢の中へも霰
京都府京都市東山区今熊野宝蔵町即成寺
句碑　昭和五〇年一月　北朗を正面に山頭火の句を左右に刻む

こんやはここで雨がふる春雨
京都府京都市左京区南禅寺草川町順正庭園（手水鉢）
句碑　平成二年三月

○音はしぐれか
京都府京都市北区杉坂道風町地蔵院前
句碑　昭和五六年一〇月

春風の扉ひらけば南無阿彌陀佛
京都府宇治市宇治塔の川対鳳庵横（観光センター）
句碑　昭和五〇年三月

花いばらこゝの土とならうよ
京都府宇治市槙島町中川原皆演寺
句碑　昭和五五年三月

○ひらひら蝶はうたへない
○ぬれててふてふどこへゆく
大阪府吹田市片山二片山北ふれあい公園

句碑　平成七年四月　二句刻

まつたく雲がない笠をぬぎ（山頭火）
大阪府大阪市住吉区杉本二―二〇光明寺
句碑　平成八年五月再建

石をまつり水のわくところ
兵庫県高砂市松陽四丁目播州山頭火句碑の園
句碑　平成一〇年四月　北野木鶏書

ひょいと穴からとかげかよ
兵庫県高砂市松陽四丁目播州山頭火句碑の園
句碑　平成一〇年四月　永井雨滴書

夕焼け雲の美しければ人の恋しき
兵庫県高砂市松陽四丁目播州山頭火句碑の園
句碑　平成一〇年四月　高橋正治書

だまって今日の草鞋はく
兵庫県高砂市松陽四丁目播州山頭火句碑の園
句碑　平成一〇年四月　里見明書

○木の葉散る歩きつめる
兵庫県高砂市松陽四丁目播州山頭火句碑の園
句碑　平成一〇年四月

石を枕に雲のゆくえを
兵庫県高砂市松陽四丁目播州山頭火句碑の園
句碑　平成一〇年四月　村上宋苑書

風の明暗をたどる
兵庫県高砂市松陽四丁目播州山頭火句碑の園
句碑　平成一〇年四月　坂田聖峯書

山あれば山を観る　雨の日は雨を聴く　春夏秋冬
あしたもよろし　ゆうべもよろし
兵庫県高砂市松陽四丁目播州山頭火句碑の園
句碑　平成一一年四月　北野木鶏書

この道しかない春の雪ふる（両面刻）
兵庫県高砂市松陽四丁目播州山頭火句碑の園
句碑　平成一二年四月　宮田良雄書

○もりもり盛りあがる雲へあゆむ
○夕焼うつくし　今日一日つつましく
○まいにち水を飲み　水ばかりの身ぬち澄みわたる
兵庫県高砂市松陽四丁目播州山頭火句碑の園
句碑

鉄鉢の中へも霰
兵庫県高砂市松陽四丁目播州山頭火句碑の園
句碑　平成一二年四月　富永鳩山書

曼珠沙華咲いてここがわたしの寝るところ
兵庫県高砂市松陽四丁目播州山頭火句碑の園
句碑　平成一二年四月　成田勝美書

分け入っても分け入っても青い山
兵庫県高砂市松陽四丁目播州山頭火句碑の園
句碑　平成一二年四月　浅見寅一書

うどん供えて母よわたしもいただきまする
兵庫県高砂市松陽四丁目播州山頭火句碑の園
句碑　平成一二年四月　岡田仙雲書

ほろほろ酔うて木の葉ふる
兵庫県高砂市松陽四丁目播州山頭火句碑の園
句碑　平成一二年四月　岸本清風書

笠も漏り出したか
兵庫県高砂市松陽四丁目播州山頭火句碑の園
句碑　平成一二年四月　北野木鶏書

月からひらり柿の葉
兵庫県高砂市松陽四丁目播州山頭火句碑の園
句碑　平成一二年四月　北野木鶏書

うしろすがたのしぐれてゆくか
兵庫県高砂市松陽四丁目播州山頭火句碑の園
句碑　平成一四年四月　坂田聖峯書

水音のたえずして御仏とあり
兵庫県高砂市松陽四丁目播州山頭火句碑の園
句碑　平成一四年四月　北野木鶏書

何を求める風の中ゆく
兵庫県高砂市松陽四丁目播州山頭火句碑の園
句碑　平成一四年四月　北野木鶏書

○てふてふうらからおもてへひらひら
兵庫県高砂市松陽四丁目播州山頭火句碑の園
句碑　平成一四年四月

お彼岸のお彼岸花をみほとけに
兵庫県高砂市松陽四丁目播州山頭火句碑の園
句碑　平成一四年四月　北野木鶏書

日ざかりのお地蔵さまの顔がにこにこ
兵庫県高砂市松陽四丁目播州山頭火句碑の園
句碑　平成一四年四月　北野木鶏書

ふまれてたんぽぽひらいてたんぽぽ
兵庫県高砂市松陽四丁目播州山頭火句碑の園
句碑　平成一四年四月　北野木鶏書

山のしづけさは白い花
兵庫県高砂市松陽四丁目播州山頭火句碑の園
句碑　平成一四年四月　北野木鶏書

咲いて一りんほんに一りん
兵庫県高砂市松陽四丁目播州山頭火句碑の園
句碑　平成一四年四月　北野木鶏書

さくらさくらさくさくらちるさくら
兵庫県高砂市松陽四丁目播州山頭火句碑の園
句碑　平成一四年四月　北野木鶏書

秋風の石ひろふ
兵庫県高砂市松陽四丁目播州山頭火句碑の園
句碑　平成一四年四月　北野木鶏書

あるがまま雑草として芽をふく
兵庫県高砂市松陽四丁目播州山頭火句碑の園
句碑　平成一四年四月　北野木鶏書

生えて伸びて咲いている幸福
兵庫県高砂市松陽四丁目播州山頭火句碑の園
句碑　平成一四年四月　北野木鶏書

空へ若竹のなやみなし
兵庫県高砂市松陽四丁目播州山頭火句碑の園
句碑　平成一四年四月　北野木鶏書

春風の鉢の子一つ
兵庫県高砂市松陽四丁目播州山頭火句碑の園
句碑　平成一四年四月　北野木鶏書

山頭火シルエット像
兵庫県高砂市松陽四丁目播州山頭火句碑の園
像　平成一四年四月　成田勝美作

春風の扉ひらけば南無阿弥陀仏
兵庫県高砂市松陽四丁目播州山頭火句碑の園
句碑　平成一四年四月　北野木鶏書

○ここから月が瀬といふ梅へ橋をわたる
○五月川一目萬本月瀬橋
（「山頭火日記」より）
奈良県奈良市月ヶ瀬月瀬山高月瀬橋南詰
句碑　平成七年三月　二句刻

○捨てられた梅も咲いてゐる

奈良県奈良市月ヶ瀬月瀬石打字西広石打城趾下金比羅神社
句碑　平成七年三月　他「旅日記抄」八句刻

○空へ若竹のなやもなし
奈良県御所市船路三六七木谷大治氏邸庭
句碑　平成七年一〇月

○へう〳〵として水を味ふ
奈良県御所市船路三六七木谷大治氏邸庭
句碑　平成七年一〇月

分け入つても分け入つても青い山
奈良県吉野郡下市町下市町中央公園（拓美園）
句碑　平成七年四月　両面刻

ほがらかにして親豚子豚
鳥取県岩美郡岩美町真名山内養豚所
句碑　平成二年一〇月

秋空の墓をさがしてあるく
鳥取県岩美郡岩美町真名山内養豚所
句碑

○分け入っても分け入っても青い山
鳥取県鳥取市用瀬町町立図書館庭
句碑　昭和五九年三月

松はみな枝たれて南無観世音
鳥取県鳥取市安長東円寺
句碑　昭和四八年一二月

○木の芽草の芽あるきつづける
鴉ないてわたしも一人
鳥取県鳥取市安長東円寺
句碑　平成二年一〇月　三句刻

波のうねりを影がおよぐよ
夜蟬がぢいと暗い空…（略）
（「山頭火日記」より）
鳥取県東伯郡琴浦町逢束あじさい公園
句碑　平成二年七月

○へう〳〵として水を味ふ
鳥取県西伯郡大山町大山大山寺清光庵
句碑　昭和六〇年九月

こころおちつけば水の音
島根県邑智郡邑南町市木浄泉寺
句碑　平成五年一一月

○雨ふるふるさとははだしであるく
島根県江津市渡津町二八四―四佐々木氏邸
句碑　平成一〇年一〇月

やつと蕗のとう
岡山県岡山市一宮徳寿寺
句碑　平成六年六月

○あかるくあたたかく水のよいところ
岡山県井原市井原町向町公園
句碑　昭和六二年四月

岩のよろしさも良寛さまの想ひ出
岡山県倉敷市玉島柏島円通寺
句碑　平成四年一一月

あたたかく草の枯れてゐるなり
広島県豊田郡大崎上島町東野白水白水港待合所前
句碑　平成一五年三月

暖かく草の枯れているなり
死にそこのうて山は青くて
広島県豊田郡大崎上島町東野正光坊
句碑　平成一三年一一月

○こんなにうまい水があふれている
ほろ〳〵酔うて木の葉ふる
広島県豊田郡大崎上島町東野正光坊
句碑　平成九年一〇月

○うこいてみのむしたった
広島県豊田郡大崎上島町東野正光坊
句碑　平成一〇年

○へう〳〵として水を味ふ
広島県豊田郡大崎上島町東野正光坊
句碑　昭和五一年一〇月

会って何よりおそばのうまさは
広島県広島市西区井口五丁目安庵前
句碑　昭和六一年九月

きょうの道のたんぽぽ咲いた
広島県広島市西区井口明神一丁目「武蔵&三平」店前
句碑　平成七年一〇月

○一歩づつあらはれてくる朝能山
広島県広島市安芸区上瀬野二久保田氏邸
句碑　平成一五年九月

あけはなつや満山のみどり
広島県三原市高坂町許山仏通寺
句碑　昭和四九年四月

○音はしぐれか
広島県三原市西野町西福寺
句碑　平成一年一〇月

へうへうとして水を味ふ
広島県安芸高田市吉田町吉田神川卓夫氏邸
句碑　昭和五七年一二月

へうへうとして水を味ふ
広島県安芸高田市八千代町向山潜龍峡ふれあいの里公園
句碑　平成八年五月

○また旅人になるあたらしいタオルいちまい
山口県柳井市金屋町商家博物館「むろやの園」奥庭
句碑　昭和六〇年一月　両面刻

○わがままな旅の雨にぬれていく
山口県光市室積浦みたらい公園
句碑　平成七年四月

○つたうてきて電線の露のぽとりぽとり
山口県光市室積南町光ふるさと郷土館
句碑　平成七年四月

○松風のみちがみちびいて大師堂
山口県光市室積浦山根町普賢寺裏駐車場
句碑　平成八年一〇月

陽を吸ふ
山口県下松市生野屋一四二田村氏邸
句碑　平成一一年九月

○あたらしい法衣いっぱいの陽があたたかい
山口県周南市公園区市立動物園前
句碑　平成三年三月

○うこいてみのむしたつたよ
山口県周南市原安国寺
句碑　平成一三年五月

○へうくとして水を味ふ
山口県周南市鹿野上大地庵（清流通）
句碑　平成一三年八月

○まったく雲がない笠をぬぐ
山口県周南市細野ＥＮＥＯＳ鹿野バイパスＳＳ

句碑　平成一四年八月

○ふるさとは遠くして木の芽
山口県防府市松崎町防府天満宮遊園
句碑　昭和五七年三月

晴れて鋭い故郷の山を見直す
山口県防府市松崎町防府天満宮
句碑　平成一〇年三月

ふるさとの学校のからたちの花
山口県防府市東松崎町松崎小学校門前
句碑　昭和六〇年一一月

生えよ伸びよ咲いてゆたかな風のすずしく
山口県防府市大崎玉祖神社
句碑　平成一七年四月

濁れる水のながれつつ澄む
山口県防府市桑山一丁目兵間仏閣堂前
句碑　平成八年一一月

○酔うてこうろぎと寝てゐたよ
山口県防府市台道新館大林酒場前
句碑　昭和五七年一〇月

日ざかりのお地蔵さまの顔がにこにこ
山口県防府市台道下津令久保汎氏邸
句碑　平成六年五月

酒樽洗ふ夕明り陽がけた丶まし
山口県防府市台道市東台道小学校前
句碑　平成八年五月

うららかな顔がにこにこちがづいてくる
山口県防府市台道小俣小俣八幡宮
句碑　平成一二年五月

雨ふる故里ははだしであるく
山口県防府市八王子一丁目戎ヶ森児童公園
句碑　昭和二九年一〇月　大山澄太書

○まんじゅうふるさとから子が持ってきてくれた
山口県防府市八王子一丁目柴崎大福堂
句碑　昭和六〇年一〇月

ふるさとの水をのみ水をあび
山口県防府市八王子一丁目柴崎大福堂
句碑　平成六年一〇月

あたたかく人も空も
山口県防府市八王子一丁目シャンピアホテル防府
句碑　平成四年六月

うまれた家はあとかたもないほうたる
山口県防府市八王子二丁目生家跡
句碑　平成一年八月

○草は咲くがままのてふてふ
山口県防府市八王子二丁目山根博之氏邸
句碑　平成五年九月

○分け入っても分け入っても青い山
山口県防府市八王子ホテルフェスタ屋上
句碑

○へうへうとして水を味ふ
山口県防府市八王子二丁目森重氏邸
句碑　平成一五年一二月

○おたたも或る日は来てくれる山の秌ふかく
山口県防府市本橋町二護国寺山門
句碑　昭和五七年五月

○涸れきった川をわたる
山口県防府市本橋町二護国寺

句碑　昭和五七年八月

○てふてふうらからおもてへひらひら
山口県防府市本橋町二護国寺
句碑　昭和五八年一二月　三句刻

分け入れば水音
山口県防府市本橋町二護国寺
句碑　平成一六年一〇月

○風の中おのれを責めつつ歩く
山口県防府市本橋町二護国寺
句碑　昭和五九年一二月　門標柱碑刻

○酔うてこうろぎと寝てゐたよ
山口県防府市本橋町二護国寺
句碑　平成一年四月

○こんなにうまい水があふれてゐる
山口県防府市本橋町二護国寺
句碑　平成八年一一月　手洗鉢刻

○落葉ふる奥ふかくみ佛をみる
山口県防府市本橋町二護国寺
句碑　昭和六二年五月

○木の芽草の芽あるきつゝける
山口県防府市本橋町二護国寺門前
句碑　平成六年一〇月

○ほろほろ酔うて木の葉ふる
山口県防府市本橋町二護国寺
句碑　平成六年一〇月

○うしろ姿のしぐれていくか
山口県防府市本橋町二護国寺
句碑　平成一三年三月

○うれしいこともかなしいことも草しげる
山口県防府市本橋町四入江氏邸
句碑

○ふるさとの水をのみ水をあび
山口県防府市戎町一JR防府駅前広場
句碑　昭和六〇年一二月　立像台石刻

○ふるさとや少年の口笛とあとやさき
山口県防府市戎町一丁目地域交流センター・アスピラート玄関前
句碑　平成一五年二月

椎の若葉も思い出のボールを飛す
山口県防府市駅南町いのうえテニススクール入口
句碑　平成七年七月

○濁れる水の流れつつ澄む
山口県防府市今市町七喫茶アルファー前
句碑　平成八年七月

○分け入っても分け入っても青い山
山口県防府市今市町一種田又助商店駐車場
句碑　平成八年六月

月が酒がからだいっぱいのよろこび
山口県防府市協和町協和発酵工業正門
句碑　平成八年一一月

あさぜみすみ通るコーヒーをひとり
山口県防府市天神一丁目喫茶エトワール
句碑　平成六年五月

○雨ふるふるさとははだしであるく
山口県防府市上天神双月堂茶室入口
句碑　平成一年六月

ふるさとはちしやもみがうまいふるさとにゐる
山口県防府市栄町二丁目料亭「桜川」

句碑　平成一年

○ふるさとはちしやもみがうまいふるさとにゐる
山口県防府市右田佐野台ヶ原公民館前庭
句碑　昭和五九年一二月

さくらさくらさくさくらちるさくら
山口県防府市東佐波令人丸人丸水源池
句碑　昭和六一年一二月

海よ海よふるさとの海の青さよ
山口県防府市江柏末田末田窯業
句碑　平成四年一〇月

おもひでは波音のたかくまたひくし
山口県防府市江柏末田末田窯業
句碑　平成四年一〇月

音もなつかしいながれをわたる
山口県防府市大字佐野字峠下山陽自動車道佐波川ＳＡ下り線
句碑　昭和六二年一二月

樹かげすずしく右にてふてふ
山口県防府市切畑三六田中氏邸
句碑　平成一二年三月

○枝に花か梅のしつけさ
山口県防府市新田防府おおすみ会館
句碑　平成一二年七月

○うれしいこともかなしいことも草しげる
山口県防府市新橋町四－一八入江氏邸
句碑　平成六年八月

何の草ともなしに咲いてゐるふるさと
山口県防府市西浦マツダ防府工場内
句碑　平成五年一二月

天われを殺さずして詩を作らしむ
われ生きて詩を作らむ
われみずからのまことなる詩を
山口県防府市西浦半田松田農園
詞碑　平成五年九月

○ふるさとはみかんの花のにほふとき
山口県防府市西浦半田松田農園
句碑　平成五年九月

石があって松があってそしてみかんがあって
山口県防府市西浦半田松田農園
句碑　平成五年九月　大山澄太書

何を求める風の中ゆく
山口県防府市西浦半田松田農園
句碑　平成五年九月

蜜柑山かがやけり児らがうたふなり
山口県防府市西浦半田松田農園
句碑　平成五年九月

蜜柑の花がこぼれるこぼれる井戸のふた
山口県防府市西浦半田松田農園
句碑　平成五年九月

蜜柑うつくしいいろへしぐれする
山口県防府市西浦半田松田農園
句碑　平成五年九月

みかんお手玉にひとりあそんでゐる
山口県防府市西浦半田松田農園
句碑　平成五年九月

○分け入っても分け入っても青い山
山口県防府市西浦半田松田農園
句碑　平成五年九月

ふるさとや少年の口笛とあとやさき
山口県防府市西浦半田松田農園
句碑　平成五年九月

まどろめばふるさとの夢の葦の葉ずれ
山口県防府市西浦半田松田農園
句碑　平成五年九月　大山澄太書

山あれば山を観る
雨の日は雨を聴く
春夏秋冬
あしたもよろし
ゆうべもよろし
山口県防府市西浦半田松田農園
詞碑　平成五年九月

七夕の天の川よりこぼるる雨か
山口県防府市西浦半田松田農園
句碑　平成五年九月　大山澄太書

ふるさとの山はかすんでかさなって
山口県防府市西浦半田松田農園
句碑　平成五年九月

うしろ姿のしぐれていくか
山口県防府市西浦半田松田農園
句碑　平成五年九月

○鐵鉢の中へも霰
山口県防府市西浦半田松田農園
句碑　平成五年九月　磨崖碑

うどん供へて母よわたくしもいただきまする
山口県防府市西浦半田松田農園
句碑　平成五年九月

○うれしいこともかなしいことも草しげる
山口県防府市西浦半田松田農園
句碑　平成五年九月

もりもりもりあがる雲へ歩む
山口県防府市西浦半田松田農園
句碑　平成五年九月

手から手へ蜜柑を窓にさようなら
山口県防府市西浦半田松田農園
句碑　平成五年九月

歩かない日はさみしい
飲まない日はさみしい
作らない日はさみしい
山口県防府市西浦半田松田農園
詞碑　平成五年九月

育ててくれた野は山は若葉
山口県防府市西浦半田松田農園
句碑　平成五年九月

空へ若竹のなやみなし
山口県防府市西浦半田松田農園
句碑　平成五年九月

ゆふ空から柚子の実ひとつをもらふ
山口県防府市西浦半田松田農園
句碑　平成五年九月

春風の扉ひらけば南無阿弥陀仏
山口県防府市西浦半田松田農園
句碑　平成五年九月

はるばるときて汲んでくれた水を味ふ
山口県防府市西浦半田松田農園
句碑　平成五年九月　近木圭之介書

ふるさとはあの山なみの雪のかがやく

山口県防府市西浦半田松田農園
句碑　平成五年九月

晴れきった空はふるさと
山口県防府市西浦半田松田農園
句碑　平成五年九月

このみちやいくたりゆきしわれはけふゆく
しづけさは死ぬるばかりの水がながれて
山口県防府市西浦半田松田農園
句碑　平成六年　二句刻

すなほに咲いて白い花なり
山口県防府市西浦半田松田農園
句碑　平成六年

あなもたいないなやお手手のお米こぼれます
山口県防府市西浦半田松田農園
句碑　平成六年

ゆうぜんとして生きてゆけるか
しょうようとして死ねるか
どうぢや
どうじや
山に聴け
水が語るだろう
山口県防府市西浦半田松田農園
詩碑　平成六年

他人に頼るなかれ
自分を信ぜよ
せめて晩年だけなりとも人並に生きたい
ほんたうの句を作れ
山頭火の句を作れ
人間の真実をぶちまけて人間を詠へ
山頭火を詠へ

山口県防府市西浦半田松田農園
詩碑　平成六年

うらのこどもは
よう泣く子
となりのこどもも
よう泣く子
となりがなけばうらも泣く
泣いて泣かれて明け暮れる
山口県防府市西浦半田松田農園
詩碑　平成六年

けさは猫の食べのこしを食べた
先夜の犬のことをも
あはせて雑文一篇を書かうと思ふ
いくらでも稿料が貰へたら
ワン公にもニャン子にも
奢ってやろう
むろん私も飲むよ
山口県防府市西浦半田松田農園
詩碑　平成六年

一杯東西なし
二杯古今なし
三杯自他なし
ほろほろ
とろとろ
どろどろ
ぼろぼろ
ごろごろ
山口県防府市西浦半田松田農園
詩碑　平成六年

雲の如く行き
水の如く歩み
風の如く去る

一切空
山口県防府市西浦半田松田農園
詩碑　平成五年一〇月

芸術は誠であり信である
拝む心で生き
拝む心で死なう
そこに無量の光明と生命の世界が
私を待ってゐてくれるであろう
山口県防府市西浦半田松田農園
詩碑　平成六年

生死の中の雪ふりしきる
山口県防府市西浦半田松田農園
句碑　平成六年　磨崖碑

うしろ姿のしぐれてゆくか
山口県山口市徳地堀益田氏邸
句碑　平成五年一月

○ちんぽこもおそそも湧いてあふれる湯
山口県山口市湯田温泉翠山荘前（千日風呂北裏）
句碑　昭和五一年一一月

ちんぽこもおそそも湧いてあふれる湯
山口県山口市湯田温泉ホテル常磐
句碑

○ほろく酔うて木の葉ふる
山口県山口市湯田二丁目高田公園
句碑　昭和三七年一一月

○分け入れば水音
山口県山口市仁保上郷犬鳴滝入口
句碑　平成八年三月

空へ若竹のなやみなし
山口県山口市鋳銭司岡長戸氏邸
句碑　平成六年

村はおまつり家から家へ若葉のくもり
山口県山口市嘉川宮の原万福寺
句碑　昭和六三年五月

酔うてこうろぎと寝てゐたよ
山口県山口市嘉川五〇三一金光酒造
句碑　平成二年二月

おいとまして葉ざくらのかげがながくすずしく
山口県山口市後河原田村幸志郎氏邸前一の坂川畔
句碑　平成七年四月

はるかぜのはちのこひとつ
山口県山口市小郡矢足其中庵公園
句碑　昭和二五年一〇月　井泉水書

○母ようどんそなへてわたくしもいただきます
山口県山口市小郡矢足其中庵公園
句碑　平成五年三月

○いつしか明けてゐる茶の花
山口県山口市小郡矢足其中庵公園
句碑　平成六年四月

○草は咲くがままのてふてふ
山口県山口市小郡山手文化資料館（展示室）
句碑　平成六年六月

○空へ若竹のなやみなし
山口県山口市小郡山手文化資料館（展示室）
句碑　平成七年六月

ポストはそこに旅の月夜で
山口県山口市小郡山手小郡町文化資料館駐車場
句碑　平成九年一二月

お正月からすかあく
山口県山口市小郡上郷新東上海善寺
句碑　平成六年五月

そばの花にも少年の日がなつかしい
山口県山口市小郡大正下郷ふしの屋
句碑　昭和六三年一月　銅像台座刻

○分け入っても分け入っても青い青
山口県山口市小郡下郷元橋石ヶ坪山山頂
句碑　平成一二年九月

正月三日お寺の方へぶらぶら歩く
山口県山口市小郡下郷矢足蓮光寺
句碑　平成六年四月

○まったく雲がない笠をぬぎ
山口県山口市小郡下郷JR小郡駅新幹線口
句碑　像台座刻

へうへうとして水を味ふ
山口県山口市小郡下郷あかちょうちん小郡店手水鉢
句碑

○炎天をいただいて乞ひ歩く
山口県山口市小郡下郷東津上正福寺
句碑　平成六年六月

咲いてこぼれて萩である
山口県山口市小郡下郷東津上椹野川東津河川公園
句碑　平成七年三月

寝ころべば青い空で青い山で
山口県山口市小郡下郷東津上椹野川東津河川公園
句碑　平成七年三月

雑草にうずもれてゐるてふてふとわたし
山口県山口市小郡下郷東津上椹野川東津河川公園
句碑　平成七年三月

山あれば山を観る
雨の日は雨を聴く
春夏秋冬
あしたもよろしゆべもよろし
山口県山口市小郡下郷東津上椹野川東津河川公園
詞碑　平成七年三月

曼珠沙華咲いてここがわたしの寝るところ
山口県山口市小郡下郷東津上椹野川東津河川公園
句碑　平成七年三月

今日の道のたんぽぽ咲いた
山口県山口市小郡下郷東津上椹野川東津河川公園
句碑　平成七年三月

ふるさとの山はかすんでかさなって
山口県山口市小郡下郷東津上椹野川東津河川公園
句碑

○柳かあって柳屋といふ春々しい風
山口県山口市小郡新町西鍛冶畑治水緑地公園
句碑　平成一一年三月

○其中雪ふる一人として火をたく
山口県長門市油谷伊上上り野西光寺庭園
句碑　平成六年八月

どうしようもない私が歩いている
山口県長門市仙崎祇園町円究寺前
句碑　平成一年三月

炭車が空を山のみどりからみどりへ
山口県美祢市大嶺町奥分上麦川小学校正門
句碑　平成六年一一月

よい宿でどちらも山で前は酒屋で

山口県美祢市大嶺町奥分平原大嶺酒造前
句碑　平成六年八月

朝ぐもりもう石屋の鑿が鳴りだした
山口県美祢市美東町大田下新町小方医院
句碑　平成二年三月

波音のお念佛がきこえる
山口県下関市豊北町阿川大浦国道一九一海岸側
句碑　平成五年五月

湧いてあふれる中にねている
山口県下関市豊浦町川棚妙青寺
句碑　昭和三一年七月

湧いてあふれる中にねている
山口県下関市豊浦町川棚川棚グランドホテル
句碑

大楠の枝から枝へ青あらし
山口県下関市豊浦町川棚下小野クスの森
句碑　昭和五八年七月

○花いばらこゝの土にならうよ
山口県下関市豊浦町川棚山田高砂墓地木村家墓所
句碑　昭和六二年二月

久し振りに逢った秋のふくと汁
山口県下関市彦島西山町彦島南風泊活漁センター
句碑　平成一二年四月

あんな船の大きな汽笛だった
山口県下関市唐戸町六―一カモンワーク前駐車場内
句碑　平成一四年四月

汽笛とならんであるく早春の白波
山口県下関市細江町二下関市細江町駐車場前
句碑　平成八年四月

○ひらひら蝶はうたへない
山口県下関市長府惣社町手づくりパン千代
句碑　平成六年五月

○音はしぐれか
山口県下関市長府中居本町近木圭之介氏邸
句碑　昭和五一年一〇月

○へうへうとして水を味ふ
山口県下関市長府中居本町近木圭之介氏邸
句碑　昭和五一年一〇月

footprints in the sand stretching on and on
（原句「砂にあしあとのどこまでつゞく」）
山口県下関市長府中居本町近木圭之介氏邸
句碑　英訳句碑

山あれば山を観る
雨の日は雨を聴く
春夏秋冬
あしたもよろし
ゆうべもよろし
山口県下関市長府侍町一―七長府藩侍屋敷
詞碑　平成五年一一月

○ほろく酔うて木の葉ふる
山口県下関市一の宮町五丁目加藤智氏邸
句碑　昭和六三年一〇月

砂にあしあとのどこまでつゞく
山口県下関市一の宮町五丁目加藤智氏邸
句碑　平成二年

人生即遍路
徳島県徳島市国府町延命常楽寺
詞碑　平成九年八月

暮れても宿がないもずがなく
徳島県板野郡上板町引野寺の西北
句碑　平成二年二月

しぐれてぬれてまっかな柿もろた（略）
徳島県海部郡牟岐町川長長尾屋跡
句碑　平成一六年一月

○石佛濡佛けふも秋雨
徳島県三好市池田町白地雲辺寺
句碑　平成二年一〇月

旅浪の一夜夢みる極楽の椽
徳島県三好市山城町引地近江堂
句碑　平成二年

○その松の木のゆふ風ふきたした
香川県小豆郡土庄町甲西光寺
句碑　平成一六年四月

その松の木のふゆ風ふだした
香川県小豆郡小豆島町西光寺
句碑　平成一六年四月

春風のちよいと茶店ができました
香川県さぬき市長尾西長尾寺
句碑

○水ちろく柄杓もそへて
香川県さぬき市長尾西長尾寺
句碑　平成六年九月

人生即遍路
香川県さぬき市長尾西長尾寺
詞碑　平成一〇年三月

○まったく雲がない笠をぬぎ
香川県さぬき市長尾西宗林寺
句碑　平成四年一月

○音はしぐれか
香川県さぬき市長尾西宗林寺
句碑　平成五年四月

○ほうたるほうたるなんでもないよ
香川県さぬき市長尾西宗林寺
句碑　平成五年七月

○秋ふかみゆく笈もぴったり身について
香川県さぬき市長尾西宗林寺
句碑　平成六年四月

○感謝、感謝！
感謝は誠であり信である
香川県さぬき市長尾西宗林寺
詞碑　平成六年一一月

○うれしいこともかなしいことも草しげる
香川県さぬき市長尾西宗林寺
句碑　平成七年一月

○うどん供えて母よわたくしもいただきまする
香川県さぬき市長尾西宗林寺（雨樋受け水槽）
句碑　平成七年七月

○このみちをゆくよりほかない草のしげくも
香川県さぬき市長尾西宗林寺（雨樋受け水槽）
句碑　平成八年四月

○しぐるるやしぐるる山へ歩み入る
○うしろ姿のしぐれてゆくか
香川県さぬき市長尾西宗林寺
句碑　平成七年一二月　二句刻

○歩々到着

香川県さぬき市長尾西宗林寺
詞碑　平成七年一月

曼珠沙華力の限り生きてやれ
香川県さぬき市長尾西宗林寺
句碑　平成一〇年一一月

○まことお彼岸入の彼岸花
香川県さぬき市長尾西宗林寺
句碑

○大樟も私も犬もしぐれつゝ
香川県さぬき市長尾西宗林寺
句碑　平成一〇年七月

○人生即遍路
香川県さぬき市長尾西宗林寺
詞碑　平成一〇年一一月

○草が咲くかまどのてふてふ
香川県さぬき市長尾西宗林寺
句碑　平成一一年一二月

○東漂西泊
花開草枯
自性本能
歩々佛土
香川県さぬき市長尾西宗林寺
漢詩碑　平成一一年一〇月

○三日月おちた寝るとしよう
香川県さぬき市長尾西宗林寺
句碑　平成一二年

○松はおだやかな汐鳴く
香川県さぬき市長尾西宗林寺
句碑

曼珠沙華力のかぎり生きてやれ
香川県さぬき市長尾西宗林寺
句碑　平成一〇年一一月

○歩々到着
香川県さぬき市長尾西休憩所「つぼみ荘」
詞碑　平成七年一月

○人生即遍路
香川県さぬき市長尾西休憩所「つぼみ荘」
詞碑　平成七年一月

○こんなにうまい水があふれてゐる
香川県さぬき市長尾西休憩所「つぼみ荘」
句碑　平成七年一月

○うれしいこともかなしいことも草しげる
香川県さぬき市長尾西休憩所「つぼみ荘」
句碑　平成七年一月

酒のうまさとろとろ虫鳴く
香川県さぬき市長尾西森屋酒店（手水鉢）
句碑　平成七年一〇月

歩く、飲む、作る、
水を飲むやうに酒を飲む
香川県さぬき市長尾西森屋酒店
詞碑　平成七年六月

雪ふるひとりひとり行く
香川県さぬき市長尾西森屋酒店
句碑　平成七年一月

○たんぽゝちるやしきりにおもふ母のこと
香川県さぬき市長尾西地域福祉センター行基苑
句碑　平成七年六月

○ひでり田の秋の風ふく

○水音、おべんたうをひらく
香川県さぬき市長尾町宮西造田長行当願寺
句碑　平成六年一〇月　二句刻

○からだなげだしてしぐるる山
香川県さぬき市前山堂免薬師堂
句碑　平成五年四月

へうへうとして水を味ふ
香川県さぬき市前山堂免薬師堂
句碑

笠も漏りだしたか
香川県さぬき市前山前山ダム
句碑

ひとり山越えてまた山
香川県さぬき市前山さぬき市前山地区活性化センター（おへんろ交流サロン）
句碑　平成一二年七月

へうへうとして水を味ふ
香川県さぬき市前山さぬき市前山地区活性化センター（おへんろ交流サロン）
句碑

人生即遍路
香川県さぬき市前山さぬき市前山地区活性化センター（おへんろ交流サロン）
詞碑

歩々到着
香川県さぬき市前山さぬき市前山地区活性化センター（おへんろ交流サロン）
詞碑　平成一二年七月

こうして旅する日日の木の葉ふるふる
香川県さぬき市多和助光東多和農村公園
句碑　平成七年一二月

○里ちかく茶の花のしたくして
香川県さぬき市多和助光東多和小学校前
句碑　平成六年三月

○ここが打留の水があふれてゐる
香川県さぬき市多和兼割大窪寺
句碑　平成四年九月

○もりもりもりあがる雲へあゆむ
香川県さぬき市多和竹屋敷三本松峠
句碑　平成六年九月

○水音しんじつおちつきました
香川県さぬき市多和竹屋敷野田屋竹屋敷
句碑　平成六年九月

○ずんぶり湯の中の顔と顔笑ふ
香川県さぬき市多和竹屋敷野田屋竹屋敷
句碑　平成六年九月

涸れきつた川をわたる
香川県さぬき市多和竹屋敷野田屋竹屋敷
句碑　平成六年三月

○分け入れば水音
香川県さぬき市多和竹屋敷野田屋竹屋敷
句碑　平成七年一二月

○分け入っても分け入っても青い山
香川県さぬき市多和竹屋敷野田屋竹屋敷
句碑　平成七年一二月

ひとりひつそり竹の子竹になる
香川県さぬき市多和竹屋敷野田屋竹屋敷
句碑　平成八年七月

空へ若竹のなやみなし
香川県さぬき市多和竹屋敷野田屋竹屋敷
句碑

水あれば椿おちてゐる
香川県さぬき市多和竹屋敷野田屋竹屋敷
句碑　平成八年五月

カラスないてわたしもひとり
香川県さぬき市多和竹屋敷野田屋竹屋敷
句碑

ひらく蝶はうたへない
香川県さぬき市多和竹屋敷野田屋竹屋敷
句碑　平成九年

あふるゝ湯のみんなあふりつゝ
香川県さぬき市多和竹屋敷野田屋竹屋敷
句碑　平成一一年一〇月

人生即遍路
歩々到着
空へ若竹のなやみなし
香川県さぬき市多和竹屋敷野田屋竹屋敷
詞碑　平成一〇年一〇月

飲みたい水が音たてゝゐた
香川県さぬき市多和竹屋敷野田屋竹屋敷
句碑　平成一二年一二月

山しづかなれば笠をぬぐ
香川県さぬき市多和竹屋敷野田屋竹屋敷
句碑

水音寝ころぶ
香川県さぬき市多和竹屋敷野田屋竹屋敷
句碑

あかあか焼える火がふと泊る
香川県さぬき市多和竹屋敷野田屋竹屋敷
句碑

かたすみで寝る
香川県さぬき市多和竹屋敷野田屋竹屋敷
句碑

さくらさくらさくさくらちるさくら
香川県さぬき市多和竹屋敷野田屋竹屋敷
句碑　平成一二年一二月

旅人は鴉に啼かれ
香川県さぬき市多和竹屋敷野田屋竹屋敷
句碑　平成一二年一〇月

鉄鉢の中へも霰
香川県さぬき市多和竹屋敷野田屋竹屋敷
句碑

夜が長い谷の瀬音のとほくもちかくも
香川県さぬき市多和旧遍路道八丁右付近
句碑　平成九年三月

○暮れても宿がないもずがなく
香川県さぬき市多和兼割食事処八十八庵
句碑　平成七年三月

○泣いても山羊はつながれてひとり
秋風けふも乞いあるく
香川県さぬき市造田宮西尽誠公民館
句碑　平成七年二月　二句刻

○水音のうらからまゐる
香川県さぬき市造田長行西澤庵
句碑　平成七年四月

○そのかみのおもひでの海は濁りて
香川県さぬき市志度源内通り
句碑　平成七年三月　石鎚山奉献灯篭刻

カラスないてわたしもひとり
香川県さぬき市志度小坂地蔵堂横
句碑　平成八年五月

○打つよりをはる蟲のいのちのもろい風
香川県東かがわ市中筋與田寺
句碑　平成一三年一一月

石をまつり水のわくところ
香川県高松市庵治町丸山庵治町創造の森入口
句碑　平成一二年三月

これから旅も春風の行けるところまで
香川県高松市庵治町丸山田渕石材本社展示場
句碑

分け入っても分け入っても青い山
鐵鉢の中へも霰
暮れきらない水音の木かけ雲かけ
香川県高松市庵治町丸山田渕石材深間展示場
句碑　平成一一年

ほろ〳〵酔うて木の葉ふる
まつたく雲がない笠をぬき
香川県高松市庵治町丸山田渕石材深間展示場
句碑　平成一〇年

空へ若竹なやみなし
ふるさとは遠くして木の芽
香川県高松市庵治町丸山田渕石材深間展示場
句碑　平成一〇年

けふの道のたんぽゝさいた
雨ふるふるさとははたしてあるく
うこいてみのむしたつたよ
香川県高松市庵治町丸山田渕石材深間展示場
句碑　平成一〇年

酔うてこうろきと寝てゐたよ
人生即遍路
木の芽草の芽あるきつづける
香川県高松市庵治町丸山田渕石材深間展示場
句碑　平成一〇年

笠も漏りだしたか
行乞途上
沙にあしあとのどこまでつゞく
香川県高松市庵治町丸山田渕石材深間展示場
句碑　平成一〇年

うれしいこともかなしいことも草しける
へうへうとして水を味ふ
香川県高松市庵治町丸山田渕石材深間展示場
句碑　平成一〇年

山あれば山を観る…（略）
香川県高松市庵治町丸山田渕石材深間展示場
詞碑　平成一〇年

人生即遍路
歩々到着
大門おこそかはれきつた
香川県高松市庵治町丸山田渕石材深間展示場
句碑　平成一〇年

木の芽や草の芽やこれからである
香川県高松市庵治町丸山田渕石材深間展示場
句碑　平成一〇年

ひつそり暮らせはみそさゝい
香川県高松市庵治町丸山田渕石材深間展示場

句碑　平成一〇年

○空へ若竹のなやみなし
香川県高松市中山町五色台若竹学園
句碑　平成七年四月

蛍こ、から湯の町大橋小橋
香川県高松市塩江町温泉通り
句碑　平成一三年六月

○あふれる朝湯のしづけさにひたる
香川県高松市塩江町安原上東魚虎旅館
句碑　平成一三年五月

三日月おちた寝るとしよう
香川県高松市塩江町安原上東行基の湯
句碑　平成一三年四月

山あれば山を観る
香川県善通寺市吉原町出釈迦寺
句碑　平成一〇年一一月

水音ねころぶ
香川県善通寺市吉原町出釈迦寺
句碑　平成一〇年一一月

山静かなれば笠をぬく
香川県善通寺市吉原町出釈迦寺
句碑　平成一〇年一一月

飲みたい水が音たてゝゐた
香川県善通寺市吉原町出釈迦寺
句碑　平成一〇年一一月

湧いては消えては山の高さの雲の
愛媛県四国中央市土居町中村土居高校
句碑　平成一年五月

○はつきり見えて水底の秋
愛媛県西条市福武甲武丈公園
句碑　平成三年一〇月

南無観世音おん手したたる水の一すじ
愛媛県西条市小松町南川甲香園寺
句碑　平成七年三月

秋の夜の護摩のほのほの燃えさかるなり
愛媛県西条市小松町南川甲香園寺
句碑　平成七年三月

音はしぐれか
愛媛県今治市上浦町井の口宝珠寺中庭
句碑　昭和五六年五月　大山澄太書

風の中聲はりあげて南無観世音菩薩
愛媛県今治市上浦町井の口宝珠寺前庭
句碑　平成一年一〇月

分け入っても分け入っても青い山
愛媛県松山市道後鷺谷町ホテル春日園
句碑　昭和六二年四月

○朝湯こんこんあふるるまんなかのわたくし
ほんにあたたかく人も旅もお正月
愛媛県松山市道後湯之町ホテル「ふなや」
句碑　平成七年七月　二句刻

ずんぶり湯の中顔と顔笑ふ
愛媛県松山市道後湯之町大和屋本店花筐入口
句碑　平成一二年

○うれしいこともかなしいことも草しげる
愛媛県松山市石手二丁目石手寺地蔵院
句碑　平成二年一〇月

○鉄鉢の中へも霰
愛媛県松山市石手二丁目石手寺地蔵院手水鉢
句碑　平成二年一〇月

へウくとして水を味ふ
愛媛県松山市泊町田村守氏邸
句碑　平成八年一〇月

空へ若竹のなやみなし
愛媛県松山市泊町田村守氏邸
句碑　平成八年一〇月

うれしいこともかなしいことも草しける
愛媛県松山市泊町田村守氏邸
句碑　平成八年一〇月

○鐵鉢の中へも霰
愛媛県松山市西垣生町宇都宮氏邸
句碑　平成五年一〇月

○酔へば水音
愛媛県松山市西垣生町宇都宮氏邸
句碑　平成五年一〇月

○古れから旅も春風の行けるところまで
愛媛県松山市西垣生町宇都宮氏邸
句碑　平成五年一〇月

鉄鉢の中へも霰
愛媛県松山市西垣生町高須賀石材本店
句碑

ここにおちついて草もゆる
愛媛県松山市西垣生町高須賀石材本店
句碑

分け入っても分け入っても青い山
愛媛県松山市西垣生町高須賀石材本店
句碑

句碑へしたしく萩の咲きそめてゐる
愛媛県松山市居相町伊予豆比古命神社（椿神社）
句碑　平成一三年八月

風のなか耕してゐる
あんたがくるといふけさの椿にめじろ
雨の椿の花が花へとしづくして
鴉が啼いて椿が赤くて
蚊帳能中までまんまる以月昇留
皇紀二千六百年このあかつきの晴れわたるかな
蝉しぐれの飲むな飲むなと熊蝉さけぶ
蠅を打ち蚊を打ち我を打つ
椿赤く思ふこと多し
ぽつとり椿が雨はれたぬかるみ
元日の藪椿ぽつちり赤く
はつきり見えて水底の秋
もりもりもりあがる雲へ歩む
椿落ちてゐるあほげば咲いてゐる
椿赤く酔へばますます赤し
椿咲きつづいて落ちつく
干せば乾けばふんどししめて又歩く
夕日いっぱいに椿のまんかい
うれしいこともかなしいことも草しげる
生えて伸びて咲いてゐる幸福
ずんぶり温泉の中の顔と顔笑ふ
おもひでがそれからそれへ酒のこぼれて
花いばらここの土にならうよ
何が何やらみんな咲いてゐる
いちめんの雪にして大鳥居立つ
このあかつき御手洗水のあふるるを掌に
うぶすな神のおみくじ引く
まったく雲がない笠をぬぎ
住みなれて藪椿いつまでも咲き

もりもりもりあがる雲へ歩む
こどもはなかよく椿の花ひらうては
咲いては落ちる椿の情熱をひらふ
ほろほろ酔うて木の葉ふる
いただいて足りて一人の箸をおく
雪ふるひとりひとりゆく
住みなれて藪椿なんぼでも咲き
むくむく盛りあがる若葉匂ふなり
水音しんじつおちつきました
椿が咲いても目白が啼いても風がふく
ここに花が咲いている赤さ
神の太鼓のおごそかに今日いちにちのをはり
いただいて足りて一人の箸をおく
梅と椿とさうして水が流れてゐる
ほんに一輪咲いて一輪
椿赤く思ふこと多し
分けいれば水音
空へ若竹のなやみなし
うぶすなの宮はお祭のかざり
窓あけて窓いつぱいの春
いちりん挿しの椿いちりん
春夏秋冬あしたもよろしゆうべもよろし
ふりかへる椿が赤い
安ふれくる湯へ順番を待つ
木の芽草の芽あるきつづける
笠へ保っとり椿たつた
うどん供へて母よわたくしもいただきまする
窓あけて窓いつぱいの春
ひらくよりしづくする椿まつかな
石を枕に秋の雲ゆく
まつすぐな道でさみしい
藪で赤いのは椿
ふるさとは遠くして木の芽
朝湯こんこんあふるるまんなかのわたくし

藪かげ椿いちりんの赤き
しぐるる土に播いてゆく
椿咲きつづいて落ちつく
けさはあめの花いちりん
伸びるより咲いてゐる
はつきり見えて水底の秋
石を枕に雲のゆくへを
机上一りんおもむろにひらく
藪の椿の赤くもあるか
ほんのり咲いて水にうつり
何の草ともなく咲いてゐてふるさとは
霽れててふてふ二羽となり三羽となり
何を求める風の中ゆく
たふとさおまゐりの人かげ春めく
むつまじくあつまりて水鳥の春
あすはお祭の幟はためく子供あつまる
一りん咲けばまた一りんのお正月
つぎつぎ植えられて芽ぶく
ぬくとさが雨となりむつまじい夫婦で
砂利ふむ音もあたたかなおまゐりがたえない
枯れて濡れて草のうつくしさ
かぶらの赤さがうまさが春が来た
お日さま山からのぞいてお早う
うらうらお城も霞の中
食べものあたたかく手から手へ
木の香匂ふ宮居たふとし松山のまへ
たふとさおまゐりの人かげ春めく
まったく雲がない今日の太陽
あかるくあたゝく水のよいところ
ひとりひっそり竹の子竹になる
これから旅も春風のゆけるところまで
一つあれば事たるくらしの火をたく
食べるものがなければないで涼しい水
このみちをたどるほかない草のふかくも

晴れて風ふくふかれつつゆく
ひつそり生きてゐてなるやうになる草の穂
こんなにうまい水があふれてゐる
稲の葉ずれも瑞穂の国の水の音
雲の峰ごくごくおつぱいおいしからう
三日月落ちかゝる城山の城
大空澄みわたる日の丸あかるい涙あふるる
木の芽や草の芽やこれからである
おとはしぐれか
とうとうこのあかつきの大空澄みとほる
水音のとほくちかくおのれをあゆます
枯山飲むほどの水はありて
へうへうとして水を味ふ
元日の藪椿ぽつちり赤く
捨てきれない荷物のおもさまへうしろ
雨の椿の花が花へしづくして
この水あの水の天竜となる水音
分け入っても分け入っても青い山
愛媛県松山市居相町伊予豆比古命神社（椿神社）
句碑　115基あり

○まつたく雲がない笠をぬぎ
愛媛県松山市居相町三河野氏邸
句碑　平成二年六月

ここにおちつき草萌ゆる
へうへうとして水を味ふ
愛媛県松山市居相町三河野氏邸
句碑　二句刻

○木の芽草の芽歩きつづける
愛媛県松山市居相町三河野氏邸
句碑　平成六年一〇月　門柱刻

○春風の鉢の子一つ
愛媛県松山市御幸一丁目一草庵
句碑　昭和四八年三月

○鐵鉢の中へも霰
愛媛県松山市御幸一丁目一草庵
句碑　昭和一六年三月

濁れる水のながれつゝ澄む
愛媛県松山市御幸一丁目一草庵
句碑　平成二年九月

おちついて死ねさうな草枯るる
愛媛県松山市御幸一丁目一草庵
句碑　平成六年一〇月

○もりもりもりあがる雲へあゆむ
愛媛県松山市御幸一丁目長建寺
句碑　昭和五一年一月

咲いて一りんほんに一りん
愛媛県松山市御幸一丁目龍穏寺
句碑

もりもりもりあかる雲へあゆむ
愛媛県松山市太山寺町太山寺
句碑　平成一二年八月

○ほつかりさめて雪
愛媛県松山市畑寺町二丁目高橋正治氏邸
句碑　昭和五三年八月　二句刻

人生即遍路
愛媛県松山市久谷町榎番外霊場網掛石
詞碑　平成一〇年四月

○ふるさとは遠くし天水の芽
愛媛県東温市河之出佐伯墓地
句碑　平成八年四月

○秋風あるいてもあるいても
晴れたり曇ったり酔うたり覚めたり秋は行く
愛媛県上浮穴郡久万高原町東明神三坂峠伊予鉄三坂ドライブイン
句碑　昭和五七年四月　二句刻
朝まゐりはわたくし一人の銀杏ちりしく
愛媛県上浮穴郡久万高原町菅生大宝寺
句碑　昭和六〇年一一月
寝ても覚めても夜が長い瀬の音
愛媛県上浮穴郡久万高原町落出柳井川ゆうのき広場
句碑　平成五年一一月
岩が大きな岩がいちめんの蔦紅葉
愛媛県上浮穴郡久万高原町上黒岩美川農村環境改善センター
句碑　平成八年一月　小波・東洋城併刻
凧を空に草むしりおる清心
愛媛県喜多郡内子町古田甲久保興業前
句碑　平成二年一〇月
さくらさくらさくさくらちるさくら
愛媛県西予市明浜町野福峠小公園
句碑　平成四年四月
やぶかげの光あつめて梅はましろし
愛媛県南宇和郡愛南町貝塚南レク松軒山頂公園
句碑　平成四年三月
さてどちらへ行こう風がふく
愛媛県南宇和郡愛南町貝塚南レク松軒山頂公園
句碑　平成四年三月
水に影ある旅人である
愛媛県南宇和郡愛南町貝塚南レク公園
句碑　平成五年三月

大空の下にして御飯のひかり
愛媛県南宇和郡愛南町貝塚南レク公園
句碑　平成五年三月
雨なれば雨をあゆむ
愛媛県南宇和郡愛南町貝塚南レク公園
句碑　平成五年三月
人生即遍路
高知県室戸市室戸岬町最御崎寺遍路登り口
詞碑　平成一〇年一二月
山頭火行乙日記（略）
高知県安芸郡東洋町白浜
文学碑　平成一二年六月　六句刻
山頭火遍路日誌抄（略）
高知へ日に日に近うなる松原つゞく
高知県安芸郡芸西村和食琴ヶ浜松原
文学碑　平成五年秋
人生即遍路
高知県高知市長浜雪蹊寺
詞碑　平成九年八月
わが手わが足われにあたたかく寝る
山のよろしさ水のよろしさ人のよろしさ
（「山頭火日記」より）
高知県吾川郡仁淀川町土居甲安の川堤
句碑　昭和六二年七月　二句刻
分け入っても分け入っても青い山
高知県高岡郡中土佐町久礼長沢
句碑　平成九年七月
人生即遍路
高知県高岡郡四万十町床鍋七子峠

詞碑　平成九年七月

花いばらここの土になろうよ
高知県土佐清水市浦尻山伏谷山中腹
句碑

生死の中の雪ふりしきる
高知県土佐清水市浦尻山伏谷山中腹
句碑　平成一三年四月

人影ちらほらとあたゝかく
獅子も虎もねむってゐる
福岡県北九州市小倉北区上到津四丁目到津の森遊園前庭（観覧車下）
句碑　平成七年五月

○捨てきれない荷物のおもさまへうしろ
福岡県北九州市小倉北区都二丁目三―二〇谷口暁氏邸
句碑　昭和五九年五月

○水を前に墓一つ
福岡県北九州市八幡東区河内二―一河内水源池畔阿弥陀堂
句碑　昭和五三年四月

心太山の緑にす、りけり
福岡県北九州市八幡東区河内二丁目河内貯水池畔観音堂前
句碑　昭和五三年四月

○お産かるかったよかった青木の実
福岡県北九州市八幡東区大蔵三丁目老人保健施設西峰園
句碑　昭和五四年五月

訪ねて逢へて赤ん坊生まれてゐた
福岡県北九州市八幡東区羽衣町ひらしま酒店
句碑　平成七年九月

一杯やりたい夕焼空
福岡県北九州市八幡東区羽衣町ひらしま酒店（壁面レリーフ）
句碑　平成五年二月

ゆうぜんとしてほろ酔へば雑草そよぐ
福岡県北九州市八幡東区羽衣町ひらしま酒店（壁面レリーフ）
句碑　平成五年二月

酔ひしれた眼にもてふてふ
福岡県北九州市八幡東区羽衣町ひらしま酒店（壁面レリーフ）
句碑　平成五年二月

山ふところの水かれて白い花
福岡県北九州市八幡西区北鷹見町六―一〇江島止吉氏邸
句碑　平成一年八月

何を求める風の中ゆく
福岡県遠賀郡水巻町古賀塔ノ元
句碑

○鐵鉢の中へも霰
福岡県遠賀郡岡垣町内浦成田山不動尊（水子地蔵）
句碑　昭和五九年九月

○松はみな枝垂れて南無観世音
福岡県宗像市神湊隣船寺
句碑　昭和九年三月

晴れるほどにくもるほどに波のたわむれ
福岡県宗像市神湊魚屋旅館
句碑　平成一年二月

うしろ姿のしぐれてゆくか
福岡県中間市垣生中間市郷土資料館
句碑　昭和四九年一一月

生死の中の雪ふりしきる
福岡県中間市垣生中間市郷土資料館
句碑　昭和五六年五月

右近の橘の実のしぐるゝや

大樟も私も犬もしぐれつゝ
福岡県中間市垣生中間市郷土資料館
句碑　昭和六〇年一月　二句刻

焼き捨て丶日記の灰のこれだけか
福岡県中間市垣生中間市郷土資料館
句碑　昭和六二年七月

うどん供へて母よわたくしもいただきまする
福岡県中間市垣生中間市郷土資料館
句碑　平成一年三月

音はしぐれか
福岡県中間市垣生中間市郷土資料館
句碑　平成一年三月

若葉してゐるはアカシヤ
福岡県田川市伊田石灰記念公園
句碑　平成八年一一月

廃坑若葉してゐるはアカシヤ
福岡県田川市伊田田川市石炭記念公園
句碑　平成八年一一月

すべってころんで山がひつそり
福岡県田川郡添田町英彦山鷹巣原英彦山野営場
句碑　平成一二年四月

ラヂオでつながって故郷の唄
福岡県田川郡福智町金田宝見橋手前
句碑　平成六年一一月

春風の扉ひらけば南無阿彌陀佛
福岡県田川郡福智町弁城定禅寺
句碑　平成四年二月　句仏併刻

香春をまともに乞ひ歩く
福岡県田川郡香春町高野御殿橋畔山頭火遊歩道
句碑　平成八年一〇月

谺谺するほがらか
福岡県田川郡香春町高野御殿橋畔山頭火遊歩道
句碑　平成八年一〇月

すくひあげられて小魚かゞやく
香春見上げては虱とってゐる
福岡県田川郡香春町高野御殿橋畔山頭火遊歩道
句碑　平成六年一〇月

香春晴れざまへ鳥がとぶ
福岡県田川郡香春町高野御殿橋畔山頭火遊歩道
句碑　平成一〇年一〇月

みすぼらしい影とおもふに木の葉ふる
福岡県田川郡香春町高野御殿橋畔山頭火遊歩道
句碑　平成九年五月

鳴きかわしては寄りそう家鴨
福岡県田川郡香春町高野御殿橋畔山頭火遊歩道
句碑　平成一〇年一〇月

ふりかへれば香春があった
福岡県田川郡香春町高野御殿橋畔山頭火遊歩道
句碑　平成八年一〇月

あるけばきんぽうげすわればきんぽうけ
福岡県田川郡香春町高野御殿橋畔山頭火遊歩道
句碑　平成一六年三月

そこもこゝも岩の上には仏さま
福岡県田川郡香春町香春神宮院
句碑　平成八年九月

逢ひたいボタ山が見えだした
福岡県田川郡糸田町中糸田伯林寺

句碑　昭和五二年一一月

逢ひたい捨炭山が見えだした
福岡県田川郡糸田町宮麻皆添橋北詰
句碑　平成二年三月　銅板レリーフ

ボタ山ならんでゐる陽がぬくい
福岡県田川郡糸田町楠ヶ迫糸田町役場前方
句碑　平成七年八月

ふりかえるボタ山ボタン雪ふりしきる
福岡県田川郡糸田町上糸田糸田小学校正門西側
句碑　平成一〇年

枝をさしのべてゐる冬木
福岡県田川郡糸田町宮床山ノ神集会所西側
句碑　平成一〇年一〇月

逢うて別れてさくらのつぼみ
福岡県田川郡糸田町宮床貴船神社東方
句碑　平成一〇年一〇月

砂にあしあとのどこまでつゞく
福岡県福岡市中央区長浜一丁目九州朝日放送会館
句碑　平成二年一〇月　近木圭之介書

○うしろ姿のしぐれてゆくか
福岡県八女市本町八女公園
句碑　平成一二年五月

うしろ姿のしぐれてゆくか
福岡県八女市本町八女公園
句碑　平成一二年五月

雲の如く行き風の如く歩み水の如く去る
福岡県筑後市尾島船小屋樋口軒駐車場入口
句碑　昭和六二年九月

○春風の鉢の子一つ
福岡県筑後市一条筑後工芸館
句碑　昭和六二年一〇月

さうろうとしてけふもくれたか
福岡県筑後市一条筑後工芸館
句碑　昭和六三年一〇月

うらゝかな今日の米だけはある
福岡県筑後市山ノ井二本松橋畔（筑後警察署裏）
句碑　昭和六三年一二月

さうろうとしてけふもくれたか
福岡県筑後市山ノ井藤島橋北詰
句碑　平成五年一〇月

お経あげてお米もろうて百舌鳴いて
福岡県筑後市羽犬塚上町社日神社
句碑　平成一年二月

徳須恵という地名は意味がありそうだ
麦が伸びて雲雀が唄ってゐるもう春だ
佐賀県唐津市北波多村徳須恵岸岳ふるさと館
句碑　平成五年一月

松に腰かけて松を観る
佐賀県唐津市鏡虹の松原二軒茶屋
句碑　平成一年一月　前書刻　三句刻

空へ山へまかはんにやはらみた心経
佐賀県唐津市西寺町近松寺
句碑　昭和五七年五月　大山澄太書

風の中声張りあげて南無観世音菩薩
佐賀県唐津市佐志南光孝寺
句碑　昭和五九年一二月　大山澄太書

てふてふひらひらいらかをこえた
佐賀県伊万里市二里町乙広厳寺
句碑　平成一四年四月

何やら咲いている春のかたすみに
佐賀県伊万里市山代町楠久本光寺
句碑　平成一一年五月

お地蔵さんもあたたかい涎かけ
佐賀県伊万里市山代町楠久本光寺裏
句碑　平成一四年

風の中聲はりあげて南無観世音菩薩
佐賀県伊万里市波多津町辻養寿寺
句碑　平成一四年九月

○こほろぎに鳴かれてばかり
佐賀県杵島郡白石町田野上上田野福泉寺
句碑　昭和六三年一一月

湯壺から桜ふくらんだ
（山頭火佐賀行脚嬉野紀行）
佐賀県嬉野市嬉野町下宿乙井手酒造
句碑　平成一〇年七月

酔ひどれも踊りつかれてぬくい雨
長崎県平戸市鏡川町瑞雲寺
句碑　平成一四年九月

酔ひどれも踊りつかれてぬくい雨
長崎県平戸市岩の上町亀岡公園
句碑　平成一五年一〇月

平戸よいとこ旅路ぢやけれど
旅にあるよな気がしない
長崎県平戸市大久保町平戸海上ホテル観月館
句碑

弔旗へんほんとしてうららか
長崎県平戸市大久保町天桂寺
句碑　平成一五年一〇月

笠へぽっとり椿だった
長崎県平戸市大久保町天桂寺
句碑　平成一五年一〇月

○おもいでは汐みちてくるふるさとの渡し
長崎県平戸市田平町野田免国民宿舎プチホテルたびらんど
句碑　平成一五年一〇月

サクラがさいてサクラがちって踊子踊る
長崎県佐世保市八幡町西方寺
句碑　平成一四年六月

落葉ふる奥ふかく御佛を観る
長崎県佐世保市瀬戸越町西蓮寺
句碑　平成一五年一一月

水音の梅は満開
長崎県東彼杵郡東彼杵町瀬戸郷龍頭泉荘二連水車前
句碑　平成三年二月

小長井は山も海も人もよかった
こゝに住みたい水をのむ
長崎県諫早市小長井町小川原浦名小長井治産
句碑　平成一年

○ほろく酔うて木の葉ふる
長崎県諫早市小長井町小川原浦名馬渡広雄氏邸
句碑　平成五年一二月

○濁れる水のながれつゝ澄む
長崎県諫早市小長井町小川原浦名馬渡氏別邸入口
句碑　平成一三年一月

○濁れる水のなかれつゝ澄む

長崎県諫早市金谷町諫早観光ホテル道具屋
句碑　平成一三年一月

さびしくなれば湯がわいてゐる
長崎県雲仙市小浜町南本町旅館国崎
句碑　平成一三年二月

○酔うてこほろぎと寝てゐたよ
長崎県南島原市布津町乙大崎名琴平神社忠霊塔前
句碑　平成七年一二月

こんなにうまい水があふれている
長崎県島原市寺町護国寺
句碑　平成一年四月

分け入っても分け入っても青い山
長崎県島原市南下川尻町鐘ヶ江管一氏邸
句碑　平成八年二月

さびしくなれば湯がわいてゐる
長崎県島原市上の町絃燈舎
句碑

解からない言葉の中を通る
長崎県島原市上の町中野金物店
句碑

ゆっくりあるけしっかりあるけ
長崎県島原市上の町月光堂
句碑

よい山よい海よい人十分十分
長崎県島原市中町サンワ理容院
句碑

水の豊富なのはうれしいそしてうまい
長崎県島原市中町中村医院
句碑

自戒、焼酎は一杯でやめるべし
酒は三杯をかさねるべからず
長崎県島原市中町ＳＡＮＰＡＮ
句碑

いちにち風にふかれて湯のわくところ
長崎県島原市中町電脳工房サイパーファクト
句碑

大樟のそのやどり木の赤い実
長崎県長崎市上西山町諏訪神社
句碑　平成一年二月

よい湯からよい月へ出た
長崎県松浦市志佐町浦免松浦シティホテルまつらの湯庭園
句碑　平成一五年一〇月

草餅のふるさとの香をいただく
長崎県松浦市御厨町中野免慈光寺
句碑　平成一五年一〇月

すすきのひかりさえぎるものなし
熊本県阿蘇市小里ともした旅館
句碑　昭和五八年一〇月

○松はみな枝垂れて南無観世音
熊本県鹿本郡植木町味取瑞泉寺
句碑　昭和四七年九月　副碑に二二句刻

きようはここまでの草鞋をぬぐ
熊本県玉名市岩崎白鷺荘別館
句碑　平成四年一二月

○まったく雲がない笠をぬぎ
熊本県熊本市野田一丁目大慈寺
句碑　昭和二八年一二月

○けふも托鉢こゝもかしこも花さかり

熊本県熊本市坪井三丁目報恩寺
句碑　昭和六一年一〇月

○分け入つても分け入つても青い山
熊本県上益城郡山都町大平清和文楽館駐車場
句碑　平成四年七月

温泉はよい
ほんたうによい
こゝは山もよし
海もよし…（略）
熊本県八代市日奈久中町日奈久温泉憩いの広場
詩碑　平成一三年四月

○このみちやいくたりゆきしわれはけふゆく
熊本県八代市萩原町一丁目萩原堤
句碑　平成二年九月

れいろうとして水鳥はつるむ
熊本県球磨郡あさぎり町免田甲了円寺
句碑　昭和六〇年六月

旅から旅へまた一枚ぬぎ春てる
熊本県球磨郡あさぎり町上豊島氏邸
句碑　平成一三年三月

ほろほろ酔うて木の葉ふる
熊本県人吉市木地屋町むらさきや酒店
句碑　平成一〇年一一月

きょうはここまでの草鞋をぬぐ
熊本県人吉市木地屋町布の滝
句碑　平成八年六月

日暮れて耕す人の影濃し
大分県国東市国東町安国寺安国寺
句碑　昭和五四年五月

○春風の鉢の子一つ
大分県国東市国東町安国寺安国寺
句碑　平成四年二月

ぬれてしぐれのすゝきわけのぼる
大分県国東市国見町赤根湯の里渓泉前
句碑　平成一五年一一月

いたゞきのしぐれにたゝずむ
大分県国東市国見町赤根赤根の郷玄関前
句碑　平成一五年一一月

こんな山水でまいくがまうてゐる
大分県国東市国見町赤根阿弥陀寺前
句碑　平成一五年一一月

投希ら礼し此一銭春寒しコヂキ
大分県国東市桂川桂川ふれあいランド
句碑　平成三年一一月　存疑

岩かげまさしく水が湧いてゐる
大分県宇佐市清水清水寺
句碑　平成一六年四月　山頭火像台座刻

是が河豚かとたべてゐる
大分県中津市枝町筑紫亭中庭
句碑　昭和五〇年一一月

阿なたを待つとてまんまるい月
大分県中津市鷹匠町東林寺
句碑　昭和四八年一〇月

うしろ姿のしぐれてゆくか
大分県由布市湯布院町湯平菊畑公園
句碑　昭和六三年一二月

しぐるゝや人のなさけに涙ぐむ
大分県由布市湯布院町湯平大分屋跡

句碑　平成一六年一一月

法衣吹きまくるはまさに秋風
大分県由布市湯布院町湯平旅館上柳屋前
句碑　平成一〇年八月

しぐるゝや人のなさけに涙ぐむ
大分県由布市湯布院町下湯平ＪＲ湯平駅
句碑　平成九年八月

宿までかまきりついてきたか
大分県由布市庄内町西長宝津久美公雄氏邸前（ＪＲ天神山駅近く）
句碑　平成七年一二月　千暉一句刻

阿蘇がなつかしいりんだうの花
大分県由布市庄内町高岡字上橋爪
句碑　平成八年一二月　千暉併句

大空の下にして御飯のひかり
大分県由布市庄内町庄内原ＪＲ庄内駅前
句碑　平成七年一二月　千暉併刻

あんたのことを考へつゞけて
歩きつゞけて
「だんだん霽れて青空が見えてきた。…（略）
（山頭火行乞日記より）
大分県由布市庄内町下武宮星南大橋東詰
文学碑　平成六年一月

ホイトウとよばれる村のしぐれかな
大分県由布市庄内町西佐藤隆信氏邸
句碑　平成六年一月　千暉併刻

貧しう住んでこれだけの菊を咲かせてゐる
大分県由布市庄内町渕渕大橋西詰
句碑　平成一一年一一月

秋風の旅人になりきっている
大分県由布市庄内町小野屋ＪＲ小野駅前
句碑　平成九年一二月

しぐるるや石を刻んで仏となす
大分県臼杵市国宝臼杵石仏入口
句碑　平成一八年七月

火が落ちかかるその山は祖母山
大分県豊後大野市三重町三国峠
句碑

旅の人々が汽車の見えなくなるまでも
大分県豊後大野市三重町ＪＲ三重町駅前
句碑　平成九年一〇月

まだ奥に家がある牛をひいてゆく
大分県竹田市直入町長湯権現山公園
句碑　昭和五六年二月

○剃りたてのあたまにぞんぶん日の光
大分県竹田市直入町長湯松尾理容館前
句碑　平成一二年一一月

○宿までかまきりついてきたか
大分県竹田市直入町長湯甲斐氏邸
句碑　平成一二年一一月

壁をへだてゝ湯の中の男女さざめきあふ
大分県竹田市直入町長湯陽光院薬泉堂
句碑　平成一二年一一月

○あかつきの湯がわたし一人をあたためてくれる
大分県竹田市直入町長湯長生湯前
句碑　平成一二年一一月

ホイトウとよばれる村のしぐれかな
大分県竹田市直入町長湯高林寺
句碑　平成一二年一一月

一きわ赤いはお寺の紅葉
大分県竹田市直入町長湯高林寺
句碑　平成一二年一一月

しっとり濡れて岩も私も
大分県竹田市直入町長湯河鹿橋南畔
句碑　平成一二年一一月

まだ奥に家がある牛をひいてゆく
大分県竹田市直入町湯の原天満神社
句碑　平成一三年一一月

阿蘇がなつかしいりんどうの花
大分県竹田市山手稲葉川やすらぎ公園
句碑　平成一四年一一月

夜をこめて水が流れる秋の宿
大分県竹田市上町三四山頭火秋山巌版画館前庭
句碑　平成一六年八月

酔ひざめの水をさがすや竹田の宿で
大分県竹田市竹田一六一八―二上村氏邸
句碑　平成一四年一一月

○分け入っても分け入っても青い山
宮崎県西臼杵郡高千穂町三田井高千穂神社裏参道
句碑　昭和四七年三月

大石小石かれがれの水となり
宮崎県児湯郡都農町川北名貫公民館
句碑　平成一五年三月

大石小石かれがれの水となり…（略）
宮崎県児湯郡都農町川北名貫地区構造改善センター
句碑　平成一五年三月

○旅の春、きのいつ穂に出たか
宮崎県えびの市大明司市民図書館
句碑　平成六年一月

ぬれてすずしくはだしであるく
宮崎県えびの市原田八幡丘公園
句碑　平成六年三月

ありがたや熱い湯のあふるるにまかせ
宮崎県えびの市向江京町温泉広場
句碑　平成四年九月　副碑に七句刻

このいたゞきに来て萩の花ざかり
宮崎県えびの市向江老人福祉センター
句碑　平成四年九月

水の味も身にしむ秋となり
宮崎県宮崎市橘通西二丁目杉の子
句碑　平成四年一二月

うまい匂ひが漂ふ街も旅の夕ぐれ
宮崎県宮崎市橘通西三丁目たかさご本店（壁面）
句碑　平成四年九月

○こほろぎに鳴かれてばかり
宮崎県宮崎市清水一丁目黒木静也氏邸
句碑　平成八年一〇月

夕顔白くまた逢うてゐる
宮崎県宮崎市清水一丁目黒木氏邸
句碑

霧島は霧にかくれて赤とんぼ
宮崎県都城市高崎町大牟田JR高崎新田駅
句碑　平成一五年三月

水の味も身にしむ秋と奈り
こゝに白髪を剃りおとして去る
誰もゐ奈いでコスモスそよいでゐる

宮崎県日南市飫肥八―一―三直ちゃんラーメン前（米屋旅館跡）
句碑　平成一六年六月

年とればふるさとこひしいつくつくぼうし
鹿児島県曽於市末吉町新町旧末吉駅前
句碑　平成七年六月

砂がぼこく旅はさみしい
秋風の石を拾ふ
鹿児島県志布志市志布志町夏井ダグリ岬遊園地入口
句碑　平成一五年一〇月

志布志へ一里の秋の風ふく
こころしずかに山のおきふし
海は果てなく島が一つ
鹿児島県志布志市志布志町夏井国民宿舎ボルベリアダグリ（旧ダグリ荘）
句碑　平成一五年一〇月

一きれの雲もない空のさびしさまさる
鹿児島県志布志市志布志町志布志二JR志布志駅前
句碑　平成一七年三月

《参考文献》

◎『山頭火句碑集』
防府山頭火研究会（防府）　1985・7
◎『山頭火句碑集（第2集）』
山頭火研究会編（防府）　1989・12
◎『山頭火―詩と放浪（毎日グラフ別冊）』
毎日新聞社　1990・8
◎『種田山頭火句碑百選―写真譜』
種田山頭火著・田原覚写真・藤津滋生編　山文舎（枚方）　1997・8
◎『山頭火句碑集―長尾』
山頭火顕彰会編（香川県長尾町）　1998・10
◎『全国山頭火句碑集』
田原覚著　新日本教育図書　2007・10

田山花袋（たやま・かたい）

小説家・詩人
（明治四年一二月一三日～昭和五年五月一三日）
出身地　栃木県邑楽郡館林町（群馬県館林市）

本名は録弥（ろくや）。早くから漢詩文を学び、明治18年より「頴才新誌」に投稿。19年上京し、歌人の松浦辰男に入門。この頃から小説を書き始め、24年尾崎紅葉を訪問、その紹介で江見水蔭の成美社に参加し、文壇的処女作「瓜畑」を発表した。のち硯友社系の雑誌や「文学界」「国民之友」などに詩や小説を発表。32年博文館に入社。はじめは写実的な作風であったが、徐々に自然主義に傾倒。37年博文館の私設写真部主任として日露戦争に従軍し、写真師の小笠原長政とともに行動、金州や南山、遼陽などで戦況を撮影し、帰国後「第二軍従征日記」を出版した。この時の過酷な戦場体験が冷徹な人間観察眼を培ったといわれ、以後「蒲団」「田舎教師」や「生」「妻」「縁」3部作などの名作を次々と世に送り出し、日本自然主義の代表的作家としての地位をゆるぎないものとした。小説のほかに文壇回想記「東京の三十年」や随筆、紀行文、ルポルタージュにも優れた手腕を発揮した。

＊　＊　＊

あしびきの山ふところに寝たれども
なほ風寒し落葉みだれて
秋田県仙北市田沢湖生保内武蔵野生保内公園
歌碑　昭和四三年

飛島の風情に富めるは
われこれを耳にすること久し…（中略）
我は車上遙かに其島の　狭長なる翠色を望みつつ　頻りにさまざまなる空想に耽りぬ…（略）
（「羽後の海岸」より）
山形県酒田市南新町一丁目日和山公園
文学碑　昭和六〇年

あし曳の山ふところにねたれども
楢風寒し落葉みだれて

いかにもさびしい生保内の一夜であった
それは丁度日清戦争時代で
國旗が山際の村の藁屋にかけてあったりした…（略）
（「東京の三十年」）

山形県山形市三日町二丁目梵行寺
文学碑　昭和四四年九月

塩原の谷は、始めて訪ねて行ったものを驚かさずには置かなかった。単に渓谷としては、…（略）
（「日光と塩原」より）

栃木県那須塩原市大網渓谷歩道入口
文学碑　昭和五九年一〇月

○用水にそひゆく朝の路寒し
かしこにこゝに梅は咲けども

群馬県邑楽郡千代田町赤岩八幡神社
歌碑　昭和三二年四月

○田とすかれ畑とすかれてよしきりも
すまずなりたる沼ぞかなしき

群馬県館林市城沼尾曳神社
歌碑　昭和二四年五月

田舎教師
花袋翁作中の人此処に眠る

埼玉県羽生市建福寺墓地
記念碑　昭和九年　小杉放庵書

絶望と悲哀と寂莫とに
堪へ得られるやうな
まことなる生活を送れ
運命に従ふものを勇者といふ
（「田舎教師の日記」より）

埼玉県羽生市千代田中弥勒高等小学校址

文学碑　昭和二九年五月　山口平八書　田舎教師由縁之地　近くに「田舎教師の像」あり

松原遠く日は暮れて
利根のながれのゆるやかに
ながめ淋しき村里の
此処に一年かりの庵
はかなき恋も世も捨てて
願ひもなくて唯一人…（略）

埼玉県羽生市登戸利根川畔
詩碑　昭和五六年八月　須藤忠司書

絶望と悲哀と寂莫とに
堪へ得られるやうな
まことなる生活を送れ
運命に従ふものを勇者といふ
（「田舎教師」より）

埼玉県行田市水城公園内
文学碑　昭和三七年二月　山口平八書

襟帯山河好　雄視關八州
古城跡空在　一水尚東流

埼玉県大里郡寄居町鉢形城址
漢詩碑　昭和二九年八月　武者小路実篤書

○山はみな夜になりゆく大空に
富士がねのみぞ暮れのこりける

埼玉県蕨市中央三丁目中央公園
歌碑　昭和五四年一一月

たかとほは山裾のまち古きまち
ゆきあふ子等のうつくしき町

長野県伊那市高遠町西高遠旧仙醸工場庭
歌碑

よしの山上り下りにうれしきは

桜柳の渡しなりけり

奈良県吉野郡吉野町上市吉野町役場前

歌碑　昭和六一年七月　旧跡桜の渡し碑刻

○おく山のあかつきかたのほと ゝぎす
こ ゝちよしやと絶えず啼くらん

大分県竹田市直入町長湯足立電気前

歌碑　平成一二年一一月　自筆

俵万智（たわら・まち）

歌人

（昭和三七年一二月三一日～）

出生地　大阪府門真市

出身地　福井県武生市

大学在学中の昭和58年短歌結社〟心の花〝に入会、作歌を始める。59年第30回角川短歌賞の最終選考に残り、61年第32回角川短歌賞を受賞。62年第1歌集「サラダ記念日」を刊行、二百万部のベストセラーとなる。以後、最も注目を集める女流歌人のひとりとして活躍。63年初のエッセイ集「よつ葉のエッセイ」刊行。平成元年、勤務していた橋本高校を退職し、創作活動に専念。2年NHK教育テレビ「日曜美術館」司会。3年史上最年少(28歳)の国語審議会委員に選ばれる。10年磁石を研究していた父を詠んだ短歌がきっかけとなり、日本希土類学会名誉会員に。同年与謝野晶子の「みだれ髪」を現代の短歌に換えて「チョコレート語訳　みだれ髪」を刊行。16年初の小説「トリアングル」を出版。中央教育審議会委員も務めた。

○さくらさくらさくら咲き初め咲き終り
なにもなかったような公園

福井県福井市足羽一丁目足羽山足羽山遊園地

歌碑　平成三年四月

＊　＊　＊

檀一雄（だん・かずお）

小説家

（明治四五年二月三日～昭和五一年一月二日）

出生地　山梨県南都留郡谷村町（都留市）

出身地　福岡県山門郡沖ノ端村（柳川市）

在学中より佐藤春夫に師事し、「鶴」「青い花」を経て「日本浪曼派」に参加。昭和10年「夕張胡亭塾景観」で第2回芥川賞の候補となる。昭和10年代は中国大陸を放浪し、応召されても中国を歩いた。12年「花筐」を刊行。19年「天明」で野間文芸奨励賞を受賞。25年病死した愛妻のことを書いた「リツ子・その愛」「リツ子・その死」を刊行。26年「長恨歌」「真説石川五右衛門」で直木賞を受賞し、旺盛な作家活動に入る。また、43年には「ポリタイア」を創刊、編集長となる。49年福岡県の能古島に移住した。50年刊行の長編小説「火宅の人」は最後の作品となったが、読売文学賞および日本文学大賞を受賞。料理好きでも有名。絶筆の「モガリ笛　いく夜もがらせ　花ニ逢はん」より、忌日は花逢忌と呼ばれる。

＊　＊　＊

この夢は
白い頁に折りこめ
ああこの夢も
白い頁に折りこめ…(略)

（「虚空象嵌」より）

栃木県足利市足利高校

詩碑　昭和五二年一〇月

○日月燦爛暖かき町に酒呑まむ

群馬県利根郡みなかみ町小日向みなかみの森

句碑

○生命なり怒涛の果てに残る道

新潟県胎内市胎内樽ヶ橋公園

句碑　昭和五五年五月

瓢亭の主居まさず吉良の秋
愛知県幡豆郡吉良町荻原町立図書館庭
句碑

モガリ笛いく夜もがらせ花ニ逢はん
福岡県福岡市西区能古松尾思索の森入口
詞碑　昭和五二年五月

有明潟睦五郎の哥
ムツゴロ、ムツゴロ、なんじ
佳き人の潟の畔の
道をよぎる音、聴き…（略）
福岡県柳川市新外町遊歩道（柳城中学近く）
文学碑　昭和六二年九月

墓碑銘
石ノ上ニ雪ヲ
雪ノ上ニ月ヲ
ヤガテ我ガ
殊モ無キ
静寂ノ中ノ
憩ヒ哉
福岡県柳川市奥州町福厳寺
詩碑　昭和五二年五月

昭和二十一年
リツ子
その愛
その死
執筆の地
福岡県みやま市瀬高町小田善光寺庫裏跡
詞碑　昭和五六年五月

檀一雄逍遙の地
福岡県みやま市瀬高町平田善光寺裏山
記念碑　昭和五六年五月

「女の牧歌」の一節
大分県玖珠郡九重町宝泉寺
文学碑　昭和六二年

土屋文明　（つちや・ぶんめい）

歌人・国文学者

（明治二三年九月一八日～平成二年一二月八日）

出身地　群馬県西群馬郡上郊村保渡田（高崎市）

中学時代から短歌を作り、明治42年に「アララギ」同人に。大正14年第1歌集「ふゆくさ」を出版、斎藤茂吉と「アララギ」の共同編集にあたり、昭和9年編集兼発行人となる。一方では教壇にも立ち、大正9年長野県諏訪高女校長、11年松本高女校長、13年法政大予科教授などを歴任し、昭和27～35年明大文学部教授を務めた。その作風は短歌の精神主義にとどまらず、客観的な現実凝視を特質とし、「山谷集」（昭10）で歌壇に確固とした地位を確立。以後、「韮菁集」「山下水」などを刊行。その歌論は「短歌入門」に詳しく、「万葉集私注」（全20巻）にみられる万葉研究の業績も大きい。平成8年群馬町（現・高崎市）に県立土屋文明記念文学館が完成した。

＊　＊　＊

父がまな子母がまな子ぞ大君の
み楯と立ちて潔し君は
北海道旭川市豊岡十四東旭川墓地
歌碑　昭和二〇年九月　他四首刻

○荒川のあふれながるる道を来て
静かに秋づく擁月荘にすわる
埼玉県深谷市相生町山口氏邸
歌碑　昭和四〇年六月

秋草の草山岬に吾立ちて
あはれはるかなり九十九里のはては
千葉県山武市殿台伊藤左千夫記念公園
歌碑　平成三年三月

恵那の山見ゆるところに墓置けと
文に遊びし終りの言葉
長野県下伊那郡阿智村駒場長岳寺
歌碑

白砂に清き水ひき植ゑ並ぶ
山葵茂りて春ふけにけり
長野県下伊那郡阿智村伍和大鹿百花園
歌碑

輿の中海の如しと嘆きたり
石を踏む丁のことは伝へず
和歌山県新宮市熊野川町熊野古道
歌碑　昭和五九年三月

風のゆく梢の音か瀬の音か
下りの道は心たのしも
和歌山県新宮市熊野川町熊野古道
歌碑　昭和五九年三月

風なぎて谷にゆふべのかすみあり
月をむかふるいずみいずみの声
愛媛県松山市道後北代中本氏邸
歌碑

坪内逍遙（つぼうち・しょうよう）

小説家・評論家・劇作家・翻訳家・教育家
（安政六年五月二二日〜昭和一〇年二月二八日）
出身地　美濃国加茂郡太田村（岐阜県美濃加茂市）

本名は雄蔵。代官手代の三男に生まれる。明治16年東京専門学校（現・早稲田大学）の講師となる。18年から19年にかけて小説「当世書生気質」、小説論「小説神髄」を刊行し、小説改良の呼びかけとなり、近代日本文学の指導者となる。23年専門学校に文学科（文学部）を創設し、24年「早稲田文学」を創刊。24年から25年にかけて、森鷗外との間に〝没理想論争〟をおこす。この間、従来のシェークスピア研究・翻訳を続け、さらに近松研究も加わり、27〜28年史劇「桐一葉」、30年「沓手鳥孤城落月」を発表。37年頃からは新劇革新運動に参加。42年島村抱月が主導して結成された文芸協会の会長となり、俳優の養成や沙翁（シェークスピア）劇などを上演、大正2年には解散。4年早稲田大学教授を辞職し、以後文筆に専念した。15年〜昭和2年「逍遙選集」（自選・全15巻）、明治42年〜昭和3年「沙翁全集」（全40巻）を刊行。一方、大正13年頃から和歌や俳句に親しむようになり、没後に「歌・俳集」（昭和30年）が刊行された。

＊　＊　＊

○元日やなぜ二ツ石に縄かけぬ
神奈川県足柄下郡真鶴岬二ツ石
句碑

○やま椿さけるを見ればいにしへを
幼きときを神の代をおもふ
○この木の実ふりにし事しのばれて
山椿はないとなつかしも
岐阜県美濃加茂市太田本町二丁目祐泉寺
歌碑　大正一三年

顕彰碑
岐阜県美濃加茂市太田本町五丁目逍遙公園
記念碑　昭和三七年六月

千歳のむかしにその名高く
雲居の供御ともなりぬる柿
蜂屋蜂屋蜂屋…（略）
岐阜県美濃加茂市蜂屋町蜂屋小学校
校歌碑

海なぎぬ冬しらぬ里のやぶ椿
静岡県熱海市熱海サンビーチ前サンデッキ
句碑　平成一四年五月

坪内逍遙景慕之碑
静岡県熱海市水口町海蔵寺
記念碑　昭和一〇年

人の身の思ひは遠く老ひらくの
来る日は近くせむすべもなく
静岡県熱海市水口町海蔵寺墓地
歌碑　墓碑側壁刻

○ちかき山にゆきはふれれど常春日
あたみのさとにゆきたちわたる
静岡県熱海市銀座町糸川畔歩道
歌碑　昭和六二年六月

真冬を知らざる
常春熱海
真夏も涼しき
秋の海辺に…（略）

（「熱海市歌」より）

静岡県熱海市和田浜海浜公園
歌碑　昭和五四年三月

土井晩翠（どい・ばんすい）

詩人・英文学者

（明治四年一〇月二三日～昭和二七年一〇月一九日）

出身地　宮城県仙台市北鍛冶町

本名は土井林吉（つちい・りんきち）。質商を営む旧家に生まれ、幼時より「八犬伝」「太閤記」「日本外史」等に親しむ。立町小学校教師佐藤時彦に漢籍を教わった後、家業に従事しつつ書籍を耽読、「新体詩抄」や自由民権思想の影響を受ける。21年、仙台英語塾から第二高等中学校（のち二高）に編入卒業、27年上京。帝大在学中の29年、「帝国文学」第2次編集委員として漢語を用いた叙事詩を発表、藤村と併び称される詩人となった。30年郁文館中学の教師。31年「荒城の月」を作詞。32年処女詩集「天地有情」を出版。外遊後、37年二高教授となり、大正13年には東北大講師を兼任し、英語・英文学を講じ、昭和9年退官。一方、カーライルやバイロンの翻訳を発表、またギリシャ文学に興味を持ち、15年ホメーロスの「イーリアス」「オヂュッセーア」を全訳出版。この間家族を次々に失い、心霊科学に興味を持つ。ほかの代表作に「星落秋風五丈原」「万里長城の歌」、詩集に「暁鐘」「東海遊子吟」「曙光」「天馬の道に」がある。25年文化勲章受章。

＊　＊　＊

合浦の公園浪打つ岸に
商業学校基を置きぬ
青森県青森市合浦二丁目青森市民体育館
歌碑　昭和六〇年四月

昔は荒涼極めし孤村
聖代この方次第に富みて…（略）
青森県青森市東造道一丁目青森商業高校
校歌碑　昭和六〇年一〇月

山河秀づる七州の
北の端なる陸奥の国
前に遥かに津軽沖…（略）
青森県青森市花園二丁目児童遊園地
校歌碑　昭和五二年一一月　青森県師範学校之跡碑刻

虚空に羽ばたき
南を図る
弘前高等学校開校四十周年記念
青森県弘前市文京町弘前大学
詩碑　昭和三五年五月

○春高楼の花の宴

めぐる盃影さして
千代の松が枝わけいでし
昔の光今いづこ…（略）
岩手県二戸市福岡町九戸城址
唱歌碑　昭和三〇年四月　滝廉太郎・作曲

おほ空に雲一ひらもたゞよはず
千世をことほぐ九重の庭
宮城県気仙沼市本町観音寺
歌碑　昭和三七年一一月

流れゆき田に注ぎ入る軽部川
穿ちし君のわざぞ尊き
宮城県栗原市栗駒岩ヶ崎茂庭町
歌碑　昭和四五年八月

○館山の頂高く眺め見る
鳴瀬の川の姿よろしも
宮城県大崎市三本木
歌碑　昭和三六年　他二首刻

あゝ色ありて大いなる行ける詩
何をかたどるや彼人生乃活仂を
是心境の平和を
宮城県東松島市小野梅が森館跡
詩碑　昭和四四年一一月

仙府むかしのあこがれを
傳へてこゝに二千年
東海の上扶桑の端
竝びて呼びあふ八百の島…（略）
宮城県東松島市大高森
詩碑　平成四年一月

徳を積み君がたてにしいさをしを
いひ尽すべき言の葉ぞなき
宮城県遠田郡美里町玉蓮寺前
歌碑　昭和二六年一一月

○あゝ金華山千歳の昔に聞きし
黄金は今その胸に空しとも…（略）
宮城県石巻市金華山鹿山公園
詩碑　昭和二八年

いくたびかこゝに真晝の夢見たる
高山樗牛冥想の松
宮城県仙台市青葉区小松島東北薬科大学構内
歌碑　昭和一六年六月　笹川臨風書

○昨日は青磁に姿をこらし
けふは紅塵に骸を交らし…（略）
宮城県仙台市青葉区越路瑞鳳寺
文学碑　花塚

天地有情
宮城県仙台市青葉区大町二青葉通晩翠草堂前
詞碑　昭和二四年六月

「荒城の月」
春高楼の花の宴
めぐる盃かげさして
千代の松が枝わけいでし
むかしの光今いづこ…（三節略）
宮城県仙台市青葉区川内青葉山仙台城天守台跡
唱歌碑　昭和二七年八月　滝廉太郎・作曲

ゆける子は今天上と知り乍ら
折にふれては泣かざらめやも
宮城県仙台市若林区新寺町大林寺
歌碑　昭和五八年

○妙音をいづくの空にとゞくらむ
逝ける名妓よ秋青葉山

宮城県仙台市若林区新寺小路林松院
歌碑　仇吉の墓

○そのむかし誰かうゑけむ蟠る
龍みる如しあはれこの松
宮城県仙台市若林区宮城刑務所
歌碑　昭和一四年

見下せば藍をたゝうる深き淵
鎮魂台を風掠め行く
真二つに天斧巌をつんざきぬ
三万年前のあけぼの
宮城県仙台市太白区秋保町湯元
歌碑　昭和六〇年一二月　二首刻

浩ぬしおのがかばねと同じ名の
秋保の村の光たれかし
宮城県仙台市太白区秋保町湯元
歌碑　昭和五八年七月

○竹駒の神のみやしろもうで来て
綻びそめし神桜見る
宮城県岩沼市稲荷町竹駒神社
歌碑　昭和二九年八月

郷の生める宮城野信夫かんばしき
孝女の誉千代に朽ちせず
宮城県白石市大鷹沢孝子堂
歌碑　昭和一四年五月

玲瓏の心の目あけ
千よろずの
宝ひめたる
天地を見よ
福島県福島市飯坂町湯野愛宕東一佐藤すみ氏邸
詩碑

花ふゞき霞が城のしろあとに
仰ぐあたゝら峯のしら雪
福島県二本松市霞ヶ城霞ヶ城跡
歌碑　昭和三一年

小野田橋新に成りて此郷の
栄と睦いや増すぞよき
福島県双葉郡浪江町小野田橋
歌碑　昭和一〇年五月

一千餘年閲したる
仏像の数十三を…（略）
福島県河沼郡湯川村勝常寺薬師堂
詩碑　昭和五六年七月

○春高楼の花の宴
めぐる盃かげさして
千代の松が枝わけいでし
むかしの光いまいずこ
福島県会津若松市城東町鶴ヶ城
唱歌碑　昭和二二年六月　滝廉太郎・作曲

明神嶽をみなもとの
宮川清く流れゆく
わが高田町光栄の…（略）
福島県大沼郡会津美里町高田小学校
校歌碑

目に見えぬ神秘の力われを引き
義人の墓にけふ詣でしむ
福島県南会津郡南会津町西町丸山公園
歌碑　昭和二八年五月

気吹の屋いづのみ霊の宿れりし
あとなつかしき越ヶ谷のさと
埼玉県越谷市久伊豆神社境内

歌碑　昭和一七年一〇月　笹川臨風書

○おなじ自然のおん母の
御手にそだちし姉と妹
みそらの花を星といひ
わがよの星を花といふ

新潟県新発田市天王市島氏邸
詩碑　昭和四五年三月

山静
日長

新潟県新潟市北区新崎太古山日長堂庭
詞碑

○春高楼の花の宴
めぐる皿影さして
千代の松が枝わけいでし
むかしの光今いづこ

富山県富山市丸の内一－五－二マンション堺捨前
唱歌碑　昭和五三年六月　滝廉太郎像台座刻　滝廉太郎・作曲

天上の白玉楼に筆揮ふ
君の影見る秋の夜の夢

山梨県甲府市中央五丁目西教寺墓地
歌碑　昭和一三年九月　「油幽小尾先生之碑」側面刻

「荒城の月」
春高楼の花の宴
めぐるさかずきかげさして
千代の松が枝わけいでし…（略）

長野県上水内郡信濃町柏原小丸山公園
唱歌碑　平成五年　滝廉太郎・作曲

「荒城の月」（全四節）
長野県木曽郡木曽町行人橋畔墓地内
詩碑

朝日に匂ふ山桜
やまと心の象徴に
桜の名所芳野山
六百年のいにしへの
南朝の史にかんばしき
圓頂黒衣の熱血児
建武中興のまっさきに
起てる忠臣更にまた
吉野朝廷の柱石よ
吉水宗信法印の
名は千載に巧ちざらん

（「宗信法印讃歌」より）

奈良県吉野郡吉野町吉野山吉水神社
詩碑　昭和六一年五月　三首両面刻

○風なきに斜の落葉いぶかれば
梢はなるゝ小鳥一むれ

和歌山県伊都郡高野町高野山普賢院本堂南側
歌碑　昭和三〇年

珍瓏の心の眼あけ千万の
宝秘めたる天地を見よ

愛媛県新居浜市別子山肉淵天皇橋近く
歌碑　昭和五三年

此地浦戸の古戦場義は泰山の重きより…
見よ長宗我部いにしへの一領貝足の香を留む誉は千秋嗚呼朽ちじ

高知県高知市桂浜浦戸城址西麓
詩碑　昭和一四年一二月　「一領貝足の碑」刻

「荒城の月」
春高楼の花能宴
廻る盃影さして
千代の松可枝わけいでし
昔の光今いづこ…（略）

大分県竹田市竹田岡城跡

唱歌碑　昭和九年一〇月　滝廉太郎・作曲

《参考文献》

◎『みちのく土井晩翠の詩碑を訪ねて』
丸谷慶二郎著　宝文堂出版販売（仙台）　1986・1

徳富蘇峰（とくとみ・そほう）

評論家・新聞人・歴史家

（文久三年一月二五日～昭和三二年一一月二日）

出生地　肥後国上益城郡津森村杉堂（熊本県益城町）

出身地　肥後国葦北郡水俣（熊本県水俣市）

本名は猪一郎（いいちろう）。熊本洋学校に学び、14歳の最年少で熊本バンドに参加。同志社を中退して明治14年郷里熊本に自由民権を旗印に大江義塾を開く。19年に上京して「将来之日本」を刊行。20年民友社を創立し、「国民之友」を創刊、23年には「国民新聞」を発刊して平民主義を唱え、一躍ジャーナリズムのリーダーとなる。しかし、次第に国家主義的な論調に変貌しはじめ、日清戦争には国民新聞社をあげてジャーナリズム方面から協力した。日清戦争後は内務省参事官になるなどして変節を非難されたが、「国民新聞」に健筆をふるい、皇室中心の思想を唱えた。44年勅選貴族院議員、大正2年には政界を離れ、以後評論活動に力を注いだ。昭和4年経営不振から国民新聞社を退社。戦後はA級戦犯容疑者、公職追放の指名を受け、熱海に引き籠った。

＊　＊　＊

○平原渺々接長空
百戦山中一望中…（略）
（詠結城公詩）
宮城県栗原市一迫姫松館松館森林公園
漢詩碑　昭和一四年一二月

○満山新緑草萋々
仙北仙南望欲迷
一點素螺天接水
金華嶋影眼中低
宮城県石巻市県立自然公園旭山旭山神社裏
漢詩碑　昭和一〇年一〇月

○夏木陰々翠葉齊
亂山峡水路高低
懸崖相對一千尺
白石城西碧玉溪
宮城県白石市小原碧玉渓
漢詩碑　昭和三一年一二月

○山似畫屏圍四方
水如翠帶一川長
更有温泉迸玉液
人間此處是仙郷
茨城県久慈郡大子町袋田袋田温泉ホテル
漢詩碑

○昭大義正名分以指導天下之人心
茨城県東茨城郡大洗町常陽明治記念館
漢文碑　昭和五〇年四月

片石秀霊鐘
天功妙趣濃
南無観自在
隠々現慈容
茨城県取手市取手本町長禅寺
漢詩碑　昭和二〇年六月

○男児決志馳千里
自嘗辛苦豈思家…（略）
群馬県渋川市折原芝中
漢詩碑　昭和二七年

水郷之美冠天下
千葉県香取市扇島市水生植物園前

詞碑　昭和一二年六月

○堂々錦旆圧関東
百万死生談笑中
群小不知天下計
千秋相対両英雄
東京都大田区南千束町洗足池畔
漢詩碑　昭和一二年一月

○待五百年後百敗院泡沫頑鉄
東京都府中市多磨町多磨霊園六―一―八―一三
墓碑　昭和二七年　自撰自書　寿蔵碑刻

結髪勤王事
中年侍聖君
老来済世志
不肯伍仙群
東京都多摩市連光寺聖蹟記念館
詩碑

○登々極水源
隔谷幾村々
崖峻泉鳴筧
岳高雲入軒
東京都西多摩郡奥多摩町バス停「出野」の近く
漢詩碑　昭和六年六月

○富貴功名両漠然
忠誠一貫即安禅…（略）
神奈川県鎌倉市山ノ内東慶寺墓地
漢詩碑　昭和一四年六月　詣無仏塔詩

富士山ハ日本帝国ノ象徴ニシテ東洋無二ノ霊山タリ…（略）
山梨県南都留郡山中湖村山中湖畔旭ヶ丘双宣荘
詞碑　昭和八年八月

報国殉公七十春
経営岳麓幾酸辛…（略）
山梨県南都留郡山中湖村旭ヶ丘
漢詩碑　昭和一七年八月　「堀内良平先生頌徳碑」刻

好漢紅陽子
探奇技入神
乾坤不二岳
面目依君新
山梨県南都留郡富士河口湖町河口湖畔産屋ヶ崎
漢詩碑　昭和三一年四月

○瞳々紅日劈波開
豆海湘山瑞色催…（略）
（「来遊詠詩」より）
静岡県熱海市東海岸町古屋旅館
漢詩碑　昭和一三年一月

○神徳如天
静岡県御殿場市六日市場浅間神社
詞碑

○芙蓉岳麓青龍寺
流水濺々度竹林…（略）
静岡県御殿場市増田青龍寺
漢詩碑　昭和一一年夏

千秋松
老蘇八十二
静岡県静岡市清水区小芝町小芝神社
記念碑　両面刻

○日夕雲烟往又還
昔靈縹渺是仙寰
名山不作不平色
白髪昂然天地間
（「名山遊記」より）

静岡県静岡市清水区村松杉原山
漢詩碑　大正一五年一〇月

○奔放藁科川
誰能治水全
挺身卅六士
功徳千秋伝
静岡県静岡市葵区羽鳥木枯の森
漢詩碑　昭和二六年三月

残石重重委棘榛
尚看層塔擁嶙峋
扶桑第一謾休説
唯是斯公第一人
滋賀県蒲生郡安土町安土城跡
漢詩碑　昭和一二年春

目ニ盲ジテ心ニ盲セズ
京都府京都市北区紫野花ノ坊町千本北大路下ル府立盲学校
詞碑　昭和五五年一一月

○凌霜耐雪
松菊長存
兵庫県豊岡市伯東町久畑関所跡
漢詩碑

○神聖之宿処
広島県庄原市西城町比婆山県民の森
詞碑　昭和一五年

○海色山光信美哉
更懐頼子出群才
淋漓大筆精忠氣
振起維新偉業来
広島県尾道市東土堂町千光寺文学のこみち
漢詩碑　昭和三七年五月

鳥道盤々人碧空展奇景春無窮
寄言當代頼夫子獨稱耶溪恐末分
香川県小豆郡小豆島町寒霞溪ロープウェイ紅葉亭
漢詩碑　平成七年九月

○人傑地霊古筑前
覇家台接水城邊
淡翁佳句吾能誦…（略）
（「古筑前」より）
福岡県福岡市中央区西公園中央展望台荒津亭前
漢詩碑　昭和一六年春

儒門出大器
抜擢蹐台司…（略）
福岡県太宰府市宰府四丁目太宰府天満宮参道
漢詩碑　昭和二九年一一月

「大観峯」より
熊本県阿蘇市大観峯波多辺高原
漢詩碑　昭和三三年

○麟兒産火國
大智命名奇…（略）
（「広福寺」より）
熊本県玉名市石貫広福寺
漢詩碑　昭和一七年春

○昭和己巳夏
徜徉菊水邊…（略）
（「立願寺」より）
熊本県玉名市立願寺温泉紅葉館入口
漢詩碑　昭和四年一二月

○清幽成道寺
泉石自然奇…（略）
熊本県熊本市花園町柿原成導寺

漢詩碑　昭和一五年一一月

○石神山下幾回春
村塾風情夢更新…（略）
熊本県熊本市島崎霊樹庵
漢詩碑　昭和二五年一一月　髪塚

金峰蘇岳夢相牽
不見故人経幾千…（略）
熊本県熊本市水前寺本町後藤氏邸
漢詩碑　昭和一五年

儒門大器
抜擢躋台…（略）
熊本県熊本市手取本町菅原神社
漢詩碑　昭和一七年一〇月

悠久二千六百春
扶桑日出瑞光新…（略）
熊本県熊本市手取本町菅原神社
漢詩碑　昭和一五年

徳富蘇峰生誕地碑
熊本県上益城郡益城町杉堂塩井神社
詞碑

征西将軍宮追憶…（略）
熊本県八代市妙見町天神山悟神寺
漢詩碑　昭和一一年八月

祖先墳墓地
吾亦愛吾郷…（略）
熊本県水俣市浜八幡宮
漢詩碑

豊嶽は肥豊に面へいのごとし…（略）
（「久住高原」より）
大分県竹田市久住町赤川久住高原荘横
漢詩碑　平成二年

神聖降臨地
乾坤定位時…（略）
鹿児島県霧島市霧島田口霧島神社入口
漢詩碑　昭和二七年八月

徳冨蘆花　（とくとみ・ろか）

小説家
（明治元年一〇月二五日～昭和二年九月一八日）
出生地　熊本県葦北郡水俣（水俣市）
出身地　熊本県大江村（熊本市大江町）

本名は健次郎。明治11年同志社に入るが中退。18年キリスト教の洗礼を受け伝道に従事した後、22年上京。兄・蘇峰の経営する民友社に入り翻訳、短編小説等を発表。27年原田藍（愛子）と結婚。31年初の作品集「青山白雲」を刊行。33年通俗的問題小説「不如帰」が好評を博しその名を知られる。同年「自然と人生」、34年「思出の記」を刊行。35年政界を批判して兄と訣別。38年妻と旅行中富士山で暴風雨に遭い、自伝小説「冨士」執筆のきっかけとなった。39年聖地巡礼の旅に立ち、帰途トルストイを訪問。帰国後農村に永住の地を求めて北多摩に移住、その生活ぶりは随想集「み、ずのたはこと」に記される。

＊　＊　＊

泥炭地耕すべくもあらぬとふ
さはれ美し虎杖の秋
北海道士別市東二条七丁目
歌碑　昭和三四年七月

蘆花寄生木ゆかりの地
北海道旭川市春光町三区鷹栖公園
詞碑　昭和三三年六月

塩原の名物は、温泉一、瀑布二、春の八汐、秋の紅葉、夏の清風
涼月は別として
…（略）
（「両毛の秋」より）

文学碑
栃木県那須塩原市塩原木の葉化石園

伊香保の山の仁の泉よ永久に
人の子を医し温め…（略）
（「新春」より）

○うめよ植えよ湧けよ
流れよとこしえに
仁の泉生命の力

詞碑　昭和二五年
群馬県渋川市伊香保町蘆花公園

鳴く虫の音はほそけれどおおわたの
高鳴りにしもまきれさりけり

歌碑
千葉県山武郡九十九里町西の下元中西薬局

天地は失せむ我が言は失せしと
のりにし人は神にはあらむ

歌碑　昭和六〇年七月
千葉県山武郡九十九里町粟生南芝地粟生納屋海岸

土なる哉農なる哉。
農は神の直参である。
自然の懐に、自然の支配下に、
自然を賛けて働く農は…（略）

詞碑　昭和四二年
東京都世田谷区粕谷一－二〇蘆花公園

「蘆花・獨歩ゆかりの地」の碑
神奈川県逗子市小坪海岸
記念碑　昭和三六年六月　徳富蘇峰書

青いくも白い雲
おなじ雲でもわしや白雲よ
わがまま気ままに空をとぶ

詩碑
神奈川県逗子市桜山柳屋跡

炎天や何はあれども千代の水

句碑
石川県白山市北国銀行松任支店交差点南五〇m右手小路

自然と人生

詞碑　昭和三七年一〇月　副碑あり
京都府京都市右京区嵯峨清滝町猿渡橋近く「ますや」前

○人の子の貝掘りあらす砂原を
平になして海の寄せ来る

歌碑　昭和八年一〇月　磨崖碑
岡山県倉敷市玉島乙島

○人の子の貝掘りあらす砂原を
平になして海の寄せ来る

歌碑　昭和二九年　磨崖碑複製
岡山県倉敷市玉島乙島戸島神社

伊豫の今治
今治は余に
忘られぬ追憶の
郷である
（「木浦丸」より）

文学碑　昭和六〇年一一月
愛媛県今治市片原町今治港港務所横

○僕の故郷は九州、九州の一寸真中で、海遠い地方…（略）
（「思い出の記」より）

詞碑　昭和四二年一一月　標柱「徳富蘆花文学碑」は武者小路実篤書
熊本県菊池市城山城山公園月見殿跡

○薄月夜虫の音近く端居して
語り今宵とはは忘れじ
宮崎県延岡市尾崎町
歌碑　昭和三二年九月

中河与一（なかがわ・よいち）

小説家

（明治三〇年二月二八日～平成六年一二月一二日）

出生地　東京都

出身地　香川県坂出町（坂出市）

初め、スケッチや短歌に熱中し「朱欒」に投稿。大正7年上京し、本郷美術研究所に通う。11年歌集「光る波」を刊行。10年頃から小説を発表し、12年発表の「或る新婚者」で作家としての地位を確立。13年川端康成らと「文芸時代」を創刊し新感覚派運動に参加、「刺繍せられた野菜」などを発表。昭和12年「愛恋無限」で第1回の透谷文学賞を受賞。13年代表作「天の夕顔」を発表、人気を集めた。戦時中は「文芸世紀」を主宰。評論面でも「形式主義芸術論」「フォルマリズム芸術論」の著書があり、他の歌集に「秘帖」「中河与一全歌集」がある。戦後は「失楽の庭」「悲劇の季節」「探美の夜」などの作品がある。

＊　＊　＊

○年ごとの河童祭は楽しけれ
世外の人の集る二日
青森県三沢市小牧
歌碑　昭和六一年七月

○世の常のはめをはづせる河童殿
いたづらしてもたのしくあれよ
岩手県遠野市附馬牛町猿ヶ石川片岸橋上流
歌碑　昭和五二年七月

○朝夕に芋銭したしみながめたる
沼の向ふの富士美しき
茨城県牛久市城中牛久沼畔雲魚亭広場
歌碑　昭和六三年一一月

○秀吉が築きし城のあとどころ
にぎくしかも山桜花
神奈川県小田原市小田原一夜城跡
歌碑

○一直線に空よりしろく落つる瀧
息もとまりて見つつ飽かなく
神奈川県足柄上郡山北町酒水の瀧
歌碑　昭和六一年七月

○夜布かきやまのいほ里にゆ免さめて
曽羅わたる月をきゆるまでみし
（「天の夕顔」より）
富山県富山市有峰大多和峠
歌碑　昭和三七年八月

天にちかき國のたかはら霧ふ里て
神話の如し君と志ゆけば
長野県塩尻市高ボッチ高原横峰
歌碑　昭和五四年初秋

○天の夕顔の主人公かつて此の地に庵を結んで幻住す
（「天の夕顔」より）
岐阜県飛弾市神岡町森茂公園
詞碑　昭和四六年九月

○いくたびか危機ありし時神さびて
のらせし御言忘らえなくに
岐阜県岐阜市御手洗護国神社
歌碑　平成一年一〇月

○以にしへのみかど植え賜びし淡墨の
さく羅見あかず世界にひとつ

岐阜県本巣市根尾淡墨公園
歌碑　昭和六三年四月

隆信が描く頼朝像みたる時
ただならぬ英雄エレキの如く来し
静岡県伊豆の国市田中山女塚史跡公園
歌碑　昭和五〇年五月　二首刻

○とつ国の人なりながらこの国の
柱となりて散りし君はも
京都府京都市東山区東山霊山観音寺
歌碑　昭和四三年一二月

○まがなしきひと眼を欲りてあしびきの
山川の旅こえゆきにけり
奈良県桜井市芝米田一郎氏邸
歌碑　昭和六一年

ふた葉より香しといふ栴檀の
ひともとありし庭を忘れず
岡山県岡山市瀬戸町大内大内公民館
歌碑　平成一年

自由なる人永遠に海を愛さむ
香川県高松市番町中央公園
詞碑　昭和五五年六月

○文武天皇の大御世柿本人麿中之水門よりこの島に航海し来り長歌
一首短歌二首を作る…(略)
香川県坂出市沙弥島オソゴエの浜
詞碑　昭和一一年一〇月　「柿本人麻呂碑」刻

○愛恋無限
香川県坂出市沙弥島オソゴエの浜
詞碑　昭和五二年四月

ふた葉より香ばしといふ栴檀の
ひともとありし庭を忘れず
香川県善通寺市吉原町
歌碑　平成一年四月

西行がいほりせし跡希典が
うえしホルトの繁り居り今
香川県善通寺市吉原町西行庵
歌碑　平成三年

長塚節（ながつか・たかし）

歌人・小説家
（明治一二年四月三日～大正四年二月八日）
出身地　茨城県結城郡岡田村国生（常総市国生）

号に桜芽、夏木など。正岡子規に師事し、子規亡き後の明治36年伊藤左千夫らと「馬酔木」を創刊、歌作、歌論にと活躍する。41年廃刊後、「アララギ」に参加。万葉調の写生に徹し「うみ苧(お)集」「行く春」などを発表。36年頃から小説を書き始め43年に名作「土」を発表。44年喉頭結核となり、病床では「わが病」「病中雑詠」などを発表した。

＊＊＊

○白はにの瓶こそよけれ霧ながら
朝はつめたき水くみにけり
岩手県盛岡市梨木町二一一伊藤氏邸
歌碑　昭和三八年四月　六首刻

汐干潟磯のいくりに釣る人は
波打ちくれば足揚て避けつゝ
福島県いわき市勿来町関田長沢勿来関跡登り口(断崖下)
歌碑　昭和四〇年二月

もの、ふの過ぎしいそ回のあだなみを
勿来の関と人はいふなり

福島県いわき市勿来町勿来関跡入口（国道沿）
歌碑　昭和六〇年四月

赤井嶽とざせる雲の深谷に
　相呼ふらしき山とりのこゑ
福島県いわき市赤井岳常福寺
歌碑　昭和五五年八月

雪降りて寒くはあれど梅の花
　散らまく惜しみ出でゝ来にけり
茨城県日立市諏訪町諏訪梅林
歌碑　昭和五四年三月

多珂の海の水木の浜に荒波にかぢめさは
　寄るそをとりてたすけにせむと蜑等さはよる
潮さゐの水木の濱に爪木たく
　蜑人さわぎ擣布とるかも
茨城県日立市水木町一丁目田楽原児童公園入口
歌碑　昭和五九年八月　二首刻

○うつそみの人のためにと菩提樹を
　こゝに植ゑけむ人の尊とさ
茨城県下妻市栗山光明寺
歌碑　昭和三年六月

蘆角の萌ゆる狭沼の埴岸に
　舳とき放ちて吾ひとり漕ぐ
茨城県下妻市砂沼砂沼湖畔観桜園
歌碑　平成四年三月

利根川の北風いなさの吹き替へに
　むれてくだる帆つぎてのぼる帆
茨城県神栖市波崎豊ヶ浜児童公園
歌碑　平成二年四月

鬼怒川を夜ふけてわたす水棹の
　遠くきこえて秋たけにけり

茨城県常総市杉山
歌碑　昭和一八年一一月　岡麓書

いまにして人はすべなしつゆ草の
　ゆふさく花をもとむるがごと
茨城県常総市杉山石下町民文化センター
歌碑　昭和五四年

烈しい西風が目に見えぬ大きな塊をごうつと打ちつけては又ごうつと打ちつけて皆痩こけた落葉木の林を一日苛め通した
（「土」冒頭より）
茨城県常総市岡田旧岡田小学校跡
文学碑　昭和三八年九月

○すがくしかしがわか葉に天ひゞき
　こゑひゞかせて鳴く蛙かも
茨城県常総市国生長塚節生家
歌碑　昭和六〇年二月

おくて田の稲刈るころゆ夕されば
　筑波の山のむらさきに見ゆ
茨城県常総市新石下さくら堤公園
歌碑　平成一五年一一月

馬追虫の髭のそよろに来る秋は
　まなこを閉ぢて想ひ見るべし
朝顔のかきねに立てばひそやかに
　睫にほそき雨かゝりけり
茨城県常総市総合福祉センター
歌碑　平成一六年九月　二首刻

我かさとは櫟林にたゆたへる
　春うなかしてうそ鳥の鳴く
茨城県常総市総合運動公園
歌碑　平成一六年九月

赤駒の沓掛過ぎて楢の木の生子を行けば萱村に鳴くやよしきりよしきりの止まず口叩き足悩むとひこずる君を見るがわぶしさ
茨城県坂東市生子北生子生子菅中学校跡
歌碑　昭和五八年一一月

み歌今われなき家の文筥に
忘られてあり身は人の妻(節)
まくらがの古河の桃の木ふふめるを
いまだ見ねどもわれこひにけり(節)
茨城県古河市鴻巣古河総合公園
歌碑　平成二年四月　四首刻(二首ずつ)

唐黍の花の梢にひとつづゝ
蜻蛉をとめて夕さりにけり
群馬県吾妻郡六合村入山
歌碑　昭和五三年

夜に入ればせい出してわく清水哉
埼玉県鴻巣市下忍水辺公園
句碑　平成六年

千葉の野を越えてしくれば蜀黍の
高穂の上に海あらはれぬ
千葉県山武市殿台伊藤左千夫記念公園
歌碑　平成三年三月

○甲斐人の石臼たて、粉に砕く
唐黍か此の見ゆる山は
山梨県笛吹市八代町南郷土館庭
歌碑　昭和五一年一〇月

うれしくもわけこしものか遥々に
松虫草のさきつゞく山
長野県諏訪市蛙原霧ヶ峰高原薙鐘神社横
歌碑　昭和一四年九月　岡麓書

うれしくもわけこ志ものか遥々に
松虫草のさきつゞく山
長野県諏訪市湖岸通湖畔公園
歌碑　昭和五五年九月

秋の田のゆたかにめぐる諏訪のうみ
霧ほがらかに山に晴れゆく
長野県茅野市宮川茅野宗湖寺坂室観音堂
歌碑　昭和三〇年五月

木曽川のすぎにし舟を追ひがてに
松の落葉を踏みつつぞ来し
岐阜県各務原市鵜沼少年自然の家前庭
歌碑　平成五年九月

浅芽生の各務が原は群れて刈る
まぐさ千草真熊手に掻く
岐阜県各務原市蘇原寺島町山田寺
歌碑　昭和五六年

浅芽生の各務が原は群れて刈る
まぐさ千草真熊手にかく
岐阜県各務原市那加門前町市民公園
歌碑　昭和六三年三月

揖斐川の簗落つる水はたぎつ瀬と
とどろに砕け川の瀬に落つ
岐阜県揖斐郡揖斐川町城台山公園〝文学の里〟
歌碑　平成三年五月

しろたへの瀧浴衣掛けて干す
樹々の桜は紅葉しにけり
岐阜県養老郡養老町養老公園
歌碑　昭和五五年七月

松葉を吹きとむ風の涼しきに
啁びてわれはさめにけらしも
愛知県岡崎市明大寺町栗林竜海中学校

歌碑

麦崎のあられ松原そがひみに
　きの国山に船はへむかふ
三重県志摩市志摩町片田麦崎灯台横
歌碑　平成四年一一月

かがなべて待つらむ母に真熊野の
　羊歯の穂長を箸にきるかも
和歌山県新宮市熊野川町熊野古道
歌碑　昭和五九年三月

虎杖のおどろが下をゆく水の
　たぎつ速瀬をむすびてのみつ
和歌山県新宮市熊野川町熊野古道
歌碑　昭和五九年三月

○しろかねのはり打つごとききりぐす
　幾夜はへなばすゞしかるらむ
福岡県福岡市東区馬出三丁目九州大学医学部眼科教室前
歌碑　昭和三三年一一月

うつそみの人のためにと菩提樹を
　ここに植ゑけむ人の尊とさ
福岡県福岡市城南区片江町東油山文学碑公園
歌碑

手を當て、鐘はたふとき冷たさに
　爪叩き聴くそのかそけきを
福岡県太宰府市観世音寺五─六天智院
歌碑　昭和三四年五月　中島哀浪書

霧島は馬の蹄のたててゆく
　埃の中に遠ざきにけり
宮崎県宮崎市橘通東一丁目橘公園
歌碑

朝まだきすずしくわたる橋の上に
　霧島ひくく沈みたり見ゆ
宮崎県宮崎市橘通東一丁目橘公園（大淀川河畔）
歌碑　昭和三八年一一月

とこしへに慰もるひともあらなくに
　枕に潮のおらぶ夜は憂し
宮崎県宮崎市折生迫字名切県立亜熱帯植物園
歌碑　昭和三〇年二月　両面刻

《参考文献》

◎『長塚節の文学碑』
早稲田大学文学碑と拓本の会編　二玄社　１９７５
◎『長塚節─文学碑への道』
伊藤昌治著　銀河書房（長野）　１９８２・７
◎『長塚節・横瀬夜雨─その生涯と文学碑　新修版』
石塚弥左衛門編著　明治書院　１９９５・５

中野重治（なかの・しげはる）

詩人・小説家・評論家

（明治三五年一月二五日～昭和五四年八月二四日）

出身地　福井県坂井郡高椋村（坂井市）

筆名は日下部鉄。四高時代から創作活動をし、東大入学後は大正14年「裸像」を創刊。東大新人会に参加し、林房雄らと社会文芸研究会を結成、翌15年マルクス主義芸術研究会に発展した。この年「驢馬」を創刊し「夜明け前のさよなら」「機関車」などの詩を発表。昭和2年「プロレタリア芸術」を創刊、3年蔵原惟人らと全日本無産者芸術連盟を結成し、プロレタリア文学運動の中心人物となる。6年日本共産党に入党。7年弾圧で逮捕され、2年余りの獄中生活をする。転向出所後は「村の家」「汽車の罐焚き」などを発表。22年日本共産党から立候補して3年間参院議員として活躍。25年党を除名され、のち復党したが、39年別派を結成、再び除名された。22年「五勺の酒」を

発表した後も小説、評論の部門で活躍し、30年「むらぎも」で毎日出版文化賞を、34年「梨の花」で読売文学賞を、44年「甲乙丙丁」で野間文芸賞を受賞。

＊　＊　＊

梨の花の故地
中野重治ここにうまれここにそだつ

記念碑　昭和五五年八月
福井県坂井市丸岡町一本田

蓄めるものは　花さかん
花さきたらバ　實とならむ

詞碑　昭和五八年五月
福井県坂井市丸岡町丸岡町民図書館

《参考文献》

◎『中野重治―文学アルバム』
中野重治研究会企画・編集　能登印刷・出版部(金沢)　1989・6

中原中也（なかはら・ちゅうや）

詩人

（明治四〇年四月二九日～昭和一二年一〇月二二日）

出身地　山口県吉敷郡山口町下宇野令村(山口市湯田温泉)

中学時代から短歌を作り、大正11年共著で歌集「末黒野」を刊行。12年県立山口中学を落第し、立命館中学に転入。「ダダイスト新吉の歌」に出会い、ダダの詩を書き始める。京都に来ていた富永太郎と親交を結び、フランス象徴派の詩人ボードレールやランボーを学ぶ。14年上京、小林秀雄を知る。以降詩作にはげみ、昭和3年初期作品の代表作「朝の歌」(大正15年作)を発表。4年河上徹太郎、大岡昇平らと同人誌「白痴群」を創刊し、「寒い夜の自画像」などを発表。9年第一詩集「山羊の歌」を刊行。10年「歴程」「四季」同人となる。11年11月長男文也を失ってから神経衰弱が高じ翌年1月病院へ。さらに10月結核性脳膜炎を発病し、30歳の若さで死亡。没後の13年第二詩集「在りし日の歌」が刊行された。古風な格調の中に近代的哀愁をたたえた詩風により、昭和期の代表的詩人として評価されている。平成6年生家跡地に中原中也記念館が開館。

＊　＊　＊

桑名の夜は暗かった
蛙がコロコロないてゐた…(略)

（「桑名の駅」より）

詩碑　平成六年七月
三重県桑名市JR桑名駅ホーム

○天井に朱きいろいで
戸の隙を漏れいる光
鄙びたる軍楽の憶ひ
手にてなすなにごともなし

（「朝の歌」より）

詩碑　平成六年四月
山口県山口市湯田温泉中原美枝子氏邸

これが私の古里だ
さやかに風も吹いてゐる
あゝおまへは何をして来たのだと
吹き来る風が私にいふ

詩碑　昭和四〇年六月　小林秀雄書　側面は大岡昇平刻
山口県山口市湯田温泉二丁目高田公園

しのめのよるのうみにて
汽笛鳴る
こころよ起きよ目を醒ませ
しのめのよるのうみにて
汽笛鳴る
象の目玉の汽笛鳴る

詩碑　平成五年一二月
山口県山口市湯田温泉三錦川通り(山頭火ちんぽこ句碑横)

河瀬の音が山に来る

春の光は石のやうだ
筧の水は物語る
白髪の媼にさも消てる

（「悲しき朝」より）

山口県山口市小鯖鳴滝の滝壷近く
詩碑　昭和六一年一一月

「冬の長門峡」より
山口県阿武郡阿東町長門峡入口
詩碑　昭和六三年三月

中村雨紅（なかむら・うこう）

童謡詩人

（明治三〇年二月六日～昭和四七年五月八日）

出身地　東京府南多摩郡恩方村（東京都八王子市）

本名は高井宮吉。宮司の家に生まれる。東京の第二日暮里小学校、大正7～13年第三日暮里小学校で教師をした後、厚木市に移住。その年より、24年に定年退職するまで厚木実科高女教諭を務めた。傍ら、児童の情操教育のため同僚らと回覧文集を始め、童話歌謡を発表。「蛙のドタ靴」「ねんねのお里」「かくれんぼ」などの作品がある。著書に「もぐらもち」などがある。「夕焼小焼」の童謡作詞はとくに有名。

＊　＊　＊

「夕焼小焼」
夕焼小焼けで日が暮れて
山のお寺の鐘が鳴る…（略）
秋田県仙北郡花館姫神公園夕焼小焼の丘
童謡碑　昭和四九年　草川信・作曲

「夕焼小焼」
茨城県龍ケ崎市久保台四
童謡碑　草川信・作曲

「夕焼小焼」
茨城県龍ケ崎市第二久保台児童公園
童謡碑　草川信・作曲

ゆうやけこやけでひがくれて
やまのおてらのかねがなる
おててつないでみなかえる…（略）
東京都荒川区東日暮里五一二一一第二日暮里小学校
童謡碑　昭和四四年七月

○夕焼小焼で日が暮れて
山のお寺の鐘が鳴る
お手々つないで皆帰る
烏と一所に帰りましょう

（「夕焼小焼」）

東京都荒川区東日暮里三一一〇一一六第三日暮里小学校
童謡碑　昭和五九年七月　夕焼小焼の塔刻

○興慶寺ここのみ寺の鐘の音を
今日も安らに聞くぞ嬉しき
東京都八王子市上恩方町興慶寺梵鐘
歌碑

○夕焼小焼で日が暮れて
山のお寺の鐘が鳴る
お手々つないで皆帰らう
烏と一緒に帰りませう

（「夕焼小焼」より）

東京都八王子市上恩方町宮尾神社本殿右手前
童謡碑　昭和三一年

○今も帰ればふる里の
岡に残るよ傘松よ
村のはずれの閻魔堂
ねんねこさらさらとんとろり
川の瀬音も子守歌…（第二節略）

（「ふる里と母と」より）

東京都八王子市上恩方町興慶寺
詩碑　昭和四五年　作曲海沼実

「夕焼小焼」の鐘と歌

東京都八王子市西寺方町宝生寺
童謡碑　昭和四三年九月　歌は自筆

「夕焼小焼」

東京都八王子市西寺方町観栖寺
梵鐘　昭和四二年一二月　夕焼の鐘碑陰刻　草川信・作曲

○ふるさとはみな懐かしく温かし
今宵も聞かむ夕焼の鐘

東京都八王子市下恩方町中小田野観栖寺
歌碑　昭和四二年一二月　「夕焼の鐘」碑陰

「夕焼小焼」
夕焼小焼で日が暮れて
山のお寺の鐘がなる…（略）

東京都八王子市上野町三―三〇夕やけ本舗万年屋
童謡碑　草川信・作曲

夕焼小焼で日が暮れて
山のお寺の鐘がなる
お手々つないで皆帰ろ
烏と一緒に帰りましょう…（略）

神奈川県厚木市寿町厚木小学校
童謡碑　平成五年七月　草川信・作曲

○夕焼小焼で日が暮れて
山のお寺の鐘が鳴る
お手々つないで皆帰ろ
烏と一緒に帰りましょう

（「夕焼小焼」より）

神奈川県厚木市東丹沢大山東麓七沢温泉（元湯玉川館庭）
童謡碑　昭和三七年九月

「夕焼小焼」

神奈川県厚木市泉町一〇―六八ゆうやけこやけビル壁面
童謡碑　平成一年四月　草川信・作曲

今昔の感慨風光愛しみけり
旭光園の春の一日

長野県長野市平柴旭光園
歌碑

夕焼小焼で日が暮れて
山のお寺の鐘が鳴る…（略）

長野県長野市安茂里阿弥陀堂
童謡碑　昭和三四年

「ねんねのお里」
ねんねのお里はよいお里
こんもり小山が西東
りんご畑も見えてます…（略）

長野県長野市安茂里平柴旭香園
童謡碑　昭和三六年一〇月　杉山はせを・作曲

夕焼小焼で日が暮れて
山のお寺の鐘が鳴る…（略）

長野県長野市西長野往生寺
童謡碑　昭和三四年

夕焼小焼で日が暮れて
山のお寺の鐘が鳴る
お手々つないで皆帰ろう…（略）

（「夕焼小焼」より）

長野県東筑摩郡筑北村東条花顔寺
童謡碑　昭和三一年三月

「夕焼小焼」
夕焼小焼で日が暮れて

山のお寺の鐘が鳴る…(略)
長野県塩尻市洗馬下小曽部興竜寺
童謡碑　昭和五五年四月　草川信・作曲

夕焼小焼で日が暮れて
山のお寺の鐘が鳴る
お手々つないで皆帰ろ
烏と一緒に帰りましょう…(略)
長野県上田市別所温泉北向観音
童謡碑　昭和二六年

「夕焼小焼」
長野県小県郡長和町大門常福寺
童謡碑　草川信・作曲

「夕やけこやけ」
岐阜県瑞浪市陶町水上大橋(メロディ橋)
童謡碑　楽譜刻　草川信・作曲

「夕焼け小焼け」
夕焼け小焼けで
日が暮れて
山のお寺の…(略)
静岡県浜松市浜北区平口不動寺
童謡碑　昭和五五年一一月　草川信・作曲

ゆうやけこやけで日がくれて
山のお寺の鐘が鳴る…(略)
(「夕焼小焼」より)
兵庫県たつの市龍野町龍野公園白鷺山
童謡碑

「夕焼け小焼け」
夕焼け小焼けで日が暮れて
山のお寺の鐘がなる…(略)
和歌山県西牟婁郡すさみ町江住日本童謡園
童謡碑　草川信・作曲

「夕焼小焼」
(草川信・作曲)
福岡県北九州市小倉北区城内新勝山公園図書館西側
童謡碑

夏目漱石　(なつめ・そうせき)

小説家
(慶応三年一月五日〜大正五年一二月九日)
出身地　江戸牛込馬場下横町(東京都新宿区喜久井町)

本名は金之助。明治26年東京高師、28年松山中学、29年五高教授を経て、33年英国に留学し、〝漢文学と英文学の違い〟などから研究を断念、強度の神経症に陥る。36年に帰国後一高、東京帝国大学各講師を歴任。38年高浜虚子の勧めで「ホトトギス」に「吾輩は猫である」を発表。さらに39年、「坊ちゃん」「草枕」を発表し、作家としての文名を高める。40年教職を辞して東京朝日新聞社に入り、本格的な作家活動に入る。しかし42年胃かいようで大吐血、大正5年「明暗」の完成を見ずに死去した。

＊　＊　＊

「痛いがな。そう無茶しては」「このくらゐな辛抱が出来なくて坊主になれるもんか」…(略)
(「草枕」より)
宮城県仙台市青葉区茂庭綱木裏山大梅寺
文学碑　昭和六三年三月

○妙雲寺に瀑を観る
蕭條たる古刹崔嵬に倚る
渓口僧の石苔に坐する無し
山上の白雲明月の夜
直ちに銀蟒と爲て佛前に来たる
栃木県那須塩原市塩原妙雲寺

漢詩碑　昭和四六年初夏

湯壺から首丈出せば野菊哉
栃木県那須塩原市塩原妙雲寺
句碑　昭和五七年秋

めをとづれ榛名がへりの山籠に
ゆはへつけたる萩美しき
群馬県渋川市伊香保町伊香保伊香保ホテル松屋
歌碑　平成一年

夏目漱石誕生の地
東京都新宿区喜久井町一
記念碑　昭和四一年二月　安部能成書

吾輩は猫である
名前はまだない
明治十一年夏目漱石錦華に学ぶ
東京都千代田区猿楽町一丁目お茶の水小学校
文学碑　昭和五三年二月

「漱石参禅百年記念碑」（エッセイ等刻）
神奈川県鎌倉市山ノ内東慶寺墓地
記念碑　平成六年一二月

佛性は白き桔梗にこそあらめ
神奈川県鎌倉市山ノ内円覚寺帰源院
句碑　昭和三七年一二月

冷やかな鐘をつきけり円覚寺
神奈川県鎌倉市長谷一丁目鎌倉文学館外灯
句碑

湧くからに流るるからに春の水
山梨県南巨摩郡身延町久成句碑の里
句碑

秋の江にうう込む杭の響哉
静岡県伊豆市中山氏邸
句碑　平成一三年三月

○仰臥人如唖　黙然看大空
大空雲不動　終日春相同
静岡県伊豆市紅葉山公園
漢詩碑　昭和八年四月

漱石の三四郎ゆかりの宿
愛知県名古屋市中村区名駅南一－一八名鉄笹島東パーキング角
記念碑

春の川を隔てて男女哉
京都府京都市中京区御池通鴨川御池大橋西詰
句碑　昭和四二年二月

漱石と京都
明治二十五年夏
子規と京都に遊ぶ
明治四十年春
朝日新聞入社挨拶のため上洛…（略）
京都府京都市中京区御池通鴨川御池大橋西詰
記念碑　昭和四二年二月　副碑刻

涼しさや蚊帳の中より和歌の浦
和歌山県和歌山市田野一九〇ケアハウスわかうら園
句碑　平成一四年八月　他一句刻

柊を幸多かれと飾りけり
香川県さぬき市長尾西宗林寺
句碑　平成八年一一月

凩に聞け何れが先に散る木の葉
愛媛県新居浜市一宮町一丁目一宮神社
句碑　昭和四一年秋　三句刻

釣鐘のうなる許に埜分哉

愛媛県新居浜市松原町九－四八合田正仁氏邸
句碑　昭和四一年春　二句刻

○釣鐘のうなる許にのわきかな
愛媛県松山市小川粟井坂粟井泉（大師堂）
句碑　昭和五一年三月　二句刻

山寺に太刀をいたゝく時雨哉
愛媛県松山市藤野町円福寺
句碑　昭和四〇年四月

○半鐘と並んで高き冬木哉
愛媛県松山市道後公園公園北入口
句碑　昭和六一年一一月　二句刻

永き日やあくびうつして分れ行く
愛媛県松山市道後町二丁目俳句の道
句碑　昭和六三年四月

はじめてのふなや泊りをしぐれけり
愛媛県松山市道後湯之町ホテル「ふなや」
句碑

永き日やあくびうつして分れ行く
愛媛県松山市道後湯之町大和屋本店
句碑

半鐘とならんで高き冬木哉
愛媛県松山市道後湯之町大和屋本店
句碑

御立ちやるか御立ちやれ新酒菊の花
愛媛県松山市持田町二丁目県立松山東高校中庭
句碑　平成一三年一〇月

○「愛松亭跡」と漱石書簡を刻む
愛媛県松山市一番町三丁目県立美術館別館
文学碑　昭和五六年三月

○わかるゝや一鳥啼て雲に入る
愛媛県松山市一番町四丁目市役所前
句碑　昭和三七年一〇月　「漱石ゆかりの松山中学校跡」碑刻

見上ぐれば城屹として秋の空
愛媛県松山市平和通一丁目神岡氏邸
句碑

春に吹かれ心地や温泉の戻り
愛媛県松山市居相町伊予豆比古命神社（椿神社）句碑玉垣
句碑

立秋の紺落ち付くや伊予絣
愛媛県松山市居相町伊予豆比古命神社（椿神社）句碑玉垣
句碑

古里に帰るは嬉し菊の頃
愛媛県松山市居相町伊予豆比古命神社（椿神社）句碑玉垣
句碑

別るゝや一鳥啼いて雲に入る
愛媛県松山市市坪南二丁目池内氏邸
句碑

○雲来り雲去る瀑の紅葉かな
愛媛県東温市河之内白猪滝
句碑　昭和五八年一〇月　二句刻

瀑五段一段ごとのもみぢかな
愛媛県東温市河之内唐峰滝下り口
句碑　昭和三八年九月

三坂望松山城
欹危小径破晨行…（略）
愛媛県上浮穴郡久万高原町東明神三坂峠ドライブイン裏
漢詩碑　昭和三六年一〇月

蒲殿のいよく悲しかれ尾花

木枯らしや冠者の墓撲つ松落葉
愛媛県伊予市上吾川鎌倉神社
句碑　昭和一六年五月　二句刻

蒲殿のいよ〲悲し枯尾花
愛媛県伊予市上吾川称名寺
句碑

凩や冠者の墓所の落松葉
愛媛県伊予市上吾川称名寺
句碑

神鳴の岡に乗り過ぎて落ちにけり
愛媛県伊予市上野二〇八五―二武智氏邸
句碑

凩に聞け何れが先に散る木の葉
愛媛県伊予郡砥部町五本松県窯業試験場前
句碑　平成一五年一一月

うつくしき蚕の頭や春の鯛
福岡県北九州市小倉北区上富野四―一―二五松伯園ホテル
句碑　平成一一年一月

仰臥人如唖
黙然看大空
大空雲不動
終日杳相同
福岡県福岡市城南区片江町東油山文学碑公園
漢詩碑

反橋の小さく見ゆる芙蓉かな
福岡県太宰府市宰府二丁目西鉄太宰駅前灯籠竿石北西
句碑　平成二年三月　他三首刻

温泉のまちや踊ると見えてさんざめく
福岡県筑紫野市湯町武蔵福祉センター「御前湯」前
句碑　昭和六二年

見上げたる尾の上に秋の松高し
温泉の町や踊ると見えてさんざめく
福岡県筑紫野市古賀八―二天理教天拝分教会
句碑　平成一一年一一月

菜の花の遙かに黄なり筑後川
福岡県朝倉市山田大分自動車道下り線山田サービスエリア
句碑　平成二年三月

人に逢わず雨ふる山の花盛
福岡県久留米市山本町豊田森林つつじ園飛雲台東方
句碑

筑後路や丸い山吹春の風
福岡県久留米市山本町豊田森林つつじ園飛雲台東方
句碑

菜の花の遥かに黄なり筑後川
福岡県久留米市御井町高良山東側飛雲台
句碑

松おもて囲ひし谷の桜かな
福岡県久留米市草野町草野発心公園
句碑　平成六年三月

濃やかに弥生の雲の流れけり
福岡県久留米市草野町草野発心城址西
句碑　平成七年六月

追分とかいふ処にて車夫共の親方乗って行かん喃といふがあまりに可笑しかりければ。
福岡県久留米市山川町上追分三六一先
文学碑　平成一四年一二月

親方と呼びかけられし毛布哉

福岡県久留米市山川追分
句碑　平成四年一二月

なつかしむ衾に聞くや馬の鈴
福岡県うきは市吉井町吉井小東南側ふれあい広場
句碑　平成七年三月

ひや、、と雲が来るなり温泉の二階
福岡県筑後市尾島船小屋鉱泉場北側
句碑　平成二年五月

凩に鯨潮吹く平戸かな
勢ひひく逆櫓は五丁鯨船
長崎県平戸市平戸大橋下大橋公園
句碑　昭和六〇年三月　両面刻

小説二百十日文学碑
熊本県阿蘇市坊中三合目園地坊中野営地
文学碑　昭和五二年九月　有原末吉氏撰文並建立

小説二百十日遺跡案内
熊本県阿蘇市坊中三合目園地坊中野営地
詞碑

赤き烟黒の烟の二柱
真直に立つ秋の大空
熊本県阿蘇市坊中三合目園地坊中野営地
歌碑　平成八年一一月

阿蘇の山中丹て道越失い終日あらぬ方にさまよふ…（略）
熊本県阿蘇市坊中三合目園地坊中野営地
文学碑

小諸二百十日文学碑
善五郎谷（遭難）
熊本県阿蘇市坊中三合目園地坊中野営地
文学碑

「夏目漱石先生二百十日起稿の宿」
行けど萩ゆけどすゝきの原広し
熊本県阿蘇市内牧ホテル山王閣
文学碑　昭和四四年春

小説二百十日文学碑
銀杏の樹が門前にあるお寺明行寺、夏目漱石ぶらりと両手を垂げたまゝ…（略）
熊本県阿蘇市小里明行寺
文学碑

白萩の露をこぼすや温泉の流
熊本県阿蘇市小里明行寺
句碑　平成八年六月

小説草枕発祥之地
熊本県玉名市天水町小天温泉漱石館
文学碑　昭和五一年一二月

かんてらや師走の宿に寐つかれず
熊本県玉名市天水町小天漱石館
句碑　平成八年一〇月

小天に春を迎えて
温泉や水滑らかに去年の垢
熊本県玉名市天水町小天那古井館
歌碑　昭和六三年六月

○夫レ教育ハ建国ノ基礎ニシテ
師弟ノ和熟ハ育英ノ大本タリ
熊本県熊本市黒髪二丁目熊本大学武夫原の松林
詞碑　昭和三九年二月

秋はふみ吾に天下の志
熊本県熊本市黒髪二丁目熊本大学武夫原の松林
詞碑

ふるひ寄せて白魚崩れん許りなり
熊本県熊本市出水二―四水前寺江津湖公園休憩園地
句碑　平成九年三月

木瓜咲くや漱石拙を守るべく
熊本県熊本市島崎七丁目鎌研バス停前
句碑　平成八年一〇月

すみれ程な小さき人に生れたし
熊本県熊本市京町本丁京町本丁漱石記念緑道
句碑　平成七年四月

我耳許せ元日なれは朝寝坊
熊本県熊本市内坪井町四―二二夏目漱石旧居
句碑　昭和七年九月

安々と海鼠の如き子を生めり
熊本県熊本市内坪井町四―二二漱石旧居「筆子」産湯の井戸脇
句碑

菜花黄
菜花黄朝暾
菜花黄夕陽…（略）
熊本県熊本市水前寺公園夏目漱石旧居
漢詩碑　平成八年一二月

すずしさや寒は鉦うつ光琳寺
熊本県熊本市新市街十二松本外科医院
句碑　昭和二五年

「おい」と声越掛けたが返事がない。軒下から奥をのぞくと…（略）
春風や惟然が耳に馬の鈴
（「草枕」より）
熊本県熊本市河内町鳥越峠の茶屋公園
文学碑　平成一年四月

家を出て師走の雨に合羽哉
熊本県熊本市河内町野出石畳入口
句碑　平成八年一〇月

天草の後ろに寒き入日かな
熊本県熊本市河内町野出野出峠の茶屋園
句碑　平成八年一〇月

峠の茶屋跡
熊本県熊本市河内町野出野出峠
記念碑　昭和四一年

智に働けば角が立つ、情に棹させば流される。…（略）
（「草枕」より）
熊本県熊本市河内町野出野出峠
文学碑　昭和四一年　右の碑の副碑

降りやんで蜜柑まだらに雪の舟
熊本県熊本市河内町野出南越展望所
句碑　平成八年一〇月

せぐくまる蒲團の中や夜もすがら
大分県中津市山国守実大歳御祖神社
句碑

静僧死して只凩の里なりき
大分県日田市亀山二―八恵念寺
句碑　昭和四二年三月

《参考文献》

◎『伊予路の夏目漱石―坊っちゃんの文学遺跡散歩』増補版
鶴村松一著　松山郷土史文学研究会　1981・4

新美南吉（にいみ・なんきち）

童話作家・児童文学者

（大正二年七月三〇日～昭和一八年三月二二日）

出身地　愛知県知多郡半田町（半田市）

本名は渡辺正八。中学時代から鈴木三重吉の「赤い鳥」に投稿、昭和6年「正坊とクロ」「張紅倫」、7年「ごんぎつね」「のら犬」が入選した。この間巽聖歌らの童謡雑誌「チチノキ」同人となる。11年郷里の安城高女で教鞭をとり、童話・童謡・詩・小説など創作活動を続けたが、結核のため短い生涯に終る。死後その民芸品的な名作群の多くは知人らの手により刊行された。主な作品に「赤いろうそく」「川」「屁」「ごんぎつね」「手ぶくろを買いに」などがある。平成6年愛知県半田市に新美南吉記念館が開館。

＊　＊　＊

詩「手紙」より

（第一連と最後の一連を刻）

岐阜県大垣市西外側町円通寺墓地

詩碑　墓碑刻

牛は重いものを曳くので
首を垂れて歩く
牛は重いものを曳くので
地びたをにらんで歩く

愛知県安城市桜町安城公園

詩碑　昭和四七年五月

生れいでて
舞ふ蝸虫の触角のごと
しづくの音に驚かむ
風の光にほめくべし
花も匂はゞ酔ひしれむ

愛知県安城市赤松町大北安城高校

詩碑　昭和二三年一一月

かなしいときは
貝殻鳴らそ
二つ合せて息吹をこめて
静かに鳴らそ
貝殻を

愛知県安城市大東町安城中部小学校

詩碑　平成一年

…（略）
おきゝよこの百姓家から
もれてくるハモニカの聲を

（詩「百姓家」より）

愛知県安城市新田町新田小学校図書館

詩碑　平成五年一月

西の谷も東の谷も
北の谷も南の谷も
鳴るぞやほれ
あそこの村も
鳴るぞや

（「ごんごろ鐘」の一節）

愛知県半田市岩滑中町一丁目ごんごろ緑地

文学碑　平成二年一月　この碑の前に、英訳碑もあり

冬ばれや大丸煎餅屋根に干す

愛知県半田市岩滑中町一丁目生家

句碑　昭和六二年四月

また今日も己を探す

愛知県半田市岩滑中町大石源三郎氏邸

詞碑　昭和五四年三月

○権狐

愛知県半田市岩滑高山町市立岩滑小学校

詞碑　昭和六〇年三月　南吉の日記より直筆刻

私がうきゆうの下をゆくと
金貨でもくれるように
…（略）

愛知県半田市岩滑高山町市立岩滑小学校
詞碑　平成九年六月

（「落葉」より）

○代表作「ごんぎつね」の元原稿の一部より
愛知県半田市岩滑西町新美南吉記念館〝童話の森〟
文学碑　平成六年一〇月

「デンデンムシノカナシミ」より
愛知県半田市岩滑西町新美南吉記念館
文学碑　平成一五年七月

この石の上を過ぎる…（略）

（詩「墓碑銘」より）

愛知県半田市平和町南吉養子先の家
詩碑　昭和四八年三月

かなしいときは貝殻鳴らそ
二つ合せて息吹をこめて
静かに鳴らそ貝殻を
愛知県半田市雁宿町雁宿公園
詩碑　昭和三六年一二月

「三月二日土風」日記抄より
愛知県半田市出口町1丁目半田高校
詞碑　昭和五六年三月

少女細く海の碧るり泳ぎけり
愛知県知多郡美浜町河和港観光センター
句碑　昭和五〇年八月

石何年苔蒸し清水しみわたり
愛知県知多郡美浜町河和河和小学校
句碑　昭和五四年一月

《参考文献》

◎『文学探訪　新美南吉の世界』
続橋達雄ほか著・半田市立博物館、大阪国際児童文学館監修　丘書林
1987・10

野口雨情（のぐち・うじょう）

詩人

（明治一五年五月二九日～昭和二〇年一月二七日）

出身地　茨城県多賀郡北中郷村磯原（北茨城市磯原町）

本名は英吉。雅号は北洞。中学時代から詩作、句作を始め、明治38年日本で初めての創作民謡集「枯草」を刊行。40年三木露風らと早稲田新社を結成。同年北海道に渡り、北鳴新聞、小樽日報社、北海タイムス社、胆振新報社と移り、42年帰郷。その後、郷里で植林事業に専念した後、大正8年から童謡を書き始める。9年上京、キンノツノ社に入社し、「金の船」（のち「金の星」）を中心に、白秋、八十らと近代童謡の基礎をかため、以後も童謡、地方民謡の創作と活躍した。

＊　＊　＊

今朝の山なり函岳あたり
雲の行きさきが気にかかる…（略）

（恩根小唄）

北海道中川郡美深町恩根内公園
民謡碑　平成二年一〇月

名寄公園照る日の光
緑もゑ立つ原始林
北海道名寄市名寄公園
民謡碑　平成二年五月

大函小函の河鹿の子さえ
岩にやせかれる瀬にや流される
浮世なりやこそあきらめしやんせ
りん気せぬもの恋はせまいもの
北海道上川郡上川町層雲峡温泉層雲閣グランドホテル

民謡碑　昭和六一年七月

海は紫空青々と
朝日かゝやく茂入山
北海道余市郡余市町入舟町余市水産博物館前
民謡碑　昭和四三年七月

「赤い靴」
赤い靴はいてた
女の子…（略）
北海道虻田郡留寿都村本町赤い靴公園
童謡碑　本居長世・作曲

「おてんとさんの唄」
赤い花さいた
いゝ花さいた
てれ〳〵
おてんとさん
いゝ唄うたほ
いっしょに歌ほ
てれ〳〵
おてんとさん
宮城県仙台市太白区向山中央児童館
童謡碑　昭和四五年五月

米ぢゃ庄内港ぢゃ酒田
日和山まで船が来る
山形県酒田市南新町一丁目日和山公園
民謡碑　昭和六〇年

○出羽の三山羽黒の杉は
霧にまかれて夜は寐る
山形県鶴岡市羽黒町手向羽黒山表参道
民謡碑　昭和五四年七月

○いよ、よあけにやよあけの明星
親だ子だものおやこひし
山形県山形市松並五丁目萬松寺
民謡碑　昭和六〇年四月

あつま山から
兎かはねて
ひよんとここまて
こえはよい。
山形県米沢市上杉神社
民謡碑　昭和六一年一一月

○誰がつくやら夜あけの鐘は
粋はつかない野暮が撞く
茨城県北茨城市大津町五浦五浦観光ホテル
民謡碑　昭和四八年四月

○松に松風磯原は
磯の蔭にも波が打つ
茨城県北茨城市磯原町磯原磯原海岸
民謡碑

末の松並東は海よ
吹いてくれるな汐風よ…（略）
（磯原節）
茨城県北茨城市磯原町磯原磯原海岸市営駐車場
民謡碑　昭和五一年一〇月

「七つの子」
からすなぜ鳴くの
からすは山に
かわい七つの
子があるからよ…（略）
茨城県北茨城市磯原町磯原精華小学校
童謡碑　昭和四一年一月　本居長世・作曲

○遠く朝日は海よりのぼり

千里奥山夜があける
茨城県北茨城市磯原町磯原天妃山入口
民謡碑　昭和三〇年一月

天妃山から
ハ・東をね
東を見れば
テモヤレコラサ…（略）
（「磯原小唄」より）
茨城県北茨城市磯原町磯原野口雨情記念館
詩碑　昭和五六年七月　藤井清水曲　高木東六書

○やさしい日本の嬢ちゃんよ
仲よくあそんでやつとくれ
茨城県北茨城市磯原町磯原野口雨情記念館
童謡碑　昭和五六年五月

「かもめ」
かもめ飛んだ飛んだ
かもめが飛んだ
一羽おくれて…（略）
茨城県北茨城市磯原町磯原野口雨情記念館前
童謡碑　昭和五六年五月

「旅人の唄」
山は高いし
野はただ広し
ひとりとぼとぼ
旅路の
乾くひまなく…（略）
茨城県北茨城市磯原町JR磯原駅駅西公園
歌謡碑　平成七年一一月　森繁久弥・作曲・唄

「船頭小唄」
おれハ河原の
枯れすすき
おなじお前も枯れすすき…（略）
茨城県北茨城市磯原町JR磯原駅駅西公園
歌謡碑　平成七年一一月　中山晋平・作曲　森繁久弥・唄

雨降りお月さん
雲の陰
お嫁にゆくときゃ
誰とゆく…（略）
茨城県北茨城市磯原町二ツ島天妃山通りゃんせ像台座
童謡碑　昭和三五年五月

通りやんせ通りやんせ
茨城県北茨城市磯原町二つ島通りやんせ像台座
童謡碑　昭和三五年五月

二つ島でもハ世間をネ
世間をかねてテモアレコラサ…（略）
茨城県北茨城市磯原町二つ島二つ島海岸
民謡碑　昭和六三年四月

わたしゃ火よりもあつい
来れば来るほど温泉の…（略）
（磯原小唄）
茨城県北茨城市磯原町としまや「月浜の湯」庭
民謡碑　平成二年一月

末の松並東は海よ
吹いてくれるな汐風よ…（略）
（磯原節）
茨城県北茨城市磯原町としまや旅館横広場
民謡碑

○遠く朝日は海よりのぼり
千里奥山夜があける
茨城県北茨城市岡本町亀谷地
民謡碑　昭和四一年二月

七つの子
茨城県北茨城市中郷町常磐高速道路中郷ＳＡ（上り）野口雨情詩碑公園
童謡碑　平成一年三月

黄金虫
茨城県北茨城市中郷町常磐高速道路中郷ＳＡ（上り）野口雨情詩碑公園
童謡碑　平成一年三月

兎のダンス
茨城県北茨城市中郷町常磐高速道路中郷ＳＡ（上り）野口雨情詩碑公園
童謡碑　平成一年三月

証城寺の狸囃子
茨城県北茨城市中郷町常磐高速道路中郷ＳＡ（上り）野口雨情詩碑公園
童謡碑　平成一年三月

四丁目の犬
茨城県北茨城市中郷町常磐高速道路中郷ＳＡ（上り）野口雨情詩碑公園
童謡碑　平成一年三月

十五夜お月さん
茨城県北茨城市中郷町常磐高速道路中郷ＳＡ（上り）野口雨情詩碑公園
童謡碑　平成一年三月

俵はごろごろ
茨城県北茨城市中郷町常磐高速道路中郷ＳＡ（上り）野口雨情詩碑公園
童謡碑　平成一年三月

しゃぼん玉とんだ
屋根までとんだ
屋根までとんで
こわれて消えた…（略）
茨城県北茨城市中郷町常磐高速道路中郷ＳＡ（下り）野口雨情詩碑公園
童謡碑　平成一年三月

青い眼の人形
茨城県北茨城市中郷町常磐高速道路中郷ＳＡ（下り）野口雨情詩碑公園
童謡碑　平成一年三月

赤い靴
茨城県北茨城市中郷町常磐高速道路中郷ＳＡ（下り）野口雨情詩碑公園
童謡碑　平成一年三月

蜀黍畑
茨城県北茨城市中郷町常磐高速道路中郷ＳＡ（下り）野口雨情詩碑公園
童謡碑　平成一年三月

雨ふりお月さん雲の蔭…（略）
茨城県北茨城市中郷町常磐高速道路中郷ＳＡ（下り）野口雨情詩碑公園
童謡碑　平成一年三月

あの町この町日がくれる日がくれる
今来たこの道帰りゃんせ帰りゃんせ
茨城県北茨城市中郷町常磐高速道路中郷ＳＡ（下り）野口雨情詩碑公園
童謡碑　平成一年三月

七重と八重に七町を
めぐれ牡丹の緋のそなた
解いてくだされ花笠の
花によろしき人も見た…（略）
（「その夜」より）
茨城県水戸市宮町東照宮
詩碑　昭和五八年五月　他一節刻

一丁目の子供駈け駈け帰れ
二丁目の子供泣き泣き逃げた
四丁目の犬は足長犬だ
三丁目の角に此方向いて居たぞ
（「四丁目の犬」より）
茨城県水戸市本町一丁目蓼沼商店前
童謡碑　昭和六二年

十五夜お月さん御機嫌さん
ばあやはおいとまとりました…（略）

茨城県石岡市府中君崎氏邸
民謡碑　平成一一年一一月

明けゆく空にほのぼのと
紫匂う筑波山
紅深くうららかに
花咲く春の桜川
茨城県土浦市大手町土浦小学校
校歌碑　昭和五一年三月

「船頭小唄」
おれは河原の
かれすすき
同じお前も
枯れすすき…（略）
茨城県潮来市稲荷山公園
歌謡碑　昭和四〇年五月　中山晋平・作曲　森繁久弥・唄

○猿島岩井町茶の芽が伸びりや
空に雲雀がさへづりかゝる
茨城県坂東市岩井八坂神社外苑
民謡碑　昭和三二年五月

「証誠寺の狸ばやし」
茨城県龍ケ崎市久保台四
童謡碑　中山晋平・作曲

○こんくお啼き
那須野の原の
こんくきつね
栃木県那須塩原市橋本郷土館
童謡碑　昭和五四年一一月

誰れと別れか福渡あたり
啼いて夜半ゆく川千鳥
栃木県那須塩原市塩原和泉屋旅館
民謡碑　昭和六〇年　署名のみ自筆

○矢板長峰初夏頃にや
紅いつつじの花が咲く
栃木県矢板市中長峰公園
民謡碑　昭和五三年一一月

○雨降りお月さん雲の蔭…（略）
栃木県さくら市喜連川道の駅「きつれがわ」内
童謡碑　平成四年一月

○山は遠いし野原はひろし
水は流れる雲はゆく
栃木県宇都宮市今泉三丁目興禅寺
詩碑　昭和六〇年六月

○あの町この町日が暮れる日が暮れる
今きたこの道帰りゃんせ帰りゃんせ
（「あの町この町」より）
栃木県宇都宮市鶴田町雨情羽黒山旧居
童謡碑　昭和三三年四月

おせどの親なしはねつるべ
海山千里に風が吹く…（略）
（「蜀黍畑」より）
栃木県宇都宮市鶴田町雨情羽黒山旧居
童謡碑　昭和五七年五月

「蜀黍畑」
おせどの親なしはねつるべ
海山千里に風が吹く
もろこし畑も日がくれた
にわとりさがしに行かないか
栃木県宇都宮市桜二丁目「とらや」店前
童謡碑　平成四年四月

「七つの子」

からすなぜ啼くの烏は山に
可愛七つの子があるからよ…（略）
栃木県鹿沼市朝日町ヤマト写真店前
童謡碑　平成六年三月　本居長世・作曲

○水道山から見る足利は
機屋繁昌のけむり立つ
（足利節）
栃木県足利市通四但馬屋
民謡碑　昭和五二年一二月

○近戸のんのさまは
ささらずき
ささらは
うたずき笛がすき
群馬県前橋市粕川町月田近戸神社
民謡碑　昭和三八年一月

○とんぼなんにゆく富士の宮さして
いろは習ひに月田校へ
群馬県前橋市粕川町月田小学校
詩碑　平成二年四月

「七つの子」
からす
なぜなくの
からすは山に
かわい七つの
子があるからよ
かわいかわいと
からすは…（略）
埼玉県久喜市青葉一－二久喜青葉団地二－八
童謡碑　昭和四九年夏　本居長世・作曲

○歌に床しきあの山吹の
あの山吹の里よ武蔵の越生町
埼玉県入間郡越生町西和田山吹の里歴史公園
詩碑　平成六年八月

○朝にゃあさ霧夕にゃ狭ぎり
秩父三峰霧の中
埼玉県秩父市三峰三峰神社境内
民謡碑　昭和三五年秋

つ、月夜だ皆んな出て
来い〳〵来いおいらの友達ァ
ぽんぽこぽんのぽん（本碑）

○証々証城寺
証城寺のにわは（曲碑）
千葉県木更津市富士見二丁目証城寺
童謡碑　昭和三一年一一月

○都鳥さへ夜長のころは
水に歌書く夢も見る
東京都墨田区向島一丁目隅田公園
民謡碑　昭和六三年一〇月

赤い靴はいてた女の子は
今、この街に眠っています。
東京都港区麻布十番パティオ広場銅像台座
顕彰碑　平成一年二月

○鳴いてさわいで日の暮れ頃は
葦に行々子はなりやせぬ
東京都三鷹市井の頭四井の頭公園池畔
民謡碑　昭和二七年一一月

磯の鵜の鳥や
日暮にゃ帰る
波浮の港にゃ
夕やけ小やけ
明日の日和は

ヤレホンニサ
なぎざるやら
東京都大島町波浮港岸辺
民謡碑　昭和三六年　昭和六〇年四月改建　中山晋平・作曲　森繁久弥書

三根倉の坂さか真ん中で
出船眺めてそでしぼる
（八丈島ショメ節）
東京都八丈島千畳石
民謡碑　昭和六二年六月

南風だよ皆出ておじゃれ
迎え草履の紅はな緒
（八丈島ショメ節）
東京都八丈島千畳石
民謡碑　昭和六三年五月

月が出ました大根の沖に
今夜踊らでいつおどる
（八丈島ショメ節）
東京都八丈島千畳石
民謡碑　平成四年五月

朝日はのぼり輝やきて
八丈富士の崎高く
仰ぐわれらの三根校…（略）
東京都八丈島三根小学校々庭
校歌碑

「赤い靴はいてた女の子」より
神奈川県横浜市中区山下公園中央
童謡碑　昭和五四年一一月　山下正道作像台座刻

○凧もからめは一度は切れる
空にとといて空にとといて凧か立つ…（略）
（白根凧音頭）
新潟県新潟市南区上下諏訪木しらね大凧と歴史の館前
民謡碑　平成六年一一月

津川城山白きつね
子供が泣くから化けてみな
新潟県東蒲原郡阿賀町麒麟山
民謡碑　昭和五一年一一月

「シャボン玉」
シャボン玉飛んだ
屋根まで
飛んだ
屋根まで飛んで
こわれて
消えた
新潟県長岡市学校町シンボルロード
童謡碑　中山晋平・作曲

「こがね虫」
こがね虫は
金もちだ
金ぐらたてた
くらたてた
新潟県長岡市学校町シンボルロード
童謡碑　中山晋平・作曲

「七つの子」
からすなぜなくの
からすは山に
かわいい七つの
子があるからよ
新潟県長岡市学校町シンボルロード
童謡碑　本居長世・作曲

「しょうじょう寺のたぬきばやし」
しょう〱しょうじょう寺

しょうじょう寺の庭は
つっ月夜だ…（略）
新潟県長岡市学校町シンボルロード
童謡碑　中山晋平・作曲

○霧は山から日は東から
越後魚沼朝霧や深や
新潟県魚沼市虫野伊米ヶ崎小学校
民謡碑　昭和五二年一一月

○能生の弁天岩どんと波おいで
いつも弁天さまどんと波見てる
新潟県糸魚川市能生海岸
民謡碑　平成六年一〇月

めがね橋から木の葉を流す
誰にたよりをオワラやるのやら
（おはら節）
富山県富山市八尾町下新町茶房〝城山〟前
民謡碑　昭和六二年八月

○軒端雀がまた来てのぞく
けふも糸引きやオワラ手につかぬ
（おはら節）
富山県富山市八尾町東新町
民謡碑　平成五年八月　灯篭刻

おたや地蔵さんこの坂下を
今宵なつかしオワラ月あかり
（おはら節）
富山県富山市八尾町鏡町八尾信用農協前
民謡碑　平成一年九月

わたしや野山の兎じゃないが
月夜月夜にオワラ逢いに来る
（おはら節）

富山県富山市八尾町諏訪町通り沼田修真氏邸前
民謡碑　昭和六二年八月

春の下の茗鳴く鶯の
声ものどかなオワラやるのやら
（おはら節）
富山県富山市八尾町下の茗温泉女湯内
民謡碑　昭和四八年五月

○春が来たやら有磯の海も
けさは沖から花ぐもり
富山県氷見市丸殿浜展望台
民謡碑　昭和五三年五月

○波は静にお日和つづき
大漁大漁がまたつづく
富山県氷見市朝日山朝日山公園
民謡碑　平成六年四月

○お手々鳴らせば鳳来山の
かねの鳳凰も共に鳴く。
（輪島小唄）
石川県輪島市鳳至町鳳来山公園
民謡碑　平成一三年四月

能登の福浦のこしまき地蔵は
今朝も出船をまたとめた
石川県羽咋郡志賀町福浦
民謡碑　昭和五九年

○朝にゆふへに赤倉山は
下に能登湾ひとなかの。
（田鶴浜小唄）
石川県七尾市田鶴浜町赤蔵山
民謡碑　昭和六三年一一月

富士の高嶺の白雪は

仰ぐもうれし白砂の
玉の姿の美しく…（略）
山梨県都留市上谷都留市役所前庭
校歌碑　昭和五六年五月

信州広くも中野がなけりや
ヨイトコラドッコイサノセッセッセ…（略）
長野県中野市新野中山晋平記念館裏
民謡碑

「シャボン玉」
しゃぼんだまとんだ
やねまでとんだ
やねまでとんで
こわれてきえた…（略）
長野県中野市新野中山晋平記念館
童謡碑　平成三年四月　譜面刻

「證城寺の狸囃子」
長野県中野市新野晋平の里證城寺の狸噺子コース
童謡碑　平成五年三月　中山晋平・作曲

「春のうた」
桜の花の咲く頃は
うらうららと
日はうらら
ガラスの窓さえ…（略）
長野県長野市松代町松代字殿町真田公園
童謡碑　譜面刻　草川信・作曲

○伊那の龍丘
桜の花盛り
春蚕掃きませうか
籠ロヂ編もか…（略）
（「伊那の龍丘」より）
長野県飯田市桐林市立龍丘小学校

歌碑　昭和五六年三月

忘れなさるな湯ヶ峰下は
こひし温泉下呂の町
誰を待つやら河鹿でさへも
下呂の磧で夜も啼く
岐阜県下呂市森雨情公園
民謡碑　平成二年

○誰を待つやら河鹿でさえも
下呂の磧で夜も啼く
岐阜県下呂市森雨情公園
歌碑

山の谷々流れる水を
末にや千羽の瀧となる
岐阜県下呂市森雨情公園
民謡碑　平成一二年

○湯の香慕ふて若鮎さへも
益田川すぢ瀬をのぼる
岐阜県下呂市森阿多野橋南
民謡碑　昭和六二年八月

益田川さへ雨降りや濁る
わたしや心は濁りやせぬ
岐阜県下呂市森合掌村
民謡碑　平成一年

○六ツ見橋ゆきや暑さはしらぬ
涼し川風そよくくと
岐阜県下呂市森JR下呂駅南
民謡碑　平成六年

見たか聞いたか下呂八幡の
四十五尺の大杉を
岐阜県下呂市森八幡神社

民謡碑　平成一二年

思やなつかし湯が渕あたり
空の月さへ来てのぞく
岐阜県下呂市湯之島湯ヶ渕
民謡碑　平成一二年一〇月

飛騨の下呂町湯治の帰り
神に湯の香がほんのりと
岐阜県下呂市湯之島湯之島館横
民謡碑　平成一二年

下呂の河原の月待草の
花は夜咲き朝しぼむ
岐阜県下呂市湯之島小川屋
民謡碑　平成一三年

下呂の温泉お薬師さまは
昔ながらに湯の守り
岐阜県下呂市湯之島温泉寺
民謡碑　平成一三年

○下呂の温泉お薬師さまは
昔ながらに湯の守り
岐阜県下呂市阿多野橋詰
歌碑

紅葉見るなら帯雲橋で
山も谷間もひと眺め
岐阜県下呂市三原帯雲橋西詰
民謡碑　平成一四年

通ておいでよ中山七里
下呂は湯どころ唄どころ
木々は青葉に中山七里
岩につつじの花が咲く
岐阜県下呂市孝子ヶ池

民謡碑　平成一四年

○関の孫六三本杉はは
水したゝるアリヤ玉もちる
岐阜県関市桜本町二―三〇―一関市文化会館前
民謡碑　旧碑

関の孫六三本杉はハ、ドントショ。
（「関音頭」より）
岐阜県関市桜本町二―三〇―一関市文化会館前
民謡碑　昭和六三年五月

美濃はよいとこ昔じゃけれども
つもる糸貫川に来る
岐阜県本巣市三橋旧糸貫町役場
民謡碑　昭和四四年五月

天城の山が足出して　婆娑羅山脈こしらへた　天城の山の出した
足　てっこぶたっこぶこぶだらけ
（「てっこぶ、たっこぶ」より）
静岡県賀茂郡松崎町小杉原婆娑羅峠
童謡碑　昭和五六年三月

赤い靴はいてた女の子
異人さんにつれられて行っちゃった…（略）
（「赤い靴」より）
静岡県静岡市清水区日本平頂上
童謡碑　昭和六一年三月

スイッチョがいった
スイッチョがいた
曳馬の萩は筆になっちゃった…（略）
（「曳馬の萩」より）
静岡県浜松市中区成子町法林寺
童謡碑　昭和四二年一一月

「雨降りお月」の全節

愛知県豊橋市御津町三海臨海緑地日本列島公園
童謡碑　平成六年三月

「赤い靴」の全節
愛知県豊橋市御津町三河臨海緑地日本列島公園
童謡碑　平成六年三月

○「豊川音頭」より
愛知県豊川市桜ヶ丘町豊川地域文化広場南角
民謡碑　昭和五八年九月

「七つの子」
からすなぜなくの
からすは山に
かわいい
七つの子が
あるからよ。（略）
愛知県豊田市野口町国道一五三号沿い
童謡碑　平成一六年一二月

○日本デンマーク
三河の安城町にや
メロンの花が咲く　（安城小唄）
愛知県安城市桜町安城公園
民謡碑　昭和四七年五月

○川は大木曽桃太郎さんの
生れ屋敷も川の岸　（犬山節）
愛知県犬山市栗栖町桃太郎神社
民謡碑　昭和三二年

○起渡船場金比羅さまの
石の燈籠も夜はとぼる　（織姫音頭）
愛知県一宮市起堤町金比羅社
民謡碑　昭和四一年八月

阿漕ヶ浦の舟人は
ゆらり〳〵と舟を漕ぐ　（阿漕が浦の舟人より）
三重県津市阿漕町阿漕海岸交通公園
歌謡碑　昭和五八年四月

梨の花見りや神原恋し
こひし神原梨どころ　（五ヶ所湾小唄）
三重県度会郡南伊勢町神津佳神原神社前
民謡碑　平成一年七月

山にひびいて白滝さへも
水は砕けて花と咲く　（五ヶ所湾小唄）
三重県度会郡南伊勢町切原白滝近く
民謡碑　平成一年七月

神路山越えまた来ておくれ
乙女椿の咲く頃に　（五ヶ所湾小唄）
三重県度会郡南伊勢町切原剣峠
民謡碑　平成三年一一月

ここは五ヶ所愛洲の城趾
聞くもなつかし物語　（五ヶ所湾小唄）
三重県度会郡南伊勢町五ヶ所浦愛洲の里
民謡碑

○伊勢の五ヶ所は真珠の港
波のしづくも珠となる　（五ヶ所湾小唄）

三重県度会郡南伊勢町五ヶ所浦町民文化会館南庭園
民謡碑　昭和六三年一一月

月の出頃か御所島あたり
啼いて渡るは磯千鳥　（五ヶ所湾小唄）
三重県度会郡南伊勢町中津浜浦漁民センター付近
民謡碑　平成一年七月

穂原瀬戸渓つゝじが咲いて
鮎は若鮎瀬をのぼる　（五ヶ所湾小唄）
三重県度会郡南伊勢町伊勢路サニーロード添瀬戸橋付近
民謡碑　平成一年七月

空の雲さへ龍仙岳に
夜は来て寝て朝帰る　（五ヶ所湾小唄）
三重県度会郡南伊勢町船越志摩広域消防南勢分署前
民謡碑　平成一年一〇月

空の月さへ内瀬の湾の
浜の小舟の中に照る　（五ヶ所湾小唄）
三重県度会郡南伊勢町内瀬高浜バス停近く
民謡碑　平成一年七月

波にぬれくきみ網曳いて
女ながらも夜を明す　（五ヶ所湾小唄）
三重県度会郡南伊勢町相賀浦バス停相生橋のたもと
民謡碑　平成一年八月

さくら台場の名残りの松は
おもやいく年へるのやら
三重県度会郡南伊勢町礫浦礫台場跡
民謡碑　昭和五九年七月

○葛島なら廻れば一里
海女の貝とり船でみる　（五ヶ所湾小唄）
三重県度会郡南伊勢町宿浦国道沿い
民謡碑　平成一年七月

○三崎止尼崎かけて
岩に散るのは浪の華　（五ヶ所湾小唄）
三重県度会郡南伊勢町田曽浦八柱神社付近
民謡碑　平成一年七月

鰤は港に杉絵は山に…（略）　（「尾鷲小唄」の一節）
三重県尾鷲市北浦東町熊野古道馬越峠コース傍
歌碑　平成一五年三月

「香住漁歌」　（四番までと「香住小唄」の八節刻）
兵庫県美方郡香美町香住漁港西港
歌謡碑　平成三年五月

○名さへ目出たい入船山に
町のまもりの八幡宮　（柏原小唄）
兵庫県丹波市柏原町柏原八幡宮
民謡碑　昭和六二年一〇月

○青葉隠れの三重の堤を
啼いて空ゆく時鳥　（柏原小唄）
兵庫県丹波市柏原町柏原八幡宮
民謡碑　平成一年五月

○見たか柏原大神川に

懸けて渡すは木の根橋　（柏原小唄）
兵庫県丹波市柏原町役場前
民謡碑　平成一年五月

○町の真ン中櫓の上て
つゝし太鼓はひる寝する　（柏原小唄）
兵庫県丹波市柏原町大歳神社
民謡碑　平成六年七月

○播磨小野まちやなぎの城下
たびのつばめも来てとまる　（「小野小唄」）
兵庫県小野市王子町大池弁天島
歌謡碑　昭和一一年

北は小野町東は三木へ
市場樫山間の里…（略）
兵庫県小野市樫山町山ノ神神社
民謡碑　平成九年一月

烏なぜ啼くの烏は山に
可愛七つの子があるからよ…（略）
（「七つの子」より）
兵庫県たつの市龍野町龍野公園白鷺山
童謡碑

○君は旅人あの山越して
明日あの川越して来る
兵庫県たつの市龍野町龍野公園横カタシボ竹林庭
歌謡碑　昭和五七年四月

○那波の大島椿の花は
春の桜の中に咲く　（播磨港節）
兵庫県相生市那波大島山城跡
民謡碑　昭和六〇年四月

○あふの湊はなつかし湊
軒の下まで船がつく　（播磨港節）
兵庫県相生市那波南本町市立図書館
歌謡碑　昭和五八年一月

○相生の港はなつかし港
軒の下まで船がつく
雲の蔭から雨ふり月は
濱の小舟の中のぞく　（播磨港節）
兵庫県相生市那波南本町中央公園
民謡碑　昭和五八年一月

春のあけほの花なら櫻
武士の鑑ちや赤穂義士
兵庫県赤穂市加里屋花岳寺
民謡碑　平成二年五月

○旅の青空涯さへ知れぬ
啼いてゆくのは渡り鳥
兵庫県洲本市宇原第二文学の森
歌謡碑

○雪のふる夜に鴬は
梅の花さく夢を見る
奈良県奈良市月ヶ瀬嵩薬師寺裏
歌謡碑　昭和三四年

○紀州田辺の扇ヶ濱にや
松に松風たへやせぬ　（田辺小唄）
和歌山県田辺市湊扇ヶ浜海岸

民謡碑　昭和四三年

○落ちるゆふ日は天神崎の
遠く海原ゆふ焼ける
（田辺小唄）

和歌山県田辺市元町天神崎遊園地
民謡碑　昭和四四年五月

○高尾山下忘れてなろか
紀伊の田辺は城下町
（田辺小唄）

和歌山県田辺市湊闘鶏神社
民謡碑　昭和四八年

松の小路のくらがり谷を登りや見わたす枯木灘
（すさみ温泉歌謡）

和歌山県西牟婁郡すさみ町床浜近畿大学水産研究所すさみ分室入口
歌謡碑　昭和五〇年

すさみ温泉今宵のとまり
袖に湯の香がほんのりと…（略）

和歌山県西牟婁郡すさみ町周参見ホテルシーパレス
歌碑　昭和五四年五月

「七つの子」
からす
なぜなくの
からすは山に
かわい七つの
子があるからよ…（略）

和歌山県西牟婁郡すさみ町江住日本童謡園
童謡碑　本居長世・作曲

○国のまもりか速魂さまの
御庭前まで神さびる
（新宮歌謡）

和歌山県新宮市上本町速玉大社
歌謡碑　昭和三九年七月

見せてやりたい神倉山の
お燈まつりの男意気
（新宮歌謡）

和歌山県新宮市神倉神社
歌謡碑　昭和三八年七月

○泣いてわかれりゃ空までくもる
くもりゃ三朝が雨となる…（略）
（三朝小唄）

鳥取県東伯郡三朝町三朝温泉三朝大橋南詰
民謡碑　昭和二八年七月

○三朝よいとこ日の名湯
四百四病皆治る
（三朝小唄）

鳥取県東伯郡三朝町三朝温泉キューリー広場
民謡碑

○向ふ笹島日の入る頃は
磯の千鳥もぬれて啼く
（温泉津小唄）

島根県大田市温泉津町展望所「橋の階」
民謡碑　平成一年五月

○春の三月猫でもなけよ
備後尾道梅日和

広島県尾道市東土堂町千光寺文学のこみち
歌謡碑　昭和一五年一〇月

太田川すち青葉の頃にゃ
鮎は若鮎瀬をのほる
（加計小唄）

広島県山県郡安芸太田町加計字空条百句苑

民謡碑　昭和六一年九月

○わが学び舎の南に
群がる山を抜き出でて
高く雄々しく聳ゆるは
名もなつかしき灰が峰…（略）
広島県安芸郡熊野町中溝熊野第一小学校
校歌碑　昭和五四年三月　五線譜併刻

○姿みすがた観音さまは刻む桜の御本尊（安浦たと節）
広島県呉市安浦町内海西福寺観音堂
民謡碑　昭和二二年七月

○来いといふなら観音崎の
汐は荒くも越してゆく（御手洗節）
広島県呉市豊町御手洗海岸通り
民謡碑　平成九年六月

○春か来たやら湘江庵の
井戸の柳の芽か伸ひる（「柳井小唄」）
山口県柳井市新町湘江庵
民謡碑　昭和六一年四月

○おいで柳井の天神まつり
七日七夜は人の波（柳井小唄）
山口県柳井市柳井津天神菅原神社
民謡碑　平成二年四月

○大師山から日にいく度も
誰かつくやら鐘が鳴る（「柳井小唄」）
山口県柳井市上田高田大師山展望台
民謡碑　昭和五五年一〇月

○夏は琴石緑の風か
柳井町中にそよくと（柳井小唄）
山口県柳井市琴石山々頂
民謡碑　平成一年八月

春の桜は浮亀の城の
花も若木の枝に咲く
徳島県阿南市富岡町牛岐城跡
詩碑　平成一六年六月

阿波の名所の波濤が嶽は
土のはしらのあるところ
徳島県阿波市北山土柱登り口
民謡碑　昭和四〇年二月

梅と桜は一時にさかぬ
うすいおぼろの夜がつづく
徳島県阿波市森沢川人正人氏邸
詩碑　昭和四〇年三月

○磯の遊びぢや小島の濱や
波もしづかなさひの濱（「牟岐みなと節」より）
徳島県海部郡牟岐町小張崎牟岐漁業無線局付近
民謡碑　昭和四四年一月

○舟で廻れば出羽島一里
島にゃ大池蛇の枕（「牟岐みなと節」より）
徳島県海部郡牟岐町牟岐浦出羽島出羽神社
民謡碑　昭和四三年一月

○見たか蔵谷千畳敷や藤の根元の笠の水
徳島県三好市池田町州津蔵谷箸蔵寺（大門前）

民謡碑　平成四年四月

○刻煙草ぢや池田が本場
昔ながらの阿波刻み　（「池田小唄」より）
徳島県三好市池田町マチ日本たばこ産業池田工場
民謡碑　昭和五七年二月

○辻の今宮大楠の木は
風に吹かれりやさらくと　（辻町小唄）
徳島県三好市井川町辻小学校
民謡碑　平成一二年三月

お大師さんやお薬師さん
あれは河鹿かひぐらしか
香川県高松市塩江町安原塩江美術館
歌碑　平成一二年五月

○啼いて夜更けて千鳥が渡る
沖の蔦島月あかり
香川県三豊市仁尾町国民宿舎前庭
民謡碑　昭和四五年五月

○仁尾の妙見厳の中に
人目かくしの道がある　（仁尾町民謡）
香川県三豊市仁尾町妙見宮参道
民謡碑　平成六年一一月

○すめら御国は野中の梅の
咲いた花から春が来る
愛媛県新居浜市松原町九－四八合田正仁氏邸
民謡碑　昭和一八年一一月

○くるい汐なりや来島瀬戸の
汐もぜひなや渦もまく　（「今治音頭」より）
愛媛県今治市小浦町二－五糸山公園（駐車場）
民謡碑　昭和四五年移転

○高森山から朝立つ風は
内子繁昌とふいて来る
愛媛県喜多郡内子町本町町立図書館前
民謡碑　昭和五六年六月

○心して吹け朝風夜風
こゝは龍王城の趾
愛媛県喜多郡内子町古田龍王公園
民謡碑　昭和五四年六月

○わたしや保内の日土の育ち
厚い情は生れつき
愛媛県八幡浜市日土町日土小学校
民謡碑

○伊予の日土を忘れてなろか
人の情の厚いとこ
愛媛県八幡浜市日土町日土東小学校
民謡碑

○南予よいとこ黒汐うけて
春を待すに花が咲く
愛媛県八幡浜市日土町青石中学校
民謡碑　平成三年三月

○ひろい野原の一本桔梗
何をたよりに花が咲く
愛媛県八幡浜市日土町了月院
民謡碑　平成三年三月

○日土よいとこ蜜柑の出とこ
見せてやりたい櫨紅葉
愛媛県八幡浜市日土町鹿島神社

民謡碑　平成三年二月

○明けの星さへ日土の村を
山の上から出てのそく
愛媛県八幡浜市日土町今出医王寺
民謡碑　平成三年三月

○月の出頃か波間の千鳥
啼いて渡るは双子島
（甲浦民謡）
高知県安芸郡東洋町白浜海岸
民謡碑　平成九年五月

「しゃぼん玉」
（中山晋平・作曲）
福岡県北九州市小倉北区城内新勝山公園図書館西側
童謡碑

くきの海辺の船もよい
船も帆がなきや
行かれない…（略）
（「帆柱山の歌」）
福岡県北九州市八幡東区尾倉皿倉山山頂東展望台横
歌謡碑　昭和三二年一一月

山ぢや天拝月見の名所
梅ぢや太宰府天満宮
梅と桜は一時に咲かぬ
うすらおぼろの夜がつゞく…（略）
（「筑紫小唄」）
福岡県筑紫野市二日市JR二日市駅前
民謡碑　昭和六三年一二月

弓張岳は弦なし矢なし
ただ空見てる
悌子をかけて
お天道さんに
矢と弦もらへ
長崎県佐世保市小野町弓張岳展望台
詩碑　昭和四〇年五月

○秋の紅葉は山から山へ
阿蘇の垂玉よいながめ
熊本県阿蘇郡南阿蘇村垂玉温泉山口旅館
民謡碑　昭和五二年一一月

○栗瀬大橋流しちやならぬ
流しやたよりが遠くなる
熊本県山鹿市鹿北町岩野国道三号沿い
民謡碑　平成一年二月

○肥後の甲佐は鮎なら名所
御簗落鮎見において
熊本県上益城郡甲佐町豊内
民謡碑　平成七年三月

○阿蘇や雲仙霧島までも
竜ヶ岳からひとながめ
熊本県上天草市竜ヶ岳町竜ヶ岳山頂
民謡碑　昭和五〇年一〇月

○肥後の天草牛深港
岸に千艘の船泊る
熊本県天草市遠見山山頂展望横
民謡碑　昭和五九年二月

豊後鉄輪蒸湯のかえり
はだに石菖の香がのこる
枕十六むし湯の中に
誰れが寝るやら来るのやら
大分県別府市鉄輪かんなわ蒸し湯
歌碑　昭和六二年七月

森は茂れり野は広く
我等が行く手は楽しけれ…（略）
大分県玖珠郡玖珠町玖珠県立玖珠農業高校々庭
校歌碑　平成三年一一月

山は雲つく裾野はひろい
何処が久住のはてだから
霧になるなら久住の霧に
ひろい野もまく山もまく
大分県竹田市久住町久住山麓
民謡碑　平成四年　二首刻

○久住山から夜来る雨は長湯ぬらしに降るのやら
大分県竹田市直入町長湯権現山公園
民謡碑　昭和五六年二月

○長湯芹川川まん中の
離れ石にもお湯が湧く
大分県竹田市直入町長湯カニ湯入口
歌碑　平成一二年一一月　自筆

○逢ひはせなんだかあの和田越で薩摩なまりの落人に
宮崎県延岡市大峡町和田越トンネル北
民謡碑　昭和四一年一一月

○雨か降っても光勝寺さんは
傘もいらない庭の銀杏傘となる
（延岡小唄）
宮崎県延岡市中央通二丁目光勝寺
民謡碑　平成一三年六月

○真幸京町別れが辛い
霧が姿をまた隠す
宮崎県えびの市京町温泉駅前
民謡碑　平成四年一二月

雨のしらせか霧島山に
霧がまた来てまたかゝる
宮崎県えびの市県立矢岳展望台
民謡碑　平成四年一一月

○浜の瀬川には二つの奇石
人にやいふなよ語るなよ
宮崎県小林市東方二ノ宮峡陰陽台
民謡碑　昭和二六年四月

○杉は芽を吹く茶の芽はのひる
夏も来たやらあけ易い
宮崎県日南市星倉稲荷山下橋近く
民謡碑　平成一一年三月

○五ヶ瀬大瀬の二つの川も
東海港ぢや末は一つの水となる
宮崎県日南市東海町住吉神社前
民謡碑　平成九年二月

○山の中でも日向の飫肥は
杉で名高い城下町
宮崎県日南市本町飫肥恵比寿神社前
民謡碑　平成四年

○水と筏を堀川橋の
石の手すりは見て暮らす
（ゴンコ節）
宮崎県日南市油津材木町堀川運河沿い
民謡碑　平成四年一二月

日向油津あの津の峯は
船のたよりか目じるしか
宮崎県日南市油津津の峯山頂
民謡碑　平成一三年二月

○空の青さよ高隈山にかかる
雲さえかゝる雲さえさらにない

（鹿屋小唄）

鹿児島県鹿屋市北田町城山公園
民謡碑　昭和五四年五月

《参考文献》

◎『いしぶみ・雨情の童謡』
石塚弥左衛門著　せきれい舎　1991

◎『童心の詩人　雨情乃あしあと―野口雨情全国詩碑集大成』
渡辺力編著　金の星社　2002・5

萩原朔太郎（はぎわら・さくたろう）

詩人

（明治一九年一一月一日～昭和一七年五月一一日）

出身地　群馬県東群馬郡前橋北曲輪町（前橋市）

父親は開業医、母は武家の出身で、群馬県前橋の裕福な家庭に生まれる。前橋中時代から短歌に励み、さまざまな文芸雑誌に投稿していた。旧制五高、六高、慶応義塾大学などに学ぶが、ことごとく中退。漂泊生活を経て、大正2年前橋に帰郷。同年北原白秋主宰の「朱欒」を通じて生涯の友となる室生犀星と知り合い、5年に二人で「感情」を創刊。6年処女詩集「月に吠える」を刊行して詩壇の注目を集め、12年第二詩集「青猫」を発表し、詩人としての地位を確立。14年一家で上京したが、昭和4年妻が男と出奔したため、2人の娘を連れて郷里の前橋に戻った。間もなく父を失い、家督を相続。8年個人雑誌「生理」を創刊。10年には堀辰雄の創刊した詩誌「四季」の中心的な同人に迎えられ、三好達治、丸山薫、立原道造、神保光太郎、阪本悦郎ら若い詩人たちからの尊敬を集めた。16年夏頃より体調を崩し、17年55歳で没した。

＊　＊　＊

空に光つた山脈
それに白く雪風
このごろは道も悪く…（略）

（「才川町」十二月下旬より）

群馬県前橋市若宮町三丁目才川緑地
詩碑　昭和六一年九月

○わが故郷に帰れる日
汽車は烈風の中を突き行けり
ひとり車窓に目醒むれば…（略）

（詩集『氷島』の「帰郷」冒頭）

群馬県前橋市敷島町敷島公園
詩碑　昭和三〇年五月

大渡橋は前橋の北部、利根川の上流に架したり。…（略）

群馬県前橋市総社町総社大渡橋
詞碑　昭和五八年二月　親柱刻

野に新しき停車場は建てられたり
便所の扉風に吹かれ…（略）

（「新前橋駅」より）

群馬県前橋市新前橋町新前橋駅東口前
詩碑　昭和六二年一一月　ステンレス製

萩原朔太郎生家跡

群馬県前橋市千代田町二丁目大成千代田駐車場南西脇
記念碑　昭和四六年五月

萩原朔太郎
前橋望景の碑

群馬県前橋市千代田町五丁目五番地緑地帯
記念碑　昭和五六年五月

「広瀬川」（略）

群馬県前橋市千代田町厩橋東詰
詩碑　昭和四五年五月

重たいおほきな羽をばたばたしてああ　なんといふ弱弱しい心臓の所有者だ。…（略）

（「月夜」より）

群馬県前橋市千代田町五丁目広瀬川諏訪橋下流（広瀬川河畔緑地）
詩碑　昭和六二年一〇月

「利根の松原」
群馬県前橋市西片貝町五丁目前橋こども公園
詩碑　昭和五〇年

○ところもしらぬ山里に
さも白く咲きてゐたる
おだまきの花
群馬県安中市磯部町赤城神社文学の散歩道
詩碑　大手拓次併刻

《参考文献》
◎『室生犀星・萩原朔太郎の文学碑』
早稲田大学文学碑と拓本の会編　1973・11

林芙美子（はやし・ふみこ）

小説家・詩人

（明治三六年一二月三一日～昭和二六年六月二八日）

出身地　山口県下関市田中町

本名はフミコ。大正11年上京、売り子、女給などさまざまな職を転々としながら、詩や童話を発表。この時期、アナーキスト詩人、萩原恭次郎、高橋新吉らと知りあい大きな影響を受ける。13年7月友谷静栄と詩誌「二人」を創刊。昭和3年から4年にかけて「女人芸術」に「放浪記」を発表して好評をうける。4年詩集「蒼馬を見たり」を刊行。5年刊行の「放浪記」はベストセラーとなり、作家としての立場を確立した。5年中国を、6年から7年にかけてはヨーロッパを旅行。6年「風琴と魚の町」、10年「泣虫小僧」「牡蠣」、11年「稲妻」など秀作を次々と発表。戦争中も従軍作家として、中国、満州、朝鮮を歩く。戦後は戦前にまさる旺盛な創作活動をはじめ、「晩菊」「浮雲」などを発表、流行作家として活躍したが、「めし」を「朝日新聞」に連載中、持病の心臓弁膜症に過労が重なって急逝した。

＊　＊　＊

美唄の町はうつくしきうたとかくなり。
此町に住むひと…（略）
北海道美唄市西二南一中央公園
文学碑　昭和五一年九月

○秋風に吹かれ吹かれて上ノ山
山形県上山市経塚山
句碑　昭和五五年四月

十月×日
窓は愁々とした秋景色である。小さなバスケット一つに一切をたくして…（略）
（「放浪記」より）
千葉県千葉市緑区野呂町野呂ＰＡ文学の森（千葉東金道路）
文学碑　平成三年一一月　ステンレス製

○初島はうづ潮こえてただこもる
今宵見る眼の
男の月夜
女の月夜
（「うず潮」より）
静岡県熱海市初島港公園
詩碑　昭和五九年一〇月

花のいのちはみじかくて苦しきことのみ多かりき
愛知県名古屋市千種区平和公園二永安寺墓地木村家墓所
詩碑

昔、通天閣のあったころは、この七十五メートルの高塔を中心に…（略）
（「めし」より）
大阪府大阪市天王寺区茶臼山町市立美術館南側
文学碑　昭和五五年

海を見て島を見て

只呆然と魚のごとく
あそびたき願ひ
広島県尾道市因島公園文学の遊歩道
詩碑　昭和五六年四月

海が見えた。海が見える。五年振りに見る、尾道の海はなつかしい。汽車が尾道の海へさしかゝると、…(略)
(「放浪記」より)
広島県尾道市東土堂町千光寺文学のこみち
文学碑　昭和四〇年

○巷に来れば憩ひあり
人間みな吾を慰めて
煩悩滅除を歌ふなり
広島県尾道市東久保町尾道東高校
詩碑　昭和三二年六月

花のいのちはみじかくて
苦しきことのみ多かりき
山口県下関市中之町亀山八幡宮
歌碑　昭和四一年

母は他国者と一緒になったと云ふので、鹿児島を追放されて父と…
(略)
(「放浪記」より)
山口県下関市中之町亀山八幡宮
文学碑　昭和四一年

○旅に寝てのびのびと見る枕かな
徳島県三好市池田町白地白地温泉
句碑　昭和六二年五月

掌草紙
いづくにか
吾古里はなきものか
葡萄の棚下に

よりそひてよりそひて
一房の甘き実を食み
言葉少なの心安けさ…(略)
福岡県北九州市門司区羽山二丁目小森江公園西側
文学碑　昭和四九年一二月

放浪記
私達三人は直方を引きあげて折尾行きの汽車に乗った。…(略)
福岡県中間市垣生中間市郷土資料館
文学碑　昭和四六年三月

花のいのちはみじかくて
苦しきことのみ多かりき
福岡県中間市垣生中間市郷土資料館
文学碑　平成三年三月

私は古里を持たない
旅が古里であった
(「放浪記」より)
福岡県直方市須崎町須崎町公園
文学碑　昭和五六年一〇月

梟と真珠と木賃宿
定った故郷をもたない私は
きまったふる里の家をもたない私は
木賃宿を一生の古巣としている
雑草のやうな群達の中に
私は一本の草に育まれて来た
福岡県直方市山部五四〇西徳寺
文学碑　平成五年五月

花のいのちはみじかくて苦しきことのみ多かりき
福岡県福岡市城南区片江町東油山文学碑公園
詞碑

○旅に寝てのびのびと見る枕かな

熊本県天草郡苓北町富岡岡野旅館前
句碑　昭和三四年二月

○花のいのちはみじかくて苦しきことのみ多かりき
鹿児島県鹿児島市古里町古里温泉バス停前
詞碑　昭和二七年三月

阪正臣（ばん・まさおみ）

歌人

（安政二年三月二三日〜昭和六年八月二五日）

出身地　尾張国名古屋花屋町（愛知県）

本名は坂正臣。号に茅田、樅園など。明治6年上京し、権田直助に師事。20年御歌所に入り、28年華族女学校教授。30年御歌所寄人、40年御歌所主事となる。歌は高崎正風に学び、また書をよくした。大正5年入江為守らと共に「明治天皇御集」の編纂にあたり、8年終了、11年刊行された。昭和3年大嘗祭主基歌詠進。著書に「樅屋全集」「三拙集」がある。

＊　＊　＊

四方八方に其名の高くひびくまで
くしきけしきは久慈の山川
福島県東白川郡矢祭町矢祭山公園
歌碑　昭和五九年一月

あまてるやひつぎのみこのみさかえを
ふたきのまつのかげにあふらむ
愛知県安城市西町市役所桜井支所
歌碑　明治三三年五月

うめのはなさきくとさとのゆくすゑを
おもひのいろにつぎかへにけむ
愛知県知多市佐布里梅の館
歌碑　明治四三年夏　佐布里梅顕彰碑刻

まがものもたからささげてまつろひぬ
大かむつみの神のみ子には
愛知県犬山市栗栖町桃太郎神社
歌碑

○こものやまいづこをみてもあかされど
すぐれてよきはこれのにひむろ
三重県三重郡菰野町湯の山温泉「寿亭」入口石垣
歌碑

○やまむろのやまさくら花鈴のやの
うしの心をみせてこそさけ
三重県松阪市山室山妙楽寺門前
歌碑

○おほきみの御代堅かれとかなやまの
神や巌の中に守らむ
広島県尾道市長江一丁目艮神社
歌碑　大正一五年

○遥々とか羅も治めて忌の宮
いみじかりける大御いつかな
山口県下関市長府宮の内町忌宮神社
歌碑　大正一四年五月　灯篭刻

おほきみのみいつおもほゆゆきてりて
あまそりたつひこのかみやま
福岡県田川郡添田町英彦山英彦山神社奉幣殿上
歌碑　昭和四年一一月

ゑ書くみと共に有りし川そいの
河原田のいへわすられなくに
福岡県福岡市中央区春吉三の三河原田復古堂玄関前
歌碑　昭和三年

ちはやぶるかうらの山のかうごいし
かけじくづれじ御代にならひて

福岡県久留米市御井町高良山旧登山道
歌碑　昭和四年二月

樋口一葉（ひぐち・いちよう）

小説家・歌人

（明治五年三月二五日～明治二九年一一月二三日）

出身地　東京府第二大区一小区内幸町（東京都千代田区）

本名は奈津。山梨県大藤村の出身で東京府官吏を務めていた樋口則義の二女として生まれる。14歳の時に歌人・中島歌子の萩の舎塾に入り、早くから歌の才能を示す。父と長兄を相次いで失くし、17歳で家督を相続。多額の負債を抱えながら、母と妹を養うため針仕事などをして生計を立てる。24年朝日新聞の小説記者であった半井桃水に師事。25年処女作「闇桜」を発表するが、桃水との関係が醜聞となったため、交際を断つ。同年、出世作となる「うもれ木」を発表。26年生活に行き詰まり、吉原近くの下谷龍泉寺町で商売を始めるが失敗。27年本郷丸山福山町に転居、創作に専念して「大つごもり」「にごりえ」「十三夜」などを次々に発表。しかし、29年夏に体調を崩し、同年11月肺結核のために死去した。

＊＊＊

樋口一葉旧居跡

東京都台東区竜泉三―一五―三
記念碑　昭和三五年一〇月　昭和五八年六月再建

ここは明治文壇の天才樋口一葉旧居の跡なり。一葉この地に住みて「たけくらべ」を書く。…（略）

東京都台東区竜泉三―一八―四一葉記念館
記念碑　昭和二四年一一月　昭和三六年五月移建、一葉旧居の碑　菊池寛撰　小島政二郎補・書

此年、三の酉までありて…
上天気に大鳥神社の賑わいすさまじく
…（略）

東京都台東区千束三丁目鷲神社
詞碑　平成五年一〇月　木村荘八書

一葉塚（樋口一葉ゆかりの桜木の宿）
東京都文京区本郷五―二六―四法真寺
記念碑

○花ははやく咲て散がてはやかりけり
あやにく南風のみつづきたるに…（略）

東京都文京区西片一丁目一七―八興陽社前
文学碑　昭和二七年九月　日記の一節刻

一葉女史は夏子樋口氏則義の第二女なり。母は古家氏…（略）

山梨県甲州市塩山中萩原慈雲寺
詞碑　大正一一年一〇月

《参考文献》

◎『樋口一葉　―資料目録』
台東区立一葉記念館編　台東区教育委員会　１９８６・１１

日夏耿之介（ひなつ・こうのすけ）

詩人・英文学者

（明治二三年二月二二日～昭和四六年六月一三日）

出身地　長野県下伊那郡飯田町（飯田市）

本名は樋口圀登。早大在学中の大正元年、西條八十らと「聖杯」を創刊、詩作を発表し、6年「転身の頌」を刊行。9年「ワイルド詩集」を翻訳し、10年「黒衣聖母」を刊行。11年早大文学部講師に就任。昭和14年「美の司祭」で文学博士となる。その間「大鴉」「海表集」「院曲サロメ」などを翻訳刊行する。象徴詩人として活躍する一方、翻訳、評論と幅が広く、15年頃から研究評論の仕事が多くなり、16年「輓近三代文学品題」を、19年「鷗外文学」などを刊行する一方、「英吉利浪曼象徴詩風」なども刊行。24年「改訂増補明治大正詩史」で読売文学賞を、27年「明治浪曼文学史」「日夏耿之介全詩集」で芸術院賞を受賞したほか、三好達治らと共同監修の「日本現代詩大系」で毎日出

版文化賞を受賞している。27年から36年まで、青山学院大学教授。28年には第1回の飯田市名誉市民に選ばれ、31年より飯田市に居住した。

＊　＊　＊

○秋風や狗賓の山に骨を埋む
長野県飯田市風越山頂白山神社奥宮
句碑　昭和三四年

○魚一寸草二寸のかすみかな
長野県飯田市座光寺元善光寺
句碑　昭和三九年八月

花散る夕心経を誦して俟ち給へ
長野県飯田市座光寺元善光寺
句碑　昭和三五年五月

水鶏ゆくや此日宗研の塵を洗ふ
長野県飯田市北方伊藤氏邸
句碑　昭和四五年

○あはれ夢まぐはしき密咒を誦すてふ
邪神のやうな黄老は逝つた
「秋」のごとく「幸福」のごとく
「来し方」のごとく
長野県飯田市通り町りんご並木
詩碑　昭和三七年一一月　「咒文乃周囲」の終節三行

○水鶏ゆくやこの日宋研の塵を洗う
長野県飯田市追手町日夏耿之介記念館
句碑

秋風や狗賓の山に骨を埋む
長野県飯田市追手町日夏耿之介記念館
句碑　平成一年

天龍より風趣に時雨る丶狗賓かな
長野県飯田市高羽町飯田東中学校
句碑　平成八年一一月

鍼砭をうなちにうては時雨けり
長野県飯田市南原文永寺
句碑　平成一一年

おぎろなきあめつちののり身にしめて
夕日に霧ふ志ら菊の花
長野県飯田市箕瀬柏心寺
歌碑

大地さけ我は深山の秋の風
長野県下伊那郡清内路村下清内路平瀬橋桜井氏邸
句碑

福沢諭吉（ふくざわ・ゆきち）

啓蒙思想家・教育家

（天保五年一二月一二日〜明治三四年二月三日）

出生地　大坂・堂島（大阪府）

出身地　豊前国中津（大分県中津市）

豊前中津藩士の五子として大坂で生まれる。天保7年（1836年）父の死により藩地・中津に帰り、叔父に当たる中村家の養子となるが、下級武士の家柄であったため辛酸を嘗めた。

維新後の明治元年、芝新銭座に塾を移転し、慶応義塾と改称。4年には塾を三田に再移転。5年〝天は人の上に人を造らず〟の一文によって知られる「学問のすゝめ」を刊行し、当時の日本人に多大なる影響を与えた。

＊　＊　＊

天ハ人の上に人を造らず
人の下に人を造らず
東京都中央区明石町ロータリー
詞碑　昭和三三年

天ハ人ノ上ニ人ヲ造ラズ…(略)
（「学問のすすめ」より）
大阪府大阪市福島区福島一丁目阪大病院南生誕地
詞碑　昭和六〇年一月

天は人の上に人を造らず
人の下に人を造らず
兵庫県神戸市中央区楠町七丁目大蔵山公園
詞碑　金属板刻

「独立自尊」
大分県中津市中津公園大神宮
詞碑

前川佐美雄（まえかわ・さみお）

歌人
（明治三六年二月五日〜平成二年七月一五日）
出身地　奈良県北葛城郡新庄町忍海

大正10年竹柏会に入門し佐佐木信綱に師事。昭和3年プロレタリア短歌の「新興歌人連盟」結成を呼びかけ、アララギ派と対決するが、のち新芸術派に転じ、歌集「植物祭」によって新芸術運動の第一人者と認められた。昭和9年「日本歌人」創刊（16年廃刊）。以後、象徴主義と大和の美を統一した世界を築き、現代短歌に深い影響を与えた。この間歌集「大和」「白鳳」「天平雲」を刊行。25年「日本歌人」を復刊。45年関東に移住し、従来のロマン主義とは異なる平淡な歌風を示すようになった。「朝日新聞」歌壇選者。平成15年生誕百年を記念して前川佐美雄賞が創設される。

＊　＊　＊

ここはこれ佐渡国分寺の跡どころ
五月二十二日痩せわらび摘む
新潟県佐渡市鷲崎鷲山荘文学碑林
歌碑

あかあかとただあかあかと照りゐれば
伏見稲荷の神と思ひぬ
京都府京都市伏見区深草藪之内町伏見稲荷社
歌碑　昭和六一年四月

○浅き水にすすき風さと走るさへ
おどろきやすく鹿の子のゐる
奈良県奈良市春日野町春日大社萬葉植物園
歌碑

送りくる小法師が照らす灯あかりに
茎青かりき夜の曼珠沙華
奈良県奈良市西ノ京町薬師寺本坊前
歌碑　平成一五年一一月

○昨日まで学びのみちにわが子らと
いそしみたりし真少女なるぞ
奈良県生駒市生駒町南田原生駒台住宅地北
歌碑　昭和三二年

○いさぎよき時もあるもの葛城の
あを根に懸かる雲晴れゆけば
奈良県葛城市新庄町健民グランド
歌碑

○あかあかとつつじ花咲く鳥見山を
わがあふぎつつほうとしており
奈良県宇陀市榛原区福知町立保養センター美榛苑
歌碑　平成一年四月

○椿の花あまた落ちゐれば出でて踏む
ま新しきは音にたちつる
奈良県桜井市箸中車谷堀井甚一郎氏邸庭
歌碑　昭和四三年九月

○春がすみいよよ濃くなる真昼間の
なにも見えねば大和と思へ

奈良県桜井市茅原桧原神社
歌碑　昭和四六年

○うすづきてどこに日がある目眩みて
ふる国飛鳥のみちかえりくる
奈良県高市郡明日香村橘寺
歌碑

○ひとならば五歳六歳のころほひか
をさな牛啼く春のあけぼの
鳥取県八頭郡八頭町フルーツの里
歌碑

○とゞろきてみづの流るゝ紙すき場
佐治谷あひに一夜寝にける
鳥取県鳥取市佐治町高山
歌碑　昭和四七年五月

正岡子規（まさおか・しき）

俳人・歌人

（慶応三年九月一七日～明治三五年九月一九日）

出身地　伊予国温泉郡（愛媛県松山市）

本名は常規（つねのり）。幼名は処之助、のちに升（のぼる）と名をあらためた。号に獺祭書屋主人など。明治16年に上京し、翌年大学予備門（一高）に入学、夏目金之助（漱石）を知る。18年頃から文学に接近し、当初は小説を書いていたが、24年「俳句分類」の仕事に着手し、25年「獺祭書屋俳話」を発表、俳句革新にのり出す。28年3月日清戦争に従軍したが、5月に喀血し、以後病床生活に入る。この年以降、文学上の仕事は充実し、29年には三千句以上を残した。30年「古白遺稿」を刊行。同年松山から「ホトトギス」が創刊され支援する。31年「歌よみに与ふる書」を発表して短歌革新にのり出すと共に根岸短歌会をはじめ、ホトトギス発行所を東京に移した。32年「俳諧大要」を刊行。34年「墨汁一滴」を発表、また「仰臥漫録」を記しはじめ、35年に「病牀六尺」の連載をはじめたが、9月に死去した。野球の愛好者としても有名。

＊　＊　＊

蜩や夕日の里は見えながら
岩手県和賀郡西和賀町下前畑の沢農道脇
句碑　昭和二五年一〇月　副碑あり

秋風や人あらはなる山の宿
半ば腕車の力を借りて…（略）
岩手県和賀郡西和賀町四十地割五三ＪＲほっとゆだ駅前
文学碑　昭和四二年六月　両面刻

○山の湯や裸の上の天の川
岩手県和賀郡西和賀町湯本温泉吉野館裏池畔
句碑　昭和二五年七月　二句刻

宵月をたよりに心細くも…（略）
白露に家四五軒の小村かな
岩手県和賀郡西和賀町湯本温泉句碑公園
文学碑　平成一二年三月

灯のともる雨夜の桜しずか也
岩手県北上市九年橋雷神社
句碑　昭和五七年六月

うれしさや七夕竹の中を行く
岩手県北上市九年橋雷神社
句碑　昭和三〇年

こゝより杉名畑に至る六七里の間山迫りて河急に樹緑にして水青し風光絶佳雅趣掬すべく…（略）
岩手県北上市和賀町石羽根ダム湖畔広場
文学碑　平成六年三月

奥州行脚の帰途
背に吹くや五十四郡の秋の風
岩手県奥州市水沢区中上野町一丁目水沢公園
句碑　昭和二四年一〇月

涼しさや嶋から嶋へ橋つたひ
宮城県宮城郡松島町松島松島観光ホテル入口
句碑　昭和八年七月

拝啓、新聞寄稿之儀ハ…（略）
秋田県能代市清助町能代公園
書簡碑　昭和五二年九月

○秋高う入海晴れて鶴一羽
丘上に登りて八郎湖を見るに四方山低う囲んで細波渺々寒風山の屹立するあるのみ…（略）
秋田県南秋田郡八郎潟町真坂三倉鼻公園
文学碑　昭和三九年九月

蜻蜓を相手にのぼる峠かな
秋田県仙北郡美郷町黒森峠展望台入口
句碑　平成三年九月

一篭のこき紫や桔梗賣
秋田県由利本荘市大町羽後信用金庫前
句碑　昭和五一年四月

○朝霧や船頭うたふ最上川
山形県最上郡戸沢村古口最上川船下り乗船場
句碑　昭和三一年九月

○朝霧や四十八瀧下り船
山形県最上郡戸沢村草薙清水旅館裏
句碑　昭和三一年九月

○ずんくと夏を流すや最上川
山形県北村山郡大石田町丙乗船寺
句碑　昭和四二年八月　子規肖像図刻

○夕涼ミ山に茶屋あり松もあり
山形県酒田市南新町一丁目日和山公園稲荷神社裏
句碑　昭和六〇年　前文に「はて知らずの記」より九行を刻む

○鳥海にかたまる雲や秌日和
山形県酒田市南新町一丁目日和山公園
句碑　昭和六〇年

桃食ふや羽黒の山を前にして
山形県東田川郡庄内町廻館上ノ沖地内「舟つなぎの松」
句碑　平成一年八月

蜩の二十五年も昔かな
山形県東田川郡庄内町清川清河神社
文学碑　昭和四七年四月　史跡古戦場碑刻　前文刻

夕雲にちらりと涼し一つ星
山形県村山市楯岡東沢東沢公園
文学碑　昭和五三年八月　俳文略

何やらの花さきにけり瓜の皮
山形県村山市土生田市立袖崎小学校
句碑　平成三年一〇月　七句刻

○雲に濡れて関山越せば袖涼し
山形県東根市温泉町成田山神社
句碑　昭和三五年八月

○とんねるや笠にしたゝる山清水
山形県東根市関山町らーめん紅花横駐車場
句碑　平成五年八月

葱摺の古跡にて
○涼しさの昔を語れしのぶずり
福島県福島市山口文知摺文知摺観音
句碑　昭和一二年一一月

涼しさや滝ほとばしる家の間
福島県福島市飯坂町東桜瀬水洸園遊園地
句碑

黒塚にて

○涼しさやきけば昔は鬼の家
福島県二本松市安達ヶ原観世寺
句碑　昭和三〇年四月

短夜能雲収ら須安達太良ね
（短夜の雲をさまらずあだたらね）
福島県二本松市西町杉田住民センター
句碑　昭和二七年九月

○奥州行脚の時満福寺に一夜能宿を請ひて
寺に寐る身能尊とさよ春ゝし左与
福島県二本松市安達町油井飯出満福寺
句碑　昭和三七年一一月

天神山にて
夏木立宮ありそうなどころかな
福島県白河市天神町二天神山神社
句碑　昭和三二年七月

○崖急に梅ことごく斜なり
茨城県水戸市常磐町一丁目偕楽園南崖
句碑　昭和二八年三月

草枯や一トもと残る何の花
茨城県龍ヶ崎市長山四丁目長山小学校バス停前歳時記の道
句碑

旅籠屋の門を出づれば春の雨
茨城県取手市藤代河原崎実氏邸
句碑　平成一年一二月

花咲て思ひ出す人皆遠し
栃木県日光市吉沢高橋平三郎氏邸
句碑　若山牧水歌碑裏刻

砧うつ隣りに寒き旅寝哉
埼玉県川越市大手町五－一二新井博氏邸
句碑　昭和三七年一〇月　伊藤泰吉書（署名のみ子規）

梅を見て野を見て行きぬ草加まで
埼玉県草加市神明二丁目札場河岸公園五角形望楼南
句碑　平成五年三月

たて川の茅場の庵を訪ひ来れば
留守の門辺に柳垂れたり
千葉県山武市殿台伊藤左千夫記念公園
歌碑　平成三年三月

○棒杭や四ツ街道の冬木立
千葉県四街道市鹿渡ＪＲ四街道駅北口広場
句碑　昭和六一年三月

○常盤木や冬されまさる城の跡
千葉県佐倉市城内町無番地佐倉城址公園二の門跡
句碑　昭和五八年三月

霜枯の佐倉見上くる野道かな
千葉県佐倉市鏑木町小沼児童公園
句碑　昭和五八年三月

春雨のわれ蓑著たり笠著たり
千葉県長生郡長南町長南町役場前
句碑　平成八年九月

雉鳴くや背丈にそろふ小松原
千葉県鴨川市広場鏡忍寺
句碑　昭和二八年

林檎くふて牡丹の前に死なん哉
東京都葛飾区亀有五－五四－二五見性寺
句碑　昭和三三年一二月

芋坂も団子も月のゆかりかな
東京都荒川区東日暮里五丁目羽二重団子
句碑　昭和六三年

雪の日の隅田は青く都鳥
東京都台東区今戸一丁目隅田公園(スポーツセンター横)
句碑　平成一三年九月

雑閙や熊手押しあふ酉の市
東京都台東区千束三丁目鷲神社
句碑　平成一三年九月

牡丹載せて今戸へ帰る小船哉
東京都台東区東浅草一―四山谷堀公園
句碑　平成一一年五月

観音で雨に逢ひけり花盛
東京都台東区浅草二―三浅草寺五重の塔裏
句碑　平成一一年五月

木槿咲て繪師の家問ふ三嶋前
東京都台東区根岸一丁目元三島神社
句碑　平成一三年三月

水無月や根岸涼しき篠の雪

蕣に朝商ひす篠の雪
東京都台東区根岸二丁目豆腐料理笹乃雪
句碑　昭和六二年一一月

雀より鶯多き根岸哉
東京都台東区根岸三丁目根岸小学校
句碑　平成一二年四月

薄緑お行の松は霞みけり
東京都台東区根岸三丁目西蔵院不動堂御行の松
句碑　平成一一年五月

を登とひのへちま水も取らさりき
糸瓜咲て痰のつまりし佛かな
痰一斗糸瓜の水もまにあわず
東京都台東区根岸二丁目子規庵奥庭

句碑　平成一三年九月

蕣や君いかめしき文學士
入谷から出る朝顔の車哉
東京都台東区下谷一丁目入谷鬼子母神(真源寺)
句碑　平成一一年七月

寄席はねて上野の鐘の夜長哉
東京都台東区東上野三丁目下谷神社
句碑　平成一一年五月

みちのくへ涼みに行くや下駄はいて
秋風や旅の浮世の果て知らず
東京都台東区上野公園四―一七五條天神社
句碑　平成一三年九月

○自撰略歴墓誌
東京都北区田端四丁目大龍寺正岡家墓所
詞碑　昭和一一年九月再建　墓碑刻

若鮎の二手になりて上りけり
東京都板橋区加賀一―一六加賀第二公園
句碑　平成四年八月

○落葉して北に傾く銀杏かな
東京都千代田区神田小川町三丁目池上幸雄氏邸
句碑　昭和四一年春

六郷の橋まで来たり春の風
神奈川県川崎市川崎区宮本町七―七稲毛神社
句碑　平成一四年九月

人丸のちの歌よみは誰かあらん
征夷大将軍みなもとの実朝
神奈川県鎌倉市長谷一丁目鎌倉文学館
歌碑　外灯碑文

横須賀や只帆檣の冬木立
神奈川県横須賀市汐入一丁目JR横須賀駅前臨海公園
句碑　平成三年七月

朝鳥の来れはうれしき日和かな
○若鮎の二手になりて上りけり
富山県高岡市鐘紡町二－四新保秀夫氏邸
句碑　昭和五九年三月　二句刻

なまよみのかひのやまめはぬばたまの夜ぶりのあみに三つ入りぬ
その三つみなをわにおくりこし
右子規病床六尺
（「やまめ三尾は甲州の一五坊」より）
山梨県富士吉田市下吉田字深山桂川宮川合流点
文学碑　昭和四九年八月

信濃路や宿借る家の蚕棚
長野県諏訪郡下諏訪町水月園
句碑　明治四〇年三月　内藤鳴雪書

白雲や青葉わかばの三十里
長野県木曽郡上松町上松寝覚の床臨川寺
句碑　昭和一一年九月

かけはしやあぶない處に山つゝし
桟や水へとゝかす五月雨
むかしたれ雲のゆきゝのあとつけて
わたし楚めけん木曽のかけはし
旅亭を出づれば雨をやみになりぬ此のひまにと急ければ雨の脚に
追ひつかれ木陰に憩へば又ふりやむ…（略）
（正岡子規「かけはしの記」より）
長野県木曽郡上松町桟桟橋畔
文学碑　昭和五八年八月

須原宿
寝ぬ夜半をいかにあかさん山里は
月出づるほとの空たにもなし
この日より道々覆盆子桑の実に腹を肥したれば昼餉もせずやうや
う五六里ゆきて
…（略）
長野県木曽郡大桑村須原本町杉村氏邸
文学碑　昭和六一年六月

白雲や青葉若葉の三十里
長野県木曽郡南木曽町吾妻馬籠峠（峠の茶屋）横
句碑　昭和三五年

すて鍬に蟻はひ上る日永かな
長野県飯田市上郷下黒田北原氏邸
句碑　明治三七年九月

絶えず人憩ふ夏野の石ひとつ
長野県飯田市北方佐倉神社旧参道
句碑　昭和一二年九月

白滝の一筋かゝる紅葉かな
長野県下伊那郡高森町市田山ノ神高森公園
句碑　明治四五年四月

白雲や青葉若葉の三十里
岐阜県中津川市馬籠峠（峠の茶屋横）
句碑　昭和三五年

桑の実の木曽路出づれは穂麦かな
岐蘇眞是絶風光
岐阜県中津川市馬籠なかのかや
句碑　詩碑　昭和五四年九月

をとといのへちまの水も取らざりき
岐阜県揖斐郡揖斐川町城台山公園〝文学の里〟
句碑　平成三年五月

唐きびのからでたく湯や山の宿

静岡県田方郡函南町軽井沢軽井沢公民館
句碑　平成一三年一〇月

唐きびのからでたく湯や山の宿
静岡県田方郡函南町軽井沢公民館前
句碑　平成一三年一〇月

三島の町に入れば小川に菜を洗ふ女のさまもややなまめきて見ゆ
面白やどの橋からも秋の不二
（「旅の旅の旅」より）
静岡県三島市大宮町一丁目水上通（桜川畔）
文学碑　平成六年三月

春風に吹かれて君は興津まで
静岡県島田市河原一丁目大井川河川敷
句碑　平成五年八月

天の川浜名の橋の十文字
静岡県島田市河原一丁目大井川河川敷
句碑　平成五年八月

○冬枯れの中に家居や村一つ
静岡県袋井市高尾町JR袋井駅前広場
句碑　平成七年再建

○馬通る三方が原や時鳥
静岡県浜松市中区下池川町天林寺
句碑　昭和六年三月

○天の川濱名の橋の十文字
静岡県浜松市北区舞阪町弁天島弁天神社
句碑　大正一四年七月

下り舟岩に松ありつゝじあり
愛知県犬山市富士山三番地尾張富士大宮浅間神社尾張富士碑林苑
句碑

合羽つつく雪の夕の石部駅
滋賀県湖南市石部西一丁目（村岡米店西交差点）児童公園
句碑　平成六年一一月

木の間もる月青し杉十五丈
滋賀県大津市逢坂一丁目関蝉丸神社
句碑　平成七年四月

ほろくと石にこぼれぬ萩の露
大阪府豊中市南桜塚一－一一－七東光院
句碑　昭和九年三月

朝寒や蘇鉄見に行く妙国寺
大阪府堺市堺区材木町東四丁目妙国寺
句碑　昭和五七年一一月除幕

いくたびも雪の深さを尋ねけり
兵庫県芦屋市平田町虚子記念文学館
句碑　平成一二年二月　陶板

○暁や白帆過ぎゆく蚊帳の外
兵庫県神戸市須磨区須磨寺町四須磨寺桜樹院
句碑　昭和九年

○ことづてよ須磨の浦わに昼寐すと
兵庫県神戸市須磨区一の谷町須磨浦公園
句碑　昭和二八年四月　二句刻

○柿くへば鐘が鳴るなり法隆寺
奈良県生駒郡斑鳩町法隆寺金堂東
句碑　明治二八年秋

上市は灯をともしけり夕霞
奈良県吉野郡吉野町上市中央公民館
句碑　昭和五〇年四月

嵩や山を出づれば誕生寺
岡山県久米郡久米南町里方笛吹川歌碑公園
句碑　平成一二年一〇月

のどかさや小山つゝきに塔二つ
広島県福山市山陽自動車道ＳＡ（上り）
句碑

○のどかさや小山つゞきに塔二つ
広島県尾道市東土堂町千光寺文学のこみち
句碑　昭和四〇年五月

○鶯の口のさきなり三萬戸
広島県広島市南区比治山比治山公園展望台
句碑　昭和三三年三月

○行かば我筆の花散る處まで
広島県広島市南区宇品御幸一－八千田廟公園
句碑　大正一一年九月

○呉かあらぬ春の裾山灯をともす
広島県呉市宮原通宮原五－三歴史の見える丘
句碑　昭和三三年一二月

○大舩や波あたゝかに鷗浮く
広島県呉市幸町四－六呉市立美術館
句碑　昭和四三年九月

九日古一念を送りて呉港に遊ぶ。…（略）
（陣中日記より）
広島県呉市幸町四－六呉市立美術館
文学碑　昭和四三年九月

○汐満ちて鳥居の霞む入江哉
広島県廿日市市宮島町塔の岡（千畳閣上）
句碑　昭和四六年

冬さびぬ蔵澤の竹明月の書
山口県大島郡周防大島町日前願行寺
句碑　昭和五九年夏

風ろ吹を喰ひに浮き世へ百年目
山口県大島郡周防大島町日前願行寺
句碑　昭和五九年

○頭上の岩をめぐるや秋の雲
香川県小豆郡小豆島町寒霞渓老杉洞
句碑　昭和三三年九月

み佛も扉をあけてすゞみかな
香川県さぬき市長尾西宗林寺
句碑　平成一三年五月

○寒椿黒き佛に手向けばや
愛媛県四国中央市川滝町下山常福寺（椿堂）
句碑　昭和四六年三月

世の人は四国猿とぞ笑ふなる
四国の猿の子孫ぞわれは
愛媛県四国中央市富郷町津根山富郷キャンプ場
歌碑　昭和五四年六月

○童らの蝉さしにくる社かな
愛媛県新居浜市一宮町一丁目一宮神社
句碑　昭和四一年秋　三句刻

蓬莱の松の茂りや鶴百羽
愛媛県新居浜市松原町九－四八合田正仁氏邸
句碑　昭和四一年春　二句刻

武蔵野に秋風吹けば故郷の
新居の郡の芋をしぞ思ふ
愛媛県新居浜市角野新田町別子銅山記念館南坂道
歌碑　昭和三六年九月　柳原極堂書

山茶花をうつくしとみてすぐ忘れ
愛媛県今治市風早町西蓮寺
句碑

○涼しさや馬も海向く淡井阪

愛媛県松山市小川粟井坂粟井泉（大師堂）
句碑　昭和四八年三月

○志保ひかた隣りの国へつゝしけり
愛媛県松山市小川粟井坂粟井泉（大師堂）
句碑　昭和五一年三月　二句刻

涼しさや馬も海向く粟井坂
愛媛県松山市小川粟井坂粟井泉（大師堂）
句碑　昭和三四年夏　村上壷天子書

涼しさや馬も海向く粟井坂
愛媛県松山市市内
句碑　平成四年一一月　マンホールのフタ二句刻

閑古鳥竹のお茶屋に人もなし
愛媛県松山市東野四丁目農協学園西側神社（お茶屋跡）
句碑　昭和三三年五月　安倍能成書

舟つなく三津のみなとの夕されは
苫の上近く飛ぶ千鳥かも
愛媛県松山市梅田町六―七梅田町郵便局
歌碑　平成一〇年四月

湯の山や炭売かへる宵月夜
愛媛県松山市溝辺町天理教溝辺分教会
句碑　昭和三一年九月　柳原極堂書

○朝寒やたのもとひびく内玄関
愛媛県松山市末広町正宗寺
句碑　昭和二八年一〇月

秋晴れて両国橋の高さかな
愛媛県松山市末広町正宗寺
句碑　平成六年二月

打ちはづす球キャッチャーの手に在りて
ベースを人の行きがてにする

今やかの三つのベースに人満ちて
そぞろに胸の打ち騒ぐかな
愛媛県松山市末広町正宗寺
歌碑　昭和四五年五月　「子規と野球の碑」刻二首刻

○名月や寺の二階の瓦頭口
愛媛県松山市末広町正宗寺正岡家墓横
句碑　平成一三年九月

ふゆ枯や鏡にうつる雲の影
愛媛県松山市道後公園公園北入口
句碑　昭和六一年一一月　二句刻

○足なへの病いゆとふ伊豫の湯に
飛びても行かな鷺にあらませば
愛媛県松山市道後公園市立子規記念博物館
歌碑　昭和二六年九月　「故郷を憶ふ」より

○春や昔十五万石の城下哉
愛媛県松山市道後公園市立子規記念博物館
句碑　昭和二四年四月

籾ほすや鶏遊婦門の内
馬しかる新酒の酔や頬冠
愛媛県松山市道後町二丁目俳句の道
句碑　昭和六三年四月　二句刻

漱石が来て虚子が来て大三十日
愛媛県松山市道後鷺谷町ホテル春日園
句碑　平成一二年

春や昔十五万石の城下哉
愛媛県松山市道後鷺谷町宝荘ホテル
句碑　昭和六三年四月

元日や枯菊のこる庭のさき
春や昔十五万石の城下かな

家並に娘見せたる浴衣かな
愛媛県松山市道後鷺谷町ホテル八千代
句碑　三句刻

南無大師石手の寺よ稲の花
愛媛県松山市道後鷺谷町ホテル八千代
句碑

十年の汗を道後の温泉に洗へ
愛媛県松山市道後湯之町椿湯（男）湯釜
句碑　昭和五九年一〇月

順礼の杓に汲みたる椿かな
愛媛県松山市道後湯之町椿湯（女）湯釜
句碑　昭和五九年一〇月

○漱石が来て虚子が来て大三十日
愛媛県松山市道後湯之町大和屋ホテル本店
句碑

○足なへの病いゆとふ伊予の湯に
飛びても行かな鷺にあらませば
愛媛県松山市道後湯之町大和屋ホテル本店
歌碑

○温泉の町を取り巻く柿の小山哉
愛媛県松山市道後湯之町和田氏邸
句碑

○色里や十歩はなれて秋の風
愛媛県松山市道後湯月町宝厳寺
句碑　昭和四九年一〇月

○松に菊古きはもののなつかしき
愛媛県松山市祝谷一丁目文教会館
句碑　昭和四八年二月

花木槿雲林先生恙なきや

汽車道をありけば近し稲の花
愛媛県松山市柳井町二丁目元料亭「亀之井」
句碑　昭和四一年九月　二句刻

粟の穂のここを叩くなこの墓を
愛媛県松山市柳井町三丁目法眼寺
句碑　昭和二六年九月

○南無大師石手の寺よ稲の花
愛媛県松山市石手二丁目石手寺
句碑　昭和一三年五月

身の上や御くじを引けば秋の風
愛媛県松山市石手二丁目石手寺
句碑　昭和三八年八月　柳原極堂書

み佛の足のあとかた石にほり
歌もほりたり後の世の為
愛媛県松山市石手五丁目秋川氏邸
歌碑　昭和二九年一〇月　秋川スミ子書

○新立や橋の下より今日の月
愛媛県松山市新立町金刀比羅神社
句碑　昭和四一年四月

牛行くや毘沙門阪の秋の暮
愛媛県松山市大街道三丁目東雲神社下三叉路
句碑

掛乞の大街道となりにけり
愛媛県松山市大街道二丁目商店街
句碑

松山や秋より高き天主閣
愛媛県松山市丸之内長者平（松山城ロープウェイ終点）
句碑　昭和四一年九月

○行く我にとどまる汝に秋二つ

愛媛県松山市持田町三丁目県立松山東高校
句碑　平成六年三月

駒鳥鳴くや唐人町の春の暮
愛媛県松山市勝山町一丁目阿部神仏具店前
句碑　平成四年

秋高し鳶舞ひしすむ城の上
愛媛県松山市勝山町一丁目ワタモク駐車場前
句碑　平成四年

沢亀の万歳見せう御国ぶり
愛媛県松山市勝山町一丁目寿晃ビル横駐車場前
句碑　平成四年

砂土手や西日をうけて蕎麦の花
愛媛県松山市勝山町一丁目青木第一ビル前
句碑　平成四年

○新場処や紙つきやめばなく水鶏
愛媛県松山市日之出町日之出公園（石手川公園）
句碑　昭和五七年一一月

霜月の空也は骨に生きにける
愛媛県松山市鷹子町浄土寺
句碑　昭和六一年九月

巡礼の夢を冷すや松の露
茸狩や浅き山々女づれ
愛媛県松山市平井町平井駅前
句碑　昭和五四年四月　両面二句刻　村上壷天子書

火や鉦や遠里小野の虫送
嬉しきも故郷なり
悲しきも故郷なり
悲しきにつけても
嬉しきは故郷なり

愛媛県松山市平井町手福寺
句碑　詩碑　昭和六三年八月　碑陰に「故郷」を刻む　二首刻

○鶏なくや小富士の麓桃の花
愛媛県松山市泊町泊公民館前
句碑　昭和五一年五月

○初汐や松に浪こす四十島
愛媛県松山市高浜一丁目蛭子神社
句碑　昭和五二年一一月

興居嶋へ魚舟いそぐ吹雪哉
愛媛県松山市高浜一丁目昭和橋
句碑　平成一年九月

雪の間に小富士の風の薫りけり
愛媛県松山市高浜五丁目松山市観光港前
句碑　平成一二年一〇月

雪の間に小富士の風の薫りけり
愛媛県松山市高浜五丁目松山港観光ターミナル
句碑　平成一二年一〇月

賑かに暮るる日もあり庵の秋
愛媛県松山市辰巳町石雲寺観月庵
句碑　昭和二五年一一月　柳原極堂書

月に立つ我に月見の人往来
愛媛県松山市辰巳町石雲寺観月庵
句碑

十一人一人になりて秋の暮
愛媛県松山市辰巳町石雲寺観月庵
句碑　昭和三五年　柳原極堂書

十一人一人になりて秋の暮
愛媛県松山市三津一―六先
句碑

○花木槿家ある限り機の音
愛媛県松山市久万ノ台伊予かすり会館
句碑　昭和五三年四月

目とりの佐島に続く汐干哉
愛媛県松山市大可賀二佐伯氏邸
句碑

砂魚釣りの大可賀帰る月夜哉
愛媛県松山市大可賀二佐伯氏邸
句碑

秋風や高井のていれぎ三津の鯛
愛媛県松山市大可賀二佐伯氏邸
句碑

○三津口を又一人行く袷哉
愛媛県松山市萱町六丁目松山市保養センター前
句碑　昭和五二年一一月

○萱町や裏へまはれば青簾
愛媛県松山市萱町四丁目大三島神社
句碑　昭和五一年四月

名月や伊豫の松山一万戸
愛媛県松山市味酒町三丁目阿沼美神社
句碑　昭和六〇年一一月　左に子規、右に芭蕉句刻

名月や伊豫の松山一万戸
愛媛県松山市味酒町三丁目阿沼美神社
句碑　昭和六〇年一一月

○春や昔十五万石の城下哉
愛媛県松山市大手町二丁目JR松山駅前
句碑　昭和三〇年五月

ふるさとや親すこやかに鮓の味
愛媛県松山市小栗三丁目橘タイル
句碑　昭和四六年

我見しより久しきひよんの茂哉
愛媛県松山市小栗三丁目雄部神社
句碑

○御所柿に小栗祭の用意かな
愛媛県松山市小栗三丁目雄部神社
句碑　昭和四七年三月

○うぶすなに幟立てたり稲の花
愛媛県松山市小栗三丁目雄部神社
句碑　昭和五三年一〇月

○西山に櫻一木のあるじ哉
愛媛県松山市南江戸町五丁目山内神社
句碑　昭和四四年九月

薏苡や昔通ひし叔父が家
愛媛県松山市土居田町鬼子母神社
句碑　昭和四七年一〇月

若鮎の二手になりて上りけり
愛媛県松山市出合重信川出合橋北
句碑　昭和八年九月　村上霽月書

行く秋や手を引きあひし松二木
愛媛県松山市余戸東五丁目三島大明神
句碑　昭和八年九月

○故郷はいとこの多し桃の花
愛媛県松山市余戸中六丁目池原洋三氏邸
句碑　昭和六一年三月

○おもしろや紙衣も著すに済む世なり
花木槿家ある限り機の音
愛媛県松山市西垣生町長楽寺

句碑　両面刻二句刻

春や昔十五万石の城下哉
愛媛県松山市西垣生町宇都宮氏邸
句碑

春や昔十五万石の城下哉
愛媛県松山市西垣生町宇都宮憲市氏邸
句碑

柿くへば鐘が鳴るなり法隆寺
愛媛県松山市西垣生町宇都宮憲市氏邸
句碑

春や昔十五万石の城下哉
愛媛県松山市西垣生町高須賀石材本店
句碑

柿くへば鐘が鳴るなり法隆寺
愛媛県松山市西垣生町高須賀石材本店
句碑

若鮎の二手になりて上りけり
愛媛県松山市西垣生町高須賀石材店
句碑

故郷はいとこの多し桃の花
愛媛県松山市西垣生町高須賀石材店
句碑

春の昔十五万石の城下哉
愛媛県松山市西垣生町高須賀石材店
句碑

桔梗活けてしばらく假の書斎哉
愛媛県松山市一番町三丁目愚陀佛庵
句碑

○国なまり故郷千里の風かをる
愛媛県松山市二番町四丁目番町小学校
句碑　昭和五一年三月

蜻蛉の御幸寺見おろす日和哉
愛媛県松山市平和通一丁目於茂田氏邸
句碑　平成一二年

秋の山御幸寺と申し天狗住む
愛媛県松山市平和通一丁目村上商事ビル前
句碑　平成一二年

天狗泣き天狗笑ふや秋の風
愛媛県松山市平和通一丁目田口氏邸
句碑　平成一二年

杉谷や有明映る梅の花
愛媛県松山市平和通一丁目泉田氏邸
句碑　平成一二年

杉谷や山三方にほとゝぎ須
愛媛県松山市平和通一丁目白形氏邸
句碑　平成一二年

草の花練兵場は荒にけり
愛媛県松山市平和通三丁目小原鶴井氏邸
句碑　平成一二年

餅を搗く音やお城の山かつら
愛媛県松山市平和通三丁目露口氏邸
句碑　平成一二年

○薫風や大文字を吹く神の杜
愛媛県松山市北立花町井手神社
句碑　昭和四五年一月

新年や鴬鳴いてほととぎす
愛媛県松山市北立花町六一一〇木村氏邸

句碑　平成九年一〇月

くれなゐの梅散るなへに故郷に
つくしつみにし春し思ほゆ
愛媛県松山市湊町三丁目中の川緑地帯
歌碑　昭和二六年九月　「養痾雑記」より

風呂吹を喰ひに浮世へ百年目
愛媛県松山市湊町四丁目円光寺
句碑　昭和五九年四月

冬さひぬ蔵澤の竹明月の書
愛媛県松山市湊町四丁目円光寺
句碑　昭和五九年七月

城山の浮み上るや青嵐
正岡常規又ノ名ハ処之助又ノ名ハ升又ノ名ハ子規又ノ名ハ…（略）
愛媛県松山市湊町五丁目市駅前電停
句碑　詞碑　昭和五七年三月　二種刻

○真宗の伽藍いかめし稲の花
愛媛県松山市拓川町相向寺
句碑　昭和四三年一〇月

あれにけりつばなまじりの市の坪
愛媛県松山市坪北一丁目市坪北集会所
句碑　昭和六一年三月

寺清水西瓜も見えす秋老いぬ
我見しより久しきひよんの茂哉
愛媛県松山市泉町薬師寺
句碑　昭和三〇年五月　二句刻　久松定松書

賽銭のひびきに落る椿かな
愛媛県松山市居相町伊予豆比古命神社
句碑　昭和三一年五月　柳原極堂書

しくるるや右は亀山星が岡
愛媛県松山市居相町伊予豆比古命神社（椿神社）句碑玉垣
句碑　平成一一年一一月

城山の浮み上るや春嵐
愛媛県松山市居相町伊予豆比古命神社（椿神社）句碑玉垣
句碑　平成一一年一一月　二句刻

若鮎の二手になりて上りけり
愛媛県松山市居相町伊予豆比古命神社（椿神社）句碑玉垣
句碑　平成一一年一一月　三句刻

今やかの三つのベースに人満ちて
そぞろに胸のうちさわぐかな
愛媛県松山市居相町伊予豆比古命神社（椿神社）句碑玉垣
歌碑　平成一一年一一月

元日や勅使の箸に松の影
愛媛県松山市居相町伊予豆比古命神社（椿神社）句碑玉垣
句碑　平成一一年一一月

寒聲や誰れ石投げる石手川
愛媛県松山市居相町伊予豆比古命神社（椿神社）句碑玉垣
句碑　平成一一年一一月

菜の花やはつとあかるき町はつれ
愛媛県松山市居相町伊予豆比古命神社（椿神社）句碑玉垣
句碑　平成一一年一一月

麻生田にいまだ短し土筆
愛媛県松山市居相町伊予豆比古命神社（椿神社）句碑玉垣
句碑　平成一一年一一月

新聞を門で受けとる初日哉
愛媛県松山市居相町伊予豆比古命神社（椿神社）句碑玉垣
句碑　平成一一年一一月　二句刻

桐の葉いまだ落ざる小庭哉

愛媛県松山市居相町伊予豆比古命神社（椿神社）句碑玉垣
句碑　平成一一年一一月

山越えて城下見おろす若葉哉
愛媛県松山市居相町伊予豆比古命神社（椿神社）句碑玉垣
句碑　平成一一年一一月

秋風や高井のていれぎ三津の鯛
愛媛県松山市居相町伊予豆比古命神社（椿神社）句碑玉垣
句碑　平成一一年一一月

千駄木に隠れおほせぬ冬の梅
愛媛県松山市居相町伊予豆比古命神社（椿神社）句碑玉垣
句碑　平成一一年一一月

気車戻る三津街道や朧月
愛媛県松山市居相町伊予豆比古命神社（椿神社）句碑玉垣
句碑　平成一一年一一月

海晴れて小富士に秋の日くれたり
愛媛県松山市居相町伊予豆比古命神社（椿神社）句碑玉垣
句碑　平成一一年一一月

見事なり白玉椿花一輪
愛媛県松山市居相町伊予豆比古命神社（椿神社）句碑玉垣
句碑　平成一一年一一月

春や昔十五万石の城下哉
愛媛県松山市居相町伊予豆比古命神社（椿神社）句碑玉垣
句碑　平成一一年一一月

天の川よしきの上を流れけり
愛媛県松山市居相町伊予豆比古命神社（椿神社）句碑玉垣
句碑　平成一一年一一月

赤椿さいてもく一重哉
愛媛県松山市居相町伊予豆比古命神社（椿神社）句碑玉垣
句碑　平成一二年九月

夏川を二つ渡りて田神山
愛媛県松山市居相町伊予豆比古命神社（椿神社）句碑玉垣
句碑　平成一一年一一月

内川や外川かけて夕しぐれ
愛媛県松山市居相町伊予豆比古命神社（椿神社）句碑玉垣
句碑　平成一二年九月

名月や伊豫の松山一萬戸
愛媛県松山市居相町伊予豆比古命神社（椿神社）句碑玉垣
句碑　平成一二年九月

初汐や松に浪こす四十島
愛媛県松山市居相町伊予豆比古命神社（椿神社）句碑玉垣
句碑　平成一二年九月

故郷やどちらを見ても山笑ふ
愛媛県松山市居相町伊予豆比古命神社（椿神社）句碑玉垣
句碑　平成一二年一一月

柿くへば鐘が鳴るなり法隆寺
愛媛県松山市居相町伊予豆比古命神社（椿神社）句碑玉垣
句碑　平成一二年一一月

稲の香の雨たゝらんとして燕飛ぶ
愛媛県松山市居相町伊予豆比古命神社（椿神社）句碑玉垣
句碑　平成一二年一二月

春の水龍の口よりこぼれけり
愛媛県松山市居相町伊予豆比古命神社（椿神社）句碑玉垣
句碑　平成一二年一二月

四柱の神むつまじや春の風
愛媛県松山市居相町伊予豆比古命神社（椿神社）句碑玉垣
句碑　平成一二年一二月

松山の城を見おろす寒哉
愛媛県松山市居相町伊予豆比古命神社（椿神社）句碑玉垣

句碑　平成一二年一二月

竹立て、新酒の風の匂ひかな
愛媛県松山市居相町伊予豆比古命神社(椿神社)句碑玉垣
句碑　平成一二年一二月

五月雨の中に天山星が岡
愛媛県松山市居相町伊予豆比古命神社(椿神社)句碑玉垣
句碑　平成一二年一二月

故郷はいとこの多し桃の花
われに法あり君をもてなすもふり鮓
愛媛県松山市居相町伊予豆比古命神社(椿神社)句碑玉垣
句碑　平成一二年一二月

松山や秋より高き天守閣
愛媛県松山市居相町伊予豆比古命神社(椿神社)句碑玉垣
句碑　平成一二年一一月

薫風や裸の上に松の影
愛媛県松山市居相町伊予豆比古命神社(椿神社)句碑玉垣
句碑　平成一二年一二月

日の旗の杉葉に竝ぶ新酒哉
愛媛県松山市居相町伊予豆比古命神社(椿神社)句碑玉垣
句碑　平成一三年一月

すり鉢に薄紫の蜆かな
愛媛県松山市居相町伊予豆比古命神社(椿神社)句碑玉垣
句碑　平成一三年四月

鳥の聲一樹に深き椿哉
愛媛県松山市居相町伊予豆比古命神社(椿神社)句碑玉垣
句碑　平成一三年七月

賽銭のひゞきに落る椿かな
愛媛県松山市居相町伊予豆比古命神社(椿神社)句碑玉垣

句碑　平成一二年一二月

大木の注連に蝉啼く社哉
愛媛県松山市居相町伊予豆比古命神社(椿神社)句碑玉垣
句碑　平成一三年四月

あらたかな神のしづまる若葉かな
愛媛県松山市居相町伊予豆比古命神社(椿神社)句碑玉垣
句碑　平成一三年五月

さそひあふ末社の神や旅でたち
愛媛県松山市居相町伊予豆比古命神社(椿神社)句碑玉垣
句碑　平成一三年五月

内川や外川かけて夕しぐれ
愛媛県松山市北井門町立石橋北詰
句碑　昭和六二年三月

○ていれぎの下葉浅黄に秋の風
愛媛県松山市南高井町杖の渕公園
句碑　昭和四三年一一月

○秋風や高井のていれぎ三津の鯛
愛媛県松山市南高井町西林寺
句碑　昭和三八年一〇月

永き日や衛門三郎浄瑠璃寺
愛媛県松山市浄瑠璃町浄瑠璃寺
句碑　昭和二〇年秋　柳原極堂書

旅人のうた登り行く若葉かな

草履単衣竹杖斑
孤村七月聴綿蠻
青々稲長恵原理
淡々雲懸三阪山
愛媛県松山市窪野町旧窪野公民館跡
句碑　漢詩碑　昭和二四年　柳原極堂書　景浦稚桃書　「三坂即事」より

○山本や寺は黄檗杉は秋
画をかきし僧今あらず寺の秋
愛媛県松山市御幸一丁目千秋寺
句碑　昭和四五年春　二句刻

筆に声あり霰の竹を打つごとし
愛媛県松山市御幸一丁目長建寺
句碑　昭和六一年

山茶花をうつくしとみてすぐ忘れ
愛媛県松山市御幸一丁目長建寺
句碑　昭和五四年七月　隅江博司書

嘘のような十六日桜咲きにけり
愛媛県松山市御幸一丁目龍穏寺
句碑　平成一二年

○もののふの河豚にくはるる悲しさよ
愛媛県松山市堀江町甲浄福寺
句碑　昭和四三年一〇月

春や昔十五万石の城下かな
愛媛県松山市勝岡町四国電力松山発電所
句碑

十月の海は凪いだり蜜柑船
愛媛県松山市勝岡町内新田公園
句碑　平成四年三月

○崑蒻につゝじの名あれ太山寺
愛媛県松山市太山寺町太山寺
句碑　昭和四八年五月

草茂みベースボールの道白し
愛媛県松山市市坪西町坊ちゃんスタジアム横
句碑　平成一三年九月

荒れにけり芽針まじりの市の坪
愛媛県松山市市坪南二丁目池内氏邸
句碑　昭和四四年五月

若鮎の二手になりて上りけり
愛媛県松山市市坪南二丁目池内氏邸
句碑　昭和四四年五月

荒れにけり芽針まじりの市の坪
愛媛県松山市市坪南二丁目素鵞神社
句碑　昭和六二年七月

永き日や菜種つたひの七曲
愛媛県松山市山越六丁目高崎公園
句碑　昭和五七年一二月

春や昔十五万石の城下哉
愛媛県松山市堀之内城山公園
句碑　昭和二四年四月

椿活けて香焚いて佛を刻む哉
愛媛県松山市東石井町椿石材センター
句碑

草むらや土手にある限り曼珠沙花
愛媛県松山市森松町浮穴公民館
句碑　平成一三年一一月

○追ひつめた鶺鴒見えず涙の景
愛媛県東温市河之内白猪滝
句碑　昭和五八年一〇月　二句刻

追ひつめた鶺鴒見えず涙の景
愛媛県東温市松瀬川乙松山ゴルフ倶楽部ゴルフ会館
句碑　昭和四九年一一月

案山子もの言はば猶さびしいぞ
秋のくれ

愛媛県東温市則之内鎌倉堂
句碑

白雲湧處是松城
獨停竹笻回首望
松樹肅森絶世情
敧危小径破晨行

（「三坂望松山城」より）
漢詩碑　昭和三六年一〇月　小原六六庵書
愛媛県上浮穴郡久万高原町東明神三坂峠伊予鉄三坂ドライブイン

夏の日のひえてしたたる岩間かな
句碑　昭和五七年九月
愛媛県上浮穴郡久万高原町直瀬古岩屋公園

夏山や四十五番は岩屋寺
句碑　昭和三二年夏　柳原極堂書
愛媛県上浮穴郡久万高原町直瀬岩屋寺

ほろほろと椿こほるる彼岸哉
句碑　昭和六一年
愛媛県伊予市上三谷えひめ森林公園

世の中やひとり花咲く百日紅
句碑　昭和六一年
愛媛県伊予市上三谷えひめ森林公園

赤椿さいてもさいても一重哉
句碑
愛媛県伊予市上三谷えひめ森林公園

青き中に五月つつじの盛り哉
句碑　昭和六一年
愛媛県伊予市上三谷えひめ森林公園

○夕栄の五色が浜をかすみけり
愛媛県伊予市上吾川称名寺

句碑　昭和四八年一〇月

夏川を二つ渡りて田神山
句碑　昭和五〇年八月
愛媛県伊予市上吾川谷上山宝珠寺

夕栄の五色が浜をかすみけり
句碑　昭和四八年
愛媛県伊予市上吾川篠崎氏邸

夏の月提灯多きちまた哉
句碑　平成一二年七月
愛媛県伊予市宮下松山自動車道伊予灘ＳＡ（上り）

石手寺へまはれば春の日暮れたり
句碑　平成一二年七月
愛媛県伊予市宮下松山自動車道伊予灘ＳＡ（上り）

正月や橙投げる屋敷町
句碑　平成一二年七月
愛媛県伊予市宮下松山自動車道伊予灘ＳＡ（下り）

秋凪や高井のていれぎ三津の鯛
句碑　平成一二年七月
愛媛県伊予市宮下松山自動車道伊予灘ＳＡ（下り）

○砥部焼の乳の色なす花かめに
うめと椿と共にいけたり
歌碑　昭和六一年四月
愛媛県伊予郡砥部町大南武道場前

春や昔十五万石の城下かな
句碑　敷石刻
愛媛県伊予郡砥部町大南砥部焼の里遊歩道

女負ふて川渡りける朧月
句碑　平成七年五月
愛媛県伊予郡砥部町高尾田渡部氏邸

大寺のかまどは冷へてきりぐす
愛媛県伊予郡松前町筒井義農神社
句碑　昭和三一年四月

五月雨や漁婦ぬれて行かゝへ帯
愛媛県伊予郡松前町浜松前中学校
句碑　昭和三四年九月

初鶏も知るや義農の米の恩
愛媛県伊予郡松前町浜松前中学校正門前
句碑　平成四年

五郎櫃を追ひかけて行く蜻蛉哉
愛媛県伊予郡松前町浜松前中学校正門前
句碑　平成四年　前文あり

○初鶏も知るや義農の米の恩
愛媛県伊予郡松前町浜川中建築事務所横
句碑

○五郎櫃を追ひかけて行く蜻蛉哉
愛媛県伊予郡松前町浜川中建築事務所横
句碑

門さきにうつむきあふや百合の花
愛媛県伊予郡松前町神崎北伊予小学校
句碑　昭和四六年二月　佐伯太郎書

義幾妻の春の社に詣けり
愛媛県伊予郡松前町徳丸高忍日売神社
句碑　昭和五五年七月

雨晴れて一本榎凧高し
愛媛県喜多郡内子町古田豊秋橋東詰
句碑

大凧に近よる鳶もなかりけり
愛媛県喜多郡内子町古田豊秋橋西詰
句碑

きれ凧の廣野の中に落ちにけり
愛媛県喜多郡内子町古田料亭たかち前
句碑

二村の凧集まりし河原かな
愛媛県喜多郡内子町古田伊予銀行横
句碑

小さ子の小き凧を揚げて居る
愛媛県喜多郡内子町古田中川石油店前
句碑

大凧や伽藍の屋根に人の聲
愛媛県喜多郡内子町古田中川石油店前
句碑

凧さわぐ夕風雲のそゞろなり
愛媛県喜多郡内子町古田尾花氏邸
句碑

糸のべて凧の尾垂るる水田哉
愛媛県喜多郡内子町古田県道堤防沿い
句碑

雨晴れて一本榎凧高し
愛媛県喜多郡内子町平岡豊秋河原榎下
句碑

きれ凧や糸くひとむる鬼瓦
愛媛県喜多郡内子町平岡向井鮮魚店前
句碑

朝霧や海を限りの伊予の鼻
愛媛県西宇和郡伊方町三机堀切峠
句碑

鷲の子の兎をつかむ霰かな
高知県高知市春野町弘岡下北山若尾家墓所
句碑　昭和三一年六月　墓碑刻

水音のまくらに落つる寒さ哉
福岡県田川郡大任町柿原三〇四二木村氏邸
句碑　昭和四二年七月

朝寒やたのもとひびく内玄関
福岡県福岡市城南区片江町東油山文学碑公園
句碑

《参考文献》
◎『子規と松山―写真集（愛媛文化双書11）』
風戸始写真・越智二良解説　愛媛文化双書刊行会（松山）　1972
◎『伊予路の正岡子規文学碑遺跡散歩　新改訂増補』
鶴村松一著　松山郷土史文学研究会　1979・3
◎『子規のふるさと松山・道後温泉』
読売新聞社　1982・11
◎『正岡子規入門』
和田克司編　思文閣出版（京都）　1993・5

松本清張（まつもと・せいちょう）

小説家

（明治四二年一二月二一日～平成四年八月四日）

出身地　福岡県企救郡板櫃村（北九州市小倉北区）

本名は清張（きよはる）。小学校卒業後、給仕、印刷画工などを経て、昭和14年朝日新聞西部本社の広告部雇員となり、16年正社員。18～20年兵役。終戦後、朝日新聞社に復職し、広告部意匠係に勤務する傍ら、図案家として活躍。25年「西郷札」が「週刊朝日」の〝百万人の小説〟に入選するとともに第25回直木賞候補作となる。28年「或る『小倉日記』伝」で第28回芥川賞を受賞。29年東京本社に転勤。31年退社し、以後作家生活に専念。推理小説にも手を染め、33年「点と線」「眼の壁」が単行本として刊行されベストセラーとなり、人気作家として脚光を浴びる。その作風は〝社会派推理小説〟と呼ばれ、他の作家にも大きな影響を与えた。

＊　＊　＊

◯雲たれてひとりたけれる荒波を
かなしと思へり能登の初旅
石川県羽咋郡志賀町能登金剛巌門
歌碑　昭和三六年八月　副碑あり

幼き日
夜ごと
父の手枕で聞きし
その郷里矢戸
いまわが目の前に在り
（「父系の指」より）
鳥取県日野郡日南町矢戸国道一八三号沿い小公園
文学碑　昭和五九年四月

出雲三成の駅から四キロも行くと亀嵩の駅になる…（略）
（小説「砂の器」より）
島根県仁多郡奥出雲町亀嵩
文学碑　昭和五八年一〇月

◯空想の翼で駆け現実の山野を征かん
島根県大田市大森町中村プレイス会社前
詞碑　昭和六二年一二月

神官の着ている、
白装束だけが火を受けて、
こよなく清浄に見えた。
この瞬間、時間も、空間も、
古代に帰ったように思はれた。
（小説「時間の習俗」より）
福岡県北九州市門司区門司和布刈神社

文学碑　平成六年一一月

三木露風（みき・ろふう）

詩人

（明治二二年六月二三日～昭和三九年一二月二九日）

出身地　兵庫県揖西郡龍野町（たつの市）

本名は操。中学時代から同人誌で活躍し、3年の時詩歌集「夏姫」を自費出版。早大在学中の明治42年第二詩集「廃園」を刊行、以後、冥想的、神秘的な象徴詩人として北原白秋と並び称された。大正9～13年まで北海道トラピスト修道院で生活を送り、熱烈なカトリック詩を残す。他の詩集に「寂しき曙」「白き手の猟人」「幻の田園」「信仰の曙」「神と人」など。童謡「赤とんぼ」の作詞家としても有名。

＊　＊　＊

日は輝やかに沈黙し
時はおもむろに移り行けり…（略）

北海道北斗市渡島当別トラピスト男子修道院前庭
詩碑　昭和四六年五月

ここの山のいただき
南のみゆる終
那須の山けむりはるかに
うかうかともゆる南…（略）

（「冬の朧」より）

福島県喜多方市熱塩加納町熱塩温泉笹屋
詩碑　昭和五三年秋

「赤とんぼ」

茨城県龍ケ崎市久保台四
唱歌碑　大正一〇年　山田耕筰・作曲

「あかとんぼ」

ゆうやけこやけの
あかとんぼ
おわれてみたのは
いつのひか

埼玉県久喜市青葉一—二久喜青葉団地一—一二
唱歌碑　昭和四九年夏　山田耕筰・作曲

「赤とんぼ」

千葉県流山市駒木諏訪神社
唱歌碑　山田耕筰・作曲

○夕焼け小焼けのあかとんぼ
負はれて見たのは何時の日か…（略）

（「赤とんぼ」より）

東京都三鷹市下連雀中央通り南銀座街メガパーク前
童謡碑　昭和五三年　平成五年三月修復　少年少女の像

○夕焼小焼の赤とんぼ
負われて見たのはいつの日か
山の畑の桑の實を
小籠に摘んだはまぼろしか…（略）

（「赤とんぼ」）

東京都あきる野市菅生西多摩霊園山田耕筰墓所
童謡碑　昭和四一年七月

「赤とんぼ」

夕やけ小やけの赤とんぼ
負われて見たのはいつの日か…（略）

長野県長野市篠ノ井岡田恐竜公園〝童謡の森〟
唱歌碑　平成六年　下部に楽譜刻　山田耕筰・作曲

松風の清きみ山にひびきけり
心澄むらん月明らけく

兵庫県たつの市龍野町大手二丁目如来寺本堂前
歌碑　昭和四一年九月

ふるさとの小野の木立に
笛の音のうるむ月夜や…（略）

（「ふるさとの」より）

兵庫県たつの市龍野町龍野公園聚遠亭池畔
詩碑　昭和一五年一一月

夕焼小焼の赤とんぼ
負われて見たのはいつの日か…（略）

（「赤とんぼ」より）

兵庫県たつの市龍野町龍野公園入口
童謡碑

「赤とんぼ」
夕焼小焼の
赤とんぼ
負われて見たのは
いつの日か…（略）

和歌山県西牟婁郡すさみ町江住日本童謡園
唱歌碑　山田耕筰・作曲

三島由紀夫（みしま・ゆきお）

小説家・劇作家

（大正一四年一月一四日～昭和四五年一一月二五日）

出身地　東京市四谷区永住町（東京都新宿区）

本名は平岡公威（ひらおか・きみたけ）。学習院高等科在学中の昭和16年に「花ざかりの森」を発表。この頃から日本浪漫派の影響をうける。22年東大卒業と同時に大蔵省に勤務するが、23年創作活動に専念するため退職。24年「仮面の告白」を刊行し、作家としての地位を築く。29年「潮騒」で新潮社文学賞を、30年「白蟻の巣」で岸田演劇賞を、31年「金閣寺」で、36年「十日の菊」でそれぞれ読売文学賞を受賞するなど、小説、劇曲、評論の分野で幅広く活躍。43年10月楯の会を結成。44年「豊饒の海」全4巻を完結させた後、45年11月25日に自衛隊市ケ谷駐屯地に突入、憂国の檄をとばした後、割腹自決をとげた。

＊　＊　＊

船首の左に黄金崎の代赫いろの裸かの断崖が見えはじめた…（略）

（「獣の戯れ」より）

静岡県賀茂郡西伊豆町宇久須黄金崎公園
文学碑　昭和四八年二月

「絹と明察」より

滋賀県大津市本堅田一丁目浮御堂近く湖岸
詞碑

水原秋桜子（みずはら・しゅうおうし）

俳人・産婦人科医

（明治二五年一〇月九日～昭和五六年七月一七日）

出身地　東京市神田猿楽町（東京都千代田区）

本名は水原豊。別号に喜雨亭、白鳳堂。東京帝大血清化学教室、産婦人科教室を経て、昭和3年昭和医専教授となり、宮内省侍医療御用掛を務める。また、家業の産婦人科病院、産婆学校の経営にも携わった。俳句は、大正8年「ホトトギス」に入り、高野素十、山口誓子、阿波野青畝とともに「ホトトギス」の4S時代といわれる黄金時代を築いた。昭和6年虚子のとなえる客観写生に対して主観写生を主張、虚子とは袂を分かち、9年からは「馬酔木」を主宰。37年から16年間、俳人協会会長をつとめ、53年名誉会長となる。38年日本芸術院賞受賞、41年日本芸術院会員。

＊　＊　＊

葛しげる霧のいづこぞ然別

北海道河東郡鹿追町然別湖畔然別湖畔温泉ホテル
句碑　昭和五六年五月

高嶺や星蚕飼の村は寝しづまり

秋田県由利本荘市東由利杉森字沼阿部氏邸
句碑　昭和四四年

最上川秋風簗に吹きつどふ
山形県村山市大淀地区早房の瀬入口高台
句碑　平成一年一〇月

渦見せて大河馳せゆく下り簗
山形県村山市大淀地区佐藤氏邸
句碑　平成一年一〇月

水漬きつゝ新樹の楊ましろなり
福島県耶麻郡北塩原村毘沙門沼畔ホテル五色荘
句碑　昭和一三年一〇月

瑠璃沼に瀧落ちきたりるりとなる
福島県耶麻郡北塩原村裏磐梯ホテル五色荘
句碑　昭和五八年八月

○百日の手向の花と菊咲きぬ
福島県会津若松市東山町石山稲荷山大龍寺斎藤家墓所
句碑　昭和九年秋

○わだなかや鵜の鳥むるゝ島二つ

○天霧らひ男峰は立てり望の夜を
茨城県つくば市筑波筑波山神社
句碑　昭和六三年四月　筑波山縁起他三句刻

むさしの の空真青なる落葉かな
茨城県龍ケ崎市北竜台一号線歳時記の道
句碑

○人と村同じ名もてり菫咲く
栃木県下野市石橋石橋小学校
句碑　昭和四八年三月

春風や名にむすばれし町と村
栃木県下野市石橋石橋勤労青少年ホーム
句碑　昭和五五年五月

礎はゆるがず雲雀あがりけり
栃木県下都賀郡壬生町北小林独協医科大学中庭
句碑　昭和四八年四月

花の下のやまひを救ふ手を組まむ
栃木県下都賀郡壬生町北小林独協医科大学病院玄関前
句碑　昭和五二年六月

生誕の夜の寒星を仰ぐべし
栃木県下都賀郡壬生町北小林独協医科大学正面玄関
句碑　昭和五六年三月

山吹にさす月ありて月淡し
群馬県利根郡みなかみ町水上温泉松の井ホテル
句碑

○八重一重椿紅白をつくしけり
群馬県渋川市元町佐鳥俊一氏邸
句碑　昭和四四年四月

月天に凍る赤城とむかひけり
群馬県渋川市上郷良珊寺
句碑　昭和四六年五月

○啄木鳥や落葉をいそぐ牧の木々
群馬県勢多郡富士見村大洞句碑遊歩道
句碑　昭和三五年一〇月

胸像は永久に日本の秋日和
群馬県吾妻郡草津町草津温泉西の河原
句碑　昭和五七年一〇月

山毛欅太く白樺まれに秋の蝶
群馬県前橋市光が丘町柳田芳武氏邸
句碑　昭和四六年五月

○簗のうへ峠の雷のとゞろける
群馬県安中市磯部町磯部簗近く
句碑　昭和四七年七月

花御堂ありとてふるき磴をゆく
群馬県安中市松井田町松井田不動寺
句碑　昭和五五年四月

共に遂げし功を見よと鳴く雲雀
埼玉県川越市南台狭山工業団地日本ヘキスト（株）庭
句碑　昭和四六年四月

畦塗りが草加の町をかこみけり
埼玉県草加市原町
句碑　昭和六二年三月

○むさし野の空真青なる落葉かな
埼玉県飯能市山手町観音寺境内
句碑　昭和四九年一一月

柴漬や古利根けふの日をしつむ
千葉県印旛郡栄町安食甚兵衛橋傍
句碑　昭和三九年五月

○梨咲くとかつしかの野はとのぐもり
千葉県市川市真間真間山弘法寺
句碑　昭和二七年一〇月

巌毎に怒涛をあげぬ春の海
虹立つや雨雲ひくき波の列
鶺鴒も千鳥も飛ぶよ初あらし
冬凪ぎて巌壁映ゆる夕焼雲
千葉県鴨川市太海浜仁右衛門島平野氏邸
句碑　昭和四〇年一〇月　四句刻

木々ぬらし石うかちつひに春の海
東京都葛飾区柴又七―一〇―三帝釈天題経寺
句碑　昭和五七年六月

葛飾や桃の籬も水田べり
東京都葛飾区柴又矢切の渡し公園
句碑　昭和六二年五月

羽子板や子はまぼろしのすみだ川
東京都台東区花川戸隅田公園
句碑　昭和六三年一〇月

木々ぬらし石うかちついに春の海
東京都練馬区高野台三丁目長命寺
句碑　昭和五七年六月

○胸像をぬらす日本の花の雨
東京都文京区本郷東大病院ベルツ博士胸像前
句碑　昭和五六年四月

十六夜の竹ほのめくにをはりけり
東京都杉並区西荻南四―一八―七水野春郎氏邸
句碑　昭和五四年四月

○古き友みな七十路や春の風
東京都世田谷区上用賀四―一三―一二石橋氏邸
句碑　昭和四四年五月

なすべきをなして四十年菊ひより
東京都世田谷区上用賀四―一三―一二石橋氏邸
句碑　昭和四九年一一月

木々ぬらし石うかちつひに春の海
東京都世田谷区上用賀四―一三―一二石橋氏邸
句碑

すすき野に大学舎成りぬああ五十年
東京都品川区旗の台昭和大学
句碑　昭和五三年一一月

ふりいでて雲の中なり梅花村
東京都あきる野市五日市町館谷二二石舟閣
句碑　昭和三二年三月

屋根に来てかがやく鶯や紙つくり
東京都あきる野市乙津ふるさと工房五日市
句碑　平成三年五月

酔芙蓉白雨たばしる中に酔ふ
東京都西多摩郡日の出町平井東光院
句碑　平成三年八月

遠世よりつたへしわざをまつる秋
東京都八王子市暁町二―二―二二　名綱神社
句碑　昭和三二年一一月

冬菊のまとふはおのがひかりのみ
東京都八王子市中野町東一―三〇〇―五新井氏邸
句碑　昭和三八年一一月

佛法僧巴と翔る杉の鉾
東京都八王子市高尾町薬王寺
句碑　昭和三九年一一月

若葉せり三尊の彌陀照りたまひ
神奈川県横須賀市芦名浄楽寺
句碑　平成三年

梅咲けり心あらたにはげめよと
神奈川県小田原市桑原日本新薬(株)小田原工場内
句碑　昭和四五年三月

青空にわく瀧青き霧へ落つ
富山県中新川郡立山町滝見台園地
句碑　昭和五九年七月

○龍膽や巌頭のぞく劔岳
富山県中新川郡立山町「天狗小屋」西
句碑　昭和四四年九月

鵜鳴き合掌建をのぼる雲
富山県南砺市皆葎皆蓮寺
句碑　昭和五九年一〇月

○雁来るや岩礁ならぶ七つ島
石川県珠洲市真浦町八の一真浦観光センター前
句碑　昭和四二年一〇月

いま見しを月下の石蕗に時雨走る
石川県金沢市広坂通金沢中央公園
句碑　昭和三一年一〇月

流水や落鮎しげきあらしあと
石川県加賀市山中温泉平岩橋東詰
句碑　昭和五〇年九月　欄干袖

○新涼の雲堂塵をゆるさざり
福井県吉田郡永平寺町志比永平寺
句碑　昭和五一年一〇月

○蝉鳴けり泉湧くより静かにて
福井県小浜市門前明通寺
句碑　昭和三五年一一月

○御佛も凍りたまへり梅月夜
山梨県甲州市塩山藤木放光寺
句碑　昭和四七年四月

○寒牡丹白光たぐひなかりけり
長野県佐久市前山洞原貞祥寺
句碑　昭和五二年七月　師弟連袂句碑

○慈悲心鳥翔ゆく霧に田を植うる
長野県岡谷市塩嶺公園県鳥獣保護普及センター
句碑　昭和五六年五月

四つ手綱ならぶ落暉の夏柳
長野県諏訪市湖岸通り諏訪湖畔
句碑　昭和四三年六月

花万朶病む人々に手をのべむ
岐阜県各務原市川島エーザイ川島工園内
句碑　昭和四〇年一〇月

磯魚の笠子魚もあかし山椿
静岡県伊東市城ヶ崎自然歩道西自然研究路（吊橋際）
句碑　昭和四七年三月

時政がふるさとに残す露の墓
静岡県伊豆の国市寺家願成就院
句碑　昭和三八年一〇月　茶茶丸墓誌の上部に刻

○ほと、ぎす朝は童女も草を負ふ
静岡県裾野市十里木頼朝井戸ノ森
句碑　昭和五三年一〇月

よろこびて人つどふなる弥生かな
静岡県御殿場市森の腰松本医院別宅庭
句碑　昭和三七年三月　両面刻

青き霧まぶたにすがしほと、ぎす
静岡県富士宮市天母山奇石博物館
句碑　昭和六三年一〇月

甲斐駒の雲間の雪や山ざくら
静岡県浜松市天竜区青谷不動の滝句碑園
句碑　昭和四七年五月

水無月の落葉とどめず神います
静岡県浜松市北区引佐町井伊谷井伊谷宮
句碑　昭和六一年四月

おぼろ夜や舞阪いづる針魚舟
静岡県浜松市北区三ヶ日町浜名湖周遊自転車道

句碑

菊にほふ國に大醫の名をとどむ
愛知県豊川市八幡町寺前西明寺
句碑　昭和四四年一一月

○かきくらす雪より鴨の下りにけり
愛知県海部郡蟹江町蟹江新田鹿島鹿島神社文学苑
句碑　昭和五六年九月

浦曲まで月夜くまなく鴨わたる
滋賀県大津市御陵町市民文化会館
句碑　昭和三五年一一月

○ひぐらしやこ、にいませし茶の聖
京都府京都市右京区梅ヶ畑栂尾町高山寺参道
句碑　昭和三四年一一月

○紅葉せりつらぬき立てる松の幹
京都府京都市北区鷹峰光悦町光悦寺
句碑　昭和四〇年秋

産論の月光雲をはらひけり
京都府京都市下京区万寿寺通櫛笥西入中堂寺西寺町玉樹寺
句碑　昭和五三年五月

郭公の呼びかはすごと国親し
京都府京都市南区吉祥院西の庄門口町一四（株）日本新薬内
句碑　昭和四三年一一月

朝霧浄土夕きり浄土葛咲ける
大阪府箕面市勝尾寺勝尾寺参道
句碑　昭和三七年一一月

○木の実降り鵯鳴き天平観世音
奈良県桜井市下町聖林寺
句碑　昭和三四年五月

冬菊のまとふはおのかひかりのみ
奈良県吉野郡東吉野村平野「たかすみの里」駐車場口
句碑　平成一一年一一月

滝落ちて群青世界とどろけり
和歌山県東牟婁郡那智勝浦町青岸渡寺
句碑　昭和六一年八月　米沢吾亦紅併刻

鞆の浦の沖ゆく帆あり明易き
広島県福山市鞆町鞆の浦スカイライン展望台
句碑　昭和四一年一一月

冬紅葉海の十六夜照りにけり
広島県呉市豊町大長島芦の浦海岸
句碑　昭和四八年五月

○渦群れて暮春海景あらたまる
徳島県鳴門市鳴門町土佐泊浦鳴門公園千畳敷下
句碑　昭和四〇年一〇月

○石橋にあつまる橋のみなすずし
徳島県鳴門市大麻町桧東山田ドイツ館
句碑　平成五年移転

○かけわたす学びの橋で春の虹
徳島県徳島市蔵本町二丁目徳大医学部青藍会館
句碑　昭和六二年移転

かすむ海磯によせきて音もなし
香川県小豆郡小豆島町太陽の丘句碑の森
句碑　昭和四八年五月

もののふの誉の岩に鯊ひとつ
香川県高松市牟礼町牟礼与一公園
句碑　平成四年一二月

茶どころときかねど新茶たぐひなし
香川県三豊市高瀬町羽方砂原大水上神社
句碑　昭和五六年七月

檮さけり古郷波郷の邑かすむ
愛媛県松山市出合重信川出合橋北
句碑　昭和六三年五月

岩は皆渦潮しろし十三夜
高知県土佐清水市足摺岬竜の駒展望台前
句碑　昭和三九年三月

春畫きて野草咲き満つ登り窯
佐賀県唐津市町田中里陶房展示館
句碑　昭和五六年二月

走り梅雨水声町をつらぬける
長崎県島原市鉄砲町武家屋敷
句碑　昭和五二年一一月

醫学ここに興りて高し棕梠の花
長崎県長崎市坂本町長崎大学医学部
句碑　昭和五五年三月

薔薇の坂にきくは浦上の鐘ならずや
長崎県長崎市平野町国際文化会館前
句碑　昭和五一年五月

天国の夕焼を見ずや地は枯れても
長崎県長崎市西坂町西坂公園
句碑　昭和六〇年一二月　二句刻
大綿や古道いまも越えがたき

辺見隊守りし嶮ぞ烏瓜
吉次越狐の径となりて絶ゆ
熊本県鹿本郡植木町田原坂公園
句碑　平成一年三月　三句刻

高千穂の霧来てひゞくひよのこゑ

鹿児島県霧島市牧園町高千穂霧島高原保養センター駐車場
句碑　昭和五〇年二月

さくら島とどろき噴けり旧端午
鹿児島県鹿児島市桜島町横山なぎさ遊歩道
句碑　平成五年三月

樟若葉かゞやく如き前途なり
鹿児島県鹿児島市桜ヶ丘鹿児島大学医学部付属病院
句碑　昭和五四年五月

かつお船来そめ坊の津の春深し
鹿児島県南さつま市坊津町歴史資料館横
句碑　昭和四三年四月

《参考文献》

◎『秋桜子句碑めぐり』
石橋ひかる著　竹頭社　１９６９

◎『定本秋桜子句碑めぐり』
石橋ひかる著　東京美術　１９８１・１０

◎『秋桜子句碑巡礼』
久野治著　島影社・星雲社　１９９１・１０

三石勝五郎（みついし・かつごろう）

詩人

（明治二一年一一月二五日～昭和五一年八月一九日）

出身地　長野県南佐久郡臼田村

11歳のとき、生母離縁のことは、封建性への反感、自然への没入、詩文への没頭となり、生涯を貫くものとなった。中学2年の級友との20日間の無銭旅行は「夏の旅」（96枚）の傑作を生み、後年天才詩人と評される元となった。生前の刊行は七冊の詩文集であるが、没後発見の大量の詩文は「翁を語る会」刊で「選集」三巻ほかとなり注目されている。郷土の文学碑二五基あり。毎年碑前祭が続けられていることは珍しい。

＊　＊　＊

○かりがね渡る笠取の
峠の茶屋はなけれども
残るふもとの松並木
芦田の芦の先に見ゆ
長野県北佐久郡立科町芦田笠取峠松並木公園
詩碑

○香坂高宗こもりたる岩山立ちて
道のべに野菊もかおる明泉寺
見上ぐる松に風ありてあかるの雲は
今日もまた南にながれ君思ふ
長野県佐久市香坂西地明泉寺本堂西
詩碑　昭和三一年四月

○狭霧晴るゝよ閼伽流の御山
こゝは三井の明泉寺（壱丁目）
○仙人ヶ嶽は天まで届く
誰が栖むやら香を焚く（弐丁目）
（以下略）
長野県佐久市閼伽流山参道一丁目～頂上一二丁目
詩碑　平成二年秋　「閼伽流山」の詩各一節ずつ

○桜井の鯉の本場や
花咲き香る道行けば
むかし武術の丹右衛門
淀のみやげに持ち帰り…（略）
長野県佐久市下平ふじや庭内
詩碑　平成四年四月　佐久鯉発祥の地

○故郷のみどりは深し
地平の果てに誰かゐて

笛を吹く

長野県佐久市臼田城山稲荷山公園山上

詩碑　昭和四六年一一月　寿像碑二氏の碑並立

○北川に来ればなつかし
水口山に泉湧く
三つの口は互に甘露をそそぐなり
粘土こねて作る田の
お米うまいぞ稲の花

長野県佐久市臼田北川菊池晴雄氏邸

詩碑　昭和四九年春

○忙しく来てた、く雨　夏の雨
屋根板た、いて逃げた雨
かなかなと蝉ないて
浅間山からはれる雨

長野県佐久市臼田北川菊池晴雄氏邸

詩碑　平成七年一一月

見よや信濃の空すみて
茂来そびゆる朝ぼらけ…(略)

長野県南佐久郡佐久穂町佐久東小学校

校歌碑　昭和四三年三月

○一遍のゆかりも深き大蔵寺
夜寒の鐘にさそわれて
建てし石碑を移し置く
ああこの宮原のパイロット

長野県南佐久郡川上村原路傍

詩碑　昭和四七年五月移転

宮沢賢治（みやざわ・けんじ）

詩人・童話作家

（明治二九年八月二七日～昭和八年九月二一日）

出身地　岩手県稗貫郡花巻町（花巻市豊沢町）

花巻の質古着商の長男として生まれ、浄土真宗の信仰の中に育つ。幼少から鉱物採集に熱中。盛岡高等農林学校在学中法華経を読み、熱心な日蓮宗信者となる。大正10年父に日蓮宗への改宗を勧めるが、聞きいれられず、家出して上京。日蓮宗伝導に携わる傍ら、詩や童話を創作。しかし、半年ほどで妹の発病のため帰郷。以後、4年間花巻農学校教諭を務める。13年詩集「春と修羅」、童話集「注文の多い料理店」を自費出版。15年羅須地人協会を設立し、若い農民に農学や芸術論を講義。のち治安当局の疑惑を招き、また自身の健康状態の悪化により頓挫。昭和6年頃一時回復し、東北砕石工場技師を務めるが、晩年のほとんどを病床で送った。多くの童話、詩、短歌、評論を残したが、ほとんど認められることなく37歳で夭折。没後、人間愛、科学的な宇宙感覚にあふれた独自の作風で、次第に多くの読者を獲得した。

＊　＊　＊

はだれに暗く緑する
宗谷岬のた、ずみと
北はま蒼に…(略)

（詩「宗谷(二)」の二連目）

北海道稚内市宗谷岬平和公園

詩碑　昭和六一年一〇月　「平和祈念碑」陰刻　清水公照書

噴火湾のこの黎明の水明り
室蘭通ひの汽船には二つの赤い灯がともり…(略)

（「噴火湾」より）

北海道伊達市道央自動車道有珠山ＳＡ(上り)

詩碑　平成四年一〇月

○ああここは
すっかりもとの通りだ
木まですっかりもとの通りだ…(略)

（「虔十公園林」より）

北海道帯広市西三南七中央公園

童話碑　昭和五一年六月

こんなやみよの
のはらのなかをゆくときは
客車のまどはみんな
水族館の窓になる…（略）
（詩集『春と修羅』の「青森挽歌」より）
詩碑　平成八年八月
青森県東津軽郡平内町東田沢夏泊半島銀河鉄道はくちょう駅内

ドッテテドッテテ、ドッテテド
でんしんばしらのぐんたいは
はやさせかいにたぐひなし…（略）
（「月夜のでんしんばしら」より）
詩碑　平成四年一一月
岩手県二戸郡一戸町奥中山一戸町観光天文台前

友だちと
鬼越やまに
赤銹びし仏頂石のかけらを
拾ひてあれば…（略）
（「友だちと鬼越やまに」より）
詩碑　平成四年一一月
岩手県岩手郡滝沢村小岩井駅通り栗谷川氏邸

たよりになるのは
くらかけつつきの雪ばかり
野はらもはやしも…（略）
（「くらかけの雪」より）
詩碑　平成五年六月
岩手県岩手郡滝沢村相之沢駐車場

岩手山いただきにしてましろなる
そらに火花の湧き散れるかも
歌碑　平成六年四月
岩手県岩手郡滝沢村滝沢岩手山馬返し登山口傍

きみにならびて野にたてば
風きららかに吹ききたり柏林を…（略）
（「きみにならびて野にたてば」より）
詩碑　平成七年五月
岩手県岩手郡滝沢村鵜飼春子谷地湿原隣接地

そら
ね
ごらん
むかふに霧にぬれてゐる
蕈のかたちのちひさな林があるだらう
…（略）
（「林と思想」より）
詩碑　平成一〇年六月
岩手県岩手郡滝沢村鵜飼春子谷地湿原隣接地

七つ森のこつちのひとつが
水の中よりもっと明るく
そしてたいへん巨きいのに
わたくしはでこぼこ凍ったみちをふみ
…（略）
（「屈折率」より）
詩碑　昭和六一年一月
岩手県岩手郡雫石町雫石商工会館前（雫石代官所跡）

諸君よ
紺いろの地平線が膨らみ高まるときに
…（略）
（「生徒諸君に寄せる断章四」より）
詩碑　昭和五五年一〇月
岩手県岩手郡雫石町雫石高校前庭

喪神のしろいかがみが
薬師火口のいただきにかかり
日かげになった火山礫堆の中腹から…（略）
（「鎔岩流」より）
岩手県八幡平市平笠上坊山国有林内（焼走り東側）

詩碑　昭和五六年四月

うつくしい素足に
長い裳裾をひるがえし
この一月のまっ最中…(略)
(「発動機船」より)

岩手県下閉伊郡田野畑村羅賀地内平井賀港
詩碑　平成八年六月

船長は一人の手下を従へて
手を腰にあて
たうたうたうたう尖ったくらいラッパを吹く…(略)
(「発動機船・第二」より)

岩手県下閉伊郡田野畑村三陸鉄道北リアス線カルボナード島越駅前広場
詩碑　平成九年三月

石油の青いけむりとながれる火花のしたで
つめたくなめらかな月あかり水をのぞみ…(略)
(「発動機船・第三」より)

岩手県下閉伊郡田野畑村三陸鉄道北リアス線カンパネルラ田野畑駅前広場
詩碑　平成九年三月

うるはしの海のビロード昆布らは
寂光のはまに敷かれひかりぬ

岩手県宮古市日立浜町地内浄土ヶ浜
歌碑　平成八年九月

ほんのぴやこ夜明けがかった雲のいろ
ちゃんがちやが馬こ橋渡ってくる

岩手県盛岡市内丸盛岡市役所裏詩歌の散歩道
歌碑　平成五年一一月

川と銀行
木のみどり
町はしづかに
たそがるる
(「岩手公園」より)

岩手県盛岡市内丸盛岡市役所裏詩歌の散歩道
詩碑　平成五年一一月

○「かなた」と老いしタピングは
杖をはるかにゆびさせど
東はるかに散乱の
さびしき銀は聲もなし…(略)
(「岩手公園」より)

岩手県盛岡市内丸岩手公園二の丸毘沙門橋近く
詩碑　昭和四五年一〇月　銅板刻

雨ニモマケズ
風ニモマケズ
雪ニモ夏ノ暑サニモマケヌ…(略)

岩手県盛岡市内丸北日本相互銀行三階ホールロビー
詩碑　昭和三六年一〇月　壁面刻

血のいろにゆがめる月は
今宵また桜をのぼり
患者たち廊のはづれに
凶事の兆を云へり…(略)
(「岩手病院」より)

岩手県盛岡市内丸岩手医科大学医学部玄関傍
詩碑　昭和五三年六月

あゝマヂエル様どうか憎むことのできない敵を殺さないでいゝようにくこの世界がなりますように…(略)
(「烏の北斗七星」より)

岩手県盛岡市林木町光原社中庭
文学碑　昭和四〇年七月

夜明げにはまだ間あるのに下のはしちゃんがちゃがうまに見さ出はたひと…(略)
(「ちゃんがちゃがうまこ」より)

岩手県盛岡市大沢川原一丁目賢治清水傍

文学碑　平成一一年一月
僧の妻面膨れたる
飯盛りし仏器さゝげくる
雪やみて朝日は青く…（略）
（文語詩「僧の妻面膨れたる」より）
詩碑　平成九年三月
岩手県盛岡市北山町教浄寺

諸君はこの颯爽たる
諸君の未来圏から吹いて来る…（略）
（「生徒諸君に寄せる」断章七より）
詩碑　平成八年八月
岩手県盛岡市上田盛岡第一高校白堊記念館入口

しろがねの雲流れ行くたそがれを
箱ヶ森らは黒くたゞずむ
岩手県盛岡市上猪去箱ヶ森登山道入口傍（かんぽの宿入口）
歌碑　平成八年一一月

せはしくも花散りはてし盛岡を
めぐる山々雪はふりつゝ
岩手県盛岡市湯沢都南つどいの森（市都南老人福祉センター前広場）
歌碑　平成八年一二月

まくろなる石をくだけばなほもさびし
夕日は落ちぬ山の石原

毒ヶ森南昌山の一つらは
ふとおどりたちてわがぬかに来る
岩手県紫波郡矢巾町煙山水辺の里
歌碑　平成七年三月

我等黒
土俯真
草種播
岩手県花巻市大迫町亀ヶ森関田氏邸

音楽碑　平成五年一二月
おお青く展がるイーハトーボの
　こどもたち
グリムやアンデルセンを読んでしまったら
じぶんでがまのはむばきを編み…（略）
（「山の晨明に関する童話風の構想」より）
岩手県花巻市大迫町内川目早池峰河原坊
童話碑　昭和四七年一〇月

ほしぞらはしづにめぐるをわがこゝろ
あやしきものにかこまれて立つ
（「葛丸」より）
岩手県花巻市石鳥谷町葛丸ダム湖畔
歌碑　平成六年五月

野原ノ松ノ林ノ蔭ノ小サナ萱ブキノ小屋ニヰテ東ニ病氣ノコドモ
アレバ行ッテ看病シテヤリ…（略）
岩手県花巻市桜町四丁目羅須地人協会跡
詩碑　昭和一一年一一月　高村光太郎書

雪袴黒くうがちし
うなゐの子瓜食みくれば
風澄めるよもの山はに
うづまくや秋の白雲…（略）
（「母」より）
岩手県花巻市桜町桜地人館傍
詩碑　昭和五〇年九月

○まことひとぐ
索むるは
青きGossan
銅の脈…（略）
（「早春」より）
岩手県花巻市若葉町文化会館前ぎんどろ公園
詩碑　昭和二五年三月

どつどど
どどうど
どどうど
どどう
青いくるみも
吹きとばせ…（略）

（「風の又三郎」より）

岩手県花巻市若葉町文化会館前ぎんどろ公園
詩碑　昭和五六年三月　副碑

海だべがど
おらおもたれば
やっぱり光る山だたぢやい
ホウ
髪毛風吹けば
鹿踊りだぢやい

（「高原」より）

岩手県花巻市若葉町市立図書館庭
詩碑　昭和三六年三月

われらの前途は
輝きながら嶮峻である
嶮峻のその度ごとに四次芸術は
巨大と深さとを加える

（「農民芸術概論」より）

岩手県花巻市若葉町花巻中学校和風庭園
文学碑　昭和五三年三月

あゝいゝな、せいせいするな
風が吹くし
農具はぴかぴか光ってゐるし…（略）

（「雲の信号」より）

岩手県花巻市若葉町花巻中学校西門傍
詩碑　平成八年四月

曽ってこの地に花巻農学校ありき

岩手県花巻市若葉町花巻農学校跡
詞碑

方十里稗貫のみかも稲熟れて
み祭三日そらはれわたる

岩手県花巻市城内鳥谷ヶ崎神社
歌碑　平成四年七月

…蝉が雨の降るやうに鳴いてゐる
いつもの松林を通って…

（「さいかち淵」より）

岩手県花巻市石神町石神開町記念碑傍
童話碑　昭和五八年四月再建

「先生、そうお怒りなっちゃ、おからだにさわります。…（略）

（「セロ弾きのゴーシュ」より）

岩手県花巻市矢沢新幹線「新花巻駅」前広場
童話碑　昭和六〇年三月　副碑（銅板はめ込み）

どうだ、やっぱり
やまなしだよ
よく熟している
いい匂いだろう。

（「やまなし」より）

岩手県花巻市矢沢童話村銀河ステーション裏
童話碑　平成八年九月

われらは
世界の
まことの幸福を
索ねよう。

（「農民芸術概論」より）

岩手県花巻市矢沢宮沢賢治記念館口
詞碑　昭和五八年四月

よだかの星

岩手県花巻市矢沢宮沢賢治記念館東側
詞碑　昭和五八年四月

東には紫磨金色の薬師仏
そらのやまひにあらはれ給ふ

岩手県花巻市矢沢宮澤賢治記念館駐車場東
歌碑　昭和五九年三月

なべてのなやみを
たきゞともしつゝ
はえある世界を
ともにつくらん
（「ポラーノの広場のうた」より）

岩手県花巻市本館花巻北高校庭
詩碑　昭和五二年三月　草野心平書　銅板刻

日ハ君臨シ輝キハ
白金ノ雨ソソギタリ
我等ハ黒キ土ニフシ
マコトノ草ノ種マケリ…（略）
（「花巻農学校精神歌」より）

岩手県花巻市葛一地割花巻農業高校「賢治先生の家」傍
詩碑　昭和四四年一一月

われらに要るものは
銀河を包む
透明な意志
巨きな力と
熱である
（「農民芸術概論」より）

岩手県花巻市葛一地割花巻農業高校羅須庭園
文学碑　昭和六〇年九月

雨ニモマケズ
風ニモマケズ
雪ニモ夏ノ暑サニモマケヌ…（略）
（「雨ニモマケズ」より）

岩手県花巻市東宮野目十三地割隆山荘
詩碑　平成九年九月

あゝ全くたれがかしこく
たれが賢くないかは
わかりません。…（略）
（「虔十公園林」より）

岩手県花巻市下市桜台小学校入口
童話碑　昭和五八年三月

地蔵堂の五本の巨杉が
まばゆい春の空気の海に
もくもくもくもく盛りあがるのは…（略）
（「巨杉」より）

岩手県花巻市中根子延命寺（中根子地蔵堂）
詩碑　平成八年九月

川ふたつ
ここに集ひて
はてしなく
萌ゆる水沫
（「二山の瓜を運びて」より）

岩手県花巻市小瀬川落合橋傍
詩碑　昭和五八年七月　草野心平書

○歳に七度はた五つ
庚の申を重ぬれば
稔らぬ秋を恐みて
家長ら塚を埋めにき
（「庚申」より）

岩手県花巻市材木町嶋二郎氏邸
詩碑　昭和五八年二月

とし子とし子
野原へ来ればまた

風の中に立てばきっと…（略）
（「風林」より）
岩手県花巻市中北万丁目花巻南高校憩いの広場
詩碑　平成六年五月

ひとはすでに二千年から…（略）
（「詩ノート」より）
岩手県花巻市北万丁目
詩碑　平成一四年一二月

にごって泡だつ苗代の水に
一ぴきのぶりき色した鷺の影が…（略）
（「渇水と座禅」より）
岩手県花巻市南万丁目田日土井跡傍
詩碑　平成八年四月

また降ってくる
コキヤや羽衣甘藍
植えるのはあとだ
堆肥を埋めてしまってくれ…（略）
（「冗語」より）
岩手県花巻市湯本花巻温泉バラ園（南斜花壇跡地）
詩碑　平成八年一〇月

アナロナビクナビ
睡たく桐咲きて
峡に瘴の
やまいつたわる…（略）
（「祭日」より）
岩手県花巻市東和町北成島毘沙門堂
詩碑　昭和三四年九月

五輪峠と名づけしは
地輪水輪また火風
巌のむらと雪の松
峠五つの故ならず…（略）
（「五輪峠」より）
岩手県花巻市東和町田瀬町営五輪牧野五輪峠
詩碑　昭和五五年八月

世界に対する大なる希願をまづ起せ
強く正しく生活せよ
苦難を避けず直進せよ
（「農民芸術概論」より）
岩手県遠野市六日町遠野高校中庭
文学碑　昭和四九年六月　ブロンズ像台座銅板刻

あんまり眩ゆく山がまはりをうねるので
ここらはまるで何か光機の焦点のやう
蒼穹ばかり
いよいよ暗く陥ち込んでゐる…（略）
（詩集『春と修羅』二「峠」より）
岩手県釜石市甲子町仙人トンネル前広場
詩碑　平成二年三月

われらは世界のまことの幸福を索ねよう
求道すでに道である
（「農民芸術概論」より）
岩手県北上市鍛治町県立黒沢尻南高校傍
文学碑　昭和三八年五月

二川こゝにて会したり
いな、和賀の川水雪代ふ
夏油のそれの十なれば
その川ここに入ると云へ…（略）
（「二川こゝにて会したり」より）
岩手県北上市和賀町岩崎新田入畑ダム展望台
詩碑　平成二年一一月

和賀川のあさぎの波と天末のしろぴかり
緑青の東の丘をわれは見たり
（「冬のスケッチ」より）

岩手県北上市下江釣子和賀川河川敷（和賀川グリンパーク）
詩碑　平成八年一一月

種山ヶ原の
雲の中で刈った草は
どごさが置いだが
忘れだ
雨ぁふる…（略）
（「牧歌」より）

岩手県奥州市江刺区米里町種山高原立石
詩碑　昭和三七年七月　銅板刻

みちのくの種山ヶ原にもゆる火の
なかばは雲にとざされにけり

岩手県奥州市江刺区米里町館沢物見山山頂
歌碑　昭和二八年

剣舞の赤ひたゝれはきらめきて
うす月しめる地にひるがへる

岩手県奥州市江刺区伊手阿原山々頂
歌碑　平成六年六月

こよひ異装のげん月の下
鶏の黒毛を頭巾にかざり
片刃の太刀ひらめかす
原体村の舞手たちよ…（略）
（「原体剣舞連」より）

岩手県奥州市江刺区田原新田原体「経塚森」
詩碑　昭和四三年一〇月　台座刻

われらに要るものは
銀河を包む透明な意志
巨きな力と熱である。
（「農民芸術概論」より）

岩手県奥州市前沢区上野原上野原小学校
文学碑　平成九年三月

まづもろともに
かがやく宇宙の微
塵となりて無方
の空にちらばらう。
（「農民芸術概論」より）

岩手県奥州市前沢区生母字壇の腰千田氏邸
文学碑　平成九年八月　谷川徹三書

まづもろともに
かゞやく宇宙の微塵となりて
無方の空にちらばらう
（「農民芸術概論」より）

岩手県陸前高田市高田町高田高校前庭
文学碑　昭和四〇年一一月

○七重の舎利の小塔に
蓋なすや緑の燐光…（略）
（「中尊寺」より）

岩手県西磐井郡平泉町衣関中尊寺金色堂受付裏
詩碑　昭和三四年五月

世界に対する大なる希望をまづ起せ
強く正しく生活せよ
苦難を避けず直進せよ
（「農民芸術概論」より）

岩手県一関市大東町摺沢但馬崎鈴木実氏邸
文学碑　昭和五〇年　銅板刻

まづもろともに
かがやく宇宙の微塵となりて
無方の空にちらばらう
（「農民芸術概論」より）

岩手県一関市東山町長坂新山公園
文学碑　昭和二三年一一月　谷川徹三書

あらたなるよきみちを得しといふことは

ただあらたなるなやみの道を得しといふのみ
（「王冠印手帳」より）
岩手県一関市東山町松川東北砕石工場跡
詩碑　平成六年一〇月

雨ニモマケズ
風ニモマケズ
雪ニモ夏ノ暑サニモマケヌ…（略）
（「雨ニモマケズ」より）
宮城県気仙沼市唐桑町宿若草幼稚園裏若草山
詩碑　平成九年四月

われらひとしく丘にたち
青ぐろくしてぶちうてる
あやしきもののひろがりを
東はてなくのぞみけり…（略）
（「われらひとしく丘に立ち」より）
宮城県石巻市日和が丘二丁目日和山公園
詩碑　昭和六三年一二月

毛虫焼くまひるの火立つこれやこの
秩父寄居のましろきそらに
つくづくと「粋なもやうの博多帯」
荒川ぎしの片岩のいろ
埼玉県大里郡寄居町保健所前荒川河畔
歌碑　平成五年九月　二首刻

熊谷の蓮生坊がたてし碑の
旅はるばると泪あふれぬ
武蔵の国熊谷宿に蠍座の
淡々ひかりぬ九月の二日
埼玉県熊谷市仲町八木橋百貨店東入口
歌碑　平成九年九月

山峡の町の土蔵のうすうすと
夕もやに暮れわれらもだせり
埼玉県秩父郡小鹿野町役場前庭
歌碑　平成九年三月

さはやかに半月かゝる薄明の
秩父の峡のかへり道かな
埼玉県秩父郡小鹿野町おがの化石館裏
歌碑　平成九年三月

○病のゆゑにもくちんいのちなり
みのりに棄てばうれしからまし
千葉県東金市荒生小倉家墓地
歌碑　昭和三〇年八月

方十里稗貫のみかも
稲熟れてみ祭三日
そらはれわたる
病のゆゑにもくちん
いのちなり
みのりに棄てば
うれしからまし。
（「辞世」）
東京都江戸川区一之江国柱会本部（申孝園）
歌碑　昭和五七年九月

雨ニモマケズ
風ニモマケズ
雪ニモ夏ノ暑サニモマケヌ…（略）
神奈川県鎌倉市長谷光則寺
詩碑　昭和六〇年一二月

世界がぜんたい
幸福にならないうちは
個人の幸福はあり得ない
（「農民芸術概論」より）
神奈川県平塚市浅間町市文化公園
文学碑　昭和五八年三月

○塵点の劫をし過ぎていましこの
妙のみ法にあひまつりしを

山梨県南巨摩郡身延町身延久遠寺三門奥
歌碑　昭和三六年一〇月

雨にも負けず風にもまけず…（略）

岐阜県大垣市上石津町牧田牧田小学校
詩碑　昭和四七年一月

雨ニモマケズ
風ニモマケズ
雪ニモ夏ノ暑サニマケヌ…（略）
（「雨ニモマケズ」より）

静岡県裾野市深良総在寺
詩碑　平成八年九月

「宮沢賢治手帳」より

静岡県富士市中丸田子浦小学校
文学碑

雨ニモマケズ
雨ニモマケズ
風ニモマケズ
雪ニモ夏ノ暑サニモ負ケヌ…（略）

愛知県安城市大東町安城中部小学校
詩碑　平成七年

根本中堂
ねがはくは妙法如来正偏知
大師のみ旨成らしめたまへ

滋賀県大津市坂本比叡山根本中堂
歌碑　昭和三一年九月

雨にもまけず
風にもまけず
雪にも夏の暑さにもまけぬ…（略）

京都府京都市左京区新東洞院通仁王門上ル新洞小学校
詩碑　昭和三二年三月

雨ニモマケズ
風ニモマケズ
雪ニモ夏ノ暑サニモ
マケヌ
丈夫ナカラダヲ
モチ…（略）

大阪府貝塚市津田北町臨海緑地公園内拓本の里
詩碑　平成一七年七月

雨にもまけず
風にもまけず…（略）
（「雨ニモマケズ」より）

奈良県奈良市近鉄奈良駅前
詩碑　昭和五五年八月

雨ニモマケズ、風ニモマケズ、欲張ラズ
腹ヲ立テズ、イツモニコニコシテ…（略）
（「雨ニモマケズ」より）

広島県呉市安浦町三津口柏島
詩碑　昭和五一年九月

「雨ニモマケズ」より

熊本県宇城市三角町戸馳小学校
詩碑　昭和五〇年三月　鳩を抱いた少年像台座刻

《参考文献》

◎『賢治のうた（現代教養文庫）』
宮沢賢治著・草野心平編著　社会思想社　1965
◎『宮沢賢治・高村光太郎の碑』
早稲田大学文学碑と拓本の会編　二玄社　1969
◎『宮沢賢治碑真景』
吉田精美写真・文　単独舎　1993・6
◎『宮沢賢治名作の旅』

渡部芳紀著　至文堂　1993・12
◎『宮沢賢治の碑―全国編　新訂』
吉田精美編著　花巻市文化団体協議会（花巻）　2000・5

武者小路実篤（むしゃのこうじ・さねあつ）

小説家・劇作家・随筆家・詩人・画家

（明治一八年五月一二日～昭和五一年四月九日）

出身地　東京府麹町区元園町（東京都千代田区）

学習院時代、トルストイに傾倒し、また志賀直哉、木下利玄らを知り、明治43年「白樺」を創刊し、白樺派の代表作家となる。41年「荒野」を刊行。白樺時代の作品としては「お目出たき人」「世間知らず」「わしも知らない」「その妹」などがある。この頃、自由と自然を愛し、人道主義を主張して15人の同志と宮崎に〝新らしき村〟を大正7年につくったが、14年に村を離れねばならなかった。この間、「幸福者」「友情」「第三隠者の運命」「或る男」「愛慾」などをのこした。昭和に入ってからは絵筆に親しむことが多く「湖畔の画商」などの美術論、「二宮尊徳」などの伝記、「幸福な家族」などの家庭小説や「無車詩集」などがある。14年、新たに〝新らしき村〟を埼玉につくる。戦後は公職追放の処分をうけたが、24年「心」を創刊し、「真理先生」を連載して文壇にカムバックし、晩年には「一人の男」を完成させた。また画家としても多くの作品をのこした。

＊　＊　＊

最も印象深き月日をここに送りたり
思い出多き懐かしき土地なり
　秋田県湯沢市秋の宮稲住温泉
記念碑　昭和四三年　「武者小路実篤疎開碑」

美しい花が咲いている
清い水が流れている
其處には池がある
亭がある…（略）
　群馬県利根郡みなかみ町ニュー松の井ホテル庭

詩碑

○この道より
我を生かす道なし
この道を歩む
　群馬県高崎市箕郷町松之沢コロニー「榛名郷」
詩碑　昭和三九年六月

○心愛に満つる時花咲く
天を讃美す喜びの使
来たらずと言う事なし
　埼玉県入間郡毛呂山町新しき村入口
詩碑　昭和四三年春

○美はどこにも
　埼玉県入間郡毛呂山町新しき村美術館前
詞碑　昭和五五年一一月

○根気根気何事も根気
　東京都港区芝大門一丁目芝大神宮
詞碑　昭和三二年　貯金塚刻

戯曲「人間万歳」
　東京都三鷹市下連雀中央通り南銀座街メガパーク前
文学碑　平成五年三月　三十五行を刻む　地球儀をデザイン

○死んだものは生きている者にも大なる力を持ちうるのだ
生きているものは死んだ者に対してあまりに無力なのを残念に思う
　東京都八王子市戸吹町中央霊園休憩所前
詞碑　昭和四九年

○こゝに温き泉湧く
百万人の人遠方より来たる
彼等喜び我等喜ぶ
ありがたき哉
　長野県千曲市上山田温泉中央公園
詩碑　昭和三七年五月

生まれけり、死ぬる迄は生くるなり
長野県木曽郡南木曽町田立禅東院
梵鐘　昭和二四年一月　梵鐘刻

○龍となれ雲自ずと来たる
岐阜県本巣市根尾淡墨公園
詩碑　平成二年四月

「人間万歳」
静岡県富士市中丸田子浦小学校
詞碑

いかなるときにも自分は思うもう一歩
今がいちばん大事なときだもう一歩
愛知県岡崎市中町北野東甲山中学校
詞碑　昭和五八年八月

天に星　地に花　人に愛
愛知県岡崎市中町北野東甲山中学校
詞碑　昭和五八年八月

人形よ
誰がつくりしか
誰に愛されしか
知らねども
愛された事實こそ
汝が成佛の誠なれ
京都府京都市上京区堀川通寺ノ内東入ル北側寳鏡寺
詩碑　昭和三四年一〇月　人形塚刻

○貝殻は私の生きていたあかし
私が生きていなかったら
私の貝殻はあるわけはない
高知県土佐清水市竜串貝殻展示館前
詩碑　昭和四二年一月

わたしは草と花で一つの川をかいた
わたしは星と花火で海と港をかいた
福岡県福岡市城南区片江町東油山文学碑公園
詩碑

○山と山とが賛嘆しあうように
星と星とが讃嘆しあうように
人間と人間とが讃嘆しあいたいものだ
宮崎県児湯郡木城町大字河内前坂展望台
詩碑　昭和四三年八月

○「人間萬歳」
宮崎県児湯郡木城町白木八重牧場
詞碑　昭和四三年八月

天に星
地に花
人に愛
宮崎県北諸県郡三股町東原体育館
詞碑　昭和四一年七月

室生犀星（むろう・さいせい）

詩人・小説家

（明治二二年八月一日～昭和三七年三月二六日。）

出身地　石川県金沢市裏千日町

本名は照道（てるみち）。少年時代から文学に傾倒し、詩や俳句を「北国新聞」などに投稿する。明治45年「スバル」に詩3篇を発表して注目され、大正3年萩原朔太郎らと「卓上噴水」を、5年には「感情」を創刊し、7年「愛の詩集」を刊行。同年「抒情小曲集」を刊行し、近代抒情詩の一頂点を形成した。以後、詩人、作家、随筆家として幅広く活躍。小説の分野では9年「性に目覚める頃」を刊行、昭和9年に「あにいもうと」を発表し、文芸懇話会賞を受賞。15年「戦死」で菊池寛賞を受賞。戦後も死の直前まで活躍し、32年「杏っ子」で読売文学賞を、34年「かげろうの日記遺文」で野間文芸賞を受賞した。随筆の分野での作品も多く、「随筆女ひと」「わが愛する詩人の伝

記」などがある。35年には室生犀星詩人賞が設定された。また、没後の52年「室生犀星句集(魚眠洞全句)」が刊行された。平成14年生誕地の金沢市千日町に室生犀星記念館が開館。

＊　＊　＊

ふるさとは遠きにありておもふもの
そしてかなしくうたふもの
茨城県那珂郡東海村村松虚空蔵尊
梵鐘　昭和五二年七月　鐘銘

風吹きいでてうちけむる
利根の砂山、利根の砂山…(略)
(「利根の砂山」より)
群馬県前橋市千代田町三丁目広瀬川朔太郎橋上
詩碑　平成五年九月

○眼の見えぬ酒の遠くにうき友の
まなこはかつと見ひらきにつつ
群馬県安中市磯部町磯部温泉公園
歌碑　昭和四八年

毛糸にて編める靴下をもはかせ
好めるおもちゃをも入れ…(略)
(「靴下」より)
埼玉県南埼玉郡白岡町正福院境内
詩碑　昭和五四年五月　折原水光書

○あんずよ
花着け
地ぞ早やに輝やけ
あんずよ花着け
あんずよ燃えよ
(「小景異情」より)
石川県金沢市中川除町犀川緑地
詩碑　昭和三九年四月

寒菊を束ねる人もない冬の日
石川県金沢市金石北一丁目宗源寺
句碑　昭和五一年五月

○雪あたたかくとけにけり
しとしとしとと融けゆけり
ひとりつつしみふかく
やはらかく…(略)
(「ふるさと」より)
石川県金沢市三社町神保緑地
詞碑　昭和五七年一一月

自分は愛のあるところを目ざして行くだらう
悩まされ駆り立てられても
やはりその永久を指して…(略)
(「愛の詩集」より)
石川県金沢市北安江町金沢平安閣
詩碑　昭和五九年九月

竹むらやゝにしぐるゝ軒ひさし
石川県金沢市浅野本町一丁目浅野神社
句碑

春のみどりをついと出て
ついともどれば雪がふり
冬のながさの草雲雀
あくびをすれば
木の芽吹く
(「木の芽」より)
石川県金沢市諸江上丁県営諸江住宅
詩碑

室生犀星生誕地跡
石川県金沢市千日町三―二三広瀬氏邸
記念碑

月のごとき母は世にあるまじ
良きこころのみ保てる女もあるまじ
われら良しとなすもの…（略）
（「良い心」より）

石川県金沢市二俣町医王山小学校
詩碑　昭和四八年一〇月　井上靖書

子供らや墨の手洗ふ梅のハナ

石川県小松市波佐谷町山本美勝氏邸
句碑

○我は張りつめたる氷を愛す
斯る切なき思ひを愛す
我はそれらの輝けるを見たり
斯る花にあらざる花を愛す…（略）

長野県北佐久郡軽井沢町旧軽井沢
詩碑　昭和三六年夏

○大き信濃のめざめには
大き日は出づ燃ゆるごとく
百鳥の絃鳴りわたり…（略）

長野県北佐久郡軽井沢町軽井沢高等学校校門入口
校歌碑　昭和五六年五月

若くさの香の残りゆくあはゆきや

長野県駒ヶ根市中沢原下島家墓所
句碑　下島行枝弔の句

伊豆伊東の温泉に
じんならと言へる魚棲みけり…（略）
（「じんなら魚」より）

静岡県伊東市桜木町聖マリア幼稚園前
詩碑　昭和四六年四月

いのち
生きものの
いのちをとらば
生きものは…（略）

愛知県安城市大東町安城中部小学校
詩碑　平成七年

《参考文献》

◎『室生犀星・萩原朔太郎の文学碑』
早稲田大学文学碑と拓本の会編　1973・11

明治天皇（めいじてんのう）

天皇
（嘉永五年九月二二日～明治四五年七月三〇日）
出身地　京都

御名睦仁(むつひと)。孝明天皇の第二皇子。御生母は権典侍の中山慶子。幼少の時のご称号祐宮(さちのみや)。慶応3年1月、16歳で第122代天皇にご即位。翌4年3月には「五箇条の御誓文」を発布されて開国進取の国是を示した。同年8月即位式を挙げられ、9月〝明治〟と改元、以後〝一世一元〟とされる。12月一条春子を皇后とする(昭憲皇太后)。翌2年3月江戸城を皇居に定められて京都から東京に遷都。王政復古を実現され、明治新政府を成立された。そして22年には五箇条の御誓文の精神に則って帝国憲法を制定され、翌年12月に開かれた第1回帝国議会の開院式にご臨席し、立憲政治を始める。またこれより先の14年に「軍人勅諭」を出され、憲法制定翌年の23年には「教育勅語」を発布された。

＊　＊　＊

あかつきのねさめねさめにおもふかな
国につくしし人のいさおし

青森県むつ市大畑町大畑八幡宮
歌碑　昭和四七年九月　台座刻

埋火にむかへと寒しふる雪の
したにうもれし人を思へば

青森県青森市幸畑陸軍墓地
歌碑　昭和五年八月　八甲田遭難勇士の墓碑二首刻

なにごとに思ひ入るとも人はたゞ
まことの道をふむべかりけり
山形県西村山郡河北町溝延八幡神社
歌碑　昭和二四年五月

目に見えぬ神に向ひて恥ざるは
人のこころのまことなりけり
山形県上山市蔵王お清水の森
歌碑　昭和五年四月　高橋熊次郎書

目に見えぬ神の心にかよふこそ
ひとのこゝろのまことなりけれ
福島県須賀川市愛宕山下向山荘
歌碑

白河の關うちこえて見しかげも
おもひそいつる秋の夜の月
福島県白河市小峰城跡
歌碑　昭和九年秋

いはねふみのぼりて見れば二荒山
舟をうかべる湖もありけり
栃木県日光市中禅寺湖畔
歌碑　昭和一六年二月

四方の海みなはらからと思ふ世に
など波かぜのたちさわぐらむ
栃木県佐野市富士町唐沢山上
歌碑　昭和三七年一一月

わが國は神の末なりかみまつる
むかしのてぶり忘るなよゆめ
群馬県前橋市千代田町神明宮
歌碑　大正八年

曇りなき人の心をちはやぶる
神はさやかに照し見るらん
群馬県佐波郡玉村町八幡宮境内
歌碑　昭和一〇年

器にはしたがひながら岩かねも
とおすは水の力なりけり
千葉県船橋市宮本五船橋大神宮
歌碑

夏草も茂らざりけりもののふの
道おこたらずならし野の原
千葉県船橋市習志野霊園石崎家墓地
歌碑　昭和五八年

目に見えぬ神のこゝろに通ふこそ
人のこゝろのまことなりけれ
東京都墨田区東向島熊鷹稲荷
歌碑　昭和一四年　碑陰にも一首

花くはし桜もあれど此やどの
よゝのこゝろを我はとひけり
東京都墨田区向島一丁目隅田公園
歌碑　昭和一三年三月

いつ見てもあかぬけしきは隅田川
なみぢの花は冬もさきつゝ
東京都台東区浅草隅田公園
歌碑　昭和一六年　三条公輝書

春ふかき山の林にきこゆなり
けふをまちけむ鶯の声
東京都多摩市連光寺聖蹟記念館
歌碑　昭和三年

投げ入れし剣の光あとはれて
千尋の海もくがとなりぬる

神奈川県鎌倉市稲村ガ崎稲村ガ崎公園
歌碑　昭和一九年一〇月

我国は神の末なり神まつる
　昔の手ぶ里忘るなよゆめ
新潟県妙高市上中八幡神社
歌碑

よと、もにかたりつたえよ国のため
　いのちをすてしひとの勲功を
新潟県上越市五智三国分寺
歌碑

よもの海みなはらからとおもふ世に
など波風のたちさわぐらむ
富山県黒部市宇奈月町下立下立神社
歌碑　昭和三三年

ちはやぶる神の心にかなふらむ
　わが国たみのつくすまことは
富山県黒部市若栗若埜神社
歌碑　昭和八年一一月

事しあらば火にも水にもいりなむと
　思ふがやがてやまとだましひ
富山県富山市城址公園
歌碑　昭和一五年

ますらをに旗をさづけておもふかな
日の本の名をかゞやかすべく
富山県富山市八ヶ山長岡墓地
歌碑　大正四年春

世と、もにかたり傳えよ國のため
　いのちを捨てし人のいさをは
富山県富山市八尾町三番城山婦南鎮霊神社裏
歌碑　大正六年九月

国といふくにのかゞみとなるばかり
　みがけますらを大和だましひ
富山県氷見市加納加納八幡社
歌碑

えびかづらいろづきそめぬ山梨の
　さとのあきかぜ寒くなるらし
山梨県甲州市勝沼町勝沼小学校
歌碑　昭和一一年一一月

よしあしをひとのうへにはいひながら
　みをかへりみるひとなかりけり
山梨県韮崎市穂坂町柳平
歌碑　昭和三年一一月

えびかづらいろづきそめぬ山梨の
里のかき風さむくなるらし
山梨県甲府市舞鶴城址
歌碑　大正一三年一一月

めに見えぬ神の心にかよふこそ
　人の心のまことなりけり
長野県飯山市飯山城址本丸南側
歌碑　遠山英一書

かざりなき世にのこさんと国のため
たふれし人の名をぞとどむる
長野県中野市科野谷巌寺上段
歌碑

堂志くに和か日の本のさかゆくも
いそしむ民の阿ればなりけり
長野県上高井郡小布施町雁田宮林梅洞山岩松院
歌碑

信濃なる川中島のあさ霧に
むかしの秋のおもかげぞたつ

長野県長野市松代町海津城址
歌碑

世とともに語りつたへよ国のため
　生命をすてし人のいさをを
長野県佐久市臼田城山稲荷山公園山頂
歌碑　昭和三年一〇月　殉国慰霊碑井出一太郎書

すはの海の氷もいまはとけぬらし
　かすみわたれる信濃路の山
長野県諏訪市末広町明治聖園（児童遊園地）
歌碑　昭和一二年一一月

さし登る朝日のごとくさはやかに
　もたまほしきは心なりけり
長野県上伊那郡中川村南山方公会堂
歌碑

垂乳根のにはの教へはせはけれと
　ひろき世に立つもとゐとそなる
長野県伊那市西春近山ノ口蚕神社
歌碑

あらたまのとしとしこへてよろつたみ
　ひと都こころにくにいは布良志
長野県伊那市中県日影大宮
歌碑

世とともに語りつたへよ国のため
　命をすてし人のいさをし
長野県飯田市羽場元山白山神社
歌碑

浅みどりすみ渡りたる大空の
　ひろきをおのがこゝろともかな
長野県飯田市上飯田今宮公園
歌碑　昭和三年一一月　入江為守書

敷島の大和心の雄々しさは
　ことあるときぞあらはれにけり
長野県飯田市川路琴原神社
歌碑　渡辺千秋書

限りなき世にのこさむと国の為
　たふれし人の名をぞとどむる
岐阜県岐阜市西郷招魂斉庭
歌碑

目に見えぬ神にむかひてはぢさるは
　人のこころのまことなりけり
岐阜県羽島市竹鼻町八剣神社
歌碑

あやまちをいさめかはしてしたしむが
　まことのとものこころなるらむ
静岡県伊豆市八木沢妙蔵寺
歌碑　昭和七年

はるかなるものと思ひし不二の根を
　のきばにあふく静岡の里
静岡県静岡市葵区静岡市役所前
歌碑　昭和三八年

よと丶もに語りつたへよ國のため
　命をすてし人のいさをを
愛知県豊田市四郷町猿投支所隣
歌碑　昭和一五年七月

ありとある人をつどへて春ごとに
　花のうたげをひらきてしかな
愛知県知立市西町神田知立神社
歌碑　昭和五〇年五月

かきつばたにほへる池はかけわたす
　橋こそ花のたえまなりけり

愛知県知立市西町神田知立神社
歌碑　昭和五〇年一一月

我がくには神のすゑなり神まつる
むかしの手振り忘るなよゆめ
愛知県刈谷市司町市原神社
歌碑　他二首刻

目に見えぬ神にむかひてはぢざるは
人の心のまことなりけり
国をおもふみちにふたつはなかりけり
いくさの庭にたつもたたぬも
愛知県常滑市坂井東光寺
歌碑　昭和一六年

限りなき世に残さんと国の為
たふれし人の名をぞとどむる
愛知県清須市清洲公園
歌碑

くもりなき朝日のはたにあまてらす
神のみいつをあふげ国民
愛知県名古屋市熱田区新宮坂町熱田神宮
歌碑

あさみどり澄みわたりたる大空の
広きをおのが心ともがな
愛知県名古屋市中村区権現通り三熊野社
歌碑　昭和四三年一〇月

目にみえぬ神の心に通ふこそ
人のこころのまことなりけれ
三重県三重郡川越町高松八幡神社
歌碑　大正一五年一〇月

目にみえぬ神にむかいてはぢざるは
人の心の誠なりけり

三重県四日市市東阿倉川町海蔵神社
歌碑　昭和六年

年高き老木の松はいにしえの
あととう道のしおりなりけり
三重県四日市市小杉町小杉神社東
歌碑　昭和四三年七月

目にみえぬ神にむかいてはぢざるは
ひとのこころのまことなりけり
三重県四日市市諏訪栄町諏訪神社
歌碑　昭和八年九月

浦風毛荒磯浪母今朝奈技天
鷗多知堂都鳥羽能海豆良
三重県鳥羽市鳥羽二丁目日扇芳閣庭園
歌碑

いにしへのすがたのまゝにあらためぬ
神のやしろぞたふとかりける
滋賀県草津市宮町立木神社
歌碑

時はかる器は前にありながら
たゆみかちなる人の心は
京都府京都市右京区嵯峨二尊院門前長神町二尊院竜女の池
歌碑

真心をこめて鍛ひしたちこそは
乱れぬくにのまもりなりけれ
京都府京都市東山区粟田口鍛治町三条神宮道東入ル南側粟田神社
歌碑　昭和一三年八月

目に見えぬ神の心にかよふこそ
人の心のまことなりけれ
京都府京都市左京区静市市原町市原神社
歌碑

いはほきる音もしめりて春雨の
ふる日しづけき白川の里
京都府京都市左京区北白川仕伏町北白川天満宮
歌碑　昭和四一年一一月

時はかる器は前にありながら
たゆみがちなり人の心は
京都府京都市左京区下鴨半木町府立植物園正門左（時計台脇）
歌碑

もののふのやをうぢ川にすむ月の
光に見ゆる朝日山かな
京都府宇治市宇治橋西南詰
歌碑　昭和六年五月

子わかれの松のしづくに袖ぬれて
昔をしのぶさくらいのさと
大阪府三島郡島本町桜井の駅址（楠公父子決別の跡）
歌碑　昭和六年　両面刻

あだ波をふせぎし人はみなと川
神となりてぞ世を守るらむ
兵庫県神戸市中央区多聞通湊川神社
歌碑　昭和三〇年七月

進めてふ旗につれつついくさ船
かろくも動く浪のうへかな
兵庫県神戸市中央区錨山
歌碑

あしたづの舞子のはまの松原は
千代をやしなふ処なりけり
兵庫県神戸市垂水区舞子公園
歌碑　昭和一一年一一月

心だにまことの道にかなひなば
祈らずとても神やまもらん
兵庫県加古川市加古川町稲屋
歌碑

梓弓やしまのほかも波風の
しづかなる世をわがいのるかな
兵庫県高砂市高砂町高砂神社
歌碑　昭和二八年一〇月

わか心およはぬ国のはてまても
よるひるかみもまもりますらむ
兵庫県淡路市柳沢八王子神社
歌碑

さくらさく春なほ寒しみ吉野の
よしの宮のむかしおもへば
奈良県吉野郡吉野町吉野山上千本火見櫓跡展望台北（桜展示園）
歌碑　昭和五七年六月　両面三首刻

世と共に語りつたへよ國のため
いのちを捨てし人のいさを丶
和歌山県伊都郡高野町高野山奥の院参道
歌碑　大正一四年三月　東郷平八郎書

いるべする人をたよりにわけいらば
いかな道かふみまよふべき
和歌山県有田市宮原町円満寺
歌碑　昭和一五年

朝みどり澄みわたりたる大空の
ひろきを己が心ともがな
岡山県赤磐市松木
歌碑

我国は神のすえなりかみまつる
むかしの手ふりわするなよゆめ
山口県岩国市周東町祖生新宮神社
歌碑

こらはみな軍のにはに出はて、
　翁やひとり山田もるらむ
　山口県岩国市周東町上川上鮎原剣神社
　歌碑　明治三八年

あつしともいはれさりけり煮えかへる
　水田にたてるしつをおもへは
　山口県美祢市美東町町絵
　歌碑　明治五年一一月

山田もるしつかこゝろはやすからし
　種おろすよりかりあくるまて
　山口県美祢市美東町長田切畑バス停前
　歌碑　昭和一〇年一一月

天地の神にそいのる朝なきの
　うみの如くに波たゝぬ世を
　山口県美祢市秋芳町青景八幡宮前
　歌碑　昭和三五年春　再建

くに民の一つ心に仕ふるも
　御親の神の御恵にして
　山口県下関市菊川町楢崎中ノ田美栄神社
　歌碑　大正一年九月

おのかみはかへりみすして人のため
　つくすそひとのつとめなりけり
　山口県下関市伊崎町二丁目報済園
　歌碑　大正一五年

國の為心も身をも砕きつる
　ひとのいさをゝたつねもらすな
　山口県下関市長府川端町長府博物館
　歌碑　昭和三一年

四方の海みなはらからと思ふ世に
　なとなみ風の立ちさわくらむ
　徳島県徳島市眉山町眉山山頂四国放送TV塔横
　歌碑　昭和四三年八月　「明治天皇聖徳景仰碑」の下部に刻む

思ひきやあづきの島の朝霧に
　行先見えずなり果てむとは
　香川県小豆郡小豆島町西村清水
　歌碑　明治三八年一一月

天津神国つやしろをいわいてぞ
　わがあし原の国はをまさる
　愛媛県松山市鹿島鹿島公園
　歌碑

雨だりにくぼみし軒の石みても
　かたき業とて思ひすてめや
よものうみみなはらからと思う世に
　など波風のたちさわぐらん
　愛媛県松山市安城寺町久枝小学校
　歌碑　二首刻

わが国は神のすゑなり神祭る
　昔の手ぶり忘るなよゆめ
　福岡県田川市魚町風治八幡宮
　歌碑　昭和三九年

目に見えぬ神の心に通ふこそ
　人の心の真なりけり
　福岡県田川市丸山町丸山公園十二祖神社
　歌碑　昭和四二年

名とともに語りつたえよくにのため
　命をすてし人のいさをを
　福岡県田川郡福智町弁城方城町役場下
　歌碑　昭和一五年

国のため心尽くして高山の
　いさほもなしにはてしあはれさ

福岡県久留米市東櫛原町中尾高山彦九郎終焉地
歌碑　昭和三四年六月　二首刻

森鷗外（もり・おうがい）

小説家・評論家・陸軍軍医
（文久二年一月一九日～大正一一年七月九日）
出身地　石見国鹿足郡津和野町田村横堀（島根県鹿足郡津和野町町田）

本名は林太郎(りんたろう)。医学校を卒業した明治14年に陸軍軍医となり、17年から21年にかけてドイツに留学し、衛生学および軍陣医学を学ぶ。軍医としての公的生活と文学者としての私的生活との矛盾に苦悩しながら、独自の文学を創造し、多数の作品を発表した。明治20年代の作品としては「舞姫」「うたかたの記」や新体詩の翻訳「於母影」などがあり、また「しがらみ草紙」を創刊した。40年陸軍軍医総監、陸軍省医務局長の軍医最高位となる。30年から40年代の作品としては「即興詩人」「キタ・セクスアリス」「青年」「雁」など。ほかに叙事詩「長宗我部信親」や日露戦争従軍体験を詩、短歌、俳句の形で詠んだ「うた日記」がある。大正5年医務局長を辞任し、6年に帝室博物館総長兼図書頭、8年帝国美術院長に就任した。医学論文の編述も数多い。別号に鷗外漁師、千朶山房主人など。

＊　＊　＊

荒園幾畝接寒沙
処々村人養緑芽
芳烈其香淡其色
菊花凋後見茶花…（略）

千葉県佐倉市飯野町印旛沼畔国民宿舎湖畔荘前
漢詩碑　昭和六〇年四月

○彼は幼き時より物読むことをば流石に好みしかど、手に入る卑しき「コルポルタージュ」と唱ふる貸本屋の小説のみなりしを、余と相識る頃より…（略）

（「舞姫」より）

東京都台東区池之端三―三―二一　水月ホテル（ホテル鷗外荘）
文学碑　昭和五八年九月

褐色の根府川石に
白き花はたと落ちたり
ありとしも青葉かくれに
見えさりしさらの木の花…（略）

（「沙羅の木」より）

東京都文京区千駄木一丁目鷗外記念図書館外壁
詩碑　昭和二九年七月　永井荷風書

余ハ少年ノ時ヨリ老死ニ至ルマデ一切秘密無ク交際シタル友ハ賀古鶴所君ナリ…（略）

東京都三鷹市下連雀四禅林寺
詞碑　昭和四四年九月　遺言碑

○南山のたたかいの日に
袖口のこがねのぼたん
ひとつおとしつ
その扣鈕惜し
べるりんの都大路の
ぱっさあじゅ電燈あをき
店にて買ひぬ
はたとせまへに…（略）

（『うた日記』の「扣鈕」より）

島根県鹿足郡津和野町町田旧居前庭
詩碑　昭和二九年七月　佐藤春夫書

○余ハ少年ノ時ヨリ老死ニ至ルマデ…（略）

島根県鹿足郡津和野町藩校養老館内
記念碑　昭和四八年一一月　津和野藩校養老館碑刻（遺言碑）

大正十年十月伯兹常予を召して曰く…（略）

島根県鹿足郡津和野町乙雄山
顕彰碑　亀井侯碑刻

我をして九州の富人たらしめば
いかなることをか為すべき
ことは屡々わが念頭に起りし問題なり

（「我をして九州の富人たらしめば」より）

常盤橋の袂に円い柱が立ってゐる
これに廣告を貼り附けるのである

（「独身」より）

私は豊前の小倉に足かけ四年ゐた

（「二人の友」より）

明治三十四年九月四日
夕常盤橋上所見、稲妻を遮る雲のいろの濃き　夜　雷雨　鷗外森林太郎

（「小倉日記」より）

翌日も雨が降ってゐる
鍛冶町に借家があるといふのを見に行く

（「鶏」より）

福岡県北九州市小倉北区城内一－一鷗外橋西詰
文学碑　昭和三七年一二月

満潮に踊の足をあらひけり

福岡県北九州市小倉北区上富野四－一－二五松伯園ホテル
句碑　平成一一年六月

鷗外、森林太郎は第十二師団軍医部長として小倉に居住する間明治三十三年十月演習のため直方を訪れ貝島邸に宿泊した。主人太助翁に会い「五十歳許の偉丈夫なり」との印象並びに翁所蔵の画幅について日記に書き留めた

福岡県直方市殿町多賀町児童公園
顕彰碑　平成一〇年三月

明治時代第十二師団（小倉）軍医部長として赴任中の森林太郎が軍の演習の為香春を経て当地に来て宿泊した所です…（略）

福岡県田川郡福智町金田平成筑豊電鉄金田駅
文学碑　平成四年三月

雨に啼く鳥は何鳥若葉蔭

福岡県田川郡香春町高野香春町役場裏手
句碑　平成七年一〇月

明治三十四年七月、小倉第十二師団軍医部長として、衛生隊演習のため飯塚逗留を記念して建立する。…（略）

（「小倉日記」より）

福岡県飯塚市本町九－一七井筒屋前
文学碑　平成九年一〇月

明治三十二年七月、小倉第十二師団軍医部長として赴任中の森林太郎（鷗外）が軍の演習の為、小倉―香春―金田駅を経て当地を通過しました。…（略）

福岡県飯塚市鹿毛馬鹿毛馬峠
文学碑　平成五年一月

褐色の根府川石に
白き花はたと落ちたり
ありとしも青葉かくれに
見えざりしさらの木の花

（「沙羅の木」より）

福岡県福岡市城南区片江町東油山文学碑公園
詩碑

《参考文献》

◎『森鷗外の文学碑』
早稲田大学文学碑と拓本の会編　敬文堂　1987・9

柳田国男（やなぎた・くにお）

民俗学者・農政学者・詩人
（明治八年七月三一日～昭和三七年八月八日）
出身地　兵庫県神東郡田原村辻川（神崎郡福崎町）

在村の医者・漢学者松岡操の六男に生れる。幼少年期より文学的才能に恵まれ、短歌、抒情詩を発表。青年時代、田山花袋、島崎藤村、国木田独歩らと交わり、新体詩人として知られた。明治33年東京帝大卒業後、農商務省に入省。同時に早稲田大学で農政学を講じる。34年大審院判事柳田直平の養嗣子となる。35年内閣法制局参事官に転じ、大正3年貴族院書記官長に就任するも大正8年下野。9年朝日新聞社入社、翌10年から12年まで国際連盟委任統治委員会委員としてジュネーブ在勤。21年枢密顧問官に任官。

一方、民間伝承に関心を深め早くから全国を行脚し、明治42年日本民俗学の出発点といわれる民俗誌「後狩詞記」を発表。大正2年「郷土研究」を発行。「石神問答」「遠野物語」「山の人生」など多数の著書を刊行、〟柳田学〟を樹立した。また国語教育と社会科教育にも力を注ぎ、28年国立国語研究所評議会会長を務めた。22年日本芸術院会員、23年日本学士院会員、26年文化勲章受章。

＊　＊　＊

紀行文「清光館哀史」より
岩手県九戸郡浅野町小子内宿屋清光館跡
文学碑　昭和五九年八月

此話はすべて遠野の人佐々木鏡石君より聞きたり。昨明治四十二年の二月頃より始めて…(略)
(「遠野物語」より)
岩手県遠野市遠野駅前広場
文学碑　昭和四六年三月

唐桑浜の宿という部落では、
家の数が四十戸足らずの中、
ただの一戸だけ残って他のことごとく
あの海嘯で潰れた。…(略)
(「二十五箇年後」より)
宮城県気仙沼市唐桑町小長根半造園地半造レストハウス前
文学碑　平成五年二月

しをりすとたたずむ道の山ぐちに
又かへりみるこしかたの雲
福島県郡山市湖南町館橋本武氏邸
歌碑　昭和五二年九月

君はこの道の長人ながき世に
国のまことをかたり継ぐ人
東京都台東区谷中霊園
歌碑

山寺や葱と南瓜の十日間
神奈川県相模原市相模湖町若柳正覚寺
句碑　境内におよそ百基ほどあり

意を残す邑
道志ハ粛條タル一村ニ過ギズト雖其生意ノ豊ナルコト…(略)
山梨県南都留郡道志村観光農園
詞碑　昭和五六年五月

洗馬山のかまへの庵のあめの日の
むかし話と我もなりなむ
長野県塩尻市洗馬元町長興寺
歌碑　昭和五七年五月

○遠さな名を人に呼ばる丶ふるさとは
昔にかへるこ丶ちこそすれ
兵庫県神崎郡福崎町辻川柳田記念館庭
歌碑

松山　町に入って八朔雛を売る子のむれにあふ
愛媛県東温市下林三奈良神社
歌碑　昭和六二年一二月

立ちかへり又み丶川のみなかみに
いほりせん日は夢ならでいつ
(「後狩詞記」より)
宮崎県東臼杵郡椎葉村大河内竹ノ枝尾日当中瀬淳旧宅
詞碑　昭和六〇年八月　民俗学発祥之地碑刻

水煙る川のほとり
（「海南小記」より）
宮崎県日南市本町飫肥郵便局前
詞碑　平成四年八月

山川の五百重八重隈越え来れど
なを遙かなり君が住む島
鹿児島県大島郡和泊町和泊東ホテル
歌碑　昭和四五年一〇月　土井政照生誕之地碑碑陰刻

山岡荘八（やまおか・そうはち）

小説家
（明治四〇年一月一一日～昭和五三年九月三〇日）
出身地　新潟県北魚沼郡小出町

本名は藤野庄蔵。別号に藤野荘三。17歳で印刷製本業・三誠社を創立。昭和8年「大衆倶楽部」を創刊し編集長に。9年同誌に発表した「佐渡の紅葉山人」から、山岡荘八の筆名を用いる。13年時代小説「約束」が第23回サンデー毎日大衆文芸に入選。戦時中は従軍作家として各戦線をまわり、時局的な小説を発表。戦後公職追放、25年解除。同年より大作「徳川家康」（全26巻）に取りかかり、17年の歳月を費やしてこの大河小説をまとめる。以来、歴史小説を中心に幅広い活躍をしめした。

＊　＊　＊

○人はみな生命の大樹の枝葉なり
栃木県日光市浩養園
詞碑　昭和四四年一〇月

菊ひたしわれは百姓の子なりけり
新潟県魚沼市向山公園
句碑

○神州の大氣ぞ菊に添う葵
（小説「徳川家康」出生乱離の巻）
愛知県岡崎市康生町岡崎公園
句碑　昭和五一年一一月

藪柑子霜立つ庭の媚びとなり
愛知県名古屋市熱田区白鳥町一丁目法持寺
句碑　昭和五九年

○山茶花や富まず貧せぬ陽の當り
兵庫県洲本市宇原第二文学の森
句碑

○水月を呑み柳生の蛙かな
奈良県奈良市柳生町芳徳寺
句碑　昭和五二年

山口誓子（やまぐち・せいし）

俳人
（明治三四年一一月三日～平成六年三月二六日）
出身地　京都府京都市上京区

本名は山口新比古（やまぐち・ちかひこ）。戸籍名は新彦。大正10年「ホトトギス」入会、高浜虚子に師事。東大在学中、東大俳句会に参加、水原秋桜子の影響を受ける。大正15年～昭和17年住友合資会社に勤務。昭和4年「ホトトギス」同人、10年「馬酔木」同人。新興俳句運動の指導者として活躍。23年より「天狼」を主宰。32年～平成5年朝日俳壇選者。句集に「凍港」「黄旗」「炎昼」「七曜」など、俳論集に「俳句諸論」「子規諸文」「芭蕉諸文」「俳句の復活」などがあるほか、「山口誓子全集」（全10巻、明治書院）も刊行されている。

＊　＊　＊

○鮭打ちを見しかば供養塔拝む
福島県双葉郡浪江町泉田川観光ホテル

句碑　昭和六一年一〇月

松林をいぬきそめたる初日かな
茨城県龍ケ崎市北竜台一号線歳時記の道
句碑

麗しき春の七曜またはじまる
東京都新宿区西落合四池田氏邸
句碑　昭和四八年六月

○如来出て掌に受け給ふ枝垂梅
東京都日野市高幡七三二高幡不動尊
句碑　昭和五二年初冬

湧き出る清水も産みの安らかに
東京都八王子市中野山王二子安神社
句碑

○菊に對ひ身に高山を繞らする
神奈川県足柄下郡箱根町強羅ホテル
句碑　昭和二七年一一月

烏賊火明るし佐渡の月更に明
新潟県佐渡市相川町大浦ホテル吾妻
句碑　平成一年

先ず見しは蘇鉄の青き照葉なり
新潟県佐渡市真野町新町山本氏邸
句碑

○ひぐらしが鳴けり神代の鈴振りて
新潟県佐渡市羽茂町飯岡渡津神社
句碑

次の間が透けり葭簀の襖には
新潟県佐渡市羽茂町本郷寺田氏江氏邸
句碑

この寺はあじさゐの総本山
新潟県佐渡市小木町小比叡蓮華峰寺
句碑　平成二年七月

烏賊釣火木の間に透きて連なれり
新潟県佐渡市小木町宿根木佐渡国小木民俗博物館
句碑　平成三年四月

○水涛を滴る良寛の昔より
新潟県見附市小川氏邸
句碑

ひぐらしが鳴く奥能登のゆきどまり
石川県珠洲市禄剛崎自然公園
句碑　昭和五四年三月

○盆の荒れ三方岩の壁の海
福井県坂井市三国町越前海岸東尋坊（福良の滝近く）
句碑　平成二年六月

○満開の海の岩岩船遊び
福井県坂井市三国町越前海岸松島水族館公園
句碑　昭和四〇年一〇月

○萬緑に薬石板を打ち減らす
福井県吉田郡永平寺町永平寺
句碑　昭和四九年九月

○熊の子が飼はれて鉄の鎖舐む
福井県大野市白馬洞観光センター
句碑　昭和四七年一〇月

○九頭龍の谷残雪も多頭龍
福井県大野市穴馬民俗館庭
句碑　昭和四五年八月

○舟虫が溌剌原子力発電
福井県三方郡美浜町美浜原子力発電所

句碑　昭和四九年一一月

○瀬に沁みて奈良までとどく蝉のこゑ
福井県小浜市白石白石神社
句碑　昭和四一年一一月

○剛直の冬の妙義を引寄せる
長野県北佐久郡軽井沢町峠町熊野皇大神社
句碑　昭和五〇年一〇月

街道の坂に熟れ柿灯を点す
岐阜県中津川市馬籠脇本陣蜂谷家前
句碑　昭和五七年一二月

○界隈の最高醫家の松の芯
岐阜県恵那市明智町常盤町唐沢医院
句碑　昭和五八年五月

○勢ふ噴水中を貫くものあるなり
岐阜県恵那市明智町本町日本大正村資料館中庭
句碑　平成一年一〇月

○一枚を念ずるごとく紙漉けり
岐阜県美濃市蕨生地内
句碑　平成五年三月

○鵜の川の迅さよ時の流れより
岐阜県岐阜市大宮町岐阜公園
句碑　平成一年四月

○夕焼のすでに紫鵜飼待つ
岐阜県岐阜市湊町鵜飼広場
句碑　平成一年四月

○鵜篝の早瀬を過ぐる大炎上
岐阜県岐阜市長良鵜飼屋山下氏邸
句碑　昭和三六年七月

○城涼し天の真中に孤絶して
岐阜県岐阜市長良鵜飼屋岐阜グランドホテル入口
句碑　昭和六〇年一〇月

○天よりもかがやくものは蝶の翅
岐阜県岐阜市太郎丸岐阜女子大学
句碑　昭和六三年一〇月

○つきぬけて天上の紺曼珠沙華
岐阜県岐阜市柳津町境川中学校
句碑　平成四年一一月

○背の笈を置く紫のげんげ田に
岐阜県揖斐郡揖斐川町谷汲穂積華厳寺
句碑　平成三年三月

○鮎に残る鶴翼の陣下り簗
岐阜県揖斐郡揖斐川町昭和町日本愛石館庭
句碑　昭和四二年一二月

○高嶽は高きに雪を捧げ持つ
岐阜県揖斐郡揖斐川町城台山公園〝文学の里〟
句碑　平成三年五月

○学問のさびしさに堪へ炭をつぐ
岐阜県羽島市竹鼻町丸の内四丁目円隆寺
句碑　昭和六二年六月

○げんげ田の広大これが美濃の国
岐阜県羽島市福寿町浅平極法寺
句碑　昭和六二年三月

○佛恩に浸る銀杏の大緑蔭
岐阜県大垣市赤坂町西運寺
句碑　平成九年三月

○天よりもかがやくものは蝶の翅
岐阜県大垣市赤坂町脇田実氏邸

句碑　平成五年三月

○雪積みて全百となる関ヶ原
岐阜県不破郡関ヶ原町歴史民俗資料館
句碑　平成五年一二月

下界まで断崖富士の壁に立つ
静岡県富士宮市富士山頂測候所
句碑　昭和四九年八月

○碧の濃き灘通り来し土用波
静岡県御前崎市上岬自然公園
句碑　昭和六二年一月

○鷹の羽を拾ひて持ては風集ふ
愛知県田原市福江町原の島潮音寺
句碑　平成三年一〇月

○矢車の増えてきらめく北斗川
愛知県岡崎市細川町長根一―一五三交北斗台古墳公園
句碑　昭和五〇年一一月

○青リンク猿投の姫の裳裾なる
愛知県豊田市篠原町東名古屋カントリークラブ
句碑　昭和五一年一月

○水神の龍長堤に花咲かす
愛知県丹羽郡大口町堀尾跡福玉精穀倉庫会社
句碑　昭和五二年四月

○舟人に青浮草の紊るのみ
愛知県海部郡蟹江町蟹江新田鹿島鹿島神社文学苑
句碑　昭和五五年二月

○群金魚曲流なして槽廻る
愛知県弥富市前ヶ須町新田野方総合社会教育センター近
句碑　平成六年八月

○金魚田の中に人住む家があり
愛知県弥富市平島おみよし松の脇
句碑　平成九年六月

○紅椿荒石をもて荒瀬とす
愛知県名古屋市千種区山門町松楓閣
句碑　昭和五一年一月

○鶯とんで直ぐ雪嶺の上に出づ
愛知県名古屋市千種区今池一丁目メゾンサンシャイン玄関ホール内中庭
句碑　昭和五一年四月　平成一二年九月移建

○青葭に芭蕉の水路なほ残る
三重県桑名郡木曽岬町雁ヶ地白鷺川畔
句碑　昭和五六年七月

○炎天に湯が湧く昭和盛んな世
三重県桑名市長島町浦安長島温泉入口
句碑　昭和四一年一一月

○山車統べて鎧皇后立ち給ふ
三重県桑名市本町春日神社
句碑　昭和四〇年九月

○香木も立つ萬緑の大斜面
三重県いなべ市藤原町坂本聖宝寺
句碑　昭和三九年八月

○緑蔭や椅子よりも石掛け易し
三重県いなべ市大安町鍋坂公園
句碑　昭和六一年四月

○一本の樹にしみじみと蝉鳴けり
三重県いなべ市大安町近藤正春氏邸
句碑　昭和六一年四月

○全枝にて櫻咲かせて枝見えず
三重県いなべ市大安町近藤正男氏邸

句碑　昭和六一年四月

○露けさよ祷りの指を唇に触れ
三重県三重郡朝日町縄生水谷タバコ店前
句碑　昭和二五年一〇月

○雪嶺の大三角を鎌と呼ぶ
三重県三重郡菰野町湯の山温泉御在所岳山頂
句碑　昭和三六年八月

○群山の中系なすは雪嶺のみ
三重県三重郡菰野町千草湯の山ゴルフ場
句碑　昭和五三年五月

○松檜左右に開き青嶺見す
三重県三重郡菰野町植物祭会場
句碑　昭和五七年五月

○青の国開くよ葛の茂る地に
三重県三重郡菰野町大羽根園中央公園
句碑　昭和四六年一〇月

○雪嶺ははなびら鎌も御在所も
三重県三重郡菰野町服部幸太郎氏邸
句碑　昭和四二年八月

○円空仏外に出で来て枯銀杏
三重県三重郡菰野町明福寺
句碑　昭和五一年六月

○町なかの昔の松の春の暮
三重県四日市市東富田三丁目富田一本松脇
句碑　昭和二二年七月

○かの雪嶺信濃の国の遠さもて
三重県四日市市天ヶ須賀二丁目市川隆三氏邸
句碑　昭和四〇年一一月

○螢獲て少年の指みどりなり
三重県四日市市南小牧町国保康正氏邸
句碑　昭和四七年七月

○穂田しづか生きて動ける四日市
三重県四日市市松本五丁目九鬼紋十郎氏邸
句碑　昭和三九年一一月

○夕焼と何ある山の彼方には
三重県四日市市桜町石川一策氏邸
句碑　昭和五七年六月

○手を入れて井の噴き上ぐるものに觸る
三重県四日市市桜町石川醇三氏邸
句碑　昭和五七年五月

○八方に向き鴨の向定めなし
三重県四日市市伊坂町伊坂ダム湖畔
句碑　昭和五八年四月

○小鳥来て聖賢の手の籾食べる
三重県四日市市水沢西町猪熊信行氏邸
句碑　昭和四二年八月

○揚雲雀この丘佳しと天に告ぐ
三重県鈴鹿市岸岡町三交ひばりヶ丘
句碑　昭和五一年四月

○寝釈迦像人天蓋の下なるかな
三重県鈴鹿市神戸二丁目龍光寺
句碑　平成二年六月

○菩提寺の緑有縁に蔭與う
三重県鈴鹿市木田町光明寺
句碑　昭和五四年六月

○私達には天がある
天はきらきら光ってる

そこに蝶々がとんでいて
天よりもっとまぶしいの
そんな蝶々になりたいな
三重県鈴鹿市稲生町鈴鹿ハイツ第二さくら幼稚園
詩碑

○舟漕いで海の寒さの中を行く
三重県鈴鹿市白子本町悟真寺
句碑　昭和四一年八月

○噴水高揚る水玉が水玉追ひ
三重県鈴鹿市白子本町白子高校庭
句碑　昭和五七年一一月

低き丘西につづきて
その上をわたる山脈
眼を凝らしつぶさに見れば
重畳と山はよろしも
三重県鈴鹿市白子本町白子高校
校歌碑　昭和五四年

○虹の環を以て地上のものかこむ
三重県鈴鹿市寺家三丁目子安観音寺
句碑　昭和四六年一〇月

○寺の古び月夜のけふのごときはなし
三重県鈴鹿市寺家三丁目子安観音寺
句碑　昭和五七年六月

○虹
大きな虹がかかっている
ふたつ合わした手のように
観音さまの手のように
中にすっぽり私達
三重県鈴鹿市寺家三丁目子安観音寺
詩碑　昭和四五年

○海に出て木枯帰るところなし
三重県鈴鹿市寺家三丁目西方寺
句碑　昭和五三年一二月

○本堂のみ佛の燈も雛の宵
三重県鈴鹿市寺家三丁目正因寺
句碑　平成七年四月

○一湾の潮しづもるきりぎりす
三重県鈴鹿市寺家鼓ヶ浦舞子館前
句碑　昭和三六年三月

○切通し多羅尾寒風押し通る
三重県伊賀市新居御斎峠
句碑　昭和五三年四月

○秋の夜山車には丸太食させて
三重県伊賀市上野向島町岡森明秀氏邸
句碑　昭和五七年一〇月

○佛恩に浸る銀杏の大緑蔭
三重県津市一身田高田本山専修寺
句碑　昭和五一年四月

○若き日のけふを荒浪にも泳ぐ
三重県津市新町津高等学校
句碑　昭和五五年一〇月

○巨き船出でゆき蜃氣楼となる
三重県津市雲出鋼管町日本鋼管庭
句碑　昭和四九年五月

○城を出し落花一片いまもとぶ
三重県松阪市殿町松阪公園内本居宣長記念館入口
句碑　昭和四九年三月

○葉桜も諸枝を天へ差し擧げる
三重県松阪市垣鼻町松阪高校庭

句碑　昭和五九年一一月

○開け置きし玻璃戸直ちに蝶を見る
三重県松阪市春日町田上石情氏邸
句碑　昭和六〇年二月

○七萬の鐘の字が鳴る紅葉山
三重県松阪市飯高町波瀬口窄泰運寺
句碑　昭和五一年一〇月

○衆のため大師の使道をしへ
三重県多気郡勢和町丹生丹生大師
句碑　昭和四七年一〇月

○日本がここに集る初詣
三重県伊勢市倭町春秋園
句碑　昭和四一年五月

○巣燕も覚めゐて四時に竈焚く
三重県伊勢市宇治中之切町「赤福」本舗中庭
句碑　昭和四七年五月

○孫右衛門西向き花のここ浄土
三重県伊勢市中島町宮川堤
句碑　昭和四五年四月

○知盛の谷水とし植田とす
三重県伊勢市矢持町菖蒲久昌寺
句碑　昭和四四年八月

○初富士の鳥居ともなる夫婦岩
三重県伊勢市二見町興玉神社入口
句碑　昭和六二年五月

○炎天の遠き帆やわがこころの帆
三重県伊勢市二見町松下山口幸夫氏邸
句碑　昭和四八年五月

○真珠筏入江の奥に年迎ふ
三重県伊勢市二見町池の浦伊勢パールセンター
句碑　平成一年一二月

○春潮に飛島はみな子持島
三重県伊勢市二見町池の浦池の浦荘庭
句碑　昭和四四年三月

○初凪に島々伊良湖岬も島
三重県鳥羽市鳥羽一丁目（駅前）戸田家別館中庭
句碑　昭和四八年五月

○眞珠島白葉牡丹も眞珠なり
三重県鳥羽市鳥羽一丁目御木本眞珠島
句碑　平成四年一一月

○百年を守護の青峯山青し
三重県鳥羽市池上町鳥羽商船高校入口
句碑　昭和五六年一一月

○初日出て三つ島が置く三つの影
三重県鳥羽市小浜町鳥羽グランドホテル庭
句碑　昭和六二年五月

差し出でて崎々迎ふ初日の出
三重県鳥羽市箱田山山頂（パールロード）鳥羽展望台
句碑　昭和五〇年一月

○五月波寄せ来て砂の浜揺れる
三重県志摩市志摩町和具ひろはま荘
句碑　昭和六二年一一月

○葉月湖伊雑の宮をさしてゆく
三重県志摩市磯部町的矢的矢大橋北詰
句碑　昭和五一年一一月

○高き屋に志摩の横崎雲の峯
三重県志摩市阿児町賢島志摩観光ホテル庭

句碑　昭和三九年八月

○遠近に霊山ありて初ゴルフ
三重県志摩市阿児町賢島賢島カントリークラブ
句碑　昭和五九年六月

○礼拝す佛のために咲く桜
三重県度会郡玉城町宮古廣泰寺
句碑　平成四年四月

○生きてまた松の花粉に身は塗る
三重県北牟婁郡紀北町城ノ浜孫太郎ホテル前
句碑　昭和六一年四月

○秋晴に湖の自噴を想ひみる
滋賀県伊香郡余呉町余呉湖畔
句碑　平成二年九月

○吾れ何を踏めるや枯れし古墳に立つ
京都府福知山市猪崎三段池公園
句碑　昭和五七年九月

○洛中のいづこにゐても祇園囃子
京都府京都市東山区円山町円山公園大雲院
句碑　平成二年一二月

○燃えさかり筆太となる大文字
京都府京都市東山区三条通京阪三条駅
句碑　昭和四五年七月

○弥陀の瀧先に一念凝らし落つ
京都府京都市左京区静市市原町小町寺
句碑　平成二年五月

○山の井は噴きて溢れてとどまらず
京都府京都市左京区花背別所徳力富吉郎氏別邸花竹庵
句碑　昭和五一年六月

○親燕雷雨の中を餌を捕りに
京都府京都市左京区花背別所徳力富吉郎氏別邸離世
句碑　昭和五一年六月

親燕雷雨の中を餌を捕りに
京都府京都市北区上賀茂本山町樋本詩葉氏邸
句碑　昭和五一年四月

○早苗插す舞の仕草の左手右手
京都府京都市伏見区深草藪之内町伏見稲荷社
句碑　昭和六二年四月

○流蛍の自力で水を離れ飛ぶ
大阪府高槻市摂津峡遊歩道
句碑　昭和四二年六月

流蛍の自力で水を離れ飛ぶ
大阪府高槻市摂津峡塚腰摂津峡公園
句碑　平成二年四月　モニュメント刻

○ひぐらしが下界に鳴けり皇子のため
大阪府箕面市勝尾寺勝尾寺多宝塔下
句碑　昭和四五年一一月

○山に崎ありて摂津の国霞む
大阪府交野市倉治交野ゴルフ場裏側
句碑　昭和四八年七月

○夜舟にて魂魄通る枯洲原
大阪府守口市橋波東二丁目直原氏邸
句碑　昭和三七年五月

○満月の紅き球体出で来る
大阪府大東市龍間阪奈カントリークラブ
句碑　平成七年九月

○花盛ん築城巨石又盛ん
大阪府大阪市中央区大阪城内豊国神社

句碑　昭和六二年九月

○金色の御堂に芭蕉忌を修す
大阪府大阪市中央区北久太郎町四丁目難波別院（南御堂）
句碑　平成二年一〇月

定まりし鉄路の上を
火と水の力によって
走りしものよ…（略）
大阪府大阪市西区九条南三共永興業ＳＬ展示館内壁面
詩碑

○新蕎麦を刻む人間業ならず
兵庫県豊岡市出石町五萬石本店入口
句碑　昭和六三年六月

○観音の千手を今年竹も持つ
兵庫県豊岡市城崎町城崎温泉温泉寺
句碑　昭和四九年三月

○神代よりこの黒き闇木下闇
兵庫県西宮市大社町広田神社
句碑　昭和五九年一〇月

○初凪の一湾海の門まで見ゆ
兵庫県西宮市苦楽園戸城氏邸庭
句碑　平成一年六月

○虹の環を以て地上のものかこむ
兵庫県西宮市苦楽園五―一三誓子旧跡
句碑　平成九年三月　一九二基目

初詣外つ国の木の鉾立つも
兵庫県神戸市中央区二宮三丁目二宮神社
句碑

○黄峰の青歯朶神代さながらに
兵庫県姫路市広峯山広峯神社
句碑　昭和五六年一一月

渦潮を両國の岬立ちて見る
兵庫県南あわじ市福良丙みさき荘前
句碑　昭和四八年四月

○大和また新たなる国田を鋤けば
奈良県大和郡山市城内町郡山城址
句碑　昭和四六年

○日の神が青嶺の平照らします
奈良県吉野郡東吉野村伊豆字萩原山頂鳥見霊畤跡
句碑　平成一年一一月

○瀧の水直ぐ透き通る神の淵
奈良県吉野郡東吉野村小丹生川上神社東〝夢渕〟近く
句碑　平成一年一一月

○城青嶺太平洋みな吾等のもの
和歌山県和歌山市新和歌浦高津子山上
句碑　昭和三五年一〇月

○霊山に海苔の林の川を瞰る
和歌山県和歌山市紀三井寺「はやし」前庭
句碑　昭和五七年四月

○夕焼けて西の十萬億土透く
和歌山県伊都郡高野町高野山奥の院参道忠霊殿前
句碑　昭和三六年六月

○白豪は白豪緑を凝らすとも
和歌山県海南市下津町上東光寺
句碑　昭和四五年五月

○蜜柑山南へ袖を両開き
和歌山県海南市下津町岩屋山福勝寺
句碑　昭和五三年五月

○山窪は蜜柑の花の匂ひ壺
和歌山県有田市初島町初島公民館
句碑　昭和三七年七月

○花蜜柑追風に香を焚きこめし
和歌山県有田市初島町椒圭善福寺
句碑　昭和四四年八月

○沖合に香を張り出せる花蜜柑
和歌山県有田市港町天甫（問屋橋の先）
句碑　昭和五五年六月

重き材を宙にぶらりと紅葉谷
和歌山県田辺市竜神村龍神温泉林業開発センター深山荘
句碑　昭和六一年一一月

○み仏の肩に秋日の手が置かれ
和歌山県田辺市上秋津奇絶峡
句碑　昭和四五年一〇月

○雲丹の壺海はどこにも潮忘る
和歌山県田辺市元島元島神社
句碑　昭和五八年一〇月

○炎天に清流熱き湯なれども
和歌山県西牟婁郡白浜町湯崎（牟婁辺）
句碑　昭和三九年一〇月

○真珠作業場絶対に静止の海
和歌山県西牟婁郡白浜町堅田漁業協同組合
句碑　昭和四一年五月

○太陽の出でて没るまで青岬
和歌山県東牟婁郡串本町潮岬
句碑　昭和三五年五月

○瀬の曲りそぞりて雛の流れゆく
鳥取県鳥取市用瀬町（散歩道）体育センター
句碑　昭和五九年四月

○鴨群れて浮くこれほどの奢
島根県松江市千鳥町千鳥南公園
句碑　昭和六三年五月

○鴨残る藤村の間に藤村も
島根県松江市宍道湖畔皆美館
句碑　昭和四九年一一月

○世を継ぎて鳴きつづけたる呼子鳥
島根県松江市寺町風流寺町店
句碑　平成一年九月

○霧にごゑごゑ学校の形して
島根県鹿足郡吉賀町新宮神社
句碑　昭和四六年一一月

○捨身とは天より瀧の落つること
島根県隠岐郡隠岐の島町那久壇鏡の滝
句碑　平成四年六月

○自らを主とし三座とも青嶺
岡山県真庭市蒜山三木が原蒜山高原国民休暇村
句碑　昭和四二年一〇月

○山上湖掌にて平して船遊び
岡山県真庭市湯原温泉霞が丘ロープウェイ山上
句碑　昭和五〇年四月

○強きもの扁平の頭の大山椒魚
岡山県真庭市ハンザキ神社
句碑　昭和四二年一〇月

絲桜水にも地にも枝を垂れ
岡山県津山市山北衆楽園
句碑　昭和五四年

○蛍火の極限の火は緑なる
岡山県岡山市建部町福渡河本晴樹氏邸
句碑　昭和六一年七月

○城山を田に降り給ひ田の祭
岡山県岡山市建部町下神目志呂神社
句碑　昭和五五年一〇月

いま刈田にて海渡る兵馬見ゆ
岡山県倉敷市藤戸町藤戸藤戸寺
句碑　昭和六〇年一二月

○昭和時代水銀燈の桜の園
広島県庄原市本町上野池公園
句碑　昭和三四年四月

○枯洲より見る南面の福山城
広島県福山市草戸町明王院
句碑　昭和四九年五月

○寒暁に鳴る指弾せしかの鐘か
広島県尾道市東土堂町千光寺文学のこみち
句碑　昭和四三年一一月

○藻の畳もりあをがへる落ちてよし
広島県山県郡安芸太田町加計吉水園
句碑　昭和六三年六月

○走り水河鹿はこころよしと鳴く
広島県山県郡安芸太田町對山書屋上野青磁氏邸
句碑　昭和五五年九月

○寒庭の白砂敷きつめ酒づくり
広島県東広島市西条上市賀茂泉前垣氏邸
句碑　昭和五〇年一一月

○天耕の峯に達して峯を越す
広島県呉市警固屋通一一丁目音戸瀬公園
句碑　昭和三八年一一月

○龍宮の門南風を奉る
山口県下関市阿弥陀寺町赤間神宮
句碑　昭和四六年五月

○神懸を写し青嶺が石となる
香川県小豆郡小豆島町安田栄光寺
句碑　昭和四七年一一月

○新茶出し大水上の霧こめて
香川県三豊市高瀬町主用二宮玉田開拓之碑横
句碑　昭和六一年四月

○つばめにも美しき天紫雲天
香川県三豊市詫間町大浜紫雲出山山頂
句碑　昭和五三年一一月

○笠松の笠のまにまに青嶺透く
香川県三豊市詫間町浜田則久カズヱ氏邸
句碑　昭和五三年一一月

○青峯を港都鎮守の山と見る
香川県三豊市詫間町田井王屋敷（宗良親王遺跡）
句碑　昭和五三年一一月

○喘気とはこれ初釜の湯気昇る
愛媛県四国中央市上分町老人保健施設アイリス前庭
句碑　平成四年九月

○愛の媛のかんざし桃の花咲かす
愛媛県四国中央市中曽根町三島公園老人センター隣
句碑　昭和五一年一一月

○見てあれば青嶺の裏の山河見ゆ
愛媛県四国中央市中曽根町生吉桂利夫氏邸
句碑　昭和五一年一一月　二句刻

○栄ありし家に青嶺の屏風立つ
愛媛県四国中央市三島中央一丁目大西栄氏邸
句碑　昭和五一年一一月　二句刻

○伊豫の山密椎の実る大斜面
愛媛県四国中央市三島中央四丁目市立図書館前
句碑　平成二年四月

○高楼は青嶺内海見よと聳つ
愛媛県四国中央市三島中央三丁目三島第一ホテル前
句碑　平成一年五月

○春潮を抱く左右の崎伸ばし
愛媛県四国中央市三島中央四丁目真鍋友一氏邸
句碑　昭和六一年九月

○峡隔て高嶺と桜咲く高嶺
愛媛県四国中央市三島中央五丁目井上外科病院
句碑　昭和六二年一二月

○法皇の瀧に氷柱の落ちしきる
愛媛県四国中央市中之庄町曽我峯男氏邸
句碑　昭和六一年九月

○登り来し佛の天に花辛夷
愛媛県四国中央市寒川町長谷川新長谷寺北
句碑　昭和五一年一一月

○高嶺より見しは慈愛のこの桜
愛媛県四国中央市寒川町大倉永野医院
句碑　昭和五一年一一月　二句刻

○松の蕊群立つ燧灘を前
愛媛県四国中央市寒川町新開青木茂氏邸
句碑　昭和五三年六月

○この桜見よと高嶺に花咲かす
愛媛県四国中央市金砂町翠波高原大段山（ワシントン桜の園）
句碑　昭和六一年一一月

○大露頭赭くてそこは雪積まず
愛媛県新居浜市西原町住友金属鉱山別子事業所
句碑　昭和三四年四月

秋の暮山脈いづこへか帰る
高知県長岡郡本山町若宮公園兼山疎水沿
句碑　平成九年四月

七月の青嶺まぢかく熔鑛爐
福岡県北九州市八幡東区中央三丁目高炉台公園
句碑　昭和四八年七月　二句刻

○原始より碧海冬も色変へず
鹿児島県大島郡与論町琴平神社
句碑　昭和五四年二月

○冬も青離は神饌の棚なるよ
鹿児島県大島郡与論町皆田離（島の東北）
句碑　昭和五五年三月

○寒き夜のオリオンに杖挿し込れむ
沖縄県浦添市オリオンビール会社具志堅氏邸
句碑　昭和五二年五月

○島の果世の果繁るこの丘が
沖縄県糸満市米須（島守りの塔近）
句碑　昭和五二年五月

《参考文献》
◎『誓子句碑アルバム』
山口誓子著・丘本風彦編集・大沢爽馬撮影　天狼俳句会　1973・8

山田孝雄　（やまだ・よしお）

国語学者・国文学者・日本史学者
（明治六年五月一〇日～昭和三三年一一月二〇日）
出身地　富山県富山市総曲輪

貧困のため尋常中学校を中退、東京に丁稚奉公に出されたが、すぐに徒歩で富山に帰る。独学で教員免許を取得、小学校の教壇に立つ。兵庫県の鳳鳴義塾で教鞭をとるうち、生徒から〝は〟という助詞について質問され返答に窮したことから文法を研究、明治41年「日本文法論」を刊行した。在来の文法論を踏まえ、かつ西洋の言語理論を導入したその文法大系は、今も山田文法として学界で評価されている。だが、同書は一介の中学教師の論文として21年間も放置され、学位授与もやっと昭和4年になってからだった。この間、大正9年日本大学講師、14年東北帝国大学法文学部講師を経て、昭和2～8年同教授。15年神宮皇学館大学学長に就任。19年には貴族院議員に勅選された。20年国史編修院長となったが終戦で退職。32年文化勲章受章。

＊　＊　＊

ひらきてし神の心のかしこさを
　栄行く里の上に見るかな
宮城県遠田郡美里町素山公園
歌碑　昭和三二年一〇月　他二首刻

天地の今わかるゝや初日影
宮城県仙台市青葉区川内青葉山仙台城本丸跡
句碑　昭和四二年七月

連ね歌の花咲きにけり道の奥
宮城県仙台市青葉区米ヶ袋三阿部次郎記念館
句碑　平成一三年一〇月

○いくさの旅にさまよい果てたる
　はらからよ
　こゝにかえりてやすらいたまえ
東京都世田谷区豪徳寺二丁目豪徳寺墓地
歌碑　無名戦士慰霊記念碑刻

○百千度くりかへしても讀毎に
　こと新なり古之典
富山県富山市新桜町市役所前広場
歌碑　昭和三五年一二月

大名持少名彦那の作らしし
　国の崎なる能登の幸国
石川県鹿島郡中能登町金丸梶井氏邸前
歌碑　平成六年六月　二首刻

源氏物語は古今に冠絶したる傑作として世号に輝く作者紫式部の父藤原為時一條天皇の…（略）
福井県越前市府中一丁目紫式部公園
詞碑　昭和三三年一一月　碑表撰文碑陰谷崎潤一郎書

山本有三（やまもと・ゆうぞう）

小説家・劇作家
（明治二〇年七月二七日～昭和四九年一月一一日）
出身地　栃木県下都賀郡栃木町（栃木市）

本名は勇造。東大在学中、第3次「新思潮」に参加。大正9年「生命の冠」が明治座で上演され、劇作家としての地位を確立し、以後「嬰児殺し」「坂崎出羽守」「同志の人々」「海彦山彦」「西郷と大久保」「米百俵」などを発表。15年「生きとし生けるもの」を「朝日新聞」に連載し、小説家としても認められた。以後「波」「風」「女の一生」「真実一路」「路傍の石」などを発表、一時代の国民的作家となる。この間、昭和7年明治大学に文芸科が設けられ、初代学科長に就任。10～12年「日本少国民文庫」（16巻）を編集刊行し、児童読物に新機軸を開く。16年帝国芸術院会員。戦後は21年に貴院議員に勅選され、22年参院議員（緑風会）に全国区から当選し、任期満了まで勤めた。平成8年三鷹市下連雀の旧山本邸を山本有三記念館として開館。また、9年生家の隣にふるさと記念館が開設された。

＊　＊　＊

たったひとりしかいない自分を、

たった一度しかない一生を、
ほんとうに生かさなかったら、
人間、うまれてきたかいが
ないじゃないか。

北海道滝川市文化センター前庭
文学碑　昭和五七年四月

たった一人しかない自分を、たった一度しかない一生を、ほんとうに生かさなかったら、人間、うまれてきたかいがないじゃないか。
（「路傍の石」より）

栃木県栃木市太平山公園
文学碑　昭和三八年三月

動くもの砕けるもの
中に動かないもの砕けないものが
大きくからだに伝わってくる
（「無事の人」より）

栃木県栃木市万町近龍寺墓地
文学碑　山本有三墓碑刻土屋文明書

○自然は急がない

栃木県栃木市日ノ出町市民会館
詞碑　昭和四九年五月

ここは、オオイソ、カマクラのように、名が通っていない。しかし、名が通っていなくとも、そう悪い海水浴場ではない。…（略）
（「真実一路」より）

千葉県千葉市緑区野呂町野呂PA文学の森（千葉東金道路）
文学碑　平成三年一一月　ステンレス製

シオダ川の川かみのあたりだけは…（略）
（「真実一路」より）

千葉県いすみ市塩田川一路橋畔
文学碑　昭和五二年五月

この世に生きているものは
なんらの意味において太陽に向って
手をのばしていないものはないと思います
（「いきとしいけるもの」より）

東京都三鷹市下連雀中央通り南銀座街メガパーク前
文学碑　平成五年三月

心に太陽をもて

東京都三鷹市下連雀二丁目有三記念公園
詞碑　昭和六三年一月

結城哀草果（ゆうき・あいそうか）

歌人・随筆家

（明治二六年一〇月一三日～昭和四九年六月二九日）

出身地　山形県山形市下条町

本名は光三郎（みつさぶろう）。初めは土岐哀果の「生活と芸術」に投稿したが、大正3年茂吉の門に入り「アララギ」に入会、15年選者となる。24年「山塊」を、30年「赤光」を創刊し主宰。37年山形県芸術文化会議を創設し会長。43年斎藤茂吉記念館初代館長となる。歌集に「山麓」「すだま」「群峰」「まほら」「おきなぐさ」「結城哀草果全歌集」があり、随筆に「村里生活記」「哀草果村里随筆」（3巻）などがある。

＊　＊　＊

○鏡なす千尋のダムに人間の
　十三のみ魂鎮まりたまふ

宮城県大崎市鳴子温泉岩渕鳴子ダム管理事務所
歌碑　昭和三二年五月

○つくるなき民に福祉を底深く
　湛てダムは永久に美はし

宮城県大崎市鳴子温泉鳴子ダム
歌碑　昭和三二年

○日本海に帯なす雲の棚引きて
　朱き夕日を抱きたるかなや
　山形県酒田市南新町一丁目日和山公園
　歌碑　昭和六〇年

○豊穣の稲刈る人らみな笑顔
　開田二十年の秋めてたけれ
　山形県村山市長島稲荷神社
　歌碑　昭和四二年一一月

○羽交なす尾根のまなかに峯高く
　白鷹山は大空を飛ぶ
　山形県東村山郡山辺町県民の森荒沼
　歌碑　昭和五七年一〇月

○日月山は日蓮宗の東北道場
　太鼓の音に山河ゆるぎつ
　山形県山形市沼の辺日月山境内
　歌碑　昭和四七年七月

○栗のいがの青きがおちし裏庭を
　いがをぬらして雨はふりをり
　山形県山形市松並五丁目萬松寺
　歌碑　昭和四八年一〇月

○國原はここに展けておほらけく
　天の八隅に高山がみゆ
　山形県山形市長谷堂本沢小学校中庭
　歌碑　昭和三三年一〇月

○蔵王山をま向うに志て撞く鐘は
　朝勤め夕は憩へと鳴りわたるかも
　山形県山形市長谷堂漆房清源寺
　歌碑　昭和三四年八月

○あかがりに露霜しみていためども
　妻と稲刈ればこころたのしも
　山形県山形市長谷堂赤禿山御来光場
　歌碑　昭和三九年九月

○あからひく葡萄つぶら実舌のうへに
　とろりとけてうつゝともなし
　山形県山形市長谷堂赤禿峠中腹葡萄園
　歌碑　昭和四九年六月

　農の子に生れ藁工謡曲に堪能
　　誠に生きる君悠々自適
　花の外に八松ばかり
　　花のほかに八松ばかり
　　暮れ初めて鐘や響くらん
　山形県山形市長谷堂二位田悪原庄右衛門氏邸
　歌碑　歌謡碑　昭和三七年六月　謡曲碑両面刻

○天が最も公平に分配する時間を
　貴重に生きむ我を決めたり
　山形県山形市漆山山形刑務所
　詞碑　昭和四一年七月

○藩政は米と水に在りの精神を
　忠川池は湛へ輝く
　山形県上山市川口忠川池忠川神社
　歌碑　昭和四四年中秋

○國の花桜並木は十五年
　花のトンネル忠川ラインは
　昭和のパラダイスパラダイス
　山形県上山市川口忠川池
　詩碑　昭和四五年四月

○まゆ車つまとしひけばおのづから
　むつむこゝろのわきにけるかな
　山形県上山市経塚山
　歌碑　昭和五七年六月

○置賜はくにのまほろば菜種咲き
　若葉茂りて雪山もみゆ

山形県南陽市宮内町長谷寺
歌碑　昭和三四年秋

○谷風は山の雑木の葉をかへし
　ひかりかなしといはざらめやも

山形県長井市草岡梨木平
歌碑　昭和五五年五月

八月十七日　晴
西光寺行、多少歌をつくれば吟行などと言ふ。笑刎れ
午前七時四十五分のバス、草岡下車…（略）

山形県長井市草岡西光寺阿弥陀堂前
文学碑　昭和五六年七月

撫の木に生ふる茸を照したる
　月甲子山におちゆかむ

福島県西白河郡西郷村甲子温泉
歌碑　昭和四八年一〇月

湯川秀樹（ゆかわ・ひでき）

理論物理学者
（明治四〇年一月二三日～昭和五六年九月八日）
出生地　東京市麻布区（東京都港区）
出身地　京都府

地理学者・小川琢治の三男として東京・麻布で生まれる。兄は冶金学者の小川芳樹と中国史学者の貝塚茂樹、弟は中国文学者の小川環樹という学術一家で、生後まもなくの明治40年、父の京都帝大教授赴任に伴い京都に移る。三高を経て、京都帝大理学部物理学科に進む。昭和4年卒業して同大理学部副手、7年講師。同年結婚して湯川姓を名のる。8年新設の大阪帝大理学部講師となり、11年助教授、14年京都帝大理学部教授。17～19年東京帝大教授を兼任。この間、9年に核力を媒介とする新粒子（中間子）の存在を予言する論文を発表。12年米国の物理学者アンダーソンにより宇宙線の中に中間子らしい物質が発見されたのを受け、湯川理論を形成。23年プリンストン高等学術研究所客員教授として招聘され、24年からはコロンビア大学客員教授として米国で研究。同年中間子の存在を予言した業績により日本人として初めてのノーベル賞となるノーベル物理学賞を受け、敗戦により自信を失っていた国民に大きな希望を与えた。

＊　＊　＊

物みなの底に一つの法ありと
　日にけに深く思い入りつつ

静岡県熱海市上宿町大乗寺
歌碑　昭和五七年春

一日生きることが一歩進むことであれ

静岡県富士市伝法伝法小学校
詞碑　昭和二九年

千年の昔の園もかくやありし
　木の下かげに乱れさく萩

京都府京都市上京区寺町広小路上ル梨木神社
歌碑　昭和四七年九月

○真理は一つ
　世界は一つ

兵庫県養父市八鹿町伊佐小学校庭
詞碑　昭和三八年

未知の世界を探求する人々は地図を持たない旅行者である。
（「旅人」の一節）

兵庫県西宮市苦楽園一市立苦楽園小学校
記念碑　昭和六〇年一一月　「中間子論誕生記念碑」刻

まがつびよふたたびここにくるなかれ
　平和をいのる人のみぞここは

広島県広島市中区大手一丁目平和記念公園

歌碑　昭和四〇年五月

知的独創性と人間社会を
よりよくしようとする情熱とを
思考と行動において…（略）

山口県柳井市阿月東岩休寺裏山坂田昌一墓所前
詞碑　昭和五〇年三月

山水は清し泉はゆたかなりここに
たたずむ人の心も

香川県小豆郡土庄町銚子渓
歌碑　昭和四四年三月

横光利一（よこみつ・りいち）

小説家

（明治三一年三月一七日～昭和二二年一二月三〇日）

出身地　福島県北会津郡東山温泉

本名は利一（としかず）。三重県東柘植村、伊賀の上野、近江の大津などで少年時代を過ごす。大正5年早大高等予科文科に入るが、学校には通わず習作に努めた。菊池寛を知り、12年創刊の「文芸春秋」の編集同人となり、同年発表の「日輪」「蠅」で新進作家としてデビュー。13年「文芸時代」創刊号の「頭ならびに腹」で〝新感覚派〟の呼称が与えられた。小説以外に評論・戯曲も執筆、私小説・プロ文学に対抗し、昭和3～6年「上海」を発表。5年の「機械」から〝新心理主義〟の作品「寝園」「紋章」などを発表。11年渡仏、帰国後大作「旅愁」を書き始めるが、未完のまま22年に病死した。この間句作も手がけ、はせ川句会、文壇俳句会に参加している。

＊　＊　＊

○石ぬれて廻りかねたる秋の庭

山形県新庄市小田島井上松太郎氏邸
句碑　昭和三五年

山門に木瓜吹きあるる羽生かな

埼玉県羽生市建福寺境内
句碑　昭和五二年七月

そのうちに、一度遠くへ去った犬の團塊が山毛欅の森の端を迂廻して、前面の森…（略）

（「寝園」より）

静岡県伊豆市踊り子歩道沿い野畦付近
文学碑　昭和五七年三月

蟻台上に餓えて月高し

三重県伊賀市柘植町柘植公民館横
詞碑　昭和三四年九月

初めて私がランプを
見たのは、六つの時、
雪の降る夜、紫色の
縮緬のお高祖頭巾を
冠った母につれられて、
東京から伊賀の山中の
柘植といふ田舎町へ
帰ったときであった。

（「洋燈」より）

三重県伊賀市野村横光公園
詩碑　平成一一年三月　明朝体　署名は自筆

横光利一、若き日の五年を、この校に学ぶ

三重県伊賀市上野丸之内上野高校正門入口
記念碑　平成一一年一〇月

横光利一愛惜の地

三重県伊賀市三田三田丘伊賀谷本光生陶房入口
詞碑

横光利一文学碑

家を一歩外に出たもので
胸奥に絶えず
描きもとめてゐるふるさとと
今身を置く郷との間に
心を漂はせぬものは
恐らく誰一人も
ゐなかったことだらう

（「旅愁」より）

大分県宇佐市大字赤尾光岡城跡
文学碑　昭和六三年一一月　平成五年十月建立　森敦書

与謝野晶子（よさの・あきこ）

歌人・詩人

（明治一一年一二月七日～昭和一七年五月二九日）

出身地　大阪府堺市甲斐町

本名は与謝野しよう。明治29年頃から歌作をはじめ、33年東京新詩社の創設と共に入会し、「明星」に数多くの作品を発表。34年「みだれ髪」を刊行、同年秋与謝野寛（与謝野鉄幹）と結婚。「明星」の中心作家として、自由奔放、情熱的な歌風で浪漫主義詩歌の全盛期を現出させた。この頃の代表作に、「小扇」「毒草」（鉄幹との合著）「恋衣」（山川登美子・茅野雅子との合著）「舞姫」などがあり、大正期の代表作としては「さくら草」「舞ごろも」などがある。短歌、詩、小説、評論の各分野で活躍する一方、「源氏物語」全巻の現代語訳として「新訳源氏物語」を発表したほか「新訳栄華物語」などもある。婦人問題、教育問題にも活躍し「人及び女として」「激動の中を行く」などの評論集があり、大正10年創立の文化学院では学監として女子教育を実践した。

＊　＊　＊

山畑にしら雲ほどのかげらふの
立ちて洞爺の梅さくら咲く

北海道虻田郡洞爺湖町洞爺向洞爺中央桟橋横
歌碑　昭和五三年六月

数しらぬ虹となりても掛かるなり
羊蹄山の六月の雪

北海道虻田郡豊浦町字礼文華文学碑公園（礼文華美の岬）
歌碑　昭和六二年七月

啄木の草稿岡田先生の
顔も忘れじはこだてのこと

北海道函館市住吉町函館山立待岬
歌碑　昭和三二年八月

つがる獅子わがためまいぬ夕月夜
林檎の畑をいでてきつれば

青森県北津軽郡板柳町多目的ホール「あぷる」前
歌碑　平成三年九月　二首刻

いつしかと心の上にあとかたも
あらずなるべき人と思はず

岩手県盛岡市玉山区渋民石川啄木記念館庭
歌碑　平成二年一一月　森藤子書

深山なるかじかに通ふ声もして
岩にひろがる釜ふちの滝

岩手県花巻市湯本花巻温泉散策路入口
歌碑

碧るりの川の姿すいにしへの
奥の大守の青根の湯ぶね

宮城県柴田郡川崎町青根温泉湯元不忘閣別館庭
歌碑　昭和三五年九月

さみだれの出羽の谷間の朝市に
傘して売るはおほむね女

山形県鶴岡市温海温泉葉月橋たもと（左岸）
歌碑　昭和四五年一一月

飯坂のはりがね橋に雫する
あづまの山の水色のかぜ

福島県福島市飯坂町飯坂温泉新十綱橋たもと(左岸)
歌碑　昭和四三年八月

○秋風に荷葉うらがれ香を放つ
　おん薬園の池をめぐれば
福島県会津若松市花春町御薬園「涼風舎」右
歌碑　昭和三七年一一月

○湯の川の第一橋をわがこゆる
　秋の夕のひがし山かな
福島県会津若松市東山町会津東山温泉「新龍夢千年」玄関前第一橋脇
歌碑　昭和五九年五月

那珂川の海に入るなるいやはての
海門橋の白き夕ぐれ
茨城県ひたちなか市海門町湊公園
文学碑　昭和五五年三月

真夜中の塩原山の冷たさを
仮りにわが知る同門の道
栃木県那須塩原市塩原古町塩原温泉ニューますや前
歌碑　昭和六〇年春　二首刻

水上の諏訪のやしろの杉むらの
なかのさくらの白き初夏
群馬県利根郡みなかみ町水上温泉郷川上地区諏訪神社
歌碑　昭和五七年一二月

岩の群おごれど阻むちからなし
矢を射つつ行く若き利根川
群馬県利根郡みなかみ町水上温泉郷川上地区諏訪峡笹笛橋脇
歌碑　昭和五七年一二月

わが友がよもぎいろのあわせ着て
仰げる雲の谷川が嶽
群馬県利根郡みなかみ町水上温泉郷川上地区諏訪峡大橋中央欄干
歌碑

訪ねたる永井本陣戸を開き
明りを呼べば通ふ秋風
群馬県利根郡みなかみ町永井本陣跡
歌碑　昭和四〇年一〇月

草まくら手枕に似じ借らざらん
山のいでゆの丸太のまくら
群馬県利根郡みなかみ町法師温泉「法師温泉長寿館」前
歌碑

こすもすと菊ダリヤなど少し咲き
里人は言う猿ヶ京城
群馬県利根郡みなかみ町猿ヶ京温泉猿ヶ京ホテル
歌碑

榛名山の一角に、段また段を成して、
羅馬時代の野外劇場の如く、
斜めに刻み附けられた、
桟敷形の伊香保の街。
屋根の上に屋根に、…(略)
(「伊香保の街」より)
群馬県渋川市伊香保町伊香保温泉街石段
詩碑　平成二年三月　石段一段一段に刻碑あり

槻の川赤柄の傘をさす松の
立ちならびたる山のしののめ
埼玉県比企郡嵐山町菅谷嵐山渓谷比企の渓
歌碑

かきつばた香取の神の津の宮の
宿屋に上る板の仮橋
千葉県香取市津の宮鳥居河岸堤防
歌碑　平成二年一一月

おお、美しい勝浦、山が緑の優しい両手を伸ばした中に海と街を抱いてゐる。

（「上総の勝浦」より）
千葉県千葉市緑区野呂町野呂ＰＡ文学の森（千葉東金道路上り）
歌碑　平成三年一一月　四首刻ステンレス製

おお、美しい勝浦、山が緑の優しい両手を伸ばした中に海と街とを抱いてゐる。
此処へ来ると、人間も、船も、鳥も、青空に掛ける円い雲も、すべてが平和な子供になる。…（略）
（「上総の勝浦」より）
千葉県勝浦市勝浦温泉浜勝浦鳴海神社付近
歌碑　昭和五四年一二月　他二首刻

母遠うてひとみ親しき西の山
さがみか知らず雨雲かかる
東京都渋谷区道玄坂一丁目交番前（道玄坂の碑横）
歌碑　昭和五六年三月

たかく聳ゆる富士の嶺は
桃井第二の校庭へ
学びの心澄み入れと
朝朝清き気をおくる…（略）
東京都杉並区荻窪桃井第二小学校庭
校歌碑

○今日もまたすぎし昔となりたらば
並びて寝ねん西のむさし野（晶子）
○なには津に咲く木の花の道なれど
むぐら茂りき君がいくまで（晶子）
○皐月よし野山のわか葉光り満ち
末も終りもなき世のごとく（晶子）
東京都府中市多磨町多磨霊園一一－一－一〇
歌碑　昭和一一年三月　墓所石棺の蓋石並び墓前に刻四基あり

○かまくらやみほとけなれど釋迦牟尼は
美男におはす夏木立かな
神奈川県鎌倉市長谷高徳院（大仏）北庭

歌碑　昭和二七年四月

春寒し造船所こそ悲しけれ
浦賀の町に黒き鞘懸く
神奈川県横須賀市浦賀愛宕山公園
歌碑　昭和五九年一一月　二首併刻

沖つ風吹けばまたたく蝋の火に
しづく散るなり江の島の洞
神奈川県藤沢市江の島江の島岩屋内
歌碑

○わが立てる真鶴岬が二つにす
相模の海と伊豆のしら波
神奈川県足柄下郡真鶴町真鶴岬ケープパレスホテル裏庭
歌碑　昭和二七年一一月

○吉浜の真珠の荘の山ざくら
島にかさなり海に乗るかな
神奈川県足柄下郡湯河原町吉浜有賀別邸跡
歌碑　昭和一八年三月　二首刻

近づきぬ承久の院二十にて
移りましつる大海の佐渡
新潟県佐渡市真野町文学散歩道
歌碑

温泉はいみじき瀧のいきほいを
天に示して逆しまに飛ぶ
新潟県村上市浦田瀬波温泉噴湯場
歌碑　平成一六年四月

○いづくにも女松の山の裾ゆるく
見ゆる瀬波に鳴る雪解かな
新潟県村上市岩船字浦田瀬波温泉道玄池県民いこいの森
歌碑　昭和五五年五月

くろ雲と越の大河の中に阿里
　珊瑚の枝に似たる夕映
新潟県三条市本町六丁目地内信濃川河畔
歌碑

越ひろし長生橋の上しもに
　つらなれる山他州にあらず
新潟県長岡市山田長生橋東詰ポケットパーク
歌碑　平成二年一〇月　二首刻

あまたある洲に一つづつ水色の
　越の山乗る信濃川かな
新潟県長岡市山田長生橋東詰ポケットパーク
歌碑　平成二年三月　コンクリート製

○たらひ舟荒海もこゆうたがはず
　番神堂の灯かげ頼めば
新潟県柏崎市番神二丁目諏訪神社
歌碑　昭和二四年一一月

いみじくも不穢不濁なる二筋の
　流のはさむ山荘の路
新潟県妙高市池の平温泉池の平公民館前広場
歌碑

おふけなくトロ押し進む奥山の
　黒部の渓の錦繍の関
富山県黒部市宇奈月町温泉宇奈月公園
歌碑　平成三年一一月　二首刻

館などさもあらばあれ海越えて
　羅津に対する本丸の松
富山県高岡市古城古城公園本丸高台広場
歌碑　昭和三七年一〇月　二首刻

○家々に珊瑚の色の格子立つ
　能登のな丶尾のみそぎ川かな
石川県七尾市府中町能登食祭市場前小公園
歌碑　昭和三一年五月　昭和五三年六月移設

白やまに天の雪あり医王山
　次ぎて戸室もたけなはの秋
石川県金沢市湯谷ヶ原戸室山医王山寺裏山
歌碑　昭和三六年九月

松たてる安宅の沙丘その中に
　清きは文治三年の関
石川県小松市安宅町住吉神社安宅の関跡
歌碑　昭和二八年六月

串の橋二つの潟をつなげども
　此処に相見て我等は別る
石川県小松市串町串橋のたもと
歌碑

節めきて細き丹塗りの格子より
　山代の湯の雨をながめん
石川県加賀市山代温泉万松園通二―一吉野屋入口
歌碑　平成一四年九月移設

赤絵なる椿の皿のえがかれて
　うつくしき夜の山代の宿
石川県加賀市山代温泉万松園通二―一吉野屋入口
歌碑　平成一四年九月移設

松かへで都のあらし山のごと
　まじる武生のみぞの両側
福井県越前市京町一丁目美容室ユリイカ店
歌碑　昭和六二年七月　壁面刻

○われも見る源氏の作者をさなくて
　父と眺めし越前の山
福井県越前市東千福町ふるさと散歩道
歌碑　昭和六三年一一月　二首刻

いにしへのさしでの磯を破らじと
笛吹川の身を曲ぐるかな(晶子)
山梨県山梨市JR山梨駅前広場
歌碑　二首刻

富士の雲つねに流れてつかの間も
心おちゐぬ山中の湖
山梨県南都留郡山中湖村山中湖畔南側文学の森公園
歌碑

本栖湖をかこめる山は静かにて
烏帽子が岳に富士おろし吹く
山梨県南都留郡富士河口湖町本栖湖畔東側国道沿
歌碑　平成一年七月

秋の雨精進の船の上を打ち
富士ほのぼのと浮ぶ空かな
山梨県南都留郡富士河口湖町精進湖畔北畔マウトホテル駐車場
歌碑　平成一年一一月

○法隆寺などゆく如し甲斐の御酒
春鶯囀のかもさる丶蔵
山梨県南巨摩郡増穂町青柳萬屋醸造店
歌碑　昭和三五年一〇月　二首刻

熊の子のけがして足を洗へるが
開祖といひてつたはるいでゆ
長野県下高井郡山ノ内町志賀高原熊の湯温泉熊の湯ホテル一階ロビー
歌碑　昭和六〇年九月

鳳凰が山をおほへるおくしなの
山田の渓の秋に逢ふかな
長野県上高井郡高山村山田温泉舞の道遊歩道入口
歌碑　昭和二九年　有島生馬書

○たかき山つ丶める雲を前にして
紅き灯にそむ浅間の湯かな
長野県松本市浅間温泉神宮寺
歌碑　昭和三二年春

むら雨が湯場の大湯を降りめぐり
しばらくにして山なかば晴る
長野県上田市別所温泉薬師堂歌碑公園
歌碑　昭和六二年

○秋風にしろくなびけり山ぐにの
浅間の王のいたゞきの髪
長野県北佐久郡軽井沢町星野温泉明星池畔
歌碑　昭和四六年　両面刻

諏訪の湖天竜となる釜口の
水しづかなり絹の如くに
長野県岡谷市諏訪湖畔天竜公園釜口水門北側
歌碑

○本陣の子のわが友といにしへの
蔦木の宿を歩む夕ぐれ
長野県諏訪郡富士見町上蔦木旧甲州道中本陣跡
歌碑　平成四年七月

白じらと並木のもとの石の樋が
秋の水吐く蔦木宿かな
長野県諏訪郡富士見町上蔦木JA諏訪みどり蔦木支所前
歌碑

○棚作り臙脂のいろの網をかく
多賀の磯より中野濱まで
静岡県熱海市下多賀多賀中学校
歌碑　二首刻

○うぐひすがよきしの丶めの空に啼き
吉田の池の碧水まさる
静岡県伊東市吉田一碧湖畔芝生広場
歌碑　昭和五一年一一月　二首刻

伊東氏占めて三浦に對したる
　半嶋の春梅椿咲く
　静岡県伊東市新井宝専寺
　歌碑　平成九年九月

かたはらに刀身ほどの細き瀧
　白帆の幅の浄蓮の瀧
（「白桜集」より）
　静岡県伊豆市浄蓮の滝駐車場（公衆電話小舎壁）
　歌碑　壁面に三首刻

伊豆の奥天城の山を夜越えぬ
　さびしき事になりはてぬれば
　静岡県伊豆市湯ヶ島温泉水恋鳥広場
　歌碑　昭和五〇年

堂ヶ島天窓洞の天窓を
　ひかりてくだる春の雨かな
　静岡県賀茂郡西伊豆町堂ヶ島海岸遊歩道（観光船発着場横）
　歌碑　昭和五一年四月　二首刻

白波の沙に上りて五百重波
　しばし遊ぶを逐ふことなかれ
　静岡県下田市白浜白浜海岸尾の浦見晴台
　歌碑　平成四年四月　二首刻

○龍臥して法の教へを聞くほどに
　梅花の開らく身となりにけり
　静岡県静岡市清水区興津清見寺町清見寺臥竜梅横
　歌碑　昭和二八年

清見寺海を仰ぎて鱗くづも
　救われぬべき身と思ふらん
　静岡県静岡市清水区興津清見寺町清見寺
　歌碑　聖観音立像台座刻

寒さくら清見の寺に唯一枝
　忍ぶむかしのある如く咲く
　静岡県静岡市清水区興津清見寺町瑞雲院
　歌碑　平成八年九月

名を聞きて王朝の貴女ときめきし
　引佐細江も気賀の町裏
　静岡県浜松市北区細江町気賀細江公園文学の丘
　歌碑　昭和五三年一〇月

さわやかに水はるかなる遠江
　浜名の湖の夏の夕ぐれ
　静岡県浜松市北区細江町気賀国民宿舎「奥浜名湖」横
　歌碑　昭和五三年一〇月再建

井伊谷川都田川の落合の
　口より引佐細江はじまる
　静岡県浜松市北区細江町旧町役場屋上
　歌碑　昭和五三年八月　壁面にはめ込み

名を聞きて王朝の貴女ときめきし
　引佐細江も気賀の町裏
　静岡県浜松市北区細江町町立図書館文学広場
　歌碑　昭和四九年二月

金色の小さき鳥のかたちして
　銀杏ちるなり夕陽の丘に
　愛知県岡崎市中町北野東甲山中学校
　歌碑　昭和五八年八月

金色の小さき鳥のかたちして
　いちょうちるなり夕陽の丘に
　愛知県岡崎市明大寺町栗林竜海中学校
　歌碑

二もとの銀杏をおきて自らは
　紅きつしまの神の楼門
　愛知県津島市神明町津島神社

歌碑　平成四年五月

しらひげの神のみまへにわくいづみ
これをむすべば人の清まる
滋賀県高島市鵜川白鬚神社
歌碑　大正七年一二月　与謝野寛書

いと細く香煙のごとあてやかに
しだれざくらの枝の重る
滋賀県湖南市富村俊介氏邸
歌碑

○海の氣と山の雫に石ぬる、
八幡の神の与謝の御社
京都府与謝郡与謝野町男山男山八幡神社
歌碑　昭和三五年四月　三首刻

○海山の青きが中に螺鈿おく
峠の裾の岩瀧の町
京都府与謝郡与謝野町弓木大内峠一字観公園妙見堂横
歌碑　昭和五年五月　両面刻

いと細く香煙のごとあてやかに
しだれざくらの枝の重る
京都府与謝郡与謝野町金屋町立江山文庫中庭
歌碑

おく丹後おくの網野の浦にして
入日をおくる旅人となる
京都府京丹後市網野町掛津琴引浜
歌碑　平成三年六月　二首刻

皐月よし野山のわか葉光満ち
末も終りもなき世の如し
京都府京都市右京区嵯峨小倉山落柿舎「去来の墓地」入口
歌碑

ほととぎす嵯峨へは一里京へ三里
水の清瀧夜のあけやすき
京都府京都市右京区嵯峨清滝町猿渡橋北詰（清滝川河畔岩壁）
歌碑　昭和三三年四月　吉井勇書

夕ぐれを花にかくるる子狐の
にこ毛にひびく北嵯峨の鐘
京都府京都市右京区北嵯峨北ノ段町直指庵
歌碑　昭和五五年一一月

清水へ祇園をよぎる桜月夜
こよひ逢ふ人みなうつくしき
京都府京都市東山区祇園町八坂神社
歌碑　昭和五二年五月

京更けて歌舞練場のかがり火の
雫おちんと眺めにぞ行く
京都府京都市東山区祇園町祇園甲部歌舞練場前庭
歌碑　昭和五二年四月　吉井勇書

四條橋おしろい厚き舞姫の
額さゝやかに打つ夕あられ
京都府京都市東山区常磐町四条川端上ル（南座から一〇〇m上ル）
歌碑　平成二年五月　二首刻

玉まろき桃の枝ふく春のかぜ
海に入りては真珠うむべき
京都府京都市東山区新門前通り東大路西入ル駒井真珠店内
歌碑　平成一年一〇月

○御めざめの鐘は知恩院聖護院
いでて見たまへ紫の水
京都府京都市東山区粟田口華頂町蹴上浄水場
歌碑　昭和二九年一一月

秋を三人椎の実なげし鯉やいづこ
池の朝かぜ手と手つめたき

京都府京都市左京区永観堂町永観堂
歌碑　昭和五二年五月

友染をなつかしむこと限りなし
　春が来るため京思ふため
　京都府京都市左京区岡崎成勝寺町みやこめっせ京都市勧業館前庭
　歌碑　昭和五九年五月

○何となく君にまたるゝこゝちして
　いでし花野の夕月夜かな
　京都府京都市左京区鞍馬本町鞍馬寺
　歌碑　昭和三〇年五月

あゝ皐月ふらんすの野は火の色す
君もコクリコわれもコクリコ
　京都府京都市左京区鞍馬本町鞍馬寺
　歌碑　平成一年秋

天地を間に置ける人と人
　頼みがたしと見ねば思はる
　京都府京都市上京区七本松中立売下ル富士石材（株）玄関前
　歌碑

あゝをとうとよ君を泣く
君死にたまふことなかれ
末に生れし君なれば…（略）
　（「君死にたまふこと勿れ」より）
　京都府京都市北区等寺院北町立命館大学「国際平和ミュージアム」内
　詩碑

五月雨に築土くづれし鳥羽殿の
　いぬゐの池におもだかさきぬ
　京都府京都市伏見区下鳥羽中島宮ノ前町城南宮
　歌碑　昭和五六年四月

山の動く日きたる、かく云えど、人これを信ぜじ。山はしばらく
眠りしのみ、その昔、…（略）
　（「山の動く日」より）
京都府京都市中京区東洞院通六角通下ル女性総合センターウイング京都1F
　ロビー
　歌碑　平成六年七月　壁面刻

○しめやかに心の濡れぬ川ぎりの
　立舞ふ家はあはれなるかな（橋姫）
○朝の月涙の如し真白けれ
　御寺のかねの水わたる時（椎本）
○こころをば火の思ひもて焼かましと
　願ひき身をば煙にぞする（総角）
○さわらびの歌を法師す君に似ず
　よき言葉をば知らぬめでたき（早蕨）
○あふけなく大御女をいにしへの
　人に似よとも思ひけるかな（宿木）
○ありし世の霧きて袖を濡らしけり
　われなけれども宇治近づけば（東屋）
○何よりも危きものとかねて見し
　小舟の上に自らをおく（浮舟）
○ひと時は目に見しものをかげろふの
　あるかなきかをしらぬはかなき（蜻蛉）
○ほど近き法の御山をたのみたる
　女郎花かと見ゆるなりけれ（手習）
○明くれに昔こひしきこゝろもて
　生くる世もはたゆめのうきはし（夢の浮橋）
　（源氏物語礼賛宇治十帖）
京都府宇治市宇治上神社横さわらびの道
歌碑　平成二年一〇月　十首刻（自筆）

○やはただのあつき血潮にふれも見で
　さびしからずや道を説く君
大阪府吹田市津雲台一丁目千里南公園
歌碑　昭和五七年五月

○海こひし潮の遠鳴りかぞへつゝ
　少女となりし父母の家
　大阪府堺市堺区甲斐之町西一丁目生家跡
　歌碑　昭和三六年五月

　菜種の香古きさかいをひたすらむ
　踏ままほしけれ殿馬場の道
　大阪府堺市堺区甲斐之町東一丁目三和銀行堺支店前
　歌碑　平成二年三月　道標刻（モニュメント）

○その子はたちくしにながるるくろかみの
　おごりの春のうつくしきかな
　大阪府堺市堺区九間町東三丁目覚応寺
　歌碑　昭和四六年五月

　堺の津南蛮船の行き交へば
　春秋いかに入りまじりけむ
　大阪府堺市堺区大仙中町大仙公園内市立中央図書館前
　歌碑　昭和五三年一〇月

　花の名は一年草もある故に
　忘れず星は忘れやすかり
　大阪府堺市堺区大仙中町大仙公園
　歌碑　昭和六一年一一月

○劫初より作りいとなむ殿堂に
　われも黄金の釘ひとつ打つ
　大阪府堺市堺区神明町東三丁西本願寺堺別院
　歌碑　昭和四三年五月

あゝをとうとよ君を泣く
君死にたまふことなかれ
末に生れし君なれば
親のなさけはまさりしも
親は刃をにぎらせて
人を殺せとをしへしや
人を殺して死ねよとて
二十四までをそだてしや
　大阪府堺市堺区車之町東三丁泉陽高校中庭
　詩碑　昭和四六年一〇月

堺の街の妙國寺
その門前の包丁屋の
浅葱暖簾の間から
光る刃物のかなしさか。…（略）
（「故郷」より）
　大阪府堺市堺区材木町東四丁目妙国寺
　歌碑

すべて眠りし女
今ぞ
目覚めて
動くなる
（「山の動く日」の一節）
　大阪府堺市堺区宿院町東四丁目堺市立女性センター
　歌碑　平成六年二月　晶子立像刻

山の動く日きたる、
かく云へど、人これを信ぜじ。
山はしばらく眠りしのみ、
その昔、彼等みな火に燃えて動きしを。
されど、そは信ぜずともよし、
人よ、ああ、唯だこれを信ぜよ、
すべて眠りし女、
今ぞ目覚めて動くなる。
（「山の動く日」より）
　大阪府堺市堺区浅香山町一丁堺女子短大正門内
　詩碑　昭和六二年四月　ノルウェー語訳刻　碑陰に「晶子の夢ノルウェー実る」の文を刻む

　母として女人の身をば裂ける血に
　清まらぬ世はあらじとぞ思ふ

大阪府堺市堺区翁橋町堺市民会館前庭
歌碑　昭和六二年五月　ブロンズマスクの下部に刻

ふるさとの潮の遠音のわが胸に
ひびくをおぼゆ初夏の雲
大阪府堺市堺区戎島町四丁南海堺駅前リーガロイヤルホテル堺前広場
歌碑　晶子立像台座刻

をとうとはをかしおどけし紅き頬に
涙流して笛ならうさま
大阪府堺市堺区少林寺町東四丁市立少林寺小学校入口
歌碑

地はひとつ大白蓮の花とみぬ
雪の中より日ののぼるとき
大阪府堺市堺区宿院町東四丁市立女性センター入口横
歌碑

○少女子の祈りの心集まれば
ましてマリアの御像光る
大阪府堺市堺区霞ヶ丘町四丁賢明学院中学高校入口前
歌碑　平成一二年二月

ふるさとの和泉の山をきはやかに
浮けし海より朝風ぞ吹く
大阪府堺市西区浜寺公園四丁目浜寺公園
歌碑　昭和四一年七月

朝ぼらけ羽ごろも白の天の子が
乱舞するなり八重桜ちる
大阪府堺市西区浜寺南町三丁目羽衣学園短大前庭
歌碑　昭和六一年七月

金色のちひさき鳥のかたちして
銀杏ちるなり夕陽の岡に
大阪府堺市北区金岡町二六五一大阪府立金岡高校
歌碑

女性の力の及ぶところはじめて平和の光らん（略）
（婦選のうた）
大阪府岸和田市西之内町中央公園心のこみち
歌碑

日没を円山川に見てもなほ
夜明めきたり城の崎くれば
兵庫県豊岡市城崎町城崎温泉一の湯脇
歌碑　昭和五七年　二首刻

○寛政の応挙の作か御法をば
讃するごとき堂のうちかな（晶子）

○いみじけれみろくの世までほろぶなき
古き巨匠の丹精のあと（晶子）
兵庫県美方郡香美町森大乗寺
歌碑　昭和三八年四月　三首刻

武庫川の板の橋をばぬらすなり
かじかの声も月の光も
兵庫県宝塚市湯本町ＪＲ阪急宝塚駅前Ｓ字橋脇緑地帯
歌碑

○初春や当麻の寺へ文かけば
奈良の都に住むこゝちする
奈良県葛城市染野石光寺
歌碑　昭和四九年

○山の鳥竹林院の林泉を
楽しむ朝となりにけるかも
奈良県吉野郡吉野町吉野山竹林院
歌碑　昭和五一年春　二首刻

○やははだのあつき血潮にふれも見で
さびしからずや道を説く君
和歌山県伊都郡高野町高野山奥の院参道（公園墓地）
歌碑　昭和二五年五月

くまの川白き石原ふみつゝも
なを人の子はもの、おもはる
和歌山県新宮市熊野川町志古国道一六八号沿い「瀞八丁ジェット船乗り場」前
歌碑

砂丘踏みさびしき夢に与かれる
われと思ひて涙流るる
鳥取県鳥取市浜坂砂丘の一角
歌碑　平成三年六月　二首刻

○水と灯の作る夜色のめでたきを
見んは都と渓あひの湯場
鳥取県東伯郡三朝町三朝温泉三朝川左岸沿い遊歩道かじか橋畔
歌碑　昭和五六年三月　二首刻

○川波が雨の裾をば白くする
三朝の橋をこへてこしかな
鳥取県東伯郡三朝町三朝温泉三朝川左岸沿い遊歩道かじか橋畔
歌碑　昭和五六年三月

○地蔵崎波路乃はての海の気の
かげろうとのみ見ゆる隠岐かな
島根県松江市美保関町美保関美保関灯台前
歌碑

林泉に松の山をば重ねたり
五月の風を入き、ぬべく
島根県仁多郡奥出雲町雨川絲原記念館庭
歌碑　平成一年五月　二首刻

○かじか鳴き夕月うつりいくたりが
岩場にあるも皆高田川
岡山県真庭市湯元湯原温泉砂場南入口
歌碑　昭和五九年一二月

○満奇の洞千畳敷の蝋の火の
あかりに見たる顔は忘れじ
岡山県新見市豊永満奇洞入口
歌碑

○うつくしき五郡の山に護られて
學ぶ少女はいみじかりけれ
岡山県津山市山北美作学園高校玄関脇
歌碑　昭和四〇年一二月

妻恋ひの鹿海こゆる話聞き
それかと見れば低き鶴島
岡山県備前市日生町寒河ＪＲ日生駅前
歌碑

みやび男とたおやめのため流れたる
宇土の谷間の鏡川かな
岡山県井原市美星町大倉鬼の湯荘前バス停近く川沿いの駐車場横
歌碑

○姫が嶽海に身投ぐるいやはても
馬して入りぬ大名の子は
愛媛県四国中央市川之江町城山公園
歌碑　昭和五四年三月

○川之江の港の成りぬ波風に
またも破れじ百船の夢
愛媛県四国中央市川之江町亀島川之江八幡神社
歌碑　昭和五三年五月　二首刻

○うつくしき秋の木の葉のこゝちする
伊豫の小嶋の浮ぶ海かな
愛媛県四国中央市川之江町馬場八将神社参道
歌碑　平成二年六月　二首刻

少女たち錦の袍にまさりたる
山のこころに包まれてあれ
愛媛県四国中央市川之江町県立川之江高校々庭
歌碑

○四阪なる銅の煙りにおとらめや
　伊予の二六のすえもの、かま
　愛媛県四国中央市村松町二六庵前（佐々木氏邸玄関横）
　歌碑　昭和二三年春

子規居士と鳴雪翁の居たまへる
　伊予の御寺の秋の夕暮
　愛媛県松山市末広町正宗寺子規堂横
　歌碑

伊予の秋石手の寺の香盤に
　海のいろして立つ煙かな
　愛媛県松山市石手二丁目石手寺
　歌碑　昭和五〇年一一月

やははだのあつき血潮にふれも見で
　さびしからずや道を説く君
　福岡県福岡市城南区片江町東油山文学碑公園
　歌碑

またもなき人の子の父歌の人われに
　優しき友なる博士
　佐賀県小城市小城町ＪＲ小城駅前
　歌碑　平成一六年一二月　表裏三首刻

うす霧や大観峰によりそひて
　朝がほのさく阿蘇の山荘
　熊本県阿蘇市内牧温泉「蘇山郷」中庭
　歌碑　昭和三五年九月

天草の松島ここに浮ぶなり
　西海のいろむらさきにして
　熊本県上天草市松島町天草パールセンター前（天草四号橋脇）
　歌碑　二首刻

天草の西高浜のしろき磯
　江蘇省より秋風ぞ吹く
　熊本県天草市天草町高浜十三仏崎公園
　歌碑　昭和五〇年五月　二首刻

久住山阿蘇とさかひをする谷の
　外は駿さへ無き裾野かな
　大分県玖珠郡九重町やまなみハイウェー沿いレストラン「スカイランド」横
　歌碑　昭和四五年五月　二首刻

犬飼の山の石佛龕さえも
　ともに染みたり淡き朱の色
　大分県豊後大野市犬飼町田原犬飼石仏前広場
　歌碑　昭和五六年一〇月

久住よし四百の齢ある楢も
　門守とする牛馬の家
　大分県竹田市久住町県畜産試験場正門横
　歌碑　昭和五三年六月

久住山阿蘇とさかひをする谷の
　外は駿さへなき裾野かな
　大分県竹田市久住町あざみ台
　歌碑

九州のあるが中にも高嶺なる
　久住の裾野うらがれにけり
　大分県竹田市久住町南登山口ドライブイン「星ふる館」駐車場近く
　歌碑　平成二年四月

○湯の原の雨山に満ちその雨の
　錆の如くに浮ぶ霧かな
　大分県竹田市直入町長湯温泉大丸旅館前
　歌碑

山川のならびにやがて水曲がり
　天の川ほど目に見ゆる川
　大分県竹田市直入町長湯温泉長湯七六九九―一森田恭子氏邸前
　歌碑

蛾となりてやがてはここへ飛びて来ん
芹川に添ふ小きともし火
歌碑　昭和五三年
大分県竹田市直入町長湯温泉権現山公園

湯の原の雨山に満ちその雨の
錆の如くに浮ぶ霧かな
歌碑　昭和五三年
大分県竹田市直入町長湯温泉権現山公園

蛾となりてやがてはここへ飛びて来ん
芹川に添ふ小きともし灯
歌碑　昭和五三年
大分県竹田市直入町長湯温泉「かどやRO」前

○山川のならびにやがて水曲がり
天の川ほど目に見ゆる川
歌碑　平成一二年一一月
大分県竹田市直入町長湯森田恭子邸前

霧島の白鳥の山しら雲を
つばさとすれど地を捨てぬかな
歌碑
宮崎県えびの市末永霧島屋久国立公園内市営白鳥温泉

加治木なる五つの峰のなみかたの
女めくこそあはれなりけれ（晶子）
鹿児島へ夕月を追ひて行くやうに
車やるなり加治木の峠（晶子）
歌碑　昭和五七年四月　正面に寛・晶子各一首刻、左側面に寛六首刻、裏面に晶子一首刻
鹿児島県姶良郡加治木町朝日性応寺

渓渓の湯の霧しろしきりしまは
星の生るる境ならまし
鹿児島県霧島市霧島霧島神宮大鳥居前

歌碑　「日本の道百選碑」刻

牧園へ太鼓踊を見に来よと
便り来りぬ瓜を割るとき
歌碑　昭和五〇年一月
鹿児島県霧島市牧園町高千穂霧島高原保養センター裏広場

隼人塚夕立はやく御空より
馳せくだる日に見るべきものぞ
歌碑
鹿児島県霧島市隼人町見次隼人塚公園

われ乗りて西湖の船に擬するなり
それより勝る大川にして
歌碑　平成四年三月　風景画入
鹿児島県薩摩川内市神田町向田公園西角

月光に比すべき川の流るるや
薩摩の国の川内郷に
歌碑　平成二年一月
鹿児島県薩摩川内市西開聞町開戸橋西左岸一〇〇m西

轟の瀬は川の火ぞ少年は
つぶてとなりて淼に遊ぶ
歌碑　昭和四一年三月　二首刻
鹿児島県薩摩郡さつま町虎居轟の瀬公園（右岸側）

疎らにも螢の出でて飛びかへり
串木野村の金山のもと
歌碑　平成二年一一月　二首刻
鹿児島県いちき串木野市下名薩摩山下バス停前

やみの中にともしびゆれて祭りあり
金山峠の夜の道かな
歌碑　昭和五九年七月
鹿児島県いちき串木野市下名金山山之上神社

片はしを迫平に置きて大海の
開聞が岳立てるなりけり
鹿児島県南九州市頴娃町背平公園
歌碑　昭和六二年五月　二首刻

しら波の下に熱砂の隠さるる
不思議に逢へり指宿に来て
鹿児島県指宿市湯の浜摺が浜砂むし会館裏防波堤壁面
歌碑

《参考文献》
◎『与謝野晶子歌碑めぐり　新訂版』
堺市編　二瓶社（大阪）　2007・5

与謝野寛（よさの・ひろし）

詩人・歌人
（明治六年二月二六日～昭和一〇年三月二六日）
出身地　京都府岡崎村

鉄幹と号す。幼少時、西本願寺派の僧であった父礼厳や兄から古典文学を学ぶ。明治22年得度し、徳山女学校の教師になる。25年上京して落合直文に師事し、26年浅香社を結成。27年「亡国の音」によって伝統和歌を否定して新派和歌を提唱。28年政治的夢想を抱いて渡韓する。29年詩歌集「東西南北」、30年「天地玄黄」を刊行。32年東京新詩社を結成し、33年「明星」を創刊、同誌主筆として詩歌による浪漫主義運動展開の中心となる。34年「鉄幹子」「紫」を刊行、同年鳳晶子と結婚。鉄幹の門から晶子をはじめ、窪田空穂、吉井勇、啄木、白秋など多くの俊英を輩出した。43年歌集「相聞」を刊行し、44年からパリに長期滞在する。大正8年から昭和7年まで慶大教授、また大正10年から昭和5年まで晶子と共に文化学院の教壇にたつ。

＊　＊　＊

船着けば向洞爺の桟橋に
並木を出でて待てるさとびと
北海道虻田郡洞爺湖町洞爺向洞爺中央桟橋横
歌碑　昭和五三年六月

有珠の峰礼文の磯の大岩の
ならぶ中にも我を見送る
北海道虻田郡豊浦町字礼文華文学碑公園（礼文華美の岬）
歌碑　昭和六二年七月

○濱菊を郁雨が引きて根に添ふる
立待岬の岩かげの土
北海道函館市住吉町函館山立待岬
歌碑　昭和三二年八月

神さびてあおげば高き住吉の
松のむかしをたれにとわまし
青森県北津軽郡板柳町多目的ホール「あぷる」前
歌碑　平成三年九月　二首刻

古びたる国禁の書にはさまれて
日付のあらぬ啄木の文
岩手県盛岡市玉山区渋民石川啄木記念館庭
歌碑　平成二年一一月

山あまたまろき緑を重ねたる
なかに音しぬ台川の水
岩手県花巻市湯本花巻温泉散策路入口
歌碑

石風呂の石も泉も青き夜に
人とゆあみぬ初秋の月
宮城県柴田郡川崎町青根温泉湯元不忘閣別館庭
歌碑　昭和三五年九月

今日遊ぶ高き渓間の路尽きず
山のあらはる空のあらはる
栃木県那須塩原市塩原古町塩原温泉ニューますや前
歌碑　昭和六〇年春　二首刻

その奥に谷川岳の雪ひかり
　半ば若葉に隠れたる橋
　群馬県利根郡みなかみ町水上温泉郷湯檜曽地区湯檜曽駅前バス停横
　歌碑

霧ふかし路は空にも入りたりや
　一音の雷子の国に鳴る
　群馬県利根郡みなかみ町猿ヶ京温泉猿ヶ京ホテル
　歌碑

さわやかに黒きはだかのわがかげを
　まひるの土にうつす天つ日
　千葉県山武市蓮沼九十九里浜海岸「蓮沼シーサイドイン小川荘」庭
　歌碑

○知りがたき事もおほかた知りつくし
　何を見る大空を見る（寛）
　東京都府中市多磨町多磨霊園一一－一－一〇
　歌碑　昭和一一年三月　墓所石棺の蓋石並び墓前に刻四基あり

すがすがし関所の跡の松風に
　とこしへ聞くは大人たちのこゑ
　東京都八王子市裏高尾町高尾山の東麓小仏関所跡
　歌碑　昭和五年五月　「先賢彰徳碑」陰刻

黒船を怖れし世などなきごとし
　浦賀に見るはすべて黒船
　神奈川県横須賀市浦賀愛宕山公園
　歌碑　昭和五九年一一月　二首併刻

○光りつつ沖を行くなりいかばかり
　たのしきゆめを載する白帆ぞ
　神奈川県足柄下郡湯河原町吉浜有賀別邸跡
　歌碑　昭和一八年三月　二首刻

波寄せて海府の海のふくらめは
　岩踊るあり歌へるものもあり
　新潟県佐渡市相川町岩谷口押出岬
　歌碑

今もこそ歌の帝のいきどほり
　佐渡の島根の波と荒るるか
　新潟県佐渡市金井町文学公園（黒木御所跡）
　歌碑

真野の浦御船の着きし世のごとく
　なほ悲しめり涙白くして
　新潟県佐渡市真野町文学散歩道
　歌碑

落つる日を抱ける雲あり越の国
　大河を前にしぐれんとする
　新潟県長岡市山田長生橋東詰ポケットパーク
　歌碑　平成二年一〇月　二首刻

侘びざらん黒部の渓の秋の雨
　もみぢも我も岩も濡るれば
　富山県黒部市宇奈月町温泉宇奈月公園
　歌碑　平成三年一一月　二首刻

○高岡の街の金工たのしめり
　詩のごとくにも鑿の音を立つ
　富山県高岡市古城古城公園本丸高台広場
　歌碑　昭和三七年一〇月　二首刻

吉野屋の裏の竹よしちる雫
　この雨朝は雪となれかし
　石川県加賀市山代温泉万松園通二－一吉野屋入口
　歌碑　平成一四年九月移設

○朝の富士晴れて雲無し何者か
　大いなる手に掃へるごとし
　福井県越前市東千福町ふるさと散歩道
　歌碑　昭和六三年一一月　二首刻

友の汽車われらの汽車と窓ならび
暮れたる山に云う別れかな（寛）
山梨県山梨市ＪＲ山梨駅前広場
歌碑　二首刻

○一むらのしこ鳥のごとわかき人
明星の湯にあそぶ初秋
長野県北佐久郡軽井沢町星野温泉明星池畔
歌碑　昭和四六年　両面刻

ここに見る多賀の海原ひろければ
こころ直ちに大空に入る
静岡県熱海市下多賀多賀中学校
歌碑　二首刻

○初夏の天城おろしに雲吹かれ
みだれて影す伊豆の湖
静岡県伊東市吉田一碧湖畔芝生広場
歌碑　昭和五一年一一月　二首刻

島の洞御堂に似たり舟にして
友の法師よ参れ心経
静岡県賀茂郡西伊豆町堂ヶ島海岸遊歩道（観光船発着場横）
歌碑　昭和五一年四月　二首刻

てん草の臙脂の色を沙に干し
前にひろがるしら浜の浪
静岡県下田市白浜白浜海岸尾の浦見晴台
歌碑　平成四年四月　二首刻

船を捨て異国の磯のここちして
大樹の柏の蔭を踏むかな
静岡県沼津市西浦江梨大瀬崎大瀬神社
歌碑　平成五年二月

しらひげの神のみまへにわくいづみ
これをむすべば人の清まる
滋賀県高島市鵜川白鬚神社
歌碑　大正七年一二月　与謝野寛書

○み柱にわが師のみ名の残るにも
ぬかづき申す岩瀧の宮
京都府与謝郡与謝野町男山男山八幡神社
歌碑　昭和三五年四月　三首刻

○たのしみは大内峠にきはまりぬ
まろき入江とひとすぢの松
京都府与謝郡与謝野町弓木大内峠一字観公園妙見堂横
歌碑　昭和五年五月　両面刻

飛ぶ雲に秋の日ひかりそのもとに
大江の山のもれるうすべに
京都府与謝郡与謝野町金屋町道滝～櫻内沿い
歌碑

遠く来て我が行く今日の喜びもともに
音を立つ琴引の浜
京都府京丹後市網野町掛津琴引浜
歌碑　平成三年六月　二首刻

かはらけを山に投ぐるもつぎつぎに
遠くいたるは己が飛ぶに似る
京都府京都市右京区嵯峨清滝町京都民芸館横
歌碑　昭和五八年六月　現在不明

南座の繪看板をば舞姫と
日暮れて見るも京のならはし
京都府京都市東山区常磐町四条川端上ル（南座から一〇〇ｍ上ル）
歌碑　平成二年五月　二首刻

○遮那王が背くらべ石を山に見て
わがこころなほ明日を待つかな
京都府京都市左京区鞍馬本町鞍馬寺
歌碑　昭和一三年五月

ひと夜のみねて城の崎の湯の香にも
清くほのかに染むこゝろかな
兵庫県豊岡市城崎町城崎温泉一の湯脇
歌碑　昭和五七年　二首刻

○羨まし香住の寺の筆のあと
作者みづからたのしめるかな（寛）
兵庫県美方郡香美町森大乗寺
歌碑　昭和三八年四月　三首刻

○まごころの光れる歌をなほよめば
伝へて久しわかき純孝
兵庫県美方郡新温泉町諸寄諸寄集落センター前庭
歌碑　昭和一九年五月　二首刻

つねはやすものならなくにみつゝ、と
みどりかゞやく八つ手のわかば
兵庫県洲本市宇原第二文学の森
歌碑

○時雨
時雨ふる日はおもひいづ
当麻の里の
染寺に
ひともと枯れし柳の木
京の禁裡の広前に
ぬれて踏みける銀杏の葉
（「時雨」より）
奈良県葛城市染野石光寺
詩碑　昭和四九年

○み吉野の竹林院の静かなり
花なき後もここに在らばや
奈良県吉野郡吉野町吉野山竹林院
歌碑　昭和五一年春　二首刻

高くたち秋の熊野の海を見て
誰ぞ涙すや城のゆふべに
和歌山県新宮市丹鶴丹鶴城跡
歌碑　昭和六一年七月

○三朝湯のゆたかなるかなこころさへ
この新しく湧くよ学ばん
鳥取県東伯郡三朝町三朝温泉三朝川左岸沿い遊歩道かじか橋畔
歌碑　昭和五六年三月　二首刻

○地蔵崎わが乗る船も大山も
沖の御前も紺青のうへ
島根県松江市美保関町美保関美保関灯台前
歌碑

おのづから山のあるじのこゝろなり
清き岩間に鳴れる水おと
島根県仁多郡奥出雲町雨川絲原記念館庭
歌碑　平成一年五月　二首刻

○おのづから不思議を満たす
百の房ならびて広き山の洞かな
岡山県新見市豊永満奇洞入口
歌碑

松山の渓を埋むるあさ霧に
わが立つ城の四方しろくなる
岡山県高梁市内山下臥牛山備中松山城跡
歌碑

彼のあたり二十の前の我を知る
蛇島仙しま黒髪の島
山口県周南市蛇島太華山九合目登山自動車沿い
歌碑　昭和四五年一二月　佐藤春夫書

善通寺秋の夕にわがたつも
大師若くてふみませる土

香川県善通寺市善通寺遍照閣前
歌碑

燧灘はるかに秋の沖はれて
　水脈わかれたり紺青と白
愛媛県四国中央市川之江町亀島川之江八幡神社
歌碑　昭和五三年五月　二首刻

空を見て峠を行けばおもふかな
　金生川もその空に鳴る
愛媛県四国中央市川之江町馬場八将神社参道
歌碑　平成二年六月　二首刻

ここにして窓に入る山みな青し
　まして風吹く燧灘より
愛媛県四国中央市川之江町県立川之江高校々庭
歌碑

思へども肥前の小城はなほ遠し
　門司の港のかかり船より
佐賀県小城市小城町JR小城駅前
歌碑　平成一六年一一月　表裏三首刻

ランプの明り、カンテラの
灯かげ煙れる
せりうりの
夜店の中に、一段と
声はりあぐる瀬戸物屋。…（略）
（「夜店」より）
長崎県佐世保市下京町夜店跡公園（児童公園）
詩碑

霧の色ひときは黒しかの空に
　ありて煙るか阿蘇の頂
熊本県阿蘇市内牧温泉「蘇山郷」中庭
歌碑　昭和三五年九月

天草の島のあひだの夕焼に
　舟もその身も染みて人釣る
熊本県上天草市松島町天草パールセンター前（天草四号橋脇）
歌碑　二首刻

天草の十三仏のやまに見る
　海の入日とむらさきの波
熊本県天草市天草町高浜十三仏崎公園
歌碑　昭和五〇年五月　二首刻

大いなる師にちかづくと似たるかな
　久住の山に引かかる心
大分県玖珠郡九重町やまなみハイウェー沿いレストラン「スカイランド」横
歌碑　昭和四五年五月　二首刻

大いなる師にちかづくと似たるかな
　久住の山に引かかる心
大分県竹田市久住町南登山口ドライブイン「星ふる館」
歌碑　昭和六三年三月

○芹川の湯の宿に来て灯のもとに
　秋を覚ゆる山の夕立
大分県竹田市直入町長湯温泉大丸旅館前
歌碑

芹川の湯の宿に来て灯のもとに
　秋を覚ゆる山の夕立
大分県竹田市直入町長湯温泉権現山公園
歌碑　昭和五三年

きりしまのしらとりの山青空を
　木間に置きてしずくするかな
宮崎県えびの市末永霧島屋久国立公園内市営白鳥温泉
歌碑

老の身の相見てうしをさなくて
　加治木の寺にうゑしたぶの木（寛）

わが父の名を知る人に逢ふことは
　兄弟のごとなつかしきかな（鉄幹）
わが父が加治木に住みし六十ぢにも
　年ちかづきて加治木には来ぬ（鉄幹）
をさなくて紙鉄砲をつくりたる
　金竹いまは杖にきらまし（鉄幹）
見上げつつ夢かとぞ思ふをさなくて
　加治木の寺に植ゑしたぶの木（鉄幹）
加治木へは来るにあらず帰るなり
　父と住みける思出のため（鉄幹）
わが手もて植ゑし二尺のたぶの木も
　年経て訪へば三丈の幹（鉄幹）

鹿児島県姶良郡加治木町朝日性応寺
歌碑　昭和五七年四月　正面に寛・晶子各一首刻、左側面に寛六首刻、裏面に晶子一首刻

可愛の山の樟の大樹の幹半ば
　うつろとなれど広き蔭かな

鹿児島県薩摩川内市神田町向田公園内東南側
歌碑　平成四年三月　風景画入

ほのぼのと川内川の夕映えの
　ばら色をしてめぐりたる船

鹿児島県薩摩川内市西開聞町開戸橋西左岸一〇〇m西
歌碑　平成二年二月

さかしまに落ちつと見ればほがらかに
　轟きの早瀬わが船すべる

鹿児島県薩摩郡さつま町虎居轟の瀬公園（右岸側）
歌碑　昭和四一年三月　二首刻

串木野はなつかし此処に生まれたる
　斎の歌を口ずさみ行く

鹿児島県いちき串木野市下名薩摩山下バス停前
歌碑　平成二年一二月　二首刻

迫平まで我れを追い来て松かげに
　瓜を裂くなり頴娃の村をさ

鹿児島県南九州市頴娃町背平公園
歌碑　昭和六二年五月　二首刻

砂風呂に潮さしくればかりそめの
　葭簀のやねも青海に立つ

鹿児島県指宿市湯の浜摺が浜砂むし会館裏防波堤壁面
歌碑

吉井勇（よしい・いさむ）

歌人・劇作家・小説家
（明治一九年一〇月八日～昭和三五年一一月一九日）
出身地　東京市芝区高輪南町（東京都港区）

父は海軍軍人の吉井幸蔵、祖父は維新の元勲として知られる吉井友実で、伯爵家の二男として生まれる。大学を中退して明治38年新詩社に入り、「明星」に短歌を発表したがのち脱退、耽美派の拠点となったパンの会を北原白秋らと結成。また42年には石川啄木らと「スバル」を創刊したあと、第一歌集「酒ほがひ」、戯曲集「午後三時」を出版、明治末年にはスバル派詩人、劇作家として知られる。大正初期には「昨日まで」「祇園歌集」などの歌集を次々と出し、「いのち短し恋せよ少女」の詞で知られる「ゴンドラの唄」の作詞なども手がけた。その後も短編・長編小説、随筆から「伊勢物語」等の現代語訳など多方面にわたる活動を続けた。昭和30年古希を祝って京都・白川のほとりに歌碑が建てられ、没後は〝かにかくに祭〟が営まれる。平成15年一時居住した高知県香北町に香北町立吉井勇記念館が開館した。

＊　＊　＊

家ごとにリラの花咲き札幌の
　人は楽しく生きてあるらし

北海道札幌市中央区大通西四丁目
歌碑　昭和五六年五月

○あなをかし旅にて得たる寂しさも
　遊びのはての寂しさに似る
　群馬県利根郡みなかみ町水上大橋詰
　歌碑　昭和四八年三月

○こころなき旅人われも真野に来て
　佐渡のみかどの御硯に泣く
　新潟県佐渡市真野町真野公園
　歌碑　昭和三六年一〇月

○山の夜をわれに食ますと新潟の
　鯵のから鮨友はもて来ぬ
　新潟県新発田市天王市島氏邸
　歌碑　昭和四五年三月

○雪降らばゆかむと君にちかひたる
　その新潟に雪降るといふ
　新潟県新潟市中央区川端町五「生粋」別館
　歌碑

○君のする古陶かたり聴きてゐぬ
　越の旅籠に春を待ちつゝ
　富山県富山市八尾町三番城山婦南鎮霊神社裏
　歌碑　昭和四三年六月

吾もいつか越びとさびぬ雪の夜を
　八尾の衆と炉端酒酌む

この町のとりわけひとり善人の
　秋路笛吹く月夜あかりに

山の町秋さびし町屋根の上に
　石のある町八尾よく見む
　富山県富山市八尾町上新町八尾公民館前
　歌碑　昭和六三年三月　三首刻

旅籠屋の古着板に吹雪して
　飛騨街道をゆく人もなし
　富山県富山市八尾町西町宮田旅館前
　歌碑　昭和六二年八月

古寺に大曼陀羅を見にゆきし
　おもひでひとつ残し秋来ぬ
　富山県富山市八尾町宮腰本法寺
　歌碑　平成七年一一月

日野嶽の雲を詠みたる紫女の歌
　ながく残らむことをこそ祈れ
　福井県越前市府中一丁目紫式部公園
　歌碑　昭和三三年一一月

あめつちの大きこころにしたしむと
　駿河の山の湯どころに来し
　静岡県静岡市葵区梅ヶ島温泉梅薫楼
　歌碑　昭和一四年

雷すでに起らずなりぬ秋ふかく
　大比叡の山しづまりたまへ
　滋賀県大津市坂本比叡山東塔阿弥陀堂
　歌碑　昭和三六年一一月

うつしよの夢をうつゝに見せしめぬ
　琵琶湖のうへにうかぶ美の城
　滋賀県大津市打出浜琵琶湖文化会館
　歌碑　昭和三六年三月

○綾部川の水のひびきの中に聴く
　人の心の高きしらべを
　京都府綾部市味方町紫水ヶ丘公園
　歌碑　昭和二六年一〇月

○うつくしき綾部の空を見つゝ思ふ
　いまも飛べるや金色の鵄
　京都府綾部市味方町紫水ヶ丘公園
　歌碑

いまもなほなつかしとおもふ夕霧の
墓にまうでしかへり路の雨
京都府京都市右京区嵯峨釈迦堂藤ノ木町釈迦堂
歌碑　昭和三五年一一月

年一つ加ふることもたのしみと
して静かなる老に入らまし
京都府京都市右京区嵯峨大沢町大覚寺小苑
歌碑

渓仙の墓をもとめて言葉なく
われらのぼりゆく落葉のみちを
京都府京都市右京区嵯峨二尊院門前長神町二尊院附堂前
歌碑　昭和六三年一一月　三首刻

○かにかくに祇園はこひし寐るときも
枕の下を水のながるゝ
京都府京都市東山区祇園町白川畔
歌碑　昭和三一年一一月

○かく大き愛のすがたはいまだ見ず
この群像に涙しながる
京都府京都市東山区林下町知恩院
歌碑　昭和三五年九月　師弟愛の像台座刻

○年ひとつ加ふることもたのしみと
してしづかなる老に入らまし
京都府京都市北区上賀茂上賀茂神社（年輪いこいの家）
歌碑　昭和三六年八月

○珈琲の香にむせびたるゆふべより
夢見るひと丶なりにけらしな
京都府京都市中京区西木屋町四条上ルソワレ茶房玄関
歌碑　昭和四二年三月　壁面刻

宝暦のむかしの夢は見は見つれ
夜半の投節聴くよしもなし

京都府京都市下京区西新屋敷老人介護センター外壁
文学碑　平成一三年一一月

そのむかし臙肥をぬりしくちびるに
筆をふくみて書く文ぞこれ
京都府京都市山科区勧修寺下ノ茶町勧修寺内仏光寺
歌碑

○昭乗といへる隠者の住みし盧
近くにあるをうれしみて寝る
京都府八幡市八幡女郎花松花堂庭
歌碑　昭和六〇年一〇月

ここに住みしかたみにせよと地蔵仏
われに呉れたり洛南の友
京都府八幡市八幡月夜田宝青庵
歌碑　昭和六二年五月

曼陀羅湯の名さえかしこしありがたき
佛の慈悲に浴むとおもへば
兵庫県豊岡市城崎町城崎温泉まんだら湯
歌碑

城の崎の湯に浴むときはうつし世の
愁ひかなしみすべてわするゝ
兵庫県豊岡市城崎町城崎温泉ゆとうや浴場廊下壁
歌碑　壁面に銅板をはめ込み

○ほのかなる人のなさけに似るものか
龍野醤油のうす口の味
兵庫県たつの市龍野町富永ヒガシマル第一工場噴水の畔
歌碑　昭和四九年春

○みほとけの次ぎには壷をよろこべる
わが海雲は壷法師かも
奈良県奈良市雑司町東大寺観音院
歌碑　昭和六一年一月

○奈良にきてものを思へばしめやかに
今もなほ吹く天平の風
歌碑
奈良県奈良市川上町ホテル大和山荘

○すめらぎとともに聴けはの清六の
ちからこめたる挨おともよし
歌碑　昭和二六年六月
和歌山県伊都郡高野町高野山奥の院参道鶴澤清六墓所

いにしへの海賊島の夜の灯を
遠く眺めてなつかしみ居り
歌碑　昭和五四年三月
広島県尾道市向島町高見山瀬戸のうたみち

船工場ある島なれば夕潮に
異国の船も船がかりせり
歌碑　昭和五六年四月
広島県尾道市因島公園文学の遊歩道

島々の灯ともし頃をゆるやかに
生名渡しの船は出づらし
歌碑　昭和五九年九月
広島県尾道市因島土生港港湾ビル前

白滝の山に登れば眼広し
島あれば海海あれば島
歌碑
広島県尾道市白滝山中腹

千光寺の御堂へのぼる石段は
わが旅よりも長かりしかな
歌碑　昭和四〇年
広島県尾道市東土堂町千光寺文学のこみち

○この鐘のおとに平和のひゞきあり
はるはる遠く海をわたらむ
梵鐘　昭和三一年春　梵鐘二句刻
山口県岩国市藤生松巌院

周防の国の朝ぼらけ
くれなゐの空仰ぎつつ
日本の美のみなもとを
いざや究めむもろともに
高森高校栄えあれ
（「高森高等学校の歌」）
校歌碑　昭和四九年三月
山口県岩国市周東町高森県立高森高校

うつくしき螢の群のかゞやきを
このうつし世の光ともかな
歌碑　昭和三〇年六月
山口県山口市湯田湯田大橋近く

○萩に来てふとおもへらくいまの世を
救はむと起つ松陰は誰
歌碑　昭和四一年五月
山口県萩市椎原小高い丘

○春ふかき落花の塵を踏みながら
諏訪山みちをのぼり来しかな
歌碑　昭和五五年一一月
徳島県三好市池田町ウエノ諏訪公園

まるきんといへる名はよし濃むらさき
醤油の王者これとたたへむ
歌碑
香川県小豆郡小豆島町マルキン記念館前

○この鐘のひびかふところ大いなる
やはらぎの世の礎となれ
歌碑　昭和二四年秋　梵鐘刻
香川県高松市仏生山町法然寺

人麿の歌かしこしとおもひつつ
海のかなたの沙弥島を見る
香川県丸亀市一番丁丸亀城内三の丸城壁下
歌碑　昭和二四年秋

水ならで慈悲のこころをたたえたり
大師の池はありがたきかな
香川県仲多度郡まんのう町満濃池北東台地
歌碑　昭和五九年一〇月

金刀比羅の宮はかしこし船ひとか
流し初穂をさゝくるもうへ
香川県仲多度郡琴平町金刀比羅宮宝物館横
歌碑　昭和四三年五月

西山の御寺の秋の深うして
弘安の鐘のおとのさやけさ
愛媛県西条市丹原町古田興隆寺
歌碑　昭和四一年一一月

大君の櫻咲きけりかしこみて
千疋峠の花ををろかむ
愛媛県今治市玉川町千疋峠
歌碑

ますらをのおこころもちて能島なる
荒神の瀬戸の潮鳴を聴く
愛媛県今治市宮窪町宮窪宮窪町役場
歌碑　昭和四一年四月

人麿がむかしいゆきし海をゆき
うまし伯方の島山を見む
愛媛県今治市伯方町有津矢崎矢崎海岸
歌碑　昭和四〇年一一月

義経の鎧まばゆし緋威の真紅の
糸もいまか燃ゆがに
愛媛県今治市大三島町宮浦大山祇神社宝物館前
歌碑　昭和六〇年六月

伊豫一の宮ある島の大鳥居
海にうつりていや白く見ゆ
愛媛県今治市大三島町宮浦大三島町役場前
歌碑　昭和五八年一月

しつくと春弓削島にわれは来ぬ
遠くはるけきことを思ひつつ
見はるかす瀬戸の内海しらじらと
日は照りわたり春立ちにけり
愛媛県越智郡上島町下弓削中崎公園頂上ロッジ上
歌碑　昭和六〇年三月　二首刻

牧水がむかしの酒のにほひして
岩城の夜は寂しかりけり
愛媛県越智郡上島町岩城本陣岩城郷土館
歌碑　昭和五七年四月　三首刻

腰折の小燕子花はいちらしや
いとしき人のなさけにも似て
愛媛県松山市下難波鎌大師
歌碑

岩ありて天つ日ありて海ありて
伊豫の二見はかしこかりけり
愛媛県松山市鹿島周遊路
歌碑

大伊豫の友國の湯にひたりつつ
ほのほのとしてものをこそおもへ
愛媛県松山市福角町ホテル清泉前
歌碑

伊豫の海のゆたのたゆたにたたよひて
われやこよひを大浦に来ぬ

愛媛県松山市中島大浦八幡神社
歌碑

かにかくに祇園は恋し寝るときも
　枕の下に水の流るる
愛媛県上浮穴郡久万高原町西明神和田氏邸
歌碑

面河なる五色河原の朝霧に
　われ立ち濡れてものをこそ思へ
愛媛県上浮穴郡久万高原町関門関門ホテル庭
歌碑

春の日を八景山にのぼり来て
　松かせ聴けばしづこころなし
愛媛県伊予市双海町八景山
歌碑　昭和六〇年六月

陶ものに旅の歌なと書きつくる
　砥部風流もおもしろきかな
愛媛県伊予郡砥部町大南陶芸創作館
歌碑

空海をたのみまゐらすこゝろもて
　はるばる土佐の国へ来にけり
高知県室戸市室戸岬町山頂最御崎寺
歌碑　昭和六一年秋

○絶え間なく石したゝりてあるほどに
　百千劫はいつか経にけむ
高知県香美市土佐山田町龍河洞出口
歌碑　昭和三二年一〇月

○寂しければ御在所山の山櫻
　咲く日もいとゞ待たれぬるかな
高知県香美市香北町猪野々猪野沢温泉
歌碑　昭和三一年五月

○つるぎ太刀土佐にきたりぬふるさとを
　はじめてこゝに見たるこゝちに
高知県高知市筆山山頂広場
歌碑　昭和三一年四月

○打たるるもよしや玉手に抱かるる
　君が鼓とならましものを
高知県高知市上町四丁目高知整形外科（伊野部淳吉氏邸）
歌碑　昭和四七年　両面刻

○瀧嵐子つと入りきたりものをいふ
　その門口のうつ木おもほゆ

友いまだ生きてかあらむここちして
　土佐路恋しくわれは来にけり
高知県高知市上町伊野部昌一氏邸
歌碑　昭和三四年六月

○大土佐の海を見むとてうつらうつら
　桂の濱にわれは来にけり
高知県高知市桂浜龍頭岬
歌碑　昭和三二年秋

○沖の島なつかしければ荒海も
　ものかはと越す旅人われは
高知県宿毛市沖の島母島港南岸
歌碑　昭和五七年三月

土佐ぶみにまづしるすらくこの日
　うれしきかもよ叶崎見つ
高知県土佐清水市足摺岬大津叶崎
歌碑　平成三年一月

風師山のぼりて空を仰ぐとき
　雲と遊ばむこころ起りぬ
福岡県北九州市門司区小森江風師山岩頭
歌碑　昭和五七年三月

寂しければ酒ほがいせむ今宵かも
　彦山天狗あらわれて来よ
福岡県田川郡添田町英彦山国民宿舎「ひこさん」内
歌碑　食堂の壁面刻

○旅籠屋の名を川丈といひしこと
ふとおもひ出てむかし恋しむ
　「五足の靴」文学碑
新詩社の与謝野鉄幹を初め北原白秋・木下杢太郎・吉井勇・平野万里の九州路の旅は、紀行文「五足の靴」に綴られている。その第一夜を博多のこの旅館で過ごしたのは明治四十年七月二十一日。わが文壇に南蛮文学の花が繚乱と開いたのはそれからである。
福岡県福岡市博多区中洲四―六川丈旅館前（那珂川畔）
文学碑　昭和四一年七月　「五足の靴」碑刻

かにかくに祇園はこひし寝るときも
枕のしたを水のながるる
福岡県福岡市城南区片江町東油山文学碑公園
歌碑

太宰府のお石の茶屋に餅食へば
旅の愁ひもいつか忘れむ
福岡県太宰府市宰府四丁目太宰府天満宮（お石茶屋前）
歌碑　昭和四二年一〇月

○風なきに呼子の瀬戸は渦潮の
とどろと鳴りやまずけり
佐賀県唐津市呼子町尾上公園
歌碑　昭和三四年四月

○山きよく海美しとたたへつつ
　たび人われや平戸よく見む
長崎県平戸市河内峠
歌碑　昭和三二年七月

水きよき本明川の螢にも
小さきいのちのありていとしも
長崎県諫早市西小路町諫早公園
歌碑　昭和二九年五月

○雲泉の湯守の宿に一夜寝て
歌などおもふ旅つかれかも
長崎県雲仙市小浜町雲仙湯本旅館
歌碑　昭和三〇年七月

うつし世にやはらぎあれと今日もまた
行仙嶽を見つつ祈らむ
長崎県長崎市東長崎町古賀井上氏邸
歌碑　昭和三一年五月

黒籠という名を刻ませて
父をこそ思へ母こそ思へ
長崎県長崎市引地町
歌碑

長崎の鴬は鳴くいまもなほ
じやがたら文のお春あはれと
長崎県長崎市上筑後町聖福寺
歌碑　昭和二〇年五月　じやがたらお春の碑

とこしへに水きよかれと祈らまし
蓬莱の池を見はるかしつつ
長崎県長崎市浦上水源池畔
歌碑　昭和二九年夏

○おほらかに稲佐か岳ゆ見はるかす
海もはろばろ山もはろばろ
長崎県長崎市稲佐岳頂上
歌碑　昭和三四年一二月

○大阿蘇の山の煙はおもしろし
　空にのぼりて夏雲となる
熊本県阿蘇市大観峯波多辺高原

歌碑　昭和三五年一一月

○白秋とも泊りし天草の
大江の宿は伴天連の宿

熊本県天草市天草町大江天主堂内
歌碑　昭和二七年五月　「五足の靴文学記念碑」刻

《参考文献》

◎『吉井勇のうた（現代教養文庫）』
吉井勇著・臼井喜之介編　社会思想研究会出版部　1961

吉川英治（よしかわ・えいじ）

小説家
（明治二五年八月一一日～昭和三七年九月七日）
出身地　神奈川県久良岐郡中村根岸（横浜市）

本名は英次（えいじ）。高等小学校時代、家業が倒産したので中退し、船員工など様々な職業に従事する。その間、大正3年に「講談倶楽部」の懸賞小説で「江の島物語」が一等に当選したほか「面白倶楽部」「少年倶楽部」でも当選する。大正10年から12年まで東京毎夕新聞社に勤務し、「親鸞記」などを執筆、以後文筆生活に入る。14年から15年にかけて「剣難女難」「神州天馬侠」「鳴門秘帖」などを発表し、壮大な虚構の世界を構築した。以後、「親鸞」「宮本武蔵」「新・平家物語」「私本太平記」など多くの作品を発表し、昭和28年「新・平家物語」で菊池寛賞を、30年「忘れ残りの記」で文芸春秋読者賞を受賞したほか、30年に朝日文化賞を、35年文化勲章を、37年毎日芸術大賞を受賞した。

＊　＊　＊

○ぬる川や湯やら霧やら月見草

唯見る、その辺の一帯、枝と枝を絡み合せを濃緑の木立が繋って、層なした奇岩の…（略）

（『随筆窓辺雑筆』の「ぬる川の宿」より）

青森県平川市平賀町湯川温泉湯川山荘
句碑　詞碑　昭和四〇年五月

萱崖は母のむねにも似たるかな
たかきをわすれたゞぬくもれり

千葉県佐倉市飯野町印旛沼鹿島川畔
歌碑

架橋記念碑

東京都青梅市駒木野万年橋畔
詞碑　尾上八郎書

濁世にやおん汗ばみの盧遮那佛

東京都青梅市柚木玉堂美術館
川柳碑

「忘れ残り」の碑

神奈川県横浜市南区唐沢横浜植木旧本館跡
詞碑　出生地

○我以外皆我師

新潟県佐渡市羽茂町羽茂高校前庭
詞碑　昭和四一年一〇月

○佐屋川の土手もみぢかし月こよひ

愛知県海部郡蟹江町蟹江新田鹿島佐屋川畔
句碑　昭和三九年一〇月

治部どのも今日瞑すらむ蝉しぐれ

滋賀県長浜市石田町石田三成出生地
句碑　昭和五九年一一月

○浴衣着てごん太に似たる男かな

奈良県吉野郡下市町本町旅館「弥助」庭内
句碑　昭和五九年二月

島第一の高峰、大満寺山を夕空に見つつ…（略）…船は八尾川の西へ着く。古い国府の跡である。

（「私本太平記」より）

島根県隠岐郡隠岐の島町池田隠岐国分寺
文学碑　平成三年四月

海づらよりすこし入りたる国分寺という寺をよろしき様に…（略）
（「増鏡」の一節より）
島根県隠岐郡隠岐の島町池田隠岐国分寺
文学碑　平成三年四月　略縁記碑刻

○君よ今昔の感如何
広島県呉市警固屋通一一丁目音戸瀬公園
詞碑　昭和三八年五月

鳴門秘帖
徳島県鳴門市鳴門町土佐泊浦鳴門公園御茶園
詞碑　昭和五三年一一月　杉本健吉書

日向椎葉湖
宮崎県東臼杵郡椎葉村大字下福良字持田ダムサイト
詞碑　昭和三七年春

「ひえつき節」より
宮崎県東臼杵郡椎葉村字上椎葉鶴富屋敷跡
民謡碑　昭和三七年春

吉野秀雄（よしの・ひでお）

歌人
（明治三五年七月三日～昭和四二年七月一三日）
出身地　群馬県高崎市

大正13年肺患のため慶大を退学、以後終生療養独修。歌は正岡子規「竹乃里歌」によって触発され、秋艸道人（会津八一）に学ぶ。良寛を敬愛、「良寛和尚の人と歌」を著し、万葉良寛調ともいうべき歌風を確立した。歌集は私家版第一歌集「天井凝視」、ほかに「苔径集」「寒蟬集」「早梅集」「吉野秀雄歌集」「含紅集」など。随筆集に「やはらかな心」「心のふるさと」などがある。

＊　＊　＊

○ふた方の浅間白根の噴きげむり
直ぐ立つかもよゆく春の空
群馬県高崎市問屋町問屋町公園
歌碑　昭和四八年一〇月

○白木蓮の花の千万青空に
白さ刻みてしづもりにけり
群馬県高崎市宮元町高崎公園
歌碑　昭和四三年七月

岩に湧く薬の水に長き夜の
暗き燈かげは射し及びたり
群馬県安中市磯部町赤城神社文学の散歩道
歌碑

製絲場の枳殻垣に添小道の
小春日にして繭のにほひす
群馬県富岡市南後箇大塩湖畔
歌碑

○甘楽野をまさに襲はむ夕立は
妙義の峯にしぶきそめたり
群馬県富岡市一峯公園
歌碑　昭和四三年一一月

○図書館の前に沈丁咲くころは
我も試験で苦しかりにき
東京都港区三田二丁目慶応義塾大図書館脇
歌碑　昭和四七年七月

死をいとひ生をもおそれ人間の
ゆれ定まらぬこゝろ知るのみ
神奈川県鎌倉市二階堂瑞泉寺
歌碑　昭和四三年七月

この島を北限とせる浜木綿の
　身を寄せ合ふがごとき茂りよ
草質といへど逞し浜おもと
　佐島の磯にいのち根づきし
神奈川県横須賀市佐島（天神島）天満宮
歌碑　平成一年一一月　二首併刻

あら海をわたる秋風大佐渡ゆ
　小佐渡にかけて空に声あり
新潟県佐渡市両津資料館
歌碑

何思ふ己れの心か荷を負ひて
　佐渡の時雨に濡れつつぞ行く
新潟県佐渡市鷲崎鶯山荘文学碑林
歌碑

○枝堀にもやふ肥舟ほと〱に
　朽ちしが上に柳散るなり
新潟県新潟市中央区一番堀通町県民会館前広場
歌碑　昭和四五年六月

慈母の乳壹百八拾石とかや
　愛しきことば世に残りけり
新潟県三条市井栗上町正楽寺
歌碑　昭和五〇年五月

掛綱の錘觸れ合ふ音すゝし
　良寛堂の裏濱来れは
新潟県三島郡出雲崎町石井町良寛堂
歌碑

○北の海冬呼ぶ風ぞ砂に這ふ
　枯莎草を根掘じむばかり
新潟県柏崎市学校町市立図書館前
歌碑　昭和四六年一〇月

○越の鄙この家に春の残りゐて
　わが背よりも高し大手毬の花
○わが伯父もわが母もこよひ佛壇より
　酒に酔ひ痴る、我を見まさむ
新潟県柏崎市野田墫氏邸庭
歌碑　昭和三五年　二首刻

○春の雪つみてはれざるこのいとま
　楪林に野鳩しば鳴く
長野県松本市寿区百瀬高野健介氏邸
歌碑　昭和五八年八月

○男の根岩女の陰石にきほへども
　道をへだて、合はなくもあはれ
岐阜県中津川市駒場桃山桃山公園
歌碑　昭和四四年

この岡の梅よはや咲け真向ひに
　神さびそそる富士の挿頭に
麓ぐも斜に曳きて富士の嶺の
　おもたく面に傾けり見ゆ
静岡県伊豆の国市富士見ランド
歌碑　昭和四二年一月　他二首刻

わが胸の底ひに汝の恃むべき
　清き泉のなしとせなくに
愛知県西尾市永楽町みどり川畔
歌碑　昭和六三年四月

○東塔に時雨の虹の裾曳けば
　ほとほとしにき旅の情は
奈良県奈良市五条町（秋篠川沿い）伊熊覚也氏邸
歌碑　昭和四九年

○あまりししなきししおきのたをやかに
　み面もみ腰もたたうつつなし

奈良県奈良市秋篠町秋篠寺
歌碑　昭和四四年

恋ひくれば袙の千鳥やさしくも
縮緬浪の上を飛び交ふ
高知県高知市長浜アコメ精華園入口
歌碑　昭和四五年

○入海をさらに細江に漕ぎ来れば
家にはの如秋の蝶舞ふ
高知県須崎市浦ノ内湾近く小高い丘
歌碑　昭和四六年八月　高知里見氏邸より移転

《参考文献》

◎**『吉野秀雄・歌碑とその周囲』**
高松秀明著　ながらみ書房　１９９５・５

若山喜志子（わかやま・きしこ）

歌人
（明治二一年五月二八日～昭和四三年八月一九日）
出身地　長野県

本名は若山喜志。若くして文学を志し、太田水穂の紹介で明治45年若山牧水と結婚。昭和3年牧水の死に会い「創作」代表となり、43年逝去するまで女流歌人の代表として活躍。歌集は「無花果」ほか計6冊あり、56年「若山喜志子全歌集」が刊行された。

＊　＊　＊

しら玉の歯にしみとほる秋の夜の
酒は静かに飲むべかりけり
岩手県北上市更木町臥牛臥牛農業担い手センター
歌碑　平成四年四月　二首刻

○のびいそぐ下萌草の浅みどり
危くぞ思ふ生ひ立つ子等を
埼玉県秩父市公民館
歌碑　昭和三二年一一月

○通り雨ふりつよみ来て端居する
ゆかたのたもとぬれにけるかな
千葉県香取郡多古町多古美術サロン市原氏邸
歌碑　昭和五七年八月　二首刻

○悲とりゐはあさこそよけれわか竹の
霧ふりこぼすかぜにふかれて
東京都立川市立川根川公園
歌碑　平成七年四月

○かへるでのわか葉にそよぐ風ありて
梅雨に入らん今日のくもり重たき
東京都福生市福生四五五松原庵・森田氏邸
歌碑　昭和三四年一一月

○うちけぶり鋸山も浮び来と
今日のみちしほふくらみ寄する
神奈川県横須賀市長沢北下浦海岸
歌碑　昭和二八年一一月　両面刻

○さがみのや八菅の宮の宮柱
古りさびぬればいよゝたふとき
神奈川県愛甲郡愛川町八菅神社
歌碑　昭和五三年三月

○今日の雪は降りつもれども明るくて
遠く小鳥のさへづるきこゆ
神奈川県相模原市城山町津久井湖畔
歌碑　昭和五三年四月

北の海若狭の浜に咲くものか
紫あはきはまごうの群落
福井県大飯郡高浜町安土山公園

歌碑　平成一二年四月

○はに鈴のほろ、こほろぎ夜もすがら
　まくらのしたのあたりにて鳴く
山梨県北杜市小淵沢町町立文化会館庭
歌碑　平成一年一一月

○故さとの信濃なるかもいまぞわが
　千曲の川の長橋わたる
長野県千曲市上山田千曲川萬葉公園
歌碑　昭和六〇年四月

○み命はいまださかりにてこの山の
　秋を惜しみつつありし人はや
長野県松本市安曇白骨温泉元湯斎藤旅館
歌碑　昭和六一年七月

○四か村せんけいまも流れてゐるづらか
　みなみ原長者屋敷は夢のまたゆめ
長野県松本市芳川村井村井公民館前
歌碑　昭和三六年四月

○ふるさとの信濃を遠み秋くさの
　りんだうの花は摘むによしなし
長野県松本市芳川村井駅前
歌碑　昭和二三年六月

山にすめば見るものおもふことみな美し
　霧の中より雪は降りつ、
長野県松本市北内田崖ノ湯
歌碑　昭和四九年一一月

鉢伏の山に朝日さしまろやかに
　降りつみし雪はよべふりしとふ
長野県松本市鉢伏山頂
歌碑　昭和四二年五月　喜志子書

○新しくいのち育むと雀らは
　ちる花びらもくひもちはこぶ
長野県塩尻市広丘吉田第二公民館庭
歌碑　昭和四五年三月

○立ち残るこの一もとの老松に
　何ぞ今年はなごりのをしき
長野県塩尻市広丘吉田太田清氏邸（喜志子生家）
歌碑　昭和六二年五月

○春鳥のいかるがの聲うらがなし
　芽ぶきけぶらふ木立の中に
長野県塩尻市広丘原新田広丘小学校校庭（歌碑公園）
歌碑　昭和五〇年六月

○去年の春共に相見て語りしを
　昨日と思ふにはや君は亡し
○老いぬれば残すいのちはいよいよに
　惜しまぬものと語り合ひしを
長野県塩尻市広丘郷原塩原常雄墓前
歌碑　昭和六三年三月

○山にすめば見るものおもふことみな美し
　霧の中より雪は降りつ、
長野県塩尻市崖の湯温泉
歌碑　昭和四九年一一月

○ふるさとの立科山の立姿
　佐久の花野に裾曳きのべて
長野県北佐久郡立科町蓼科牧場
歌碑　昭和三三年六月

○さくらはな咲く日となればうぐひすは
　啼くもなかぬもかくろひにける
長野県伊那市高遠町東高遠文学の径
歌碑　平成七年一〇月

若山牧水 （わかやま・ぼくすい）

歌人

○蛙なき夕さりくればかへらまし
かへらましといふ吾子つれてきぬ
静岡県伊豆市土肥土肥館玄関脇
歌碑　昭和四五年八月

○故里の赤石山のましろ雪
わがゐる春のうみべより見ゆ
静岡県沼津市出口町乗運寺
歌碑　昭和五五年八月

○あくがれの旅路ゆきつゝ此処にやどり
この石文のうたは残しゝ
歌碑　昭和四九年一一月　二首刻
岡山県新見市哲西町二本松峠

○うつそ身の老いのかなしさうらめしさ
ただ居つ起ちつしのぶばかりぞ

○いくつかの丸苅つつじ丸々と
霜に染まれるが笑ましきぞ君
広島県廿日市市大野大島忞氏邸
歌碑　昭和五一年一一月

窓前の瀬戸はいつしか瀬となりぬ
白き浪立ちほとゝぎす啼く
愛媛県越智郡上島町岩城本陣岩城郷土館
歌碑　昭和三八年一〇月　二首刻

○妹と背の瀧つ瀬なれや目ざましの
たきにそひたる鮎かへりの瀧
熊本県阿蘇郡南阿蘇村栃木温泉荒牧旅館
歌碑　昭和五三年四月　二首併刻

（明治一八年八月二四日～昭和三年九月一七日）

出身地　宮崎県東臼杵郡坪谷村（日向市）

本名は繁。中学時代から歌作を始め、早大高等予科入学直後、尾上柴舟門下に入門。明治41年早大卒業と同時に第一歌集「海の声」を自費出版。43年第三歌集「別離」（「海の声」と第二歌集「独り歌へる」を含む）を刊行し、歌壇に牧水・夕暮時代が出現する。同年創刊された「創作」の編集をし、第2次の大正2年より編集発行人となり、生涯雑誌となる。歌と酒と旅を愛し、9年から静岡県沼津に居住。他の歌集に「路上」「死か芸術か」「みなかみ」「くろ土」「山桜の歌」など、歌論歌話集に「牧水歌話」「短歌作法」など、紀行文・随筆集に「旅とふる郷」「みなかみ紀行」「海より山より」などがある。

＊　＊　＊

幾山河こえさり行かば寂しさの
はてなむ国ぞけふも旅ゆく
北海道中川郡幕別町国民宿舎幕別温泉ホテル前庭
歌碑　昭和五三年一〇月

地に落つる水は冬なりガラス戸に
いてあそべるは赤きあきつなり
北海道中川郡幕別町途別温泉
歌碑

秋すでに蕾をもてる辛夷の
木雪とくるころ咲くさまはいかに
霜はいま雫となりてしたたりつ
朝日さす紅葉うつくしきかな
北海道空知郡上砂川町上砂川岳国民保養センター前
歌碑　昭和五四年一一月　二首刻

幾山河こえさりゆかば寂しさの
はてなん国ぞけふも旅ゆく
北海道三笠市西桂沢地域健康増進センター
歌碑　昭和五九年一一月

老いゆきてかへらぬものを父母の

老いゆくすがた見守れや子等
北海道三笠市幌内中学校
歌碑　平成三年一〇月

○橇の鈴戸の面にきこゆ旅なれや
　津軽のくにの春のあけぼの
ひっそりと馬乗り入るる津軽野の
　五所川原町は雪小止みせり
青森県五所川原市岩木河畔八幡宮（牧水公園）
歌碑　昭和二七年一一月　上部のみ自筆　二首刻

城あとの古石垣にゐもたれて
聞くとしもなき瀬の遠音かな
岩手県盛岡市馬場町下橋中学校正門前
歌碑　平成九年五月　啄木碑の裏面刻

親竹はふし枝垂れつゝわか竹は
ますぐに立ちて雨にうたるゝ
岩手県盛岡市梨木町二―一伊藤氏邸
歌碑　昭和三八年四月　六首刻

山恋しその山すその秋の樹の
　このまを縫へる青き水はた
岩手県盛岡市浅岸綱取ダム湖畔（綱取大橋袂）
歌碑　昭和五四年一二月

しら玉の歯にしみとほる秋の夜の
酒は静かに飲むべかりけり
岩手県北上市更木町臥牛臥牛農業担い手センター
歌碑　平成四年四月　二首刻

幾山川こえさり行かば寂しさの
　はてなむ国ぞけふも旅ゆく
岩手県北上市大通一丁目JR北上駅西口広場
歌碑　平成三年四月

鶸めじろ山雀つばめなきしきり

さくらはいまだひらかざるなり
秋田県秋田市千秋公園
歌碑　平成七年一〇月

最上川岸の山群むきむきに
　雲籠るなかを濁り流るゝ
中高にうねり流るゝ出水河
　最上の空は秋くもりせり
山形県最上郡戸沢村古口滝沢屋臨江亭
歌碑　昭和五七年秋　二首刻

酒田滞在二日　八日午前四時半河口を出る渡津丸に乗って私は酒田を立った
…（中略）
天の一角には丁度いま別れて来た河口の濁りの様に円を作ってうろこ雲が白々と輝き散っている
（「北国紀行」より）
砂山の蔭に早やなりぬ何やらむ
別れの惜しき酒田の港
（「さびしき樹木」より）
山形県酒田市南新町一丁目日和山公園
文学碑　昭和六〇年

○つばくらめちゝと飛びかひ阿武隈の
　岸の桃の花いまさかりなり
福島県福島市杉妻町二―三五紅葉山公園（板倉神社前）
歌碑　昭和四一年四月

つばくらめちちと飛ひかひ阿武隈の
　きしの桃の花今さかりなり
夕日さしあふ隈川のかはなみの
　さやかにたちて花ちり流る
福島県福島市霞町一市民会館前
歌碑　昭和五三年一一月　二首刻

○時をおき老木の雫おつるごと
　静けき酒は朝にこそあれ
　歌碑　昭和二五年八月
　福島県田村郡三春町北町山田旅館庭

　窓に見るながめあらはに冬寂びて
　ただありがたき日のひかりかな（牧水）
　歌碑　四面に各人刻
　栃木県日光市吉沢高橋平三郎氏邸

○鹿のゐていまも鳴くてふ下野の
　鳴虫山の峰のまどかさ
　歌碑　昭和四八年七月
　栃木県日光市花石町花石神社

○かんがへてのみはじめたる一合の
　二合のさけの夏のゆふぐれ
　歌碑　昭和五七年三月
　栃木県宇都宮市今泉三丁目興禅寺

○まちなかの小橋のほとりひややけき
　風ながれゐてさくら散るなり
　歌碑　昭和六三年八月
　栃木県宇都宮市中央釜川御橋畔

○時しらず此処に生ひ立ち枝張れる
　老木をみればなつかしきかも
　歌碑　昭和四五年六月
　群馬県利根郡片品村東小川白根魚苑庭

○わがゆくは山の窪なるひとつ路
　冬日光りて氷りたる路
　歌碑　昭和四三年五月
　群馬県利根郡みなかみ町谷川温泉富士浅間神社境内

○大渦のうづまきあがり音もなし
　うねりなだれて岩を洗へども

　群馬県利根郡みなかみ町水上橋袂（藤屋ホテル）
　歌碑　昭和五七年一一月

　山かげは日暮はやきに学校の
　まだ終らぬか本読む声す
　歌碑　昭和五四年三月
　群馬県利根郡みなかみ町公民館永井分館

秋は河の水上といふものに不思議な愛着を感ずる癖を持つてゐる。
…（略）

（「みなかみ紀行」より）

文学碑　平成一年一〇月
群馬県利根郡みなかみ町猿ヶ京温泉猿ヶ京ホテル

ここに猿ヶ京村といふふしぎな名のある部落のあるのを見るであろう。

大正十一年十月二十二日「みなかみ紀行」より

文学碑　昭和五九年秋
群馬県利根郡みなかみ町猿ヶ京温泉

私のひとり旅はわたしにこころの旅であり、自然を見つめる一人旅でもある。

（「みなかみ紀行」より）

文学碑　平成五年一〇月
群馬県利根郡みなかみ町湯宿温泉金田屋旅館前

かみつけのとねの郡の老神の
時雨ふる朝を別れゆくなり
群馬県沼田市利根町老神温泉
歌碑

相別れわれは東に君は西に
　わかれてのちも飲まむとぞおもふ
　群馬県沼田市利根町老神温泉
　歌碑　昭和六一年七月

○相別れわれは東に君は西に

わかれてのちも飲まむとぞおもふ
群馬県沼田市白沢町栗生峠（旧道トンネル入口）
歌碑　昭和六一年一〇月

○かみつけのとねの郡の老神の
時雨ふる朝を別れゆくなり
群馬県沼田市材木町舒林寺
歌碑　昭和六一年一〇月　他一首

小学校けふは日曜にありにけり
桜のもみじただに散りゐて
群馬県吾妻郡中之条町四万湯原沢田十三公民館
歌碑　昭和五一年一〇月

人過ぐと生徒等はみな走せ寄りて
垣よりぞ見る学校の庭の
われもまたかかりき村の学校に
この子等のごと通る人見き
群馬県吾妻郡中之条町上沢渡大岩小学校分校跡
歌碑　昭和五〇年一〇月　二首刻

雑木山登りつむればうす日さし
まろきいただき黄葉照るなり
このあたり低まりつづく毛の国の
むら山のうへに浅間山見ゆ
群馬県吾妻郡高山村中山峠（権現峠）
歌碑　昭和四四年一一月　二首刻

九十九折けわしき坂を降り来れば
橋ありてかかる峡の深みに
群馬県吾妻郡六合村生須市川氏邸前
歌碑　昭和五三年一〇月

学校にもの読む声のなつかしさ
見にしみとほる山里すぎて
幾山河越え去りゆかば寂しさの
果てなむ国ぞ今日も旅ゆく
白玉の歯にしみとほる秋の夜の
酒はしずかに飲むべかりけり
群馬県吾妻郡六合村生須市川氏邸前
歌碑　平成一年一〇月

○ひと夜寝てわがたち出づる山蔭の
温泉の村に雪降りにけり
群馬県吾妻郡六合村花敷温泉川畔
歌碑　昭和五〇年一〇月

○ひと夜寝てわが立ち出づる山蔭の
温泉の村に雪降りにけり
群馬県吾妻郡六合村花敷温泉川畔旅館
歌碑　平成一二年一月

○おもはぬに村ありて名のやさしかる
小雨の里といふにぞありける
○学校にもの読める声のなつかしさ
身にしみとほる山里すぎて
群馬県吾妻郡六合村小雨第一小学校前
歌碑　昭和五〇年一〇月　二首刻

九十九折りけはしき坂を降り来れば
橋ありてかかる峡の深みに
蚕飼せし家にかあらむを壁を抜きて
学校となしつ物教へをり
群馬県吾妻郡六合村小雨
歌碑　平成一二年一〇月

夕日さす枯野が原のひとつ路
わがいそぐ路に散れる栗の実
音さやぐ落葉が下に散りてをる
この栗の実の色のよろしさ
群馬県吾妻郡六合村生須暮坂峠道暮坂牧場付近

歌碑　昭和五三年一〇月　二首刻

つづらをりはるけき山路のぼるとて
　路に見てゆくりんだうの花

くれなゐの胸毛を見せてうちつけに
　啼くきつつきの声のさびしさ

歌碑　昭和五二年一〇月　二首刻
群馬県吾妻郡六合村暮坂峠道（グランド入口）

渓川の真白川原にわれ等ゐて
　うちたたえたり山の紅葉を

群馬県吾妻郡六合村暮坂峠道
歌碑　平成五年一月

散れる葉のもみじの色はまだ褪せず
　埋めてぞをるりんどうの花を

群馬県吾妻郡六合村暮坂峠道
歌碑　平成八年一〇月

さびしさよ落葉かくれに咲きてをる
　深山りんだうの濃むらさきの花

群馬県吾妻郡六合村暮坂峠道
歌碑　平成八年一〇月

上野と越後の国のさかいなる
　峰の高きに雪ふりにける

群馬県吾妻郡六合村暮坂峠道
歌碑　平成八年一〇月

枯れし葉とおもふもみぢのふくみたる
　この紅ゐをなんと申さむ

渓川の真白川原にわれ等ゐて
　うちたたへたり山の紅葉を

群馬県吾妻郡六合村暮坂峠湯の平湯泉口
歌碑　昭和五三年一〇月　二首刻

乾きたる落葉のなかに栗の実を
湿りたる朽葉がしたに椽の実を…（略）
　　　　　　　　　　　（「枯野の旅」の詩）

群馬県吾妻郡六合村生須暮坂峠
詩碑　昭和三二年一〇月　十四行詩

湯の町の葉ざくら暗きまがり坂
　曲りくだれば渓川の見ゆ

群馬県安中市磯部町赤城神社文学の散歩道
歌碑　昭和五七年四月

芹生ふる沢のながれのほそまりて
　かすかに落つる音のよろしさ

群馬県安中市磯部町磯部温泉林屋旅館入口
歌碑　昭和五七年四月

○のむ湯にも焚火の煙匂ひたる
　山家の冬のゆふげなりけり

埼玉県所沢市神米金若山氏邸内
歌碑　昭和五三年一一月

ちろちろと岩つたふ水に這ひあそぶ
　赤き蟹ゐて杉の山静か

埼玉県飯能市下名栗大松閣
歌碑　平成二年一〇月

しらじらと流れて遠き杉山の
峡のあさ瀬に河鹿鳴くなり

埼玉県飯能市市立文化会館前
歌碑　昭和三六年六月　若山喜志子書

秩父町出はづれ来れば機をりの
　うた声つゞく古りし家並

埼玉県秩父市熊木町羊山公園
歌碑　昭和三〇年一一月　若山喜志子書

渓の音遠くすみゐて春の夜の

あけやらぬ庭にうぐひすのなく
埼玉県秩父郡長瀞町長瀞長生館庭
歌碑　昭和四一年一一月　若山喜志子書

俥はやがて川か堀かの静かな流に沿うた流れには幾つかの舟が泊ってゐて…（略）
千葉県香取市佐原イ小野川河畔
文学碑　平成一一年一月

○はるけく日はさし昇り千町田の
たり穂の露はかがやけるかも
千葉県香取郡多古町多古美術サロン市原氏邸
歌碑　昭和五七年八月　二首刻

ひさしくも見ざりしかもと遠く来て
けふ見る海は荒れすさびたり

遠く来てこよい宿れる海岸の
ぬくとき夜半を雨ふりそそぐ
まともなる海より昇る朝の日に
机のちりのあらはなるかな
（「犬吠岬にて」より）
千葉県銚子市犬吠埼灯台下岩場
歌碑　昭和四五年三月　三首刻

○おのづからよろづの味のもととなる
亀甲萬のむらさきぞ濃き
千葉県野田市野田キッコーマン（株）研究開発本部
歌碑　昭和四四年一一月

ありがたや今日満つる月と知らざりし
この大き月海にのぼれり
千葉県千葉市緑区野呂町野呂PA文学の森（千葉東金道路）
歌碑　平成三年一一月　ステンレス製

○はるけくてえわかざりけり沼のうへや
近づき来る鷺にしありける
千葉県印西市手賀川関枠橋袂
歌碑　平成一二年八月

ありがたやけふ満つる月と知らざりし
この大き月海にのぼれり
千葉県いすみ市大原城山青年館前
歌碑　昭和五八年一一月

白鳥はかなしからずや空の青
海のあをにも染まずただよふ
大島の山のけむりのいつもいつも
たえずさびしきわが心かな
やまを見よ山に日は照る海を見よ
海に日は照るいざ唇を君
千葉県南房総市白浜町根本海岸
歌碑　平成四年三月

多摩川の砂にたんぽぽ咲くころは
われにもおもふ人のあれかし
東京都世田谷区兵庫島親水公園
歌碑　昭和六三年四月

立川の駅の古茶屋さくら樹の
もみぢのかげに見送りし子よ
東京都立川市曙町二―一立川駅北口前
歌碑　昭和二五年一二月

多摩川の浅きながれに石なげて
あそべばぬるるわが袂かな
東京都立川市立川根川公園
歌碑　平成一三年九月

小鳥よりさらに身かろくうつくしく
かなしく春の木の間ゆく君
東京都日野市百草五六〇百草園
歌碑　昭和六〇年一一月

山の雨しばしば軒の椎の樹に
　ふり来てながき夜の灯かな
摘みてはすて摘みてはすてし野の花の
　我等があとにとほく続きぬ
拾ひたるうす赤らみし梅の実に
　木の間ゆきつつ歯をあてにけり
東京都日野市百草五六〇百草園松蓮寺
歌碑　昭和四六年一一月　三首刻

○わが庭の竹の林の浅けれど
　ふる雨みれば春は来にけり
神奈川県川崎市麻生区柿生草木寺（山崎氏邸）
歌碑　昭和三七年一一月

紫陽花の花をぞおもふ藍ふくむ
　濃きむらさきの花のこひしさ
神奈川県横須賀市大津町大津高校
歌碑　昭和六一年六月

酒出でつ庭いちめんの白梅に
　夕日こもれるをりからなれや
友の憎いまだ若けれしみじみと
　梅の老木をいたわるあはれ
神奈川県横須賀市野比三―九―五最光寺
歌碑　昭和六〇年　二首刻

○しら鳥はかなしからずやそらの青
　海のあをにもそまずたゞよふ
神奈川県横須賀市長沢北下浦海岸
歌碑　昭和二八年一一月　両面刻

海越えて鋸山はかすめども
　此処の長浜浪立ちやまず
神奈川県横須賀市長沢北下浦海岸長岡平太郎記念館内
歌碑　昭和六二年一一月

枯すすきにからまつの葉の散り積みて
　時雨にぬれし色のさやけき
山梨県北杜市高根町村山北割農村環境改善センター前
歌碑　平成三年三月

○甲斐の国小ふちさはあたりの高はらの
　あきすゝつかたの雲のよろしさ
山梨県北杜市小淵沢町町立文化会館
歌碑　昭和二四年一一月

山越えて入りし古駅の霧のおくに
　電灯の見ゆ人の声きこゆ
山梨県南巨摩郡身延町下部源泉館前
歌碑　昭和五五年二月

○山襞のしげきこの山いづかたの
　襞に啼くらむ筒鳥聞ゆ
山梨県南巨摩郡早川町羽衣橋脇七面山登山口（羽衣橋）
歌碑　昭和四五年一一月

それから杉の植え込まれた山と山との急な坂を下りて程な上林温泉の横を過ぎ…（略）
（「渋温泉へ」より）
長野県下高井郡山ノ内町渋温泉共同浴場「大湯」前
文学碑　昭和六一年九月

高さ三百九十尺、幅六十二尺と認めた路傍の棒杭は兎もあれ、とにかく珍らしい瀧らしいので、…（略）
（「澗満瀧」より）
長野県下高井郡山ノ内町志賀高原（澗満滝展望台）
文学碑　昭和五八年九月　大歓浩昭書

この渋峠は草津から峠まで三里、峠から渋まで四里あるさうだ峠には風があった。…（略）
（「峠にて」より）
長野県下高井郡山ノ内町志賀高原頂上

文学碑　昭和六一年九月　若山旅人書

○山出で来て尾長の鳥の遊ぶらん
　松代町の春をおもふよ
長野県長野市松代町海津城址
歌碑　昭和三八年五月

○秋風の空晴れぬれば千曲川
　白き河原に出てあそぶかな
○かんがえて飲みはじめたる一合の
　二合の酒の夏の夕暮れ
長野県千曲市上山田千曲川萬葉公園
歌碑　昭和六〇年四月

○春あさき山のふもとに畑をうつ
　うら若き友となにをあたりし
長野県埴科郡坂城町坂城ＪＲ坂城駅前
歌碑　平成一年一〇月

山に入り雪の中なる朴の木に
　から松に何とものを言ふべき
長野県東筑摩郡麻績村聖高原
歌碑　昭和三九年七月　喜志子書

山を見き君よ添い寝の夢のうちに
　さびしかりけり見もしらぬ山
長野県東筑摩郡麻績村添田ＪＲ聖高原駅前広場
歌碑

○秋山に立つむらさきぞなつかしき
　炭焼くけむりむかつ峰にみゆ
長野県松本市安曇白骨温泉元湯斎藤旅館庭
歌碑　昭和六一年七月

鉢伏の山に朝日さしまろやかに
　降りつみし雪はよべふりしとふ
長野県松本市鉢伏山頂

歌碑　昭和四二年五月　喜志子書

○うす紅に葉はいち早く萌えいで、
　咲かむとすなり山ざくら花
長野県塩尻市広丘原新田広丘歌碑公園
歌碑　昭和五二年一〇月

うす紅に葉はいち早く萌えいで、
　咲かむとすなり山さくら花
長野県塩尻市洗馬下小曽部興竜寺
歌碑

ひとの世にたのしみ多し然れども
　酒なしにしてなにのたのしみ
長野県塩尻市洗馬下小曽部興竜寺
歌碑

○いついつとまちし櫻のさきいで、
　今は盛か風吹けど散らず
長野県塩尻市洗馬芦ノ田サラダ街道（桜園）
歌碑　平成五年一一月

○しらたまの歯にしみとほるあきの夜の
　酒はしづかにのむべかりけり
長野県小諸市高峰林道チェリーパークライン
歌碑　昭和六一年秋

○小諸なる君が二階ゆながめたる
　浅間のすがた忘られぬかも
長野県小諸市高峰林道チェリーパークライン
歌碑　昭和六一年秋

○幾山河越えさりゆかば寂しさの
　はてなむ國ぞけふも旅ゆく
長野県小諸市新町丙宮坂恕一氏邸
歌碑　昭和三九年六月

○かたはらに秋くさの花かたるらく
　ほろびしものはなつかしきかな
　長野県小諸市丁三二一懐古園
　歌碑　昭和九年一一月　城石に刻む

○白珠の歯にしみとほる秋の夜の
　酒はしづかに飲むべかりけり
　長野県小諸市西町旧本陣庭（田村病院）
　歌碑　昭和五五年六月　「酔牧水」の署名

老松の風にまぎれず啼く鷹の
　聲かなしけれ風白き峰に
岨道のきわまりぬれば赤ら松
　峰越の風にうちなびきつゝ
　長野県北佐久郡立科町芦田笠取峠松並木公園
　歌碑　平成五年五月

○見よ旅人秋も末なる山々の
　いたゞき白く雪つもり来ぬ
　長野県北佐久郡立科町蓼科牧場
　歌碑　昭和三三年六月

○よき酒とひとのいふなる御園竹
　われもけふ飲みつよしと思へり
○しらたまの歯にしみとほる秋の夜の
　酒はしづかに飲むべかりけり
○ひとの世にたのしみ多し然れども
　酒なしにしてなにのたのしみ
　長野県佐久市茂田井武重醸造前
　歌碑　昭和四二年八月　若山牧水曳杖之址碑刻

○白珠の歯にしみとほる秋の夜の
　酒はしづかに飲むべかりけり
　長野県佐久市岩村田西本町佐久酒造協会入口
　歌碑　昭和三三年一〇月　「酔牧水」の署名

白珠のはにしみとおる秋の夜の
　酒は静かに飲むべかりける
　長野県佐久市岩村田稲荷浦佐久ホテル前庭
　歌碑　平成三年九月

○ひとの世にたのしみ多し然れども
　酒なしにしてなにのたのしみ
　長野県佐久市岩村田仙禄湖畔
　歌碑　昭和五一年秋　四人の詩歌合同碑

○わか竹の伸びゆくごとく子どもらよ
　眞すぐにのばせ身をたましひを
　長野県佐久市伴野下県岸野小学校玄関横庭園
　歌碑　昭和四三年一〇月

わか竹の伸びゆくごとく子どもらよ
　真すぐにのばせ身をたましひを
　長野県佐久市伴野下県岸野小学校玄関横庭園
　歌碑　昭和三八年三月　学校位置標陰刻

わが行くや見る限りなる霜の野の
　すすき枯れ伏し真しろき野辺を
　長野県南佐久郡南牧村野辺山銀河公園
　歌碑　平成六年六月　若山旅人書　他六首刻

見よ下にはるかに見えて流れたる
　千曲の川ぞ音も聞こえぬ
　長野県南佐久郡南牧村市場（海の口馬市場跡）
　歌碑　平成六年六月　若山旅人書

入りゆかむ千曲の川のみなかみの
　峰仰ぎみればはるかなりけり
　長野県南佐久郡川上村樋沢石梨の大樹そば（野辺山）
　歌碑　昭和六〇年一一月　若山旅人書

泥草鞋踏み入れて其処に酒をわかす
　この国の囲炉裡なつかしきかな

長野県南佐久郡川上村大深山丸山考古館の近く
歌碑　昭和六〇年一一月

見よ下にはるかに見えて流れたる
　千曲の川ぞ音も聞えぬ
長野県南佐久郡川上村秋山町田市民休暇村入口
歌碑　平成二年四月

この国の寒さを強み家のうちに
　馬引き入れてともに寝起す
長野県南佐久郡川上村梓山金峰山神社
歌碑　昭和六〇年一一月　若山旅人書

○仏法僧仏法僧となく鳥の
　声をまねつつ飲める酒かも
長野県岡谷市長野小坂観音院
歌碑　平成一年六月

それ程にうまきかとひとの問ひたらば
　なにと答へむこの酒のあぢ
長野県伊那市高遠町西高遠本町黒河内太郎氏邸庭
歌碑　昭和五三年

心細いよ一位の笠に
　かかる時雨の船津越え
岐阜県飛彈市神岡町柏原神坂峠
歌碑　平成二年一二月

○ゆきくれてひと夜を宿るひだのくにの
　古川の町に時雨ふるなり
岐阜県飛彈市古川町役場趾（中央広場）
歌碑　昭和四九年五月

いざゆかむゆきてまだみぬやまをみむ
　このさびしさにきみはたふるや
夕咲はかなしからずや朝に夕に
　薬のごとく酒をのむかも

岐阜県高山市昭和町JR高山駅前
歌碑　灯篭「独り歌へる」刻二首刻

○のぼり来て平湯峠ゆ見はるかす
　ひだの平に雲こごりたり
岐阜県高山市丹生川町平湯峠
歌碑　昭和三八年九月

○恵那ぐもり寒けきあさを網はりて
　待てば囮のさやか音になく
岐阜県中津川市駒場長多喜庭
歌碑　昭和二五年一〇月

○うす紅に葉はいち早くもえいでて
　さかむとすなり山ざくら花
吊橋のゆるるあやふき渡りつつ
　おぼつかなくも見し山ざくら
静岡県伊豆市湯ヶ島温泉（西平神社）
歌碑　昭和五六年四月　他三首

あまぎ嶺の千年の老樹根をひたす
　真清水くみてかもすこのみき
静岡県伊豆市津田氏邸（天城屋酒店）
歌碑　昭和五九年

○ひそまりてひさしく見ればとほ山の
　ひなたの冬木かぜさわぐらし
静岡県伊豆市土肥松原公園
歌碑　昭和四五年八月

○花のころに来馴れてよしと思へりし
　土肥に来て見つその梅の実を
静岡県伊豆市土肥松原公園
歌碑　平成一一年一二月

○わが泊り三日四日つづきゐつきたる
　この部屋に見る冬草のやま

静岡県伊豆市土肥土肥館
歌碑　昭和三七年六月

○わが泊り三日四日つゞきゐつきたる
この部屋に見る冬草のやま
静岡県伊豆市土肥土肥館玄関脇
歌碑　昭和四五年八月

ひとみには露をた丶へつ笑む時の
丹の頬のいろは桃の花にして
静岡県伊豆市小下田富士見遊歩道
歌碑　昭和五九年一〇月

長湯して飽かぬこの湯のぬるき湯に
ひたりて安きこころなりけり
静岡県田方郡函南町伊豆畑毛温泉柿沢川畔
歌碑　昭和六三年一一月

人の来ぬ夜半をよろこびわがし浸る
温泉あふれて音たつるかも
静岡県田方郡函南町畑毛いずみ荘前庭
歌碑　昭和六三年一一月

幾年か見ざりし草の石菖の
青み茂れり此処の渓間に
静岡県賀茂郡松崎町牛原山町民の森
歌碑　昭和六一年三月

山ねむる山のふもとに海ねむる
かなしき春の国を旅ゆく
静岡県賀茂郡松崎町岩地岩地海岸
歌碑　昭和四一年五月

友が守る灯台はあはれわだなかの
蟹めく岩に白く立ち居り
静岡県下田市須崎恵比須島
歌碑　昭和五五年九月　旅人書

友が守る灯台はあはれわだなかの
蟹めき岩に白く立ち居り
静岡県下田市吉佐美海岸
歌碑　平成一一年一一月

○野末なる三島の町のあげ花火
月夜の空に散りて消ゆなり
静岡県三島市大宮町三島大社
歌碑　昭和三四年一二月

宿はづれを清らかな川が流れ、其処の橋から富士がよく見えた。沼津の自分の家からだと…（略）
（「箱根と富士」より）
静岡県三島市大宮町三島水辺公園
文学碑　平成六年

○富士が嶺やすそのに来り仰ぐとき
いよよ親しき山にぞありける
静岡県裾野市千福中央公園
歌碑　昭和五〇年六月

○なびきよる雲のすがたのやはらかき
けふ富士が嶺のゆふまぐれかな
静岡県裾野市十里木市立富士資料館
歌碑　昭和五三年一二月

○日をひと日富士をまともに仰ぎ来て
こよひを泊る野のなかの村
静岡県裾野市須山清水館
歌碑　昭和五三年一一月

○立ち寄れば麦刈りにけふ出で行きて
留守てふ友が門の柿の花
静岡県裾野市佐野鈴木浚一氏邸
歌碑　昭和五五年四月　六首刻

○より来りうすれてきゆるみな月の

雲たえまなし富士の山べに
歌碑　平成三年一〇月
静岡県裾野市石脇市民文化センター

天地のこころあらはにあらはれて
輝けるかも富士の高嶺は
歌碑　昭和六一年四月
静岡県駿東郡清水町下徳倉本城山公園

とほ山の峰越の雲のかがやくや
峰のこなたの山ざくら花
歌碑　昭和五二年七月
静岡県駿東郡長泉町富士エースゴルフコースイン一二番

咲き満てる桜のなかのひとひらの
花のおつるをしみじみと見る
歌碑　昭和五二年七月
静岡県駿東郡長泉町富士エースゴルフコースアウト六番

山ざくら花のつぼみの花となる
間のいのちの恋もせしかな
歌碑　昭和五二年七月
静岡県駿東郡長泉町富士エースゴルフコース

伊豆の国戸田の港ゆ船出すと
はしなく見たれ富士の高嶺を
歌碑　昭和五五年七月
静岡県沼津市御浜御浜公園

○香貫山いたゞきにきて吾子とあそび
ひさしくをれば富士はれにけり
歌碑　昭和三五年九月
静岡県沼津市香貫山香陵台

○幾山河こえさりゆかば寂しさの
はてなむ國ぞけふも旅ゆく
静岡県沼津市千本千本松原公園（沼津公園）
歌碑　昭和四年七月

○聞きゐつゝたのしくもあるか松風の
今は夢ともうつつともきこゆ
歌碑　昭和五五年八月
静岡県沼津市出口町乗運寺

香貫山いただきにきて吾子とあそび
久しく居れば富士晴れにけり
歌碑　平成五年
静岡県島田市河原一丁目大井川河川敷

○佛法僧佛法僧となく鳥の声を
まねつつ飲める酒かも
歌碑　昭和三四年四月
愛知県新城市鳳来寺山医王院下

○釣りくらし帰れば母に叱られき
しかれる母にわたしき鮎を
歌碑　昭和三五年四月
愛知県新城市桜渕桜渕公園入口

○うす紅に葉はいちはやく萌えいでて
咲かむとすなり山さくら花
歌碑　昭和一一年一一月
愛知県名古屋市熱田区白鳥町一丁目市立宮中学校

うす紅に葉はいちはやく萌えいでて
咲かむとすなり山さくら花
歌碑　平成六年三月
愛知県名古屋市熱田区白鳥町一丁目市立宮中学校

崎山の楯の木かげの芝道に
出あひし海女は藻のにほひけり
歌碑　昭和四五年
三重県志摩市志摩町御座白浜台入口

比叡山の古りぬる寺の木がくれの
庭に筧を聞きつつ眠る
滋賀県大津市坂本比叡山延暦寺根本中堂
歌碑　平成一二年五月

うす紅に葉はいち早く
咲かむとすなり山ざくら花
ふるさとの尾鈴の山のかなしさよ
秋もかすみのたなびきて居り
白玉の歯にしみとほる秋の夜の
酒はしづかに飲むべかりけり
大阪府貝塚市津田北町臨海緑地公園内拓本の里
歌碑　平成一七年七月　両面三首刻

てにとらば消なむしら雪はしけやし
この白雪はわがこゝろ焼く
兵庫県伊丹市中央三丁目四白雪長寿蔵前
歌碑　平成八年三月

粉河寺遍路の衆の打ち鳴らす
鉦々きこゆ秋の樹の間に
和歌山県紀の川市粉河粉河寺
歌碑　昭和四九年四月

舟出せむこよひなりしを君がやどに
のこりゐて聞く雨のさやけさ
和歌山県海草郡紀美野町旧野上町町役場
歌碑　平成八年六月

○日の岬こゆとふ今をいちじろく
船ぞ傾く暗き雨夜を
和歌山県日高郡美浜町三尾日の岬パーク
歌碑　昭和四七年一二月

日の岬潮岬は過ぎぬれど
なおはるけしや志摩の波切は
和歌山県東牟婁郡那智勝浦町中の島高台
歌碑　昭和四三年一二月

若竹の伸びゆくごとく子どもらよ
ますぐに伸ばせ身を魂を
和歌山県東牟婁郡那智勝浦町大野色川中学校
歌碑　昭和六三年三月

○幾山河こえさりゆかばさびしさの
はてなむ國ぞけふも旅ゆく
岡山県新見市哲西町二本松
歌碑　昭和三九年

幾山河こえさりゆかばさびしさの
はてなむ国ぞけふも旅ゆく
広島県庄原市東城町二本松
歌碑　昭和三九年一一月

岩角よりのぞくかなししき海の隅に
あはれ舟人ちさき帆をあぐ
広島県尾道市因島公園文学の遊歩道
歌碑　昭和五六年四月

○からす島かげりて黒き磯のいはに
千鳥こそをれこぎよれば見ゆ
山口県柳井市伊保庄鵜島東
歌碑　昭和一九年八月

はつ夏の山のなかなるふる寺の
古塔のもとに立てる旅人
山口県山口市香山七－一瑠璃光寺
歌碑　明治三九年六月　若山喜志子書

ことひきの浜の松風静けしと
聞けば沖辺を雨過ぐるなり
香川県香川郡直島町琴反地
歌碑　平成三年七月

○みねの上にまきたてる雲の紅ゐの
あせゆくなべに秋の風ふく
愛媛県四国中央市川之江町大岡八幡宮
歌碑　昭和五五年五月

ゆたくにはやく潮満てゆたくに
酒さかづきにみちてあるほどに
愛媛県越智郡上島町岩城本陣岩城郷土館
歌碑　昭和五七年四月　三首刻

窓前の瀬戸はいつしか瀬となりぬ
白き浪立ちほととぎす啼く
愛媛県越智郡上島町岩城本陣岩城郷土館
歌碑　昭和三八年一〇月　二首刻

○われ三たび此処に来りつ家のあるじ
寂び定まりて静かなるかも
福岡県北九州市戸畑区南鳥五―五毛利家跡
歌碑　昭和三六年二月

○新墾のこの坂道のすそとほし
友のすがたの其処ゆ登り来
福岡県北九州市戸畑区浅生二―二―一戸畑図書館脇
歌碑　昭和三六年三月

○荒生田のさくらのもみじひとよさの
時雨にぬれてちりいそぐかも
福岡県北九州市八幡東区荒生田公園牧水の丘
歌碑　平成一二年一二月

幾山河こえさりゆかば寂しさの
はてなむ国ぞけふも旅ゆく
福岡県中間市垣生中間市郷土資料館
歌碑　平成一年三月

幾山川こえさりゆかば寂しさの
はてなむ国ぞけふも旅ゆく
福岡県福岡市城南区片江町東油山文学碑公園
歌碑　昭和三二年四月

かたはらに秋くさの花かたるらく
ほろひしものはなつかしきかな
福岡県福岡市城南区片江町東油山文学碑公園
歌碑　昭和三二年四月

○大川にわれは来にけりおほかはの
流るるごとく酒わける里に
福岡県大川市小保一〇二二志岐氏邸
歌碑　昭和三九年九月

筑後川河口ひろみ大汐の
干潟はるけき春の夕ぐれ
福岡県大川市向島筑後川昇開橋展望公園
歌碑　平成九年一二月

有明の海のにごりに鴨あまた
うかべり船は島原に入る
長崎県島原市中町五四八住吉館
歌碑

○名を聞きて久しかりしか栃の木の
いで湯に来り入ればたのしき
熊本県阿蘇郡南阿蘇村栃木温泉荒牧旅館
歌碑　昭和五三年四月　二首併刻

阿蘇のみち大津の宿に別れつる
役者の髪の山ざくら花
熊本県菊池郡大津町大津日吉神社
歌碑　昭和五三年　ほか五人の歌五首刻

山の宿の固き枕に夢を呼ぶ
秋の女神の衣白かりき
熊本県上益城郡山都町馬見原明徳稲荷神社
歌碑　平成一四年一一月

安芸の国越えて長門にまたこえて
豊の国ゆき杜鵑聴く
ただ恋しうらみ怒りは影もなし
暮れて旅籠の欄に倚るとき
大分県中津市耶馬渓町曽木山国川畔(レストハウス洞門新館前)
歌碑　昭和五一年一一月　二首刻

○幾山河越えさり行かば寂しさの
はてなむ國ぞけふも旅ゆく
宮崎県西臼杵郡高千穂町三田井高千穂峡
歌碑　昭和三八年四月

○ふるさとに帰り来りてまづ聞くは
かの城山の時告ぐる鐘
宮崎県延岡市幸町JR延岡駅前
歌碑　昭和五四年九月

○なつかしき城山の鐘鳴りいでぬ
をさなかりし日聞きしごとくに
宮崎県延岡市サンシャイン城山公園
歌碑　平成二年七月

○ふるさとに帰り来りてまず聞くは
かの城山の時告ぐる鐘
宮崎県延岡市延岡高校同窓会館
歌碑　平成一二年一月

○なつかしき城山の鐘鳴り出でぬ
幼かりし日ききし如くに
宮崎県延岡市東本小路城山公園
歌碑　昭和一〇年三月

なつかしき城山の鐘鳴り出でぬ
幼かりし日ききし如くに
宮崎県延岡市北小路台雲寺
歌碑　昭和六〇年一〇月

○うす紅に葉はいちはやく萌えいで、
咲かむとすなり山桜花
宮崎県延岡市古城町三丁目延岡高校
歌碑　昭和三二年九月

○ふるさとのみ山に生ふる竹の子の
みづみづ伸びよやよ歌の友
宮崎県延岡市山下町三丁目越智清子氏邸
歌碑　昭和四九年四月

○けふもまたこころの鉦をうち鳴らし
うち鳴らしつつあくがれて行く
宮崎県延岡市行縢町むかばき少年自然の家
歌碑　昭和六〇年八月

○山ねむる山のふもとに海ねむる
かなしき春の国を旅ゆく
宮崎県延岡市浦城町七ッ島展望所
歌碑　昭和六〇年一〇月

けふもまたこころの鉦をうち鳴し
打ちならしつつあくがれて行く
宮崎県延岡市吉野町九州保健福祉大学青春の散歩道
歌碑　平成一一年二月

○なつかしき城山の鐘鳴りいでぬ
をさなかりし日聞きしごとくに
宮崎県延岡市吉野町九州保健福祉大学青春の散歩道
歌碑　平成一一年二月

○これ見よと美しき人をつれ来り
山茶花いっぽん置いて帰りぬ
宮崎県延岡市吉野町九州保健福祉大学青春の散歩道
歌碑　平成一一年二月

○うす紅に葉はいちはやく萌えいでて
咲かむとすなり山ざくら花

宮崎県延岡市吉野町九州保健福祉大学青春の散歩道
歌碑　平成一一年二月

○うらうらと照れる光にけぶりあひて
さきしづもれる山櫻花
宮崎県延岡市吉野町九州保健福祉大学青春の散歩道
歌碑　平成一一年二月

○しら鳥はかなしからずや海の青
そらのあをにもそまずたゞよふ
宮崎県延岡市吉野町九州保健福祉大学青春の散歩道
歌碑　平成一一年二月

○夏草の茂みがうへに伸びいでて
ゆたかになびく山ゆりの花
宮崎県延岡市吉野町九州保健福祉大学青春の散歩道
歌碑　平成一一年二月

○かんがへて飲みはじめたる一合の
二合の酒の夏のゆふぐれ
宮崎県延岡市吉野町九州保健福祉大学青春の散歩道
歌碑　平成一一年二月

○いざゆかむゆきてまだ見ぬ山をみむ
このさびしさに君はたふるや
宮崎県延岡市吉野町九州保健福祉大学青春の散歩道
歌碑　平成一一年二月

○わが庭の竹の林の浅けれど
ふる雨みれば春は来にけり
宮崎県延岡市吉野町九州保健福祉大学青春の散歩道
歌碑　平成一一年二月

○しみじみとけふ降るあめは如月の
春のはじめの雨にあらずや
宮崎県延岡市吉野町九州保健福祉大学青春の散歩道
歌碑　平成一一年二月

○椿の花つばきの花わがこゝろも一枚の
繪のごとくなれ一めんとなれ
宮崎県延岡市吉野町九州保健福祉大学青春の散歩道
歌碑　平成一一年二月

○ふるさとの山の五月の杉の木に
斧ふる友のおもかげに見ゆ
宮崎県延岡市吉野町九州保健福祉大学青春の散歩道
歌碑　平成一一年二月

○しらたまの歯にしみとほる秋の夜の
酒は静かに飲むべかりけれ
宮崎県延岡市吉野町九州保健福祉大学青春の散歩道
歌碑　平成一一年二月

○ふるさとの尾鈴のやまのかなしさよ
秋もかすみのたなびきてをり
宮崎県延岡市吉野町九州保健福祉大学青春の散歩道
歌碑　平成一一年二月

○幾山河こえさりゆかばさびしさの
はてなむ国ぞけふも旅ゆく
宮崎県延岡市吉野町九州保健福祉大学青春の散歩道
歌碑　平成一一年二月

ふるさとに帰り来りて先づ聞くは
かの城山の時告ぐる鐘
宮崎県延岡市吉野町九州保健福祉大学青春の散歩道
歌碑　平成一一年二月

ふるさとの日向の山の荒渓の
流清うして鮎多く棲みき
宮崎県延岡市五ヶ瀬川河口
歌碑　平成八年三月

川口に寄り寄る浪の穂がしらの
繁きをみればひき潮ならし

宮崎県延岡市五ヶ瀬川左岸河口
歌碑　平成一二年三月　一〇基あり

山川のすがた静けきふるさとに
　帰り来てわが疲れたるかも
宮崎県延岡市五ヶ瀬川右岸
歌碑　平成一二年三月

石越ゆる水のまろみを眺めつつ
　こころかなしも秋の渓間に
宮崎県延岡市五ヶ瀬川右岸
歌碑　平成一二年三月

山々のせまりしあひに流れたる
　河といふものの寂しくあるかな
宮崎県延岡市五ヶ瀬川右岸
歌碑　平成一二年三月

君がすむ恋の国辺とわが住める
　国のさかひの一すじの河
宮崎県延岡市五ヶ瀬川右岸
歌碑　平成一二年三月

見て立てるわれには怯じず羽根つらね
　浮きてあそべる鴨鳥の群
宮崎県延岡市五ヶ瀬川右岸
歌碑　平成一二年三月

幼き日釣りにし鮎のうつり香を
　いまてのひらに思ひ出でつる
宮崎県延岡市五ヶ瀬川右岸
歌碑　平成一二年三月

野と町のさかひの薮の木がくれに
　春のあけぼの行く水の音よ
宮崎県延岡市五ヶ瀬川右岸
歌碑　平成一二年三月

瀬々に立つあしたの靄のかたよりて
　なびかふ薮にうぐひすの啼く
宮崎県延岡市五ヶ瀬川右岸
歌碑　平成一二年三月

浅川のせせらぎ澄みて流れたり
　うららけきかも鶯の声
宮崎県延岡市五ヶ瀬川右岸
歌碑　平成一二年三月

上つ瀬と下つ瀬に居りてをりをりに
　呼び交しつつ父と釣りにき
宮崎県延岡市大瀬河左岸
歌碑　平成一二年三月　五基あり

釣り暮らし帰れば母に叱られき
　叱れる母に渡しき鮎を
宮崎県延岡市大瀬河左岸
歌碑　平成一二年三月

瀬の鮎の囮を追へるかすかなる
　手ごたへをいま思ひ出でつも
宮崎県延岡市大瀬河左岸
歌碑　平成一二年三月

早き瀬の此処に曲がりて幅ひろき
　秋の川原に子等あそぶ見ゆ
宮崎県延岡市大瀬河左岸
歌碑　平成一二年三月

日向の国むら立つ山のひと山に
　住む母恋し秋晴れの日や
宮崎県延岡市大瀬河左岸
歌碑　平成一二年三月

秋風は空をわたれりゆく水は
　たゆみもあらず草刈る少女

宮崎県延岡市北川左岸
歌碑　平成一二年三月　一二基あり

山ねむる山のふもとに海ねむる
かなしき春の国を旅ゆく
宮崎県延岡市北川左岸
歌碑　平成一二年三月

おとなりの寅おぢやんに物申す
永く永く生きてお酒飲みましょう
宮崎県延岡市北川左岸
歌碑　平成一二年三月

春の海さして船行く山かげの
名もなき港屋の鐘鳴る
宮崎県延岡市北川左岸
歌碑　平成一二年三月

まんまるに袖ひきあはせ足ちぢめ
日向にねむる父よ風邪ひかめ
宮崎県延岡市北川左岸
歌碑　平成一二年三月

春あさき田じりに出でて野芹つむ
母のこころに休ひのあれ
宮崎県延岡市北川左岸
歌碑　平成一二年三月

うすべにに葉はいちはやく萌え出でて
咲かむとすなり山桜花
宮崎県延岡市北川左岸
歌碑　平成一二年三月

病む母をなぐさめかねつあけくれの
庭や掃くらむふるさとの父
宮崎県延岡市北川左岸
歌碑　平成一二年三月

母を想へばわが家は玉のごとく冷たし
父を思へば山のごとく温かし
宮崎県延岡市北川左岸
詞碑　平成一二年三月

小舟もて釣りゆく人の羨しさよ
竹薮かげに糸を垂れつつ
宮崎県延岡市北川左岸
歌碑　平成一二年三月

○日向の国むら立つ山のひと山に
住む母恋し秋晴れの日や
宮崎県延岡市北川町川内名鏡山牧場公園
歌碑　平成一年一〇月

すみやかに過ぎゆくものをやよ子らよ
汝が幼な日をおろそかにすな
宮崎県東臼杵郡美郷町西郷区田代小学校
歌碑　平成一二年三月

○しら鳥はかなしからずや空の青
海のあをにも染まずただよふ
宮崎県東臼杵郡門川町総合文化会館
歌碑　平成四年三月

○ふるさとの尾鈴の山のかなしさよ
秋もかすみのたなびきて居り
宮崎県日向市東郷町坪谷牧水生家裏（牧水記念館裏山）
歌碑　昭和二二年一一月

幼き日ふるさとの山にむつみたる
細渓川の忘られぬかも
宮崎県日向市東郷町坪谷坪谷小学校
歌碑　昭和四六年三月

ほととぎすなくよと母に起こされて
すがる小窓の草月夜かな

宮崎県日向市東郷町坪谷坪谷小学校
歌碑　昭和六〇年一〇月

故郷の渓荒くして砂あらず
　岩を飛び飛び鮎は釣りにき

山かげに流れすみたるみなかみの
　静けきさまをおもひこそすれ
宮崎県日向市東郷町坪谷坪谷川岩神橋
歌碑　平成六年一二月　親柱刻

若竹の伸びゆくごとく子ども等よ
　真直ぐに伸ばせ身をたましひを
宮崎県日向市東郷町山陰戊坪谷中学校
歌碑　昭和六〇年九月

○白鳥は哀しからずや空の青
　海のあをにも染まずただよふ
宮崎県日向市東郷町山陰甲寺迫小学校
歌碑　昭和六二年二月

うつくしく清き思ひ出とどめおかむ
　願ひを持ちて今をすごせよ
宮崎県日向市東郷町山陰辛東郷中学校
歌碑　昭和六〇年三月

けふもまたこころの鉦をうち鳴し
　うち鳴しつつあくがれて行く
宮崎県日向市東郷町山陰辛東郷小学校
歌碑　昭和六二年

あたたかき冬の朝かなうす板の
　ほそ長き舟に耳川くだる
宮崎県日向市東郷町山陰乙福瀬小学校
歌碑　平成一年一月

○うすべにに葉はいちはやく萌えいでて
　咲かむとすなり山桜花

宮崎県日向市東郷町山陰丙旧東郷町役場
歌碑　昭和六〇年一〇月

ふるさとの日向の山の荒渓の
　流れ清うして鮎多く棲みき

うらうらと照れる光にけぶりあひて
　咲きしづもれる山ざくら花
宮崎県日向市東郷町山陰耳川東郷大橋
歌碑　昭和六二年一〇月　親柱刻

石こゆる水のまろみを眺めつつ
　こころかなしも秋の渓間に

幼き日ふるさとの山に睦みたる
　細渓川の忘られぬかも
宮崎県日向市東郷町山陰坪谷川楠森橋
歌碑　平成七年四月　親柱刻

○よりあひて真すぐに立てる青竹の
　藪のふかみに鶯の啼く
宮崎県日向市東郷町下ヶ越表小学校
歌碑　平成一年三月

をさなき日ふるさとの山に睦みたる
　細渓川の忘られぬかも
宮崎県日向市東郷町牧水公園
歌碑　平成七年三月

○うらうらと照れる光に煙りありて
　咲きしづもれる山ざくら花
宮崎県日向市東郷町牧水公園
歌碑　平成七年三月

春あさき田じりに出でて野芹つむ
　母のこころに休ひのあれ
宮崎県日向市東郷町牧水公園
歌碑　平成七年三月

歯を痛み泣けば背負ひてわが母は
峡の小川に魚を釣りにき
宮崎県日向市東郷町牧水公園
歌碑　平成七年三月

○しみじみとけふ降る雨は如月の
春のはじめの雨にあらずや
宮崎県日向市東郷町牧水公園
歌碑　平成七年三月

○澄みとほる冬の日ざしの光あまねく
われのこころも光れとぞ射す
宮崎県日向市東郷町牧水公園
歌碑　平成七年三月

○わがゆくは山の窪なるひとつ路
冬日氷りて光りたる路
宮崎県日向市東郷町牧水公園
歌碑　平成七年三月

母恋しかかるゆふべにふるさとの
桜咲くらむ山の姿よ
宮崎県日向市東郷町牧水公園
歌碑　平成七年三月

○いつとなく秋のすがたにうつりゆく
野の樹々を見よ静かなれ心
宮崎県日向市東郷町牧水公園
歌碑　平成七年三月

ふるさとは山のおくなる山なりき
うら若き母の乳にすがりき
宮崎県日向市東郷町牧水公園
歌碑　平成七年三月

○石こゆる水のまろみを眺めつつ
こころかなしも秋の渓間に
宮崎県日向市東郷町牧水公園
歌碑　平成七年三月

上つ瀬と下つ瀬に居りてをりをりに
呼び交しつつ父と釣りにき
宮崎県日向市東郷町牧水橋（生家前側）
歌碑　昭和六〇年一〇月　親柱刻

淵いでて高く乾けるひとつ岩
幼き父が鮎釣りし岩
宮崎県日向市東郷町牧水橋（牧水公園側）
歌碑　昭和六〇年一〇月　親柱刻

あたたかき冬の朝かなうすいたの
細長き舟に耳川下る
宮崎県日向市東郷町冠橋
歌碑　平成二年五月

○浪、浪、浪、沖に居る浪、岸の浪、
やよ待てわれも山降りて行かむ
宮崎県日向市東郷町美々津ゴルフ場
歌碑　平成七年一二月

○しら鳥はかなしからずやそらの青
海のあをにもそまずただよふ
宮崎県日向市東郷町美々津カントリークラブ
歌碑　平成八年一二月

○ふるさとの尾鈴の山のかなしさよ
秋もかすみのたなびきてをり
宮崎県日向市東郷町美々津カントリークラブ
歌碑　平成九年一月

○静けきになく鳥きこゆ啼く声に
こもれる命ありがたきかも
宮崎県日向市東郷町憩の峠（東郷町と日向市の境の峠）
歌碑　平成八年四月

○幾山河こえさりゆかばさびしさの
　はてなむ国ぞけふも旅ゆく
○日向の国むら立つ山のひと山に
　住む母恋し秋晴れの日や
　宮崎県日向市東郷町とうごう道の駅
　歌碑　平成一一年三月

瀬々走るやまめうぐひのうろくづの
　美しき春の山ざくら花
　宮崎県日向市東郷町農業改善普及センター
　歌碑　平成一一年三月

ふるさとの山の五月の杉の木に
　斧ふる友のおもかげの見ゆ
　宮崎県日向市東郷町耳川広域森林組合とうごう道の駅前
　歌碑　平成一四年一月

夏草の茂みが上に伸びいでて
　ゆたかになびく山百合の花
　宮崎県日向市東郷町越表トンネル入口
　歌碑　平成一五年三月

鯨なすうねりの群の帆のかげに
　船子等は金属と光りゐにけり
　宮崎県日向市門川町那須氏邸
　歌碑　平成一〇年三月

○幾山河越えさり行かば寂しさの
　はてなむ国ぞ今日も旅ゆく
　宮崎県日向市上町JR日向市駅ホーム（一番）
　歌碑　昭和五一年一一月

きようもまたこころの鉦をうち鳴らし
　うち鳴らしつつあくがれて行く
　宮崎県日向市日向中学校
　歌碑　昭和四一年三月

白珠の歯にしみとほる秋の夜の
　酒はしずかにのむべかりけり
　宮崎県日向市市役所広場
　歌碑　平成八年九月

若竹の伸びゆくごとく子ども等よ
　真直ぐにのばせ身をたましひを
　宮崎県日向市財光寺小学校
　歌碑　平成一一年一一月

うつくしく清き思ひ出とゞめおかむ
　願ひを持ちて今日をすごせよ
　宮崎県日向市日知屋富島中学校
　歌碑　昭和六〇年三月

しら鳥はかなしからずやそらの青
　海のあをにもそまずただよふ
　宮崎県日向市日知屋塩田旭化成事業所前
　歌碑　平成八年九月

ふるさとのお秀が墓に草枯れむ
　海にむかへる彼の岡の上に
　宮崎県日向市大字細島御鉾ヶ浦公園
　歌碑　昭和三六年七月

海よかげれ水平線の黝みより
　雲よ出で来て海わたれかし
　宮崎県日向市大字幸脇権現崎公園
　歌碑　昭和三九年二月

日向の国むら立つ山のひと山に
　住む母恋し秋晴の日や
　宮崎県日向市大字日知屋米ノ山（展望台）
　歌碑　昭和六〇年一〇月

○いざゆかむゆきてまだ見ぬ山をみむ
　このさびしさに君はたふろや

歌碑　平成一年三月
宮崎県日向市財光寺比良日向高校

○ふるさとの尾鈴の山のかなしさよ
秋もかすみのたなびきて居り
宮崎県児湯郡都農町大字川北ＪＲ都農駅前
歌碑　昭和三六年七月

○よりあひてますぐにたてるあを竹の
やぶのふかみにうぐひすのなく
宮崎県児湯郡都農町ワイナリー
歌碑　平成九年五月

有明の月は冴えつつ霧島の
山の渓間に霧たちわたる
宮崎県えびの市大明司えびの市民図書館
歌碑　平成六年三月

○うす紅に葉はいちはやく萌えいでて
咲かむとすなり山ざくら花
宮崎県えびの市国際交流センター
歌碑　平成八年三月

見おろせば霧島山の山すその
野辺のひろきになびく朝雲
宮崎県小林市大字細野小林市役所
歌碑　昭和六〇年一〇月

檳榔樹の古樹を想へりその葉蔭
海見て石に似る男をも
宮崎県宮崎市青島青島神社参道
歌碑　昭和六〇年九月

○わか竹の伸びゆくごとく子どもらよ
眞すぐにのばせ身をたましひを
宮崎県宮崎市宮脇町文化の森科学技術館
歌碑　昭和六二年八月

○ふるさとの尾鈴のやまのかなしさよ
秋もかすみのたなびきてをり
宮崎県宮崎市新別府町雀田中央卸売市場
歌碑　平成四年四月

幾山河こえさりゆかば寂しさの
はてなむ国ぞけふも旅ゆく
宮崎県宮崎市船塚県総合文化公園
歌碑　昭和六三年一一月　牧水像台座刻

椿の花椿の花わがこころもひと本の
樹のごとくなれひとすぢとなれ
宮崎県宮崎市椿山森林公園
歌碑　平成六年三月

日向の国都井の岬の青潮に
入りゆく端に独り海見る
宮崎県串間市都井岬国民宿舎前
歌碑　昭和二二年九月　若山喜志子書

○有明の月は冴えつゝ霧島の
山の渓間に霧たちわたる
鹿児島県霧島市霧島町林田温泉
歌碑　昭和一六年一〇月

見おろせば霧島山のやますその
野辺の廣きになびく朝雲
鹿児島県霧島市牧園町高千穂霧島観光ホテル
歌碑　昭和三四年九月

幾山河こえさりゆかば寂しさの
はてなむ国ぞけふも旅ゆく
沖縄県宜野湾市海浜公園
歌碑　平成七年七月

《参考文献》

◎『牧水のうた（現代教養文庫）』

若山牧水著・横田正知編　社会思想研究会出版部　１９６１
◎『旅と酒と歌―若山牧水（レインボーブックス）』
大悟法利雄著　家の光協会　１９６４
◎『幾山河越えさり行かば―若山牧水の人と歌』
大悟法利雄著　弥生書房　１９７８・９
◎『牧水歌碑めぐり』
大悟法利雄著　短歌新聞社　１９８４・４
◎『若山牧水・詩と彷徨（毎日グラフ別冊）』
毎日新聞社　１９９２
◎『若山牧水歌碑インデックス』
榎本尚美著・出版（相模原）　１９９６・１０

県別索引

【 北海道 】

稚内市

中川郡

名寄市

紋別郡

士別市

斜里郡

上川郡

旭川市

深川市

空知郡

富良野市

三笠市

赤平市

歌志内市

滝川市

砂川市

美唄市

岩見沢市

【 岩手県 】

二戸市

九戸郡

二戸郡

岩手郡

八幡平市

下閉伊郡

宮古市

盛岡市

紫波郡

花巻市

和賀郡

遠野市

釜石市

北上市

奥州市

大船渡市

陸前高田市

西磐井郡

一関市

【 宮城県 】

気仙沼市

登米市

栗原市

大崎市

東松島市

遠田郡

牡鹿郡

石巻市

宮城郡

塩竈市

黒川郡

仙台市「青葉区」

北村山郡

酒田市

鶴岡市

東田川郡

村山市

寒河江市

東根市

西村山郡

天童市

東村山郡

山形市

上山市

南会津郡

須賀川市

西白河郡

白河市

いわき市

東白川郡

【 茨城県 】

北茨城市

久慈郡

日立市

那珂郡

東茨城郡

【 栃木県 】

前橋市

佐波郡

高崎市

伊勢崎市

安中市

邑楽郡

館林市

藤岡市

富岡市

多野郡

甘楽郡

【 埼玉県 】

羽生市

江戸川区

江東区

北区

板橋区

練馬区

豊島区

文京区

新宿区

渋谷区

杉並区

千代田区

中央区

港区

目黒区

世田谷区

品川区

大田区

西東京市

小平市

武蔵野市

三鷹市

立川市

府中市

日野市

調布市

多摩市

青梅市

あきる野市

【 神奈川県 】

【 新潟県 】

岩船郡

村上市

胎内市

阿賀野市

新発田市

新潟市「中央区」

新潟市「江南区」

新潟市「北区」

新潟市「西区」

新潟市「南区」

西蒲原郡

燕市

三条市

東蒲原郡

見附市

長岡市

三島郡

柏崎市

魚沼市

妙高市

上越市

十日町市

南魚沼郡

糸魚川市

【 富山県 】

黒部市

魚津市

滑川市

中新川郡

富山市

射水市

氷見市

高岡市

小矢部市

砺波市

南砺市

【 石川県 】

珠洲市

輪島市

鹿島郡

羽咋郡

七尾市

羽咋市

河北郡

【 福井県 】

【 山梨県 】

笛吹市

甲州市

韮崎市

山梨市

甲府市

大月市

都留市

南都留郡

富士吉田市

西八代郡

南巨摩郡

【 長野県 】

飯山市

下高井郡

中野市

塩尻市

上田市

東御市

小県郡

小諸市

北佐久郡

佐久市

南佐久郡

岡谷市

諏訪市

茅野市

諏訪郡

羽島市

大垣市

不破郡

養老郡

【 静岡県 】

熱海市

伊東市

伊豆の国市

伊豆市

田方郡

賀茂郡

下田市

三島市

裾野市

御殿場市

駿東郡

沼津市

富士市

富士宮市

庵原郡

静岡市「清水区」

静岡市「葵区」

静岡市「駿河区」

焼津市

榛原郡

牧之原市

御前崎市

島田市

掛川市

袋井市

周智郡

磐田市

浜松市「浜北区」

浜松市「天竜区」

浜松市「中区」

浜松市「西区」

浜松市「北区」

浜名郡

湖西市

【 愛知県 】

北設楽郡

新城市

名古屋市「中区」

名古屋市「東区」

名古屋市「千種区」

【 三重県 】

桑名郡

桑名市

いなべ市

三重郡

四日市市

鈴鹿市

伊賀市

津市

松阪市

多気郡

伊勢市

鳥羽市

志摩市

度会郡

北牟婁郡

尾鷲市

【 滋賀県 】

伊香郡

米原市

長浜市

高島市

蒲生郡

湖南市

甲賀市

草津市

大津市

【 京都府 】

与謝郡

京丹後市

宮津市

福知山市

綾部市

京都市「右京区」

京都市「東山区」

京都市「左京区」

京都市「上京区」

京都市「北区」

京都市「西京区」

京都市「伏見区」

京都市「中京区」

京都市「下京区」

京都市「山科区」

京都市「南区」

宇治市

八幡市

【 大阪府 】

三島郡

高槻市

茨木市

赤穂市

淡路市

洲本市

南あわじ市

【 奈良県 】

奈良市

生駒市

生駒郡

大和郡山市

香芝市

葛城市

宇陀市

桜井市

橿原市

【 和歌山県 】

【 鳥取県 】

【 島根県 】

簸川郡

出雲市

仁多郡

大田市

邑智郡

江津市

浜田市

鹿足郡

隠岐郡

【岡山県】

真庭市

新見市

津山市

久米郡

赤磐市

備前市

瀬戸内市

岡山市

高梁市

井原市

倉敷市

【 広島県 】

庄原市

福山市

尾道市

豊田郡

三次市

山県郡

広島市「中区」

広島市「西区」

広島市「南区」

広島市「安芸区」

広島市「佐伯区」

東広島市

三原市

安芸高田市

安芸郡

呉市

廿日市市

【 山口県 】

岩国市

柳井市

大島郡

熊毛郡

光市

下松市

周南市

防府市

山口市

阿武郡

萩市

宇部市

長門市

美祢市

下関市

【 徳島県 】

鳴門市

徳島市

小松島市

阿南市

板野郡

阿波市

美馬市

海部郡

三好市

【 香川県 】

小豆郡

さぬき市

東かがわ市

高松市

香川郡

坂出市

丸亀市

善通寺市

仲多度郡

三豊市

観音寺市

【 愛媛県 】

四国中央市

新居浜市

西条市

今治市

越智郡

松山市

東温市

上浮穴郡

伊予市

伊予郡

喜多郡

八幡浜市

西宇和郡

西予市

北宇和郡

南宇和郡

【 高知県 】

室戸市

安芸郡

安芸市

香美市

長岡郡

南国市

高知市

吾川郡

須崎市

高岡郡

宿毛市

土佐清水市

【 福岡県 】

北九州市「門司区」

北九州市「小倉北区」

北九州市「戸畑区」

北九州市「八幡東区」

北九州市「八幡西区」

遠賀郡

宗像市

中間市

京都郡

直方市

田川市

田川郡

飯塚市

糟屋郡

福岡市「東区」

福岡市「博多区」

福岡市「中央区」

福岡市「西区」

福岡市「城南区」

太宰府市

筑紫野市

朝倉市

【 佐賀県 】

西松浦郡

杵島郡

鹿島市

嬉野市

【 長崎県 】

平戸市

佐世保市

東彼杵郡

西海市

諫早市

雲仙市

南島原市

島原市

長崎市

松浦市

上益城郡

宇城市

八代市

球磨郡

人吉市

水俣市

天草郡

上天草市

天草市

【 大分県 】

国東市

宇佐市

中津市

速見郡

別府市

大分市

日田市

玖珠郡

【 宮崎県 】

東臼杵郡

日向市

児湯郡

えびの市

【 鹿児島県 】

志布志市

鹿屋市

南九州市

南さつま市

指宿市

大島郡

奄美市

【 沖縄県 】

宜野湾市

浦添市

那覇市

糸満市

監修者紹介

宮澤康造（みやざわ・こうぞう）

大正14年（1925）長野県に生まれる。東京高等師範学校を経て、昭和23年東京文理科大学（現 筑波大学）卒。長野県および東京都立高校教諭、昭和50年東京都立高校校長、昭和60年定年退職、以後、獨協大学ほか2大学講師。日本ペンクラブ会員、日本文学碑研究会主宰、東海文学碑研究会々友。

（著書）『詩碑百選』『句碑百選』『歌碑百選』（いずれも桜楓社）『作家・文学碑の旅』（ぎょうせい）『佐久の文学碑』（櫟いちい）『新訂増補 全国文学碑総覧』『全国文学碑総覧』（日外アソシエーツ、共編）『名門高校ベスト100 公立編』（新生通信、分担執筆）『三石勝五郎全集』（ぶっく東京、編集）『三石勝五郎 －人と作品－』（いちい出版、編集）『三石勝五郎 未刊作品選集①・②・③』（三石勝五郎翁を語る会、編集）。

現住所　〒203-0053 東京都東久留米市本町2-5-19

本城　靖（ほんじょう・やすし）

昭和12年（1937）三重県に生まれる。昭和35年法政大学卒。日立家電販売（株）中部営業所勤務を経て現在フリー。三重郷土会、東海文学碑研究会、日本文学碑研究会、日本拓本研究会等の会員。

（著書）三重句碑集覧、文学散歩・文学碑めぐりの栞、失われた句碑、郷土俳人手紙資料集、三重県下の芭蕉碑などの小冊子刊行。『東海の文学碑 －石に刻まれた詩と真実－』（中日新聞本社、共著）『三重県の文学碑』（北勢・中勢・伊勢志摩・南紀の4分冊、光書房）『新訂増補 全国文学碑総覧』『全国文学碑総覧』（日外アソシエーツ、共編）。

現住所　〒514-0823 三重県津市半田2340-10

日本の文学碑 1 近現代の作家たち

2008年11月25日 第1刷発行

監 修 者／宮澤康造 本城 靖
発 行 者／大高利夫
編集・発行／日外アソシエーツ株式会社
〒143-8550 東京都大田区大森北1-23-8 第3下川ビル
電話(03)3763-5241(代表) FAX(03)3764-0845
URL http://www.nichigai.co.jp/
発 売 元／株式会社紀伊國屋書店
〒163-8636 東京都新宿区新宿3-17-7
電話(03)3354-0131(代表)
ホールセール部(営業) 電話(03)6910-0519

電算漢字処理／日外アソシエーツ株式会社
印刷・製本／光写真印刷株式会社

ISBN978-4-8169-2145-2　　*Printed in Japan,2008*